BASTEI
LÜBBE

ROBERT ASPRIN

Dämonenhatz

Drei Romane in einem Band

Ins Deutsche übertragen
von Sylvia Pukallus

BASTEI
LÜBBE

BASTEI LÜBBE TASCHENBUCH
Band 20 489

1. Auflage: Juli 2004

Vollständige Taschenbuchausgabe
der als Einzelbände erschienenen Romane
Ein Dämon zuviel, Drachenfutter und Ein Dämon auf Abwegen

Bastei Lübbe Taschenbücher
ist ein Imprint der Verlagsgruppe Lübbe

Titel der amerikanischen Originalausgabe:
Another Fine Myth, Myth Conceptions, Myth Directions

Titelillustration: Walter Velez, Agentur Schlück
Umschlaggestaltung: QuadroGrafik, Bensberg
Satz: Heinrich Fanslau, Communication / EDV, Düsseldorf
Druck und Verarbeitung:
Maury Imprimeur, Frankreich
Printed in France
ISBN 3-404-20489-1

ROBERT ASPRIN

Ein Dämon zuviel

Kapitel 1

›Es gibt mehr Dinge im Himmel und auf Erden,
als eure Schulweisheit sich träumt, Horatio‹
Hamlet

Einer der wenigen befreienden Aspekte von Lehrern, so glaube ich, ist die Tatsache, dass man sie gelegentlich täuschen kann. Dies traf zu, als meine Mutter mir das Lesen beibrachte, es stimmte, als mein Vater versuchte, aus mir einen Bauern zu machen, und es hat auch jetzt seine Richtigkeit, da ich die Magik erlerne.

»Du hast nicht geübt!« Garkins strenge Vorhaltung riss mich aus meinen Träumereien.

»Hab ich wohl!«, protestierte ich. »Es ist halt eine schwierige Übung.«

Wie zur Antwort begann die Feder, an der ich mich in Levitation übte, mitten in der Luft zu zittern und zu schaukeln.

»Du konzentrierst dich nicht richtig!«, schalt er mich.

»Es liegt am Luftzug«, widersprach ich und hätte am liebsten hinzugefügt ›von deiner großen Klappe‹, aber ich traute mich nicht. Schon früh bei unserem Unterricht hatte Garkin seine Abneigung gegenüber frechen Lehrlingen unter Beweis gestellt.

»Am Luftzug!«, höhnte er und imitierte meine Stimme. »So geht das, Tölpel!«

Mein geistiger Kontakt mit dem Gegenstand meiner Konzentration wurde unterbrochen, als die Feder plötzlich zur Decke schoss. Sie kam zum Halten, als klebte sie da oben an etwas fest, obwohl sie etwa noch 25 cm von den

Holzbalken entfernt war, dann tanzte sie in flachen Kreisbewegungen herab. Die Kreise, die sie zog, waren zu exakt, um natürlich zu sein.

Ich riskierte ein Auge auf Garkin. Er hing mit baumelnden Füßen in seinem Sessel, wobei seine ganze Aufmerksamkeit scheinbar auf eine Keule des gerösteten Echsenvogels gerichtet war, den er verzehrte – einen Vogel, den ich gefangen habe, nebenbei gesagt. Das war wirklich Konzentration! Er sah plötzlich hoch, und unsere Blicke trafen sich. Da es zu spät war, die Augen abzuwenden, blickte ich ihm halt einfach ins Gesicht.

»Hungrig?« Sein fetttriefender salz-und-pfeffer-grauer Bart umrahmte plötzlich ein wölfisches Grinsen. »Dann führ mir mal vor, wie viel du geübt hast.«

Ich brauchte einen ganzen Herzschlag lang, um zu begreifen, was er meinte; dann sah ich verzweifelt hoch. Die Feder schaukelte dem Fußboden entgegen und befand sich bereits in Schulterhöhe. Ich versuchte, die plötzliche Anspannung aus meinem Körper zu verdrängen, und griff mit meinem Geist zu ... vorsichtig ... bilde ein Kissen ... stoße sie nicht zurück ...

Knapp zwei Handbreit über dem Boden kam die Feder zum Stehen.

Ich vernahm Garkins leises Kichern, ließ jedoch nicht zu, dass es meine Konzentration störte. Seit drei Jahren hatte ich die Feder nicht mehr den Boden berühren lassen, und jetzt sollte sie es auch nicht.

Langsam hob ich sie an, und sie schwebte in Augenhöhe. Ich hüllte sie mit meinem Denken ein, ließ sie um ihre Achse kreisen und verführte sie dann zu einem doppelten Salto. Während ich sie durch diese Übung geleitete, waren ihre Bewegungen nicht so weich und sicher wie unter Garkins Führung, sie behielt jedoch unbeirrbar den vorgegebenen Kurs bei.

Ich hatte zwar mit der Feder nicht geübt, aber geübt hatte ich. Wenn Garkin nicht in der Nähe oder mit seinen eigenen Studien beschäftigt war, widmete ich meine Zeit der Levitation von Metallstücken – Schlüsseln, um genau zu sein. Jeder Levitationstypus hat seine eigenen, immanenten Schwierigkeiten. Die Feder zum Beispiel, als früherer Bestandteil von etwas Lebendigem, war reaktionsfreudig … zu reaktionsfreudig. Metall anzuheben war anstrengend, mit einer Feder umzugehen erforderte dagegen Feinfühligkeit. Hatte ich zwischen diesen beiden zu wählen, so zog ich die Arbeit mit Metall vor. Ich sah darin bessere, konkretere Anwendungsmöglichkeiten für meinen eigentlichen Beruf.

»Ganz ordentlich, Bursche. Jetzt leg sie wieder ins Buch.«

Ich lächelte vor mich hin. Diesen Teil hatte ich trainiert, nicht wegen seiner potentiellen Anwendung, sondern rein zum Vergnügen.

Das Buch lag aufgeschlagen am Ende der Werkbank. Ich holte die Feder in einer ausholenden, trägen Spiralbewegung herunter, ließ sie dabei leicht die Seiten des Buches streifen, hochsteigen in einem steilen Bogen, bis sie innehielt und wieder herunterkam. Als sie sich zum zweiten Male dem Buch näherte, löste ich einen Teil meines Denkens ab, der sich auf das Buch konzentrierte. Als die Feder über die Seiten schaukelte, schnappte das Buch zu wie die Kiefer eines hungrigen Raubtieres, das den Flugkörper im Griff hat.

»Hmm«, ließ Garkin vernehmen, »ein bisschen angeberisch, aber wirksam.«

»Nur eine Kleinigkeit, die ich so beim Üben zusammengestellt habe«, sagte ich angelegentlich und streckte meine Geisteskräfte nach der anderen Echsenvogelkeule aus. Anstatt jedoch graziös in meine wartende Hand zu schweben, blieb sie auf dem Holzbrett liegen, als habe sie Wurzeln geschlagen.

»Nicht so hastig, mein kleiner Strauchdieb. Du hast also geübt, hä?« Er streichelte sich den Bart mit dem halb abgenagten Knochen in seiner Hand. Widerlich.

»Sicher! Habe ich das nicht bewiesen?« Es kam mir in den Sinn, dass Garkin vielleicht doch nicht so leicht zu täuschen war, wie es manchmal schien.

»In dem Fall möchte ich gerne mal sehen, wie du deine Kerze anzündest. Das müsste dir ja leicht fallen, wenn du so viel geübt hast, wie du behauptest.«

»Ich habe keine Einwände dagegen, es zu versuchen, aber wie du selbst so viele Male gesagt hast, fallen einem manche Übungen schwerer als andere.«

Obwohl ich einen selbstsicheren Ton anschlug, sank mir das Herz in die Hosen, als die große Kerze auf Garkins Aufforderung zum Arbeitstisch geschwebt kam. In vier Jahren war mir diese besondere Übung noch niemals gelungen. Wenn Garkin mir das Essen vorenthalten würde, bis ich Erfolg hätte, könnte ich lange Zeit mit hungrigem Magen herumlaufen.

»Weißt du, Garkin, mir fällt da gerade ein, dass ich mich mit vollem Magen wahrscheinlich besser konzentrieren könnte.«

»Mir fällt da gerade ein, dass du Ausflüchte machst.«

»Könnte ich nicht ...«

»Voran, Skeeve.«

Wenn er schon einmal meinen Eigennamen gebrauchte, war nicht mit ihm zu spaßen. So viel hatte ich im Laufe der Jahre gelernt. Bursche, Strauchdieb, Idiot, Dummkopf – das war zwar geringschätzig, doch solange er mich so anredete, war noch mit ihm zu diskutieren. Kehrte er erst einmal zu meinem Eigennamen zurück, war der Fall hoffnungslos.

Nun, wenn die Sache nicht zu umgehen war, dann musste ich mein Bestes geben. Mit halber Kraft und schwacher Konzentration wäre da nichts zu machen. Ich würde jedes Fäserchen Muskelkraft und alles Geschick aufbieten müssen, um die notwendige Stärke aufzubringen.

Ich würde die Kerze dieses Mal entzünden. Ich würde sie entzünden, denn es gab nichts, was mich daran hindern konnte, sagte ich mir.

Ich holte bewusst tief Luft und begann, meine Kraft zu sammeln. Meine Welt verengte sich immer mehr, bis ich einzig und allein noch den krummen, geschwärzten Docht der Kerze wahrnahm.

Ich war Skeeve. Mein Vater hatte als Bauer eine enge Verbindung zur Erde. Meine Mutter war eine gebildete Frau. Mein Lehrer war ein Zaubermeister. Ich war Skeeve. Ich würde diese Kerze entzünden.

Ich fühlte, wie ich warm wurde, als sich die Energien in mir sammelten. Ich richtete die Wärme auf den Docht aus.

Wie mein Vater zapfe ich der Erde Kraft ab. Das Wissen, das mir meine Mutter vermittelt hat, ist wie eine Linse, durch die ich ins Auge fassen kann, was ich erworben habe. Die Weisheit meines Lehrers lenkt meine Anstrengungen auf jene Punkte des Universums, die am ehesten meinem Willen gehorchen. Ich bin Skeeve.

Die Kerze blieb aus. Nun stand mir der Schweiß auf der Stirn, und ich zitterte allmählich vor Anstrengung. Das war nicht gut, ich durfte mich nicht verkrampfen. Entspann dich. Bemüh dich, nichts zu erzwingen. Anspannung behindert den Kräftefluss. Lass die Energien frei strömen, sei nur ein passiver Leiter. Ich zwang mich zur Ruhe.

Der Kräftestrom war nun merklich stärker. Ich streckte einen Finger aus, um sie konzentriert auszurichten. Auf der Kerze rührte sich nichts. Ich schaffte es nicht. Negativer

Gedanke. Verdränge ihn. Stütz dich nicht auf andere, um stark zu sein. Ich werde die Kerze zum Brennen bringen, weil ich Skeeve bin.

Dafür wurde ich mit einem plötzlichen Energieschwall belohnt. Ich ging ihm nach, berauschte mich an der Kraft. Ich bin Skeeve. Ich bin stärker als sie alle. Ich bin den Bemühungen meines Vaters entgangen, mich wie meinen Bruder an den Pflug zu ketten. Meine Mutter starb an ihrem Idealismus, ihre Lehren halfen mir jedoch zu überleben. Mein Lehrer war ein einfältiger Narr, der sich einen Dieb zum Lehrling nahm. Ich habe sie alle geschlagen. Ich bin Skeeve. Ich werde diese Kerze entzünden.

Ich schwebte nun. Ich begriff, wie meine Fähigkeiten alles um mich her schrumpfen ließen. Es war belanglos, ob ich die Kerze nun entzündete oder nicht. Ich bin Skeeve. Ich bin mächtig. Fast gleichzeitig ließ ich meinen Geist den Docht berühren. Wie als Antwort auf meinen Willen erschien ein kleiner, heller Funken.

Erschreckt zuckte ich zusammen und blinzelte die Kerze an. In diesem Augenblick verschwand das Fünkchen und ließ zum Zeichen seines Erlöschens ein winziges weißes Rauchfähnchen zurück.

»Ausgezeichnet, Bursche!«

Garkin stand plötzlich neben mir und hieb mir begeistert auf die Schulter. Wie lange er schon da stand, wusste ich nicht, und es war mir auch ziemlich gleichgültig.

»Sie ist ausgegangen«, sagte ich voller Bedauern.

»Das braucht dich nicht zu kümmern. Du hast sie entzündet. Du hast das nötige Selbstvertrauen. Das nächste Mal wird es leichter sein. Bei allen Gestirnen, wir machen noch einen Zauberer aus dir. Hier, du musst wirklich Hunger haben.«

Ich konnte kaum noch meine Hand heben, um die restliche Echsenvogelkeule aufzufangen, ehe sie mir ins Gesicht flog.

»Ich will dir nicht verhehlen, dass ich allmählich schon verzweifeln wollte, Bürschchen. Was ist dir an dieser Lektion so schwer gefallen? Ist es dir vielleicht in den Sinn gekommen, dass du diesen Zauber dazu benutzen kannst, dir zusätzliches Licht zu spenden, wenn du ein Schloss knackst oder um zur Ablenkung ein Feuer zu legen?«

»Ich habe darüber nachgedacht, aber zusätzliches Licht könnte unerwünschte Aufmerksamkeit erregen. Was das Ablenkungsfeuer betrifft, so hätte ich Angst, dass jemand zu Schaden kommt. Ich möchte niemanden verletzen, nur …«

Ich hielt inne, als ich begriff, was ich da sagte, aber es war bereits zu spät. Eine heftige Ohrfeige von Garkin riss mich von meinem Schemel.

»Hab ich mir's doch gedacht! Du willst also nach wie vor ein Dieb bleiben. Du willst meine Magikkünste zum Stehlen benutzen!«

»Und was ist so falsch daran?«, knurrte ich. »Dann verhungert man wenigstens nicht. Was ist denn so großartig daran, ein Zauberer zu sein? Ich will sagen, dein Lebensstil hier lässt mich nicht gerade optimistisch in die Zukunft blicken.«

Ich machte eine Geste durch den voll gepferchten Raum, der die gesamte Hütte einnahm.

»Hör sich einer dieses Welpengeheul an!«, schnaubte Garkin. »Als der Winter dich aus dem Wald getrieben hat zum Stehlen, war es gut genug. ›Dann muss man wenigstens nicht unter den Büschen schlafen‹ hast du damals gesagt.«

»Das ist ja auch richtig. Deshalb bin ich ja immer noch hier. Aber ich habe nicht vor, den Rest meines Lebens hier zuzubringen. Sich in einer kleinen Hütte im Wald zu vergraben ist nicht die Zukunft, wie ich sie mir erträume. Du hast von Wurzeln und Beeren gelebt, bis ich kam und Fallen aufstellte. Vielleicht ist das deine Vorstellung von einem herrlichen Leben, Garkin, meine ist es jedenfalls nicht.«

Wir sahen einander einige lange Momente ins Gesicht. Nun, da ich meinem Zorn Luft gemacht hatte, hatte ich nicht wenig Angst. Obwohl ich nicht allzu reiche Erfahrungen auf diesem Gebiet hatte, stellte die Beschimpfung des Zauberers wohl kaum eine Garantie für ein langes und gesundes Leben dar.

Überraschenderweise war Garkin der Erste, der nachgab. Er wandte plötzlich seinen Blick ab, neigte den Kopf und ließ mich eines der seltenen Male die ungekämmte Mähne auf seinem Schädel sehen.

»Vielleicht hast du Recht, Skeeve.« Seine Stimme klang merkwürdig sanft. »Vielleicht habe ich dir nur die ganze Arbeit der Magik gezeigt, aber nie die Belohnungen. Ich vergesse immer wieder, wie wenig man hierzulande von der Magik hält.«

Er hob die Augen, unsre Blicke trafen sich wieder, und mir schauderte. Nicht, dass Zorn darin zu lesen gewesen wäre, vielmehr ein tiefes Glühen, das ich niemals zuvor erblickt hatte.

»Du sollst nun wissen, Skeeve, dass nicht alle Länder wie dieses hier sind, noch war ich immer der, als den du mich hier siehst. In Ländern, wo man die Magik ehrt, anstatt sie wie hier zu fürchten, wird sie von den Mächtigen anerkannt und in ihre Dienste genommen. Dort kann ein geschickter Magiker, der seine Weisheit für sich behält, hundertmal mehr Reichtümer erwerben, als du dir als Dieb erhoffst, und eine solche Macht, die ...«

Plötzlich verstummte er und schüttelte den Kopf, als müsse er seine Gedanken klären. Als er die Augen wieder öffnete, war das Glühen, das ich zuvor gesehen hatte, bis auf ein Fünkchen verschwunden.

»Aber du lässt dir nicht mit Worten imponieren, nicht

wahr, Bursche? Komm, ich will dir eine kleine Vorführung eines Teils der Macht bieten, die du eines Tages beherrschen kannst – wenn du deine Lektionen fleißig übst, heißt das.«

Ich glaube nicht, dass er meiner Antwort noch Beachtung schenkte. Er trat schon in das riesige Pentagramm, das ständig auf dem Boden der Hütte eingezeichnet war. Beim Gehen machte er ein paar abwesende Gesten, worauf der verkohlte Kupferkessel von seinem Platz in der Ecke herüberschepperte, um im Zentrum des Pentagramms zu ihm zu stoßen.

Sogleich war er schwer in die Arbeit vertieft und umgeben von einer umherschwebenden Wolke von Phiolen und Gefäßen, die er unter ständigem Gemurmel gelegentlich aus der Luft packte, um ein paar Tropfen ihrer Inhalte in den Kessel zu schütten. Was immer er da vorbereitete, es versprach, sehenswert zu werden.

Zu diesem Zeitpunkt hörte ich zum zweiten Mal die gedämpften Schritte vor der Hütte. Aber das war unmöglich, da Garkin stets die ... Ich begann mein Gedächtnis zu durchforsten. Ich konnte mich nicht daran erinnern, dass Garkin die Schutzwälle aufgebaut hatte, ehe er sich an die Arbeit gemacht hatte. Lächerlich. Vorsicht war das erste und wichtigste Prinzip, das Garkin mir einhämmerte, und ein Teil dieser Vorsicht war es, die Schutzwälle aufzustellen, ehe man an die Arbeit ging. Er konnte dies nicht vergessen haben ... allerdings war er ziemlich gedankenversunken und zerstreut gewesen.

Ich erwog immer noch, ob ich Garkin stören sollte, als er plötzlich einen Schritt vom Kessel zurücktrat. Er sah mich mit seinem typischen Blick an, dass mir meine Warnung im Halse stecken blieb. Dies war nicht der Augenblick, Alltäglichkeiten ins Feld zu führen. In seinen Augen schimmerte wieder dieses Glühen, und zwar stärker als zuvor.

»Selbst Vorführungen sind lehrreich«, erklärte er. »Kontrolle, Skeeve. Kontrolle ist die Hauptstütze der Magik. Macht ohne Kontrolle ist der Untergang. Deshalb sollst du mit einer Feder üben, auch wenn du im Stande bist, weit größere und schwerere Gegenstände zu bewegen. Kontrolle. Selbst deine spärlichen Kräfte würden zur Gefahr, so du sie nicht beherrschen kannst. Und ich werde dir kein Stück mehr beibringen, ehe du diese Kontrolle nicht erlernt hast.«

Er trat vorsichtig aus dem Pentagramm.

»Um dir die Bedeutung von Kontrolle zu demonstrieren, will ich nun einen Dämon herbeirufen, ein Wesen aus einer anderen Welt. Er ist mächtig, grausam und bösartig und würde uns beide umbringen, bekäme er die Gelegenheit dazu. Trotzdem werden wir uns nicht vor ihm fürchten müssen, da wir ihn unter Kontrolle haben. Er wird nicht in der Lage sein, uns oder irgend sonst jemandem auf dieser Welt ein Härchen zu krümmen, da er in dieses Pentagramm eingesperrt ist. Nun pass auf, Skeeve. Pass auf und merk es dir.«

Nach diesen Worten wandte er sich wieder dem Kessel zu. Er spreizte die Finger, worauf die fünf Kerzen an den Ecken des Pentagramms zu brennen begannen und die Kanten in unheimlichem, blauem Licht glühten. Einige Minuten lang herrschte Schweigen, dann stimmte er einen leisen Singsang an. Eine Rauchfahne erhob sich aus dem Kessel, doch anstatt zur Decke zu steigen, ergoss sie sich auf den Boden und bildete eine kleine, brodelnde pulsierende Wolke. Garkins Gesang schwoll an, die Wolke wuchs und wurde dunkler. Der Kessel war nun fast nicht mehr zu sehen, dann aber ... in den Tiefen der Wolke ... begann etwas, Form anzunehmen ...

»Isstvan lässt dir schöne Grüße bestellen, Garkin!«

Bei diesen Worten fiel ich fast aus den Schuhen. Sie

kamen aus dem Innern der Hütte, jedoch nicht aus dem Pentagramm. Ich wirbelte herum in die Richtung, aus der die Stimme erklungen war. Im Türrahmen stand eine Gestalt in blendend goldenem Umhang. Für einen dummen Augenblick lang dachte ich, es sei der Dämon, der Garkins Ruf gefolgt war. Dann sah ich die Armbrust. Es war ein Mensch, so weit, so gut. Aber die gespannte und geladene Armbrust in seiner Hand trug nicht gerade zu meiner Beruhigung bei.

Garkin drehte sich nicht einmal um.

»Nicht jetzt, du Narr!«, knurrte er.

»Es war eine anstrengende Jagd, Garkin«, fuhr der Mann fort, als habe er es nicht gehört. »Du hast dich gut versteckt, aber glaubst du wirklich zu entkommen ...«

»Du wagst es!?!« Garkin wirbelte herum und reckte sich in seinem Zorn zu beeindruckender Größe empor.

Der Mann erblickte Garkins Gesicht, sah seine Augen. Die Miene des Mannes verzerrte sich zu einer grotesken Maske der Angst. Reflexartig löste er den Bolzen seiner Armbrust, es war jedoch bereits zu spät. Ich hatte nicht gesehen, was Garkin gemacht hatte, der Mann verschwand jedoch augenblicklich in einem Flammenblitz. Tödlich verwundet schrie er auf und stürzte zu Boden. Die Flamme verschwand so plötzlich, wie sie erschienen war und ließ zum Zeichen, dass sie überhaupt existiert hatte, wenigstens den geschrumpften Leichnam zurück.

Ich blieb einige Augenblicke wie angewurzelt auf dem Fleck stehen, ehe ich mich rühren oder sprechen konnte.

»Garkin«, sagte ich schließlich, »ich ... Garkin!«

Garkins Gestalt lag wie ein Bündel Lumpen auf dem Boden. Der Bolzen der Armbrust ragte in stiller Endgültigkeit aus seiner Brust. Garkin hatte mir seine letzte Lektion erteilt. Als ich mich vorbeugte, seinen Leichnam zu berühren, bemerkte ich etwas, das mir das Blut in den Adern gefrieren ließ.

Sein Körper hatte die Kerze an der Nordseite des Pentagramms erstickt. Die Linien hatten das blaue Glühen verloren. Der schützende Zauber war gebrochen.

Mit letzter Anstrengung hob ich den Kopf und sah in ein paar gelbe, goldfleckige Augen, die nicht von dieser Welt waren.

Kapitel 2

›Es ist nicht alles Gold, was glänzt‹
Mandrake

Einmal im Wald stand ich plötzlich einer Schlangenkatze gegenüber. Bei einer anderen Gelegenheit traf ich einen Spinnenbären. Angesichts eines Dämons beschloss ich, das gleiche Verhalten anzuwenden, das mich bei den zuvor erwähnten Gelegenheiten gerettet hatte. Ich erstarrte. Zumindest im Nachhinein erscheint mir dies als absichtlicher, berechneter Willensakt von ungewöhnlicher Beherztheit.

Der Dämon zog die Lippen zurück und entblößte eine Doppelreihe nadelscharfer Zähne.

Ich beschloss, den eingeschlagenen Handlungskurs zu ändern. Ich erwog, in Ohnmacht zu fallen.

Der Dämon fuhr sich mit einer purpurroten Zunge über die Lippen und begann, mir langsam eine mit Klauen versehene Hand entgegenzustrecken. Das war das Ende! Ich wich zurück, nicht etwa mit einem katzenhaften, graziösen Sprung, vielmehr kriechenderweise auf allen vieren. Es ist erstaunlich, wie schnell man auf diese Weise vorankommt, wenn man ernsthaft motiviert ist. Es gelang mir, eine erstaunliche Geschwindigkeit zu erreichen, ehe ich mit dem Kopf voraus gegen die Wand krachte.

»GaaaHH ...«, blieb mir nur zu sagen. Das macht vielleicht nicht allzu viel her, im Moment war dies jedoch ein sehr gemäßigter Ausdruck für den Schmerz und die Furcht, die ich empfand.

Angesichts meines Ausbruchs wollte der Dämon schier ersticken. Erst platzten mehrere Schreie aus ihm heraus, dann begann er zu lachen. Es war kein leises, bedrohliches Lachen, vielmehr das begeisterte Lachen eines Menschen aus vollem Herzen, der gerade etwas umwerfend Komisches gesehen hatte.

Ich fand dies gleichermaßen beunruhigend wie ärgerlich. Ärgerlich, da in mir der Verdacht wuchs, dass ich die Quelle seiner Erheiterung war; beunruhigend, weil ... nun, ja ... er war ein Dämon, und Dämonen sind ...

»Kalt, bösartig und blutrünstig«, keuchte der Dämon, als hätte er meine Gedanken gelesen. »Du hast ihm das wirklich voll abgekauft, nicht wahr, Kerlchen?«

»Wie bitte?«, erkundigte ich mich, da mir nichts Besseres zu sagen einfiel.

»Hörst du schlecht? Ich sagte ›kalt, bösartig ...‹«

»Gehört habe ich Euch wohl. Ich weiß aber nicht, was Ihr meint.«

»Was ich meine ist, dass du wegen ein paar sorgfältig gewählter Worte meines geschätzten Kollegen zu Tode erschrocken warst, möchte ich wetten.« Er wies mit dem Daumen auf Garkins Leichnam. »Tut mir Leid wegen der tragischen Vorfälle. Ich dachte, eine komische Abwechslung wäre ganz sinnvoll, um den sonst so ernsten Augenblick aufzuhellen.«

»Komische Abwechslung?«

»Na, ich konnte diese Gelegenheit nicht ungenutzt verstreichen lassen. Du hättest dein Gesicht sehen müssen.«

Er kicherte vor sich hin, als er aus dem Pentagramm trat und gut gelaunt begann, die Räumlichkeiten zu besichtigen.

»So, das ist also Garkins neue Wohnung, wie? Was für eine Bruchbude! Wer hätte gedacht, dass er so weit herunterkommt?«

Zu sagen, ich wäre perplex gewesen, wäre eine Untertreibung. Ich hatte keine genaue Vorstellung, wie ein Dämon sich verhalten musste, aber so jedenfalls nicht.

Ich hätte zur Tür stürzen können, doch scheinbar befand ich mich nicht in akuter Gefahr. Entweder hatte dieses fremde Wesen nicht die Absicht, mir etwas anzutun, oder aber er war sich seiner Fähigkeit, mich von einem Fluchtversuch abzuhalten, völlig sicher. Meinem Nervensystem zuliebe beschloss ich, an das Erstere zu glauben.

Der Dämon setzte seine Besichtigung der Hütte fort, während ich ihn betrachtete. Er war humanoid; das heißt, er hatte zwei Arme, zwei Beine und einen Kopf. Er war von kurzer aber kräftiger Statur, die Schultern ein wenig breiter als bei einem Mann und sehr muskulös, aber er war kein Mensch. Ich meine, man sieht nicht allzu viele Menschen, deren Körper mit grünen Schuppen bedeckt sind und deren spitze Ohren eng am Kopf anliegen.

Ich entschloss mich, eine Frage zu stellen.

»Äh, entschuldigt bitte.«

»Ja, Kind?«

»Hm, Ihr seid doch ein Dämon, nicht wahr?«

»Wie? Ach, so, ja, ich glaube, das könnte man sagen.«

»Also, wenn Ihr mir die Frage nicht übel nehmt, warum benehmt Ihr Euch dann nicht wie ein Dämon?«

Der Dämon warf mir einen angeekelten Blick zu, dann wandte er den Kopf mit einer märtyrerhaften Geste himmelwärts.

»Jeder hat doch irgendetwas zu mäkeln. Ich will dir was sagen, Kind: Wärst du zufriedener, wenn ich dir die Gurgel mit meinen Zähnen durchbisse?«

»Nun, nein, aber ...«

»Bei der Gelegenheit, wer bist du eigentlich? Bist du ein unschuldiger Zuschauer oder bist du mit dem Mörder gekommen?«

»Ich gehöre zu ihm«, beeilte ich mich zu erwidern und deutete mit zittrigem Finger auf Garkins Leiche. Die Bemerkung von wegen die Gurgel durchbeißen hatte mich wieder in Alarmzustand versetzt. »Oder zumindest gehörte ich zu ihm. Garkin! Derjenige der ... den, eh Euch gerufen hat! Ich bin ... ich war sein Schüler.«

»Ohne Quatsch? Garkins Lehrling?« Er kam auf mich zu und streckte eine Hand aus. »Erfreut, dich ... Was ist los?«

Als er näher trat, wich ich entsetzt vor ihm zurück. Ich versuchte das zwar möglichst unauffällig zu tun, doch er bemerkte es.

»Na ... es ist, weil ... Ihr *seid* halt ein Dämon.«

»Ja, und?«

»Hm, ja ... Dämonen sollen doch angeblich ...«

»He, bleib mal locker, Kerlchen. Ich beiße nicht. Schau, ich bin ein alter Kumpel von Garkin.«

»Aber Ihr habt doch gesagt, Ihr seid ein Dämon?«

»Das stimmt. Ich stamme aus einer anderen Dimension. Ein Dimensionenwanderer, oder kurz gesagt ein Dämon. Kapiert?«

»Was ist eine Dimension?«

»Und du willst wirklich Garkins Lehrling gewesen sein?«, schalt der Dämon. »Ich meine, er hat dir überhaupt nichts von den Dimensionen erzählt?«

»Nein«, antwortete ich. »Ich will sagen, ja, ich bin sein Lehrling, aber er hat mir niemals etwas von Dämon-Sonnen erzählt.«

»Dimensionen heißt das«, verbesserte er. »Also, eine Dimension ist eine andere Welt, genauer gesagt eine von mehreren Welten, die gleichzeitig mit dieser, aber auf verschiedenen Ebenen existiert. Kannst du mir so weit folgen?«

»Nein«, versicherte ich überzeugend.

»Na, dann nimm einmal einfach an, dass ich von einer anderen Welt stamme. Und in dieser Welt bin ich ein Magiker wie Garkin. Wir hatten ein Austauschprogramm laufen, wonach wir dem anderen auf Aufforderung erschienen, um unsere jeweiligen Lehrlinge zu beeindrucken.«

»Aber Ihr habt doch gesagt, Ihr wärt ein Dämon«, sagte ich misstrauisch.

»Das *bin* ich doch auch!, Kind. In meiner Welt wärst du ein Dämon, ein Geist, aber im Augenblick befinde ich mich in deiner, also bin ich der Dämon.«

»Aber Ihr sagtet doch, Ihr wärt ein Zauberer.«

»Das ist doch nicht zu glauben!« Der Dämon beschwor wieder zornig die Himmel. »Da steh ich und fechte mit so einem Knirps herum ... Schau, Kerlchen.«

Er richtete wieder seinen Blick auf mich.

»Lass mich's mal so herum versuchen. Wirst du mir nun die Hand geben, oder muss ich dir das Herz herausreißen?«

Wenn er die Sache so drehte ... Ich meine, als er so in Wut geriet und zu schreien begann, klang er wirklich wie Garkin. Dies verlieh seiner Behauptung, ein Freund meines Exlehrers gewesen zu sein, Glaubwürdigkeit. Ich ergriff seine dargebotene Hand und schüttelte sie vorsichtig.

»Ich bin ... mein Name ist Skeeve.«

Sein Händedruck war kalt, aber fest. So fest nämlich, dass es unmöglich war, meine Hand so schnell zurückzuziehen, wie ich dies gern getan hätte.

»Freut mich, dich kennen zu lernen, Kerlchen. Ich bin Aahz.«

»Oz?«

»Nein, mit dem bin ich nicht verwandt.«

»Verwandt? Mit wem?«, wollte ich wissen, doch er inspizierte schon wieder den Raum.

»Also, hier gibt es sicher nichts, was den Neid seiner Kollegen erregen könnte. Recht urzeitlich und stabil, aber nicht besonders komfortabel.«

»Uns gefällt es«, sagte ich würdevoll. Nun, da ich meine Angst überwunden hatte, missfiel mir der Spott in seiner Stimme. Die Hütte war nichts Besonderes, und ich mochte sie auch nicht übermäßig, aber seine Krittelei gefiel mir nicht.

»Reg dich nicht auf, Kerlchen«, sagte Aahz leichthin. »Ich suche nur nach einem Motiv, das ist alles.«

»Motiv?«

»Den Grund, warum jemand Garkin aus dem Weg räumen wollte. Ich bin nicht wild auf Rache, aber er war ein Stammtischbruder von mir, und die Sache hat meine Neugier geweckt.«

Er beendete seinen Rundgang durch die Hütte, um sich wieder direkt an mich zu wenden.

»Wie steht's mit dir, Kerlchen? Hast du eine Idee? Irgendein Milchmädchen, das er verführt, oder einen Farmer, den er geärgert hat? Für dich ist das ja auch von Belang, weißt du. Du könntest die nächste Zielscheibe abgeben.«

»Aber der Bursche, der 's getan hat, ist tot.« Ich wies auf den verkohlten Klumpen neben der Tür. »Ist die Sache damit nicht ausgestanden?«

»Komm zu dir, Kerlchen! Hast du nicht den Goldumhang gesehen? Das war ein professioneller Mörder. Jemand hat ihn angeheuert, und der würde auch einen zweiten anheuern.«

Ein kalter Schauer lief mir das Rückgrat hinab. Daran hatte ich wirklich nicht gedacht. Ich begann, in meinem Gedächtnis nach einem Fingerzeig zu forschen. Viel gab's da nicht.

»Na ... er hat gesagt, Isstvan würde ihn schicken.«

»Was ist ein Isstvan?«

»Ich weiß nicht ... warte mal. Was meinst du damit, ich könnte die nächste Zielscheibe abgeben?«

»Sauber, was?« Aahz hielt das Goldcape hoch. »Gefüttert und völlig wendbar. Hab mich schon immer gewundert, wieso keiner die Kerle sieht, ehe sie zuschlagen.«

»Aahz ...«

»Hmmm? Oh, ich wollte dir keine Angst machen. Es ist nur so, falls jemand die Jagdsaison auf Zauberer im Allgemeinen oder Garkin im Besonderen für eröffnet erklärt hat, werden wir vielleicht einigen ... He, was ist das denn?«

»Was ist was?«, fragte ich und versuchte, einen Blick auf das werfen zu können, was er gefunden hatte.

»Das«, antwortete er und hielt seine Beute hoch. »Es sieht ganz so aus, als sei ich nicht der einzige Dämon in der Gegend.«

Es war ein Kopf, augenscheinlich der des Mörders. Er war böse verkohlt, an manchen Stellen trat das Gebein hervor. Meine natürliche Abscheu vor diesem Anblick wurde noch durch einige charakteristische Züge gesteigert. Kinn und Ohren waren unnatürlich spitz, zwei kurze, stumpfe Hörner ragten aus seiner Stirn hervor.

»Ein Teufel!«, schrie ich entsetzt.

»Ein was? Ach so, ein Täufler. Nein, der kommt nicht von Tauf. Der stammt aus Imper. Ein Imp. Hat Garkin dir denn überhaupt nichts beigebracht?«

»Was denn?«, fragte ich, doch Aahz war wieder in finsteres Brüten über den Kopf versunken.

»Die Frage ist, wer wäre so dummdreist, einen Imp als Mörder zu engagieren? Der Einzige, der mir da in den Sinn kommt, wäre Isstvan, aber das ist unmöglich.«

»Aber genau der war es doch. Erinnerst du dich nicht mehr? Ich habe dir doch erzählt ...«

»Ich dachte, du hättest ›Isstvan‹ gesagt.«

»Habe ich doch auch. Warte eine Minute. Was hast du gesagt?«

»Ich sagte Isstvan. Hörst du nicht den Unterschied?«

»Nein«, gab ich zu.

»Hmm, der Unterschied ist wohl zu fein, als dass menschliche Ohren ihn wahrnehmen könnten. Nun, ja. Spielt keine Rolle. Das ändert natürlich alles. Wenn Isstvan wieder mit seinen alten Tricks beginnt, heißt es, keine Zeit zu verlieren. Halt! Warte mal! Was ist das?«

»Eine Armbrust«, erklärte ich.

»Mit Bolzen, die Wärmetaster und panzerbrechende Wirkung haben? Ist das in dieser Welt üblich?«

»Wärmetaster ...«

»Macht nichts, Kerlchen. Ich habe es auch nicht angenommen. Ja, das ist das Ende! Ich werde der Sache besser mal nachgehen.«

Er wollte wieder in das Pentagramm treten. Ich begriff plötzlich, dass er im Aufbruch war.

»He! Warte mal! Was hast du vor?«

»Das zu erklären, würde zu lange dauern. Vielleicht treffen wir uns mal wieder.«

»Aber du hast doch gesagt, ich könnte zur Zielscheibe werden?«

»Tja, so ist es nun mal. Ich werde dir etwas sagen. Lauf weg, vielleicht finden sie dich nicht, bis alles vorüber ist.«

In meinem Kopf drehte sich alles. Die Ereignisse überstürzten sich zu sehr, als dass ich noch einen klaren Gedanken hätte fassen können. Ich wusste immer noch nicht, was oder wer der Dämon war, oder ob ich ihm trauen konnte, aber eines wusste ich genau. Er konnte am ehesten mein Bundesgenosse sein in einer Situation, da ich völlig überrannt war.

»Könntest du mir nicht helfen?«

»Keine Zeit. Ich muss weg.«

»Könnte ich nicht mit dir kommen?«

»Du wärst nur im Weg und würdest womöglich ums Leben kommen.«

»Aber ohne dich werde ich auf jeden Fall umgebracht!«

Ich war nahe am Verzweifeln, doch Aahz blieb ungerührt.

»Wahrscheinlich nicht. Ich will dir was sagen, Kerlchen. Ich muss wirklich abhauen, aber ich werde dir etwas zeigen, womit du meiner Meinung nach überleben kannst. Ich werde dir einen kleinen Trick zeigen, der dir vielleicht ab und zu dienlich ist. Siehst du all das Zeug, das Garkin benutzt hat, um mich den Sprung über die Sperre machen zu lassen? Das ist überhaupt nicht notwendig. Schau genau her, dann zeige ich dir, wie wir es machen, wenn unsere Lehrlinge nicht zusehen.«

Ich wollte schreien, damit er hier blieb und mich anhörte, doch er hatte schon angefangen. Er breitete die Arme in Schulterhöhe aus, sah gen Himmel, holte tief Luft und klatschte dann in die Hände.

Nichts rührte sich.

Kapitel 3

›Zuverlässiger als die Magik
ist nur ein echter Freund!‹
Macbeth

Aahz blickte finster drein und wiederholte seine Geste, diesmal ein bisschen schneller.

Alles blieb unverändert.

»Ist irgendetwas nicht in Ordnung?«, erkundigte ich mich höflich.

»Das kannst du wohl glauben!«, schnauzte Aahz. »Es funktioniert nicht.«

»Bist du sicher, dass du es richtig machst?«

»Genauso sicher wie die letzten 50 Male, als ich es gemacht habe!«

Er klang allmählich etwas verärgert.

Er setzte sich mit übergeschlagenen Beinen in das Pentagramm und begann, unklare Muster auf den Boden zu zeichnen, wobei er düster vor sich hinmurmelte. Ich nutzte die Zeit, um meine wirren Gedanken zu ordnen.

Ich war mir immer noch nicht sicher, ob Aahz selbst eine Gefahr für mich darstellte oder etwa eine Rettungsmöglichkeit aus schlimmerer Gefahr. Ich meine, ich war schon ziemlich sicher, dass er Spaß gemacht hatte, als er davon sprach, mir das Herz herauszureißen, aber so etwas gehört zu den Angelegenheiten, wo man lieber ganz sicher ist. Eines hatte ich jedenfalls begriffen: Dass es in der Magik noch ganz andere Dinge gab als herumschwebende Federn.

»Das muss es sein!«

Aahz war wieder auf den Beinen und starrte Garkins Leichnam an. »Diese Missgeburt von einem Faultier! Das war doch wirklich ein dummer Scherz. Mehr kann ich dazu gar nicht sagen.«

»Äh, wovon redest du eigentlich, Aahz?«

»Ich rede von Garkin! Er hat mich in diese Lage gebracht. Wenn ich gewusst hätte, dass er so weit geht, hätte ich ihn bei der letzten Gelegenheit in einen Ziegenfisch verwandelt.«

»Aahz ... ich kapiere immer noch nicht ...«

Ich verstummte. Er hatte seine Schimpfkanonade beendet und sah mich an. Ich zuckte zurück, ehe ich sein Zähnefletschen als seine Art zu lächeln erkannte. Sein Toben war mir lieber.

»Tut mir Leid, Skeeve«, schnurrte er. »Ich fürchte, ich habe mich nicht sehr klar ausgedrückt.«

Mir wurde mit jeder Minute mulmiger zumute. Ich war es nicht gewöhnt, dass irgendwelche Leute, geschweige denn Dämonen, freundlich zu mir waren.

»Pass auf, die Situation ist folgende: Garkin und ich haben einander ... von Zeit zu Zeit Streiche gespielt. Es fing damit an, dass wir zusammen getrunken haben, und er hat mich mit der Rechnung übers Ohr gehauen. Wir haben einander darauf immer in peinliche Situationen gebracht. Es ist wirklich ziemlich kindisch, aber ganz harmlos. Diesmal aber ... Ich meine, es sieht ganz so aus, als sei die Sache ausgeartet. Meinst du nicht auch?«

Er entblößte noch einmal seine Fänge zu einem Lächeln. Ich hätte ihm verdammt gern bei allem zugestimmt, allerdings hatte ich nicht die leistete Idee, wovon er sprach.

»Du hast mir immer noch nicht erklärt, was eigentlich nicht stimmt.«

»Was nicht stimmt, ist, dass diese schleimige Krämerseele meine Kräfte aufgehoben hat!«, dröhnte er und vergaß seine Gelassenheit. »Ich sitze fest! Ich kann keinen Finger krumm machen, solange er nicht diesen albernen, großkotzigen Bannspruch von mir nimmt, und das kann er nicht, weil er tot ist! Verstehst du mich nun, du Wicht?«

Ich bildete mir eine Meinung. Sicherer oder nicht, es war mir lieber, wenn er dorthin verschwand, wo er hergekommen war.

»Also, wenn ich irgendetwas tun könnte ...«

»Das kannst du, Skeeve, mein Junge.« Aahz bestand wieder nur aus Schnurren und Lächeln. »Du musst nicht mehr tun, als unter diesem alten Kessel Dampf zu machen, um den Bann aufzuheben. Dann können wir beide unserer Wege gehen und ...«

»Das kann ich nicht.«

»Also gut, Kerlchen.« Sein Lächeln war nun eher gezwungen. »Ich bleibe hier, bis du dich wieder gefangen hast. Wofür sind Freunde schließlich da?«

»Darum geht's mir nicht.«

»Was willst du denn? Blutvergießen?« Aahz' Lächeln war verschwunden. »Wenn du versuchen willst, mich aufzuhalten, dann ...«

»Du verstehst es nicht!«, unterbrach ich ihn verzweifelt. »Ich kann das nicht, weil ich es nicht kann! Ich weiß nicht, wie es geht!«

Dies brachte ihn zur Vernunft.

»Hmm. Das könnte natürlich problematisch werden. Weißt du was? Anstatt den Bann hier aufzuheben, wie wär's, wenn du mich in meine eigene Dimension zurückschießt, und ich suche mir dort einen, der ihn aufhebt?«

»Das kann ich auch nicht. Erinnere dich doch, ich habe dir doch gesagt, dass ich noch nie etwas von ...«

»Was kannst du denn *überhaupt?*«

»Ich kann Gegenstände levitieren ... leichte Gegenstände.«

»Und ...«, forderte er mich zum Weitersprechen auf.

»Und ... äh ... eine Kerze zum Brennen bringen.«

»Eine Kerze zum Brennen bringen?«

»Also ... fast.«

Aahz ließ sich schwer in einen Sessel fallen und barg für einige Minuten sein Gesicht in den Händen.

»Kind, hast du in diesem Loch irgendetwas zu trinken?«, fragte er schließlich.

»Ich kann dir etwas Wasser holen.«

»Was zum Trinken habe ich gesagt, nicht zum Waschen!«

»Oh. Aber ja.«

Ich beeilte mich, ihm von Garkins kleinem Weinfass einen Krug abzufüllen in der Hoffnung, er würde nicht bemerken, dass der Becher nicht besonders sauber war.

»Wozu ist das gut? Bringt es dir deine Kräfte zurück?«

»Nein. Aber ich fühle mich danach vielleicht etwas besser.« Er stürzte den Wein in einem Zug hinab und betrachtete verächtlich das Gefäß. »Ist das euer größtes Behältnis?«

Ich suchte mit meinen Augen den Raum ab, doch Aahz kam mir zuvor.

Er stand auf, trat in das Pentagramm und hob den Kessel auf. Ich wusste von meinen früheren Experimenten, dass er entsetzlich schwer war, aber er trug ihn zum Fass, als wiege er gar nichts. Ohne sich erst die Mühe zu machen, den Rest von Garkins Gebräu auszuschütten, füllte er den Kessel bis an den Rand und nahm einen tiefen Zug.

»Ahh! Jetzt geht es schon besser«, seufzte er.

Ich fühlte mich ein wenig unbehaglich.

»Also, Kerlchen«, sagte er und streifte mich mit abschätzendem Blick. »Es sieht so aus, als müssten wir miteinander zurechtkommen. Die Umstände sind nicht ideal, aber damit müssen wir uns nun einmal abfinden. Wir müssen halt in den sauren Apfel beißen und mit den Karten spielen, die auf dem Tisch liegen. Was Karten sind, weißt du doch?«

»Natürlich«, sagte ich leicht verletzt.

»Schön.«

»Von welchem Apfel hast du denn gesprochen?«

Aahz schloss die Augen und hatte gegen irgendeine innere Unruhe anzukämpfen.

»Kerlchen«, sagte er schließlich, »es besteht eine gute Chance, dass diese Partnerschaft einen von uns um den Verstand bringt. Ich fürchte, dass ich das sein werde, wenn du dich nicht dazu entschließen kannst, deine großkalibrigen Fragen nach jedem zweiten Satz aufzugeben.«

»Aber die Hälfte dessen, was du sagst, kann ich überhaupt nicht verstehen.«

»Hm. Ich werde dir etwas sagen. Versuch deine Fragen zu sammeln und sie mir alle auf einmal zu stellen. Einverstanden?«

»Ich werde es versuchen.«

»Gut. Die Situation stellt sich meiner Ansicht nach folgendermaßen. Wenn Isstvan Imps als Killer engagiert...«

»Was ist ein Imp?«

»Kind, soll ich aus der Haut fahren?«

»Tut mir Leid, Aahz. Mach weiter.«

»Also wenn er Imps anheuert und sie mit modernen Waffen ausrüstet, kann das nur bedeuten, dass er auf seine alten Schliche aus ist. Da ich nun aber nicht über meine Kräfte verfüge, kann ich nicht hier weg und Alarm geben. Hier kommst du nun ins Spiel, Kerlchen ... Kerlchen?«

Er sah mich erwartungsvoll an. Ich stellte fest, dass ich mein Elend nicht länger für mich behalten konnte.

»Es tut mir Leid, Aahz«, sagte ich mit leiser, kläglicher Stimme, die ich kaum als meine eigene erkannte. »Ich verstehe keinen Funken von dem, was du erzählst.«

Ich merkte plötzlich, dass ich den Tränen nahe war und wandte mich schnell ab, dass er es nicht sehen würde. Da saß ich, Tränen liefen mir die Wangen hinab, focht abwechselnd mit dem Drang, sie wegzuwischen und dem Gedanken, was es mir eigentlich ausmachte, ob ein Dämon mich weinen sah. Ich weiß nicht, wie lange ich so verharrte, eine Hand auf meiner Schulter führte mich jedoch in die Realität zurück, eine kalte, zärtliche Hand.

»He, Junge. Mach dir doch keine Vorwürfe!« Aahz' Stimme klang überraschend mitfühlend. »Es ist doch nicht deine Schuld, wenn Garkin mit seinen Geheimnissen gegeizt hat. Keiner erwartet, dass du etwas gelernt hast, was man dich niemals gelehrt hat, deshalb brauchst du selbst es doch auch nicht zu erwarten.«

»Ich komme mir nur so dumm vor«, sagte ich. »Ich bin's nicht gewöhnt, mir so dumm vorzukommen.«

»Du bist nicht dumm, Kerlchen. So viel weiß ich. Garkin hätte dich nicht als Lehrling genommen, wenn du dumm wärst. Wenn hier jemand dumm ist, dann bin ich das. Ich habe mich von der Situation so mitreißen lassen, dass ich mich vergessen und mit einem Lehrling wie mit einem ausgebufften Zauberer geredet habe. Das ist wirklich dumm.«

Ich brachte immer noch keine Antwort über die Lippen.

»Nun komm, Kind.« Er schüttelte zart meine Schulter. »Im Augenblick kannst du jedenfalls mehr Magik zustande bringen als ich.«

»Aber du weißt mehr.«

»Aber ich kann es mir nicht zunutze machen. Weißt du, Kerlchen, das bringt mich auf eine Idee. Da der alte Garkin tot ist, sitzt du doch sozusagen auf dem Trockenen. Wie wäre es denn, wenn du eine Weile bei mir in die Lehre gingst? Wir beginnen ganz von vorn, als wärst du ein völlig neuer Schüler. Was meinste?«

Trotz meiner düsteren Stimmung stieg meine Laune nun etwas. Wie er sagte, bin ich nicht dumm. Ich weiß, eine Gelegenheit beim Schopf zu fassen.

»Holla, das klingt ja dufte, Aahz.«

»Dann sind wir uns handelseinig?«

»Handelseinig«, sagte ich und streckte die Hand hin.

»Was soll das?«, knurrte er. »Genügt dir mein Wort nicht?«

»Aber du hast doch gesagt...«

»Das stimmt schon. Du bist jetzt mein Lehrling, aber ich laufe nicht rum und schüttele meinen Lehrlingen die Hände.«

Ich zog meine Hand zurück. Es kam mir in den Sinn, dass diese Beziehung nicht immer das reine Honiglecken sein würde.

»Wie ich schon sagte, in der augenblicklichen Lage müssen wir also folgendermaßen verfahren ...«

»Aber ich habe doch überhaupt noch keinen Unterricht erhalten!«

»Das stimmt. Hier deine erste Lektion: Wenn sich eine Krise abzeichnet, verschwende keine Kräfte in der Bemühung um Informationen oder Fähigkeiten, die du nicht hast. Schau, wie du mit den verfügbaren Mitteln so gut wie möglich zurechtkommst.

Nun hältst du mal für eine Weile den Mund, während ich dich in die Situation einführe ... Lehrling.«

Ich hielt den Mund und lauschte. Er sah mich einen Augenblick lang an, nickte dann befriedigt, nahm noch einen Zug aus dem Kessel und hob zu sprechen an.

»Du hast eine vage Vorstellung von den anderen Dimensionen, weil ich dir zuvor schon davon erzählt habe. Du hast auch den sichtbaren Beweis, dass Magiker in der Lage sind, Schneisen in die Schranken und Sperren zwischen den Dimensionen zu schlagen. Nun, die verschiedenen Magiker benutzen diese Fähigkeit auf die verschiedenste Weise. Einige, so wie Garkin, benutzen sie lediglich, um ihre Umgebung zu beeindrucken. Es gibt jedoch auch andere, deren Motive so sauber nicht sind.«

Er hielt inne, um wieder einen Schluck Wein zu nehmen. Überraschenderweise hatte ich nicht das Bedürfnis, ihn mit Fragen zu unterbrechen.

»Die Technologie wie auch die Magik ist in den verschiedenen Dimensionen verschieden weit entwickelt. Einige Zauberer nutzen dies zu ihrem persönlichen Vorteil. Sie sind keine Schausteller, sie sind Schmuggler, die technisches Know-how für Macht und Profit über die Schranken hinweg kaufen und verkaufen. Es gibt eine Reihe ungeschriebener Gesetze, die man den Schmugglerkodex nennt, an den sie sich eng halten. Das ist so etwas wie der Söldnerkodex, nur weniger gewalttätig und profitträchtiger. Beispielsweise besagt ein Artikel dieses Kodex, dass man keine Invention in eine Dimension einführen darf, deren Entwicklungsniveau dem der Herkunftsdimension zu weit hinterher ist, man bringt also keine Lenkraketen in eine Langbogen-Kultur oder Laser in eine Steinschloss- und Pulver-Ära.«

Es fiel mir schwer, immer noch den Mund zu halten.

»Wie ich sagte, halten sich die meisten Magiker eng an diesen Kodex, aber ab und zu tritt ein Übeltäter auf. Damit wären wir bei Isstvan.«

Bei dem Namen lief mir ein Frösteln über die Haut. Vielleicht sprach Aahz den Namen doch etwas anders aus.

»Irgendwie hat Isstvan es sich in den Kopf gesetzt, Herrscher über alle Dimensionen zu werden. Er hat dies schon einmal versucht, aber wir haben rechtzeitig Wind davon bekommen und uns zu mehreren zusammengesetzt, um ihm eine angemessene Lektion zu erteilen. Bei dieser Gelegenheit bin ich auch Garkin zum ersten Mal begegnet. Ich dachte, er hätte die Sache nach seiner letzten Niederlage aufgegeben. Wir haben ihm sogar ein paar Souvenirs hinterlassen, um sicherzugehen, dass er es nicht vergisst. Und dann kommt es zu dieser Sache hier. Wenn er schon überdimensionale Hilfe anheuert und sie mit technisch hoch entwickelten Waffen ausrüstet, dann versucht er es wohl wieder.«

»Versucht was?«

»Wie ich dir gerade sagte, Herrscher der Dimensionen zu werden.«

»Das weiß ich, aber wie? Ich meine, wie kann ihm das, was er in unserer Dimension vollbringt, dabei helfen, die anderen zu beherrschen?«

»Ach das! Nun, jede Dimension verfügt über einen Kräftehaushalt, der in Magik eingebracht oder umgewandelt werden kann. Verschiedene Dimensionen verfügen über unterschiedliche Mengen, und diese Kräfte einer Dimension sind unter die Zahl ihrer Magiker aufgeteilt. Wenn es ihm gelingt, die anderen Zauberer dieser Dimension zu unterwerfen oder zu ermorden, so kann er die gesamte magische Energie benutzen, um eine andere Dimension anzugreifen. Wenn er auch dort erfolgreich ist, so verfügt er über die Macht zweier Dimensionen, um eine dritte zu attackieren und so weiter. Wie du siehst: Je länger er seine Sache durchhalten kann, umso mächtiger wird er, und umso schwieriger ist es, ihm Einhalt zu gebieten.«

»Ich verstehe nun«, antwortete ich aufrichtig erfreut und begeistert über meinen Durchblick.

»Gut. Dann verstehst du auch, warum wir ihm Einhalt gebieten müssen.«

Ich war nicht mehr erfreut und begeistert.

»Wir? Du meinst wir beide? Du und ich?«

»Das ist zwar keine großartige Streitkraft, Kerlchen, aber

wie ich schon sagte, wir müssen sehen, wie wir damit zurechtkommen.«

»Aahz«, sagte ich leise ohne aufzublicken. »Sag mir die Wahrheit. Glaubst du, es besteht eine Chance, dass du mir genügend Magik beibringst, dass wir eine Chance haben, ihn aufzuhalten?«

»Natürlich, Kind. Ich würde es nicht einmal versuchen, wenn wir keine Chance hätten. Vertrau mir!«

Ich war nicht so ganz überzeugt, und nach dem Klang seiner Stimme zu urteilen, er auch nicht.

Kapitel 4

»Sorgfältige Planung ist der Schlüssel
zu einem sicheren und zügigen Reiseverlauf«
Odysseus

»Hmmm ... nicht gerade ein auf Figur geschneiderter Frack, aber er wird es tun müssen.«

Wir hatten versucht, Aahz in ein paar Kleidungsstücke zu stecken, und er verfolgte die Fortschritte in einem kleinen, dunklen Spiegel, den wir gefunden hatten. Er drehte sich hin und her, um so sein Spiegelbild stückchenweise zu erhaschen.

»Wenn wir vielleicht eine andere Farbe fänden als dieses grässliche Braun.«

»Was anderes haben wir nicht.«

»Bist du sicher?«

»Völlig. Ich besitze zwei Hemden, beide in Braun. Du trägst das eine, ich das andere.«

»Hmmm ...«, machte er und betrachtete mich sorgfältig. »Vielleicht sähe ich in dem hellbraunen besser aus. Na ja, das können wir später noch diskutieren.«

Ich wunderte mich über die Sorgfalt, die er seinem Äußeren widmete. Ich meine, er konnte doch kaum vorhaben, jemandem zu begegnen. Der Anblick eines grünen, schuppigen Dämons würde die meisten Einheimischen in Aufregung versetzen, egal was er trug. Augenblicklich hielt ich es jedoch für gescheiter, den Mund zu halten und auf seine Schrullen einzugehen.

Die Kleider passten ihm ziemlich gut. Angesichts seiner langen Arme war das Hemd natürlich ein bisschen knapp in den Ärmeln, jedoch nicht allzu sehr, da ich größer war als er und dies das meiste wieder aufwog. Die Hose mussten wir ein wenig abschneiden für seine kürzeren Beine, doch genau wie das Hemd war sie am Rumpf nicht zu eng. Ich hatte die Kleider selbst gemacht, und sie neigten dazu, etwas ausgebeult zu wirken, zumindest wenn ich sie trug. Schneidern ist nicht meine Stärke.

Außerdem trug er Garkins Stiefel, die ihm überraschend gut passten. Ich hatte da leisen Protest erhoben, bis er mir klar machte, dass Garkin nichts mehr davon hätte, wir aber wohl. Pragmatismus nannte er das. Situationsgebundene Ethik. Er sagte, solche Prinzipien kämen mir doch gelegen, wenn ich wirklich Magiker werden wollte. Da könnte ich doch viel von ihm lernen.

»He, Kerlchen!« Aahz' Stimme riss mich aus meinen Gedanken. Er schien damit beschäftigt, in den verschiedenen Truhen und Schränken der Hütte zu kramen. »Habt ihr hier denn nichts an Waffen?«

»Ich habe niemals einen Zauberer kennen gelernt, der andere Waffen benutzte als seine Zauberkräfte.«

»Tatsächlich? Wie viele hast du denn gekannt?«

»Einen«, gestand ich.

»Donnerwetter! Schau, Kerlchen, wenn der alte Garkin keine Waffen benutzen wollte, dann ist das sein Problem. Ich für meinen Teil möchte welche. Wenn du bitte bemerken willst, Garkin ist tot. Das spricht eher gegen seine Waffenlosigkeit.«

Gegen solche Logik anzukommen war schwer.

»Außerdem«, fügte er hinzu, »wie willst du es mit Isstvan und seiner Bande aufnehmen mit nur deinen Magikkünsten und meiner Aufgewecktheit zu unserem Schutz?«

»Ich werde dir suchen helfen.«

Wir machten uns an die Arbeit, nach Waffen zu wühlen, aber außer der Armbrust, mit der Garkin getötet worden war, fanden wir nicht sehr viel. Eine der Truhen barg ein Schwert mit edelsteinbesetztem Griff, und wir entdeckten zwei Messer, eins mit schwarzem und eins mit weißem Griff, auf Garkins Werkbank. Abgesehen davon fand sich nichts, das auch nur annähernd einem Kampfgegenstand ähnelte. Aahz war nicht gerade vor Freude außer sich.

»Das kann ich nicht glauben. Ein Schwert mit grober Klinge, schlechter Balance und falschen Edelsteinen im Griff und zwei Messer, die seit ihrer Herstellung nicht mehr geschliffen worden sind. Jeder, der Waffen so schlecht pflegt, sollte gespießt werden.«

»Ist er ja auch.«

»Da hast du verdammt Recht. Tja, wenn wir nicht mehr haben, müssen wir sehen, wie wir damit klarkommen.«

Er band das Schwert an seine Hüfte, steckte das weiße Messer in seinen Gürtel. Ich dachte, er gäbe mir das andere, stattdessen beugte er sich hinab und versteckte es in seinem Stiefel.

»Bekomm ich keines?«

»Kannst du denn damit umgehen?«

»Nun ...«

Er setzte seine Beschäftigung fort. Ich hatte ein kleines Messer unter meinem Hemd im Gürtel stecken, mit dem ich sonst Kleinwild häutete. Selbst für mein ungeübtes Auge war klar, dass es von besserer Qualität war als die beiden, die Aahz beschlagnahmt hatte. Ich beschloss, es ihn nicht sehen zu lassen.

»Schön, Kerlchen. Wo hat der alte Mann sein Geld aufbewahrt?«

Ich zeigte es ihm. Einer der Steine im Kamin saß locker, dahinter war ein kleiner Lederbeutel versteckt. Er sah die Münzen, die sich in seine Hand ergossen, misstrauisch an.

»Zähl das mal nach, Junge. Kupfer und Silber sind in dieser Dimension nicht allzu viel wert, stimmt's?«

»Nun, Silberwährung hat schon ihren Wert, aber nicht so viel wie Gold.«

»Was soll dann dieses Hühnerfutter? Wo steckt das richtige Geld?«

»Wir hatten niemals viel.«

»Jetzt komm aber ... Ich habe noch nie einen Magiker gekannt, der nicht irgendwo sein Bündelchen Scheine gehabt hätte. Die Tatsache, dass er niemals etwas ausgegeben hat, heißt nicht, dass er keines hatte. Denk nach. Hast du hier niemals etwas aus Gold oder mit Juwelen gesehen?«

»Na, es gibt ein paar solcher Stücke, aber auf ihnen lastet ein Fluch ...«

»Junge, denk doch mal eine Minute nach! Wenn du ein alter Tattergreis wärst, den man in die Tasche stecken kann, wie würdest du denn deine Schätze behüten?«

»Ich weiß nicht.«

»Schrecklich. Ich werd's dir erklären, während wir sie einsammeln.«

In kurzer Zeit hatten wir einen bescheidenen Beutehaufen auf dem Tisch, Dinge, vor denen ich schon lange große Ehrfurcht gehegt hatte. Eine Goldstatue von einem Mann mit Löwenkopf, die Drei Perlen des Kraul, ein Goldanhänger in Sonnenform, an dem drei Strahlen fehlten, und ein Ring mit einem dicken Edelstein, den wir Garkin vom Finger gezogen hatten. Aahz hielt den Sonnenanhänger hoch.

»Das ist ein Beispiel dafür, was ich gemeint habe. Vermutlich gibt es eine Legende, was aus den drei fehlenden Strahlen geworden ist?«

»Also«, hob ich an, »es gab einmal einen verirrten Volksstamm, der eine riesige Schlangenkröte verehrte ...«

»Das kannst du dir schenken. Das ist ein alter Trick. Man

bringt sein Gold zu einem Kunsthandwerker und lässt sich eine Gestalt mit vielen kleinen Auswüchsen, Fingern oder Armen herstellen...« Er hielt den Anhänger empor. »... oder Sonnenstrahlen. Das ist in zweifacher Hinsicht am besten.

Erstens besitzt man nun etwas Mystisches und Übernatürliches, wenn man nun noch eine Geistergeschichte darum rankt, wagt keiner, es anzufassen. Zweitens hat es den Vorteil, dass man einfach nur einen Arm oder einen Strahl abbricht und in den Goldwert umsetzt, wenn man mal schnelles Bargeld braucht. Anstatt jedoch an Wert zu verlieren, steigt der Preis des Stückes aufgrund seiner geheimnisumwobenen Geschichte und der seltsamen Umstände, unter denen es zu Bruch ging, was natürlich alles frei erfunden ist.«

Merkwürdigerweise war ich überhaupt nicht überrascht. Ich fragte mich, ob von all dem, was Garkin mir erzählt hat, auch nur ein Wort wahr war.

»Aber wie kann man ein echtes Stück von einer Fälschung unterscheiden?«

»Garkin hat dir also auch nicht beigebracht, wie man eine Aura sieht. Wenn du dich in eine Tagtraumstimmung versetzt, ohne etwas Bestimmtes zu fixieren, so siehst du die Ausstrahlung, die Aura eines echten Stückes. Die meisten Menschen haben eine Aura, auch manche Plätze. Wie du sehen kannst, ist Garkins Ring das einzige echte Stück. Ich wette, dass er damit auch den Mörder gegrillt hat!«

Er steckte den Rest in einen Beutel.

»Nehmen wir den Ring nicht mit?«

»Weißt du, wie man ihn kontrolliert?«

»Nun... nein.«

»Ich auch nicht. Das fehlt uns gerade noch, einen Ring mit uns herumzuschleppen, der Feuer spuckt. Besonders, wenn wir nicht wissen, wie man ihn in Gang setzt. Lass ihn liegen. Vielleicht finden ihn die anderen und wenden ihn gegen sich selbst an.«

Er steckte den Beutel in seinen Hosenbund.

»Was für andere?«, drängte ich ihn.

»Hm? Oh, die anderen Mörder.«

»Was für andere Mörder?«

Ich versuchte, ruhig zu bleiben, aber das klappte nicht recht.

»Stimmt ja. Du hast das erste Mal mit ihnen zu schaffen, nicht? Ich hätte gedacht, dass Garkin ...«

»Aahz, kannst du mir nicht klipp und klar sagen, was los ist?«

»Aber sicher, Kind. Mörder arbeiten niemals alleine. Deshalb scheitern ihre Unternehmungen niemals. Sie gehen in Gruppen von zwei bis acht vor. Vielleicht stecken noch irgendwelche Nachschubteams in der Gegend. Angesichts Isstvans Furcht vor Garkin, wird er meiner Ansicht nach mindestens sechs mit diesem Auftrag ausgesandt haben, vielleicht sogar zwei Gruppen.«

»Du willst also sagen, während du hier mit Klamotten und Schwertern herumgehampelt hast, sind noch mehr Killer unterwegs?«

»Nur die Ruhe, Kind! Das ist ein Nachschubteam. Die warten immer in einiger Entfernung und werden sich frühestens morgen von der Stelle rühren. Das gebietet die Standeshöflichkeit. Sie wollen diesem Kerl hier freie Hand lassen. Außerdem ist es Tradition, dass der Mörder, der die Tat ausführt, den ersten Zugriff auf zufällige Beute hat, die er an Ort und Stelle findet, ehe die anderen anrücken und zu gleichen Teilen offiziell geteilt wird.«

»Woher weißt du eigentlich so viel über Mörder, Aahz?«

»War mal mit einer zusammen ... hübsches Mädchen, aber sie konnte den Mund nicht halten, nicht einmal im Bett. Manchmal frage ich mich, ob es überhaupt einen

Beruf gibt, der seine Geheimnisse so streng hütet, wie er sich rühmt.«

»Und was ist daraus geworden?«

»Woraus?«

»Aus deiner Mörderin?«

»Das geht dich nichts an, Kerlchen.« Aahz war plötzlich wieder grob. »Wir haben zu tun.«

»Was machen wir nun?«

»Nun, zuerst beerdigen wir den Imp. Das lenkt die anderen vielleicht von unserer Fährte ab. Mit ein bisschen Glück werden sie denken, er hätte die ganze Beute genommen und wäre damit verschwunden. Es wäre nicht das erste Mal.«

»Nein, ich meine danach. Wir bereiten uns auf eine Reise vor, aber wohin gehen wir?«

»Kind, manchmal machst du mir Sorgen. Das ist nicht einmal Magik. Das ist eine ganz gewöhnliche militärische Aktion für den gesunden Menschenverstand. Als Erstes finden wir Isstvan. Zweitens schätzen wir seine Stärke ab. Drittens legen wir unsere Pläne fest, und viertens erledigen wir diese und hoffentlich auch ihn.«

»Hm ... Aahz, könnten wir für eine Minute auf den ersten Punkt zurückkommen? Wohin wollen wir gehen, um Isstvan zu finden?«

Das brachte ihn in die harte Wirklichkeit zurück.

»Weißt du denn nicht, wo er steckt?«

»Ich habe seinen Namen vor dem heutigen Tag noch niemals gehört.«

Wir saßen schweigend da und sahen einander eine lange Weile an.

Kapitel 5

›Nur das regelmässige und sorgfältige Training der martialischen Künste garantiert ein langes und sicheres Leben‹

Conan

»Ich glaube, ich hab es nun heraus, Kerlchen.«

Mit diesen Worten machte Aahz eine kurze Pause beim Schwertschleifen und inspizierte die Scheide.

»Was heraus?«

»Warum die Menschen auf dieser Welt nur den Umgang mit Waffen oder mit der Magik beherrschen, niemals aber beides ...«

»Und wie kommt es?«

»Zwei Gründe liegen schon einmal klar auf der Hand. Erstens ist es eine Frage der Gewohnheit. Reflexe. Man reagiert auf die Weise, auf die man trainiert ist. Wenn man dich an den Waffen ausgebildet hat, so greifst du im Falle einer Krise zur Waffe. Bist du in Magik ausgebildet, so reagierst du mit Mitteln der Magik. Das Problem besteht nun darin: Wenn du beides kannst, so wirst du zögern und versuchen, zu einer Meinung zu gelangen, welches denn einzusetzen wäre, und wirst derweil fertig gemacht. Um diese Schwierigkeit zu umgehen, hat Garkin dich nur in Magik ausgebildet. Wahrscheinlich hat er selbst auch nichts anderes gekonnt.«

Ich dachte darüber nach.

»Das klingt plausibel. Und der andere Grund?«

Er grinste mich an.

»Die Lernkurve. Wenn die Lebenserwartung, die du mir von dieser Welt angegeben hast, annähernd stimmt, und wenn du ein Beispiel dafür bist, wie schnell die Leute hier lernen, dann habt ihr nur die Zeit, eines von beiden zu erlernen.«

»Ich glaube, die erste Interpretation gefällt mir besser.«

Er kicherte in sich hinein und machte sich wieder daran, sein Schwert zu schleifen.

»He, Kerlchen. Wirf mir doch mal ein Stück Holz zu!«

Ich lächelte vor mich hin und sah mich um. Etwa dreißig Meter entfernt lag ein kleiner Reisigast. Ich streckte einen Finger aus, da flog er auch schon los, schwebte leichthin über die Lichtung und schaukelte vor Aahz in der Luft.

»Nicht schlecht, Kerlchen!«, gab er zu. Dann blitzte sein Schwert auf und zerteilte den Ast in zwei Teile, die zu Boden fielen. Er hob eines der Stücke auf und besah sich den Schnitt.

»Hm ... jetzt besteht wohl wieder Hoffnung für dieses Schwert. Warum hast du sie fallen lassen?«

Die letzte Frage galt mir.

»Ich weiß nicht. Wahrscheinlich bin ich erschrocken, als du das Schwert geschwungen hast.«

»Tatsächlich?«

Plötzlich warf er einen Stock nach mir. Ich schrie auf und versuchte mich wegzuducken, er traf mich jedoch schmerzhaft an der Schulter.

»He! Was stellte denn das dar?«

»Nenn es eine praktische Lektion. Du weißt, dass du den Stock beherrschen kannst, weil du das gerade getan hast, als du ihn zu mir schweben ließest. Warum hast du dich also geduckt? Warum hast du ihn nicht mit deiner Magik gestoppt?«

»Ich glaube, auf die Idee wäre ich nie gekommen. Du hast mir nicht viel Zeit zum Nachdenken gelassen.«

»Gut. Dann denk jetzt nach! Diesmal weißt du, dass er kommt.«

Es klappte wieder nicht.

»Sag mal, Aahz, wenn du mir wirklich etwas Selbstvertrauen einflößen willst, wieso ziehst du mir dann jedes Mal die Beine weg, wenn ich irgendwo Fuß fassen will?«

»Selbstvertrauen ist etwas Wunderbares, Kind, aber nur, wenn es berechtigt ist. Eines Tages wird unser beider Leben von deinen Fähigkeiten abhängen, und es würde übel für uns ausgehen, wenn du dich die ganze Zeit überschätzt hättest. Jetzt wollen wir uns an die Arbeit machen.«

»Hm ... haben wir denn die Zeit dazu?«

»Immer mit der Ruhe, Kind. Imps sind zwar zäh, aber auf Reisen kommen sie nur langsam voran.«

Unsere Strategie beim Verlassen der Hütte war einfach gewesen. Da wir nicht wussten, in welche Richtung unsere Wanderung gehen sollte, wollten wir den Kraftlinien der Welt folgen, bis wir entweder Isstvan fänden oder auf einen anderen Zauberer stoßen würden, der in der Lage wäre, uns zu ihm zu führen.

Kraftlinien, so erklärte mir Aahz, sind jene Pfade der Welt, entlang denen die Energien am ungehindertsten strömen ... In vieler Hinsicht sind sie so genannten Magnetfeldern ähnlich. Was immer das nun wieder ist! Nach Aahz' Theorie hatte man Garkin gefunden, indem man diesen Kraftlinien nachgegangen war. Demnach war es logisch, dass wir Isstvan auf die gleiche Weise ausfindig machen konnten.

»Wie lange glaubst du«, fragte mich Aahz, »wirst du dazu brauchen, genug Magik zu erlernen, um einer Bande von Impmördern standzuhalten, die mit Waffen anderer Dimensionen ausgerüstet sind?«

»Fangen wir an!«, forderte ich ihn entschlossen auf.

Er sah sich um und deutete auf einen knorrigen Obstbaum, dessen Früchte der Windschlag weit über die Lichtung verteilt hatte.

»Gut. Hör zu, was ich von dir will. Starr den Himmel an oder betrachte deinen Nabel oder sonst etwas. Wenn ich dir dann zurufe, benutze deine Stärke, um eine der Früchte zu packen und sie mir zuzuwerfen.«

Ich weiß nicht, wie viele Stunden wir mit dieser Übung zugebracht haben. Es ist schwieriger, als es sich anhört, da man seine Kraft von einem festen Standort aus aufbieten muss.

Gerade als ich dachte, ich hätte es nun im Griff, änderte Aahz seine Taktik. Er hatte mich in ein Gespräch verwickelt und mich absichtlich weiterreden lassen, um mich dann mitten im Satz mit seinem Signalruf zu unterbrechen. Es ist wohl kaum nötig zu erwähnen, dass ich schrecklich versagt habe.

»Entspann dich, Kerlchen. Schau, versuch es mal folgendermaßen. Anstatt jedes Mal von neuem Kraft zu sammeln, solltest du in deinem Innern einen kleinen Raum schaffen, wo du einige Energie ansammelst.«

Mit dieser kleinen Sonderbelehrung klappte die Übung schon merklich besser.

Schließlich brach Aahz die praktische Sitzung ab und ließ mich ihm bei der Arbeit an den Messern helfen. Das machte mir ziemlichen Spaß. Ich levitierte eine der Früchte und ließ sie um die Lichtung kreisen, bis Aahz sein Messer hineinschleuderte. Als besondere Raffinesse zog ich manchmal das Messer heraus und warf es ihm zurück für einen zweiten Versuch.

»Halt es fest, Skeeve!«

Aahz' Ruf riss mich aus meiner Träumerei. Ohne nachzudenken griff ich mit meinem Geist zu, und ... das Messer verharrte mitten in der Luft! Ich blinzelte, hielt es aber fest, und da schwebte es dreißig Zentimeter von der Frucht entfernt, die ebenfalls auf der Stelle stand.

»Hal-lo! Das ist es, Skeeve! Jetzt hast du einen Grund für Selbstvertrauen!«

»Ich hab's geschafft!«, sagte ich und traute meinen Augen nicht.

»Und ob du 's geschafft hast! Dieses kleine Zauberkunststückchen wird eines Tages dein Leben retten.«

Anders als sonst ließ ich das Messer zu ihm zurückschweben. Er packte es aus der Luft und steckte es in seinen Gürtel, hielt plötzlich inne und neigte den Kopf zur Seite.

»Und gerade rechtzeitig. Da kommt jemand.«

»Wie kannst du das behaupten?«

»Das ist nichts Besonderes. Mein Gehör ist besser als das von euch allen hier zusammen. Dreh nicht durch. Es ist kein Imp. Dem Klang nach irgendein Huftier. Wilde Tiere laufen niemals so gerade auf einer Linie und so ohne jeden Schutz.«

»Was meinst du mit ›gerade rechtzeitig‹? Wollen wir uns nicht verstecken?«

»Diesmal nicht.«

Er grinste mich an. »Du entwickelst dich schnell. Es ist an der Zeit, dass du einen neuen Zauber lernst. Es stehen uns ein paar Tage zur Verfügung, ehe wer immer es auch ist, hier ankommt.«

»Tage?«

Aahz gewöhnte sich rasch an unsere Dimension, die Zeiteinheiten machten ihm jedoch noch Schwierigkeiten.

»Sag mir noch mal eure Einheiten«, befahl er brummelnd.

»Sekunden, Minuten, Stunden ...«

»Minuten. Wir haben noch ein paar Minuten!«

»Minuten! Ich kann doch einen neuen Zauber nicht in ein paar Minuten lernen!«

»Klar kannst du. Der ist leicht. Alles was du zu tun hast, ist meine Züge so zu verkleiden, dass ich wie ein Mensch aussehe.«

»Und wie mache ich das?«

»Genau wie alles andere, mit deinem Denken. Zuerst schließ die Augen ... mach sie zu ... so, nun stell dir ein anderes Gesicht vor ...«

Das Einzige, das mir einfiel, war das von Garkin, also stellte ich mir die beiden Gesichter nebeneinander vor.

»Nun schieb das andere Gesicht über das meine ... und lass die Züge verfließen und bilde die richtigen heraus. Wie aus Ton ... behalte das in deinem Kopf und öffne wieder die Augen.«

Ich sah hin und war enttäuscht.

»Es hat nicht funktioniert!«

»Klar hat es das.«

Er sah in den dunklen Spiegel, den er aus seinem Beutel gezogen hatte.

»Aber du hast dich nicht verändert!«

»Doch, das habe ich. Du kannst es nicht sehen, weil du den Zauber bewirkt hast. Es ist ja ein Trugbild, und da du die Wahrheit weißt, wirst du nicht getäuscht, wohl aber jeder andere. Garkin, wie? Na, das wird es vorläufig tun.«

Der Reiter war nun in Sichtweite. Es war ein großer, muskulöser Mann, der nach einem Krieger aussah. Dieser Eindruck wurde noch durch das riesige Schlachteinhorn verstärkt, das er voll beladen mit Waffen und Rüstungen ritt.

»He, Aahz. Sollten wir nicht ...«

»Locker bleiben, Kind. Pass auf.«

Er trat nach vorn und hob den Arm.

»Sei gegrüßt, Fremder! Wie weit ist es zur nächsten Stadt?«

Der Mann drehte sein Einhorn zu uns her. Er hob den Arm zum Gruß. Als er auf halber Höhe war, erstarrte er jedoch. Er beugte sich vor, blinzelte Aahz argwöhnisch an und zuckte dann entsetzt zurück.

»Bei den Göttern! Ein Dämon!«

Kapitel 6

›Beachtung von Einzelheiten heisst die Parole, will man ahnungslosen Zeugen Informationen entlocken‹

Inspektor Clouseau

Das Entsetzen versteinerte den Krieger jedoch nicht lange.

Ganz im Gegenteil! Kaum hatte er seine Entdeckung gemacht, bereitete er auch schon Taten vor. Merkwürdigerweise bestanden sie darin, sich in seinem Sattel zurückzulehnen und hektisch in einer seiner Satteltaschen zu wühlen, eine ausgesprochen kitzlige Situation.

Aahz tat einen Satz nach vorn, stieß einen Schrei aus und fuchtelte mit den Armen vor dem Gesicht des Einhorns herum. Als vernünftige Kreatur wieherte das Einhorn, bäumte sich empor und warf den Krieger ab.

»Bei den Göttern!«, keifte dieser und versuchte, sich aus dem wenig eleganten Rüst- und Waffenhaufen zu befreien. »Ich habe Leute schon aus geringeren Anlässen umgebracht!«

Ich kam zu dem Schluss, wollte man eine solche Drohung abwehren, so musste ich die Angelegenheit selber in die Hand nehmen. Ich packte mit meinem Denken einen faustgroßen Stein und schleuderte ihn kräftig an die unbehelmte Stirn. Der Mann ging wie ein abgeschlachteter Stier zu Boden.

Lange Zeit betrachteten Aahz und ich den niedergestürzten Mann und versuchten, wieder zu Atem zu kommen.

»›Nur mit der Ruhe, Skeeve! Das wird leicht sein, Skeeve! Vertrau auf mich, Skeeve!‹ Junge, Junge, Aahz, wenn du schon mal einen Zauber versaust, dann aber so, dass es sich lohnt, was?«

Er kramte wieder in seinem Beutel.

»Halt die Klappe, Kleiner!«

»Ich will nicht die Klappe halten, ich will wissen, was mit dem ›narrensicheren‹ Zauberspruch los ist, den du mir beigebracht hast.«

»Ich habe mich selbst schon gefragt.« Er zog wieder den Spiegel hervor und spähte hinein. »Ich will dir was sagen, Kerlchen. Überprüf du mal seine Aura und achte auf Ungewöhnliches!«

»Seine Aura! Sie ist rötlich-gelb, aber auf seiner Brust ist ein blauer Fleck.«

»Dachte ich mir's doch!« Aahz war mit einem Satz auf der anderen Seite der Lichtung und kauerte sich neben den Mann wie eine beutemachendes Tier.

»Schau dir das an!«

An einem Riemen um den Hals des Mannes hing ein silbernes Amulett in der Form eines Salamanders mit einem Auge auf der Stirn.

»Was ist das?«

»Ich bin mir nicht sicher, aber ich habe eine Idee. Spiel mit, was ich gleich vorführen werde. Aber nimm zuerst den Zauber von mir.«

»Welchen Zauber?«

»Komm, Kind, wach mal auf. Den Zauber, der mein Gesicht verändert.«

Mit einem Seufzer schloss ich die Augen und tat wie geheißen.

»Was nun?«

Wie zur Antwort stöhnte der Krieger und setzte sich auf. Er schüttelte den Kopf und schlug die Augen auf. Sein Blick fiel auf Aahz, worauf er blinzelte, wieder hinsah und nach seinem Schwert fasste, um festzustellen, dass es weg war.

Ebenso fehlten sein Dolch und seine Streitaxt. Offensichtlich war Aahz in der Zeit, da ich den Zauber aufgehoben hatte, nicht untätig gewesen.

»Bleib ruhig, Fremder! Die Dinge sind nicht, wie sie scheinen mögen.«

Der Mann sprang auf die Beine und nahm eine Kampfstellung mit geballten Fäusten an.

»Hüte dich, Dämon!«, ließ er mit dumpfer Stimme vernehmen. »Ich habe noch andere Waffen.«

»Tatsächlich? Nenn mal ein paar. Aber wie schon gesagt, bleib ruhig. Zuallererst: Ich bin kein Dämon.«

»Weißt du, Dämon, dass dieses Amulett mir die Fähigkeit verleiht, jeden Zauber zu durchschauen und dich zu sehen, wie du wirklich bist?«

Das war es also! Sofort durchströmte mich wieder Vertrauen in meine Kräfte.

»Freund, auch wenn du mir nicht glauben magst, der Anblick dieses Talismans erfüllt mich mit Freude, setzt er mich doch in die Lage, dir zu beweisen, was ich sagen will.«

»Verschwende deine Lügen nicht an mich. Deine Verkleidung ist durchschaut! Du bist ein Dämon!«

»Richtig. Könntest du mir einen kleinen Gefallen tun?« Aahz saß gemütlich im Schneidersitz auf der Erde. »Könntest du das Amulett einen Augenblick abnehmen?«

»Es abnehmen?« Einen Augenblick lang war der Mann verwirrt, doch er sammelte seine Sinne schnell wieder. »Nee, Dämon. Du willst mich überlisten, mein Amulett abzunehmen, damit du mich töten kannst!«

»Schau mal, Dummchen. Wenn wir dich hätten töten wollen, so hätten wir das doch bequem tun können, als du k. o. geschlagen warst!«

Zum ersten Mal schienen den Mann Zweifel zu erfüllen.

»Das ist wirklich wahr.«

»Könntest du mir dann einen Augenblick den Gefallen tun und dein Amulett abnehmen?«

Der Krieger zögerte, dann zog er langsam die Kette ab. Er sah Aahz entschlossen an, und sein Blick verfinsterte sich.

»Das ist ja seltsam. Du siehst immer noch wie ein Dämon aus!«

»Stimmt, doch lass dir jetzt eine Frage stellen. Gehe ich recht in der Annahme, dass du einige Kenntnis über Dämonen besitzt?«

»Seit über fünfzehn Jahren bin ich nun Dämonenjäger«, erklärte er stolz.

»Ach ja?« Eine Weile befürchtete ich, Aahz würde den ganzen Auftritt kippen, doch er bekam sich wieder unter Kontrolle und fuhr fort.

»Dann sag mir, Freund! Bist du mit deiner langen Erfahrung jemals einem Dämon begegnet, der wie ein Dämon aussah?«

»Natürlich nicht! Sie benutzen stets ihre Magik, um sich zu tarnen.«

Der war aber gut über Dämonen informiert!

»Dann beweist das doch meine Behauptung!«

»Welche Behauptung?«

Ich dachte einen Augenblick, Aahz würde ihn an den Schultern packen und schütteln. Es kam mir in den Sinn, dass Aahz' subtile Argumente in dieser Welt vielleicht etwas vergeudet wären.

»Lass es mich mal versuchen, Aahz. Schaut, Herr! Er will sagen, wenn er ein Dämon wäre, sähe er nicht wie einer aus, da er aber so aussieht, ist er auch keiner.«

»Oh«, entfuhr es dem Mann, der plötzlich begriff.

»Jetzt hast du mich ganz aus dem Konzept gebracht«, brummelte Aahz.

»Aber wenn du kein Dämon bist, warum siehst du dann so aus?«

»Ach!«, seufzte Aahz. »Das ist ja das ganze Problem. Weißt du, auf mir lastet ein Fluch. Ich bin Dämonenjäger wie du. Genau gesagt, ein ziemlich erfolgreicher. Habe mir auf dem Gebiet einen ganz schönen Namen gemacht.«

»Ich habe noch nie von dir gehört«, grummelte der Mann.

»Wir ja auch nicht von Euch«, warf ich ein.

»Ihr wisst ja gar nicht, wie ich heiße!«

»Oh, tut mir Leid.« Ich rief mir meine guten Manieren ins Gedächtnis. »Das ist ... Dämonenjäger Aahz, und ich bin Skeeve.«

»Freut mich, euch kennen zu lernen. Ich bin unter dem Namen Ganzfix bekannt.«

»Wenn ich nun fortfahren könnte ...«, meldete sich mein neuer Meister.

»Entschuldige, Aahz!«

»Also wie ich sagte, gemäß meinem nie da gewesenen Erfolg genoss ich ein gewisses Renommée bei den Dämonen. Jedenfalls als ich gerade einem Dämonen, einem besonders widerwärtigen Geschöpf, den Todesstoß versetzen wollte, erschrak ich, als er mich mit meinem Namen nennen wollte. ›Aahz‹, machte er. ›Ehe du zuschlägst, wisse, dass dies das Ende deiner Laufbahn ist!‹ Natürlich lachte ich darüber, denn ich war schon mit gewaltigeren Dämonen als ihm und manchmal mehreren auf einmal fertig geworden. ›Lach nur‹, dröhnte er, ›doch eine Geheimkonferenz der Dämonen hat mich bevollmächtigt, dich zu erledigen. Ob du mich umbringst oder nicht, du bist dazu verdammt, das gleiche Ende zu nehmen, das du so vielen von uns zugefügt hast.‹ Ich habe ihn natürlich abgemurkst in der Meinung, dass er bluffte, doch mein Leben ist seither nicht mehr das Gleiche.«

»Warum nicht?«

»Wegen des Fluchs! Als ich zu meinem Pferd zurückkehrte, hat mein teurer Knappe nur einen Blick auf mich geworfen, ehe er wie tot daniedersank.«

»Stimmt ja gar nicht! Ich meine ... es lag an der Hitze.«

»Natürlich, Skeeve.« Aahz zwinkerte verstohlen in Ganzfixens Richtung.

»Jedenfalls stellte ich bald zu meinem Schrecken fest, dass der Dämon einen Fluch über mich verhängt hatte, ehe er sein Leben aushauchte, nach dem ich vor aller Welt wie ein Dämon aussah. Ich, der stolzeste Dämonenjäger, nun selbst von meinen Mitmenschen gehetzt! Ich bin gezwungen, mich wie ein Tier hier zu verbergen, und nur mein Sohn leistet mir Gesellschaft.«

»Du sagtest doch, er sei dein Knappe.«

»Das auch! Ach, Ironie des Schicksals!«

»Tja, das ist hart. Ich wollte, ich könnte irgendwie helfen.«

»Vielleicht kannst du das.« Aahz lächelte einnehmend.

»Äh ... wie denn? Ich bin doch nur ein Dämonenjäger.«

»Genau deshalb könntest du ja von Nutzen sein. Siehst du, alle paar Augenblicke heften sich uns irgendwelche Dämonen auf die Fersen. Da kommt es mir in den Sinn, dass wir uns doch gegenseitig nützlich sein könnten. Wir können dir Beute liefern, und du könntest uns deinerseits von dem Geschmeiß befreien.«

»Ich weiß nicht recht. Ich habe schon einen Auftrag, und normalerweise übernehme ich keinen neuen Fall, ehe der alte nicht abgeschlossen ist. Der Unwissende könnte sonst meinen, ich habe es mit der Angst zu tun bekommen oder sonst etwas. Das schadet dem Ruf.«

»Das würde kein Hindernis darstellen«, fuhr Aahz fort. »Es ist ja nicht so, als müsstest du alles stehen und liegen lassen und von deiner Fährte abweichen. Du brauchst nur hier zu warten, dann tauchen sie schon auf.«

»Warum sind sie denn hinter euch her?«

»Ein übler Magiker hat sie uns auf den Hals gehetzt, nachdem ich dumm genug war, ihn um Hilfe zu bitten. Der Fluch, weißt du.«

»Ja, natürlich ... warte mal. War der Name des Zauberers zufällig Garkin?«

»In der Tat. Wieso? Kennst du ihn?«

»Nun, er ist Gegenstand meines Auftrags. Ihn soll ich umbringen.«

»Warum?«, fragte ich. »Garkin ist doch kein Dämon.«

»Aber er macht gemeinsame Sache mit Dämonen, Kerl!«

Aahz warf mir einen warnenden Blick zu.

»Das genügt einem Dämonenjäger. Stimmt's, Ganzfix?«

»Stimmt. Merk dir das, Bürschchen!«

Ich nickte ihm heftig zu. Die ganze Begegnung begann mich allmählich nervös zu machen.

»Wo hast du denn von Garkin gehört, Ganzfix?«, fragte Aahz beiläufig.

»Das war schon ziemlich komisch: von einem Herbergswirt ... Isstvan hieß er, glaub ich ... ein eigentümlicher, aber ganz aufrichtiger Bursche. Etwa drei Wochenritte zurück ... Aber wir sprachen von eurem Problem. Also gut«, beschloss Ganzfix. »Ich werde euch bei eurem Kampf helfen.«

»Das wäre prima bis auf eines. Wir werden nicht da sein.«

»Warum nicht? Ich meine, ein Dämonenjäger sollte jede Chance nutzen, zuzuschlagen.«

»Wenn wir hier wären, würden sie nicht kämpfen«, erklärte Aahz vornehm. »Wie ich schon sagte, habe ich bei Dämonen einen gewissen Ruf. Wenn sie mich sähen, würden sie einfach die Flucht ergreifen.«

»Offen gesagt, fällt das schwer zu glauben«, meinte Ganzfix.

Ich neigte dazu, ihm Recht zu geben, hielt aber meinen Mund.

»Nun, ich muss zugeben, dass ihre Abneigung zu kämpfen etwas mit ihrer Angst vor meinem Zauberschwert zu tun hat.«

»Zauberschwert?«

»Ja.« Aahz tätschelte das Schwert an seiner Hüfte. »Diese Waffe gehörte einst dem berühmten Dämonenjäger Alfons Di Clario.«

»Noch nie von ihm gehört.«

»Noch nie von ihm gehört? Und du willst wirklich ein Dämonenjäger sein? Nun, der Mann hat mit diesem Schwert über zweitausend Dämonen den Tod gebracht.«

»Wie starb er denn?«

»Wurde von einer asiatischen Tempeltänzerin erstochen. Schreckliche Sache.«

»Ja, die sind ziemlich fies. Aber was das Schwert betrifft, funktioniert es denn?«

»So gut wie jedes andere Schwert auch, ein bisschen kopflastig vielleicht, aber ...«

»Nein. Ich meine der Zauber. Wirkt er?«

»Ich kann bezeugen, dass noch kein Dämon mich umgebracht hat, seit ich es benutze.«

»Und Dämonen erkennen es tatsächlich und ergreifen die Flucht vor dem Besitzer?«

»Genau. Natürlich hatte ich seit Jahren schon keine Gelegenheit mehr, es zu benutzen. War viel zu sehr damit beschäftigt, etwas gegen den Fluch zu unternehmen.

Manchmal wollte ich es verkaufen, aber wenn ich jemals wieder ins Geschäft komme, wäre es eine große Hilfe, um meinen Ruf wiederherzustellen ...«

Ich begriff plötzlich, worauf Aahz hinauswollte. Ganzfix stürzte sich auf den Köder wie eine hungrige Stachelschildkröte.

»Hm ...«, machte er. »Ich werde dir etwas sagen. Um einem Jagdfreund aus der Patsche zu helfen, nehm ich es dir für fünf Goldstücke ab.«

»Fünf Goldstücke! Du machst wohl Witze! Ich habe dreihundert dafür bezahlt! Ich kann es dir unmöglich für weniger als zweitausend überlassen.«

»Nun, dann kann ich nicht mithalten. Ich habe nur fünfzig Goldstücke bei mir.«

»Fünfzig?«

»Ja. Ich nehme auf Reisen niemals mehr als ...«

»Aber andrerseits sind die Zeiten schwerer geworden, und wenn du es benutzt, um die Feinde abzuwehren, die den Fluch über mich verhängt haben ... Nun gut, ich glaube, ich könnte es dir für fünfzig Goldstücke geben.«

»Aber das ist mein ganzes Geld.«

»Ja, schon, aber was nützt dir ein dicker Beutel, wenn du von Dämonen in Stücke gerissen wirst?«

»Das stimmt auch wieder. Lass mal sehen.«

Er nahm die Klinge, schätzte sie ab und führte ein paar Probestreiche.

»Schiefe Balance.« Er schnitt eine Grimasse.

»Daran gewöhnt man sich.«

»Mieser Stahl«, erklärte er und schielte argwöhnisch auf die Schneide.

»Aber gut scharf.«

»Ja, mein Lehrer hat immer gesagt, ›Sorge gut für dein Schwert, so sorgt es gut für dich!‹«

»Wir haben wohl den gleichen Lehrer gehabt.«

Die beiden lächelten einander an. Ich fühlte mich ein wenig flau im Magen.

»Trotzdem, ich weiß nicht recht. Fünfzig Goldstücke sind eine ganze Menge.«

»Sieh dir doch bloß die Steine im Griff an.«

»Hab ich schon. Fälschungen.«

»Weit gefehlt! Sie sollen wie Fälschungen aussehen. Damit nicht jeder ihren Wert erkennt.«

»Das ist saubere Arbeit. Was für Steine sind es?«

»Schmussteine.«

»Schmussteine?«

»Ja, Sie sollen einem angeblich die Chancen bei den Damen erhalten, wenn du verstehst, was ich meine.«

»Aber fünfzig Goldstücke ist alles, was ich besitze.«

»Ich will dir was sagen. Gib 45 Goldstücke und dein Schwert dazu.«

»Mein Schwert?«

»Natürlich. Dieses Prachtstück wird für dich Sorge tragen, und dein Schwert tut das Seine, dass mein Knappe und ich nicht schutzlos durch dieses garstige Land gehen.«

»Hmm. Das kommt mir ziemlich fair vor. Ja, ich glaube du hast einen Handel gemacht, Freund.«

Sie schüttelten sich feierlich die Hände und begannen, das Geschäft zu tätigen. Ich nutzte die Gelegenheit, um einzugreifen.

»Es ist ein Jammer, dass wir uns so schnell verabschieden müssen.«

»Warum so schnell?« Der Krieger war verwirrt.

»Es besteht keinerlei Grund zur Eile«, beruhigte Aahz ihn und versetzte mir einen kräftigen Rippenstoß.

»Aber Aahz, wir wollten doch vor Sonnenuntergang noch ein Stück weiter kommen, und Ganzfix muss sich auf die Schlacht vorbereiten.«

»Wie vorbereiten?«, wollte Ganzfix wissen.

»Euer Einhorn«, fuhr ich hartnäckig fort. »Wollt Ihr das nicht wieder einfangen?«

»Mein Einhorn! Meine ganze Rüstung ist auf dem Tier!«

»Es ist sicher nicht weit gelaufen ...«, brummte Aahz.

»In der Gegend treiben sich Banditen herum, denen nichts besser zupass käme, als sich ein gutes Schlachteneinhorn anzueignen.« Ganzfix rappelte sich hoch. »Und ich brauche es an meiner Seite, um gegen die Dämonen zu kämpfen. Ja, ich muss weg. Ich danke euch für eure Hilfe, meine Freunde. Gute Reise, bis wir uns wiedertreffen.« Er verschwand mit einem leichten Winken in den Wäldern und pfiff nach seinem Reittier.

»So, und was soll der ganze Quatsch?«, ging Aahz wütend hoch.

»Was, Aahz?«

»Der Sturmangriff, um ihn loszuwerden. Dem hätte ich noch die Hose oder was er sonst Vernünftiges hatte, vom Leib reden können. Vor allem wollte ich das Amulett haben.«

»Ich wollte ihn grundsätzlich von hinten sehen, ehe er auf den schwachen Punkt von deiner Geschichte kommt.«

»Was, den Sohn-Knappen-Lapsus? Den hätte er nie ...«

»Nein, den anderen.«

»Welchen anderen?«

Ich seufzte.

»Schau, er hat deine Tarnung durchschaut, weil sein Amulett ihn Tarnungen durchschauen lässt ... Richtig?«

»Richtig. Und ich habe ihm erzählt, ich sei das Opfer eines Dämonenfluches ...«

»... der dein Aussehen durch einen Bannspruch verändert. Wenn er aber Sprüche durchschauen kann, dann hätte er dich doch zuerst als richtigen Menschen sehen müssen. Richtig?«

»Hm ... Vielleicht sollten wir uns nun besser auf den Weg machen, da wir jetzt wissen, wo Isstvan steckt.«

Ich war jedoch nicht bereit, meinen kleinen Triumph so wenig auskosten zu können.

»Sag mal, Aahz. Was würdest du machen, wenn du einmal so einem cleveren Dämonenjäger wie mir begegnen würdest?«

»Das ist ganz einfach.« Er lächelte und tätschelte die Armbrust. »Ich würde ihn umbringen. Denk mal darüber nach.«

Das tat ich denn auch.

Kapitel 7

›Gibt es auf der Welt etwas Schöneres und Sichereres als die reine Vielfalt eines Spinnennetzes?‹

Peter Parker

Die Vorstellung, Energien von einem entfernten Ort abzuziehen und sie zu beherrschen, wäre mir unmöglich erschienen, hätte Aahz mich nicht darauf hingewiesen, dass dies nichts anderes war als die Kerzenübung, die ich schon gemeistert hatte. Jetzt scheint es mir nicht mehr unmöglich, nur noch schwierig.

Ich konzentrierte mich und streckte meine erhobene Hand aus, bis das Licht, das von den fünf Fingern ausging, eine Art Pentagramm bildete, ähnlich jenem, das Garkin auf den Boden unserer Hütte gezeichnet hatte.

»Setz dich jetzt, Kerlchen, und iss deinen Echsenvogel zu Ende.«

Den Wald selbst hatten wir nun hinter uns gelassen, doch trotz der nahen Landstraße gab es reichlich Wild, das auch zur Genüge in meine Fallen ging. Aahz wollte mir bei den Mahlzeiten immer noch nicht Gesellschaft leisten, da er die Meinung vertrat, Alkoholika seien die einzig konsumierbaren Dinge dieser Dimension, so dass ich häufig und fürstlich aß.

»Weißt du, Kerlchen«, sagte er und sah vom endlosen Schwertschleifen hoch, »du kommst wirklich gut mit deinen Studien voran.«

»Wie meinst du das?«, murmelte ich zwischen einem Knochen hervor und hoffte, er würde sich noch ein wenig über das Sujet auslassen.

»Du bist mit der Magik schon viel vertrauter. Aber du solltest besser auf die Beherrschung achten. Du hast gerade bei dem Pentagramm so viel Energie freigesetzt, dass du alles versengt hättest, was in die Quere gekommen wäre.«

»Ich glaube, ich mach mir noch Sorgen wegen der Mörder.«

»Nur die Ruhe, Kerlchen. Es ist nun drei Tage her, dass wir ihnen Ganzfix im Hinterhalt aufgebaut haben. Selbst wenn er sie nicht aufhalten würde, könnten sie uns nie mehr einholen.«

»Hätte ich wirklich so viel Kraft herbeigerufen?«, drängte ich, um mehr Lob zu hören.

»Bis du voll in der Magik drin bist, sind Schutzwälle nur als Warnsignal einzusetzen. Wenn du sie zu sehr aufladst, kann das zwei mögliche unangenehme Nebenwirkungen haben. Erstens kann man ungewollte Aufmerksamkeit auf sich ziehen, wenn sich ein unschuldiger Passant, der in die Wälle läuft, verbrennt. Wenn der Wall aber tatsächlich an einen gegnerischen Zauber heranreicht, so wird es ihn nur warnen, anstatt ihn aufzuhalten.«

»Ich dachte, es wäre eine gute Sache, wenn ich große Kräfte aufbieten kann.«

»Schau, Kind. Das ist kein Spiel. Du zapfst da gewaltige Energien an. Die Aufgabe besteht darin, deine Kontrolle über sie zu stärken, nicht zu sehen, wie viel du davon freisetzen kannst. Wenn du zu sorglos damit umgehst, bist du vielleicht hilflos, wenn der wirkliche Angriff stattfindet.«

»Oh«, machte ich, wenig überzeugt.

»Tatsache ist, wenn du dich jetzt überforderst, wirst du nicht einmal in der Lage sein, das zu vollbringen, was du jetzt schon kannst. Unterschätze nie, was du besitzt und was du tust. Im Augenblick tastest du die Kräftelinie ab, hältst die Schutzwälle aufrecht und meine Tarnung intakt. Das ist für jemand mit deinem Kenntnisstand eine ganze Menge gleichzeitig. Wenn nun etwas passierte, welche von den drei Aufgaben würdest du zuerst fallen lassen?«

»Äh ...«

»Zu spät. Wir sind schon tot. Du wirst keine Zeit mehr haben, Energieprobleme zu wälzen. Deshalb musst du dir immer etwas für aktuelle Zwischenfälle aufheben, wenn du Kräfte aus anderen Tätigkeiten sammelst. Verstehst du jetzt?«

»Ich glaube schon, Aahz«, antwortete ich zögernd. »Ich bin ein bisschen müde.«

»Na? denk darüber nach. Schlaf mal vorläufig und versuche, Energien anzusparen. Die Wegsuche kannst du nun ruhen lassen bis morgen. Im Augenblick wäre das eine sinnlose Übung.«

»In Ordnung, Aahz. Und was ist mit deiner Tarnung?«

»Hm ... behalte die besser bei. Es wird eine ganz gute Übung für dich sein, das und die Schutzwälle im Schlaf aufrechtzuerhalten. Da wir gerade davon reden ...«

»Ich schlafe ja schon.«

Ich zog den erbeuteten Mörderumhang über mich und kuschelte mich zusammen. Trotz seines barschen Auftretens bestand Aahz darauf, dass ich ausreichend Schlaf und zu essen bekam.

Das Einschlafen fiel mir jedoch schwer. Die Schutzwälle machten mir zu schaffen.

»Aahz?«

»Ja, Kind?«

»Wie kommen meine Kräfte jetzt gegen die Teufel an, was meinst du?«

»Was für Teufel?«

»Die Mörder, die hinter uns her sind.«

»Ich habe es dir doch schon einmal gesagt. Das sind keine Täufler, es sind Imps.«

»Was ist denn der Unterschied?«

»Ich habe dir doch schon erklärt, Imps kommen von Imper und Täufler ...«

»... von Tauf. Aber was heißt das? Ich meine, sind ihre Kräfte unterschiedlich oder was?«

»Das kannst du wohl glauben, Junge. Täufler, wie deine Teufel korrekt heißen, gehören zu den gemeinsten Typen. Mit denen will man niemals zu tun haben. Sie sind wohl mit die gefürchtetsten Charaktere der Dimensionen.«

»Sind sie Krieger? Söldner?«

Aahz schüttelte den Kopf.

»Schlimmer!«, antwortete er. »Es sind Kaufleute.«

»Kaufleute?«

»Grins nicht so spöttisch, Kerlchen. Vielleicht ist der Begriff zu harmlos, um sie zu beschreiben. Überspekulanten käme vielleicht eher hin.«

»Erzähl mir mehr darüber, Aahz!«

»Also, Geschichte war nie meine Stärke, aber soviel ich weiß, stand die ganze Taufdimension einmal vor dem Untergang. Eine Seuche verbreitete sich, die die Elemente vergiftete. Die Fische konnten nicht mehr in ihren Ozeanen leben, die Pflanzen nicht mehr auf ihrem Grund und Boden gedeihen. Jene, die noch wuchsen, waren verkümmert und verkrüppelt und vergifteten die Tiere. Die Dimension konnte das Leben ihrer Bewohner nicht mehr aufrechterhalten.«

Ich lag auf dem Rücken und starrte zu den Sternen empor, während Aahz weitersprach.

»Die Reisen in andere Dimensionen, zuvor ein kühner Zeitvertreib, wurden nun zum Schlüssel des Überlebens. Viele verließen Tauf und zogen allein oder in Gruppen zu anderen Dimensionen. Die Erzählungen ihres verfluchten, elenden Heimatlandes dienten vielen religiösen Gruppen als Grundlage zur Darstellung einer Nachwelt für böse Seelen.

Jene, die blieben, beschlossen jedoch die Möglichkeiten der Dimensionsreise anderweitig zu nutzen. Sie etablierten sich als Händler und schacherten und feilschten auf ihren Reisen mit den Wundern der Dimensionen. Was in der einen Dimension geläufig ist, kennt man in der anderen kaum. Mit der Zeit wurden sie so reich und mächtig ... und die ausgebufftesten Pfennigfuchser aller Dimensionen.«

»Und die Imps?«

»Die Imps.« Aahz sprach das Wort aus, als habe es einen üblen Beigeschmack. »Die Imps sind den Täuflern in jeder Beziehung unterlegen.«

»Wie das?«

»Sie sind billige Imitationen. Ihre Dimension, Imper liegt direkt neben Tauf, und die Täufler schließen so viele Geschäfte mit ihnen ab, dass sie vor lauter ›Guten Gelegenheiten‹ schon bald bankrott sind. Um sich dabei schadlos zu halten, sind die Imps dazu übergegangen, die Täufler nachzuäffen, indem sie Wunderdinge in den Dimensionen verkaufen. Dem Unkundigen kommen sie vielleicht schlau und mächtig vor; sie versuchen sogar manchmal, sich als Täufler auszugeben. Mit ihren Vorbildern verglichen sind sie jedoch alberne Stümper.«

Er verstummte. Ich ließ mir seine Worte durch den Kopf gehen und stieß dabei auf eine andere Frage.

»Sag mal, Aahz!«

»Hm. Ja. Kerlchen?«

»Von welcher Dimension stammst du eigentlich?«

»Aus Perv.«

»Bist du dann ein Perverser?«

»Nein. Ein Perfekter. Sei nun still.«

Ich nahm an, er wollte, dass ich einschlief und hielt einige Minuten lang den Mund. Eine Frage musste ich aber unbedingt noch stellen, sonst konnte ich überhaupt nicht schlafen.

»Aahz?«

»Nun gib mal Ruhe, Kind.«

»Welche Dimension ist das hier?«

»Hm? Das ist Klah. Und jetzt zum letzten Mal, sei still!«

»Was bin ich denn dann, Aahz?«

Ich bekam keine Antwort.

»Aahz?«

Ich rollte mich herum. Er starrte in die Dunkelheit und lauschte aufmerksam.

»Was ist?«

»Ich glaube, wir haben Gesellschaft bekommen, Kerlchen.«

Wie zur Antwort fühlte ich die Schutzwälle beben, als jemand sie durchschritt.

Ich sprang auf die Beine, als am Rand des Feuerscheins zwei Gestalten auftauchten. Das Licht war schwach, reichte jedoch aus, um die Tatsache zu enthüllen, dass die beiden die Kapuzenumhänge von Mördern trugen, und zwar mit der Goldseite nach außen!

Kapitel 8

›In Krisenzeiten ist es von fürderster Bedeutung, nicht den Kopf zu verlieren‹
Marie Antoinette

Einige Minuten standen wir alle vier wie aus Stein gemeißelt und betrachteten einander. Meine Gedanken überschlugen sich, konnten jedoch zu keinem Entschluss kommen, welcher Kurs endgültig einzuschlagen war. Ich beschloss, Aahz die Führung zu überlassen und blieb einfach stehen, musterte kühl die zwei Gestalten und versuchte, die ständig auf uns gerichteten Armbrüste zu ignorieren.

Schließlich brach einer der beiden Besucher das Schweigen.

»Na, Throckwoddle, willst du deinen beiden Freunden nicht Platz anbieten?«

Zu meiner Überraschung richtete er die Frage an mich.

»Hmmm …« Mehr fiel mir im Moment nicht ein.

»Ja, Throckwoddle«, sagte Aahz schleppend und drehte sich zu mir um. »Und willst du mich nicht deinen Kollegen vorstellen?«

»Äh …«

»Vielleicht erinnert er sich auch nicht mehr an uns«, meinte der eine sarkastisch.

»Unsinn«, erwiderte der andere nicht weniger ironisch. »Seine beiden besten Freunde? Brockhurst und Higgens? Wieso sollten ihm denn unsere Namen entfallen? Nur dass er vergessen hat, die Beute zu teilen, heißt doch noch nicht, dass er auch unsere Namen vergessen hat. Du musst schon fair bleiben, Higgens.«

»Ehrlich gesagt, Brockhurst«, gab der andere zurück, »ich glaube, dass er sich eher an die Beute erinnert und unsere Namen vergessen hat.«

Allmählich begann ich, mir einen Reim auf das alles zu machen. Das waren die beiden Imps, von denen Aahz behauptet hatte, sie könnten uns nicht einholen. Glücklicherweise dachten sie, ich sei der Imp, der Garkin umgebracht habe ... zumindest glaubte ich damals, dass dies ein Glück sei.

»Meine Herren«, erklärte Aahz und tat einen Schritt nach vorn. »Lassen Sie mich Ihnen versichern, welches große Vergnügen ...«

Er blieb stehen, als Brockhurst die Armbrust geschmeidig bis auf Schulterhöhe anhob.

»Ich weiß nicht, wer Ihr seid«, meinte der Imp. »Aber ich gebe Euch den dringenden Rat, Euch da herauszuhalten. Das ist eine Privatangelegenheit zwischen uns dreien.«

»Brockhurst«, unterbrach ihn Higgens. »Ich habe den Eindruck, dass du vielleicht ein bisschen überstürzt handelst.«

»Danke, Higgens«, sagte ich, und mir fiel ein Stein vom Herzen.

»Throckwoddle«, keifte Brockhurst, »ich möchte dir dringend raten, dass du dich in Zukunft nicht mehr vor uns verkrümelst. Obwohl ich kaum glaube, dass es etwas gibt, was uns noch saurer auf dich werden ließe, so könnte uns das doch noch weiter provozieren. Jetzt müssen wir zuerst noch einen weiteren Reisebegleiter in Sicherheit bringen. Aber du weißt ja ...« Er hob noch einmal die Armbrust.

Darauf verschwanden die beiden Gestalten in der Dunkelheit.

»Was machen wir jetzt bloß, Aahz?«, flüsterte ich entsetzt.

Er schien mich gar nicht zu hören.

»Imps!«, gluckste er und rieb sich frohlockend die Hände. »So ein Glücksfall!«

»Aahz! Sie werden mich umbringen!«

»Was? Beruhige dich, Kind. Wie ich schon sagte, Imps sind einfältig. Wenn sie wirklich etwas im Kopf hätten, hätten sie uns kommentarlos abgeknallt. Ich habe noch keinen Imp getroffen, den ich nicht eingewickelt hätte.«

Er legte lauschend den Kopf zur Seite.

»Sie kommen jetzt zurück. Lass mich nur machen. Ach, ja ... beinahe hätte ich's vergessen. Heb meine Tarnung auf, sobald ich das Stichwort gebe.«

»Aber du hast doch gesagt, sie ...«

Ich verstummte, als die beiden Imps wieder auftauchten. Sie führten ein Schlachteneinhorn zwischen sich. Sie hatten nun die Kapuzen abgenommen, so dass man ihre Züge sehen konnte. Ich war einigermaßen überrascht, dass sie wie Menschen aussahen. Dann erblickte ich Ganzfix.

Er saß steif wie aus Holz geschnitzt auf dem Einhorn und schwankte mit dem Schritt des Tieres vor und zurück. Der Feuerschein spiegelte sich auf seinem Gesicht, als wäre es aus Glas, und ich begriff voller Entsetzen, dass er nicht mehr am Leben, sondern zu einer Statue aus undefinierbarem Material geworden war.

Jegliche Zuversicht, die mich nach Aahz' Versicherungen erfüllt hatte, verließ mich schlagartig.

»Meine Herren! Ehe wir uns weiter unterhalten, muss ich darauf bestehen, mich ihnen ordentlich vorzustellen. Wenn Sie mir lediglich eine Minute gestatten würden, meine Verkleidung abzunehmen.«

Der Anblick der Armbrüste hatte mich so verwirrt, dass ich beinahe meinen Einsatz verpasst hätte. Ich weiß nicht, welche Reaktion ich von den Imps auf die Verwandlung erwartet hatte, diejenige die jedoch eintraf, überstieg alle Erwartungen.

»Bei allen Göttern!«, keuchte Brockhurst.

»Ein Perverser!«, jappste Higgens.

»Perfekter heißt das!«, lächelte Aahz und zeigte seine sämtlichen spitzen Zähne. »Und vergesst das bloß nie mehr, liebe Imp-Freunde!«

»Aber, ja doch!«, beeilten sie sich, im Chor zu sagen.

Sie standen beide wie vom Donner gerührt, die Armbrüste baumelten unbeachtet in ihren Händen. Angesichts ihrer fassungslosen Reaktion keimte in mir der Verdacht, dass Aahz bei aller Prahlerei mir doch nicht alles über seine Dimension und den Ruf ihrer Bewohner erzählt hatte.

Aahz ließ ihre Blicke unbeachtet und sich wieder auf seinen Platz am Feuer fallen.

»Da dies nun geregelt ist, warum legt ihr nicht eure albernen Armbrüste beiseite und nehmt Platz, dass wir uns wie zivilisierte Leute unterhalten können, wie?«

Er machte eine ungeduldige Geste, und die beiden beeilten sich, seiner Aufforderung nachzukommen. Ich setzte mich auch wieder, da ich nicht der Einzige sein wollte, der stehen blieb.

»Aber ... was ist ... warum seid Ihr hier, Herr ... wenn Ihr die Frage gestattet?« Brockhurst gelang es schließlich, den ganzen Satz herauszubekommen.

Wie unfähig er auch als Dämon sein mochte, so verstand er sich doch aufs Zu-Kreuze-Kriechen.

»Ach!«, lächelte Aahz. »Das ist eine lange Geschichte.«

Ich lehnte mich zurück. Das würde eine Weile dauern.

»Ein gewisser Garkin, ein Zauberer, den ich nicht besonders schätze, hat mich über die Dimensionenschranke gerufen. Scheinbar hat er mit irgendwelchen Schwierigkeiten von einem Rivalen gerechnet und war darauf aus, meine Hilfe in dem aufkommenden Wirbel in Anspruch zu nehmen. Nun, wie ich schon sagte, habe ich Garkin niemals besonders gern gemocht und war nicht gerade wild darauf, ihm beizustehen. Er wurde in diesem Punkt jedoch derartig aufsässig, dass ich mich entgegen meiner sonst gutartigen Natur entschloss, Maßnahmen gegen ihn zu ergreifen, als auch schon kein anderer als Throckwoddle erschien, der mir den Gefallen tat, dem alten Schleimbrauer einen Bolzen zu verpassen.«

Aahz winkte mir anerkennend zu.

»Natürlich kamen wir anschließend ins Plaudern, und er erwähnte, Angestellter eines gewissen Isstvan zu sein und dass sein Vorgehen gegen Garkin Teil dieses Auftrags gewesen war. Da kam es mir jedenfalls in den Sinn, dass ich diesem Isstvan einen Gefallen dafür schuldete, dass er mir diese Nervensäge vom Hals geschafft hatte, also schlug ich Throckwoddle vor, ihn zurück zu seinem Arbeitgeber zu begleiten, um ihm – in gewissem Umfang natürlich nur – meine Dienste zur Verfügung zu stellen.«

»Ihr hättet auf uns warten können«, blitzte Brockhurst mich an.

»Ja ... das wollte ich ja ... weißt du ... ich ...«

»Ich bestand darauf, dass wir aufbrachen.« Aahz lächelte. »Ihr versteht, Zeit ist kostbar, und ich wollte sie nicht unnötig mit Herumstehen vergeuden.«

»Oh«, machte Brockhurst.

Higgens war nicht so schnell abzuwimmeln. »Ihr hättet uns eine Nachricht hinterlassen können«, murmelte er.

»Das haben wir auch«, erwiderte Aahz. »Meinen Ring, direkt auf dem Tisch. Und wie ich sehe, habt ihr ihn ja auch gefunden.«

Er wies mit anklagendem Finger auf Brockhurst. Jetzt bemerkte ich erst, dass der Imp Garkins Ring trug.

»Diesen Ring?«, setzte Brockhurst an. »Er gehört Euch?

Ich dachte, er sei Teil von Garkins Beute, den man übersehen hatte.«

»Ja, es ist meiner.« Aahz entblößte sein Gebiss. »Ich bin überrascht, dass ihr ihn nicht erkannt habt. Aber jetzt, da wir wieder beisammen sind, werdet ihr ihn ja zurückgeben.«

»Aber gewiss doch!« Der Imp streifte hastig den Ring ab.

»Vorsichtig!«, mahnte Aahz. »Ihr wisst doch sicher nicht, wie man ihn bedient. In unwissenden Händen kann er gefährlich werden.«

»Natürlich weiß ich, wie man ihn bedient«, widersprach Brockhurst in gekränktem Ton. »Man drückt mit zwei Fingern auf beiden Seiten dagegen. Ich habe so einen mal auf dem Basar auf Tauf gesehen.«

»Da ich nun alles von mir erzählt habe, möchte ich doch wissen, wer das ist.« Sein Finger deutete auf den zur Statue gewordenen Ganzfix.

»Da sind wir selbst nicht ganz sicher«, gab Higgens zu.

»Es ist wirklich alles recht verwirrend«, fügte Brockhurst hinzu.

»Würdet ihr das vielleicht ein wenig ausführen?«, drängte Aahz.

»Nun, es war vor drei Tagen. Wir folgten eurer Spur, um … äh … in der Hoffnung, unsere Gruppe wieder zu vervollständigen. Plötzlich galoppiert dieser Krieger aus dem Gehölz und versperrt uns den Weg. Es war, als habe er gewusst, dass wir kommen und habe uns erwartet. ›Isstvan hatte Recht!‹ brüllte er. ›Hier wimmelt es *wirklich* von Dämonen!‹«

»Isstvan?« Ich versuchte, so verwirrt wie möglich dreinzuschauen.

»Genau das hat er gesagt. Wir waren auch ganz überrascht. Ich meine, da arbeiten wir für Isstvan und werden von einem Mann angegriffen, der behauptet, vom gleichen Arbeitgeber beauftragt zu sein. Jedenfalls sagte er dann: ›Da seht die Waffe, die euch Verderben bringt!‹ und zieht ein Schwert.«

»Was für ein Schwert war das denn?«, fragte Aahz unschuldig.

»Nichts Besonderes. Um genau zu sein, nicht einmal schlechter Durchschnitt. Aber sein ganzes Gehabe brachte uns jedenfalls in eine missliche Lage. Wir mussten uns verteidigen, wollten ihm aber nichts zuleide tun, falls er wirklich für Isstvan arbeitete.«

»Was habt ihr denn gemacht?«, fragte ich.

»Ehrlich gesagt, wir haben uns aus der Affäre gezogen. Higgens hat ihm eine seiner Steinkugeln an die Stirn geschossen, und wir haben ihn auf der Stelle eingefroren. Seither schleppen wir ihn mit uns herum. Wir dachten, wir werden ihn Isstvan in den Schoß setzen, soll er damit machen, was er will.«

»Ein weiser Entschluss«, urteilte Aahz.

Sie neigten dankbar für das Kompliment die Köpfe.

»Eines würde mich noch interessieren«, warf ich ein. »Wie ist es euch denn gelungen, uns einzuholen, beladen wie ihr wart.«

»Nun, das war kein geringes Problem. Wir hatten so schon wenig Hoffnung, euch einzuholen, und mit ihm als zusätzlicher Last schien es gar unmöglich«, begann Brockhurst.

»Wir waren natürlich ganz scharf darauf, dich ... äh ... wiederzufinden, also griffen wir zu verwegenen Maßnahmen«, fuhr Higgens fort. »Wir machten einen Abstecher nach Twixt und baten den Täufler dort um Hilfe. Es hat uns zwar ein Heidengeld gekostet, aber schließlich war er bereit, uns vor euch auf euren Weg zu teleportieren, so dass wir die gewünschte Begegnung herbeiführen konnten.«

»Täufler? Was für ein Täufler?«, unterbrach Aahz.

»Frumpel. Der Täufler in Twixt. Derjenige, der …«

Brockhurst verstummte plötzlich, seine Augen wurden schmal von Misstrauen. Er warf Higgens einen düsteren Blick zu, der beiläufig nach seiner Armbrust griff.

»Ich bin überrascht, dass Throckwoddle Euch nichts über Frumpel berichtet hat«, schnurrte Higgens. »Schließlich war er es ja, der uns von ihm erzählt hat.«

Kapitel 9

›UM EFFEKTIV ZU ARBEITEN, MUSS JEDE GRUPPE
VON MENSCHEN ODER ARBEITNEHMERN
VOM VERTRAUEN IN IHREN FÜHRER ERFÜLLT SEIN‹
CAPTAIN BLIGH (D.A.)

»Ja, Throckwoddle.« Aahz' Stimme klang bedrohlicher als die des Imps. »Warum hast du mir nicht von dem Täufler erzählt?«

»Es ... äh ... muss mir entfallen sein«, murmelte ich.

Unter einer gewaltigen Anstrengung meiner Selbstbeherrschung warf ich den Imps meinen vernichtendsten Blick zu und zwang mich, die Bedrohung durch ihre Armbrüste zu ignorieren. Ich wurde damit belohnt, dass sie sogleich schuldbewusst wirkten und meinem Blick auswichen.

»Entfallen! Wohl eher versucht, mir diese Information vorzuenthalten«, sagte Aahz anklagend. »Nun, jetzt, da es heraus ist, wollen wir aber auch den Rest der Geschichte erfahren. Was ist mit diesem Täufler?«

»Frag Brockhurst«, brummelte ich. »Er scheint ja ganz wild darauf zu sein, davon zu erzählen.«

»Also, Brockhurst?«, wandte sich Aahz ihm zu.

Der Imp zuckte entschuldigend mit den Schultern und begann zu reden.

»Also, ich schätze, ich habe das meiste schon gesagt. In Twixt wohnt ein Täufler namens Frumpel. Er lebt unter dem Pseudonym Abdul der Teppichhändler, betreibt jedoch einen schwunghaften Handel nach Täuflerart, indem er diesseits und jenseits der Dimensionen kauft und verkauft.«

»Was macht er in Klah?«, unterbrach ihn Aahz. »Ich meine, hier läuft doch nicht allzu viel an Geschäften. Ist das für einen Täufler nicht uninteressant?«

»Nun, Throckwoddle sagte ...«, Brockhurst verstummte und warf mir einen Blick zu.

»Na los, sag's ihm schon«, meinte ich resignierend.

»Also«, fuhr der Imp fort, »es kursiert das Gerücht, er sei von Tauf weggelaufen und verberge sich hier, weil er sich schäme, in einer höheren Dimension sein Gesicht sehen zu lassen. Frumpel soll in diesem Punkt sehr empfindlich sein, und man soll ihn nicht darauf ansprechen.«

»Sag mal ... äh ... Throckwoddle«, unterbrach Higgens. »Ich würde vorschlagen, dass wir nun alle unsere Masken fallen lassen wie unser Perver ... äh unser Perfekter-Freund dies getan hat. Es ist doch sinnlose Energievergeudung, unter Freunden falsche Gesichter zu wahren.«

Sein Ton klang beiläufig, kam mir jedoch misstrauisch vor. Ich bemerkte, dass er noch immer die Hand an der Armbrust hatte.

»Warum?«, widersprach Brockhurst. »Ich trage in einer anderen Dimension lieber immer meine Tarnung. Das verringert die Gefahr, sie in einem heiklen Augenblick zu vergessen.«

»Ich glaube, Higgens hat Recht«, meinte Aahz, ehe ich Brockhurst beipflichten konnte. »Ich ziehe meinerseits vor, die wahren Gesichter meiner Gesprächspartner zu sehen.«

»Nun gut«, brummelte Brockhurst, »wenn alle darauf bestehen.«

Er schloss konzentriert die Augen, und seine Züge begannen zu flimmern und zu schmelzen. Ich sah gar nicht zu. Meine Gedanken jagten verzweifelt zurück zu Garkins Hütte, als Aahz den verkohlten Kopf des Mörders emporgehalten hatte. Ich stellte mir mein Gesicht daneben vor.

»So, meine Herren!«, forderte Aahz auf. »Wir müssen ernste Angelegenheiten besprechen. Weiß Isstvan von Frumpels Existenz?«

»Ich glaube nicht«, antwortete Brockhurst. »Wüsste er es, so hätte er ihn entweder engagiert oder umgebracht.«

»Gut«, erklärte Aahz. »Er könnte der Schlüssel zu unserer Verschwörung sein.«

»Welcher Verschwörung?«, fragte ich.

»Unserer Verschwörung gegen Isstvan natürlich.«

»Was?«, rief Higgens völlig verwirrt. »Seid ihr verrückt?«

»Nein«, gab Aahz zurück. »Aber Isstvan. Denkt doch mal nach! Hat er sich als besonders standhaft erwiesen?«

»Nein«, gab Brockhurst zu. »Allerdings hat das auch kein anderer Magiker, mit dem ich je zu tun hatte, Anwesende eingeschlossen.«

»Abgesehen davon«, unterbrach Higgens, »dachte ich, ihr wärt unterwegs, ihm zu helfen?«

»Da kannte ich ja auch eure Geschichte noch nicht«, erklärte Aahz. »Ich bin nicht darauf versessen, für einen Zauberer zu arbeiten, der seine eigenen Angestellten gegeneinander ausspielt.«

»Wann hat er das denn getan?«, wollte Higgens wissen.

Aahz machte eine Geste der Fassungslosigkeit.

»Denkt doch mal nach, meine Herren! Habt ihr unseren versteinerten Freund dort vergessen?« Er drehte den Daumen nach dem Einhorn.

»Das ist richtig«, antwortete Brockhurst. »Und dann?«

»Wie, und dann?« Aahz explodierte. »Das ist doch wirklich! Isstvan hetzt ihn euch auf den Hals, dass er euch umbringt. Entweder hat er versucht, Geld zu sparen, indem er seine Mörder vor dem Zahltag ermorden lassen wollte, oder aber er ist geistig so konfus, dass er blindlings gegen jedermann vorgeht, selbst gegen seine eigenen Verbündeten. So oder so klingt das nicht gerade nach einem angenehmen Auftraggeber.«

»Wisst ihr, ich glaube, er hat Recht«, bemerkte ich, entschlossen, meinen Teil zu dieser Irreführung beizutragen.

»Aber wenn das stimmt, was sollen wir tun?«, fragte Higgens.

»Nun, ich habe noch keinen festen Aktionsplan«, gab Aahz zu. »Aber einige grundsätzliche Vorstellungen, die vielleicht nützlich sein könnten.«

»Zum Beispiel?«, drängelte Brockhurst.

»Ihr geht zu Isstvan zurück, erwähnt aber unsere Verdächtigungen mit keinem Wort. Sonst hält er euch vielleicht für gefährlich und räumt euch auf der Stelle aus dem Weg. Lehnt darüber hinaus jeden neuen Auftrag ab. Findet irgendeinen Vorwand, um ihm so dicht wie möglich auf der Pelle zu bleiben. Bringt alles über seine Gewohnheiten und Schwächen in Erfahrung, aber unternehmt nichts, bis wir kommen.«

»Wohin wollt ihr?«, fragte Higgens.

»Wir werden mit Frumpel ein Schwätzchen halten. Wenn wir gegen Isstvan vorgehen, könnte die Hilfe eines Täuflers von unschätzbarem Wert sein.«

»Und vermutlich nicht zu bekommen«, murrte Brockhurst. »Ich habe noch niemals einen Täufler kennen gelernt, der in einem Kampf Position bezogen hätte. Die ziehen es vor, eine Stellung einzunehmen, von der aus sie mit beiden Parteien Handel treiben können.«

»Was meint ihr eigentlich mit ›wir‹? Kommt Throckwoddle nicht mit uns?«, fragte Higgens.

»Nein. Ich habe ein Faible für seine Gesellschaft entwickelt. Außerdem käme es uns gelegen, wenn Frumpel nicht bereit ist, einen Mörder dabeizuhaben. Frumpel ist zu mächtig, als dass man riskieren könnte, ihn als Nichtverbündeten zurückzulassen, und er möglicherweise Isstvan unterstützt.«

Während Aahz sprach, lehnte sich Brockhurst angelegentlich zurück aus seinem Blickfeld, und sein Mund formte lautlos »Perverser« in Richtung Higgens. Jener nickte zustimmend, und beide tauschten einen mitfühlenden Blick.

»Nun, was meint ihr?«, fragte Aahz abschließend.

»Hm ... und was machen wir mit ihm?« Higgens machte eine Kopfbewegung in Ganzfixens Richtung.

»Den nehmen wir mit«, erklärte ich hastig.

»Natürlich!« Aahz warf mir einen stockfinsteren Blick zu. »Wenn ihr ihn mit zu Isstvan nehmt, kommt er vielleicht auf die Idee, dass ihr einen Verrat wittert.«

»Abgesehen davon«, fügte ich hinzu, »können wir ihn vielleicht wiederbeleben und überzeugen, auf unserer Seite zu kämpfen.«

»Dann wollt ihr wohl das Gegenmittel haben.« Higgens seufzte und fischte eine kleine Phiole aus der Innenseite seines Capes, die er mir zuwarf. »Du brauchst nur ein wenig auf ihn zu tröpfeln, dann wird er in ein paar Minuten wieder normal. Aber passt auf. Er hat irgendetwas Merkwürdiges an sich. Er scheint in der Lage zu sein, Tarnungen zu durchschauen.«

»Wo ist das Schwert, von dem ihr gesprochen habt?«, erkundigte sich Aahz.

»Bei seinem Zeug. Glaubt mir, es ist Schund. Der einzige Grund, warum wir es mitgenommen haben, ist, dass er so viel Wirbel darum machte. Es wird lustig sein zu hören, was er sich darunter vorgestellt hat, wenn er wieder zu sich kommt.«

»Nun, ich nehme an, dass damit alles geregelt ist.« Brockhurst seufzte. »Wir sollten nun etwas schlafen, damit wir morgen früh gleich unsere jeweiligen Reisen antreten können.«

»Ich würde vorschlagen, dass ihr jetzt eure Reise antretet«, sagte Aahz scharf.

»Jetzt!«, rief Brockhurst.

»Aber es ist mitten in der Nacht«, gab Higgens zu bedenken.

»Darf ich die Herren daran erinnern, dass, je weiter sie noch von Isstvan entfernt sind, umso größer die Chance ist, dass er ihnen neue Mörder auf den Hals hetzt?«

»Er hat Recht, weißt du?«

»Ich fürchte es«, grummelte Higgens.

»Also«, sagte Brockhurst und erhob sich. »Ich schlage vor, wir machen uns auf, sobald Garkins Beute geteilt ist.«

»Ganz im Gegenteil«, behauptete Aahz. »Nicht nur, dass wir die Beute nicht teilen werden, vielmehr schlage ich vor, dass ihr uns alle Wertsachen gebt, die ihr bei euch habt.«

»Was?«, stimmten sie im Chor an und hatten auch schon wieder die Armbrüste in den Händen.

»Denkt mal nach, meine Herren!«, sagte Aahz einschmeichelnd. »Wir werden versuchen, mit einem Täufler um seine Unterstützung zu verhandeln. Wie ihr ja selbst erklärt habt, sind seine Preise unverschämt hoch. Der Gedanke missfiele mir sehr, unsere Verhandlungen an fehlenden materiellen Mitteln scheitern zu sehen.«

Es herrschte tiefe Stille, während die beiden Imps den Fehlschluss dieser Logik suchten. Schließlich lieferten sie ihre Börsen ab und machten sich auf den Weg.

Kapitel 10

›Der Mensch wird niemals zur vollen Entfaltung
seiner Fähigkeiten kommen,
solange er an die Erde gekettet bleibt.
Es müssen uns Flügel wachsen,
auf dass wir die Himmel erstürmen.‹

Ikarus

»Meinst du wirklich, dass wir uns mit einem Täufler einlassen sollen, Aahz?«

Mir war bewusst, dass ich diese Frage in den letzten Tagen pausenlos wiederholte, aber ich brauchte immer noch Zuspruch.

»Wirst du nicht endlich einmal Ruhe geben, Kerlchen?«, schalt Aahz. »Mit den Imps hatte ich doch auch Recht, oder?«

»Wahrscheinlich«, gab ich zögernd zu.

»Du musst das folgendermaßen sehen, Kind: Mit ein bisschen Glück wird dieser Frumpel meine Kräfte wiederherstellen können. Dann bist du doch runter von dem heißen Ofen.«

»Wahrscheinlich«, antwortete ich mit geringer Begeisterung.

Er hatte dies mehrmals angesprochen, seit wir von Frumpel erfahren hatten. Und jedes Mal erzeugte es in mir ein gewisses Unbehagen.

»Irgendetwas nicht in Ordnung, Kind?«, fragte Aahz und neigte den Kopf zu meiner Seite.

»Nun … es ist … Aahz, wenn du wieder deine Kräfte besitzt, wirst du mich dann noch als Lehrling haben wollen?«

»Hat dich das die ganze Zeit geplagt?« Er schien aufrichtig überrascht. »Natürlich will ich dich dann noch. Für was für eine Art Zauberer hältst du mich denn? Ich suche mir meine Lehrlinge doch nicht leichtfertig aus.«

»Hattest du nicht das Gefühl, dass ich eine Last für dich bin?«

»Am Anfang vielleicht, inzwischen jedoch nicht mehr. Du hast diese Isstvan-Geschichte von Anfang an mitbekommen, also hast du auch das Recht, bis zum Schluss dabei zu sein.«

Um der Wahrheit die Ehre zu geben, war ich gar nicht so glücklich, dabei zu sein, wenn Aahz Isstvan gegenübertrat, aber dies schien der gerechte Preis für eine Weiterführung meiner Ausbildung durch Aahz.

»Hm ... Aahz?«

»Ja, Kind?«

»Noch eine einzige Frage?«

»Die allerletzte.«

»Wenn du deine Kräfte wiederhast und ich noch dein Lehrling bin, in welcher Dimension werden wir dann leben?«

»Hmm. Um ehrlich zu sein, Kind, ich habe mir noch nicht allzu viele Gedanken darum gemacht. Ich werd dir was sagen, wir nehmen die Sache in Angriff, wenn es so weit ist. Okay?«

»Okay, Aahz.«

Ich versuchte, mich nicht mehr mit dieser Frage zu befassen. Vielleicht hatte Aahz Recht. Es hat keinen Sinn, über Probleme nachzugrübeln, die sich womöglich niemals stellen werden.

Für die Ganzfix-Statue hatten wir eine Schleppbahre gebaut, damit wir nicht jeden Abend und jeden Morgen das Auf- und Abladeproblem hatten, vom Sattel des Einhorns gar nicht zu sprechen. Ebenso hatten wir die ganzen Waffen und Gerätschaften in die Bahre gelegt, was das Einhorn unermesslich glücklich zu machen schien. Ich überprüfte, ob alles richtig saß und Ganzfix gut lag.

»Alles in Ordnung, Aahz«, meldete ich nach vorn.

»Gut«, feixte er. »Es wäre mir doch außerordentlich zuwider, wenn ihm etwas zustieße – durch einen Unfall.«

Aahz war immer noch nicht besonders glücklich über unsere Reisebegleitung. Nur murrend hatte er sich meiner Meinung angeschlossen, sie mitzunehmen. Ich hatte ins Feld geführt, dass sie uns möglicherweise bei unseren Verhandlungen mit dem Täufler eine Hilfe sein könnte oder zumindest bei der Abschiedsvorstellung bei Isstvan.

In Wirklichkeit war dies absolut nicht mein Grund. Ich hatte ein wenig ein schlechtes Gewissen, dass wir Ganzfix absichtlich den Imps vorgeworfen hatten und wollte nicht, dass ihm nun etwas zustieß.

»Das Reisen wäre ein gutes Stück einfacher, wenn wir ihn wieder in Gang setzten«, schlug ich hoffnungsvoll vor.

»Vergiss es, Kerlchen!«

»Aber Aahz...«

»Kommt nicht in Frage. Du hast wohl vergessen, dass der Hauptzeitvertreib dieses Herrn darin bestand, Dämonen zu suchen und umzubringen! Außerdem, ist jetzt Zeit für deine nächste Lektion.«

Meine Laune stieg schlagartig. Neben meinem natürlichen Bestreben, meine magischen Fähigkeiten zu erweitern, beinhaltete Aahz' Aufforderung die Bekundung, dass er mit meinen Fortschritten nach den früheren Lektionen zufrieden war.

»In Ordnung, Aahz«, sagte ich und schlang die Zügel des Einhorns um einen nahe stehenden Busch. »Ich bin bereit.«

»Gut.« Aahz rieb sich die Hände. »Heute werden wir dir das Fliegen beibringen.«

Meine Laune sank wieder.

»Fliegen?«, fragte ich vorsichtig.

»Genau das habe ich gesagt. Fliegen. Toll, was?«

»Warum denn?«

»Was meinst du damit: warum denn? Schon immer, seit wir neidvoll den ersten Geschöpfen der Luft zusahen, wollten wir fliegen. Jetzt hast du die Gelegenheit, es zu lernen. Deshalb ist es toll!«

»Ich meine, warum soll ich fliegen lernen?«

»Nun ... weil jeder gern fliegen möchte.«

»Ich nicht«, sagte ich nachdrücklich.

»Warum nicht?«

»Zum einen habe ich Höhenangst«, antwortete ich.

»Das ist kein ausreichender Grund«, schalt Aahz.

»Also, bis jetzt habe ich auch keinen vernünftigen Grund zu hören bekommen, warum ich es lernen sollte.« Ich warf ihm einen finsteren Blick zu.

»Schau, Kind«, begann Aahz mir zuzureden, »es ist nicht sosehr Fliegen als vielmehr Schweben.«

»Mir entgeht der Unterschied«, antwortete ich trocken.

»Nun gut, Kerlchen. Dann lass es mich so herum ausdrücken. Du bist doch mein Lehrling?«

»Ja«, gab ich misstrauisch zu.

»Na, und ich werde keinen Lehrling haben, der nicht fliegen kann! Klar?«, brüllte er.

»In Ordnung, Aahz. Wie funktioniert es?« Ich wusste, dass ich geschlagen war.

»So gefällt mir das schon besser. Eigentlich gibt es dabei gar nichts, was du nicht schon könntest. Du kannst doch Gegenstände levitieren, nicht wahr?«

Ich nickte langsam; ich war verwirrt.

»Also, die ganze Fliegerei ist nichts anderes, als dich selbst zu levitieren.«

»Erklär das mal genauer.«

»Anstatt fest auf dem Boden zu stehen und einen Gegenstand zu levitieren, stößt du dich mit deinem Willen vom Boden ab und erhebst dich.«

»Aber wenn ich keine Bodenberührung mehr habe, woher nehme ich dann meine Kraft?«

»Aus der Luft. Komm, Kerlchen, du bist doch Magiker! Du bist doch nicht an die vier Elemente gekettet. Du beherrschst sie, oder zumindest beeinflusst du sie und beziehst deine Stärke von ihnen. Wenn du fliegst, musst du deine Kraft lediglich aus der Luft statt vom Boden abziehen.«

»Wenn du das sagst«, antwortete ich zweifelnd.

»Gut, jetzt lokalisiere erst einmal die Kräftelinie.«

»Aber wir sind doch von ihr abgewichen, um den Täufler zu besuchen«, widersprach ich.

»Kind, es existieren Unmengen von Kräftelinien. Die Tatsache, dass wir eine der Bodenkraftlinien verlassen haben, heißt doch nicht, dass wir völlig außer Reichweite sind. Such eine in der Luft!«

»In der Luft?«

»So glaub mir doch. Such eine!«

Ich seufzte und machte die Augen zu.

»Ich glaube, ich habe eine, Aahz!«, keuchte ich.

»Sie wird nahe genug sein, dass du daher deine Kräfte beziehen kannst. Steig in die Linie ein und schieb den Boden unter dir weg. Aber langsam!«

Ich tat, wie er mich geheißen hatte. Der Kräftestrom, den ich darauf empfand, war anders als alle bisher empfundenen. Fühlte ich mich sonst warm und angefüllt von Energie, so empfand ich nun Kühle und Entspannung.

»Heb ab, Kind!«, erklang Aahz' Stimme. »Langsam!«

Träge berührte ich den Boden mit meinem Geist und spürte nur beiläufig das seltsame Gefühl, körperlich nichts unter den Füßen zu haben.

»Mach die Augen auf, Kerlchen! Korrigiere deinen Kurs.«

Aahz' Stimme kam diesmal aus einer merkwürdigen Richtung. Überrascht schlug ich die Augen auf.

Ich schwebte etwa drei Meter vom Boden weg in einem Winkel, der auf die Horizontale zuging. Ich flog!

Der Boden kam schlagartig näher. Mir blieb ein Augenblick benommener Verwirrung, ehe ich bebend in der Realität aufschlug.

Ich lag einen Moment und versuchte, Luft zu bekommen und fragte mich, ob ich etwas gebrochen hatte.

»Bist du in Ordnung, Kind?« Aahz beugte sich plötzlich über mich. »Was ist denn geschehen?«

»Ich ... ich bin geflogen!« Ich presste die Worte heraus.

»So, so. Das habe ich mitbekommen. Du warst so überrascht, dass du vergessen hast, den Energiestrom aufrechtzuerhalten, stimmt's?«

Ich nickte, unfähig, ein Wort zu sagen.

»In drei Teufels, eh, Täufers Namen ... schau, Kerlchen, wenn ich dir sage, dass du fliegen wirst, dann glaub es gefälligst!«

Ich schloss die Augen und wartete darauf, dass das Schwindelgefühl in meinem Kopf aufhörte.

»Aahz?«

»Ja, Kerlchen?«

»Erzähl mir was von Perv.«

»Was willst du denn hören?«

»Es kam mir gerade in den Sinn, dass die Imps zu Tode erschrocken waren, als sie begriffen, dass du ein Perfekter bist. Was für einen Ruf hat denn deine Dimension?«

»Nun«, begann er, »Perv ist eine unabhängige, reservierte Dimension. Wir haben vielleicht nicht die besten Kämpfer, aber sie sind gut genug, dass die Reisenden anderer Dimensionen ihnen weiträumig ausweichen. Technologie und Magik existieren bei uns gleichberechtigt und sind miteinander verknüpft. Alles in allem ein ganz potenter, kleiner Haufen.«

»Aber warum sollte jemand davor Angst haben?«

»Wie ich schon sagte, spricht eine ganze Menge für Perv. Eine der Nebenwirkungen des Erfolgs ist eine Masse von Schmarotzern. Eine Zeit lang wurden wir von Flüchtlingen und Emigranten anderer Dimensionen fast überschwemmt. Als sie sich zu einer echten Plage entwickelten, haben wir einen Riegel vorgeschoben.«

»Wie denn?«, drängelte ich.

»Erstens wiesen wir jene Außenstehenden aus, die sich nicht an der Arbeit beteiligen wollten. Dann unterstützten wir als zusätzliche Sicherungsmaßnahme den Umlauf von Gerüchten gewisser unsozialer Verhaltensweisen von Perfekten gegen jene von anderen Dimensionen.«

»Was für Gerüchte?«

»Och, das Übliche. Dass wir unsere Feinde auffressen, Leute zum Spaß foltern und Sexualpraktiken haben, die in allen Dimensionen als zweifelhaft gelten. Die Leute wissen nie, was Wahrheit und was Übertreibung ist, aber sie sind auch nicht darauf versessen, es persönlich ausfindig zu machen.«

»Und wie viel davon ist wahr, Aahz?«, fragte ich und stützte mich auf einen Ellbogen empor.

Er grinste mich verschlagen an.

»Genug, dass man sie nicht Lügner schimpfen müsste.«

Kapitel 11

›Zu den grossen Reisevergnügen gehört es,
neue Städte zu besuchen und
neue Leute kennen zu lernen‹
D. Khan

»Ah! Welch leuchtendes Beispiel der Zivilisation!«, lachte Aahz überschwänglich, als er sich umsah, freudig erregt wie ein Kind auf seinem ersten Ausflug.

Wir schlenderten zwanglos eine der weniger belebten Straßen von Twixt hinab. Abfall und Bettler lagen überall herum, während kleine, stechende Knopfaugen, menschlicher und anderer Herkunft, uns von verdunkelten Fenstern und Türen aus musterten. Die Stadt war ein Haufen Gebäude, die sich um einen Außenposten der Armee kauerten, der mehr aus Gewohnheit als aus Notwendigkeit aufrechterhalten wurde. Die Soldaten, denen wir gelegentlich begegneten, waren ziemlich heruntergekommen im Gegensatz zu den knackfrischen Modellen der Rekrutenposten, so dass es manchmal schwer fiel zu beurteilen, wer nun bedrohlicher und widerwärtiger war, die Wachen oder die kriminellen Typen, die sie beobachteten.

»Wenn du mich fragst, so sieht mir das eher nach dem schlimmsten Menschenschlag aus!«, murmelte ich düster.

»Sagte ich ja, ein leuchtendes Beispiel der Zivilisation!«

»Aahz, ist das nur mein Eindruck, oder starren uns die Leute tatsächlich an?«

»Ganz locker, Kerlchen. In einer Stadt wie dieser erfassen die Einwohner instinktiv jeden Fremden. Sie versuchen abzuschätzen, ob wir Opfer oder Täter sind. Es liegt nun an uns, dass sie zu der Überzeugung gelangen, dass wir zur letzteren Kategorie gehören.«

Um dies zu illustrieren, wirbelte er plötzlich herum, duckte sich wie eine Katze und starrte zurück die Straße hinab, die Hand am Schwert.

Die Fenster und Türen gerieten plötzlich in Bewegung, als gut ein halbes Dutzend verschwommene Formen zurücktauchten in die Dunkelheit.

Nur eine Gestalt rührte sich nicht. Eine Hure, die mit verschränkten Armen auf dem Fensterbrett hing, um ihre schlecht verhüllten Brüste zur Schau zu stellen, lächelte ihn einladend an. Sie fuhr eine unverschämte, langsame Zunge über die Lippen und zwinkerte heftig.

»Äh ... Aahz?«

»Ja, Kerlchen?«, erwiderte er, ohne einen Blick von dem Mädchen abzuwenden.

»Ich störe nicht gern, aber du bist angeblich ein alter Tattergreis, denkst du noch daran?«

Aahz steckte immer noch in der Tarnung von Garkin, eine Tatsache, die ihm augenblicklich entfallen sein musste.

»Hm? Ach, ja. Wahrscheinlich hast du Recht, Kind. Es scheint jedoch sonst keinen zu stören. Vielleicht sind sie in dieser Stadt an rüstige alte Männer gewöhnt. Und wenn sie auf uns achtet, dann mehr wegen dir als wegen mir.«

»Jetzt komm aber, Aahz!«

»Vergiss nicht, Kerlchen, dass du jetzt eine recht beeindruckende Erscheinung bist.«

Ich blinzelte. Daran hatte ich gar nicht gedacht. Ich hatte vergessen, dass ich als Ganzfix getarnt war. Den hatten wir nämlich außerhalb der Stadt versteckt.

Ich warf einen Blick zu dem Flittchen. Als sich unsere Blicke begegneten, wurde ihr Lächeln merklich breiter. Sie demonstrierte ihre gesteigerte Begeisterung, indem sie sich noch weiter aus dem Fenster lehnte, bis ich mich allmählich sorgte, ob sie nicht herausfiel – aus dem Fenster oder aus dem Kleid.

»Na, was habe ich dir gesagt, Kerlchen!« Aahz schlug mir enthusiastisch auf die Schulter und zwinkerte unzweideutig.

»Es wäre mir lieber, sie fände mich gut, wie ich wirklich bin«, murmelte ich düster.

»Das ist der Preis des Erfolges, Junge«, antwortete Aahz philosophisch. »Na, macht nichts. Wir sind ja in geschäftlichen Angelegenheiten hier, weißt du noch?«

»Stimmt«, sagte ich fest.

Aus dem Augenwinkel konnte ich immer noch das Mädchen sehen. Sie hauchte mir einen Kuss herüber. Ich besah sie mir genauer.

Vielleicht konnte ich Aahz später eine Weile loswerden und …

»Wir müssen Frumpel finden.« Aahz' Stimme riss mich aus meinen schweifenden Gedanken.

»Hm? … Oh. Wie denn, Aahz?«

»Schnell und geschickt. Pass auf, Kind!«

Mit diesen Worten warf er einen raschen Blick die Straße hinauf und hinab. Drei Bälger waren gerade um die Ecke gekommen und spielten Fangen.

»Ha!«, rief Aahz sie an. »Wo finde ich den Laden von Abdul, dem Teppichhändler?«

»Zwei Straßen weiter und dann die fünfte links«, riefen sie zurück und zeigten die entsprechende Richtung.

»Ich dachte, wir wollten es vermeiden, unnötig aufzufallen?«

»Wir verhalten uns wie jeder andere in einer fremden Stadt, also wird sich keiner nach uns zweimal umsehen. Sie werden uns nicht mehr beachten als jeden anderen

Neuankömmling. Da ist auch schon gleich, was wir suchen!«

Ich blinzelte und sah in die Richtung, in die er mit dem Finger deutete. Der Laden lag zwischen einer Schmiede und einem Gerbergeschäft.

Ich hätte unsere Mission beinahe vergessen gehabt. Als ich nun jedoch den Laden so nah vor uns sah, war meine Nervosität sofort wieder da.

»Was machen wir denn jetzt, Aahz?«

»Na, zuallererst werd ich jetzt einen trinken gehen.«

»Einen trinken gehen?«

»Genau. Wenn du glaubst, ich werde mit leerem Magen mit einem Täufler in den Ring gehen, dann hast du dich getäuscht.«

»Einen trinken?«, wiederholte ich, aber Aahz hielt schon mit ausladenden Schritten auf eine nahe gelegene Taverne zu. Es blieb mir kaum etwas übrig, als ihm mit dem Einhorn am Zügel zu folgen.

Selbst für meinen schlichten Geschmack war die Taverne eine miese Kaschemme. Eine verschossene Markise beschattete eine kleine Gruppe verschrammter Holztische. Fliegen summten um eine Katze, die auf einem der Tische schlief ... zumindest möchte ich lieber davon ausgehen, dass sie nur schlief.

Als ich das Einhorn zu einer der Markisenstangen führte, hörte ich, wie Aahz beim Wirt laut zwei seiner größten Karaffen mit Wein bestellte. Ich seufzte und begann darüber zu verzweifeln, dass Aahz sich wohl niemals an seine Erscheinung als alter Mann gewöhnen würde.

Der Wirt schien jedoch keinen Widerspruch zwischen Aahz' Äußerem und seinen Trinkgewohnheiten festzustellen. Es kam mir der Gedanke, dass Aahz mit seiner Theorie, wie man unauffällig blieb, doch Recht hatte. Stadtleute schienen an laute, grobe Individuen jeden Alters gewöhnt.

»Komm, setz dich, Kerlchen«, befahl Aahz. »Du machst mich nervös, wenn du so herumschleichst.«

»Ich dachte, wir wollten mit dem Täufler reden?« Ich sank auf einen Stuhl.

»Immer mit der Ruhe, Kerlchen. Ein paar Minuten mehr oder weniger machen den Kohl auch nicht mehr fett. Außerdem, schau mal hin!«

Ein junges, gut gekleidetes Paar betrat den Teppichladen.

»Siehst du? Jetzt könnten wir sowieso nicht zur Sache kommen. Zumindest nicht, bis sie gegangen sind. Die Art Gespräch, die wir führen wollen, kann nicht vor Zeugen stattfinden. Ah!«

Der Wirt war gekommen und knallte gleichgültig die beiden Karaffen auf den Tisch.

»Höchste Zeit!«, kommentierte Aahz und packte mit jeder Hand eine Karaffe, wovon er die erste auf einen Zug leerte. »Willst du denn gar nichts, Junge?«

Einmal den Kopf zurück, und er hatte auch die zweite Karaffe leer.

»Bis mein Freund hier sich entschieden hat, können Sie mir schon mal zwei neue bringen, aber anständig voll diesmal, und wenn Sie zum Einschenken einen Eimer brauchen!«

Der Wirt zog sich ernstlich erschüttert zurück. Mich erschütterte das nicht mehr. Ich war schon oft Zeuge von Aahz' Fassungsvermögen für Alkohol geworden, das selbst in dieser Epoche schwerer Trinker noch seinesgleichen suchte. Was mich ein wenig verärgerte, war, dass der Mann gegangen war, ohne meine Bestellung anzunehmen.

Als ich schließlich auch meine Karaffe bekam, musste ich feststellen, dass mein Magen zu nervös war, um den Inhalt bereitwillig aufzunehmen. So musste ich ihn schlückchenweise zu mir nehmen. Nicht so Aahz. Er fuhr fort, sie in beunruhigender Menge hinabzustürzen. Er trank eine ganze Zeit lang. Wir saßen fast eine Stunde, und von dem Pärchen, das den Laden betreten hatte, war immer noch nichts zu sehen.

Schließlich wurde sogar Aahz ungeduldig.

»Ich frage mich, was die so lange aufhält«, brummte er.

»Vielleicht können sie sich nicht entscheiden«, vermutete ich.

»Nun, komm aber, Kerlchen! So groß ist der Laden auch wieder nicht, dass er eine solche Auswahl haben könnte.«

Er kippte seinen letzten Wein und stand auf.

»Wir haben lange genug gewartet«, erklärte er. »Da werden wir jetzt mal Nägel mit Köpfen machen.«

»Aber was ist mit dem Pärchen?«, mahnte ich.

»Wir werden sie halt dazu überreden müssen, ihr Geschäft ein wenig schneller zu tätigen.«

Dies klang auf vage Weise unheilverkündend, und auch Aahz' zahnreiches Lächeln war ein zusätzliches Anzeichen, dass etwas Unangenehmes bevorstand. Ich wollte ihn gerade von seinem Vorhaben abbringen, aber er überquerte schon mit zielsicheren Schritten die Straße und ließ mich stehen.

Ich eilte mich, ihn einzuholen und ließ das Einhorn in der Hast zurück. Doch selbst so war ich erst bei ihm, als er eben den Laden betreten hatte.

Ich trat hinter ihm ein und befürchtete das Schlimmste. Es erwies sich als unnötig. Bis auf den Inhaber war der Laden leer. Von dem Pärchen nicht die geringste Spur.

Kapitel 12

›Die ersten Eindrücke spielen in geschäftlichen Angelegenheiten oft eine bedeutsame Rolle‹

B. Illiger-Jakob

»Womit kann ich dienen, meine Herren?«

Die reichen Gewänder des Inhabers konnten seine magere Gestalt kaum verbergen.

»Wir würden gerne mit Abdul sprechen«, erklärte Aahz arrogant.

»Ich bin er, und er ist ich«, zitierte der Geschäftsinhaber. »Ihr seht vor euch Abdul, den bloßen Schatten eines Mannes, den die Gewitztheit seiner Kunden an den Rand des Hungertodes gebracht hat.«

»Um zur Sache zu kommen«, sagte Aahz, »wir suchen etwas in der Art eines hohen, zottigen Wand-an-Wand-Teppichs.«

»Was ist das? ... Ich bitte euch, verwirrt nicht den armen Abdul, einen einfachen Geschäfts ...«

»Mach mal halblang, Abdul ... oder sollte ich Frumpel sagen?« Aahz grinste sein wildestes Grinsen. »Wir wissen, wer du bist und was du bist. Wir sind hier, um ein kleines Geschäft zu tätigen.«

»Ich hätte es wissen müssen«, raste er. »Lass dich mit Imps ein, und schon hast du Ärger am Hals. Als Nächstes wisst ihr dann über alle ...«

Er verstummte plötzlich und beäugte uns misstrauisch. Seine Hand tauchte in die Falten seines Gewandes und förderte einen klaren Kristall zutage.

Er hielt ihn empor und musterte uns wie durch ein Glasauge hindurch.

»Ich hätte es wissen müssen«, schimpfte er. »Wärt ihr so freundlich, eure Tarnungen aufzuheben? Ich weiß immer gern, mit wem ich Handel treibe.«

Ich warf einen Blick zu Aahz hinüber, der zustimmend nickte.

Ich machte die Augen zu und begann, uns in unser normales Erscheinen zurückzuverwandeln.

»Ein Perverser!« Frumpel bemühte sich, dem Wort einen so widerlichen Klang wie möglich zu verleihen.

»Perfekter heißt das, wenn du mit uns ins Geschäft kommen willst«, verbesserte ihn Aahz.

»Es bleibt bei Perverser, bis ich deine Kohlen gesehen habe«, spöttelte Frumpel zurück.

Ich bemerkte plötzlich, dass er mich aufmerksam betrachtete.

»Sag mal, du bist nicht zufällig ein Imp namens Throckwoddle, wie?«

»Ich? Nein! Ich ... ich bin ...«

Doch er beäugte mich schon wieder durch seinen Kristall.

»Hmpf«, grunzte er und steckte ihn wieder in seine Robe. »Anscheinend bist du in Ordnung. Diesen Throckwoddle würde ich gerne in die Finger bekommen! Er hat meinen Namen entsetzlich weit hinausposaunt.«

»Sag mal, Frumpel«, unterbrach ihn Aahz. »Du bist nicht der Einzige, der gern sieht, mit wem er es zu schaffen hat.«

»Hm? Oh! Nun, gut, wenn ihr darauf besteht!«

Er zog einen kleinen Handspiegel mit einer Art Zeiger auf der Rückseite aus dem Gewand, blickte in den Spiegel und drehte langsam an dem Zeiger.

Das Ergebnis war ebenso plötzlich wie erschreckend. Nicht nur sein Gesicht, sondern sein ganzer Körper veränderte sich, nahm rundere Formen und eine ausgeprägte rötliche Tönung an. Wie ich so zusah, wurden seine Augenbrauen dichter, das Barthaar kroch das Gesicht empor wie ein lebendes Tier, und seine Augen verengten sich grauenhaft. Schon fast als Nachgedanke fielen mir seine glänzenden Hufe und die Spitze eines Schwanzes, der unter dem Saum seines Kleides herausragte, auf.

In beeindruckend kurzer Zeit hatte er sich in ... nun ja, in einen Teufel verwandelt.

Trotz aller Vorbereitung empfand ich eine Spur abergläubischer Angst, als er seinen Spiegel wegsteckte und sich uns zuwandte.

»Bist du jetzt zufrieden?«, grummelte er Aahz an.

»Es ist zumindest mal ein Anfang«, meinte Aahz.

»Genug der Späße!« Frumpel war plötzlich wieder aufgeregt. »Was bringt einen Perverser nach Klah? Stippvisite in den Slums? Und wie passt das Kind in das Ganze?«

»Er ist mein Schüler«, klärte Aahz ihn auf. »Aber lass uns zur Sache kommen. Wir haben ein Problem und hoffen, dass du uns helfen kannst. Schau, ich habe meine Kräfte verloren.«

»Was?!«, explodierte Frumpel. »Ihr kommt hierher, ohne die geringste Zauberkraft, euch vor Verfolgern zu schützen? Das ist doch das Letzte! Sieben Jahre habe ich dazu gebraucht, mich hier häuslich und sicher einzurichten, und da kommt so ein Idiot daher und ...«

»Hör zu, Frumpel! Wir haben dir doch erklärt, dass der Junge hier mein Lehrling ist. Er weiß mehr als genug, um uns zu schützen!«

»Ein halb ausgebildeter Lehrling! Er vertraut meine Sicherheit und mein Leben einem halb ausgebildeten Lehrling an!«

Die beiden starrten sich einige Augenblicke an, während deren ich mich bemühte, mich ganz still und unauffällig zu verhalten.

»Also gut, da ich euch offensichtlich nicht anders loswerden kann«, grummelte Frumpel letztendlich.

Er trat an die Wand und zog eine Art Seil hinter den Teppichen hervor.

»So ist es schon besser«, sagte Aahz triumphierend.

»Setz dich und halt den Mund«, befahl unser Gastgeber.

Aahz tat wie ihm geheißen, und Frumpel machte sich daran, im Kreis um ihn herumzugehen. Dabei hielt er das Seil mal in diese, mal in jene Richtung, sprang dann und wann in den Kreis und ließ das Seil auch mal wieder schlaff hängen. Die ganze Zeit über starrte er eindringlich an die Decke, als könne er dort eine Botschaft in klein gedruckter Schrift lesen.

»Hmm…«, machte der Täufler schließlich. »Ja, ich glaube, ich kann behaupten, dass deine Kräfte völlig weg sind.«

»Großartig!«, schimpfte Aahz. »Pass auf, Frumpel. Wir haben nicht den ganzen Weg hierher zurückgelegt, um etwas zu erfahren, was wir schon wissen. Ihr Täufler sollt doch in solchen Dingen angeblich etwas tun können. Also, tu etwas!«

»So leicht ist das nicht, Perverser!«, schnauzte Frumpel zurück.

»Ich war schon immer überzeugt, dass der Ruf von euch Täuflern völlig übertrieben ist!«

»Hör zu, Perverser! Soll ich dir helfen oder nicht? Ich habe nicht gesagt, dass ich nichts tun könnte, nur, dass es schwierig sein würde.«

»Ich verstehe«, höhnte Aahz. »Jetzt kommt es, Kerlchen. Das Feilschen um den Preis. Ich hab dir ja gesagt, dass sie Künstler darin sind, einen auszunehmen!«

»Um genau zu sein«, erwiderte der Täufler trocken, »dachte ich an den Zeitfaktor. Es wird allerhand Zeit beanspruchen, bis ich meine Vorbereitungen getroffen habe, und was ich davon halte, euch länger als absolut notwendig hierzubehalten, daraus habe ich ja keinen Hehl gemacht.«

»Wenn das so ist, würde ich vorschlagen, dass wir anfangen«, spöttelte Aahz. »Ich habe *meinerseits* auch keinen Hehl daraus gemacht, dass wir so lange hier bleiben werden, bis ich wiederhergestellt bin.«

»Vielleicht könnten wir da ein kleines Geschäft vereinbaren. Ich bringe dich wieder in Ordnung, dafür tut ihr mir einen kleinen Gefallen.«

»Was für einen Gefallen?«, erkundigte Aahz sich misstrauisch.

Ausnahmsweise war ich einmal völlig einer Meinung mit ihm. Irgendetwas in Frumpels Stimme klang keineswegs vertrauenerweckend.

»Wirklich nur eine Kleinigkeit«, schnurrte der Täufler. »Eine Art Scheinmanöver.«

»Wir wären eher für Barzahlung«, erklärte ich fest.

»Halt den Mund, Kerlchen«, mahnte Aahz. »Was für ein Scheinmanöver, Frumpel?«

»Ihr habt vielleicht ein Pärchen bemerkt, das meinen Laden vor euch betreten hat. Das habt ihr! Gut. Dann habt ihr zweifellos auch festgestellt, dass sie sich nicht mehr an Ort und Stelle befinden.«

»Wie sind sie denn weggekommen?«, fragte ich.

»Dazu komme ich gleich«, lächelte Frumpel. »Wie dem auch sei, ihre Geschichte ist ebenso interessant wie landläufig. Ich will euch die Einzelheiten ersparen, jedenfalls geht es um junge Liebende, deren Familien sie nicht zusammenkommen lassen wollen. In ihrer Verzweiflung haben sie sich an mich gewandt mit der Bitte um Hilfe. Ich tat ihnen den Gefallen, sie in eine andere Dimension zu schicken, wo sie glücklich zusammenleben können und nicht das Einschreiten ihrer Familien befürchten müssen.«

»Gegen eine Gebühr, selbstverständlich«, kommentierte Aahz trocken.

»Selbstverständlich«, lächelte Frumpel.

»Aber, Aahz!«, schalt ich. »Das war doch anständig von ihm, auch wenn er dafür bezahlt worden ist.«

»Sehr richtig!«, lobte der Täufler. »Du bist für dein Alter schon sehr einsichtig. Jedenfalls hat meine Großmut mich in eine ziemlich missliche Lage gebracht. Wie ihr sicher schon bemerkt habt, bin ich sehr besorgt um mein Ansehen in dieser Stadt. Dieses Ansehen könnte in Gefahr geraten, wenn Verwandte der jungen Leute ihre Spur bis zu meinem Laden, aber nicht weiter verfolgen können.«

»Das muss ja eine saftige Gebühr gewesen sein«, murmelte Aahz.

»Mein Vorschlag wäre nun: Für meine Hilfe möchte ich euch bitten, euch als dieses Paar zu verkleiden und eine falsche Spur weg von meinem Laden zu legen.«

»Wie lang soll diese falsche Spur sein?«, fragte ich.

»Och, nicht besonders aufwendig. Gerade genug, um von den Stadtbewohnern gesehen zu werden und die Aufmerksamkeit von meinem Laden abzulenken. Sobald ihr außer Sichtweite der Siedlung seid, könnt ihr euch zurückverwandeln und wiederkommen. In der Zwischenzeit werden auch meine Vorbereitungen für deine Heilung abgeschlossen sein. Na, was meint ihr? Ist das ein Geschäft?«

Kapitel 13

›Das Geheimnis, wie man die Unterstützung breiter Gruppen der Bevölkerung gewinnt, ist positives Denken‹

N. Bonaparte

»Die Leute gaffen uns an, Aahz.«

»Immer mit der Ruhe, Kind. Das sollen sie ja.«

Um dieses Argument zu unterstreichen, nickte er einer Schar finster dreinblickender Einwohner zu und winkte auch noch. Sie winkten nicht zurück.

»Ich weiß absolut nicht, warum ich das Mädchen spielen muss.«

»Das haben wir doch schon ausreichend diskutiert. Du hast eher einen mädchenhaften Gang als ich.«

»Du und Frumpel behaupten das. Ich habe überhaupt keinen Gang wie ein Mädchen!«

»Na, sagen wir, ich habe einen weniger mädchenhaften Gang als du.«

Gegen solche Logik anzukommen war schwer, also wechselte ich das Thema.

»Aahz, bist du eigentlich überzeugt, dass wir ein gutes Geschäft gemacht haben?«

»Wie meinst du das?«

»Na, nach allem, was du mir erzählt hast, müssen wir etwas übersehen haben, wenn wir glauben, mit einem Täufler ein gutes Geschäft gemacht zu haben.«

»Du sprichst natürlich aus dem reinen Schatzkästlein deiner Erfahrungen«, antwortete Aahz sarkastisch. »Wer hat dir denn so viel über das Handeln mit Täuflern erzählt?«

»Du!«, antwortete ich zutreffend.

»Hm. Du hast Recht, Kerlchen. Vielleicht war ich ein bisschen voreilig.«

Normalerweise wäre ich in Begeisterungsstürme ausgebrochen, hätte Aahz einmal zugegeben, dass ich Recht hatte. In der augenblicklichen Situation jedoch ließ es mich nur noch weit unbehaglicher fühlen.

»Was machen wir jetzt?«, fragte ich.

»Nun, gewöhnlich halte ich mich ehrlich an einen Handel, solange ich nicht das Gefühl habe, übers Ohr gehauen worden zu sein. Diesmal hast du mich jedoch so misstrauisch gemacht, dass wir die Vereinbarungen ein wenig modifizieren werden.«

»Wieder mal situationsbedingte Ethik?«

»Genau!«

»Was machen wir also?«

»Schau dich mal nach einem relativ verschwiegenen Ort um, wo wir uns verwandeln könnten, ohne beobachtet zu werden.«

Ich begann, mit den Augen die Straßen und Alleen abzusuchen, die sich vor uns erstreckten. Mein Unbehagen steigerte sich in Panik und trieb meine Suche gewaltig an.

»Ich wünschte, wir hätten unsere Waffen dabei!«, murmelte ich.

»Hör sich einer den an!«, sagte Aahz höhnisch. »Es ist noch gar nicht so lange her, dass du mir weismachen wolltest, Zauberer bräuchten keine Waffen. Komm, Kind! Was würdest du denn mit einer Waffe anfangen können, wenn du eine hättest?«

»Wenn du 's genau wissen willst, ich wollte, *du* hättest eine bei dir.«

»Oho! Gut gesagt! Sag mal . . . äh . . . Kind? Siehst du dich noch nach einer geeigneten Stelle um?«

»Ja, ein paar Möglichkeiten hab ich schon ausgemacht.«

»Dann vergiss sie. Sieh dich nach etwas Großem mit vielen Ausgängen um.«

»Weshalb dieser Strategiewechsel?«, wollte ich wissen.

»Wirf mal einen Blick über deine Schulter ... ganz unauffällig!«

Ich tat wie geheißen, wenn auch vielleicht nicht so unauffällig, wie es möglich gewesen wäre. Es stellte sich allerdings heraus, dass meine schauspielerischen Fähigkeiten unsere geringste Sorge waren.

Eine Menschenmenge folgte uns. Sie warfen uns düstere Blicke zu und murmelten irgendetwas vor sich hin. Ich wollte verzweifelt daran glauben, dass wir nicht Mittelpunkt ihrer Aufmerksamkeit waren, doch die Fakten waren nicht zu übersehen. Sie folgten eindeutig uns, und unterwegs wurden es ständig mehr.

»Aber warum verfolgen sie uns? Was wollen sie?«

»Nun, ich bin mir freilich nicht ganz sicher, aber ich nehme an, dass es etwas mit unseren Verkleidungen zu tun hat.«

»Was machen wir also?«

»Wir gehen weiter, und hoffen, dass uns eine Soldatenpatrouille über den Weg läuft, die wir um Hilfe bitten könnten.«

Ein erster Stein schlug vor uns aufs Pflaster, vermutlich hatte ihn einer der Leute geworfen.

»... oder ...«, revidierte Aahz eilig, »wir bleiben auf der Stelle stehen und finden heraus, was das Ganze soll.«

»Wir könnten weglaufen«, schlug ich voller Hoffnung vor. Aahz machte sich jedoch bereits an die Ausführung seines vorab gemachten Vorschlags.

Er blieb unvermittelt stehen und drehte sich auf der Ferse um, dass er der Menge ins Gesicht sah.

»Was soll das bedeuten?«, brüllte er der näher rückenden Masse entgegen.

Angesichts dieser direkten Ansprache kam die Menge zum Stehen, wobei die hinteren Reihen auf die vorne aufliefen, die schon Halt gemacht hatten. Sie schienen von Aahz' Verhalten ziemlich verwirrt und schweiften ziellos umher. Ich war angenehm überrascht vom Erfolg des Manövers, das mein Begleiter in die Wege geleitet hatte, aber für Aahz war ganz gut niemals gut genug.

»Also?«, fragte er und trat auf sie zu. »Ich warte auf eine Erklärung.«

Einen Augenblick lang wich die Menge vor ihm zurück. Dann ertönte eine Stimme aus dem Hintergrund.

»Wir wollen wissen, was nun mit unserem Geld los ist?«

Dies gab den Anstoß.

»Ja? Wo ist unser Geld geblieben?«

Mehrere andere griffen die Frage auf, und die Menge begann zu schimpfen und wieder auf uns zuzurücken. Aahz wich keinen Schritt und hob Stille gebietend die Hand.

»Was ist mit Eurem Geld?«

»Oh, nein, diesmal nicht!«, kam eine besonders bedrohliche Stimme. »Diesmal wird es Euch nicht noch einmal gelingen, Euch so herauszureden.«

Ein kräftiger, kahlköpfiger Mann bahnte sich seinen Weg durch die Menge, mit einem Schlachtermesser in der Hand baute er sich vor Aahz auf.

»Mein guter Mann«, flötete Aahz durch die Nase. »Wenn Ihr damit sagen wollt ...«

»Jetzt aber schnell!«, schnauzte der Mann. »Ganz schnell! Herr, wir waren schon allzu geduldig mit Euch. Wir hätten Euch gleich das erste Mal, als Ihr Euren betrügerischen Anti-Dämonen-Zauber vorgeführt habt, aus der Stadt jagen sollen. Ganz recht, ich sagte betrügerisch! Ein paar von uns wussten es von Anfang an. Jeder, der nur über ein bisschen Bildung verfügt, weiß, dass es so was wie Dämonen nicht gibt.«

Einen Augenblick lang war ich in Versuchung, Aahz' Tarnung fallen zu lassen.

»Wir haben genug von Euren Erklärungen. Das haben wir Euch schon vor drei Tagen gesagt, als wir Euch noch zwei Tage Zeit ließen, uns entweder die Zauberformel oder unser Geld zurückzugeben.«

»Solche Dinge brauchen ihre Zeit ...«

»Diese Ausrede habt Ihr schon überstrapaziert. Gestern ist Eure Zeit abgelaufen. Entweder bekommen wir nun unser Geld oder ...«

»Gewiss, gewiss.« Aahz hob besänftigend die Hände. »Gebt mir nur einen Augenblick, um mich mit meiner Partnerin zu unterhalten.«

Er lächelte der Menge zu, als er mich beim Arm nahm und beiseite zog.

»Was machen wir jetzt, Aahz?«

»*Jetzt* laufen wir weg«, antwortete er ruhig.

»Wie?«, fragte ich dümmlich nach.

Doch ich sprach ins Leere. Aahz wuselte bereits die Straße hinab.

Ich versuchte, ihn einzuholen. »Sie holen auf.«

»Wirst du mir helfen, mich nach etwas umzuschauen?«

»Klar. Was suchen wir?«

»Ein Paar, das ungefähr wie wir gekleidet ist«, erwiderte er.

»Und was machen wir, wenn wir sie gefunden haben?«

»Ganz einfach«, erklärte Aahz. »Wir arrangieren einen Zusammenstoß, und im Gewühle verwandelst du unsere Erscheinungen in ihre, dann kann der Mob sie in Stücke reißen.«

Ich begann, mich nach einem ähnlich gekleideten Pärchen umzusehen. Das ist schwerer, als man glaubt, wenn man wie verrückt rennt und einen Mob auf den Fersen hat.

Unglücklicherweise lief uns niemand über den Weg, der zu passen schien. Wen immer wir darstellen mochten, die beiden schienen in ihrer Aufmachung recht einzigartig zu sein.

»Ich wünschte, ich hätte eine Waffe bei mir«, beklagte sich Aahz.

»Das haben wir ja schon ausdiskutiert«, erinnerte ich ihn. »Abgesehen davon, was würdest du unternehmen, wenn du eine hättest? Das Einzige, womit wir sie zum Halten bringen könnten, wäre ein Feuerring.«

»Heh! Das hatte ich ja ganz vergessen«, keuchte Aahz.

»Und dann? Wir können ihn nicht anwenden.«

»Tatsächlich? Warum denn nicht?«

»Weil sie dann wüssten, dass wir Magiker sind.«

»Das spielt keine Rolle mehr, wenn sie tot sind.«

Situationsbedingte Ethik oder nicht, mir drehte sich der Magen um bei der Vorstellung, so viele Leute umzubringen.

»Warte, Aahz!«, rief ich.

»Pass auf, Kerlchen.« Er grinste und streckte die Hand in ihre Richtung aus. Nichts rührte sich.

Kapitel 14

›Eine kleine Hilfe zur rechten Zeit ist besser
als eine grosse Hilfe zur Unzeit‹

Tevje

»Komm schon, Aahz!«, brüllte ich verzweifelt und kippte einen Obststand vor der Menge auf den Weg.

Nun, da es schien, als seien meine Mitmenschen vor Aahz sicher, wandte sich meine Besorgnis wieder der Frage zu, inwieweit er vor ihnen in Sicherheit zu bringen war.

»Ich kann es nicht fassen!«, rief Aahz, als er einen Satz zurück machte.

»Was?«

»Dass ich an ein und demselben Tag einem Täufler und einem Imp auf den Leim gekrochen bin. Wenn wir hier rauskommen, geb ich dir die Erlaubnis, mich zweimal kräftig in den Hintern zu treten.«

»Abgemacht«, keuchte ich.

»Schau, Kerlchen, wir sind gerettet!« Aahz deutete aufgeregt nach vorn, wo eine uniformierte Patrouille vorüberzog.

Unser Anmarsch auf die Soldaten war so lärmend, dass alle anhielten und der Jagd zusahen. Einer von ihnen, der etwas weniger schmuddelig war als die Übrigen, hatte sich innerhalb der Gruppe nach vorne gedrängt und schaute uns nun mit überkreuzten Armen spöttisch entgegen.

Aahz drängte mich beiseite. »Seid Ihr der Dienst habende Offizier, Sir?«

»Das bin ich«, antwortete der Mann.

»Nun, es sieht ganz so aus, als ob diese … Bürger«, er

deutete voller Abscheu auf unsere Verfolger, »uns körperlichen Schaden zufügen wollten. Eine eklatante Missachtung Eurer Autorität..., Sir.«

»In Ordnung. Ihr hier wisst, dass das Gesetz den Bürgern verbietet, sich gegenseitig Verletzungen zuzufügen«, begann er.

Die Menge fing an, düster vor sich hinzumurmeln, doch der Offizier gebot ihnen mit einer Handbewegung zu schweigen.

»Ich weiß, ich weiß. Uns gefällt das auch nicht. Wenn es nach uns ginge, ließen wir euch eure Streitigkeiten austragen und brächten unsere Zeit in den Kneipen zu. Aber es geht nicht nach uns. Wir müssen die Gesetze genauso wie ihr befolgen, und das Gesetz besagt, dass allein das Militär die Rechtsprechung ausübt und die Strafen an der Bürgerschaft vollzieht.

Ich weiß zwar, dass ihr diese beiden gerne zu Gulasch verarbeiten würdet, aber ich darf es nicht zulassen. Sie müssen gehenkt werden, wie das Gesetz es befiehlt.«

»Was?«

Ich bin mir nicht sicher, ob ich oder Aahz diese Frage herausgebrüllt hatte oder wir beide zusammen. Wer immer es war, jedenfalls wurde die Frage vom Jubelgeschrei der Menge übertönt.

Ein Soldat packte meine Handgelenke und drehte sie mir schmerzhaft auf den Rücken. Als ich mich umsah, stellte ich fest, dass man mit Aahz das Gleiche machte. Es erübrigt sich wohl zu sagen, dass dies nicht die Art von Unterstützung war, wie wir sie uns erhofft hatten.

»Was habt ihr denn erwartet?«, verhöhnte uns der Offizier. »Wenn ihr von der Armee Hilfe wolltet, dann hättet ihr uns nicht auf eure Kundenliste setzen dürfen.«

Man trieb uns nun zu einem einzeln stehenden Baum.

»Psst, Kerlchen!«, flüsterte Aahz.

»Was denn noch?«, murmelte ich verbittert.

»Wenn sie dich hängen, flieg!«

»Was?«

Wider Willen erfüllte mich plötzlich neue Hoffnung.

»Jetzt aber, Kerlchen! Wach auf! Flieg! Wie ich es dir unterwegs beigebracht habe.«

»Sie würden mich doch nur abschießen.«

»Nicht wegfliegen, Dummerchen! Nur fliegen. Am Ende des Seils schweben und zappeln. Sie werden glauben, du bist erhängt.«

Ich dachte darüber nach ... angestrengt darüber nach. Es könnte funktionieren, aber ... Ich bemerkte, dass man die Schlingen über einen tiefen Ast des Baumes warf.

»Aahz! Ich kann das nicht. Ich kann nicht uns beide levitieren, so gut bin ich noch nicht.«

»Nicht uns beide, Kind. Nur dich. Mach dir um mich keine Gedanken.«

»Aber ... Aahz!«

Unsere Zeit war abgelaufen. Grobe Hände schoben uns nach vorn und zogen uns die Schlingen über die Köpfe.

Ich begriff sofort, dass ich gar nicht die Zeit hatte, mir um Aahz Gedanken zu machen.

Ich brauchte meine ganze Konzentration, und selbst dazu war es höchste Zeit.

Ich schloss die Augen und suchte verzweifelt nach einer Kräftelinie in der Luft. Da war eine ... schwach zwar, aber sie war da. Ich begann, mich auf sie einzustellen.

Die Schlinge zog sich um meinen Hals zusammen, und ich spürte, wie meine Füße vom Boden abhoben. Ich fühlte Panik in mir aufsteigen und kämpfte sie nieder.

Eigentlich war es besser so. Sie mussten ja mein Körpergewicht spüren, wenn sie mich hochzogen. Ich konzentrierte mich wieder auf die Kräftelinie ... Energien abziehen ... sie umdirigieren.

Ich spürte, wie sich das Seil leicht entspannte. Ich bekam Luft! Nicht viel, das stimmte, aber ausreichend zum Überleben. Was musste ich sonst noch tun? Ach ja, zappeln. Ich trat leicht mit den Beinen umher und versuchte zu zittern. Das hatte jedoch zur Folge, dass die Schlinge sich stärker zuzog. Ich beschloss, eine andere Taktik anzuwenden. Ich ließ meinen Kopf zur Seite baumeln und streckte seitlich die Zunge aus dem Mundwinkel.

Es klappte. Ein plötzliches Anschwellen der Pfiffe aus der Menge belohnte meine Bemühungen.

Ich behielt diese Stellung bei.

Meine Zunge trocknete schnell aus, ich zwang mich jedoch, nicht daran zu denken.

Der arme Aahz. Trotz all seiner Grummligkeit und seiner Behauptung, lediglich an sich selbst zu denken, hatte seine letzte Besorgnis meinem Wohlergehen gegolten. Ich schwor mir, wenn ich hier wegkäme ...

Ich dachte gerade noch daran, nicht mehr zu fliegen, ehe sie das Seil abschnitten, als sie unsere Leichen abnahmen, um sie als Warnung an den Stadtrand zu legen. Ich biss mir auf die Zunge, als ich landete und wagte, sie in den Mund zurückzuziehen. Niemand bemerkte etwas.

Unsichtbare Hände packten mich unter den Armen und an den Fußknöcheln, und unsere Reise zur Stadtgrenze begann.

Nun, da ich wusste, dass man mich nicht begraben würde, wandten sich meine Gedanken wieder meiner Zukunft zu. Ich würde mir Frumpel und Isstvan vorknöpfen. Das war ich Aahz schuldig.

»Hier wird es wohl weit genug sein. Wir schmeißen sie einfach hier hinunter!«

Es ertönte ein Chor allgemeiner Zustimmung, und schon flog ich wieder durch die Luft. Ich versuchte, mich für den Aufprall zu entspannen, doch als ich wirklich am Boden aufschlug, blieb mir die Luft weg.

Wenn ich mich weiter um die Kunst des Fliegens bemühen würde, müsste ich mehr Zeit zur Einübung von Notlandungen aufwenden.

Ich lag reglos da. Ich konnte die Soldaten schon nicht mehr hören, ich wollte jedoch noch nicht riskieren, aufzusitzen und womöglich zu offenbaren, dass ich gar nicht tot war.

»Willst du den ganzen Tag hier liegen bleiben, oder hilfst du mir, meine Fesseln zu lösen?«

Unwillkürlich riss ich die Augen auf. Neben mir saß Aahz und grinste auf mich herunter.

Vernünftigerweise blieb hier nur eines zu tun, und das tat ich denn auch. Ich fiel in Ohnmacht.

Kapitel 15

›Jeder, der den Ausdruck
›easy as taking candy from a baby‹
benutzt, hat noch niemals versucht,
einem Kind ein Bonbon abzunehmen‹
Robin Hood

»Können wir uns jetzt rühren?«, fragte ich.

»Noch nicht, Kerlchen. Warte, bis die Lichter einen ganzen Tag lang ausgeblieben sind.«

»Eine ganze Stunde meinst du.« Er hatte immer noch die Schwierigkeiten mit den Zeiteinheiten.

»Egal. Jetzt halt den Mund und pass auf.«

Wir warteten am Ende der Sackgasse gegenüber Frumpels Geschäft. Obwohl wir mit unseren neuen Tarnungen vermutlich sicher waren, war mir unbehaglich zumute in der Stadt, wo man uns aufgehängt hatte. Es ist schwierig, dies jemandem begreiflich zu machen, der sich noch nicht in der gleichen Lage befunden hat. Außerdem war es auch komisch, mit Aahz zusammen zu sein, nachdem ich mir vorgestellt hatte, er sei tot.

Offensichtlich sind die Halsmuskeln eines Perfekten erheblich stärker als die eines Menschen.

Aahz hatte einfach jene Muskeln angespannt, die dann verhinderten, dass ihm die Schlinge die Luftzufuhr abschnitt.

»Okay, Kerlchen«, flüsterte Aahz. »Ich glaube, wir haben nun lange genug gewartet.«

»Wie kommen wir denn rein?«

»Wie gewöhnlich, durch die Tür.«

»Ich hätte nicht gedacht, dass das so einfach geht.«

»Holla! Keiner hat behauptet, dass es leicht wird. Die Tatsache, dass die Tür offen steht, heißt noch nicht, dass die Tür offen steht.«

»Das kapier ich nicht ganz, Aahz.«

»Denk mal nach, Kerlchen. Wir sind doch hinter einem Täufler her, stimmt's? Dem stehen alle Arten von Zaubereien und Tricks zur Verfügung. Deshalb schließt du jetzt mal die Augen und betrachtest die Tür auf andere Weise.«

Ich tat, wie er verlangte. Augenblicklich erfasste mein Denken das Bild eines Käfigs, der den gesamten Laden umschloss.

»Er hat eine Art Schutzwall aufgebaut, Aahz«, informierte ich meinen Partner.

Es kam mir in den Sinn, dass eine derartige Struktur mich noch vor wenigen Wochen in Furcht und Schrecken versetzt hätte. Nun akzeptierte ich sie dagegen als relativ normal, lediglich als ein weiteres Hindernis, das es zu überwinden galt.

»Beschreib ihn mir mal«, forderte Aahz mich auf.

»Also ... er ist hell ... ein weißliches Purpur ... eine Reihe von Gittern und Querstäben, die Quadrate in der Größe von einer Handfläche bilden ...«

»Nur über der Tür oder um den ganzen Laden?«

»Über den ganzen Laden. Oben ist es zu, und die Gitterstäbe sind in den Boden eingelassen.«

»Hm. Wir werden einfach durchgehen müssen. Hör zu, Kerlchen. Zeit für deine nächste Lektion.«

»Und wir wollen durch das Ding durch?«, fragte ich ungläubig.

»*Nach* deiner Schnelllektion. So, erinnerst du dich an deine Federübung? Wie du zur Kontrolle deinen Geist um die Feder legen musstest?«

»Hm, ja«, sagte ich verwirrt.

»Nun, ich möchte, dass du das Gleiche ohne Feder machst. Tu, als hieltest du etwas, das es gar nicht gibt. Forme die Energien zu einer Röhre.«

»Und dann?«

»Dann führst du die Röhre in eines der Quadrate ein und dehnst sie aus.«

»Das ist alles?«

»Das ist alles. So. Versuch's mal.«

Ich schloss die Augen und ließ mein Denken ausströmen. Nachdem ich mir ein Quadrat über der offen stehenden Tür ausgesucht hatte, führte ich meine erdachte Röhre ein und drückte gegen die Seiten. Sie gaben langsam nach. Nach einer gewaltigen Anstrengung hatte ich die Röhre über zwölf Quadrate erweitert.

»Hast du's geschafft?« Aahz' Flüstern klang besorgt.

»Ja, eine Sekunde noch ... jetzt!«

Die Röhre war nun groß genug, dass wir hindurchkriechen konnten.

»In Ordnung! Dann geh du voraus. Ich halte mich direkt hinter dir.«

Es war schon recht seltsam: Diesmal empfand ich keinen meiner üblichen Zweifel, als ich kühn über die Straße auf den Laden zuschritt. Offenbar wuchs mein Vertrauen in meine Fähigkeiten, denn ich zögerte nicht einmal, in die Röhre hineinzukriechen.

Als wir uns schließlich im Laden befanden, zog Aahz als Erstes die Vorhänge zu. Meine Augen hatten sich nun fast an die Dunkelheit gewöhnt. In der Ecke lag ein schwer atmendes Bündel. Frumpel!

Ich fühlte eine Hand auf meiner Schulter. Aahz deutete auf eine Öllampe auf dem Tisch. Ich schoss einen schnellen Energiestrahl ab, worauf sogleich eine Flamme am Docht aufloderte und den Verkaufsraum erhellte.

Aahz kniete mit dem Messer in der Hand neben Frumpel nieder. Offensichtlich war es ihm trotz der Dunkelheit gelungen, eine unserer Waffen wiederzufinden.

Frumpel setzte sich blinzelnd hoch und erstarrte plötzlich zu Eis. Aahz hielt die Spitze des Messers eine Haaresbreite von Frumpels Kehle entfernt.

»Hallo, Frumpel«, lächelte Aahz. »Erinnerst du dich noch an uns?«

»Ihr?«, keuchte der Täufler. »Ihr seid doch angeblich tot!«

»Tot?«, schnurrte Aahz. »Wie könnte uns denn nur ein Leid geschehen, wo doch unser alter Kumpel Frumpel sich gemeinsam mit der Bürgerschaft um uns sorgt?«

»Meine Herren!«, kreischte unser Opfer. »Hier muss ein Missverständnis aufgetreten sein!«

»Hör zu, Frumpel! Wir sind sowohl in der Lage wie auch willens, dich umzubringen. Klar?«

»Aber ich ...«

»Klar?«

Aahz ließ die Messerspitze über Frumpels Haut streifen.

»Klar«, flüsterte der Täufler.

»Dann ist es ja gut«, erklärte Aahz und steckte das Messer in seinen Gürtel zurück. »Dann wollen wir jetzt übers Geschäft reden.«

»Ich ... ich verstehe nicht ganz«, stammelte Frumpel und rieb sich mit einer Hand den Hals, als wolle er sich überzeugen, ob er auch noch heil war.

»Das soll heißen«, erläuterte Aahz, »dass uns deine Hilfe wichtiger ist als unsere Rache. Aber freu dich nicht zu früh. So leicht ist uns die Entscheidung auch wieder nicht gefallen.«

»Ich ... ich verstehe. Was kann ich für euch tun?«

»Jetzt stell dich nicht an, Frumpel. Du kannst unsere alte Abmachung einhalten.«

»Das kann ich eben nicht!«, jammerte Frumpel. »Nicht, dass ich deine Kräfte nicht wiederherstellen will. Ich kann es nicht! Ich weiß nicht, was mit dir los ist oder wie man dem begegnen kann. Deshalb habe ich euch auch den Mob auf den Hals gehetzt. Ich hatte Angst, ihr würdet mir nicht glauben, wenn ich es euch gesagt hätte. Ich habe zu viel Zeit aufgewandt, mich hier fest zu etablieren, als dass ich es riskieren könnte, von einem unzufriedenen Kunden bloßgestellt zu werden. Es tut mir Leid, ehrlich, und ich weiß, dass ihr mich vermutlich umbringen werdet, aber ich kann dir nicht helfen.«

Kapitel 16

›NUR WEIL ETWAS NICHT IN DER WEISE FUNKTIONIERT,
WIE MAN ES GEPLANT HATTE, IST ES NICHT GLEICH NUTZLOS‹
T. EDISON

»Hm«, machte Aahz gedankenverloren. »Du bist also machtlos, meine Macht wiederherzustellen?«

»Heißt das, dass wir ihn nun trotzdem umbringen?«, fragte ich eifrig.

»Nur die Ruhe, Kerlchen. Die Tatsache, dass er meine Kräfte nicht wiederherstellen kann, heißt noch lange nicht, dass er deshalb völlig nutzlos für uns wäre. Ich bin sicher, dass er überglücklich sein wird, uns helfen zu können, insbesondere, da er unser altes Geschäft noch nicht beglichen hat. Hab ich Recht, Frumpel?«

»Aber gewiss doch. Ich werde alles tun, um die Unannehmlichkeiten, die ich euch verursacht habe, wieder gutzumachen.«

»Unannehmlichkeiten?«, fragte ich ungläubig.

»Ruhig, Kerlchen. Nun, Frumpel, als Erstes kannst du uns einmal unsere Sachen zurückgeben, die wir bei unserem letzten Besuch hier gelassen haben, ehe wir zu unserer kleinen Mission aufbrachen. Und weiter: Sagt dir der Name Isstvan etwas?«

»Nein. Sollte er das?«

»Wenn du am Leben bleiben willst, ja. Es ist ein verrückter Magiker, der alle Dimensionen übernehmen und mit dieser hier beginnen will.«

»Was geht mich das an?« Frumpel runzelte die Stirn. »Wir Täufler treiben mit jedem Handel, der unsere Preise zahlen kann. Wir befassen uns nicht mit politischen Implikationen oder dem Geisteszustand unserer Geschäftspartner. Wenn wir nur mit den Vernünftigen Handel trieben, würde das unsere Geschäfte auf ein Drittel reduzieren ... vielleicht sogar weniger.«

»Diesmal beschäftigst du dich besser damit. Vielleicht hast du mich nicht ganz verstanden. Isstvan will mit dieser Dimension anfangen. Um das durchzuführen, muss er hier all jene umbringen, die über das Anzapfen von Energien Bescheid wissen. Der lässt nicht mit sich handeln.« Aahz nickte bedeutungsvoll.

»Hm. Interessante Theorie, aber wo ist der Beweis dafür – ich meine, wen soll er denn umgebracht haben?«

»Zumindest schon mal Garkin«, sagte ich trocken.

»Das stimmt«, pflichtete Aahz mir bei. »Du warst doch so begierig zu wissen, warum wir beide zusammen reisen. Nun, Skeeve hier war Garkins Lehrling, bis Isstvan seine Mörder geschickt hat, um diese Konkurrenz auszulöschen.«

»Mörder?«

»Ganz recht. Zwei von ihnen hast du gesehen, das waren die beiden Imps, die du vor einer Woche teleportiert hast.« Aahz breitete den Mantel aus, den wir vor einer Woche von dem Mörder ergattert hatten.

»Woher, meinst du, haben wir das? Von einem Wohltätigkeitsbasar?«

»Hm«, kommentierte der Täufler.

»Und er rüstet sie mit hoch technisierten Waffen aus. Wie kannst du uns nun helfen?«

»Ich habe keine Waffen auf Lager. Ich wüsste wirklich nicht...«, gestand der Täufler. »Es sei denn ... ich hab's! Ich könnte euch auf den Basar schicken!«

»Den Basar?«, fragte ich.

»Den Basar auf Tauf! Wenn ihr dort nicht findet, was ihr

braucht, dann existiert es überhaupt nicht. Warum habe ich daran nur nicht früher gedacht? Das ist die Lösung!«

Nun war er auf den Beinen und trat auf uns zu.

»Ich weiß, ihr habt es eilig, deshalb will ich mich gleich an die Arbeit machen ...«

»Nicht so hastig, Frumpel!« Aahz hatte sein Schwert gezückt und hielt es drohend gegen Frumpel gerichtet.

»Wir hätten gern eine Garantie, dass wir hier auch eine Rückfahrkarte buchen.«

»Ich ... ich verstehe nicht.«

»Ganz einfach. Du hast schon einmal versucht, uns loszuwerden. So kommt mir der Gedanke, dass du uns vielleicht in irgendeine Hinterwalddimension schickst, von der wir nicht mehr wegkommen.«

»Aber ich gebe euch mein Wort, dass ...«

»Dein Wort wollen wir nicht«, grinste Aahz. »Wir möchten deine Anwesenheit.«

»Was?«

»Wo wir sind, sollst auch du sein. Du begleitest uns, nur um sicherzugehen, dass wir auch zurückkommen.«

»Aber das kann ich doch nicht!«, sagte Frumpel mit ehrlichem Entsetzen. »Ich bin von Tauf verbannt worden. Du weißt nicht, was die mit mir machen, wenn ich zurückkehre.«

»Das ist ja ein Jammer. Aber wir möchten vor der Buchung eine Rückfahrgarantie, und das bist du!«

»Warte einen Augenblick! Ich glaube, ich habe eine Lösung!«

Der Täufler begann hektisch in seinen Truhen zu wühlen. Ich beobachtete fasziniert, was für eine erstaunliche Ansammlung seltsamer Gegenstände er dabei zutage förderte.

»Da ist es ja!«, rief er schließlich und hielt seine Beute in die Höhe.

Es sah aus wie ein Metallstab, der etwa achtzehn Zentimeter lang und fünf Zentimeter breit war. An der Seite hatte er merkwürdige Zeichen und am Ende einen Knopf.

»Ein D-Hüpfer!«, rief Aahz. »Seit Jahren habe ich keinen mehr gesehen!«

Frumpel warf ihn ihm zu.

»Komm, Kerlchen!« Aahz stellte auf dem D-Hüpfer bereits die Koordinaten ein. »Packen wir's!«

»Nur einen Augenblick noch, Aahz. Ich möchte mein Schwert holen«, bremste ich.

»Lass es hier. Wir können es auf dem Rückweg mitnehmen.«

»Sag mal, Aahz, wie lange dauert eigentlich die Fahrt zwischen den Dimensionen ...«

Plötzlich lösten sich die Wände von Frumpels Hütte in ein Kaleidoskop von Farben auf.

»Nicht lange, Kerlchen. Wir sind schon da.«

Und so war es auch.

Kapitel 17

›Sie finden hier die Wunder der Zeitalter
zu Ihrer Bildung
und Unterhaltung zusammengetragen –
doch das hat seinen Preis‹
Tutanchamun

Wenn ich auch wusste, dass meine Heimatdimension nicht besonders farbenprächtig war, so hielt ich sie doch nicht für trostlos ... bis ich einen ersten Blick auf den Basar von Tauf warf.

Er schien sich endlos in alle Richtungen zu erstrecken, so weit das Auge reichte. Zelte und Buden aller Muster und Farben standen in unregelmäßigen Haufen beieinander und drängten sich um mehr Platz.

Überall waren Tausende von Täuflern aller Altersstufen. Große, dicke, lahme, glatzköpfige, alles schob einander umher wie eine große wogende Masse mit vielen Köpfen und Schwänzen. Auch andere Wesen fanden sich vereinzelt in der Menge. Einige sahen wie zu Leben erwachte Albträume aus; andere erkannte ich erst als Lebewesen, als sie sich rührten; alle verursachten jedoch einen Heidenlärm.

Dieser Lärm! Nach dem zurückgezogenen Leben mit Garkin war mir Twixt bereits als geräuschvoll erschienen; das Getöse, das mir jedoch hier um die Ohren brauste, war unbeschreiblich.

»Willkommen auf Tauf, Kerlchen!«

Aahz vollführte eine ausholende Geste.

»Was hältst du davon?«

»Laut ist es hier«, bemerkte ich.

»Was?«

»Ich sagte, es ist laut hier!«, brüllte ich.

»Oh, ja. Es ist schon ein wenig lebendiger hier als auf einem eurer Vieh- oder Fischmärkte.«

»Na schön, Aahz, da wir nun einmal hier sind, wohin gehen wir nun?«

Ich erhielt keine Antwort. Ich lenkte meinen Blick vom Markttreiben auf meinen Partner. Der stand reglos und schnüffelte in die Luft.

»Aahz?«

»He, Kerlchen, riechst du das?«, fragte er begierig.

Ich schnüffelte ebenfalls.

»Ja«, witzelte ich. »Was ist denn da eingegangen?«

»Komm mit, Kerlchen. Komm mit!«

Er tauchte in die Menge und ließ mir keine andere Wahl, als seiner Spur zu folgen.

Der widerliche Gestank wurde merklich stärker.

»Das«, erklärte Aahz feierlich und blieb vor einem kuppelförmigen Zelt stehen, »ist der Duft der Küche von Perv.«

»Essen? Wir haben diesen ganzen Weg gemacht, dass du ein Essen bekommst?«

»Eins nach dem anderen, Kerlchen! Seit Garkin mich mitten aus einer Party rausgerissen hat, habe ich keine anständige Mahlzeit mehr gesehen.«

»Aber wir wollten doch nach einem Mittel gegen Isstvan suchen.«

»Immer mit der Ruhe, Kerlchen! Mit vollem Magen kann ich besser feilschen. Warte hier, ich brauche nicht lange.«

»Hier warten? Warum kann ich nicht mitkommen?«

»Ich glaube nicht, dass dir das gefallen würde. Für jemanden, der nicht von Perv stammt, sieht es noch schlimmer aus, als es riecht.«

Es fiel mir schwer, dies zu glauben.

»Ich habe keinen schwachen Magen. Als ich im Wald gelebt habe, habe ich allerhand ekliges Zeug essen müssen.«

»Ich will dir was sagen, Kerlchen, das Hauptproblem bei Perfekter-Gerichten ist, das Zeug davon abzuhalten, aus dem Teller zu kriechen, während man es isst.«

»Ich werde auf dich warten«, entschied ich.

»Gut. Wie schon gesagt, werde ich nicht lange brauchen. Du kannst ja den Drachen zuschauen, bis ich zurück bin.«

»Drachen?«, fragte ich, doch er war schon hinter den Zeltbahnen verschwunden.

Ich drehte mich langsam um und betrachtete die Szene hinter mir.

Drachen! Keine fünf Meter von meinem Platz entfernt befand sich ein riesiger Pferch voller Drachen. Die meisten Tiere waren an der hinteren Wand festgemacht, weshalb ich sie bisher nicht gesehen hatte.

Ich hatte niemals zuvor einen Drachen gesehen, aber die Exemplare im Pferch entsprachen durchaus meiner Vorstellung. Sie waren riesig, mit gut drei bis viereinhalb Meter Schulterhöhe und reichlich neun Meter Länge. Ihre Hälse waren lang und schlangenartig, und ihre bekrallten Pfoten hieben Löcher in den Boden, wenn sie nervös ihr Gewicht von einem Bein aufs andere verlagerten.

Ich war überrascht angesichts der vielen verschiedenen Arten. Niemals war es mir in den Sinn gekommen, dass es mehr als einen Drachentyp geben könnte, hier hatte ich jedoch den lebendigen Gegenbeweis. Neben den grünen Drachen, die ich mir immer ausgemalt hatte, gab es hier rote, schwarze, goldene und blaue Drachen. Sogar ein mauvefarbener war dabei.

Meine Aufmerksamkeit wandte sich dem Täufler zu, der

die Vorführung präsentierte. Er war der größte Täufler, den ich jemals gesehen hatte, gute 2,40 m groß mit Armen wie Baumstämme. Es fiel einem schwer zu entscheiden, wer nun Furcht erregender aussah, die Drachen oder ihr Dompteur.

Nachdem ich sie eine Weile beobachtet hatte, fand ich, dass es nun Zeit für mich war zu gehen.

»Gliep!«

Ich wurde am Ärmel gezupft.

Ich sah mich um. Da stand doch genau hinter mir ein kleiner Drache! Nun, er war etwa 1,20 m hoch und drei Meter lang, doch wenn man die anderen Drachen gesehen hatte, wirkte er klein dagegen. Er war grün, hatte riesige blaue Augen und zeigte erste Ansätze zu einem weißen, herunterhängenden Bärtchen.

Den Bruchteil einer Sekunde lang erfüllte mich Panik, doch die machte bald der Neugier Platz. Er sah nicht gefährlich aus. Er wirkte ganz zufrieden, wie er so dastand und herumkaute und …

Mein Ärmel! Das Biest verzehrte ein Stück meines Ärmels! Ich sah an mir hinab und fand die Bestätigung, dass tatsächlich ein Teil meines Hemdes fehlte.

»Gliep«, sagte der Drache wieder und reckte den Hals, um einen zweiten Bissen zu nehmen.

»Hau bloß ab!«, heischte ich ihn an und versetzte ihm eine Kopfnuss, ehe ich begriff, was ich tat.

»Gliep?«, machte er verdutzt.

Ich wollte mich schnell wegtrollen. Ich war mir unsicher, was geschähe, wenn er einen Feuerstoß ausspie und wollte dies lieber vermeiden.

»Gliep«, sagte er und schlurfte hinter mir her.

»Gazabkp!«, dröhnte eine Stimme hinter mir.

Ich wirbelte herum und fand mich vor einem behaarten Bauch wieder. Ich folgte der Gestalt mit dem Blick nach oben und sah den Drachendompteur auf mich herabblicken.

»Tut mir Leid«, entschuldigte ich mich hastig, »ich spreche Ihre Sprache nicht.«

»Aha. Ein Klahde!«, dröhnte der Täufler. »Na, es bleibt dabei. Bezahlen!«

»Was bezahlen?«

»Den Drachen? Glaubst du, wir verschenken Probemuster?«

»Gliep!«, machte der Drache und drückte seinen Kopf an mein Bein.

»Hier muss irgendein Missverständnis vorliegen«, beeilte ich mich zu versichern.

»Das glaube ich auch«, schimpfte der Täufler. »Und es liegt bei mir. Wir machen mit Ladendieben auf Tauf nicht lange Federlesens!«

»Gliep«, meinte der Drache.

Die Dinge gerieten mir nun etwas aus dem Griff. Wenn ich jemals Aahz' Hilfe oder Ratschläge benötigte, so jetzt. Ich warf einen verzweifelten Blick zu dem Zelt, in dem er saß und hoffte unvernünftigerweise, er würde gerade herauskommen.

Er kam nicht. Vielmehr war das ganze Zelt verschwunden! Es war weg, hatte sich in Luft aufgelöst und Aahz mit ihm!

Kapitel 18

›UM WELCHE WARE ODER DIENSTLEISTUNG
ES SICH AUCH HANDELN MAG, ES GIBT IMMER EINE STELLE,
WO MAN ES NOCH BILLIGER BEKOMMEN KANN‹
DAGOBERT DUCK

»Wo ist das Zelt hingekommen?«, fragte ich fassungslos.

»Welches Zelt?«, blinzelte der Dompteur und spähte hinter mich.

»Das Zelt!«, rief ich und wies auf die nun leere Stelle.

»Aber da steht doch gar kein Zelt!«, erklärte er schließlich entschieden.

»Ich weiß. Das ist es ja eben!«

»He! Kein Versuch, vom Thema abzulenken!«, schalt der Dompteur und drückte mir einen unglaublich riesigen Finger gegen die Brust. »Wirst du nun für den Drachen zahlen oder nicht?«

Ich sah mich Hilfe suchend um, es beobachtete uns jedoch niemand. Offensichtlich waren Streitigkeiten dieser Art auf Tauf alltäglich.

»Ich habe Euch doch schon gesagt, dass hier ein Missverständnis vorliegt! Ich will Euren Drachen gar nicht.«

»Gliep«, erklärte der Drache und schmiegte den Kopf an mich.

»Erzähl mir so was nicht!«, brauste der Dompteur auf. »Wenn du ihn nicht haben wolltest, warum hast du ihn dann gefüttert?«

»Ich habe ihn nicht gefüttert. Er hat ein Stück von meinem Ärmel gefressen!«

»Gliep!«, sagte der Drache und versuchte ergebnislos, noch ein Häppchen von meinem Hemd zu nehmen.

»Also gibst du zu, dass er Futter von dir bekommen hat?«

»Nun ... wenn man es so formuliert ... ja! Und dann?« Allmählich war ich es leid, angeschrien zu werden.

»Dann zahl gefälligst. Der ist zu nichts mehr nütze!«

Ich besah mir den Drachen. Er schien mir keinen Schaden von dem Hemdsärmel genommen zu haben.

»Was stimmt nicht mit ihm? Er sieht für meine Begriffe ganz in Ordnung aus.«

»Gliep!« Er schmiegte sich wieder an mich.

»Oh! Es geht ihm glänzend!«, spöttelte der Dompteur. »Nur dass er jetzt fixiert ist. Ein fixierter Drache hat nur noch für die Person oder Sache, auf die er fixiert ist, einen Sinn.«

»Und auf wen ist er fixiert?«

»Nun nimm mich nicht auf den Arm! Auf dich natürlich! So wie du ihn gefüttert hast.«

»Na, dann füttert ihn wieder und lenkt ihn von mir ab. Ich habe andere dringende Geschäfte zu erledigen!«

»Einfach so, wie?«, sagte der Täufler skeptisch und türmte sich zu neuer Höhe auf. »Du weißt genau, dass das so nicht geht. Wenn ein Drache erst mal fixiert ist, dann für immer. Deshalb sind sie auch so wertvoll.«

»Für immer?«, fragte ich.

»Nun ... bis einer von euch beiden stirbt. Aber jeder Narr weiß doch, dass man einen Drachen nur füttert, wenn man ihn auf sich fixieren will. Die idiotischen Biester sind zu leicht zu beeindrucken, besonders so junge wie der hier.«

Ich besah mir wieder den Drachen. Er war sehr jung. Seine Flügel begannen gerade erst zu sprießen, was ich als Zeichen der Unreife interpretierte, und seine Zähne waren nadelscharf, statt abgewetzt wie bei seinen Brüdern im Pferch. Doch seine starken Muskeln zeichneten sich schon unter den Schuppen ab ... Jawohl, beschloss ich, ich würde meinen Drachen in einem Kampf gegen ...

»Gliep!«, machte er erneut und leckte sich gleichzeitig mit den beiden Enden seiner gegabelten Zunge den Schnauzbart.

Das brachte mich wieder zu Sinnen. Einen Drachen? Was wollte ich mit einem Drachen anfangen?

»Nun«, erklärte ich stolz. »Ich bin nicht irgendein Narr. Hätte ich die Folgen geahnt, als er meinen Ärmel fraß, so ...«

»Hör zu, Bübchen!«, spottete der Täufler und stocherte mir wieder auf der Brust herum. »Wenn du glaubst, dass du hier ...«

Irgendetwas in mir flippte aus. Ich schlug seine Hand weg mit einem Zorn, der mich selbst überraschte.

»Ich heiße nicht ›Bübchen‹«, fauchte ich so laut, dass ich meine eigene Stimme fast nicht wiedererkannte. »Mein Name ist Skiv! Und jetzt dämpft Euer Organ, wenn Ihr mit mir redet und behaltet Euren schmutzigen Finger bei Euch!«

Ich bebte und hätte nicht sagen können, ob aus Wut oder aus Angst. Ich hatte meinen ganzen Gefühlen in diesem Ausbruch freien Lauf gelassen und fragte mich nun, ob ich die Nachwirkungen überleben würde. Erstaunlicherweise trat der Dompteur bei meiner Schimpftirade ein paar Schritte zurück und studierte mich nun mit neuem Erstaunen. Ich spürte einen Druck an meinen Beinen und riskierte ein Auge. Der Drache hatte sich hinter mir verkrochen und bog den Hals um meine Taille, um den Dompteur im Auge zu behalten.

»Es tut mir Leid.« Der Dompteur war plötzlich ganz unterwürfig. »Ich habe Euch nicht gleich erkannt. Wie sagtet Ihr noch, war Euer Name ...?«

»Skiv«, gab ich arrogant zurück. Das klang beeindruckender als Skeeve.

»Skiv.« Er runzelte nachdenklich die Stirn. »Seltsam. Ich kann mich an diesen Namen gar nicht erinnern.«

Ich wusste nicht, für wen oder was er mich hielt, aber eines hatte ich bei meiner Reise mit Aahz gelernt, nämlich den Vorteil einer Situation zu erkennen und auszunutzen.

»Das Geheimnis, das meine Identität umgibt, hat ihren Leitfaden in sich selbst, wenn Ihr versteht, was ich meine«, murmelte ich und schenkte ihm mein bestes, vertrauliches Zwinkern.

»Natürlich«, antwortete er. »Ich hätte gleich merken müssen ...«

»Macht nichts«, erklärte ich großzügig. »Nun, was diesen Drachen angeht ...«

Es kam mir seltsam vor, etwas so Gewaltiges vor mir kuschen zu sehen. »Ja, vergebt mir, dass ich die Gewalt verloren habe.«

»Nun, ich bin sicher, wir können uns irgendwie einig werden«, lächelte ich. Bei diesen Worten schoss mir eine Idee durch den Kopf. Aahz hatte alles Geld bei sich. Ich hatte keinen einzigen Wertgegenstand, außer ... Ich griff in meine Tasche. Er war noch da! Das Amulett, mit dem Ganzfix Tarnungen durchschauen konnte.

»Hier!«, sagte ich und warf ihm das Amulett zu. »Ich nehme an, dass mein Konto damit ausgeglichen ist.«

»Ihr seid ein zäher Feilscher, Skiv!« Der Täufler war immer noch höflich, sein Lächeln wirkte jedoch ein wenig verletzt. »Gut, es ist ein Geschäft. Hand drauf!«

Er streckte seine Hand aus.

Es ertönte ein plötzliches fauchendes Geräusch, und mir wurde die Sicht versperrt. Der Drache hatte seinen Hals vor meinen Kopf geschoben und stellte sich Auge in Auge dem Täufler gegenüber. Seine Haltung war plötzlich eine Miniaturversion der Wildheit, die ich zuvor bei seinen erwachsenen Artgenossen gesehen hatte. Ich begriff plötzlich, dass er mich beschützen wollte.

»Es ist schon gut«, sagte ich und tätschelte seinen Hals.

»Sagt«, fragte ich den Täufler, nachdem wir schließlich die Hände geschüttelt hatten, »unter uns gesagt bin ich ziemlich neu im Drachengeschäft. Was frisst er denn ... abgesehen von Hemden, meine ich.«

»Ach, ein wenig hiervon und ein wenig davon. Sie sind Allesfresser, aber sie sind heikel. Lasst ihn am besten allein, er stellt sich dann sein Menü schon zusammen ... alte Kleider, verschiedene Blätter, Haustiere.«

»Entsetzlich!«, murmelte ich.

»Nun, wenn Ihr mich jetzt entschuldigt, ich habe noch mit anderen Kunden zu verhandeln.«

»Nur noch eine Frage. Wie lange braucht er denn, bis er ausgewachsen ist?«

»Och, nicht länger als vier bis fünf Jahrhunderte.«

»Gliep!«

Ob das nun der Drache oder ich gesagt hatte, weiß ich nicht mehr.

Kapitel 19

›Wenn man allen Hindernissen und
Ablenkungen widersteht,
gelangt man unfehlbar an sein Reiseziel‹
C. Columbus

»Komm mit, Gliep«, sagte ich.

»Gliep«, antwortete mein Drache und folgte mir.

Da ich nun nicht ganz so stolzer Besitzer eines dauerhaft halbwüchsigen Drachen war, war ich mehr denn je darauf erpicht, Aahz wiederzufinden. Im Augenblick befand ich mich alleine und ohne einen Pfennig Geld in einer fremden Dimension und hatte auch noch einen Drachen im Schlepptau. Schlimmer konnte das Ganze nur noch werden, wenn es sich zum Dauerzustand entwickelte, was eintreten konnte, falls Aahz beschloss, ohne mich nach Klah zurückzukehren.

»Hm ... entschuldigt, Sir.«

Ich nahm mir vor, für die Dauer meines Aufenthaltes auf Tauf so höflich wie möglich zu sein. Das Letzte, was ich brauchen konnte, war Streit mit einem Täufler. Ich hätte mich jedoch gar nicht bei dem Budenbesitzer entschuldigen müssen, den ich nach dem Verbleib des Perv-Restaurants fragen wollte.

»Ihr braucht Euch doch nicht zu entschuldigen, junger Herr.« Der Händler lächelte beflissen und entblößte dabei seine beeindruckende Anzahl von Zähnen.

»Seid Ihr interessiert, einen Stock zu erwerben?«

»Einen Stock!«

»Natürlich!« Der Täufler wies mit einladender Geste in seine Bude. »Die schönsten Stöcke aus allen Dimensionen.«

»Ich brauche eigentlich keinen Stock.«

»Lächerlich! Jeder braucht einen Stock, junger Herr.«

»Warum ich eigentlich hier gehalten habe ist, dass ich wissen wollte, was aus dem Zelt geworden ist.«

»Aus welchem Zelt, junger Herr?«

Ich hatte das vage Gefühl, diese Szene schon einmal erlebt zu haben.

»Das Zelt, das direkt neben Eurer Bude stand.«

»Das Perv-Restaurant!?!« Entsetzen schwang in der Stimme des Täuflers mit.

»Gliep«, erklärte der Drache.

»Warum solltet Ihr ein solches Lokal aufsuchen, junger Herr? Ihr scheint wohlerzogen und von sehr guter Herkunft.«

»Ein Freund von mir befand sich in dem Zelt, als es verschwunden ist.«

»Ihr habt einen Perverser zum Freund?« Seine Stimme verlor alle Freundlichkeit.

»Ja, eigentlich schon ... äh ... das ist eine lange Geschichte.«

»So viel kann ich dir sagen, Bursche. Es ist nicht verschwunden, es ist weitergezogen«, höhnte der Täufler ohne den Schatten jener Höflichkeit, die er zuvor an den Tag gelegt hatte.

»Weitergezogen?«

»Ja. Das ist eine neue Vorschrift, die wir erlassen haben. Alle Lokale, die Perv-Gerichte anbieten, müssen den Standort wechseln, sie können nicht ständig oder auch nur längere Zeit an einer Stelle des Basars bleiben.«

»Warum?«, wollte ich wissen.

»Hast du diesen Fraß jemals gerochen? Da könnte es einem Aasgeier noch schlecht werden. Wolltest du eine Bude im Dunstkreis davon einen Tag besetzen? Bei dieser Hitze?«

»Ich verstehe, was Ihr meint«, gestand ich ihm zu.

»Entweder mussten sie weg oder der Basar, da haben wir sie überstimmt.«

»Was heißt das genau: weg?«

»Entweder schieben sie sich langsam umher, oder sie brechen zu einem neuen vorübergehenden Standort auf, aber sie können nirgends fest bleiben.«

»Und wie kann man sie finden, wenn sie ständig unterwegs sind?«

»Das ist nicht schwer, da musst du bloß deiner Nase folgen.«

Ich machte mich also auf, dem Geruch zu folgen, mein Drache immer auf meinen Fersen. Der Gestank wurde schlimmer, als ich durch Budenreihen ging, wo man sich auf exotischen und magischen Schmuck spezialisiert hatte, und ich konnte mich kaum beherrschen, die Auslagen näher zu betrachten.

Erwartungsvoll bog ich schließlich um eine letzte Ecke und blieb sogleich unvermittelt stehen. Ich hatte die Quelle des Gestanks gefunden.

Ein Misthaufen! Ich war dem Duft eines Misthaufens gefolgt!

»Gliep«, sagte der Drache und sah mich fragend an.

Er wollte wohl wissen, was wir als Nächstes unternehmen würden. Das war eine gute Frage.

Ich stand da und überlegte meine nächsten Schritte. Vermutlich wäre es am besten, den gleichen Weg zurück zu dem Stockhändler zu gehen und von neuem zu beginnen.

»Na, Kleiner, hast du ein bisschen Zeit für mich?«

Ich wirbelte herum. Da stand ein Mädchen, wie ich es noch niemals gesehen hatte. Von ihrer Erscheinung her sah sie aus wie eine Klahde und hätte als Mensch meiner Dimension durchgehen können, doch ihre Haut schimmerte in einem herrlichen Goldoliv-Ton, und ihre Mähne glänzte grün im Sonnenlicht. Sie war etwas größer als ich und hatte eine üppige Figur, die sich unter dem eng sitzenden Kleid abzeichnete.

»... oder hast du tatsächlich eine Schwäche für Misthaufen?«, schloss sie.

»Meint Ihr mich?«

»Natürlich«, schnurrte sie, trat dicht vor mich und schlang ihre Arme um meinen Hals. »Oder glaubst du, ich rede deinem Drachen zu? Ich meine, er ist ja ganz nett, aber mein Geschmack geht nicht in diese Richtung.«

»Gliep«, meldete sich der Drache.

Ich spürte, wie meine Körpertemperatur in die Höhe schoss. Die Berührung ihrer Arme rief ein prickelndes Gefühl hervor, das sich verheerend auf meinen Stoffwechsel auswirkte.

»Eigentlich ... habe ich einen Freund gesucht«, platzte ich heraus.

»Na, und du hast einen gefunden«, murmelte sie und presste ihren Körper an mich.

»Äh ... ich, hm.« Ich hatte plötzlich Konzentrationsschwierigkeiten. »Was wollt Ihr denn?«

»Hm«, machte sie nachdenklich. »Obwohl dies nicht meine reguläre Geschäftszeit ist, will ich dir umsonst deine Zukunft weissagen.«

»Ach?« Ich war überrascht.

Dies war das erste Mal, seit ich auf dem Basar angekommen war, dass mir jemand etwas umsonst angeboten hatte. Ich war mir nicht im Klaren, ob ich mich freuen oder misstrauisch sein sollte.

»Du wirst einen Kampf austragen«, flüsterte sie mir ins Ohr. »Einen gewaltigen Kampf.«

»Was?«, rief ich. »Wann? Mit wem?«

»Nur ruhig, Kleiner!« Ihr Griff um meinen Hals wurde

fester. »In ein paar Minuten. Mit dem Lumpengesindel hinter mir ... schau nicht direkt hin!«

Aus dem Augenwinkel suchte ich vorsichtig die Gegend ab. Etwa ein Dutzend der hässlichsten, miesesten Typen, die ich jemals gesehen hatte, flegelte sich an die Hinterwand des Verkaufsstandes.

»Mit denen? Ich meine, mit denen allen?«

»Hm-m!«, bestätigte sie und schmiegte sich an meine Brust.

»Warum?«, fragte ich.

»Wahrscheinlich dürfte ich dir das gar nicht sagen«, lächelte sie. »Aber es ist wegen mir.«

»Aber ich kann nicht gegen sie kämpfen. Ich habe keine einzige Waffe.«

»Du trägst doch am Rücken unter deinem Hemd ein kleines Messer«, erinnerte sie mich.

Mein Messer zum Häuten hatte ich ganz vergessen.

»Aber ich habe noch niemals eine Schlägerei gehabt.«

»Na, dann wird es Zeit, dass du es lernst. Du wirst zusammengeschlagen werden, weil du meine Ehre befleckt hast. Dann solltest du wenigstens auch wissen, warum.«

Ehe ich noch irgendwie protestieren konnte, küsste sie mich. Ihr Kuss war lang und warm und süß.

Niemals zuvor war ich von jemandem außer meiner Mutter geküsst worden. Und das war jetzt ganz anders! Der Kampf, der Drache, Aahz, ich vergaß all das. Ich verlor mich im Wunder des Augenblicks.

»He!«

Eine grobe Hand fiel auf meine Schulter und riss uns auseinander.

»Belästigt der Bursche Euch, Lady?«

Der Kerl am anderen Ende des Armes war nicht größer als ich, jedoch doppelt so breit, und aus seinem Mund ragten kurze, gebogene Stoßzähne. Seine Kumpane hatten sich hinter ihm verteilt und schubsten mich in Richtung des Misthaufens.

Ich sah das Mädchen an. Sie zuckte mit den Schultern und trat den Rückweg an.

Es sah so aus, als müsste ich gegen sie alle kämpfen. Ich und der Drache. Entsetzlich.

Ich erinnerte mich an mein Messer. Es war nicht viel, aber etwas anderes hatte ich nicht. So unauffällig wie möglich griff ich hinter meinen Rücken und zupfte an meinem Hemd, um es herauszuziehen und an das Messer zu gelangen. Prompt fiel es in meine Hosen.

Die Räuberbande war im Anmarsch.

Kapitel 20

›Mit der sorgsamen Auswahl von Verbündeten
lässt sich der Sieg in jeder Auseinandersetzung
garantieren‹
Der Sheriff von Nottingham

»Fass, Gliep!«, brüllte ich.

Der Drache mischte sich mit einem Satz ins Geschehen, der mich, glaube ich, mehr überraschte als meine Angreifer.

Er sprang zwischen mich und das vorrückende Gesindel, kauerte sich zu Boden und fauchte Furcht erregend. Mit einem Schwanzhieb riss er zwei von der Flanke angreifende Mitglieder der Bande säuberlich die Beine unter dem Körper weg. Irgendwie wirkte er viel größer, wenn er wütend war.

»Pass auf! Er hat einen Drachen dabei!«, rief der Anführer.

»Vielen Dank für die Warnung«, knurrte einer der beiden, die gestürzt waren, während er sich wieder aufrappelte.

»Ich habe ihn!«, ertönte eine Stimme zu meiner Linken.

Ich drehte mich gerade noch rechtzeitig, um zu sehen, wie ein dreißig Zentimeter langer Dolch durch die Luft auf den Hals meines Drachen zusauste. Mein Drache!

Plötzlich war ich wieder bei meinen praktischen Übungen. Mein Geist streckte sich und packte nach dem Messer. Mitten in der Luft überschlug es sich und schwebte dann auf der Stelle.

»Guter Zug, Süßer!«, rief das Mädchen.

»He! Das Bürschchen ist ja ein Zauberer!«

Die Bande taumelte ein paar Schritte zurück.

»Sehr richtig!«, grölte ich. »Skeeve heißt er, in der Magik ein Meister!«

Mit diesen Worten holte ich das Messer herunter und ließ es zwischen ihren Reihen toben.

Ich raste nun. Einer dieser Lumpen hatte versucht, meinen Drachen umzubringen.

»Ein Dutzend von eurem Schlag ist zu wenig!«, brüllte ich. »Geht und holt ein paar Freunde zur Unterstützung ... wenn ihr welche habt!«

Ich sah mich verzweifelt nach einem anderen Gegenstand um, den ich hätte werfen können. Mein Blick fiel auf den Misthaufen. Trotz meines Zorns musste ich vor mich hingrinsen. Warum eigentlich nicht!?

Innerhalb eines Augenblicks ließ ich große Mistfladen durch die Luft auf meine Angreifer zusausen. Meine Treffsicherheit war nicht die beste, aber gut genug, wie die entsetzten Aufschreie bestätigten.

»Levitation!«, heulte der Anführer. »Quanto! Bring ihn zum Halten!«

»In Ordnung, Boss.«

Einer der Schläger winkte zustimmend und begann, in seinem Beutel zu kramen.

Er hatte den Fehler begangen, sich zu erkennen zu geben. Ich weiß nicht, was er zutage fördern wollte, aber ich wollte erst gar nicht abwarten, es zu erfahren.

»Bring ihn zum Halten, Gliep!«

Der Drache hob seinen Kopf und heftete seinen Blick auf dem herumwühlenden Gauner. Mit einem Geräusch, das wohl, wenn er älter wurde, sich zu einem Brüllen entwickeln würde, stieß er eine Flamme aus und stürmte los.

Es war dies kein gewaltiger Feuerstoß, und er verfehlte auch sein Ziel, doch war er stark genug, den Kerl abzulenken. Er blickte hoch und sah, wie das Ungetüm von Drachen sich auf ihn stürzte und geriet in Panik. Ohne auch nur seinen Kameraden noch ein Wort zuzurufen, wirbelte er herum und lief schreiend davon, der Drache dicht auf seinen Fersen.

»Na, schön, Bürschchen, dann wollen wir mal sehen, wie du das abwehrst!«

Ich wandte meine Aufmerksamkeit wieder dem Anführer zu. Der stand nun ganz ruhig und hielt voller Selbstvertrauen einen Stock in die Höhe. Ich erstarrte. Ich wusste nicht, was ich von diesem Exemplar zu erwarten hatte, doch offensichtlich hatte der Anführer großes Vertrauen in die Kräfte dieses Stocks, das meine eigene Sicherheit überstieg.

Plötzlich schoss etwas durch mein Blickfeld, und der Stock war weg.

Ich blinzelte und sah noch einmal hin. Der Stock lag von einem Wurfmesser zersplittert am Boden, einem Wurfmesser mit schwarzem Griff.

»Irgendwelche Probleme hier, Meister Skeeve?«, dröhnte eine Stimme.

Ich wirbelte herum in die Richtung, aus der die Stimme ertönte. Dort stand Aahz, die gespannte Armbrust auf die Bande gerichtet. Er grinste breit, was, wie bereits erwähnt, nicht sehr beruhigend auf jemanden wirkt, der ihn nicht kannte.

»Ein Perverser!«, keuchte de Anführer.

»Was?« Aahz schwenkte die Armbrust in seine Richtung.

»Perfekter wollte ich sagen«, verbesserte sich der Anführer rasch.

»So ist's besser. Was ist, Skeeve? Willst du, dass ich sie umbringe oder laufen lasse?«

Ich besah mir das Gesindel. Ohne ihr Standbild auch nur

einen Zentimeter zu verschieben, sahen sie mich mit flehenden Augen an.

»Hm ... laufen lassen, meine ich«, sagte ich nachdenklich. »Lebendig stinken sie schon genug. Als Tote könnten sie den Basar in Verruf bringen.«

»Ihr habt gehört, was er sagt«, knurrte Aahz. »Also haut ab!« Sie verschwanden so schnell, als hätten sie sich in Luft aufgelöst.

»Aahz!« Das Mädchen flog auf ihn zu und schlang die Arme um ihn.

»Tanda!«, rief Aahz und senkte seine Armbrust. »Hängst du mit diesem Pack zusammen?«

»Machst du Scherze? Ich bin der Lockvogel«, zwinkerte sie unzüchtig.

»Ein bisschen weit heruntergekommen, findest du nicht?«

»Na, man muss sein Brot verdienen.«

»Warum bist du von den Mördern weg?«

»Ich war die ewigen Gewerkschaftsbeiträge leid.«

»Hm ... ähem«, mischte ich mich dazwischen.

»Wie?« Aahz sah sich um. »Oh! Entschuldige, Kerlchen. Kennt ihr zwei euch schon?«

»Gewissermaßen«, gab das Mädchen zu. »Wir ... sag mal, ist das der Freund, den du gesucht hast, Süßer?«

»Süßer?« Aahz rümpfte die Nase.

»Ach, sei ruhig!«, befahl das Mädchen und tätschelte ihm scherzhaft den Bauch. »Ich mag ihn. Er hat Stil.«

»Ich heiße Skeeve.«

»Ich bin Tananda, aber ruf mich Tanda.«

»Mit Vergnügen«, flötete ich.

»Wenn ihr zwei allmählich mal fertig seid ...«, unterbrach uns Aahz. »Ich hätte da ein paar Fragen ...«

»Gliep!«, meldete sich mein Drache, als er zu der Runde getappt kam.

»Was ist das?«, wollte Aahz wissen.

»Ein Drache«, half ich ihm aus.

»Das sehe ich auch«, schnauzte er mich an. »Ich will wissen, was der hier zu schaffen hat.«

Plötzlich zögerte ich, mit der ganzen Geschichte herauszurücken.

»Es gibt einen Haufen Drachen auf dem Basar, Aahz«, murmelte ich, ohne ihn anzusehen. »Genau da vorne ist ein Pferch, wo ...«

»Was hat *dieser* Drache *hier* zu schaffen?«

»Gliep«, sagte der Drache und rieb seinen Kopf an meiner Brust.

»Ähm ... er gehört mir«, gab ich schließlich zu.

»Dir?«, bläffzte Aahz. »Ich habe dir gesagt, du sollst sie anschauen, nicht kaufen!«

»Aber Aahz ...«

»Was sollen wir denn mit einem Drachen anfangen?«

»Ich habe ihn günstig bekommen«, ließ ich hoffnungsvoll vernehmen.

»Von einem Täufler?«

»Oh. Ich verstehe, was du meinst.«

»Komm. Rück raus mit der Sprache! Wie waren die Bedingungen für diesen phantastischen Handel?«

»Nun ... äh ... ich ...«

»Heraus damit!«

»Ich habe Ganzfixens Anhänger dafür eingetauscht.«

»Ganzfixens Anhänger? Der, mit dem man Tarnungen durchschauen kann? Du hast einen guten magischen Anhänger für einen halbwüchsigen Drachen weggegeben?«

»Oh, jetzt gib ihm doch eine Chance, Aahz«, mischte sich Tanda ein. »Was erwartest du denn, wenn du ihn hier mutterseelenallein herumlaufen lässt? Du kannst froh sein dass man ihm nicht den ganzen Touristenkitsch von Tauf angedreht hat. Wo hast du denn überhaupt die ganze Zeit über gesteckt?«

»Nun ... ich war ... hm ...«

»Erzähl mir nichts!« Tanda hielt die Hand empor. »So wie ich dich kenne, warst du entweder hinter einem Mädchen her oder hast dir die Wampe voll geschlagen, stimmt's?«

»Jetzt hat sie dich erwischt, Aahz«, ergänzte ich.

»Halt den Mund, Kerlchen.«

»Also fall hier nicht über Skeeve her. Wie hast du uns eigentlich gefunden?«

»Ich habe gehorcht, wo eine Schlägerei im Gange ist und bin dem Lärm nachgegangen«, gab Aahz zu.

»Sieh mal einer an! Du hast also damit gerechnet, dass er in Schwierigkeiten kommt. Dann darf ich wohl darauf hinweisen, dass er seine Sache gut gemacht hat, bis du dahergelatscht kamst. Er kann ja prima mit der Magik umgehen, weißt du?«

»Ich weiß«, antwortete Aahz stolz. »Ich hab's ihn ja gelehrt.«

»Gliep«, sagte mein Drache und bog seinen Hals, um Aahz von oben bis unten zu betrachten.

»Ein Drache, was?«, sagte Aahz und studierte den Drachen nachdenklicher.

»Er könnte uns gegen Isstvan helfen?«, schlug ich voller Hoffnung vor.

»Isstvan?«, fragte Tanda spöttisch.

»Tja«, erklärte Aahz. »Du erinnerst dich doch wohl an ihn, wie? Nun, er ist wieder bei seinen alten Tricks, diesmal auf Klah.«

»Und was unternehmen wir da?«

»Wir?«, fragte ich überrascht.

»Sicher«, lächelte sie. »Dieser Laden hier ist ein bisschen unter meinem Niveau, wie Aahz sagt. Dann kann ich auch eine Weile mit euch mitziehen ... sofern ihr nichts dagegen habt, natürlich.«

»Klasse!«

»Nicht so schnell, Tanda«, tadelte Aahz. »Es gibt noch ein paar Einzelheiten, die wir noch nicht geklärt haben.«

»Zum Beispiel?«

»Zum Beispiel, dass ich meine Kräfte eingebüßt habe.«

»Ohne Witz? Ei, das ist hart!«

»Das bedeutet, dass wir im Bereich der Magik ganz auf dieses Kerlchen hier angewiesen sind.«

»Ein Grund mehr, dass ich mitkomme. Ich hab inzwischen selbst ein paar Tricks gelernt.«

»Das weiß ich«, sagte Aahz anzüglich.

»Nicht so was«, erwiderte sie und versetzte ihm einen Rippenstoß. »Ich meine Zaubertricks.«

»Trotzdem wird's nicht einfach werden.«

»Jetzt komm, Aahz«, schalt Tanda. »Willst du mir etwa erzählen, es wäre nicht nützlich, eine ausgebildete Mörderin dabeizuhaben?«

»Nun ... es wäre vielleicht mal von Vorteil«, gestand Aahz zu.

»Gut. Dann ist das abgemacht. Was machen wir als Erstes?«

»Direkt um die Ecke sind ein paar Buden, wo man Waffen kriegt«, schlug ich vor. »Wir könnten ...«

»Immer mit der Ruhe, Kerlchen. Darum habe ich mich schon gekümmert. Ich habe alles, was wir brauchen, in der Scherzartikelabteilung gefunden. Ich habe gerade nach dir gesucht, damit wir uns auf den Rückweg machen können.«

»Dann sind wir startklar?«, wollte Tanda wissen.

»Jawohl«, nickte Aahz und fischte den D-Hüpfer aus seinem Hemd.

»Und was ist mit meinem Drachen?«

»Was soll mit ihm sein?«

»Können wir ihn mitnehmen?«

»Natürlich nehmen wir ihn mit. Wir lassen nichts zurück, was von Wert ist.«

»Gliep«, stimmte der Drache zu.

»Und der muss ja für jemanden etwas Wert besitzen«, schloss Aahz und betrachtete den Drachen.

Er drückte auf den Knopf des D-Hüpfers. Der Basar verschwamm ... und wir waren zurück in Frumpels Laden ... gewissermaßen.

»Hochinteressantes Reiseziel«, bemerkte Tanda trocken. »Habt ihr das Interieur gestaltet?«

Alles, was von Frumpels Geschäft übrig geblieben war, war eine ausgebrannte Ruine.

Kapitel 21

›Man muss die eigenen Kräfte offen und
ehrlich einsetzen,
wenn maximale Effektivität erzielt werden soll‹
Darth Vader

»Was ist denn hier passiert?«, fragte ich Aahz.

»Wenn du dich vielleicht erinnerst: Ich war auf Tauf!«

»He, Jungs, ich unterbreche euch ja nicht gerne«, unterbrach uns Tanda. »Aber sollten wir nicht irgendwelche Tarnungen anlegen?«

Sie hatte Recht. Der Aufenthalt auf Tauf hatte mich die alltäglichen Erfordernisse unseres Daseins vergessen lassen.

Aahz steckte ich in seine übliche Garkin-Tarnung. Tanda sah prima aus, sobald ich ihre Haut- und Haarfarbe verändert hatte.

Nachdem ich eine Weile nachgedacht hatte, maskierte ich Gliep als das Schlachteneinhorn. Es war ja ein bisschen gewagt, solange er jedoch den Mund halten würde, würde auch alles gut gehen. Mich ließ ich wie ich bin. Tanda mochte mich schließlich so.

»Was meinst du, ist aus Frumpel geworden?«, fragte ich Aahz.

»Entweder sind ihm die Einwohner von Twixt auf die Schliche gekommen, oder aber er ist auf dem Weg zu Isstvan, um ihn vor uns zu warnen; das wären meine beiden Annahmen.«

»Wer ist Frumpel«, wollte Tanda wissen.

»Wie? Ach so, das ist der ortsansässige Täufler«, erklärte Aahz. »Er hat uns zum Basar geschickt. Welche von meinen beiden Vermutungen auch zutrifft, so wäre es doch das Beste, wir machten uns aus dem Staub.«

»Aber vorher müssen wir Ganzfix ausbuddeln«, erinnerte ich.

»Wer ist Ganzfix?«, fragt Tanda.

»Im Augenblick ist er eine Statue, aber in schlimmeren Zeiten war er ein Dämonenjäger«, erklärte Aahz.

»Na prima«, kommentierte sie sarkastisch. »Das hat uns gerade noch gefehlt.«

»Warte erst, bis du ihn gesehen hast.« Aahz verdrehte die Augen und seufzte. »Also packen wir's.«

Unsere Abreise aus Twixt verlief glücklicherweise unbehelligt. Unterwegs stimmten wir unsere Geschichte ab, bis wir schließlich Ganzfix wieder ausgruben und ihn mit dem Belebungspulver besprühten; wir waren nun in der Lage, ihm eine geschlossene Front entgegenzustellen.

»Jawohl«, versicherte ihm Aahz. »Sie plünderten dich gerade aus, als wir unseren Gegenangriff starteten. Es war dein Glück, dass wir beschlossen hatten, zurückzukehren und an deiner Seite zu kämpfen.«

»Und sie haben mir mein Zauberschwert und mein Amulett geraubt?«

Bei diesem Thema fühlte ich mich etwas unbehaglich, aber Aahz zuckte nicht einmal mit der Wimper.

»Ganz recht, diese Schurken«, stieß er hervor. »Wir wollten sie aufhalten, aber sie sind uns entkommen.«

»Na, wenigstens haben sie nicht gleich Hand an mein Schlachteneinhorn gelegt«, murmelte der Dämonenjäger.

»Hm...«, machte ich, um meinen Teil bei dieser Komödie zu übernehmen. »Diesbezüglich haben wir auch schlechte Nachrichten für dich.«

»Schlechte Nachrichten?« Ganzfix runzelte die Stirn. »Ich verstehe nicht ganz. Ich kann das Tier doch mit eigenen Augen sehen, und es scheint doch in gutem Zustand zu sein.«

»Oh, körperlich ist es wohlauf«, versicherte ihm Aahz. »Aber die Dämonen haben einen Fluch über es verhängt, ehe sie verschwanden.«

»Einen Fluch?«

»Ja«, antwortete ich schnell. »Jetzt glaubt es ... nun ... es wäre ein Drache.«

»Ein Drache?«, rief Ganzfix entsetzt.

»Und das ist nicht alles«, fuhr Aahz fort. »Das Tier war zuerst so wild, dass es nur den beständigen Bemühungen meines Knappen zu verdanken ist, dass wir es überhaupt bezähmen konnten. Ehrlich gesagt, wollte ich das arme Tier schon von seinem Elend erlösen, aber er hat darauf bestanden, dass er es zähmen könnte, und die Ergebnisse seiner geduldigen Zuwendung kannst du ja selbst sehen.«

»Großartig«, rief Ganzfix.

»Nein. Schrecklich ist es. Denn siehst du«, erklärte Aahz, »darüber hat das Tier eine so starke Anhänglichkeit an meinen Knappen entwickelt ... die, wie ich fürchte, stärker als seine Anhänglichkeit an dich ist.«

»Ha! Lächerlich!«, sprach Ganzfix. »Aber ich empfinde das Bedürfnis, dir einen zusätzlichen Dank zukommen zu lassen. Wenn ich irgendetwas für euch tun kann ...«

Er wollte mit gestreckter Hand auf mich zukommen. Wie ein Blitz stürzte Gliep vor mich, senkte den Kopf und fauchte.

Ganzfix blieb wie zur Salzsäure erstarrt stehen, die Augen traten ihm vor Überraschung aus dem Kopf.

»Aus!«, befahl ich Gliep und knuffte ihn.

»Gliep«, antwortete er und verzog sich auf seinen Platz hinter meinem Rücken.

»Siehst du nun, was ich meine?«, sagte Aahz.

»Hmm …« Ganzfix dachte nach. »Das ist merkwürdig. So hat es mich nie verteidigt.«

»Ich fürchte, wir werden es dir abkaufen müssen«, sagte ich beflissen.

»Es kaufen?« Ganzfix wandte mir wieder seine Aufmerksamkeit zu.

Aahz wollte meine Blicke auf sich ziehen und schüttelte heftig den Kopf, ich betrachtete ihn jedoch gar nicht.

»Stimmt«, fuhr ich fort. »Es ist für dich nun nicht mehr viel wert, und da wir in gewisser Weise daran schuld sind, was aus ihm geworden ist …«

»Aber wo denkst du hin, Bursche«, erklärte Ganzfix stolz. »Ich gebe es dir zum Geschenk. Schließlich wäre es tot, wenn du nicht gewesen wärst und ich vermutlich auch.«

»Aber ich …«

»Nein. Ich will nichts mehr davon hören.« Einhalt gebietend hob der Dämonenjäger die Hand. »Die Angelegenheit ist erledigt. Behandle es anständig, es ist ein gutes Tier.«

»Unwahrscheinlich«, murmelte Aahz.

»Gliep«, sagte der Drache.

Mit war elend zumute. Ich war zu der Überzeugung gelangt, dass wir Ganzfixens Gutgläubigkeit schamlos ausnutzten.

»Um ehrlich zu sein, Ganzfix«, lächelte Aahz, »wenn du jemandem dankbar sein musst, so ist das Tananda hier. Wäre sie nicht gewesen, so befänden wir uns wirklich in einer schlimmen Zwangslage.«

»Angenehm, Mylady«, lächelte Ganzfix und hob ihre Hand an seine Lippen, um sie zu küssen.

»Sie ist eine Hexe«, erklärte Aahz ganz beiläufig.

»Eine Hexe?« Ganzfix ließ die Hand los, als habe er sich verbrannt.

»Ganz recht, Herzchen.« Tanda setzte ihr bestes Augenklimpern ein.

»Vielleicht sollte ich das näher erklären«, unterbrach Aahz glücklicherweise. »Tananda hier verfügt über gewisse Kräfte, die sie beschlossen hat, zu unserer Unterstützung im Kampf gegen die Dämonen einzusetzen. Hast du noch nicht bemerkt, dass ich mein normales Äußeres wiedererlangt habe?«

Noch eine eklatante Lüge. Aahz stecke in der Tarnung von Garkin.

»Na ja«, gab der Dämonenjäger zögernd zu.

»Tanandas Werk«, erläuterte Aahz vertraulich. »Ebenso haben ihre Kräfte dich wiedererweckt, nachdem du in Stein verwandelt worden warst.«

»Hmm«, machte Ganzfix und betrachtete Tananda erneut.

»Du musst dir ehrlich darüber klar werden, Ganzfix, dass im Kampf gegen Dämonen dämonische Waffen von Nutzen sein können«, mahnte Aahz vorsichtig.

»Tananda vermag eine mächtige und ehrliche Verbündete zu sein. Ich finde deine Haltung ihr gegenüber bedauerlich und undankbar.«

»Vergebt mir, Mylady«, seufzte Ganzfix und trat wieder einen Schritt an sie heran. »Ich wollte Euch nicht belästigen. Ich ... ich habe nur so schlechte Erfahrungen mit Wesen aus dem Umfeld von Dämonen gemacht.«

»Mach dir nichts draus, Herzchen«, erklärte die Dämonin Tananda und ergriff seine Hand. »Und sag Tanda zu mir.«

Während die beiden miteinander beschäftigt waren, ergriff ich die Gelegenheit und Aahz' Arm.

»Hm? Was gibt's, Kerlchen?«

»Gib ihm sein Schwert zurück!«, fauchte ich.

»Was? Kommt nicht in Frage. Nach meiner Rechnung muss er immer noch fünf Goldstücke haben. Ich werd's ihm verkaufen.«

»Aber er hat uns sein Einhorn geschenkt!«

»Deinen Drachen hat er uns gegeben ... deinen Drachen! Darin kann ich keine besondere Großmut erkennen!«

»Schau, Aahz. Entweder du gibst ihm das Schwert, oder du kannst sehen, wie weit du mit deiner eigenen Magik kommst! Klar?«

»So was von undankbar! Hör mal zu, Kerlchen, wenn du ...«

»Aahz!« Tandas Stimme unterbrach unseren Streit. »Komm, hilf mir, Ganzfix zu überzeugen, sich unserer Mission anzuschließen.«

»Das würde ich ja nur allzu gerne, Mylady«, seufzte Ganzfix, »aber ich würde eine geringe Hilfe bedeuten. Das Schicksal hat mich meines Reittiers, meiner Waffen und meines Geldes beraubt.«

»Genauer gesagt«, ergänzte Aahz, »hast du noch fünf ...«

Ich versetzte ihm einen Rippenstoß.

»Äh ... mein ... äh ... Knappe und ich haben uns gerade darüber unterhalten und sind zu einem Entschluss gelangt. Ein so ... nobler Krieger darf nicht so mittellos dastehen, deshalb ... äh ... wir ...«

»Wir haben beschlossen, dir dein Schwert zurückzugeben«, verkündete ich stolz.

»Wirklich?« Ganzfixens Gesicht erhellte sich.

»Ich wusste gar nicht, dass du es bei dir hast.« Tanda setzte ihr süßestes Lächeln auf.

»Ich muss schon sagen, das ist echte Kameradschaft.«

Ganzfix war offensichtlich außer sich vor Freude. »Wie kann ich das jemals wieder gutmachen?«

»Indem du nicht mehr darüber redest«, brummte Aahz.

»Dann will ich euch gern bei eurem Auftrag beistehen«, antwortete Ganzfix. »Ei, was könnte sich ein Krieger Besseres wünschen, als eine Waffe und gute Kameraden?«

»Geld«, meinte Aahz ohne Umschweife.

»Also, Aahz!« Tanda boxte ihn ein wenig zu fest, um es spaßhaft zu meinen. »Du machst immer solche Scherze!«

»Skeeve, erzähl ihm, worum es sich bei unserer Mission dreht!«

»Du kannst das doch viel besser als ich«, wimmelte ich die Angelegenheit in einem Aufwall von Diplomatie an Aahz ab.

»Eigentlich ist es ganz einfach.« Aahz schmollte immer noch ein wenig. »Wir sind hinter Isstvan her.«

»Isstvan?« Ganzfix sah verwirrt drein. »Der harmlose, alte Herbergswirt?«

»Harmlos? Hast du harmlos gesagt?« Aahz griff den Köder auf. »Ganzfix, von einem Dämonenjäger zum anderen: Du hast noch eine Menge zu lernen.«

»Ich tue mein Bestes.«

»Gewiss. Deshalb bist du auch versteinert worden, erinnerst du dich?«

»Ich bin in Stein verwandelt worden, weil ich mein Vertrauen in ein Zauberschwert setzte, das ...«

Allmählich wurde alles wieder normal.

»Aber meine Herren, meine Herren!«, unterbrach ich sie. »Wir wollten doch von der bevorstehenden Mission reden.«

»Recht hast du, Kerlchen. Wie ich schon sagte, Ganzfix, der harmlose alte Herbergswirt arbeitet so eng mit Dämonen zusammen, dass ich mich nicht wundern würde, wenn ich erführe, dass er selbst ein Dämon ist.«

»Unmöglich!«, spottete Ganzfix. »Der Mann hat mich doch selbst auf Dämonenjagd geschickt!«

»Tja!« Aahz lächelte. »Das ist ja gerade der Clou!«

Ich sah Tanda an und blinzelte ihr zu. Sie lächelte zurück und nickte. Das würde eine Weile dauern, aber jetzt war Ganzfix dran.

Kapitel 22

›Da hast du mich ja wieder in eine schöne Geschichte hineingezogen‹
D.ick und D.oof

Irgendetwas lauerte in der Dunkelheit. Ich konnte es eher fühlen als sehen.

Ich war allein. Ich wusste nicht, wohin die anderen verschwunden waren, aber ich war sicher, dass sie auf mich zählten.

»Wer ist da?«, rief ich.

»Ich bin Isstvan, Skeeve. Ich habe auf dich gewartet. Es gibt nur noch dich und mich, Skeeve. Dich und mich!«

Etwas rüttelte an meiner Schulter. Aahz kniete neben mir.

»Wach auf, Kind! Wenn du weiter so um dich schlägst, fällst du noch ins Feuer.«

»Isstvan ist da!«, rief ich verzweifelt. »Er weiß über unsere ganzen Pläne Bescheid.«

»Was?«

»Er hat mit mir geredet. Er ist mir im Traum erschienen!«

»Hm … klingt mehr nach einem schlichten alten Albtraum«, erklärte Aahz. »Ich hab dich gleich davor gewarnt, Tanda das Würzen der Suppe zu überlassen.«

»Bist du sicher?«, fragte ich voller Zweifel.

»Völlig sicher«, beteuerte Aahz. »Wenn Isstvan wüsste, dass wir im Anmarsch sind, ließe er sich etwas viel Gewaltigeres einfallen, als in deinen Träumen herumzuspuken.«

Das sollte mich wahrscheinlich beruhigen. Es wirkte aber nicht.

Es erinnerte mich lediglich daran, dass ich in dem bevorstehenden Kampf der Unterlegene sein würde.

»Aahz, kannst du mir nicht etwas über Isstvan erzählen? Wie sieht er zum Beispiel aus?«

»Das hat keinen Wert, Kind.« Aahz grinste mich an.

»Warum nicht?«

»Weil wir beide ihn nicht auf die gleiche Art sehen, oder zumindest würden wir ihn unterschiedlich beschreiben.«

»Na gut. Aber kannst du mir nicht etwas über seine Kräfte sagen? Welche Fähigkeiten hat er denn?«

»Zum einen würde das zu lange dauern. Stell dir einfach vor, dass er zu allem in der Lage ist, was du dir ausmalen kannst.«

»Und zum anderen?«

»Was für anderen?«

»Du sagtest ›zum einen‹. Das bedeutet, dass es noch einen anderen Grund geben muss.«

»Hm«, erwog Aahz. »Nun, ich bin nicht ganz sicher, ob du das verstehen kannst, aber in gewisser Weise ist das, was er vermag, ich meine, eine Liste aller seiner Fähigkeiten, ohne Bedeutung.«

»Wieso?«

»Weil wir die Initiative ergreifen werden. Das versetzt ihn in eine passive Rolle.«

»Noch eine Frage, Aahz«, sagte ich schließlich nach einigem Überlegen.

»Und die wäre?«

»Was passiert, wenn deine Annahmen nicht zutreffen?«

»Dann ist es mit uns aus und vorbei.«

»Was heißt ...«

»Dann versuchen wir etwas Neues«, verbesserte er sich schnell.

»Zum Beispiel?«

»Das weiß ich jetzt noch nicht.« Aahz zuckte die Schultern. »Es bestehen zu viele Möglichkeiten. Wir verfahren vorläufig nach meiner besten Vermutung. Darüber hinaus müssen wir abwarten.«

Ein paar Minuten lang saßen wir schweigend da und starrten in das erlöschende Feuer, jeder war in seine Gedanken versunken.

»Sag mal, Aahz?«, meinte ich schließlich.

»Ja, Kind?«

»Glaubst du, wir sind vor Frumpel bei Isstvan?«

»Nur die Ruhe, Kerlchen. Frumpel sitzt jetzt vermutlich in einer anderen Dimension und haut sich die Hucke voll.«

»Aber du hast doch gesagt ...«

»Ich habe inzwischen noch einmal darüber nachgedacht. Die einzigen Beweggründe für einen Täufler sind Profitgier und Angst. So weit wie er in diese Sache verstrickt ist, dürfte bei ihm die Angst die Profitgier überwiegen. Der Versuch, einem Verrückten Informationen zu verkaufen, birgt ein gewaltiges Risiko in sich. Meiner Ansicht nach hat er sich verkrümelt und bleibt fort, bis Gras über die ganze Angelegenheit gewachsen ist.«

Ich versuchte, mir mein Vertrauen in Aahz' Fachverstand für solche Dinge zurückzurufen. Es fiel mir jedoch auf, wie weit wir in unserer Planung auf Vermutungen angewiesen waren.

»Aahz? Wäre es nicht sicherer gewesen, etwas Geld in ein paar dieser tollen Waffen auf Tauf zu investieren?«

»Die brauchen wir nicht«, antwortete er fest.

Plötzlich bemerkte ich, dass ich zwar die Umrisse des

schlafenden Ganzfix, jedoch keine Spur von Tanda oder Gliep entdecken konnte.

»Wo ... äh ... ist denn Gliep?«, fragte ich unvermittelt.

Aahz grinste mich an.

»Gliep schiebt Wache ... und falls es dich interessieren sollte, Tanda mit ihm.«

Ich war ein wenig verärgert, dass er mich so leicht durchschaut hatte, und gleichzeitig fest entschlossen, es mir nicht anmerken zu lassen.

»Wann kommt ... äh ... kommen sie zurück?«

»Nur die Ruhe, Kerlchen. Ich habe Tanda gesagt, sie soll dich heute Nacht in Frieden lassen. Du brauchst deinen Schlaf für morgen.«

Er drehte seinen Kopf entschieden in Richtung des Mörderumhangs, den ich als Kopfkissen benutzt hatte. Grummelnd nahm ich wieder meine liegende Stellung ein.

»Habe ich dich aufgeweckt, Aahz?«, fragte ich zur Entschuldigung. »Durch den Albtraum, meine ich.«

»Nee. Ich war noch auf. Hatte noch ein paar letzte Vorbereitungen für morgen getroffen.«

»Oh.«

»Sag mal, Kind?«

»Ja, Aahz?«

»Morgen können wir vermutlich nicht reden, wenn Ganzfix wieder wach ist, deshalb will ich dir jetzt, wo wir ein paar Minuten für uns allein haben, sagen, dass ... wie immer es morgen ausgehen mag ... nun ... es war nett, mit dir zusammenzuarbeiten.«

»He, Aahz ...« Ich wollte mich wieder aufsetzen.

Eine raue Hand drückte mich auf mein Kissen zurück.

»Schlaf jetzt!«, befahl Aahz, doch hinter seinem groben Ton verbarg sich eine Spur Zärtlichkeit.

Kapitel 23

›Seit dem Menschen der Vorgeschichte sind Schlachten niemals so verlaufen, wie sie geplant waren‹

Qu. Varus

Wir kauerten in einem kleinen Hain auf einem Hügel, von wo aus wir den Gasthof überschauen und unser Ziel näher betrachten konnten. Der Gasthof war, wie ihn Ganzfix auch beschrieben hatte; es handelte sich um ein einzeln stehendes zweigeschossiges Gebäude mit angebauten Ställen an einer von Unkraut überwucherten Landstraße.

»Bist du sicher, dass keine Schutzwälle errichtet sind?«, wisperte Aahz.

Er richtete seine Frage an Tanda. Sie warf mir ihrerseits einen raschen Blick zu. Ich nickte knapp mit dem Kopf.

»Völlig sicher!«, flüsterte sie zurück.

Dies alles war Teil unseres Planes. In Ganzfixens Augen besaß allein Tanda von uns vieren übernatürliche Kräfte.

»Reinzugelangen wird leicht sein, rauskommen schon schwerer«, meinte Aahz.

»Mir gefällt das nicht«, erklärte Tanda entschieden.

»Mir auch nicht«, gab Aahz zu. »Aber da vom Warten nichts besser wird, wollen wir lieber anfangen. Du kannst schon mal deine Tarnung anlegen.«

»Richtig, Aahz«, sagte sie.

Keiner der beiden sah mich an. Vielmehr schaute Aahz zu Tanda hinüber. Dies lenkte auch Ganzfixens Aufmerksamkeit auf sie, und sie begann nun, sich wild zu drehen und zu winden. Unbeobachtet schloss ich die Augen und machte mich an die Arbeit.

Ich verwandelte Tandas liebliche Züge in das zweifelhafte Gesicht des Imps Higgens … bzw. in Higgens' menschliche Tarnung. Sobald dies vollbracht war, schlug ich wieder die Augen auf. Ich räusperte mich, was für Tanda das Signal zum Aufhören bedeutete.

»Wie sehe ich aus?«, fragte sie stolz.

»Großartig!«, rief ich ohne eine Spur Bescheidenheit.

»Unerhört!«, wunderte sich Ganzfix. »Wie macht Ihr das nur?«

»Berufsgeheimnis.« Tanda zwinkerte ihm zu.

»Ab jetzt mir dir. Und mit dir auch, Skeeve.«

»Aber, Aahz, könnte ich denn nicht …«

»Nein, du kannst nicht. Darüber haben wir doch schon ausführlich gesprochen. Diese Mission ist viel zu gefährlich für einen so unerfahrenen Burschen wie dich.«

»Verzweifle nicht, Bursche!«, versuchte Ganzfix mich aufzurichten. »Dein Tag wird auch noch kommen. Wenn wir scheitern, musst du die Mission zu Ende führen.«

»Wahrscheinlich. Na, viel Glück jedenfalls …«

Ich drehte mich zu Tanda um, die jedoch bereits verschwunden war, als habe der Erdboden sie verschluckt.

»So, Skeeve, jetzt bist du dran«, mahnte mich Aahz.

Ich wandte mich meinem Drachen zu.

»Bleib schön hier, Gliep. Ich bin bald wieder da, und solange tust du, was Aahz sagt. Verstanden?«

»Gliep?«, machte mein Drache und duckte den Kopf.

Einen Augenblick lang befürchtete ich, er würde alles verderben, dann aber drehte er sich um und stahl sich an

Aahz' Seite, von wo aus er mich mit schmachtenden blauäugigem Blick ansah.

Alles war bereit.

»Auf Wiedersehen! Viel Glück!«, rief ich und trottete langsam über den Hügel zurück, ein Bild des Elends.

Sobald ich außer Sicht war, drehte ich mich um und begann, in weitem Bogen um das Gasthaus zu laufen.

Nach außen hin war unser Plan ganz simpel. Aahz und Ganzfix wollten Tanda genügend Zeit lassen, hinter den Gasthof zu laufen und über das Stalldach einzudringen. Danach wollten die beiden das Anwesen kühn durch den Haupteingang betreten.

Sollte es zu einer Auseinandersetzung kommen, könnte Tanda Isstvan dann mit Zaubermitteln von hinten angreifen. Ich sollte ruhig im Hain warten, bis die Angelegenheit erledigt wäre.

In Wirklichkeit war unser Vorhaben etwas ausgefeilter. Ohne dass Ganzfix etwas davon wusste, sollte ich ebenfalls das Gasthaus umrunden und einen geheimen Eingang suchen. Im geeigneten Augenblick sollten Tanda und ich dann mit unseren magischen Kräften Verwirrung stiften, dass Aahz seine Geheimwaffe anwenden konnte, die er auf Tauf erworben hatte.

Ich wünschte, ich hätte mehr über Aahz' Geheimwaffe gewusst. Er hatte darum eine echte Geheimniskrämerei veranstaltet, und weder ich noch Tanda hatten ihm irgendwelche Informationen entlocken können. Er hatte gesagt, es müsse aus nächster Nähe angewandt werden. Und dass er es nicht benutzen könne, wenn Isstvan ihn beobachtete. Er hatte gesagt, dies sei unsere einzige Hoffnung, Isstvan zu schlagen. Und es sollte eine Überraschung werden.

Irre!

Vielleicht würde ich, wenn dies alles vorüber wäre,

einen Lehrer ohne diesen ausgeprägten Sinn für Humor finden.

Ich verlangsamte meinen Schritt. Ich näherte mich nun der Hinterseite der Herberge. Das Gebüsch wuchs bis dicht an die Mauern, so dass ich leicht herankam.

Ich blieb stehen und prüfte nochmals, ob keine Schutzwälle errichtet waren.

Nichts.

Ich versuchte, Aahz' Vorhersage ›leicht hinein und schwer hinaus‹, zu verdrängen und besah mir die obere Fensterreihe. Kein einziges stand offen, also wählte ich das am nächsten liegende aus und levitierte empor. Ich drückte dagegen und zog am Rahmen.

Verriegelt!

Eilig zog ich mich mit den Händen an der Mauer entlang zum nächsten.

Ebenfalls verschlossen.

Es kam mir in den Sinn, dass es schon Ironie des Schicksals wäre, wenn wir nach all unseren magischen Vorbereitungen von so etwas Banalem wie einem verriegelten Fenster aufgehalten würden.

Zu meiner Erleichterung gab das nächste Fenster meinem Druck nach, innerhalb eines Augenblicks stand ich in der Herberge und versuchte, mein Herzklopfen unter Kontrolle zu bekommen.

Das Zimmer, in dem ich mich befand, war möbliert, doch, wie die Staubschicht auf dem Bett bewies, schon lange nicht mehr bewohnt worden.

Ich durchschritt vorsichtig das Zimmer und versuchte, die Tür zu öffnen.

Sie war nicht verschlossen.

Ich ließ mich auf die Hände und Knie hinab, machte die Tür auf und kroch hinaus, dann zog ich sie hinter mir zu.

Nachdem Ganzfix in seinen Erzählungen den Innenraum des Gasthauses so häufig beschrieben hatte, mutete es einem merkwürdig an, nun tatsächlich hier zu sein. Ich befand mich auf dem L-förmigen Zwischenstock, von wo aus man Zugang zu den höher gelegenen Räumen hatte. Durch die Stäbe der Brüstung hindurch konnte ich in den eigentlichen Schankraum hinabspähen.

Zurzeit saßen drei Personen an einem Tisch. Zwei von ihnen erkannte ich als die getarnten Gestalten von Higgens und Brockhurst. Der dritte saß mit gekrümmtem Rücken zu mir, so dass ich sein Gesicht nicht ausmachen konnte.

Ich erwog, einen anderen Standort zu beziehen, von wo aus ich einen besseren Blick haben würde, als eine vierte Gestalt mit einem riesigen Tablett eintraf, auf dem ein Krug Wein und vier schmutzige Becher standen.

»Diese Runde geht auf Kosten des Hauses, Jungs!«, gluckste jener fröhlich. »Trinkt einen auf den alten Isstvan!«

Isstvan! Das sollte Isstvan sein?

Die watschelnde Gestalt da unten schien keinen der bedrohlichen Züge zu besitzen, wie ich sie von einem Möchtegern-Herrscher der Dimension erwartet hätte.

Rasch überprüfte ich seine Aura. Er hatte keine. Dies war keine Verkleidung. Er sah wirklich so aus. Ich betrachtete ihn genau.

Er war groß, doch seine Untersetztheit verhinderte, dass diese Größe beeindruckend gewirkt hätte. Er hatte langes weißes Haar und einen langen weißen Bart, der seine Brust fast vollständig bedeckte. Seine hellen Augen standen in einem scheinbar stets lächelnden Gesicht, Nase und Wangen waren gerötet, ob vom Lachen oder vom Trinken, das konnte ich nicht sagen.

Und das sollte jener üble Charakter sein, vor dem ich mich nun seit Wochen fürchtete? Er sah genauso aus, wie ihn Ganzfix beschrieben hatte ... wie ein harmloser alter Herbergswirt.

Eine Bewegung am anderen Ende des Zwischenstocks zog meinen Blick auf sich. Tanda! Sie hatte genau wie ich hinter der Brüstung auf dem jenseitigen Teil von der Treppe gekauert, und zuerst glaubte ich, lediglich gesehen zu haben, wie sie sich in eine bequemere Position zurechtsetzte. Dann erkannte ich jedoch, dass sie mir vorsichtig zuwinkte und begriff, dass sie meine Aufmerksamkeit erregen wollte.

Ich winkte zurück, dass ich verstanden hatte, was sie wohl sah, denn sie begann nun mit einer seltsamen Pantomime.

Zuerst vollführte sie mehrere Gesten an ihrer Stirn und deutete dann heftig hinter sich.

Ich begriff nicht und schüttelte den Kopf, um ihr dies zu erklären.

Sie wiederholte die Gesten eindringlicher, und ich sah nun, dass sie unter und hinter sich deutete. Irgendetwas mit den Ställen. Was konnte das bloß sein?

Ich erinnerte mich an ihre erste Bewegung. Sie schien auf ihre Stirn zu zeigen. Hatte sie irgendetwas im Stall geschlagen? Hatte sie dort jemanden umgebracht?

Ich schüttelte erneut den Kopf. Sie zeigte mir frustriert die Zähne.

»Bedienung!«

Bei diesem Gebrüll fuhr ich hoch.

Aahz und Ganzfix waren gerade durch die Tür getreten. Was immer Tanda mir hatte sagen wollen, es würde warten müssen.

»Zwei Krüge von Eurem besten Wein ... und jemand soll mein Einhorn versorgen.«

Natürlich war es Aahz, der all dies sprach. Es war ausgemacht, dass er die Führung in dem Gespräch übernähme. Ganzfix war nicht ganz glücklich darüber gewesen, aber schließlich hatte er sich einverstanden erklärt, den Mund nur aufzumachen, wenn es sich als unbedingt notwendig erweisen würde.

Ihr Eintreten hatte erstaunlich wenig Eindruck auf die Versammlung da unten gemacht. Genauer gesagt war Isstvan sogar der Einzige, der überhaupt den Blick in ihre Richtung wandte.

»Kommt herein, meine Herren, nur herein!« Er lächelte und breitete die Arme weit zum Willkommen aus. »Wir haben Euch erwartet!«

»Das habt Ihr?«, plapperte Ganzfix und drückte damit auch meine Gedanken aus.

»Freilich, freilich! Ihr solltet nicht versuchen, den alten Isstvan auf den Arm zu nehmen.« Er schüttelte in gespielter Strenge den Finger. »Die Nachricht wurde uns gerade von ... oh, tut mir Leid. Ich habe Euch noch gar nicht meinem neuen Spezialagenten vorgestellt.«

»Wir sind uns schon einmal begegnet«, ertönte die Stimme der gebeugten Gestalt, die sich nun umwandte, sie anzusehen.

Frumpel!

Das also hatte Tanda mir sagen wollen! Das Schlachteneinhorn! Ganzfixens Einhorn stand drunten im Stall. Trotz all unserer Geschwindigkeit war Frumpel vor uns hier eingetroffen.

»Wer seid Ihr?«, fragte Ganzfix und beäugte den Täufler.

Aus irgendeinem Grund schien dies Isstvan die Lachtränen auf die Wangen zu treiben. »Heute Nachmittag werden wir noch allerhand Spaß haben!«

Er machte eine nachlässige Geste, und die Gasthaustür schlug zu.

Hinter mir erklang eine Reihe dumpfer Klicklaute, und ich begriff, dass die Türen sich selbst verschlossen. Wir waren eingesperrt. Alle zusammen.

»Ich glaube, so gut habe ich mich nicht mehr amüsiert, seit ich mit meiner toten Schwester gebumst habe.«

Isstvans Stimme klang immer noch jovial, doch sie rief in mir eisige Furcht wach. Ich begriff, dass er nicht nur ein gewaltiger Magiker, sondern auch vollständig wahnsinnig war.

Kapitel 24

›DICH WERDEN WIR SCHON WEICH KRIEGEN!‹

M. HAMMER

Es herrschte gespannte, erwartungsvolle Stille, während die vier sich nach vorn beugten, um ihre Gefangenen zu studieren.

Ich kniete am Boden und beobachtete wie angewurzelt die Szene und rechnete jeden Augenblick mit dem Tod meiner beiden Gefährten.

»Da Frumpel uns schon angekündigt hat«, sagte Aahz einschmeichelnd, »besteht wohl keine Notwendigkeit, diese Verkleidungen länger aufrechtzuerhalten.«

Der zuversichtliche Klang seiner Stimme beruhigte meine erschütterten Nerven.

Wir befanden uns nun einmal mitten im Spiel und mussten so oder so weitermachen.

Schnell schloss ich die Augen und lüftete Aahz' Maske.

»Aahz!«, rief Isstvan begeistert. »Ich hätte doch wissen müssen, dass du das bist!«

»Er ist derjenige, der ...«, begann Brockhurst.

»Kennt ihr beiden euch?«, erkundigte sich Frumpel, ohne auf den Imp Rücksicht zu nehmen.

»Wir uns kennen?«, kicherte Isstvan. »Wir sind *alte* Feinde! Er und ein paar andere Lumpen haben mich das letzte Mal, als wir uns begegnet sind, fast fertig gemacht!«

»Aber diesmal sind wir dran, was, Isstvan?«, lächelte Higgens und griff schon freudig nach seiner Armbrust.

»Aber, aber!«, mahnte Isstvan, packte den Imp bei der

Hand und schüttelte ihn leicht. »Überstürz die Dinge doch nicht.«

»Kommt mir ganz so vor«, spottete Aahz, »als hättest du Schwierigkeiten, flexible Mitarbeiter zu finden, Isstvan.«

»Oh, Aahz«, lachte Isstvan. »Immer noch die gleiche spitze Zunge, wie?«

»Imps?« Aahz' Stimme triefte vor Hohn. »Aber, Isstvan! Selbst dir müsste etwas Besseres einfallen.«

Isstvan seufzte und ließ Higgens zurück in seinen Stuhl fallen.

»Nun, man tut, was man kann. Inflation, du weißt ja.«

Er schüttelte traurig den Kopf, dann strahlte er auch schon wieder.

»Ach, du kannst dir gar nicht vorstellen, wie sehr ich mich freue, dich zu sehen, Aahz. Ich dachte schon, ich müsste waren, bis wir Perv erobern, ehe ich Rache nehmen könnte, und da kommst du einfach so hier hereinspaziert. Wag es nicht zu verschwinden, ehe wir miteinander quitt sind.«

»Ich hab dir doch schon gesagt, dass er seine Kräfte verloren hat«, warf Frumpel ein.

»Kräfte. Ha! Er hat niemals irgendwelche Kräfte besessen«, meldete sich Ganzfix zu Wort, voller Zorn, so lange ignoriert worden zu sein.

»Na, wen haben wir denn hier?« Isstvan blickte lächelnd zu Ganzfix hinüber. »Kennen wir uns irgendwoher?«

»Sag mal, Isstvan«, unterbrach Aahz. »Hast du was dagegen, dass ich mir etwas Wein nehme? Es besteht ja schließlich kein Grund, sich unzivilisiert aufzuführen.«

»Aber gewiss doch, Aahz.« Isstvan winkte ihn nach vorn. »Bedien dich.«

Es war unheimlich, dieses Gespräch zu belauschen: nach außen hin freundlich, verbarg es jedoch einen Katz-und-Maus-Unterton, der die nachlässigen Worte Lügen strafte.

»Was diese Gestalt anbetrifft«, erläuterte Frumpel und deutete auf Ganzfix, »das ist Garkins Lehrling. Der hat unserem Perverser die nötige Magik produziert, nachdem er seine Kräfte eingebüßt hatte.«

»Tatsächlich?«, fragte Isstvan erfreut. »Kennst du den Fliegenden-Tassen-Trick? Ich liebe den Fliegenden-Tassen-Trick!«

»Ich verstehe nicht«, murmelte Ganzfix fassungslos und trat ein paar Schritte von der Versammlung zurück.

Nun, wenn wir jemals ein Durcheinander bräuchten, dann jetzt. Folglich schloss ich die Augen und verwandelte Ganzfixens Züge. Die augenfällige Wahl für sein Äußeres war ... ich!

»Siehst du«, erklärte Frumpel stolz. »Was habe ich dir gesagt?«

»Throckwoddle!«, riefen die beiden Imps im Chor.

»Was?« Frumpel kniff misstrauisch die Augen zusammen.

Ich war bereit. Sobald die Ausrufe losbrachen, verwandelte ich Ganzfix erneut. Diesmal verlieh ich ihm Throckwoddles Züge.

»Ei, das *ist* ja Throckwoddle!«, rief Isstvan. »Huch, ist das lustig!«

»Warte mal eine Minute!«, fauchte Brockhurst. »Wie kann dies Throckwoddle sein, wenn wir dich doch in eine Statue verwandelt haben, ehe wir Throckwoddle einholten?«

Dies rief bei Isstvan nur noch größere Heiterkeitsausbrüche hervor.

»Hört auf!«, keuchte er atemlos. »Hört um Himmels willen auf! Oh! Mir tut schon alles weh! Aahz, diesmal hast du dich selbst übertroffen.«

»Es ist doch nichts Besonderes«, meinte Aahz bescheiden.

»Hier stimmt doch irgendetwas nicht«, erklärte Frumpel.

Er steckte eine Hand tief in sein Gewand, ohne ein Auge von Ganzfix zu wenden. Fast hätte ich zu spät begriffen, was er vorhatte. Er wollte seinen Kristall hervorholen, mit dem er Tarnungen entlarven konnte. Als die glitzernde Kugel auftauchte, trat ich in Aktion.

Eine schlichte Levitation, ein leichter Hieb mit meinem Denken und der Kristall sprang aus Frumpels Hand in den Weinkrug.

»Verdammnitz!«, fluchte Frumpel und wollte nach seinem Eigentum fischen.

»Lass bloß deine Finger aus dem Wein!«, schalt Aahz und schlug ihn aufs Handgelenk. »Du bekommst dein Spielzeug schon wieder, wenn wir den Krug leer haben!«

Als wolle er dieses Argument unterstreichen, ergriff er den Krug und begann, die Becher auf dem Tisch neu zu füllen.

»Schluss jetzt mit diesem Wahnsinn!«, explodierte Ganzfix. »Ich bin weder Skeeve noch Throckwoddle. Ich bin Ganzfix, Dämonenjäger erster Klasse. Wo immer ich einen Kampf erfasse, wird Mensch oder Dämon gleich entdeckt, welche Kraft in mir steckt!«

Das war endgültig zu viel für Isstvan, der nun vor Lachen zusammenbrach.

»Ach, ist der gut, Aahz!«, keuchte er. »Wo hast du denn bloß diesen ulkigen Kerl aufgetrieben?«

»Du hast ihn mir auf den Hals gehetzt, falls du dich erinnerst«, gab Aahz zurück.

»Ei, das ist wahr, das ist wahr.« Und selbst das fand er noch grenzenlos komisch.

Die anderen amüsierten sich nicht so sehr.

»Du bist also ein Dämonjäger«, spottete Frumpel. »Was sind denn deine Motive?«

»Die Beleidigungen, die die Dämonen uns zufügen, sind zu zahlreich, um hier aufgeführt zu werden«, wich Ganzfix aus.

»Nun«, begann Ganzfix, »ihr habt mein Zauberamulett und mein Zauberschwert gestohlen und mein Einhorn verhext, dass es jetzt glaubt, es wäre ein Drache!«

»Dein Einhorn ist zurzeit im Stall festgebunden«, konstatierte Higgens platt. »Frumpel hat es mitgebracht.«

»Mein Einhorn ist vor dem Haus festgebunden«, kreischte Ganzfix. »Und es glaubt, es wäre ein Drache.«

»Dein Einhorn ist im Stall festgebunden«, gab Higgens zurück. »Und wir glauben, du bist eine taube Nuss!«

»Aber meine Herren, meine Herren!« Isstvan schaffte es trotz seines Gelächters, die Arme zu heben. »Das alles ist ja ganz lustig, aber ... seht euch das an!«

Mitten in der Luft, keine zwei Handbreit von Isstvans Kopf entfernt, schwebte ein kleiner goldschwarzer Pfeil.

»Ein Mörderpfeil«, grübelte Isstvan und pflückte das Geschoss von der Stelle, wo es schwebte. »Nun, wer wäre wohl so ungezogen, mich von hinten vergiften zu wollen?«

Seine Augen wanderten zu Brockhurst, der ahnungslos auf den Stufen saß. Dieser begriff plötzlich, dass er im Mittelpunkt des allgemeinen Interesses stand. Er riss vor Schreck die Augen auf.

»Nein! Ich ... Warte! Isstvan!« Er erhob sich halb und streckte eine Hand aus, als wolle er einen Angriff abwehren. »Ich war's nicht ... Nein! Bitte, nicht! Kchch!«

Letzteres wurde begleitet davon, dass seine Hände an seine Kehle fuhren und ihn heftig schüttelten.

»Kchch ... ek ... urk ...«

Er stürzte auf die Stufen zurück und begann, sich rasend hin und her zu wälzen.

»Isstvan«, begann Higgens zögernd. »Normalerweise

würde ich mich nicht einmischen, aber meinst du nicht, du solltest dir erst einmal anhören, was er zu sagen hat?«

»Aber ich mache gar nichts«, blinzelte Isstvan voll beleidigter Unschuld.

Mein Blick richtete sich auf die gegenüberliegende Seite des Zwischenstocks. Dort kauerte Tanda mit geschlossenen Augen. Sie schien eine unsichtbare Person am Boden vor sich zu schütteln. Ich begann, die Fähigkeiten eines ausgebildeten Mörders in zunehmendem Maße zu schätzen.

»Du machst gar nichts!?«, kreischte Higgens. »Dann unternimm gefälligst etwas! Er stirbt!«

Ich dachte einen Augenblick, diese alberne Bemerkung würde Isstvan wieder zum Lachen bringen, diesmal jedoch nicht.

»Ach«, seufzte er. »Das ist alles so verwirrend. Ja, ich glaube, du hast Recht.«

Er schnippte mit den Fingern, worauf Brockhurst aufhörte, um sich zu schlagen und begann, in keuchenden Zügen Luft zu holen.

»Hier, alter Junge«, sagte Aahz. »Trink einen Schluck!«

Er bot Brockhurst einen übervollen Becher an, aus dem der Imp dankbar tiefe Schlucke nahm.

»Aahz«, sagte Isstvan gestreng. »Ich glaube, du bist nicht ganz aufrichtig zu uns gewesen.«

»Ich?« Aahz tat ganz unschuldig.

»Nicht einmal du hättest so viel Wirrwarr ohne jede Hilfe hervorrufen können. Woher kommt es also?«

Er schloss die Augen und wandte das Gesicht zur Decke.

»Aha!«, rief er plötzlich. »Da haben wir es ja!«

Dann erscholl ein Quieken vom anderen Ende des Zwischenstocks, und Tanda wurde plötzlich von unsichtbaren Händen emporgehoben.

»Higgens!«, rief Isstvan. »Noch einer! Ei, ei, dieser Tag ist doch voller Überraschungen.«

Tanda schwieg, als sie auf einen Stuhl bei den anderen herabgetragen wurde.

»Wollen wir doch mal sehen«, murmelte Isstvan vor sich hin. »Haben wir jemanden vergessen?«

Ich spürte plötzlich den Druck unsichtbarer Kräfte und begriff, dass ich der Nächste war. Ich versuchte, mir eine Tarnung einfallen zu lassen, aber der Einzige, der mir in den Sinn kam, war Gliep ... Also probierte ich es.

»Ein Drache!«, schrie Brockhurst und hüpfte auf die Bildfläche.

»Gliep«, sagte ich und rollte verzweifelt die Augen.

»Oh nein, das ist zu viel«, schmollte Isstvan. »Ich will sehen, mit wem ich es zu tun habe.«

Er machte eine unbestimmte Handbewegung, worauf alle Tarnungen verschwanden ... alle.

Ich kam zu den anderen herabgeschwebt, doch meine Ankunft ging im allgemeinen Trubel unter.

»Tanda!«, stieß Isstvan begeistert hervor. »Ja, ja. Das ist ein Wiedersehen, was?«

»Spar dir dein Gesabbel«, schalt Tanda.

Ganzfix sah so schnell von einem zum anderen, dass ich befürchtete, ihm würde der Kopf herunterfallen.

»Ich verstehe überhaupt nichts mehr!«, jammerte er.

»Halt den Mund, Ganzfix«, herrschte Aahz ihn an. »Wir werden es dir später erklären.«

»Vorausgesetzt es gibt ein Später«, sagte Frumpel höhnisch.

Ich neigte dazu, ihm beizupflichten. Die Atmosphäre in dem Raum entbehrte nun jeglicher Jovialität. Es war vorbei. Wir hatten verloren. Wir waren alle entdeckt und gefangen, und Isstvan war so mächtig wie eh und je. Worum es sich bei Aahz' Geheimwaffe auch immer gehandelt haben mochte, sie hatte offensichtlich nicht funktioniert.

»Nun, ich fürchte, dass alle schönen Dinge einmal ein

Ende haben müssen«, seufzte Isstvan und leerte seinen Becher. »Ich fürchte, ich muss euch nun beseitigen.«

Es klang aufrichtig betrübt, aber irgendwie konnte ich kein Mitgefühl mit seinem Gejammer empfinden.

»Nur noch eine Frage, Aahz, ehe wir beginnen«, sagte er erstaunlich vernünftig.

»Und die wäre?«

»Warum hast du es getan? Ich meine, wie konntest du mit so einer schwachen Mannschaft hoffen, mich zu schlagen?«

Isstvan klang ehrlich interessiert.

»Nun, Isstvan«, sagte Aahz schleppend. »Das ist eine Frage der Anschauung.«

»Was soll das heißen?«, fragte Isstvan misstrauisch.

»Ich ›hoffe‹ nicht, dass wir dich schlagen können ...« Aahz lächelte. »Ich weiß es.«

»Tatsächlich?«, kicherte Isstvan. »Und worauf begründest du deine Logik?«

»Nun, darauf, dass wir bereits gewonnen haben.« Aahz blinzelte unschuldig. »Es ist vorbei, Isstvan, ob du es begreifst oder nicht.«

Kapitel 25

›Bloss, weil du einen Hexer besiegt hast, musst du noch lange keinen Hexer besiegt haben‹
Tooth-Aamon

»Aahz«, sagte Isstvan gestreng. »Es gibt Zeiten, wo selbst dein Humor ein wenig abgedroschen wirkt.«

»Ich mach keine Witze«, versicherte ihm Aahz. »Du hast deine Kräfte verloren. Los, versuch etwas. Irgendetwas!«

Isstvan zögerte. Er schloss die Augen.

Nichts rührte sich.

»Siehst du?« Aahz zuckte mit den Schultern. »Du hast deine Kräfte verloren. Alle. Und schau dich nicht nach deinen Verbündeten um, dass sie dir helfen. Sie sitzen alle im gleichen Boot.«

»Du meinst, wir haben wirklich gewonnen?«, platzte ich heraus, als ich allmählich begriff, was sich hier andeutete.

»Ganz recht, Kerlchen.«

Aahz beugte sich plötzlich nach vorn und hieb Frumpel auf die Schulter.

»Meinen Glückwunsch, Frumpel«, rief er. »Ich muss schon zugeben, ich hätte nicht gedacht, dass du es schaffst.«

»Was?«, blinzelte der Täufler.

»Ich bin sehr froh, dass unsere Schuld bei dir hiermit beglichen ist.«

»Frumpel!« In Isstvans Stimme lag eine düstere Drohung. »Haben wir das dir zu verdanken?«

»Ich ... ich ...«, stammelte Frumpel.

»Nur vorwärts, Frumpel! Koste den Triumph aus!«, ermutigte ihn Aahz. »Er kann dir jetzt nichts tun. Außerdem kannst du dich jederzeit hier wegteleportieren, wenn du willst.«

»Nein, das kann er nicht!«, höhnte Higgens, sein Arm schoss nach vorn.

Ich sah gerade noch, wie ein kleiner Ball durch die Luft flog, ehe er an Frumpels Stirn mit einer purpurroten Staubwolke explodierte.

»Aber ...«, begann Frumpel, doch es war bereits zu spät.

Mitten in der Bewegung seiner Geste erstarrten seine Glieder, und sein Gesicht wurde reglos. Da hatten wir schon wieder eine Statue.

»Gut reagiert, Higgens!«, lobte Aahz.

»Wenn es dir nicht zu viel Mühe macht, Aahz«, mischte sich Isstvan ein, »könntest du mir vielleicht einmal erklären, was hier eigentlich vor sich geht.«

»Ach!«, sagte Aahz. »Das ist ja gerade der Clou.«

»Das kommt mir so bekannt vor«, murmelte Ganzfix.

Ich stieß ihn mit dem Ellbogen in die Rippen. Noch waren wir nicht aus allen Schwierigkeiten heraus.

»Es sieht ganz so aus, als habe Frumpel durch Throckwoddle von deinen Plänen erfahren. Offensichtlich hat er befürchtet, dass du eine Preiskontrolle einführst, was ihn natürlich in seinem Geschäft behindert hätte. Du weißt ja, wie diese Täufler sind.«

Die Imps schnaubten laut. Isstvan nickte nachdenklich.

»Jedenfalls hat er beschlossen, zu versuchen, dich aufzuhalten. Dazu hat er uns vier erpresst, ihm zu helfen. Wir sollten Verwirrung stiften, während er den üblichen Angriff startete.«

»Wieso, was hat er denn getan?«, platzte Higgens heraus.

»Er hat diesen Wein präpariert!«, erklärte Aahz. »Wisst ihr nicht mehr?«

»Wann?«, wollte Brockhurst wissen.

»Als er diesen Schwindelkristall in den Krug fallen ließ, erinnert ihr euch?«

»Aber er hat auch aus dem Krug getrunken!«, rief Higgens.

»Er hat ja auch vorher ein Gegengift genommen«, schloss Aahz bravourös.

»Dann sitzen wir hier fest!« Brockhurst spie angeekelt aus.

»Weißt du, Aahz«, sagte Isstvan langsam. »Selbst wenn alles so abgelaufen ist, wie du es erzählt hast, so hast du mit deinen Freunden in dieser Geschichte doch eine tragende Rolle gespielt.«

»Da hast du schon Recht«, gab Aahz zu, »aber ich bin bereit, dir ein Geschäft anzubieten.«

»Was für ein Geschäft?«, fragte Isstvan misstrauisch.

»Es besteht aus zwei Punkten. Um erstens wieder gutzumachen, dass Tanda und ich uns bei deinen letzten Bestrebungen nach der Macht gegen dich gestellt haben, biete ich dir und deinen Partnern die Ausreise aus dieser Dimension.«

»Hm ...«, machte Isstvan. »Und zweitens?«

»Zweitens kann ich dir die beste Rachemöglichkeit an Frumpel hier überlassen. Dafür möchte ich deine Zusicherung, dass du gegen uns vier keinen Groll wegen deines heutigen Missgeschicks hegst.«

»Schau, Aahz«, begann Higgens, »wenn du einen Kampf willst ...«

»Weit gefehlt, meine Herren! Einen Kampf will ich gerade vermeiden. Ich kann euch nur erklären, dass ihr den Kürzeren zieht, wie immer dieser Kampf auch ausgehen mag.«

»Nicht unbedingt«, behauptete Brockhurst.

»Ganz unumgänglich«, sagte Aahz hartnäckig. »Wenn ihr uns umbringt, verderbt ihr eure einzige Möglichkeit, aus dieser Dimension wegzukommen. Dann sitzt ihr für immer auf Klah fest. Nach meiner Auffassung ist das eine Niederlage.«

»Darin sind wir uns einig«, murmelte Brockhurst.

»Ach, hör mit dieser Quengelei auf!«, unterbrach ihn Isstvan mit einem Kichern. »Aahz hat Recht, wie gewöhnlich. Er hat vielleicht eine Reihe physischer und magischer Kämpfe verloren, aber ich habe noch keinen gehört, der in einer Diskussion gegen ihn hätte ankommen können.«

»Dann gilt das Geschäft?«, fragte Aahz.

»Es gilt«, antwortete Isstvan entschieden. »Als ob wir eine andere Wahl hätten!«

Sie schüttelten sich feierlich die Hände.

Ich bemerkte, dass die Imps im Hintergrund flüsterten und uns finstere Blicke zuwarfen. Ich fragte mich, ob eine Abmachung mit Isstvan auch für die Imps bindend war, und ob ein Handschlag in einer solchen Lage überhaupt eine ernsthafte Verpflichtung darstellte. Am meisten jedoch war ich darauf gespannt, welchen Trumpf Aahz, noch im Ärmel hatte.

»Nun, Aahz?«, erkundigte sich Isstvan. »Wo ist die versprochene Fluchtmöglichkeit?«

»Hier zur Stelle«, parierte Aahz und fischte einen vertrauten Gegenstand aus seinem Hemd, den er Isstvan zuwarf.

»Ein D-Hüpfer!«, rief Isstvan voller Freude. »So einen habe ich schon seit ...«

»Was ist das?«, fiel Higgens ihm ins Wort.

»Eine Fahrkarte aus dieser Dimension«, erklärte er grollend.

»Wie funktioniert es denn?«, erkundigte sich Brockhurst misstrauisch.

»Vertraut ganz auf mich, meine Herren!« Isstvans verächtlicher Ausdruck strafte die Jovialität seiner Worte Lügen. Er wandte sich wieder Aahz zu.

»Imps!«, schimpfte er vor sich hin.

»Du hast sie doch selber angeheuert«, erklärte Aahz ohne jegliches Mitgefühl.

»Das habe ich. So, und was ist nun mit dieser teuflischen Rache an Frumpel?«

»Das ist einfach«, lächelte Aahz. »Benutze den D-Hüpfer und bring ihn zurück nach Tauf.«

»Warum nach Tauf?«, wollte Isstvan wissen.

»Weil er von Tauf verbannt worden ist«, antwortete Higgens, dem es nun allmählich dämmerte.

» ... und die Täufler unerreicht sind in ihrer Art, jenen Strafen zuzumessen, die ihre Gesetze missachten«, ergänzte Brockhurst mit einem bösen Grinsen.

Isstvan besah sich den D-Hüpfer und lächelte. »Aahz, ich habe schon immer deinen Sinn für Humor bewundert. Er ist noch bösartiger als meiner.«

»Was kann man schon von einem Perverser erwarten?«, höhnte Brockhurst.

»Hüte deine Zunge!«, fuhr ich den Imp an.

Er begann, mir auf die Nerven zu gehen.

»Dann ist alles abgemacht«, gluckste Isstvan und klatschte freudig in die Hände. »Brockhurst! Higgens! Schart euch hier um Frumpel. Wir brechen auf nach Tauf!«

»Jetzt sofort?«, fragte Brockhurst.

»Und lassen alles so ungeordnet zurück?«, meinte Higgens mit einem Seitenblick auf uns.

»Oh, wir werden nicht lange fortbleiben«, beruhigte Isstvan sie. »Hier gibt es nichts, das wir nicht auch später noch holen könnten.«

»Das ist wahr«, stimmte Brockhurst zu und starrte mich nachdenklich an.

»Hm ... Isstvan?«

Das war Ganzfix.

»Sprichst du mit mir?«, fragte Isstvan mit ironischer Höflichkeit.

»Ja.« Ganzfix sah unbehaglich drein. »Verstehe ich das richtig, dass ihr alle vor dem Aufbruch in eine Gegend steht, die völlig von Dämonen bevölkert ist?«

»Ganz recht«, nickte Isstvan.

»Könnte ... ich meine ... würde es euch etwas ausmachen, wenn ich euch begleite?«

»Was?«, rief ich echt entsetzt. »Warum denn?«

»Nun«, sagte Ganzfix zögernd, »wenn ich in diesen Tagen etwas gelernt habe, so ist das, dass ich verdammt wenig von Dämonen verstehe ...«

»Hört, hört«, murmelte Aahz.

»Ich bin unentschlossen, ob ich meinen eigentlichen Beruf weiter ausüben will oder nicht«, fuhr Ganzfix fort. »Aber jedenfalls reizt es mich, mehr über Dämonen zu erfahren. Welcher Ort wäre dazu besser geeignet, als einer, der ganz von Dämonen bewohnt wird?«

»Warum sollten wir uns ausgerechnet noch einen Dämonenjäger auf den Hals laden?«, appellierte Brockhurst an Isstvan.

»Vielleicht könnten wir ihm etwas über Dämonen beibringen«, schlug Higgens mit übertrieben unschuldiger Stimme vor und boxte seinen Partner in die Seite.

»Was. Hm ... Ja, du hast Recht, Higgens.« Brockhurst lächelte plötzlich wieder.

»Gut!«, rief Isstvan. »Wir machen das Ganze zu einem Ausflug.«

»In diesem Fall«, schnurrte Tanda, »habt ihr sicher nichts dagegen, wenn ich mit von der Partie bin.«

»Was!?«, entfuhr es Brockhurst.

»Warum?«, parierte Higgens.

»Zur Unterstützung, selbstverständlich«, lächelte sie. »Ich möchte zu gerne dabei sein, wenn ihr Ganzfix über die Dämonen informiert. Ich kann sicher behilflich sein, dass er es besser begreift.«

»Wunderbar, wunderbar!«, strahlte Isstvan und überging die Einwände der Imps. »Je mehr, desto besser. Aahz? Skeeve? Wollt ihr nicht auch mit?«

»Diesmal nicht, danke«, antwortete Aahz, ehe ich den Mund aufmachen konnte. »Das Kerlchen hier und ich haben noch ein paar Dinge zu erledigen, die keinen Aufschub dulden.«

»Wie zum Beispiel?«, fragte ich.

»Halt den Mund, Kind!«, fauchte Aahz und lächelte sogleich wieder der Gruppe zu. »Wir werden hier sein, wenn ihr zurückkehrt.«

»Darauf freuen wir uns schon«, erwiderte Brockhurst mit bösem Lächeln.

»Auf Wiedersehen, Aahz, Skeeve!« Tanda winkte uns zu. »Ich schau demnächst mal bei euch vorbei.«

»Aber Tanda«, setzte ich an.

»Mach dir keine Sorgen, Bursche«, wollte Ganzfix mich beruhigen. »Ich sorge schon dafür, dass der Lady nichts geschieht.«

Tanda zwinkerte mir unzüchtig über seine Schulter hinweg zu.

»Aahz!«, kicherte Isstvan. »Ich habe mich richtig an deine Gesellschaft gewöhnt. Wir müssen nächstens öfter zusammenarbeiten.«

Er stellte auf dem D-Hüpfer die Koordinaten ein und bereitete alles zum Start vor.

»Auf Wiedersehen, Isstvan!« Aahz winkte ihm zu. »Und denk an mich!«

Ein Rauschen hing in der Luft, dann waren sie verschwunden. Alle.

»Aahz!«, mahnte ich heftig. »Hast du nicht beobachtet, wie die Imps uns angesehen haben?«

»Hm? Oh! Doch, ja, Kind! Ich hab dir ja gesagt, dass sie schmierige kleine Kreaturen sind.«

»Aber was wollen wir machen, wenn sie zurückkommen?«

»Mach dir darüber keine Gedanken, Kerlchen!«

»Mach dir darüber keine Gedanken!«, kreischte ich. »Wir müssen sofort ...«

»... weil sie gar nicht zurückkehren werden«, ergänzte Aahz.

Das brachte mich zur Vernunft.

»Aber ... wenn sie auf Tauf landen ...«

»Das war doch nur ein Scherz, Kerlchen.« Aahz grinste mich an. »Die landen nicht auf Tauf.«

Kapitel 26

›Eine Frau ist wie ein gutes Musikstück:
sie sollte einen sauberen Schluss haben‹
F. Schubert

»Sie landen nicht auf Tauf?«

Es fiel mir schwer, mich so rasch auf diesen Gedanken einzustellen.

»Ganz recht, Kerlchen«, meinte Aahz und goss sich noch etwas Wein ein.

»Aber Isstvan hat doch selbst den D-Hüpfer eingestellt.«

»Das schon!«, antwortete Aahz selbstgefällig. »Aber ich habe gestern Abend einige Vorbereitungen für diesen Ausflug getroffen. Ich habe die Markierungen an den Zeigern vertauscht.«

»Wo fahren sie denn dann hin?«

»Woher soll ich das wissen?« Aahz zuckte mit den Schultern und nahm einen tiefen Zug Wein. »Aber ich wette, sie brauchen eine ganze Weile, um den Rückweg zu finden. Der D-Hüpfer hat einen Haufen Anzeigen.«

»Aber was ist mit Tanda und Ganzfix?«

»Tanda kann sich um Ganzfix kümmern«, beruhigte mich Aahz. »Außerdem besitzt sie die Kräfte, sie jederzeit da herauszuholen, wenn sie will.«

»Wirklich?«

»Klar. Aber sie wird sich vermutlich erst einmal amüsieren, mit den Kerlen herumziehen. Ich kann ihr das nicht verübeln. Mir würde das auch Spaß machen, zuzusehen, wie Ganzfix in den verschiedenen Dimensionen zurechtkommt.«

Er nahm einen weiteren ausgiebigen Schluck.

»Aahz!«, schrie ich über einen plötzlichen Einfall. »Der Wein!«

»Was ist damit? Oh, mach dir keine Sorgen, Kerlchen.« Er lächelte. »Ich habe meine Kräfte doch schon verloren, erinnerst du dich? Abgesehen davon glaubst du doch wohl nicht, dass ich mir etwas in meinen eigenen Wein schütte, oder?«

»*Du* hast etwas in den Wein geschüttet?«

»Klar. Das war doch meine Geheimwaffe. Du hast doch nicht den ganzen Unfug mit Frumpel geglaubt, wie?«

»Also ... natürlich nicht«, antwortete ich beleidigt.

Obwohl ich tatsächlich wusste, dass Frumpel es nicht getan hatte, hatte ich jede Vorstellung darüber eingebüßt, wer was wem angetan hatte.

»Hier, Kerlchen.« Aahz reichte mir seinen Becher und griff nach dem Krug. »Trink auch etwas. Du hast deine Sache heute Nachmittag großartig gemacht.«

Ich nahm den Becher, konnte mich aber irgendwie nicht dazu überwinden, etwas davon zu trinken.

»Was hast du denn überhaupt in den Wein geschüttet?«, erkundigte ich mich.

»Scherzpulver«, erklärte Aahz. »Soweit ich das sagen kann, ist das das Gleiche, was Garkin bei mir angewandt hat. Man kann es in ein Getränk schütten, übers Essen sprühen oder verbrennen, damit das Opfer die Dämpfe einatmet.«

Mir schoss das Bild des rauchenden Kessels durch den Kopf, als Aahz sich bei Garkin materialisiert hatte.

»Was bewirkt es?«

»Hast du denn nicht zugehört, Kerlchen?« Aahz neigte den Kopf. »Es nimmt einem die Kräfte.«

»Für immer?«

»Natürlich nicht!«, schalt Aahz. »Nur ein Jahrhundert lang.«

Meine Fragen waren alle beantwortet ... bis auf eine.

»Sag mal, Aahz?«

»Ja, Kind?«

»Was machen wir denn jetzt?«

»In welcher Angelegenheit?«, wollte Aahz wissen.

»Ich meine, was haben wir jetzt vor? Seit wir uns kennen gelernt haben, waren wir doch hinter Isstvan her. Das ist jetzt erledigt. Was machen wir nun?«

»Du, Lehrling«, sagte Aahz streng, »widmest dich deiner Magik. Du hast noch eine gute Weile vor dir, ehe du an den Meisterstatus auch nur heranreichst. Was mich betrifft ... na ja, werde wohl meine meiste Zeit damit zubringen, dir die Magik beizubringen.«

Er spülte ein wenig Wein die Kehle hinab.

»Im Augenblick sind wir ganz gut ausgerüstet«, stellte er fest. »Wir haben einen Zauberkristall dank Frumpel ...«

»... und dieses krumme Schwert, wenn wir es brauchen sollten«, ergänzte ich. »Und einen schlecht funktionierenden Feuerring.«

»Äh ...«, machte Aahz. »Ehrlich gesagt ... äh ... den habe ich Tanda geschenkt.«

»Geschenkt?«, fragte ich. »Du hast etwas verschenkt?«

Aahz zuckte mit den Schultern.

»Ich habe ein weiches Gemüt. Da kannst du jeden fragen.«

»Hm ...« Ich hatte meine Zweifel.

»Äh, außerdem haben wir ein Schlachteinhorn, wenn wir irgendwohin reiten wollen«, fügte Aahz hastig hinzu, »und deinen albernen Drachen.«

»Gliep ist nicht albern!«, fuhr ich ihn heftig an.

»Na gut, na gut«, lenkte Aahz ein, »... deinen intelligenten stattlichen Drachen.«

»Schon besser«, murmelte ich.

»Aber eigentlich frage ich mich, warum wir überhaupt hier weg sollten«, erläuterte Aahz und blickte um sich. »Dieses Haus kommt mir ganz vernünftig vor. Wir haben hier ein paar ordentliche Kräftelinien zur Verfügung, und so wie ich Isstvan kenne, ist der Weinkeller gut ausgestattet. Wir könnten eine weit schlechtere Operationsbasis haben.«

Eine weitere Frage kam mir in den Sinn.

»Sag mal, Aahz?«

»Ja, Kind?«

»Vor ein paar Minuten hast du gesagt, du würdest gern miterleben, wie Ganzfix sich durch die verschiedenen Dimensionen schlägt ... und du hast doch offensichtlich eine Schwäche für Tanda ...«

»Ja?« Aahz blickte finster drein. »Und?«

»Warum bist du dann nicht mit ihnen gefahren? Du brauchst doch nicht an dieser Dimension zu kleben.«

»Isstvan ist eine taube Nuss«, unterbrach mich Aahz, »und Imps kann ich nicht ausstehen. Meinst du, die hätte ich gerne als Reisegefährten?«

»Aber du hast doch gesagt, Tanda könnte sich frei in Dimensionen bewegen? Hättest du nicht mit ihr ...«

»Schon gut, schon gut«, fiel Aahz mir ins Wort. »Wenn du es unbedingt hören willst: Ich bin wegen dir hier geblieben.«

»Warum?«

»Weil du noch nicht zwischen den Dimensionen reisen kannst. Nicht, bis du ...«

»Ich meine, warum bleibst du überhaupt bei mir?«

»Warum? Weil du mein Lehrling bist, darum!«

Aahz schien echt verärgert zu sein. »Wir haben ein Abkommen geschlossen, wie du dich vielleicht erinnerst. Du hilfst mir gegen Isstvan, und ich lehre dich die Magik.

Nun, du hast deine Verpflichtung erfüllt, und ich werde mein Versprechen auch halten. Ich werde dir die Magik beibringen, und wenn du dabei draufgehst ... oder ich, was wahrscheinlicher ist!«

»Ja, Aahz«, stimmte ich hastig zu.

»Außerdem«, murmelte er und goss sich noch einen Becher ein, »mag ich dich.«

»Wie bitte? Das hab ich nicht ganz verstanden.«

»Dann pass nächstens besser auf!«, schnauzte Aahz mich an. »Ich sagte, trink deinen Wein und gib deinem albernen Drachen was davon. Ich erlaube dir, eine ... hörst du, *eine* Nacht durchzufeiern. Und morgen früh beginnen wir, ernsthaft zu arbeiten.«

»Ja, Aahz«, sagte ich gehorsam.

»Und Kerlchen«, Aahz grinste. »Mach dir keine Sorgen, dass es zu langweilig werden könnte. Wir werden nicht nach Abenteuern suchen müssen. Bei unserem Beruf kommen die gewöhnlich von selber.«

Ich hatte das ungute Gefühl, dass er Recht hatte.

ENDE

ROBERT ASPRIN

Drachen-futter

Kapitel 1

›Das Leben besteht aus ständigem rüden Erwachen‹

R. V. Winkle

Von allen unerfreulichen Arten, aus einem gesunden Schlaf gerissen zu werden, ist der Lärm, den ein Drache und ein Einhorn beim Fangenspielen veranstalten, eine der schlimmsten.

Ich öffnete vorsichtig ein Auge und versuchte trüben Blicks, mich im Zimmer zu orientieren. Ein Stuhl fiel polternd zu Boden und überzeugte mich, dass die verschwommenen Bilder, die in meinem Gehirn angelangten, zumindest so weit stimmten, dass unregelmäßige Erschütterungen Boden und Wände erzittern ließen. Jemand ohne mein hart erworbenes und schmerzlich gehütetes Schatzkästlein an Erfahrungen wäre vielleicht geneigt gewesen, das Inferno einem Erdbeben anzulasten. Ich hingegen nicht. Die hinter dieser Entscheidung stehende Logik ist recht simpel. Erdbeben waren in dieser Gegend außergewöhnlich selten. Ein Drache und ein Einhorn beim Fangenspielen dagegen nicht.

Der Tag begann ganz normal … das heißt normal, wenn man ein Jungzauberer ist, der bei einem Dämonen in die Lehre geht.

Wäre ich imstande gewesen, die Zukunft nur mit annähernder Wahrscheinlichkeit vorherzusagen und so zu sehen, welche Ereignisse mir bevorstanden, wäre ich vermutlich im Bett geblieben. Ich will sagen, kämpfen war noch nie meine Stärke, und die Vorstellung, es mit einer gesamten Armee aufzunehmen ... aber ich greife mir vorweg.

Das Dröhnen, welches mich weckte, erschütterte das gesamte Gebäude und zog das Klirren verschiedener schmutziger Teller nach sich, die auf dem Boden laut zerschellten.

Das darauf folgende Getöse war noch spektakulärer.

Ich zog in Erwägung, etwas zu unternehmen, erwog auch weiterzuschlafen. Dann fiel mir der Zustand meines Lehrers ein, als dieser am Abend zuvor ins Bett gegangen war.

Das machte mich schnell hellwach. Es gibt nur eines, das unerquicklicher ist als ein Dämon von Perv, nämlich ein Dämon von Perv mit einem Kater.

Schon war ich auf den Beinen und schoss wie ein Pfeil zur Tür. (Meine Behändigkeit war eher Frucht meiner Angst als angeborenes Talent.) Ich zog die Tür auf, streckte den Kopf hinaus und sondierte das Terrain. Das Gelände um den Gasthof wirkte normal. Das Unkraut war völlig außer Kontrolle geraten und stand an manchen Stellen brusthoch. Eines Tages würde damit irgendetwas geschehen müssen, doch mein Lehrer schien sich an ihrem ungezügelten Wachstum wenig zu stören, und da ich der logische Kandidat fürs Jäten wäre, wenn ich das Thema anspräche, beschloss ich wieder einmal, in dieser Angelegenheit Stillschweigen zu bewahren.

Stattdessen besah ich mir die verschiedenen niedergewalzten Stellen und frischen Trampelpfade zwischen den Pflanzen und versuchte zumindest die Richtung auszumachen, in welcher meine Beute zu suchen war. Ich war schon fast überzeugt, dass die Stille zumindest halbwegs von Dauer sein sollte, als der Boden wieder zu beben begann. Ich seufzte, richtete mich taumelnd zu voller Höhe auf, was nicht besonders hoch war, und bereitete mich darauf vor, dem Angriff entgegenzutreten.

Als Erstes kam das Einhorn in Sicht. Seine Hufe warfen riesige Erdklumpen auf, und es schoss hinter der rechten Ecke des Gasthofes hervor.

»Butterblume!«, rief ich so gebieterisch ich konnte.

Den Bruchteil einer Sekunde später musste ich in die Deckung der offenen Tür rennen, um von dem rasenden Tier nicht niedergetrampelt zu werden. Wenn ich auch ein wenig ärgerlich war über seinen Ungehorsam, so konnte ich ihm doch keinen Vorwurf machen. Es wurde von einem Drachen verfolgt, und Drachen sind nicht gerade berühmt für ihre Gewandtheit, wenn es zum plötzlichen Halt kommt.

Als habe er nur auf mein Stichwort gewartet, erschien nun der Drache auf der Szene. Um genau zu sein, er erschien nicht, sondern polterte heran und ließ den Gasthof erbeben, als er gegen die Ecke prallte. Wie ich schon sagte, sind Drachen nicht gerade besonders gewandt.

»Gliep!«, rief ich. »Hört sofort damit auf!«

Er tat einen Satz zurück und antwortete mit einem herzlichen Schlag seines Schwanzes. Glücklicherweise verfehlte diese Geste weit ihr Ziel und traf den Gasthof mit einem weiteren donnernden Dröhnen.

So weit also der Erfolg meines gebieterischen Auftretens. Wenn unsere beiden Schützlinge auch nur ein bisschen gehorsamer wären, müsste ich von Glück sagen, wenn ich mit dem Leben davonkäme. Aber ich musste sie trotzdem dazu bringen, mit ihrem Spiel aufzuhören. Wer immer das unsterbliche Sprichwort in die Welt gesetzt hat, man solle keine schlafenden Hunde wecken, hat es offensichtlich nie mit einem schlafenden Dämon versucht.

Ich sah ein paar Augenblicke zu, wie die beiden einander durch das Gras jagten, und beschloss, das Ganze auf die einfache Art und Weise zu beenden. Ich schloss die Augen und stellte mir die beiden vor, den Drachen sowie das Einhorn.

Dann überlagerte ich das Bild des Einhorns mit dem des Drachen, gestaltete es kurz farblich im Geiste aus und schlug die Augen wieder auf.

Es bot sich mir der unveränderte Anblick, ein Einhorn und ein Drache, die sich in einem Unkrautfeld gegenüberstanden. Aber da ich den Zauber ausgesprochen hatte, sah ich natürlich nicht seine Wirkung. Die Wirkung ließ sich für mich nur an Glieps Reaktion ablesen.

Er neigte den Kopf, bis er nach hinten sah, und wiederholte den gleichen Prozess, um seinen Blick über die Vegetation ringsum schweifen zu lassen. Dann sah er wieder Butterblume an.

Für ihn war sein Spielgefährte plötzlich verschwunden, von einem anderen Drachen ersetzt. All das war äußerst verwirrend, und er wollte seinen Spielkameraden zurückhaben.

Ich muss zur Rechtfertigung meines Lieblings sagen, dass wenn ich von einem Mangel an körperlicher und geistiger Gewandtheit sprach, damit nicht gesagt werden soll, dass er tölpelhaft oder dumm wäre. Er ist noch jung, weshalb er auch erst drei Meter lang ist und seine Flügel noch nicht ausgewachsen sind. Ich rechne fest damit, dass er – wenn er in vier- bis fünfhundert Jahren erst einmal ausgewachsen ist – sehr flink und klug sein wird, was ich von mir nicht behaupten kann. Sollte ich unwahrscheinlicherweise so lange leben, werde ich einzig und allein alt sein.

»Gliep?«

Nun schaute der Drache zu mir herüber. Nachdem er seine geistigen Fähigkeiten bis zur Grenze ihrer Belastbarkeit strapaziert hatte, wandte er sich nun an mich, damit ich die Situation in Ordnung brachte oder zumindest eine Erklärung lieferte. Als Verursacher der Lage, die seine Verwirrung hervorrief, empfand ich schreckliche Schuldgefühle. Einen Augenblick lang neigte ich schon dazu, Butterblume seine richtige Gestalt wiederzugeben.

»Wenn ihr ganz sicher seid, genug Lärm zu veranstalten …«

Ich zuckte beim Klang der tiefen, sarkastischen Töne zusammen, die direkt hinter mir erklangen. All meine Bemühungen waren umsonst. Aahz war wach.

Ich nahm meine beste Armesünderhaltung ein und drehte mich um, um ihm ins Angesicht zu schauen.

Es erübrigt sich zu bemerken, dass er schrecklich aussah.

Falls Sie zufällig glauben, dass ein mit grünen Schuppen bedeckter Dämon schon schrecklich aussieht, dann haben sie niemals einen mit Kater kennen gelernt. Die gewöhnlich goldfarbenen Flecken in seinen gelben Augen schimmerten nun kupfern und wurden durch ein Netz pochender, orangefarbener Äderchen betont. Seine Lippen waren zu einer schmerzlichen Grimasse zurückgezogen, die noch mehr seine spitzen Zähne entblößte als sein Furcht erregendes *besänftigendes* Lächeln. Wie er so drohend mit in die Hüften gestemmten Armen hinter mir stand, bot er ein so erschreckendes Bild, dass selbst ein Spinnenbär in Ohnmacht gefallen wäre.

Ich hatte jedoch keine Angst. Ich war mit Aahz nun über ein Jahr zusammen und wusste, dass sein Bellen schlimmer war als sein Biss. Abgesehen davon hatte er mich auch noch nie gebissen.

»Ei, Aahz«, sagte ich und scharrte mit dem Zeh ein Loch in die Erde. »Du sagst doch immer, wenn ich mich von etwas wecken ließe, wäre ich auch nicht richtig müde.«

Er ignorierte die Spitze wie so häufig, wenn ich ihm eines seiner eigenen Zitate vorhalten kann. Stattdessen blinzelte er über meine Schulter hinweg nach draußen.

»Kind, sage mir bloß, dass du übst. Erzähle mir nur nicht,

dass du noch einen Drachen aufgegabelt hast, der uns das Leben versauert.«

»Ich bin am Üben«, beeilte ich mich, ihn zu beruhigen.

Zum Beweis gab ich Butterblume schnell sein normales Aussehen zurück.

»Gliep!«, meinte Gliep glücklich, und schon waren die zwei wieder auf und davon.

»Ehrlich, Aahz«, sagte ich, um seiner nächsten bissigen Bemerkung zuvorzukommen. »Wo sollte ich denn in dieser Dimension einen zweiten Drachen finden?«

»Wenn es hier auf Klah einen gäbe, so würdest du ihn auch ausfindig machen«, spottete er. »Soweit ich mich erinnern kann, hattest du keine Probleme, diesen hier zu entdecken, als ich dir das erste Mal den Rücken gekehrt hatte. Lehrlinge!«

Er drehte sich um und kehrte aus dem Sonnenschein in das Dämmerlicht im Innern des Gasthofes zurück.

»Soweit ich mich erinnere«, ergänzte ich, während ich ihm folgte, »war das auf dem Basar auf Tauf. Und dort kann ich mir keinen anderen Drachen holen, weil du mir nicht beibringen willst, wie man durch die Dimensionen reist.«

»Geh mir bloß nicht auf die Nerven, Bürschchen!«, stöhnte er. »Das haben wir nun doch schon x-mal durchgekaut. Schau mich an. Da sitze ich ohne meine Kräfte in einer hinterwäldlerischen Dimension wie Klah fest, wo man einen barbarischen Lebensstil und eine widerliche Küche hat.«

»Du hast deine Kräfte verloren, weil Garkin seinem Spezialbecher einen Schuss Scherzpulver beigefügt hat und umgebracht wurde, ehe er dir das Gegenmittel verabreichen konnte«, bemerkte ich.

»Pass auf, wie du von deinem alten Lehrer sprichst«, warnte mich Aahz. »Der alte Schleimpanscher ließ sich gelegentlich zu übertriebenen Streichen hinreißen. Aber er war ein Meister der Magik ... und mein Freund. Wäre er das nicht gewesen, hätte ich mir nicht seinen großmäuligen Lehrling aufgehalst«, schloss er und warf mir einen bedeutungsvollen Blick zu.

»Entschuldige, Aahz«, sagte ich. »Es ist nur, weil ...«

»Schau, Bürschchen«, unterbrach er mich erschöpft. »Wenn ich meine Kräfte hätte, was nicht der Fall ist – und wenn du so weit wärst, das Dimensionsspringen zu erlernen, was du nicht bist, dann könnten wir einen Versuch wagen. Würdest du dich dann verrechnen und uns in die falsche Dimension schleudern, so könnte ich uns herausholen, ehe irgendetwas geschähe. Doch so wie die Dinge stehen, wäre dir das Dimensionshüpfen beizubringen gefährlicher als russisches Roulett.«

»Was ist ein russisches Roulett?«, wollte ich wissen.

Der Gasthof zitterte, als Gliep wieder die Ecke übersah.

»Wann wirst du deinem dummen Drachen endlich beibringen, dass er auf der anderen Straßenseite spielen soll?«, schnaubte Aahz und reckte den Hals, um aus dem Fenster zu spähen.

»Ich gebe mir alle Mühe, Aahz«, erklärte ich besänftigend. »Vergiss nicht, ich habe ein ganzes Jahr gebraucht, bis er stubenrein war.«

»Erinnere mich nicht daran!«, brummte Aahz. »Wenn es nach mir ginge, würden wir ...«

Plötzlich verstummte er und neigte den Kopf zur Seite.

»Du solltest den Drachen lieber verwandeln, Kerlchen«, verkündete er plötzlich. »Und mach dich bereit für einen deiner ›Dubiosen-Charakter‹-Typen. Wir bekommen Besuch.«

Ich bestritt seine Behauptung nicht. Es war schon lange geklärt, dass Aahz das weit bessere Gehör von uns beiden hatte.

»In Ordnung, Aahz«, stimmte ich zu und machte mich eilends an meine Aufgaben.

Der Nachteil an der Benutzung eines Gasthauses als Operationsbasis, so einsam und verwittert es auch sein mochte, war, dass gelegentlich Leute hier vorbeischauten und Unterkunft und Verpflegung haben wollten. Magik war in diesen Gegenden noch immer gesetzwidrig, und Zeugen waren das Letzte, was wir brauchen konnten.

Kapitel 2

›Es geht doch nichts
über eine gute Kinderstube‹
M. Tyson

Aahz und ich hatten den Gasthof unter ziemlich dubiosen Umständen erworben. Um genau zu sein, wir beanspruchten ihn als unsere rechtmäßige Kriegsbeute, nachdem wir beide (mit Unterstützung zweier abwesender Verbündeter) Isstvan, einen wahnsinnigen Zauberer aufgespürt und zusammen mit all seinen überlebenden Verbündeten in fern abliegende Dimensionen geschickt hatten. Der Gasthof war Isstvans Operationsbasis gewesen. Doch nun gehörte er uns. Trotz Aahz' ständiger Versicherungen lebte ich in der Angst, eines Tages dem rechtmäßigen Besitzer des Gasthauses über den Weg zu laufen.

Dies fiel mir unwillkürlich alles ein, während ich vor dem Gasthof auf unseren Besucher wartete. Wie ich schon sagte, besitzt Aahz ein sehr gutes Gehör. Wenn er mir sagt, dass er ›ganz in der Nähe‹ etwas hört, so vergisst er häufig zu bemerken, dass ›ganz in der Nähe‹ anderthalb Kilometer entfernt sein kann.

Im Laufe unserer Freundschaft habe ich ebenso festgestellt, dass sein Gehör auf merkwürdige Weise selektiv arbeitet.

Er kann hören, wie ein Echsenvogel in fünfhundert Metern Entfernung sich kratzt, scheint jedoch gelegentlich nicht in der Lage, selbst die höflichsten Bitten zu vernehmen, wie laut ich ihn auch anbrülle.

Noch immer war nichts von unserem Gast zu sehen. Ich

überlegte gerade, ob ich mich aus der späten Vormittagssonne in den Gasthof zurückziehen sollte, entschied mich jedoch anders. Ich hatte die Szene für die Ankunft unseres Gastes sorgfältig arrangiert, und es war mir zuwider, sie für etwas so Nebensächliches wie persönliche Bequemlichkeit auseinander zu reißen.

Ich hatte den Verwandlungszauber in großzügiger Weise auf Butterblume, Gliep und mich selbst angewandt. Gliep sah nun wie ein Einhorn aus, eine Veränderung, die Butterblume nicht im Geringsten zu beeindrucken schien. Offensichtlich sind Einhörner bei der Wahl ihrer Spielgefährten weniger wählerisch als Drachen. Ich ließ sie beide noch beträchtlich schlampiger und ungepflegter aussehen, als sie in Wirklichkeit waren. Dies war notwendig zur Untermauerung des Eindrucks, den mein eigenes Erscheinen hervorrief.

Aahz und ich waren in den ersten Tagen unseres Aufenthaltes hier zu dem Schluss gekommen, dass die beste Art, mit unerwünschten Gästen umzugehen, nicht darin bestand, sie zu bedrohen oder zu erschrecken, damit sie gingen, sondern sich so abstoßend zu geben, dass sie aus eigenem Entschluss weiterreisten. Zu diesem Zwecke hatte ich allmählich eine Tarnung entwickelt, welche Fremde davon überzeugen sollte, dass sie nicht im gleichen Gasthof wie ich verweilen wollten, unabhängig von dessen Größe und der Anzahl seiner Gäste. In dieser Verkleidung pflegte ich hartnäckige Reisende als Wirt des Gasthauses zu begrüßen.

In aller Bescheidenheit will ich zugeben, dass die Verkleidung der letzte Schrei eines durchschlagenden Erfolgs war. In der Tat reagierten viele Besucher entsprechend. Sie schrien, einige sahen aus, als wollten sie sich übergeben, und andere warfen verschiedene religiöse Symbole in die Luft zwischen sich und mich. Keiner von ihnen entschloss sich, die Nacht über zu bleiben.

Als ich mit verschiedenen körperlichen Gebrechen herumexperimentierte, wies Aahz zu Recht darauf hin, dass viele Leute ein einzelnes Gebrechen gar nicht abstoßend fanden. Vielmehr empfanden es die meisten in einer Dimension wie Klah als normal. Um den gewünschten Erfolg zu sichern, legte ich sie mir alle zu.

In meiner Verkleidung bewegte ich mich unter schwerfälligem Hinken, hatte einen Buckel und eine verkrüppelte Hand, die mit sichtbarem Ausschlag befallen war. Meine wenigen restlichen Zähne waren krumm und fleckig, und die Pupille meines einen Auges zeigte Neigungen, unabhängig von der anderen umherzuwandern. Meine Nase, ja mein ganzes Gesicht war unsymmetrisch, und als Meisterstück meiner Verwandlungskünste krochen ekelerregende Läuse in meinem zottigen Haar und den zerfetzten Kleidern herum.

Der Gesamteindruck war Furcht erregend.

Selbst Aahz gab zu, dass er ihn beunruhigend fand, was eingedenk der Dinge, die er auf seinen Reisen durch die Dimensionen zu Gesicht bekommen hat, wirklich ein großes Lob bedeutete.

Ich wurde aus meinen Gedanken gerissen, als unser Besucher in Sicht kam. Er saß stocksteif auf dem Rücken eines riesigen, flugunfähigen Reitvogels. Er trug keine sichtbaren Waffen und auch keine Uniform, doch sein Verhalten wies ihn weit mehr als Soldaten aus, als jegliche äußeren Attribute dies vermocht hätten. Sein Blick war wachsam und streifte misstrauisch umher, während er seinen Vogel in gemessener, gut gezügelter Gangart auf das Gasthaus zulenkte. Überraschenderweise strich sein Blick mehrere Male über mich hinweg, ohne dass er meine Anwesenheit registrierte. Vielleicht war ihm nicht klar, dass ich ein lebendiges Wesen war.

Das gefiel mir nicht. Der Mann wirkte eher wie ein Jäger,

anstatt wie ein zufälliger Reisender. Aber nun war er einmal da, und es hieß, sich mit ihm auseinander zu setzen. Ich begann meinen Auftritt.

»Möchte der edle Häääarr ein Zimmer haben?«

Beim Sprechen schwankte ich mit meinem eingeübten Humpelgang nach vorn. Für den Fall, dass ihm die Raffinesse meiner Verkleidung entging, ließ ich einen üppigen Speichelfaden aus meinem Mundwinkel triefen und ungehindert über mein Kinn laufen.

Einen Augenblick hatte der Mann damit zu tun, sein Reittier wieder in die Gewalt zu bekommen. Flugunfähig oder nicht, der Vogel versuchte, vom Boden abzuheben.

Offensichtlich hatte meine Tarnung einen Urtrieb des Tieres aus der Zeit vor seinen flugunfähigen Vorfahren gereizt.

Ich wartete, den Kopf neugierig zur Seite geneigt, während der Mann versuchte, den bockigen Vogel zum Stehen zu zwingen. Endlich widmete er mir kurz seine Aufmerksamkeit. Dann wandte er den Blick von mir ab und schaute geflissentlich zum Himmel.

»Ich komme, den zu suchen, der unter dem Namen Skeeve der Zauberer bekannt ist«, erklärte er mir.

Nun war es an mir, einen Sprung zu tun. Nach allem, was ich wusste, konnte niemand wissen, wer und was und noch viel weniger wo ich war, außer Aahz und mir.

»Das bin ich«, platzte ich heraus, vergaß mich völlig und benutzte meine normale Stimme.

Der Mann schoss mir einen entsetzten Blick zu, worauf mir meine Verkleidung wieder einfiel.

»Das ist mein Herr!«, korrigierte ich eilends. »Wartet ... ich gehe ihn holen.«

Ich drehte mich um und huschte hastig in den Gasthof. Aahz wartete drinnen auf mich.

»Worum geht's?«, fragte er.

»Er will ... er will mit Skeeve reden ... mit mir!«, plapperte ich aufgeregt.

»So?«, meinte er pikiert. »Was machst du dann hier drinnen? Geh hinaus und sprich mit dem Mann.«

»In diesem Aufzug?«

Aahz rollte verzweifelt die Augen zur Decke.

»Wer schert sich darum, wie du aussiehst?«, schnauzte er mich an. »Na, los, Kerlchen. Der Mann ist ein völlig Fremder!«

»Ich schere mich darum!«, erklärte ich mit stolzgeschwellter Brust. »Der Mann fragte nach Skeeve, dem Zauberer, und ich finde ...«

»Was hat er?«, unterbrach mich Aahz.

»Er fragte nach Skeeve, dem Zauberer«, wiederholte ich und beobachtete aus der Deckung die Gestalt vor der Tür.

»Auf mich wirkt er wie ein Soldat«, fügte ich hinzu.

»Auf mich wie einer, der die Hosen voll hat«, gab Aahz zurück. »Vielleicht solltest du deine Verkleidung das nächste Mal ein wenig mildern.«

»Glaubst du, er ist ein Dämonenjäger?«, fragte ich nervös.

Anstatt meine Frage zu beantworten, wandte Aahz sich unvermittelt vom Fenster ab.

»Wenn er einen Zauberer sucht, soll er einen Zauberer haben«, murmelte er. »Schnell, Kind, stülp mir die Garkin-Tarnung über.«

Wie ich früher schon bemerkt habe, war Garkin mein erster Ausbilder. Als imposante Gestalt mit Salz-und-Pfeffer-Bart stellte er eine unserer beliebtesten und häufig benutzten Verkleidungen dar. Garkin konnte ich im Schlaf.

»So ist es schon gut, Bürschchen«, kommentierte Aahz, während er die Ergebnisse meiner Arbeit besah. »Nun halte dich dicht hinter mir und überlass mir das Reden.«

»So, wie ich bin?«, rief ich aus.

»Nur mit der Ruhe, Kind«, besänftigte er mich. »Für dieses Gespräch bin ich du. Klar?«

Aahz war schon auf dem Weg zur Tür, ohne meine Antwort abzuwarten und ließ mir kaum eine andere Wahl, als ihm zu folgen. »Wer erstrebt eine Audienz beim großen Skeeve?«, dröhnte Aahz mit schallendem Bass.

Der Mann warf mir erneut einen nervösen Blick zu, dann nahm er eine steife, höfliche Haltung an.

»Ich komme als Gesandter seiner höchsten Majestät, Rodrick dem Fünften, König von Possiltum, der ...«

»Was ist Possiltum?«, unterbrach ihn Aahz.

»Wie meinen?« Der Mann blinzelte.

»Possiltum«, wiederholte Aahz. »Wo liegt das?«

»Oh!«, entfuhr es dem Mann, als er endlich begriff. »Das ist das Königreich direkt östlich von hier ... auf der anderen Seite des Ember-Flusses ... Ihr könnt es nicht verfehlen.«

»In Ordnung.« Aahz nickte. »Fahrt fort.«

Der Mann holte tief Luft, dann stockte er mit einem Stirnrunzeln.

»... König von Possiltum ...«, gab ich ihm sogleich das Stichwort.

»O ja, danke«, antwortete der Mann mit einem kurzen Lächeln, auf das wieder ein fassungsloser Blick folgte, ehe er fortfuhr: »... König von Possiltum, der jenem, der unter dem Namen Skeeve der Zauberer bekannt ist, seine Ehrerbietung erweist und Grüße übermittelt ...«

Er hielt inne und sah Aahz erwartungsvoll an. Er wurde mit einem freundlichen Kopfnicken belohnt. Zufrieden sprach der Mann weiter.

»Seine Majestät spricht an Skeeve, den Zauberer, eine Einladung aus, am Hofe von Possiltum zu erscheinen, um zu prüfen, ob er die Fähigkeiten für das Amt des Hofzauberers besitzt.«

»Ich fühle mich wirklich nicht qualifiziert, ein Urteil zur Eignung des Königs als Hofzauberer abzugeben«, erklärte Aahz bescheiden und beäugte den Mann wachsam. »Begnügt er sich denn nicht damit, einfach nur König zu sein?«

»Nein, nein!«, verbesserte der Mann eilfertig. »Der König möchte Eure Eignung prüfen.«

»Oh!«, sagte Aahz mit einem Anschein plötzlichen Begreifens. »Das ist natürlich eine völlig andere Angelegenheit. Nun schön. Eine Einladung von … wer war das gleich noch?«

»Rodrick V.«, verkündete der Mann und hob stolz seinen Kopf.

»Nun«, sagte Aahz mit breitem Grinsen. »Ich habe noch nie einen *Fünften* ausgeschlagen!«

Der Mann blinzelte, runzelte die Stirn und warf mir dann einen fragenden Blick zu.

»Ihr könnt Seiner Majestät bestellen«, fuhr Aahz fort, ohne unsere Verwirrung zu bemerken, »ich werde Seine freundliche Einladung gerne annehmen. Ich werde bei Hofe erscheinen, sobald es mir möglich ist.«

Der Mann runzelte die Stirn.

»Ich glaube, Seine Majestät erwartet Euer unverzügliches Erscheinen«, bemerkte er finster.

»Natürlich«, antwortete Aahz ruhig. »Wie dumm von mir. Wenn Ihr unsere Gastfreundschaft für eine Nacht in Anspruch nehmen wollt, werden mein Assistent hier und ich glücklich sein, euch morgen früh zu begleiten.«

Ich erkannte ein Stichwort, wenn eines fiel. Ich sabberte und fletschte die Zähne in Richtung des Botschafters.

Der Mann warf mir einen Furcht erfüllten Blick zu.

»Eigentlich …«, sagte er hastig, »muss ich wirklich gehen. Ich werde Seiner Majestät sagen, dass Ihr mir direkt folgt.«

»Seid Ihr sicher, dass Ihr nicht lieber bleiben wollt?«, fragte Aahz hoffnungsvoll.

»Ganz sicher!«

Der Mann brüllte seine Antwort fast, während er sein Tier schon von uns fortdirigierte.

»Na, schön«, meinte Aahz. »Vielleicht holen wir Euch auf der Straße ein.«

»In diesem Falle«, sagte der Mann und wendete seinen Vogel, »möchte ich einen Vorsprung ... ich meine, ich mache mich auf den Weg, um Euer Kommen anzukündigen.«

Ich hob die Hand, um ihm zum Abschied nachzuwinken, doch er ritt schon in vollem Galopp, trieb sein Reittier zu noch größerer Geschwindigkeit an und beachtete mich gar nicht.

»Hervorragend!«, rief Aahz aus und rieb sich freudig die Hände. »Ein Hofzauberer! Was für ein gemütlicher Job! Dabei hat der Tag so jämmerlich begonnen.«

»Wenn ich unterbrechen darf«, unterbrach ich ihn. »Dein Plan hat einen kleinen Haken.«

»Hmm? Welchen?«

»Ich will nicht Hofzauberer werden!«

Wie gewöhnlich konnte mein Protest seine Begeisterung überhaupt nicht dämpfen.

»Du wolltest ja auch nicht Zauberer werden«, erinnerte er mich taktlos. »Dieb wolltest du werden. Nun, hier hast du einen schönen Kompromiss. Als Hofzauberer bist du Staatsbediensteter ... und Staatsbedienstete sind Diebe in einem Maßstab, wie du ihn nie für möglich gehalten hättest.«

Kapitel 3

›Neunzig Prozent jeder geschäftlichen Transaktion
bestehen darin,
sich selbst an den Kunden zu verkaufen‹
Mata Hari

»Nun lass mal sehen, ob ich das richtig verstanden habe«, sagte ich vorsichtig. »Du behauptest also, sie werden mich nicht auf Grund meiner Fähigkeiten anstellen?«

Ich konnte gar nicht glauben, dass ich Aahz' Vortrag richtig interpretiert hatte, doch er strahlte begeistert.

»Ganz recht, Bürschchen. Jetzt hast du es kapiert.«

»Nein, habe ich nicht«, erklärte ich starrsinnig. »Das ist das Verrückteste, was ich je gehört habe.«

Aahz stöhnte auf und bedeckte sein Gesicht mit der Hand.

So ging das, seit wir den Gasthof verlassen hatten, und kein Mensch kann das Geächze eines Dämonen drei Tage lang aushalten.

»Es tut mir Leid, Aahz«, sagte ich gereizt. »Aber ich glaube es einfach nicht. Ich habe vielen deiner Behauptungen beweislos Glauben geschenkt, aber das ... das verstößt doch gegen den gesunden Menschenverstand.«

»Was hat denn gesunder Menschenverstand damit zu tun?«, explodierte er. »Wir reden hier von Einstellungsgesprächen!«

Bei diesem Ausbruch schnaubte Butterblume und warf den Kopf zurück, dass wir uns ducken mussten, um nicht in Reichweite seines Horns zu kommen.

»Ruhig, Butterblume«, mahnte ich besänftigend.

Das Einhorn rollte zwar noch die Augen, verfiel aber wieder in seinen gleichmäßigen Trott. Dem Karren mit unserer Ausrüstung, den es hinter sich herzog, war nichts geschehen. Trotz solcher Vorfälle wie zuvor am Gasthof kamen Butterblume und ich sehr gut miteinander aus, und gewöhnlich gehorchte er mir auch. Sein Verhältnis zu Aahz dagegen war äußerst gespannt, insbesondere wenn dieser es sich einfallen ließ, zornig herumzubrüllen.

»Es bedarf doch nur eines bisschens Freundlichkeit«, informierte ich Aahz selbstgefällig. »Du solltest es manchmal damit versuchen.«

»Wenn du schon deine dubiose Beziehung zu Tieren demonstrierst«, gab Aahz zurück, »solltest du deinen Drachen zurückrufen. Es fehlt uns gerade noch, dass er die ganze Gegend aufscheucht.«

Ich sah mich rasch um. Er hatte Recht. Gliep war wieder einmal verschwunden.

»Gliep!«, rief ich. »Komm her, Junge!«

»Gliep!«, ertönte die Antwort.

Mein Haustier benötigte keine weitere Ermahnung. Es hüpfte aus dem Gebüsch und trottete an meiner Seite.

»Und ich sage immer noch, wir hätten den dummen Drachen im Gasthof lassen sollen«, knurrte Aahz.

Ich beachtete ihn gar nicht und überprüfte, ob unser Gepäck, das wie Satteltaschen über seinem Rücken hing, noch sicher befestigt war. Ich persönlich war der Ansicht, dass wir viel zu viel persönliche Habe mitschleppten, aber Aahz hatte darauf bestanden. Gliep versuchte, mir einen zärtlichen Nasenstüber zu versetzen, wobei ich eine Nase voll von seinem Atem mitbekam. Einen Augenblick lang drängte sich mir die Frage auf, ob Aahz nicht doch Recht damit gehabt hatte, dass wir den Drachen besser zurückgelassen hätten.

»Was sagtest du doch gleich von Einstellungsgesprächen«, fragte ich, um das Thema zu wechseln.

»Ich weiß, dass es lächerlich klingt, Kind«, begann Aahz mit plötzlicher Ehrlichkeit, »und das ist es auch, aber vieles ist lächerlich, besonders in dieser Dimension. Das heißt nicht, dass wir solchen Dingen aus dem Wege gehen könnten.«

Darüber musste ich erst nachdenken. Vielen Menschen käme es lächerlich vor, einen Dämon und einen Drachen als Reisebegleiter zu haben. Und wenn ich es mir genau überlegte, kam es mir selbst reichlich albern vor.

»Na, gut, Aahz«, sagte ich schließlich. »Ich kann Lächerlichkeit als real existent akzeptieren. Und nun versuch noch einmal, mir die Angelegenheit mit dem Hofzauberer zu erklären.«

Wir zogen weiter, während Aahz seine Gedanken ordnete. Zur Abwechslung zockelte Gliep friedlich neben Butterblume her, anstatt wieder einen seiner Erkundungsausflüge zu unternehmen.

»Pass auf, ob es einen Sinn ergibt«, begann er schließlich. »Hofzauberer haben nicht viel zu tun ... zumindest auf dem Gebiete der Magik. Man stellt sie vorwiegend um der Schau willen an, als Statussymbol, um zu beweisen, dass der Hof so fortschrittlich ist, einen Zauberer zu berufen. Es kommt selten vor, dass man sie zu einer Aufgabe ruft. Wärst du Hofnarr, wüsstest du nicht, wo dir vor Arbeit der Kopf steht, aber nicht so als Zauberer. Vergiss nicht, viele Leute sind der Magik gegenüber äußerst scheu und wenden sie so selten wie möglich an.«

»Wenn das so ist«, sagte ich zuversichtlich, »dann habe ich die nötige Qualifikation. Mit meiner Fähigkeit, nichts zu tun, kann ich es mit jedem Zauberer auf Klah aufnehmen.«

»Da will ich dir nicht widersprechen«, kommentierte Aahz trocken. »Aber ganz so leicht ist es auch nicht. Den Job zu behalten, kostet nicht die geringste Mühe. Aber ihn zu bekommen kann ein harter Kampf werden.«

»Oh!«, meinte ich etwas kleinlauter.

»Und um die Stelle nun zu bekommen, musst du den König und vermutlich auch seine Berater beeindrucken«, fuhr Aahz fort. »Du wirst sie durch deine Person, nicht durch deine Fähigkeiten beeindrucken müssen.«

»Was soll das nun wieder heißen?«, fragte ich mit gerunzelter Stirn.

»Schau, Kerlchen. Wie ich schon sagte, ist ein Hofzauberer ein Ausstellungsstück, ein Demonstrationsobjekt. Sie werden nach einem suchen, den sie gerne sich am Hofe herumtreiben sehen würden, einen, der etwas hermacht, ob er nun etwas kann oder nicht. Du musst Selbstsicherheit ausstrahlen. Und was am wichtigsten ist: Du musst wie ein Zauberer aussehen. Wenn du wie ein Zauberer dich kleiden, reden und auftreten kannst, dann wird vielleicht niemand merken, dass du nicht die Fähigkeiten zum Zauberer besitzt.«

»Vielen Dank, Aahz!« Ich schnitt eine Grimasse. »Du tust wirklich alles, um mein Selbstvertrauen zu stärken.«

»Ach, schmolle nicht«, ermahnte mich Aahz. »Du kannst recht schwere Objekte levitieren, nicht schlecht fliegen, und den Verwandlungszauber beherrschst du wie am Schnürchen. Für einen Anfänger stellst du dich sehr geschickt an, aber mach dir nichts vor und glaube nicht, du wärst bald ein richtiger Zauberer.«

Er hatte natürlich Recht, aber ich war nicht in der Stimmung, das zuzugeben.

»Wenn ich so ein wichtigtuerischer Tölpel bin«, antwortete ich steif, »warum sind wir dann unterwegs, um mich als Hofzauberer einstellen zu lassen?«

Aahz fletschte wütend die Zähne.

»Du hörst nicht zu, Kerlchen«, knurrte er. »Die Stelle zu behalten, ist ein Klacks, wenn du sie erst einmal hast. Damit wirst du klarkommen. Der knifflige Teil besteht darin, dass du überhaupt angenommen wirst. Aber zum Glück werden wir dich mit einigen Korrekturen und ein bisschen Nachhilfe wohl gesellschaftsfähig machen können.«

»Korrekturen welcher Art?«, fragte ich und war nun unwillkürlich neugierig geworden.

Aahz besah mich mit großer Geste von oben bis unten.

»Als Allererstes«, erklärte er, »wäre da einmal deine Art, dich zu kleiden.«

»Was soll denn an der Art, wie ich mich kleide, nun schon wieder falsch sein?«, konterte ich abwehrend.

»Nichts«, erwiderte er unschuldig. »Zumindest wenn du dich als Bauernlümmel mit Mist an den Stiefeln darstellen willst. Aber wenn du freilich Hofzauberer werden willst, ist das eine ganz andere Angelegenheit. Kein angesehener Zauberer würde sich auch nur im Dunkeln in solcher Aufmachung sehen lassen.«

»Aber ich bin ein angesehener Zauberer!«, widersprach ich.

»Tatsächlich? Angesehen bei wem?«

Nun hatte er mich, und ich verstummte.

»Aus diesem besonderen Grund war ich so weitsichtig, ein paar Sachen aus dem Gasthof mitzubringen«, fuhr Aahz fort und wies mit ausholender Geste auf Butterblumes Gepäck.

»Und ich dachte, du nähmst nur alles mit, was nicht niet- und nagelfest ist«, bemerkte ich trocken.

»Nun mach aber einen Punkt!«, warnte er mich. »Das geschieht alles zu deinem Nutzen.«

»Wirklich? Und du erhoffst dir gar nichts bei diesem Geschäft?«

Wie üblich war mein Sarkasmus bei ihm vergeudet.

»Oh, ich werde in der Nähe bleiben«, gab er zu. »Mach dir darum keine Gedanken. Nach außen hin werde ich dein Lehrling sein.«

»Mein Lehrling?«

Nun klang der Job plötzlich viel besser.

»Nach außen hin!«, wiederholte Aahz schnell. »Insgeheim wirst du mit dem Unterricht wie üblich fortfahren. Vergiss das nicht, ehe du anfängst, dich an deinem Lehrling auszulassen.«

»Natürlich, Aahz«, versicherte ich ihm. »Und wie meintest du nun, sollte ich mich anders kleiden?«

Er warf mir von der Seite einen Blick zu, offensichtlich machte ihn meine plötzliche Begeisterung misstrauisch.

»Nicht, dass an mir wirklich etwas nicht in Ordnung wäre«, fügte ich mit theatralisch finsterem Blick hinzu.

Dies zerstreute offensichtlich seine Zweifel.

»Nichts ist in Ordnung an der Art, wie du dich kleidest«, brummte er. »Wir können von Glück reden, dass die beidem Imps ihre meiste Garderobe zurückließen, als wir sie mit Isstvan zum Teufel schickten.«

»Higgens und Brockhurst?«

»Ja, genau die beiden.« Aahz grinste gehässig bei dieser Erinnerung. »Eines muss man den Imps lassen. Sie sind vielleicht nicht so gute Kaufleute wie die Täufler, aber sie wissen *wirklich,* sich flott anzuziehen.«

»Ich kann kaum glauben, dass das ganze Zeug, das du zusammengepackt hast, Klamotten sein sollen«, bemerkte ich skeptisch.

»Natürlich nicht«, stöhnte mein Lehrer. »Es ist unsere Spezialeffekte-Ausrüstung.«

»Spezialeffekte?«

»Hast du denn alles vergessen, Kerlchen?«, schalt Aahz. »Das habe ich dir doch schon alles erzählt, als wir uns kennen gelernt haben. Wie leicht Magik auch sein mag, sie darf nicht leicht *aussehen.* Man benötigt ein paar Geräte und eine Reihe unverständlicher Sprüche ... du weißt doch, so wie Garkin sie besaß.«

Garkins Hütte, wo ich meine ersten Schritte in Magik unternahm, war voll gestopft gewesen mit Kerzen, Phiolen voller seltsamer Mittel, staubigen Büchern ... die rechte Behausung eines Zauberers! Natürlich hatte ich in der Zwischenzeit erfahren, dass das meiste davon zur wirklichen Arbeit mit der Magik völlig unnötig war.

Ich begriff allmählich, was Aahz meinte, wenn er sagte, ich müsste eine Schau abziehen lernen.

»Wir haben einen Haufen Zeug, das wir in deine Vorführung einbauen können«, fuhr Aahz fort. »Isstvan hat den ganzen Krempel zurückgelassen. Oh, und du wirst auch auf einige vertraute Gegenstände stoßen, wenn wir auspacken. Ich nehme an, die Imps bedienten sich ungeniert bei Garkin und brachten die Ausrüstungsgegenstände dann zu dem Gasthof.«

»Tatsächlich?«, fragte ich aufrichtig interessiert. »Haben sie auch Garkins Kessel mitgenommen?«

»Ja, stimmt! Ja, ich glaube, ich habe ihn dabei gesehen. Warum?«

»Nur so«, antwortete ich unschuldig. »Ich mochte ihn immer besonders gern, das ist alles.«

Als ich Garkin in den ersten Tagen meiner Laufzeit beobachtet hatte, war mir klar geworden, dass der Kessel Geheimnisse barg, die ich gern erfahren wollte. Und ich wollte das, wenn möglich, als Überraschung für Aahz aufheben.

»Wir werden auch etwas mit deinem körperlichen Erscheinungsbild machen müssen«, fuhr Aahz nachdenklich fort.

»Was, zum ...«

»Du bist zu jung«, antwortete er und nahm meine Frage vorweg. »Keiner stellt einen jungen Zauberer ein. Sie wollen einen, der eine Weile herumgekommen ist. Wenn wir ...«

Plötzlich verstummte er und verdrehte den Hals.

»Kind«, sagte er langsam mit zum Himmel gewandten Blick. »Dein Drache ist wieder weg.«

»Gliep!«, rief ich. »Hierher, Bursche!«

Der Kopf des Drachen tauchte aus einem Busch hinter uns auf. Aus seinem Maul baumelte etwas Schleimiges mit Beinen, doch bevor ich genau erkennen konnte, worum es sich handelte, schluckte mein Liebling, und dies Dingsda war verschwunden.

»Gliep!«, sagte er stolz und leckte sich mit seiner langen gegabelten Zunge über die Lippen.

»Blöder Drache!«, murmelte Aahz finster.

»Er ist jedenfalls billig in der Haltung«, gab ich als Anspielung auf Aahz' knausrige Natur zurück.

Während wir warteten, bis der Drache uns eingeholt hatte, hatte ich Zeit zu überlegen, dass ich zum ersten Mal keine moralischen oder ethischen Bedenken hatte, bei einem von Aahz' Plänen mitzuwirken. Selbst wenn der ahnungslose Rodrick V. auf unsere Maskerade hereinfallen und uns anstellen sollte, war ich zuversichtlich, dass der König mehr geboten bekäme, als er erwartete.

Kapitel 4

›WENN ANGEMESSENE VORBEREITUNGEN UND NOTWENDIGE VORSICHTSMASSNAHMEN GETROFFEN SIND, WIRD JEDE INSZENIERUNG ZUM GARANTIERTEN ERFOLG‹

DAS PHANTOM DER OPER

Die Kerze entzündete sich beim leisesten Zucken meines Denkens.

Erfreut blies ich sie aus und versuchte es aufs Neue.

Ein Blick von der Seite, eine rasche Willenskonzentration, und schon stand der schwelende Docht wieder in Flammen.

Dies war der erste echte Beweis dafür gewesen, wie weit sich meine magischen Kräfte im letzten Jahr entwickelt hatten.

Ich kannte diese Kerze noch aus meiner Zeit als Garkins Schüler. Damals war sie mein Waterloo gewesen. Selbst wenn ich meine gesamten Energien auf die Kerze gerichtet hatte, war es mir nicht gelungen, sie zu entzünden. Jetzt dagegen ...

Wieder schaute ich zu dem Docht, und erneut belohnte er mich mit dem Ausbruch einer Flamme.

Ich blies sie aus und wiederholte die Übung, mein Selbstvertrauen wuchs, als mir bewusst wurde, wie leicht mir heute etwas fiel, das ich einmal für unmöglich gehalten hatte.

»Hörst du nun den Quatsch mit der Kerze auf!«

Ich fuhr beim Klang von Aahz' Geschrei zusammen, so dass ich beinahe die Kerze umgestoßen und die Decke in Brand gesteckt hätte.

»Entschuldige, Aahz«, sagte ich und blies die Kerze schnellstens ein letztes Mal aus. »Ich wollte nur ...«

»Du bewirbst dich hier als Hofzauberer«, unterbrach er mich. »Und nicht als städtischer Weihnachtsbaum!«

Ich überlegte, ob ich Aahz fragen sollte, was ein Weihnachtsbaum war, entschied mich jedoch dagegen. Aahz wirkte ungewöhnlich reizbar und nervös, und ich war ziemlich sicher, dass er mir, so gut die Frage auch formuliert sein mochte, eine sarkastische und unergiebige Antwort geben würde.

»Blödes Kerzengeblinke«, murmelte Aahz in seinen Bart. »Macht jeden Soldaten im Schloss auf uns aufmerksam.«

»Ich dachte, wir wollten ihre Aufmerksamkeit erregen«, bemerkte ich, doch Aahz beachtete mich gar nicht und spähte stattdessen durch das Licht des frühen Morgens zum Schloss hinüber.

Er musste seine Augen nicht sehr anstrengen, denn wir lagerten mitten auf der Straße direkt vor dem Haupttor des Schlosses.

Wie ich schon sagte, hatte ich den Eindruck, dass unser Lagerplatz so gewählt war, dass wir Aufmerksamkeit erregen mussten.

Wir hatten uns mitten in der Nacht hierher geschleppt und mühselig unseren Weg durch die schlafenden Häuser um das Haupttor gebahnt. Da wir keinerlei Licht machen wollten, hatten wir nur wenig ausgepackt, doch selbst im Dunkeln hatte ich Garkins Kerze erkannt.

All das hing mit einem, wie Aahz das nannte, ›dramatischen Auftritt‹ zusammen. Soweit ich bislang sagen konnte, bedeutete das, dass wir nichts auf die einfachste Art und Weise tun konnten.

Mit Hilfe der von den Imps zurückgelassenen Garderobe und meinen Verwandlungszauberkünsten war unser Auftritt ebenso sorgfältig auf Wirkung angelegt.

Aahz war mit einer meiner ›Dubiosen-Typen‹-Verkleidung ausgestattet. Der als Einhorn getarnte Gliep stand neben Butterblume, so dass die beiden ein passendes Paar abgaben. Meinem eigenen Äußeren hatte jedoch unsere größte Aufmerksamkeit gegolten.

Aahz und ich waren uns einig gewesen, dass die Garkin-Tarnung für diesen Zweck ungeeignet wäre. Während meine eigene Erscheinung zu jung war, war die von Garkin zu alt. Da wir die Vorstellung so gut wie frei wählen konnten, beschlossen, wir, einen Zauberer von Mitte bis Ende dreißig zu entwerfen: Jung, doch nicht jugendlich, erfahren, aber nicht alt, mächtig, aber noch in ständigem Lernprozess.

Diese Verkleidung zu schaffen erforderte größere Mühe als gewöhnlich, da ich kein fertiges Bild besaß, mit dem ich das meine überlagern konnte. Stattdessen schloss ich die Augen und stellte mir mein normales Aussehen vor, dann löschte ich langsam die einzelnen Züge, bis das Gesicht für den Anfang eine leere Fläche war. Dann begab ich mich an die Arbeit, wobei Aahz sorgfältig zuschaute und Vorschläge und Veränderungswünsche einbrachte.

Als Erstes veränderte ich meine Größe, bis eine Gestalt vor mir stand, die meine wirkliche Statur um anderthalb Kopf überragte. Als Nächstes kam mein Haar an die Reihe, und ich verwandelte meinen rotblonden Schopf zu finsterem Schwarz und tönte gleichzeitig meine Haut um mehrere Stufen ab.

Das Gesicht stellte uns die größten Probleme.

»Verlängere das Kinn noch ein wenig«, wies Aahz mich an. »Leg mal einen Bart an ... nicht so viel, Dummkopf! Nur einen kleinen Knebelbart ... Schon besser! ... Nun zieh die Koteletten etwas herunter ... okay, nun eine neue Nase ... schmaler ... mach die Augenbrauen buschiger ... nein, alles zurück, aber die Augenhöhlen etwas tiefer ... und als letzten Clou wechselst du jetzt die Augenfarbe! Mach sie braun ... gut, und jetzt noch ein paar Falten auf der Stirn ... Schön. Das müsste hinhauen.«

Ich fixierte die Gestalt in meinem Kopf und prägte sie mir ins Gedächtnis. Sie war eindrucksvoll, wenn auch vielleicht ein wenig finsterer, als ich sie geschaffen hätte, wenn ich nach meinen eigenen Vorstellungen verfahren wäre, aber Aahz war der Fachmann, und ich musste mich auf sein Urteil verlassen. Ich schlug die Augen auf.

»Spitze, Kind!« Aahz strahlte. »Wenn du jetzt noch das schwarze Gewand der Imps mit dem rot-goldenen Putz anlegst, gibst du eine Figur ab, auf die jeder Hof stolz sein kann.«

»Haut ab hier! Ihr versperrt die Straße!«

Der grobe Befehl holte mich in die Gegenwart zurück. Ein Soldat in glänzender Ledergewandung, der mit einem gefährlich aussehenden Speer herumfuchtelte, näherte sich wütend unserem improvisierten Lager. Die Tore hinter ihm standen leicht offen, und ich konnte die Köpfe mehrerer anderer Soldaten sehen, die uns neugierig beobachteten.

Die Lichtverhältnisse besserten sich nun ein wenig, so dass ich die Mauer erkennen konnte. Es war keine großartige Mauer, kaum drei Meter hoch. Das sprach Bände. Was wir nämlich seit der Grenze zu sehen bekommen hatten, ließ auch nicht auf ein großartiges Königreich schließen.

»Seid ihr taub oder was?«, schnauzte uns der Soldat an, der immer näher kam. »Ich sagte, ihr sollt machen, dass ihr abhaut!«

Aahz huschte nach vorn und stellte sich dem Soldaten in den Weg.

»Skeeve der Prächtige ist eingetroffen«, verkündete er. »Und er ...«

»Wer ihr seid, ist mir scheißegal!«, knurrte der Soldat und vergeudete keine Zeit, um seine Pike zwischen sich und seinem Gesprächspartner zu platzieren. »Ihr könnt nicht ...«

Er verstummte unvermittelt, als seine Pike aus seiner Hand sprang und waagerecht in der Luft schwebte, bis sie eine Barriere zwischen ihm und Aahz bildete.

Ich löste diesen Zwischenfall aus, ein simples Levitationskunststück.

Ungeachtet unserer geplanten Spieleröffnung hatte ich den Eindruck, ich müsste mich direkt in die Geschehnisse mischen, ehe alles außer Kontrolle geriet.

»Ich bin Skeeve!«, erklärte ich mit dröhnendem Bass. »Und jener, den du mit deiner läppischen Waffe zu bedrohen suchst, ist mein Assistent. Wir sind hier auf Einladung Rodricks V., König von Possiltum!«

»Das stimmt, Kerl!«, verhöhnte Aahz den Soldaten. »Nun sei ein braves Kerlchen und lauf melden, dass wir hier sind . . . ja?«

Wie ich schon erwähnte, war dies alles geplant, um das gemeine Volk in helles Erstaunen zu versetzen. Offensichtlich hatte der Soldat unser Drehbuch nicht gelesen. Er duckte sich weder entsetzt zu Boden, noch wand er sich vor Angst. Wenn überhaupt, so hatte unsere kleine Szene höchstens die entgegengesetzte Wirkung auf ihn.

»Ein Zauberer, wie?«, sagte er mit spöttischem Feixen. »In diesem Falle habe ich klare Orders. Geht zur Hinterseite, wo die anderen sind.«

Das verblüffte uns . . . also, zumindest mich verblüffte es. Nach unserem Plan wollten wir schließlich darüber streiten, ob wir das Schloss betreten und unsere Vorstellung am königlichen Hofe darbieten sollten, oder ob der König sein Gefolge zu der Stelle herausbringen musste, wo wir waren. Zur Hintertür geschickt zu werden war keine Alternative, die wir in Betracht gezogen hatten.

»Zur Hinterseite?«, blitzte Aahz ihn an. »Du wagst es einem Zauberer vom Rang meines Herren vorzuschlagen, wie ein gemeiner Bediensteter die Hintertür zu nehmen?«

Der Soldat wich keinen Zentimeter.

»Wenn es nach mir ginge, würde ich für euch noch viel unerfreulichere Dinge vorzuschlagen wagen. Aber ich habe nun einmal meine Befehle. Ihr werdet schön zum Hintereingang gehen wie die anderen auch.«

»Die anderen?«, fragte ich vorsichtig.

»Ganz recht«, spottete der Wachsoldat. »Der König hält für alle euch ›Wunderwirker‹ eine Open-Air-Audienz ab. Sämtliche käuflichen Sprücheklopfer aus acht Königreichen befinden sich in der Stadt. Einige davon haben sich schon gestern Mittag eingestellt. Nun zieht zum Hintereingang und gebt die Straße frei!«

Mit diesen Worten machte er auf der Stelle kehrt und marschierte zum Tor zurück, seine Pike ließ er einfach mitten in der Luft hängen.

Nun war Aahz einmal ebenso sprachlos wie ich. Offenbar war ich nicht der Einzige, den der König eingeladen hatte. Offenbar saßen wir ganz schön in der Tinte.

Kapitel 5

›Auge des Wassermolches, Zehe des Frosches ...‹
vermutlich das erste Rezept eines explosiven Gemischs ...
der Vorläufer des Schwarzpulvers.

»Was machen wir nun, Aahz?«

Sobald der Wachposten außer Hörweite war, konnte ich meine normale Stimme wieder annehmen und Klartext sprechen, obwohl ich meine äußere Tarnung aufrechterhalten musste.

»Das ist ganz einfach«, antwortete er. »Wir packen unsere Sachen und ziehen um das Schloss zur Hinterseite. Hast du denn nicht zugehört, Junge?«

»Aber was machen wir mit ...«

Doch Aahz hatte sich schon darangemacht, die paar Sachen, die wir ausgepackt hatten, wieder zusammenzuschnüren.

»Mach gar nichts, Kerlchen«, warnte er mich über die Schulter. »Wir können nicht riskieren, dass einer dich bei Aufgaben eines Dieners beobachtet. Das schadet dem Image.«

»Er hat gesagt, dass noch andere Zauberer da seien!«, sprudelte es schließlich aus mir heraus.

»Hm. Und?«

»Ja, und was machen wir nun?«

Aahz blickte finster drein.

»Das habe ich dir schon einmal gesagt. Wir packen unsere Sachen und ...«

»Was machen wir mit den anderen Zauberern?«

»Machen? Wir machen gar nichts. Weißt du, du wirst

dich ja wohl kaum duellieren wollen.« Er hatte das Packen beendet und trat zurück, um sein Werk zu begutachten. Mit einem zufriedenen Nicken drehte er sich um und warf einen Blick über meine Schulter hinweg.

»Unternimm was mit dem Spieß, ja, Kind?«

Ich folgte seinem Blick. Die Pike des Wachsoldaten schwebte immer noch in der Luft. Obwohl ich gar nicht mehr darüber nachgedacht hatte, hatte ein Teil meines Denkens sie in ihrer Stellung gehalten, bis ich zu einem Entschluss käme, was damit zu tun war. Die Frage lautete, was ich wirklich damit tun sollte.

»Sag mal, Aahz ...«, begann ich, doch Aahz marschierte schon auf die Mauer zu.

Einen Augenblick lang blieb ich unentschlossen stehen. Der Soldat war fortgegangen, so dass ich ihm seine Waffe nicht zurückgeben konnte.

Sie einfach auf die Erde fallen zu lassen, kam mir irgendwie unangemessen läppisch vor.

Da mir nichts mit dem entsprechenden dramatischen Flair einfiel, beschloss ich, die Entscheidung zu verschieben. Im Augenblick ließ ich die Pike hinter mir herschweben, während ich Aahz folgte und gab ihr etwas mehr Höhe, damit sie Gliep und Butterblume nicht gefährdete.

»Hattest du damit gerechnet, dass noch andere Zauberer hier sind?«, fragte ich, als ich meinen Lehrer eingeholt hatte.

»Eigentlich nicht«, gestand Aahz. »Natürlich bestand diese Möglichkeit, ich hielt sie jedoch nicht für sehr wahrscheinich. Aber so überraschend ist es eigentlich nicht. Ein gemütlicher Job wie dieser lockt immer Konkurrenz an.«

Er wirkte nicht besonders aufgeregt, also versuchte auch ich, die neue Entwicklung leicht zu nehmen.

»Na schön«, sagte ich, »und inwieweit verändert das nun unsere Pläne?«

»Überhaupt nicht. Zieh deine Nummer so ab, wie ich dir das gezeigt habe, dann wird schon alles klappen.«

»Aber wenn die anderen Zauberer ...?«

Aahz blieb unvermittelt stehen und wandte mir das Gesicht zu.

»Schau, Kind«, sagte er ernst. »Wenn ich dir auch erzähle, dass du bis zum Zaubermeister noch einen langen Weg vor dir hast, heißt das nicht, dass du ein Tölpel bist! Ich hätte dich nicht ermutigt, zu diesem Gespräch zu erscheinen, wenn ich nicht die Ansicht verträte, dass du gut genug bist, um den Job an Land zu ziehen.«

»Tatsächlich, Aahz?«

Er drehte sich um und ging weiter.

»Vergiss nicht, dass im Vergleich der Dimensionen Klah nicht gerade für seine Magiker berühmt ist. Du bist kein Meister, aber Meister sind auch nicht reich gestreut. Ich wette, dass du im Vergleich zur Konkurrenz wie ein richtiger Experte wirkst.«

Das klang einleuchtend. Aahz machte keinen Hehl aus seiner geringen Meinung über Klah und seine Bewohner, einschließlich mir. Dieser letzte Gedanke reizte mich dazu, weitere Bestätigung zu suchen.

»Aahz?«

»Ja, Kerlchen?«

»Wie schätzt du ganz ehrlich meine Chancen ein?«

Einen Augenblick trat Stille ein, ehe er antwortete.

»Bürschchen, du weißt doch, dass du dich immer beklagst, ich würde dein Selbstvertrauen zunichte machen?«

»Ja und?«

»Nun, um unser beider willen solltest du nicht sosehr auf meine ehrliche Anerkennung drängen.«

Das ließ ich dann auch bleiben.

Zum Hintereingang zu gelangen erwies sich als völlig problemlos ... insbesondere, da es keinen Hintereingang gab. Zu meiner Überraschung und Aahz' Verachtung führte die Mauer nicht rund um den Palast. Soweit ich dies feststellen konnte, war nur die vordere Mauer fertig. Die beiden Seitenmauern befanden sich im Bau, eine Hintermauer existierte nicht. Ich sollte das vielleicht näher erklären. Meine Behauptung, die Seitenmauern wären im Bau, basiert auf der Existenz von Gerüsten am Ende des Weges und nicht etwa auf realer Bautätigkeit. Sollten dort wirklich Arbeiten im Gange sein, so achtete man dabei offensichtlich auf die Schonung des Unkrauts, das üppig zwischen den Gerüsten wuchs.

Ich begann, schwere Zweifel an dem Königreich zu hegen, mit dem ich mich verbünden wollte.

Es war schwer zu sagen, ob der Hof nun in einem Garten oder einem Innenhof abgehalten wurde, der seinen Kampf gegen das Unkraut verlor, das durch die fehlende Hintermauer hereinwucherte. Als einer, der auf dem Lande aufgewachsen war, bestand meine Grundeinstellung zu Pflanzen darin, dass es sich bei allem, das nicht essbar war und in geordneten Reihen wuchs, um Unkraut handelte.

Quasi als Reaktion auf meine Gedanken zupfte Butterblume ein riesiges Maul voll vom nächsten Büschel und begann es genüsslich zu kauen. Gliep schnüffelte am selben Busch und drehte angewidert den Kopf beiseite.

Dies alles registrierte ich nebenbei. Meine Hauptaufmerksamkeit galt dem Hof selbst. An der Palastmauer befand sich ein kleiner, an einer Seite offener Pavillon, in dessen Schutz eine Gestalt saß, wahrscheinlich der König. Zwei Männer standen dicht zu seiner Rechten und Linken. Die Menge war in zwei Gruppen geteilt. Die eine stand in einer halbwegs ordentlichen Reihe auf der einen Seite des Gartens. Ich nahm an, dass es sich hierbei um die Wartenden handelte ... oder zumindest hoffte ich es, denn hier stellen wir uns an. Die zweite Gruppe stand in einem ungeordneten Haufen auf der gegenüberliegenden Gartenseite und beobachtete die Geschehnisse. Ob es sich hierbei um abgewiesene Bewerber oder lediglich um interessierte Zuschauer handelte, konnte ich nicht sagen.

Plötzlich zog ein Pärchen unter den Zuschauern meine Aufmerksamkeit auf sich. Ich hatte nicht erwartet, hier irgendwelche bekannten Gesichter anzutreffen, aber diese beiden hatte ich schon einmal gesehen. Aahz und ich hatten uns einmal für sie ausgegeben und waren dadurch sehr aufgehalten worden.

»Aahz!«, flüsterte ich eindringlich. »Siehst du die zwei dort drüben?«

»Nein«, sagte Aahz einfach, ohne sich auch nur umzudrehen und hinzuschauen.

»Aber das sind ...«

»Vergiss sie«, sagte er starrsinnig. »Beobachte die Preisrichter. *Die* müssen wir beeindrucken.«

Ich musste zugeben, dass das einigermaßen Sinn ergab. Missmutig wandte ich meine Aufmerksamkeit den Gestalten im Pavillon zu.

Der König war überraschend jung, etwa Mitte zwanzig. Sein Haar trug er in einem Wuschel schulterlanger Locken, die ihn zusammen mit seinem zarten Körperbau fast weibisch aussehen ließen. Nach seiner Haltung zu schließen dauerten die Vorsprachen entweder schon eine gute Weile an, oder aber er beherrschte die Kunst, völlig gelangweilt dreinzublicken. Der Mann zu seiner Linken beugte sich herab und flüsterte wichtigtuerisch dem König ins Ohr, der mit einem vagen Nicken antwortete.

Der Mann, nur wenig älter als der König, doch schon merklich kahlköpfig, trug eine Uniform und einen Umhang von graubrauner Farbe und konservativem Schnitt. Trotz seiner lockeren Haltung und seinem ruhigen Gehabe blitzten seine Augen so wachsam, dass ich an ein quicklebendiges Wiesel denken musste.

Dann regte sich die Gestalt zur Rechten des Königs und lenkte meine Aufmerksamkeit in diese Richtung. Für einen kurzen Augenblick hatte ich den Eindruck von einem pelzigen Klotz, dann begriff ich voller Schreck, dass es sich um einen Menschen handelte. Er war riesig groß und breit, sein Kopf wurde von einer dichten, schwarzen, lockigen, ungekämmten Mähne gekrönt, sein Gesicht war unter einem buschigen Vollbart kaum mehr zu sehen. Dies zusammen mit einem schweren Pelzmantel verlieh ihm ein animalisches Aussehen, das meinen ersten Eindruck beherrschte. Er sprach kurz mit dem König, dann überkreuzte er mit abschließender Geste die Arme und blickte den anderen Berater an. Währenddessen ging für einen Augenblick sein Mantel auf, so dass ich ein schimmerndes Kettenhemd und eine schwere, doppelköpfige Handaxt zu sehen bekam, die von einem Gürtel an seiner Taille herabbaumelte. Mit diesem Mann galt es besser nicht in Streit zu geraten. Die Gestalt mit der Halbglatze zeigte sich unbeeindruckt und erwiderte den Blick ihres Rivalen.

Jemand stieß mir heftig in die Rippen.

»Hast du das gesehen?«, flüsterte Aahz drängend.

»Was gesehen?«, fragte ich.

»Die Ratgeber des Königs. Ein General und ein Kanzler, wenn ich mich nicht täusche. Hast du das Goldmedaillon gesehen, das der General trug?«

»Nein, aber seine Axt«, flüsterte ich zurück.

Plötzlich verdunkelte sich das Licht im Innenhof.

Mit einem Blick zum Himmel sah ich, wie eine Wolkenbank über uns aufzog und die Sonne verfinsterte.

»Wetterbeherrschung«, murmelte Aahz mehr zu sich selbst. »Nicht schlecht.«

Der alte Mann im roten Mantel, der gegenwärtig vor dem Thron stand, gestikulierte heftig und warf eine Wolke roten Puders in die Luft, worauf ein leichter Nieselregen einsetzte.

Mein Stimmungsbarometer fiel mit dem Regen. Selbst mit Aahz' Regie für die Vorführung war meine Magik lange nicht so mächtig und eindrucksvoll.

»Aahz!«, flüsterte ich.

Anstatt zu antworten, winkte er mir, zu schweigen, ohne ein Auge von dem Pavillon zu wenden.

Als ich seinem Blick folgte, sah ich, wie der General heftig auf den König einredete. Der König lauschte einen Moment, dann zuckte er die Achseln und sagte etwas zu dem Zauberer.

Was immer es war, dem Zauberer gefiel es nicht. Er richtete sich stolz auf und wandte sich zum Gehen, wurde jedoch sogleich vom König zurückgerufen. Der König deutete zu den Wolken hinauf, sprach ein paar Worte und lehnte sich dann zurück. Der Zauberer zögerte, dann zuckte er mit den Schultern und hob erneut an zu gestikulieren und zu singen.

»Hat ihn abgelehnt«, erklärte Aahz selbstzufrieden.

»Was macht er denn dann jetzt?«

»Vertreibt den Regen, ehe die Vorstellung weitergeht«, informierte mich Aahz.

Sogleich hörte der Regen auf, und die Wolken begannen sich zu zerstreuen, sehr zur Erleichterung des Publikums, das im Gegensatz zum König keinen Pavillon zum Schutz gegen das Unwetter hatte.

Doch dieser weitere Beweis für die Macht des Zauberers

trug nicht gerade zur Stärkung meines ohnehin lädierten Selbstvertrauens bei.

»Aahz!«, flüsterte ich. »Er ist ein besserer Zauberer als ich.«

»Hm«, antwortete Aahz. »Und das besagt?«

»Wenn sie ihn schon ablehnen, habe ich nicht die geringste Chance!«

»Vielleicht, vielleicht auch nicht«, kam die nachdenkliche Antwort. »Soweit ich das sagen kann, suchen die nach etwas Bestimmtem. Wer weiß? Vielleicht bist du das. Vergiss nicht, was ich dir gesagt habe, die gemütlichen Jobs bekommt nicht immer der Geschickteste. Vielmehr verhält es sich meistens genau umgekehrt.«

»Ja«, antwortete ich, und versuchte, optimistisch zu klingen, »vielleicht habe ich Glück.«

»Dazu braucht es mehr als Glück«, verbesserte Aahz mich streng. »Was hast du nun bei der Beobachtung der Berater des Königs herausgefunden?«

»Sie mögen sich nicht«, bemerkte ich sogleich.

»Richtig!« Aahz wirkte überrascht und erfreut. »Das bedeutet, dass es dir vermutlich nicht gelingen kann, beiden zu gefallen. Du wirst einem der beiden schöntun müssen ... oder noch besser den einen beleidigen, damit sicherst du dir das Wohlgefallen des anderen schneller als mit allen anderen Mitteln. Welchen möchtest du nun für dich gewinnen?«

Das war leichter als die erste Frage.

»Den General«, erklärte ich unumstößlich.

»Falsch! Den Kanzler willst du.«

»Den Kanzler!«, rief ich und stieß die Worte lauter als beabsichtigt hervor. »Hast du die große Axt gesehen, die der General mit sich herumschleppt?«

»Hmm«, antwortete Aahz. »Hast du gehört, wie es dem Burschen erging, der seinen Auftritt vor dem alten Rotmantel hatte?«

Ich machte die Augen zu und verkniff mir meine erste, bissige Erwiderung.

»Aahz«, sagte ich vorsichtig. »Erinnerst du dich an mich? Ich bin Skeeve. Ich bin derjenige, der nicht ein Flüstern in anderthalb Kilometer Entfernung hören kann.«

Wie üblich ignorierte Aahz meinen Sarkasmus.

»Der letzte Bursche bekam nicht einmal die Gelegenheit, sein Zeug vorzuführen«, klärte er mich auf. »Der Kanzler warf einen Blick auf die Schar, die er mitgebracht hatte und fragte ihn, wie viele Leute er in seinem Gefolge hätte. ›Acht‹, sagte der Mann. ›Zu viele!‹ antwortete der Kanzler, und der arme Kerl wurde sogleich abgewiesen.«

»Das heißt?«, fragte ich grob.

»Das heißt, dass der Kanzler derjenige ist, der die Finanzen überwacht«, folgerte Aahz. »Und das heißt darüber hinaus, dass er größeren Einfluss besitzt als der General. Schau dir diese dummen Mauern an. Glaubst du, ein Militär würde eine Mauer halbfertig stehen lassen, wenn er das Sagen hätte? Jemand kam zu dem Schluss, dass ihr Bau zu große Summen verschlang, so dass das Projekt vertagt oder aufgegeben wurde. Ich wette, dieser Jemand war der Kanzler.«

»Vielleicht sind ihnen die Steine ausgegangen«, schlug ich vor.

»Jetzt komm aber, Kind! Nach allem, was wir seit der Grenze gesehen haben, besteht der größte Teil der landwirtschaftlichen Erträge dieses Königreiches aus Steinen.«

»Aber der General …«

Während ich sprach, schaute ich wieder in die Richtung des Generals. Zu meiner Überraschung und meinem Missfallen starrte er mich direkt an. Und sein Blick war keineswegs freundlich.

Ich zögerte einen Moment und hoffte, dass ich mich täuschte.

Der Blick des Generals blieb starr auf mich gerichtet und seine Miene wurde nicht freundlicher. Wenn sie sich überhaupt veränderte, so höchstens, dass sie noch widerlicher wurde.

»Aahz ...«, zischte ich verzweifelt, ohne meinen Blick vom General wenden zu können.

Nun starrten auch der König und der Kanzler in meine Richtung, nachdem sie durch den General aufmerksam geworden waren.

»Kind!«, stöhnte Aahz neben mir. »Ich sagte dir doch, du solltest etwas mit dem Spieß unternehmen!«

Die Pike! Ich hatte sie völlig vergessen!

Ich löste meinen Blick vom General und schaute so unauffällig es ging hinter mich.

Butterblume und Gliep standen immer noch geduldig hinter uns und über ihnen schwebte fröhlich die Pike des Wachmannes. Ich schätze, es war schon ein bisschen auffällig.

»Du!«

Beim Dröhnen dieser Stimme kehrte ich mich dem Pavillon zu. Der General war vorgetreten und deutete mit gewaltigem Finger auf mich.

»Ja, du!«, brüllte er, als unsere Blicke sich wieder begegneten. »Wo hast du diesen Spieß her? Er gehört der Palastwache.«

»Ich glaube, jetzt hast du gleich deinen Auftritt, Junge«, murmelte Aahz. »Gib dir alle Mühe, dass sie gerade so von den Socken sind!«

»Aber ...«, widersprach ich.

»Das erübrigt uns das Schlangestehen!«

Mit diesen Worten trat Aahz einen großen Schritt zurück. Der Effekt war der gleiche, als wäre ich einen

Schritt vorgetreten, was ich definitiv nicht getan hatte. Doch da nun die Aufmerksamkeit des ganzen Hofes auf mich gerichtet war, hatte ich keine andere Wahl, als den Sprung zu wagen.

Kapitel 6

›THAT'S ENTERTAINMENT!‹
VLAAD DER PFÄHLER

Ich kreuzte die Arme vor der Brust und ging gemessenen Schrittes auf den Pavillon zu.

Aahz hatte darauf bestanden, dass ich diesen Gang einübte. Er sagte, damit würde ich sicher und selbstbeherrscht wirken. Im Augenblick, da ich nun tatsächlich vor einen König trat, stellte ich fest, dass mir dieser Gang weniger als Demonstration von Arroganz diente als dazu, die Schwäche in meinen Beinen zu verbergen.

»Nun?«, polterte der General vor mir drohend. »Ich habe dir eine Frage gestellt! Wo hast du diese Pike her? Antworte lieber, ehe ich in Wut gerate!«

Irgendwo in mir schnappte etwas ein. Jegliche Angst, die ich gegenüber dem General und seiner Axt empfunden hatte, verflog und wich einem berauschenden Gefühl von Stärke.

Ich hatte bei meinem ersten Besuch auf dem Basar von Tauf herausgefunden, dass ich es verabscheute, von vierschrötigen, großmäuligen Täuflern bedrängt zu werden. Nun stellte ich fest, dass ich es genauso wenig ausstehen konnte, wenn einer meiner Mitbürger von Klah sich als großmäuliger Kraftprotz erwies.

Der Kerl will mir also Angst machen?

Mit einem kleinen Ruck meiner Gedanken rief ich den Spieß. Ohne mich umzudrehen ließ ich ihn über meine Schulter fliegen mit Kurs auf die Brust des Generals.

Der General sah ihn kommen und erblasste. Er trat ungeschickt einen Schritt zurück, erkannte, dass es zur Flucht zu spät war und griff wie von Sinnen nach seiner Axt.

Ich hielt die Pike einen Meter vor seiner Brust an und ließ sie so vor ihm schweben, dass ihre Spitze auf sein Herz gerichtet war.

»Diese Pike?«, fragte ich beiläufig.

»Ähä ...«, antwortete der General, ohne einen Blick von der Waffe zu wenden.

»Diese Pike nahm ich einem allzu grobschlächtigen Soldaten ab. Er sagte, er handelte auf Befehl. Solltet Ihr zufällig diese Befehle erlassen haben?«

»Ich ... äh ...« Der General leckte sich über die Lippen. »Ich gab den Befehl aus, dass meine Männer Fremde in angemessener Weise behandeln. Ich sagte kein Wort, dass sie dabei unhöflich sein sollten.«

»In diesem Falle ...«

Ich neigte die Pike um 90 Grad, dass sie den General nicht länger bedrohte.

»Überreiche ich Euch die Pike, dass Ihr sie dem Wachposten mit einer Präzisierung Eurer Befehle zurückgebt.«

Der General zögerte, blickte finster drein und streckte schließlich die Hand aus, um die schwebende Pike zu packen. Genau ehe er zufassen konnte, ließ ich sie auf den Boden fallen, wo sie scheppernd aufschlug.

»Und möglichst mit ein paar zusätzlichen Anweisungen, wie sie mit ihren Waffen umgehen sollen«, schloss ich.

Der General lief rot an und machte sich daran, die Pike aufzuheben. In diesem Augenblick kicherte der Kanzler, so dass der General herumfuhr und ihm einen bösen Blick zuwarf. Der Kanzler feixte ungeniert und flüsterte dem König etwas ins Ohr, worauf dieser ein Lächeln unterdrücken musste.

Der General drehte sich wieder zu mir um, ließ die Pike Pike sein und blickte von seiner gewaltigen Höhe auf mich herab.

»Wer bist du?«, erkundigte er sich in einem Ton, aus dem hervorging, dass mein Name sofort an die erste Stelle seiner Liste für öffentliche Hinrichtungen wandern würde.

»Wer begehrt das zu wissen?« Ich erwiderte seinen Blick, ohne meine Angst völlig überwunden zu haben.

»Der Mann, mit dem Ihr sprecht«, schaltete sich nun der König ein, »ist Hugh Badaxe, Oberbefehlshaber der Königlichen Armeen von Possiltum.«

»Und ich bin J. R. Grimble«, beeilte sich der Kanzler hinzuzufügen, aus Angst, übergangen zu werden. »Erster Berater Seiner Majestät.«

Der General warf Grimble wieder einen giftigen Blick zu. Ich beschloss, dass es an der Zeit war, zur Sache zu kommen.

»Ich bin der Zauberer, den man unter dem Namen Skeeve kennt«, begann ich großsprecherisch. »Ich kam auf die freundliche Einladung Seiner edelsten Majestät Rodrick V.«

Ich machte eine Pause und verbeugte mich leicht in Richtung des Königs, der mir daraufhin zunickte.

»Ich bin gekommen, um mir ein Bild darüber zu machen, ob ich eine Stellung am Hofe von Possiltum in Betracht ziehen könnte.«

Diese letzte Formulierung war von Aahz sehr sorgsam zurechtgelegt worden. Sie sollte mein Selbstbewusstsein verdeutlichen und zeigen, dass ich und nicht sie die Wahl traf.

Diese Feinheit war dem Kanzler nicht entgangen, der bei meinen Worten kritisch eine Augenbraue hob.

»Nun denn, eine solche Stellung bedarf des Vertrauens beider Seiten«, fuhr ich fort. »Ich muss die Gewissheit haben, für meine Dienste reich belohnt zu werden, und Seine Majestät muss sicher sein, dass meine Fähigkeiten seine Großzügigkeit wert sind.«

Ich drehte mich ein wenig zur Seite und sprach lauter zum ganzen Hof hin gerichtet.

»Die Großzügigkeit der Krone von Possiltum ist allgemein bekannt«, verkündete ich. »Und ich bin fest überzeugt, dass Seine Majestät seine Gefolgschaft entsprechend ihren Diensten entlohnt.«

Hinter mir erklang ein unterdrücktes, würgendes Geräusch, das, wie ich annahm, vom General stammte, doch ich schenkte ihm keine Beachtung.

»Deshalb bedarf es wohl lediglich des Beweises für Seine Majestät und seine Berater, dass meine Talente tatsächlich seinen Ansprüchen genügen werden.«

Ich wandte mich wieder zum Thron und ließ den König mein heimliches Lächeln sehen, das die Bescheidenheit meiner Worte Lügen strafte.

»Euer Majestät, ich verfüge über zahlreiche und vielseitige Kräfte. Doch das Wesentliche besteht darin, eine Kraft in der Gewalt zu haben. Da ich mir nun darüber im Klaren bin, dass Ihr ein viel beschäftigter Mann seid, will ich Eure Zeit nicht mit Profitricks und zweitklassigen Vorführungen vergeuden, wie wir sie bisher gesehen haben. Ich will hier nur drei Zauber ersinnen und vertraue Eurer Weisheit, ihre Reichweite zu erkennen.«

Ich drehte mich um und streckte den Finger aus, um auf Gliep und Butterblume zu deuten.

»Dort drüben steht mein viel bewundertes Einhornpaar«, begann ich theatralisch. »Wären Euer Majestät so freundlich, eines davon auszuwählen?«

Der König blinzelte überrascht, dass er an meiner Demonstration teilnehmen sollte. Einen Augenblick lang zögerte er.

»Hmmm ... ich nehme das zur Linken«, sagte er schließlich und deutete auf Butterblume.

Ich verneigte mich leicht.

»Sehr wohl, Euer Majestät. Auf Euer Wort hin soll jene Kratur verschont werden. Beobachtet nun die andere genau.«

Das war in Wirklichkeit ein weiterer kleiner Trick, den Aahz mir beigebracht hatte. Er heißt »Überzeugungsfalle« und gestattet dem Vorführenden, dem Publikum eine Wahl zu lassen, die in Wirklichkeit gar keine Wahl ist. Hätte der König Gliep ausgesucht, wäre ich mit der Erklärung an die Arbeit gegangen: »Auf Euer Wort hin ist diese Kratur dem Untergang geweiht.«

Langsam richtete ich meinen Finger auf Gliep und senkte den Kopf ein wenig.

»*Walla walla Washington!*«, flüsterte ich düster.

Ich wusste nicht, was die Worte zu bedeuten hatten, doch Aahz hatte mir versichert, dass sie von geschichtlicher Herkunft waren und die Leute überzeugen würden, dass ich wirklich etwas Schwieriges vollbrachte.

»*Alla kazam schazam*«, fuhr ich fort und hob dabei den anderen Arm. »*Bibbity bobbity ...*«

Im Geiste hob ich Glieps Verkleidung auf.

Die Menge reagierte mit einem Aufstöhnen, das mein abschließendes ›Goo-gliep‹ übertönte.

Doch mein Drache hörte seinen Namen und reagierte sogleich. Er hob den Kopf und schleppte sich schwerfällig nach vorn, um artig an meiner Seite stehen zu bleiben. Wie geplant war Aahz sofort an eine Stelle in der Nähe von Glieps Kopf gestürzt und stand dort wachsam und bereit.

Damit wollten wir zu erkennen geben, dass wir alle Schwierigkeiten, die sich mit dem Drachen ergeben könnten, bewältigen würden. Doch die Reaktion der Menge auf

Aahz überstieg noch ihren Schrecken angesichts der Verwandlung eines Einhorns in einen Drachen. Ich hatte nicht mehr daran gedacht, wie wirksam die ›Dubioser-Charakter‹-Tarnung war. Aus Angst, meine Vorführung könnte an Ausdruckskraft verlieren, fuhr ich schnell fort.

»Dieser missgestaltete, arme Teufel ist mein Lehrling Aahz«, verkündete ich. »Ihr fragt Euch vielleicht, ob es in seiner Macht steht, den Drachen zu bezwingen, falls das Tier bösartig werden sollte. Ich kann Euch sagen ... dies ist nicht der Fall!«

Die Menge schreckte nervös zurück. Im Augenwinkel sah ich, wie die Hand des Generals zum Schaft seiner Axt fuhr.

»... wohl aber steht es in meiner Macht! Nun wisst Ihr, dass die Kräfte der Finsternis für Skeeve keine Unbekannten sind!«

Ich wirbelte herum und stieß mit dem Finger in Aahz' Richtung.

»Bobbelty gook, Krümel und Martyrien!«

Ich hob Aahz' Tarnung auf.

Einen Augenblick lang herrschte fassungsloses Staunen, dann lächelte Aahz. Aahz' Lächeln ist bekannt dafür, starken Männern die Knie weich zu machen, und in der Menge befanden sich viele starke Männer.

Die Zuschauer trampelten einander fast nieder in ihrer Hast, sich von dem Dämonen zu entfernen, und zwischen den kreischenden Schreien waren eilends ausgestoßene Schutzformeln zu hören.

Ich drehte mich wieder zum Thron um. Der König und der Kanzler schienen es gut aufzunehmen. Sie waren gefasst, wenn auch ein wenig bleich. Der General blickte finster und nachdenklich zu Aahz hinüber.

»Als Dämon verfügt mein Lehrling über die Fähigkeit, den Drachen zu bezwingen, falls dies notwendig werden sollte. Dies liegt in meiner Macht. Doch Macht muss durch Freundlichkeit, ja Höflichkeit, wenn Ihr so wollt, gemäßigt werden.«

Ich erlaubte mir eine nachdenkliche Miene.

»Um seine Feinde zu verwirren oder Verbündete zu werben, bedarf es keiner offenen Machtdemonstration oder Drohung. Für solche Gelegenheiten kann man seine Fähigkeiten tarnen, bis man nicht verdächtiger aussieht ... als ein junges Bürschchen.«

Mit diesen abschließenden Worten hob ich meine eigene Maskierung auf und stand nun in meiner ganzen jugendlichen Glanzlosigkeit da. Wahrscheinlich hätte ich irgendwelche erfundenen Beschwörungsformeln benutzt, doch ich hatte schon alle eingesetzt, die Aahz mich gelehrt hatte und traute mich nicht, mit neuen herumzuexperimentieren.

Der König und der Kanzler starrten mich eindringlich an, als versuchten sie, allein mit ihrer Willenskraft, meine magische Verkleidung zu durchdringen. Der General hielt es ähnlich mit Aahz, der die Arme überkreuzte und seine Zähne zu einem beruhigenden Lächeln fletschte.

Zur Abwechslung teilte ich einmal seine Zuversicht. Lass sie gaffen. Es war zu spät, meine Magik zu entlarven, weil ich keine mehr anwandte. Obwohl die königliche Truppe und das gesamte Publikum überzeugt waren, Zeuge eines mächtigen Fluches zu sein, hatte ich in Wirklichkeit nichts anderes getan, als den Zauber aufzuheben, der ihre Sicht beeinträchtigt hatte. Im Augenblick hatten wir alle, Aahz, Butterblume, Gliep und ich, unser normales Aussehen, wie außergewöhnlich wir auch erscheinen mussten. Selbst die fähigste Zaubersehkraft konnte einen nicht existierenden Zauber nicht durchdringen.

»Wie Ihr seht, Euer Majestät«, schloss ich, »gehen meine Fähigkeiten weit über das Übliche hinaus. Sie vermögen den Sanften Furcht erregend, den Mächtigen harmlos erscheinen zu lassen. Sie sind in der Lage, Eure Feinde zu vernichten oder Euren Hofstaat zu unterhalten, ganz nach Eurem Gutdünken. Sprecht ein Wort, bekundet Eure Zustimmung, und Skeeves Kräfte unterstehen Eurem Befehl.«

Ich richtete mich auf, neigte den Kopf respektvoll und blieb stehen, um das Urteil des Thrones zu vernehmen.

Mehrere Augenblicke vergingen, ohne dass ein Wort fiel. Schließlich riskierte ich einen Blick zu dem Pavillon.

Der Kanzler und der General debattierten erhitzt im Flüsterton über dem Kopf des Königs, der seinen Kopf bald hierhin, bald dorthin neigte, je nachdem, wer gerade sprach. Da mir klar war, dass das eine Weile dauern konnte, hob ich schließlich den Kopf und wartete ab.

»Skeeve!«, rief der König plötzlich und unterbrach damit den Streit seiner Berater. »Was Ihr da mit der Pike vollführt habt ... Könnt Ihr immer so leicht mit Waffen umgehen?«

»Ein Kinderspiel, Eure Majestät«, antwortete ich bescheiden. »Ich zögere, es überhaupt als besondere Kraft auszugeben.«

Der König nickte und sprach kurz in gedämpftem Ton mit seinen Ratgebern. Als er zum Ende gekommen war, lief der General rot an, machte auf dem Absatz kehrt und entfernte sich ins Innere des Palastes. Der Kanzler lächelte selbstzufrieden.

Ich riskierte einen Blick zu Aahz, der mir zuzwinkerte. Obwohl er weiter entfernt stand, hatte er offensichtlich durch sein gutes Gehör die Entscheidung des Königs mitbekommen.

»Mögen alle hier Versammelten Zeugen sein!«, erhob der Kanzler seine wohlklingende Stimme. »Rodrick V., König von Possiltum, belobigt hiermit das magische

Geschick und Wissen eines gewissen Skeeve und ernennt ihn offiziell zum Hofzauberer von Possiltum. Applaudiert alle der Berufung seines Zaubermeisters ... und geht dann nach Hause.«

Meine bezwungenen Rivalen spendeten halbherzig Beifall, und manch einer warf mir böse Blicke zu. Ich beachtete weder das eine noch das andere, während ich versuchte, die Worte des Kanzlers zu begreifen.

Ich hatte es geschafft! Ich war Hofzauberer. Von sämtlichen Zauberern aus fünf Königreichen war ich ausgewählt worden! Ich! Skeeve!

Plötzlich bemerkte ich, wie der Kanzler mir zunickte, ich solle vortreten. Ich bemühte mich, lässig zu wirken, als ich mich dem Thron näherte.

»Herr Zauberer«, sagte der Kanzler mit einem Lächeln. »Wenn Ihr mögt, können wir nun die Frage Eurer Entlohnung erörtern.«

»Diese Angelegenheit regelt mein Lehrling«, klärte ich ihn dünkelhaft auf. »Ich ziehe es vor, mich nicht mit solchem weltlichen Tand zu belasten.«

Wir hatten nämlich vereinbart, dass Aahz die Lohnverhandlungen führen sollte, da seine Kenntnisse der Magik nur noch durch sein Geschick beim Feilschen übertroffen wurden. Ich wandte mich um und winkte ihn heran. Er eilte sofort hinzu, zumal er schon durch sein Mitlauschen Bescheid wusste.

»Das hat Zeit, Grimble«, unterbrach der König. »Dringlichere Angelegenheiten erfordern die Aufmerksamkeit unseres Zauberers.«

»Ihr braucht nur zu befehlen, Majestät«, sagte ich mit einer großartigen Verbeugung.

»Schön«, strahlte der König. »Dann berichtet General Badaxe schnell von Eurem Plan.«

»Welchem Plan?«, fragte ich aufrichtig verwirrt.

»Dem Plan bezüglich der Invasionsarmee natürlich«, entgegnete der König.

In meinem Hinterkopf ging eine Alarmsirene los.

»Invasionsarmee?«, fragte ich vorsichtig. »Was für eine Invasionsarmee?«

»Diejenige, die just an unseren Grenzen steht«, erklärte der Kanzler. »Warum sonst sollten wir plötzlich einen Zauberer benötigen?«

Kapitel 7

›Zahlenmässige Überlegenheit besagt noch gar nichts. Der Taktiker ist es, der den Sieg im Kampf davonträgt‹

General A. Custer

»Ein gemütlicher Job, hat mir einer erzählt. Mit Zeit zum Üben, hat mir einer erzählt! Das reinste Zuckerschlecken, hat mir einer erzählt!«

»Nun lass mal die Luft ab, Kind!«, knurrte Aahz.

»Die Luft ablassen? Aahz, hast du denn nicht zugehört? Ich soll eine Armee aufhalten! Ich!«

»Es könnte schlimmer sein«, widersprach Aahz hartnäckig.

»Wie?«, fragte ich grob.

»Du könntest ohne mich vor dieser Aufgabe stehen«, erwiderte er. »Denk mal darüber nach.«

Das tat ich denn und beruhigte mich sogleich. Obwohl meine Beziehung zu Aahz mich ständig in beachtliche Schwierigkeiten zu bringen schien, so hatte er mich auch ausnahmslos wieder daraus befreit ... bislang. Es wäre das Letzte gewesen, was ich vorhatte, ihn genau dann zu vertreiben, wenn ich ihn am dringendsten benötigte.

»Was soll ich tun, Aahz?«, stöhnte ich.

»Wenn du mich fragst«, lächelte Aahz, »zuerst mal nicht in Panik geraten, solange wir nicht die ganze Geschichte kennen. Vergiss nicht, es gibt solche und solche Armeen. Nach allem, was wir wissen, könnte die schwach genug sein, dass wir sie kurz und klein schlagen.«

»Und wenn nicht?«, fragte ich skeptisch.

»Darüber machen wir uns Gedanken, wenn es so wei-

ist«, seufzte Aahz. »Als Erstes wollen wir uns mal anhören, was der alte Badaxe zu sagen hat.«

Da mir keine Antwort darauf einfiel, hielt ich den Mund. Unter finsterem Schweigen hielt ich mit meinem Lehrer Schritt, während wir nach den Anweisungen des Kanzlers durch die Gänge des Palastes liefen.

Es wäre einfacher gewesen, wie angeboten eine Begleitung anzunehmen, um zu unserem Ziel zu gelangen, aber ich war äußerst erpicht darauf gewesen, mit Aahz alleine zu sprechen. Folglich hatten wir Gliep und Butterblume mit unserer Ausrüstung im Innenhof gelassen und suchten auf eigene Faust die Gemächer des Generals.

Der Palast war ein derartiges Labyrinth von Korridoren, dass ich mich fragte, ob es hier nicht mehr Gänge als Zimmer gab. Unser Weg wurde noch erschwert durch die Lichtverhältnisse oder vielmehr das mangelnde Licht. Obwohl in die Wände viele Fackelhalter eingelassen waren, schien nur jeder vierte benutzt zu werden, und das Licht, das jene Fackeln verbreiteten, war mehr als unzulänglich, um sich genau in diesem Labyrinth zurechtzufinden.

Ich bemerkte Aahz gegenüber, dass dies ein weiterer Beweis für die knausrige Natur des Königreiches war. Seine knappe Antwort lautete, dass sie umso mehr Geld für Luxusartikel wie uns ausgeben konnten, je mehr sie an Gesamt- und Unterhaltungskosten einsparten.

Er versuchte, mir hartnäckig das Konzept einer ›Energiekrise‹ zu erklären, als wir um eine Ecke bogen und die Gemächer des Generals erblickten.

Sie waren leicht als solche auszumachen, da dies auf unserem ganzen Weg die einzige Tür war, die von zwei Ehrenwachen flankiert wurde. Ihre polierten Rüstungen blitzten auf den breiten Schultern, während sie unser Kommen aus zusammengekniffenen Augen beobachteten.

»Sind das die Quartiere von General Badaxe?«, erkundigte ich mich höflich.

»Seid Ihr der Zauberer mit Namen Skeeve?«, gab der Soldat zurück.

»Das Bürschchen hat dir eine Frage gestellt, Soldat!«, mischte Aahz sich ein. »Wirst du nun antworten, oder bist du so stupide, dass du nicht weißt, was sich jenseits der Tür befindet, die du bewachst?«

Der Wachsoldat lief rot an, und ich bemerkte, wie die Handknöchel des anderen, der seine Pike fest umklammert hielt, sich weiß abzeichneten. Es kam mir in den Sinn, dass es vielleicht nicht die klügste Strategie war, sich jetzt, nachdem ich den Job bekommen hatte, noch mit dem Militär anzulegen.

»Äh ... Aahz ...«, murmelte ich.

»Ja. Ja! Das ist das Quartier von General Badaxe ... Sir!«, bellte der Gardist plötzlich los.

Offensichtlich bestätigte die Nennung des Namens meines Mitarbeiters meine Identität, obgleich ich mich fragte, wie viele Fremde sonst mit riesigen, schuppigen Dämonen hier durch die Gänge schlenderten. Das abschließende, schwer abgerungene ›Sir‹ war ein Tribut an meine Darbietung im Schlosshof. Offensichtlich waren die Leibwachen angewiesen worden, sich höflich zu verhalten, zumindest mir gegenüber, wie schwer es ihnen auch offensichtlich fallen mochte.

»Danke, Gardist«, sagte ich leichthin und pochte mit der Faust an die Tür.

»Außerdem«, fügte der Wachposten hinzu, »hat der General Anweisung gegeben, dass Ihr direkt eintreten sollt.«

Die Tatsache, dass er diesen Informationsteil zurückgehalten hatte, bis ich geklopft hatte, bewies, dass die Soldaten ihre Missachtung gegenüber Zauberern keineswegs völlig aufgegeben hatten, sondern eher auf subtilere Methoden sannen, um sie zu ärgern.

Ich bemerkte, dass Aahz zu einer neuen Debatte mit dem Wachposten ansetzen wollte, öffnete hastig die Tür und trat ein, so dass er mir folgen musste.

Der General stand am Fenster, das hereinfallende Licht umriss seine Konturen. Er drehte sich zu uns um, als wir den Raum betraten.

»Aha! Kommt herein, meine Herren«, brummte er in sanften Tönen. »Ich habe Euch erwartet. Nehmt Euch Wein, wenn Ihr mögt.«

Ich fand sein unvermitteltes freundliches Gebaren noch beängstigender als seine frühere Demonstration von Feindseligkeit. Aahz jedoch machte sich gar nichts daraus und ergriff sofort den dargebotenen Weinkrug. Einen Augenblick lang dachte ich, er würde einen der Becher füllen, die auf dem Tablett neben dem Krug standen, um ihn mir zu reichen. Stattdessen nahm er einen tiefen Zug aus dem Krug selbst und behielt ihn in der Hand, wobei er genüsslich seine Lippen leckte. Es war ganz hübsch, dass einige Dinge inmitten des Chaos, in welches sich mein Leben verwandelt hatte, unverändert blieben.

Der General runzelte angesichts dieser Darbietung kurz die Stirn, dann bemühte er sich, wieder die joviale Miene aufzusetzen, mit welcher er uns auch begrüßt hatte.

»Ehe wir mit der Planung beginnen«, sagte er lächelnd, »muss ich mich für mein ungehobeltes Benehmen während der Vorstellung entschuldigen. Grimble und ich ... haben unterschiedliche Auffassungen zur gegenwärtigen Situation, und ich fürchte, dass ich das an Euch ausgelassen habe. Dafür möchte ich mich entschuldigen. Gewöhnlich habe ich nichts gegen Zauberer als Gruppe oder Euch im Besonderen.«

»Whoa! Wartet eine Minute, General!«, unterbrach ihn Aahz. »Was haben wir denn mit Eurem Streit mit Grimble zu tun?«

Das Aufblitzen in den Augen des Generals strafte seine vornehmtuerische Sprechweise Lügen.

»Es ist die Fortführung einer alten Diskussion über die Bewilligung von Geldern«, erklärte er. »Als wir die Nachricht von der heranrückenden Streitmacht erhielten, riet ich dem König zur sofortigen Verstärkung unserer eigenen Armee, damit wir unsere Pflicht, das Reich zu verteidigen, angemessen erfüllen konnten.«

»Der Rat klingt mir ganz vernünftig«, warf ich ein und hoffte, mein Ansehen beim General zu verbessern, indem ich ihm zustimmte.

Badaxe reagierte jedoch mit einem starren Blick.

»Seltsam, das gerade von Euch zu hören, Zauberer«, bemerkte er eisig. Grimbles Ratschlag lautete, das Geld anders einzusetzen, nämlich zur Einstellung eines Zauberers.«

Plötzlich wurde klar, warum wir vom General und den Soldaten nicht gerade mit den offenen Armen der Kameradschaft empfangen wurden. Nicht nur, dass man ihnen anstatt ihrer Verstärkung uns vor die Nase gesetzt hatte, sondern unsere Präsenz war auch ein Schlag gegen ihre Fähigkeiten.

»Na schön, General«, stimmte Aahz zu. »Das ist ja nun einmal alles gegessen. In welcher Klemme sitzen wir denn nun?«

Der Blick des Generals wanderte zwischen Aahz und mir hin und her, offenbar wunderte er sich, dass ich meinem Lehrling die Leitung in diesem Gespräch überließ. Als ich Aahz nicht wegen seines vorlauten Gehabes zurechtwies, zuckte der General die Schultern und trat zu einem Stück Pergament an der Wand.

»Ich glaube, das hier zeigt die Situation ganz eindeutig«, erklärte er.

»Was ist das?«, wollte Aahz wissen.

Der General wollte eine scharfe Bemerkung machen, riss sich dann aber zusammen.

»Das hier«, sagte er leichthin, »ist eine Karte des Königreiches, das Ihr verteidigen sollt. Es heißt Possiltum.«

»Ja, natürlich«, nickte ich. »Fahrt fort.«

»Diese Linie hier im Norden unserer Grenze stellt die vorrückende Armee dar, mit der Ihr es aufnehmen sollt.«

»Schade, dass Ihr es nicht im richtigen Maßstab hinbekommen habt«, bemerkte Aahz. »So sieht es ja aus, als sei die feindliche Front länger als Eure Grenze.«

Der General fletschte die Zähne.

»Die Zeichnung *ist* im richtigen Maßstab«, betonte er. »Vielleicht begreift Ihr nun den Umfang der Aufgabe, die vor Euch liegt.«

Mein Kopf wollte seine Erklärung gar nicht wahrhaben.

»Wirklich, General«, tadelte ich ihn. »Gewiss überzeichnet Ihr den Fall. In keinem Königreich gibt es ausreichend Leute, um eine so lange Front aufzustellen.«

»Zauberer!« Die Stimme des Generals klang bedrohlich. »Ich habe meinen gegenwärtigen Rang nicht erworben, weil ich militärische Situationen überzeichnet habe. Die Armee, der Ihr gegenübersteht, ist eine der stärksten Streitkräfte, die die Welt je gesehen hat. Es handelt sich um die kampfstarke Armee eines wachsenden Reiches im Norden. Sie rückt nun seit drei Jahren vor, verleibt sich alle kleineren Königreiche ein und walzt jeden Widerstand nieder. Alle tauglichen Männer der eroberten Länder werden zum Militärdienst einberufen, so dass ihre Reihen nun die Größe angenommen haben, wie Ihr sie auf der Karte seht. Der einzige Grund, dass sie nicht noch schneller vorrücken, besteht darin, dass sie zusätzlich zu der zahllosen Menge von Menschen über stabile Kriegsmaschinen verfügen, die zwar sehr wirksam, aber schwer zu transportieren sind.«

»Und jetzt könnt Ihr uns die schlechte Nachricht beibringen«, kommentierte Aahz trocken.

Obwohl ich sicher bin, dass seine Bemerkung ironisch gemeint war, nahm der General ihn völlig ernst.

»Die schlechte Nachricht«, knurrte er, »lautet, dass ihr Führer ein unvergleichlicher Stratege ist. Er kam an die Macht, indem er Heere besiegte, die dreimal so stark waren wie das seine, jetzt mit einer riesigen Armee unter seinem Oberbefehl ist er echt unschlagbar.«

»Allmählich verstehe ich, warum der König sein Geld in einen Zauberer stecken will«, erklärte mein Lehrer. »Es sieht nicht so aus, als hättet Ihr eine ausreichend große Streitmacht erstellen können, um sie aufzuhalten.«

»Das war auch nicht meine Absicht«, widersprach der General zornig. »Wenn wir auch nicht in der Lage gewesen wären, den Feind zu vernichten, so hätten wir ihm doch bei der Überschreitung unserer Grenzen derartige Verluste beibringen können, dass er es vielleicht vorgezogen hätte, andere, kleinere Reiche zu erobern, die weniger Widerstand leisteten.«

»Wisst Ihr, Badaxe«, sagte Aahz nachdenklich, »das ist kein übler Plan. Wenn wir zusammenarbeiten, könnten wir ihn vielleicht immer noch durchführen. Wie viele Leute könnt Ihr zu unserer Unterstützung abstellen?«

»Keinen!«, sagte der General unumstößlich.

Ich blinzelte.

»Entschuldigt, General«, drängte ich ihn. »Wenn ich richtig verstanden habe, sagtet Ihr doch gerade ...«

»Keinen«, wiederholte er. »Ich werde keinen einzigen

meiner Soldaten zur Unterstützung Eures Feldzuges abstellen.«

»Aber das ist doch Wahnsinn!«, explodierte Aahz. »Wie sollen wir denn Eurer Auffassung nach eine derartige Armee mit Magik aufhalten?«

»Überhaupt nicht«, lächelte der General.

»Aber wenn wir scheitern«, betonte ich, »wird Possiltum besiegt.«

»Das ist richtig«, entgegnete Badaxe ruhig.

»Aber ...«

»Gestattet mir, dass ich meine Position erläutere«, unterbrach er mich. »Nach meiner Einschätzung steht hier mehr als nur ein Königreich auf dem Spiel. Solltet Ihr mit Eurem Auftrag Erfolg haben, so beweist das, dass Magik ein geeigneteres Mittel zur Verteidigung eines Reiches darstellt als militärische Stärke. Das könnte schließlich dazu führen, dass alle Armeen aufgelöst und stattdessen Zauberer eingestellt werden. Ich werde keinen Finger rühren, um einen derartigen Präzedenzfall zu schaffen. Wenn Ihr beweisen wollt, dass Zauberer Armeen überlegen sind, so werdet Ihr das alleine mit Hilfe der Magik zustande bringen müssen. Das Militär wird zu Eurer Unterstützung keinen Finger krumm machen.«

Während er sprach, nahm er Aahz den Weinkrug aus den Händen, ein Zeichen dafür, dass Aahz ebenso verblüfft war durch die Worte des Generals wie ich.

»Ich bin in dieser Angelegenheit sehr engagiert, meine Herren«, fuhr Badaxe fort und goss sich etwas Wein ein. »So sehr, dass ich bereit bin, mich und mein Königreich zu opfern, um den Beweis zu erbringen. Und darüber hinaus würde ich Euch sehr empfehlen, es ebenso zu halten.«

Er machte eine Pause und betrachtete uns mit glitzernden Augen.

»Denn ich sage Euch hier und jetzt, solltet Ihr aus der

bevorstehenden Schlacht siegreich hervorgehen, werdet Ihr keine Gelegenheit mehr haben, die Früchte Eurer Mühen zu ernten. Der König herrscht vielleicht bei Hofe, doch was im Königreich vor sich geht, erfährt er über meine Soldaten, und diese Soldaten säumen Euren Rückweg zum Palast. Sie haben Befehl, Euren Unfalltod zu melden, und wenn sie ihn selbst organisieren müssten. Habe ich mich klar genug ausgedrückt?«

Kapitel 8

›Alle Arbeit, die der Mühe wert ist, ist auch wert,
sich dafür gut bezahlen zu lassen‹
Hercules

Es kostete mich gewaltige Selbstbeherrschung, mich nicht nur bis wir die Gemächer des Generals verlassen hatten zurückzuhalten, sondern bis uns die Leibwachen nicht mehr hören konnten. Und als ich schließlich das Wort ergriff, gelang es mir sogar, den verräterischen, hysterischen Unterton zu unterdrücken, der meine wahren Gefühle sofort entlarvt hätte.

»Wie du schon sagtest, Aahz«, bemerkte ich leichthin, »es gibt solche und solche Armeen. Stimmt's?«

Aahz ließ sich keinen Augenblick täuschen.

»Hysterie hilft uns nicht weiter, Kind«, erklärte er. »Was wir jetzt brauchen, ist gesunder Menschenverstand.«

»Entschuldige mal«, sagte ich spitz, »aber war es nicht ›gesunder Menschenverstand‹, der uns in diesen Schlamassel gebracht hat?«

»Na schön, na schön!« Aahz zog eine Grimasse. »Ich will ja zugeben, dass ich ein paar Kleinigkeiten übersehen habe bei meiner ursprünglichen Einschätzung der Lage.«

»Ein paar Kleinigkeiten übersehen?«, wiederholte ich ungläubig. »Aahz, der ›gemütliche Job‹, auf den du mich da gehetzt hast, hat nicht die geringste Ähnlichkeit mit der Beschreibung, mit der du mich darauf heiß gemacht hast!«

»Ich weiß, Kerlchen«, seufzte Aahz. »Ich schulde dir wohl eindeutig eine Entschuldigung. Es klingt wirklich so, als arte das Ganze in Arbeit aus.«

»Arbeit?«, kreischte ich, während ich allmählich die Beherrschung verlor. »Selbstmord wird das!«

Aahz schüttelte traurig den Kopf.

»Da übertreibst du doch schon wieder. Es muss kein Selbstmord werden. Wir haben immer noch die Wahl, weißt du.«

»Klar«, gab ich sarkastisch zurück. »Wir können uns aussuchen, ob wir von den Invasoren oder Badaxes Männern umgebracht werden. Wie dumm von mir, dass ich daran nicht gedacht hatte. Da habe ich mir doch glatt einen Augenblick lang Sorgen gemacht.«

»Unsere Wahl«, verbesserte Aahz mich streng, »besteht darin, diesen hirnrissigen Auftrag anzunehmen, oder das Geld zu kassieren und abzuhauen.«

Ein Hoffnungsstrahl durchbrach die schaurige Finsternis, die meine Gedanken umwölkt hatte.

»Aahz«, sagte ich voll aufrichtiger Ehrfurcht, »du bist ein Genie. Komm, verduften wir!«

»Wohin verduften?«, wollte Aahz wissen.

»Zurück zum Gasthof natürlich«, erwiderte ich. »Je eher, je besser.«

»Das war keine unserer Alternativen«, spottete mein Lehrer.

»Aber du sagtest doch ...«

»Ich sagte, das Geld kassieren *und* abhauen, nicht nur ›abhauen‹!«, korrigierte er. »Wir gehen keinen Schritt, ehe wir nicht bei Grimble vorgesprochen haben.«

»Aber Aahz ...«

»Nichts ›aber Aahz‹!«, unterbrach er mich hitzig. »Dieser kleine Ausflug hat uns einiges gekostet. Das wollen wir zumindest wieder hereinholen, wenn nicht gar einen kleinen Gewinn einstreichen.«

»Es hat doch keinen Pfennig gekostet«, sagte ich dümmlich.

»Es hat uns Reisezeit gekostet und Zeit, in der wir uns nicht unseren Studien widmen konnten«, konterte Aahz. »Das ist schließlich einiges wert.«

»Aber ...«

»Abgesehen davon«, fuhr er angelegentlich fort, »stehen hier wichtigere Dinge auf dem Spiel.«

»Zum Beispiel?«, drängte ich ihn.

»Na ... zum Beispiel, hm ...«

»Da seid Ihr ja, meine Herren!«

Wir drehten uns um und sahen Grimble, der eilends auf uns zukam.

»Ich hoffte, Euch nach der Besprechung abpassen zu können«, fuhr der Kanzler fort, der sich nun zu uns gesellte. »Habt Ihr etwas dagegen, wenn ich Euch begleite? Ich weiß, Ihr habt es eilig, Euren Feldzug anzutreten, aber es gibt da einige Angelegenheiten, die wir unbedingt vor Eurer Abreise klären müssen.«

»Wie beispielsweise unsere Gehälter«, schlug Aahz unumstößlich vor.

Grimbles Lächeln gefror auf seinem Gesicht.

»Oh! Ja, natürlich. Aber zuvor gibt es noch andere Dinge zu erledigen. Ich gehe davon aus, dass der General Euch die notwendigen Informationen für Euren Auftrag hat zukommen lassen.«

»Bis zum letzten, brutalen Detail«, bestätigte ich.

»Gut, gut«, gluckste der Kanzler, den mein Sarkasmus keineswegs zu dämpfen schien. »Ich bin zutiefst überzeugt, dass Ihr in der Lage seid, mit dem Gesindel aus dem Norden fertig zu werden. Ich will Euch sagen, dass ich bereits vor der Vorstellung für Euch gestimmt hatte. Tatsächlich war ich derjenige, durch den Ihr die Einladung erhalten habt.«

»Wir werden es nicht vergessen«, sagte Aahz lächelnd und kniff Furcht erregend die Augen zusammen.

Da fiel mir etwas ein.

»Sagt, ... Herr Kanzler«, fragte ich beiläufig, »wie hattet Ihr überhaupt von uns erfahren?«

»Warum fragt Ihr?«, gab Grimble zurück.

»Aus keinem bestimmten Grund«, versicherte ich ihm. »Aber da die Vorstellung sich für uns als so fruchtbar erwiesen hat, würde ich dem Betreffenden, der mich in so hohen Tönen bei Euch gelobt hat, gerne ein Zeichen meiner Dankbarkeit zukommen lassen.«

Es war eine reichlich fadenscheinige Geschichte, doch der Kanzler schien sie abzunehmen.

»Nun ... äh, ehrlich gesagt war es eine Dirne«, gab er zu. »Ziemlich gewöhnlich, aber ich kann mich im Augenblick nicht an ihren Namen erinnern. Sie hat sich vielleicht die Haare gefärbt, seit Ihr sie gekannt habt. Zurzeit, als wir sie ... äh, kennen lernten, waren sie grün. Wisst Ihr, wer das ist?«

Und ob ich das wusste. Es gab nur eine Frau, die von Aahz und mir wusste und auch noch von unserer Bleibe. Und außerdem kannte ich nur eine Frau, auf die die Beschreibung von Wollüstigkeit und grünem Haar passte. Tanda!

Ich machte den Mund auf, um zuzugeben, dass ich sie kannte, als Aahz mir warnend einen Ellbogen in die Rippen stieß.

»Glah!«, sagte ich intelligenterweise.

»Wie meintet Ihr?«, erkundigte sich Grimble.

»Ich ... aä, ich kann die Person nicht aus dem Stegreif unterbringen«, log ich. »Aber Ihr wisst ja, wie zerstreut wir Zauberer sind.«

»Natürlich«, antwortete der Kanzler mit einem Lächeln und wirkte aus irgendeinem Grunde erleichtert.

»Da das nun geklärt ist«, unterbrach ihn Aahz, »meine ich, Ihr erwähnt unsere Gehälter.«

Grimble sah einen Augenblick lang finster drein, dann setzte er ein gutmütiges Grinsen auf.

»Nun verstehe ich, warum Meister Skeeve Euch seine Geschäftsverhandlungen überlässt«, gestand er.

»Schmeicheleien sind ja ganz nett«, bemerkte Aahz, »aber man kann sich nichts dafür kaufen. Es ging um unsere Gehälter.«

»Ihr müsst begreifen, dass wir ein bescheidenes Königreich sind«, seufzte Grimble. »Trotzdem bemühen wir uns, unsere Gefolgsleute so gut wie möglich zu belohnen. Für den Hofzauberer wurden Gemächer bereitgestellt, die für Euch beide groß genug sein dürften. Ihr erhaltet freie Kost, sofern Ihr anwesend seid, wenn die Mahlzeiten serviert werden. Darüber hinaus besteht eine Möglichkeit, nein, ich würde sagen die Gewissheit, dass die Großzügigkeit seiner Majestät Euch Stallplätze und Futter für Eure Einhörner gewährt. Wie klingt das?«

»Bis jetzt ziemlich billig«, bemerkte Aahz freiheraus.

»Was meint Ihr mit ›billig‹?«, fauchte der Kanzler, der für einen Augenblick seine Fassung verlor.

»Ihr habt bislang nicht mehr geboten, als ein Zimmer, in dem wir nicht schlafen«, spottete Aahz, »Mahlzeiten, die wir nicht essen und Stallplätze, die wir nicht in Anspruch nehmen werden, weil wir auf dem Schlachtfeld Euren Krieg für Euch austragen. Dafür wollt Ihr dann Skeeves Fähigkeiten, um Euer Königreich zu retten. Nach meinen Berechnungen ist das ziemlich billig!«

»Ja, ich verstehe Euer Argument«, räumte Grimble ein. »Nun, Ihr werdet natürlich auch eine kleine Barentlohnung erhalten.«

»Wie klein?«, drängte Aahz.

»Genügend, um Eure Unkosten zu decken«, antwortete der Kanzler lächelnd. »Sagen wir, fünfzig Goldstücke pro Monat?«

»Sagen wir zweihundert«, lächelte Aahz zurück.

»Vielleicht könnten wir auf fünfundsiebzig hochgehen«, entgegnete Grimble.

»Und wir gehen auf zweihundertfünfundzwanzig herunter«, bot Aahz an.

»Angesichts seiner Fähigkeiten könnten wir ... entschuldigt!« Der Kanzler begriff allmählich. »Sagtet Ihr zweihundertfünfundzwanzig?«

»Genau«, bestätigte Aahz, »ich hatte mich versprochen.«

»Dachte ich mir's doch«, lächelte Grimble.

»Ich meinte zweihundertfünfzig.«

»Nun passt mal auf...«, begann der Kanzler.

»Passt auf, Grimble«, kam Aahz ihm auf halber Strecke entgegen. »Ihr hattet drei Möglichkeiten. Ihr konntet Eure Armee verdoppeln, einen Zauberer anstellen oder Euer Königreich verlieren. Selbst bei dreihundert im Monat ist Skeeve hier Euer bestes Geschäft. Bedenkt nicht nur Eure Ausgaben, sondern auch Eure Einsparungen.«

Grimble dachte ein paar Augenblicke darüber nach.

»Na schön«, sagte er mit einer Grimasse, »bleiben wir bei zweihundertfünfzig.«

»Soweit ich mich erinnere, war dreihundert als Zahl im Gespräch«, bemerkte ich bissig.

Das trug mir einen bitterbösen Blick ein, doch ich gab nicht nach und hielt dem Blick stand.

»Dreihundert«, sagte er, wobei er die Worte zwischen zusammengepressten Zähnen hervorquetschte.

»Im Voraus zu zahlen«, fügte Aahz hinzu.

»Am Ende der Zahlungsfrist zu entrichten«, korrigierte Grimble.

»Nun kommt schon, Grimble«, hob Aahz an, doch der Kanzler unterbrach ihn mit emporgehaltener Hand.

»Nein! In diesem Punkt bleibe ich unnachgiebig«, sagte er halsstarrig. »Alle im königlichen Gefolge werden zum gleichen Zeitpunkt bezahlt, nämlich wenn am Ende der Zahlungsperiode die Tresore geöffnet werden. Wenn wir mit diesem Brauch brechen und Ausnahmen zulassen, dann ist kein Ende abzusehen.«

»Ihr könntet uns doch zumindest einen Teil als Abschlag geben«, drängte Aahz. »Etwas, womit sich die Unkosten des bevorstehenden Feldzuges decken lassen.«

»Eindeutig nein!«, entgegnete Grimble. »Wenn ich Geld für noch nicht geleistete Dienste auszuzahlen begänne, würden gewisse Leute, besonders Hugh Badaxe vermuten, dass Ihr die Absicht habt, das Geld zu nehmen und die Flucht zu ergreifen, ohne überhaupt in die Schlacht zu ziehen.«

Das traf die Wahrheit ziemlich genau, und ich merkte, wie ich den Blick abwandte, um mich nicht zu verraten. Aahz dagegen zuckte noch nicht einmal mit der Wimper.

»Und was ist mit Schmiergeldern?«, fragte er.

Grimble schaute finster drein.

»Es ist unvorstellbar, dass einer der Anhänger des Königs ein Bestechungsgeld annähme, geschweige denn es zum festen Bestandteil seines Einkommens rechnen würde. Jeden Versuch, Euch zu bestechen, solltet Ihr unverzüglich Seiner Majestät melden.«

»Es geht nicht um die Annahme von Schmiergeldern«, schnaubte Aahz, »es geht darum, sie selber zu vergeben. Wenn wir beim Feind Geld ausgeben, geht das von unseren Löhnen ab, oder trägt das das Reich?«

»Ich bezweifle ernsthaft, dass Ihr in der Lage sein solltet, die Armee, die Euch gegenübersteht, zu kaufen«, bemerkte der Kanzler skeptisch. »Außerdem sollt Ihr es mit Magik schaffen, dafür werdet Ihr schließlich bezahlt.«

»Selbst die Magik benötigt die Unterstützung durch genaue Informationen«, erwiderte Aahz treffend. »Nun kommt schon, Grimble, Hofintrigen sind Euch doch nichts

Neues. Eine kleine Vorwarnung kann in einer Schlacht eine Menge nützen.«

»Das ist schon wahr«, gab der Kanzler zu. »Nun schön, ich nehme an, wir können Euch die Vollmacht für Bestechungen geben, vorausgesetzt, sie halten sich im Rahmen.«

»Wie stark im Rahmen?«, erkundigte sich Aahz.

»Sagen wir, fünf Goldstücke.«

»Fünfundzwanzig wären ...«

»Fünf«, sagte Grimble, und es klang unumstößlich.

Aahz betrachtete seinen Gegner einen Augenblick, dann seufzte er.

»Fünf«, bestätigte er und streckte dem anderen seine Handfläche hin.

Der Kanzler kramte knurrend in seiner Börse und zählte fünf Goldstücke heraus. Er zählte sie tatsächlich zweimal, ehe er sie Aahz aushändigte.

»Ihr werdet freilich verstehen«, sagte er warnend, »dass ich nach Eurem Sieg eine Abrechnung über diese Gelder verlange.«

»Gewiss«, lächelte Aahz und liebkoste die Münzen.

»Ihr scheint unseres Sieges sehr sicher, Herr Kanzler«, bemerkte ich.

Grimble betrachtete mich einen Moment lang mit hochgezogener Augenbraue.

»Selbstverständlich bin ich ganz sicher, Herr Zauberer«, antwortete er schließlich. »So sicher, dass ich mein Königreich und sogar meinen Ruf für Euren Erfolg aufs Spiel gesetzt habe. Ihr werdet feststellen, dass ich meinen guten Ruf über das Königreich stelle. Das ist kein Zufall. Königreiche entstehen und zerfallen, doch ein Kanzler findet überall einen Posten. Das heißt natürlich nur, wenn das Königreich nicht durch seine Ratschläge zugrunde gerichtet wurde. Solltet Ihr in Eurem Feldzug zur Rettung Possiltums versagen, so ist meine Karriere ruiniert. Und sollte das eintreten, so geht Eure Laufbahn mit der meinen zu Ende.«

»Das klingt ja wie eine Drohung«, bemerkte Aahz trocken.

»Tatsächlich?«, entgegnete der Kanzler mit gespielter Ahnungslosigkeit. »Das war nicht meine Absicht. Ich drohe nicht, ich konstatiere Fakten. Ich pflege gute Kontakte zu den Kanzlern der benachbarten Königreiche, mit einigen bin ich sogar verwandt. Sie blicken alle auf mein Urteil in dieser Auseinandersetzung Magik kontra Militär. Sollte sich mein Urteil als falsch herausstellen, und Ihr scheitert bei der Verteidigung von Possiltum, so werden sie sich das merken. Dann wird in Zukunft jeder Zauberer und ganz besonders Ihr, Skeeve, als Schwindler und Scharlatan abgewiesen werden, wenn Ihr eine neue Stelle sucht. Und da häufig die Kanzler die Höfe regieren, sollte es mich nicht wundern, wenn sie eine Entschuldigung oder einen vorgeschobenen Grund finden, um Euch mir zuliebe hinrichten zu lassen. Die Tötungsmethoden sind von Reich zu Reich verschieden, aber das Ergebnis bleibt das Gleiche. Ich bin überzeugt, dass Ihr das bei der Planung Eures Feldzuges nicht vergessen werdet.«

Mit diesen Worten machte er auf dem Absatz kehrt und ließ uns einfach wortlos stehen.

»Nun, Aahz«, sagte ich schließlich. »Hast du irgendeinen vernünftigen Vorschlag für diese Lage?«

»Natürlich«, gab er zurück.

»Welchen?«, fragte ich.

»Jetzt, da wir die ganze Geschichte erfahren haben«, meinte er feierlich, »können wir in Panik verfallen.«

Kapitel 9

›Es geht hier um mehr als unser Leben‹

Oberst Travis

Anfeuerungsrede vor Alamo

Am dritten Abend, nachdem wir den Regierungssitz von Possiltum verlassen hatten, lagerten wir auf einem kleinen Hügel mit Blick auf die Haupt-Nordsüdverbindung des Königreiches.

Ich setzte hier Nord-Süd ziemlich willkürlich gleich. In den ganzen drei Tagen war unser Marsch die einzige Bewegung in Richtung Norden, die wir auf diesem speziellen Streifen ausgefahrenen Staubs hatten beobachten können. Der fehlende Verkehr gen Norden wurde noch auffälliger durch die große Menge der Leute, die in die entgegengesetzte Richtung zogen.

Auf unserer Reise begegneten wir ständig kleinen Gruppen oder Familien, die ihren Weg zum Regierungssitz auf jene beständige Weise ohne Hast nahmen, wie er typisch ist für Leute, die kein anderes Transportmittel als ihre Füße kennen.

Sie wirkten nicht besonders erschreckt oder furchtsam, aber zwei Merkmale wiesen sie als mehr denn gewöhnliche Reisende aus.

Zum einen überstieg die große Menge persönlicher Habe, die sie mit sich führten, bei weitem das selbst für eine lange Reise notwendige Gepäck. Ob nun in beschwerlichen Rucksäcken oder kleinen Handkarren aufgestapelt, offensichtlich war, dass die Reisenden in Richtung Süden so viel ihres weltlichen Besitzes bei sich trugen oder mit sich schleppten, wie sie nur konnten.

Zum zweiten schenkte uns keiner mehr Beachtung als einen flüchtigen Blick. Und das war noch bemerkenswerter als die erste Beobachtung.

Gegenwärtig bestand unsere Gruppe aus drei Mitgliedern: Mir, Aahz und Gliep. Wir hatten Butterblume zum großen Unmut von Aahz im Palast zurückgelassen. Wir hätten lieber Butterblume mitgenommen und Gliep zurückgelassen, aber in dieser Hinsicht waren die königlichen Befehle eindeutig gewesen. Der Drache durfte nicht im Palast bleiben, sofern nicht einer von uns dabei blieb, um ihn zu bändigen. Folglich reisten wir zu dritt, ein Jugendlicher, ein Drache und ein brummiger Dämon, also nicht gerade ein gewöhnliches Bild in dieser oder anderen Gegenden. Doch die nach Süden ziehenden Bauern beachteten uns nur, um uns auf der Straße Platz zu machen, wenn wir vorüberkamen.

Aahz behauptete hartnäckig, das läge daran, dass der Grund für ihre Flucht ihnen solche Angst einflößte, dass sie kaum irgendetwas oder irgendjemanden auf ihrem Weg beachteten. Darüber hinaus nahm er an, dass die treibende Kraft für ihren Exodus in der Armee bestand, der entgegenzutreten wir unterwegs waren.

Um diese Vermutung zu untermauern, versuchten wir, mehrere Gruppen zu befragen, die uns über den Weg liefen. Nach dem ersten Tag gaben wir das wegen der reichlichen Übereinstimmungen bei den Antworten wieder auf.

Hier ein Beispiel:

Aahz: Haltet ein, Fremder! Wohin geht Ihr?
Antwort: Zur Hauptstadt!
Aahz: Warum?
Antwort: Um so nahe wie möglich beim König zu sein, wenn er sich gegen die Eindringlinge aus dem Norden

verteidigt. Er wird zumindest versuchen müssen, sich selbst zu retten, wenn er die Provinzen schon nicht verteidigen will.
Aahz: Bürger, Ihr braucht nicht mehr zu fliehen. Ihr habt des Königs Sorge um Eure Sicherheit unterschätzt. Vor Euch seht Ihr den neuen Hofzauberer, den Seine Majestät eigens zur Verteidigung Possiltums gegen die Invasionsarmee bestellt hat. Was sagt Ihr dazu?
Antwort: Einen einzigen Zauberer?
Aahz: Und meine sachkundige Unterstützung natürlich.
Antwort: Ich würde sagen, Ihr seid verrückt.
Aahz: Nun seht einmal ...
Antwort: Nein, seht *Ihr* einmal, was immer und wer immer Ihr auch seid. Ohne es an der notwendigen Achtung für diesen und alle anderen Zauberer fehlen zu lassen, so seid Ihr doch Narren, Euch dieser Armee entgegenzustellen. Magik mag bei gewöhnlichen Heeren schön und recht sein, aber *die* Armee haltet Ihr nicht mit einem Zauberer auf ... nicht einmal mit zwanzig.
Aahz: Wir sind ganz zuversichtlich.
Antwort: Dann zieht weiter gen Norden. Ich für meinen Teil, ich halte auf den Palast zu!

Obwohl dieser Wortwechsel schließlich unsere Bemühungen, die Bevölkerung zu beruhigen, zunichte gemacht hatte, gab er Stoff für einen Disput, der immer noch nicht geklärt war, als wir uns am dritten Abend schlafen legten.

»Was ist aus deinem Plan geworden, das Geld einzusacken und abzuhauen?«, knurrte ich.

»Ein tolles Geschäft!«, gab Aahz zurück. »Mit fünf ganzen Goldstücken.«

»Du sagtest, du wolltest einen Gewinn herausschlagen«, drängte ich weiter. »Na schön! Wir haben einen. Wenn er auch nicht gewaltig ist … unsere bisherigen Bemühungen waren schließlich auch nicht überwältigend. Wenn man dann noch in Betracht zieht, dass wir nichts ausgegeben haben …«

»Und was ist mit dem Einhorn?«, erwiderte Aahz. Solange sie noch das Einhorn haben, haben wir ein schlechtes Geschäft gemacht.«

»Aahz«, mahnte ich ihn. »Butterblume hat uns nichts gekostet. Erinnerst du dich? Er war ein Geschenk von Ganzfix.«

»Aber es würde Geld kosten, ihn zu ersetzen«, antwortete Aahz starrsinnig. »Das heißt, dass wir Geld eingebüßt haben, bis wir ihn wiederbekommen. Ich habe dir gleich gesagt, dass ich etwas verdienen will … und einen Verlust hinzunehmen, lehne ich strikt ab.«

»Gliep?«

Aahz' hitzige Worte hatten meinen Drachen geweckt, der nun schläfrig fragend den Kopf hob.

»Schlaf weiter, Gliep!«, sagte ich besänftigend. »Es ist alles in Ordnung.«

Beruhigt rollte er sich auf den Rücken und legte den Kopf zurück.

So albern wie er dalag mit seinen in die Luft gereckten vier Beinen, hatte er mich an etwas erinnert.

Ich ging mein Gedächtnis eine Weile durch und beschloss dann, meine Taktik zu ändern.

»Aahz«, sagte ich nachdenklich, »aus welchem Grund willst du diese Sache eigentlich durchstehen?«

»Hast du denn nicht zugehört Kind? Ich sagte doch …«

»Ich weiß, ich weiß«, unterbrach ich ihn. »Du sagtest, es wäre um des Gewinns willen. Der einzige Haken dabei ist, dass du Gliep zurücklassen wolltest, der uns Geld gekostet hat, anstatt Butterblume, für den wir keinen Pfennig bezahlt haben! Das klingt aber irgendwie falsch, wenn du mit geringstem Einsatz einen Gewinn einstreichen willst.«

»Hm, du weißt ja, wie ich zu dem dummen Drachen stehe ...«, hob Aahz an.

»... und du weißt, wie ich zu ihm stehe«, unterbrach ich ihn. »Und deshalb weißt du auch genau, dass ich ihn nie im Stich lassen würde, um meine eigene Haut zu retten, geschweige denn für Geld. Aus irgendeinem Grunde wolltest du, dass mir diese Zusammenhänge aufgehen ... und dieser Grund hat nicht das Geringste mit Geld zu tun. Was aber ist es dann?«

Nun war Aahz an der Reihe, einige Minuten nachdenklicher Stille einzulegen.

»Du machst Fortschritte bei der Einsicht in Zusammenhänge, Kind«, sagte er schließlich.

Normalerweise hätte ich das Kompliment gerne angenommen. Diesmal jedoch erkannte ich es als das, was es war, nämlich ein Versuch, mich abzulenken.

»Der Grund, Aahz!«, mahnte ich entschlossen.

»Es gibt mehrere Gründe, Bürschchen«, erklärte er mit ungewohnter Feierlichkeit. »Der Hauptgrund ist der, dass du noch kein Meisterzauberer bist.«

»Wenn du mir die Bemerkung gestattest«, kommentierte ich trocken, »das ergibt keinen rechten Sinn. Wenn meine Fähigkeiten so begrenzt sind, weshalb hast du mich dann so eifrig auf diesen Auftrag gehetzt?«

»Hör mich zu Ende an, Kind«, sagte Aahz und hob abwehrend die Hand. »Ich habe einen Fehler begangen, und dieser Fehler hat uns in eine Lage gebracht, wo ein Zaubermeister vonnöten ist. Nicht sosehr seine Fähigkeiten als vielmehr sein Bewusstsein. Kannst du mir folgen?«

»Nein«, gab ich zu.

»Kein Wunder«, seufzte Aahz. »Deshalb habe ich versucht, dich in die Ausführung dieses Auftrags zu stürzen, anstatt es zu erklären. Bislang galt deine ganze Ausbildung den körperlichen Geschicken, ohne dein professionelles Bewusstsein zu entwickeln.«

»Du hast mir beigebracht, ein wachsames Auge auf die Einkünfte zu haben«, erklärte ich abwehrend.

»Das meine ich nicht, Kerlchen. Vergiss nun mal für einen Augenblick die Einkünfte.«

»Geht es dir gut, Aahz?«, fragte ich voll aufrichtiger Besorgnis. »Du klingst gar nicht wie du selbst.«

»Vielleicht lässt du mich mal in Ruhe«, fauchte er. »Ich versuche, dir hier etwas Wichtiges zu erklären!«

Ich verfiel in schüchternes Schweigen. Aber ich war wenigstens beruhigt, dass Aahz eindeutig Aahz war.

»Als du bei Garkin in die Lehre gingst«, begann Aahz, »und sogar noch, als ich dich kennen gelernt habe, wolltest du nicht Zauberer werden. Du wolltest Dieb werden. Um dich zu deinen Lektionen zu motivieren, musste ich unterstreichen, wie nützlich dir die Magik dabei werden könnte.«

Er machte eine Pause, ich sagte nichts. Es gab nichts zu sagen. Er hatte Recht, sowohl in Bezug auf seine Erinnerungen wie auch auf seine Interpretationen derselben.

»Nun«, seufzte er, »die Magik hat noch eine andere Seite. Du trägst Verantwortung ... eine Verantwortung für deine Kollegen, und was noch wichtiger ist, für die Magik selbst. Zwar haben wir Rivalen und werden uns noch mehr einhandeln, je länger wir leben, zwar bekämpfen wir sie oder bringen sie um ihre Posten, doch sind wir alle einer gemeinsamen Sache verpflichtet. Jeder Zauberer hat die Pflicht, die Magik weiterzuentwickeln, dafür zu sorgen, dass sie einen guten Ruf hat und geachtet wird. Je größer der Zauberer, umso größer sein Pflichtbewusstsein.«

»Und was hat das mit der aktuellen Lage zu tun?«, erkundigte ich mich.

»Hier steht einiges auf dem Spiel, Kind«, antwortete er vorsichtig. »Du hast es sowohl von Badaxe wie von Grimble gehört. Und was noch bedeutsamer ist, du hast es von der Bevölkerung gehört, als wir die Bauern ansprachen. Rodrick setzt sein ganzes Reich auf das Geschick der Magik, das Werk zu vollbringen. Nun, niemand anderes als ein Zauberer vermag zu sagen, wie vernünftig oder unvernünftig eine solche Aufgabe sein mag. Wenn wir scheitern, werden alle Gefolgsleute sehen, dass die Magik selbst versagt hat, und sie werden nie wieder Vertrauen in sie setzen. Deshalb können wir vor dieser Mission nicht davonlaufen. Wir stehen hier als Vertreter der Magik … und wir müssen unser Bestes dafür tun.«

Ich dachte ein paar Augenblicke darüber nach.

»Aber was können wir gegen eine ganze Armee ausrichten?«, fragte ich schließlich.

»Um dir gegenüber ehrlich zu sein«, seufzte Aahz, »ich habe nicht die geringste Idee. Ich hoffe, wir können uns etwas ausdenken, wenn wir genau gesehen haben, mit wem wir es zu tun bekommen.«

Danach saßen wir lange schweigend zusammen, ein jeder in Gedanken verloren über unseren Auftrag und alles, was auf dem Spiel stand.

Kapitel 10

›Es bedarf nicht zahlenmässiger Überlegenheit,
wenn man den Feind genau ausgekundschaftet
und eingeschätzt hat‹
Sitting Bull

Mein letztes Fünkchen Hoffnung zerstob, als wir die Armee zu Gesicht bekamen. Die Berichte über ihre gewaltige Größe waren nicht übertrieben gewesen; sie hatten sogar den vollen Umfang der feindlichen Macht nicht auszudrücken vermocht.

Unser Spähunternehmen hatte uns über die Nordgrenze Possiltums und mehrere Tagreisen in das Gebiet eines kleineren Nachbarreiches geführt. Der Name des Königreiches war nicht von Bedeutung. Falls man es nicht jetzt schon als Teil des neuen Imperiums betrachtete, so würde man dies spätestens dann tun, sobald die Neuigkeiten bekannt wurden.

Wir wussten nicht so recht, ob wir die letzte Schlacht versäumt hatten, oder ob sich das Königreich einfach ergeben hatte.

Wie dem auch gewesen sein mochte, jedenfalls waren keine Verteidigungstruppen zu sehen, es erstreckten sich lediglich große Feldlager der Streitkräfte des Imperiums in einer groben Linie, die in beiden Richtungen bis über den Horizont hinausreichte.

Glücklicherweise war das Heer nicht in Bewegung, was unsere Kundschafterei erheblich erleichterte. An der ganzen Frontlinie entlang waren in regelmäßigen Abständen Wachen aufgestellt, aber da sie nicht weit von den Feldlagern entfernt waren, überschritten wir die Linie einfach, ohne ihnen zu nahe zu kommen und entgingen so der Entdeckung.

Von Zeit zu Zeit konnten wir an ein Lager näher heranskriechen oder einen Baum erklimmen, um besser zu sehen. Aahz schien sehr in seine eigenen Gedanken versunken, sowohl wenn wir die Soldaten direkt beobachteten, als auch, wenn wir unseren Standort wechselten. Da ich ihm nicht mehr als ein gelegentliches Grunzen oder etwas ähnlich Einsilbiges entlocken konnte, widmete ich mich meinen eigenen Beobachtungen.

Die Soldaten waren ungefähr gleich gekleidet. Zu der Standardausrüstung gehörten offensichtlich ein Lederhelm, ein Brustschild, ein derber, knielanger Uniformmantel, Sandalen, ein Schwert, zwei Speere und ein großes, rechteckiges Schild. Allem Augenschein nach hatten sie nicht die Absicht, demnächst weiterzuziehen, denn sie hatten Zelte aufgestellt und brachten die meiste Zeit damit zu, ihre Waffen zu schärfen, Rüstungen zu reparieren, zu essen oder einfach umherzuschlendern. Gelegentlich erschien ein metallgepanzerter Soldat, vermutlich ein Offizier und brüllte die anderen an, worauf diese lustlos Aufstellung nahmen und mit dem Drill begannen. Gewöhnlich erschlafften ihre Trainingsmaßnahmen, sobald der Offizier verschwunden war.

Gelegentlich sahen wir einzelne Belagerungsgeräte, die gebaut waren, um dicke Steine oder Speere über weite Entfernungen zu schleudern, obgleich wir sie niemals in Aktion erlebten. Die einzigen Ausrüstungsgegenstände, die offenbar mit gewisser Regelmäßigkeit benutzt wurden, waren die Signaltürme. Jedes Feldlager besaß einen davon, eine wackelige Angelegenheit aus zusammengeschnürten Pfählen, die sich etwas sechs Meter in die Höhe schoben und eine kleine, quadratische Plattform trugen. Mehrmals am Tag bestieg ein Soldat in jedem Lager dieses Gerüst, dann gaben sie sich mit Fahnen und Standarten Zeichen. Die Türme dienten auch als Wäscheständer und waren von Zeit zu Zeit mit flatternden Uniformjacken geschmückt.

Alles in allem sah es nach einer unglaublich langweiligen Existenz aus. Und meiner Schätzung nach gab es tatsächlich nur noch eines, das anödender war, als Soldat des Imperiums zu sein, nämlich mehrere Tage ununterbrochen damit zuzubringen, die Soldaten des Imperiums zu beobachten.

Ich machte eine entsprechende Bemerkung gegenüber Aahz, während wir bäuchlings auf einem grasbewachsenen Hügel lagen und mal wieder ein Feldlager beobachteten.

»Du hast vollkommen Recht, Bürschchen«, gab er geistesabwesend zu. »Soldat zu sein ist ein ziemlich stumpfsinniger Job.«

»Und was ist mit uns?«, hakte ich nach, um das Gespräch in Gang zu halten. »Was wir machen, ist auch nicht gerade rasend aufregend, weißt du!«

»Du suchst etwas Aufregendes?«, fragte er mich und sah mich zum ersten Mal seit Tagen richtig an. »Dann will ich dir was sagen. Warum schlenderst du nicht einfach da runter und bittest den Dienst habenden Offizier, dir einen kurzen Abriss ihrer Operationsmethoden zu geben? Ich möchte wetten, dass das die Sache entschieden lebhafter für dich macht.«

»*Sooo* gelangweilt bin ich nun auch wieder nicht!«, korrigierte ich hastig.

»Dann halte doch den Mund und lass mich das hier auf meine Weise zu Ende bringen.« Aahz lächelte und setzte seine Studien fort.

»Was auf deine Weise zu Ende bringen?«, bohrte ich weiter. »Was versuchen wir hier eigentlich zu erfahren?«

Aahz seufzte.

»Wir kundschaften den Feind aus«, erklärte er geduldig. »Es stehen schon genügend Faktoren gegen uns, ohne dass wir unvorbereitet den Kampf antreten.«

»Wie viele Informationen benötigen wir denn?«, brummelte ich. »Dieses Feldlager unterscheidet sich kaum von den letzten fünf, die wir uns angesehen haben.«

»Das liegt daran, dass du nicht weißt, wonach du schauen musst«, schalt Aahz. »Was hast du denn bis jetzt über die Gegenseite in Erfahrung gebracht?«

Ich war auf die Frage nicht vorbereitet, nahm die Forderung jedoch bereitwillig an.

»Hm ... sie sind ziemlich viele ... sie sind gut bewaffnet ... hm ... und sie haben Katapulte ...«

»Das ist alles?«, spottete Aahz. »Brillant! Du und Badaxe geben ein feines Paar Strategen ab.«

»Na schön, dann erklär's mir!«, gab ich zurück. »Was hast du denn in Erfahrung gebracht?«

»Man kann Jahre damit zubringen, sich Militärtheorien aneignen zu wollen, ohne auch nur an der Oberfläche zu kratzen«, entgegnete mein Lehrer streng. »Aber ich will versuchen, dir das Wesentliche in wenigen Worten zu erläutern. Um eine Streitmacht einzuschätzen, wie wir das nun tun, musst du dir zwei Worte merken: ›Sam‹ und ›Fok‹.«

»›Sam‹ und ›Fok‹«, wiederholte ich artig.

»Manche ziehen ›Salute‹ vor, aber mir gefallen ›Sam‹ und ›Fok‹ besser«, fügte Aahz so nebenbei hinzu.

»Großartig«, feixte ich. »Wenn du mir vielleicht noch erklären würdest, was das bedeutet?«

»Es sind die Anfangsbuchstaben für deine Checkliste«, vertraute Aahz mir an. »›Salute‹ steht für Standort, Ausrüstung, Leistungskraft, Umfang, Truppenteile und Einsatzzeit. Das ist ja so weit ganz schön und recht, aber es setzt beim Späher keine Urteilsfähigkeit voraus. Ich ziehe ›Sam‹

und ›Fok‹ vor. Sie bedeuten Stärke, Armierung, militärische Bewegung und Formation, Organisation und Kommunikation.«

»Aha«, antwortete ich und hoffte, dass er nicht damit rechnete, dass ich mir das alles merken würde.

»Nun wollen wir einmal anhand dieses Gerüsts zusammenfassen, was wir bislang gesehen haben«, fuhr Aahz fort. »Stärke: Es ist ein Haufen, so dass eine genaue Zählung sinnlos ist. Militärische Bewegung: Im Augenblick sitzen sie nur herum.«

»So weit bin ich auch selbst gekommen«, erklärte ich ironisch.

»Der große Schlüssel jedoch«, sprach Aahz weiter, ohne mir Beachtung zu schenken, »sind Armierung und Ausrüstung. Wenn man über diesen Punkt nachdenkt, muss man gleichermaßen in Rechnung stellen, was sie haben und was nicht.«

»Wie war das gleich?«, erkundigte ich mich.

»Was sie haben, sind eine Menge Fußlatscher, Infanterie, eine kleine Artillerie in Form von Katapulten und Bogenschützen, aber nichts, was im Geringsten nach Kavallerie aussieht. Das bedeutet, dass sie beim Vorrücken langsamer werden, insbesondere im Kampf. Wir haben also keine schnellen Flankenangriffe zu befürchten, vielmehr wird es ein Mann-gegen-Mann-Kampf werden.«

»Aber Aahz«, setzte ich an.

»Was nun Formation und Organisation angeht«, fuhr er unbeeindruckt fort, »so haben sie sich über die ganze Gegend verteilt, wahrscheinlich ist die Lebensmittelzufuhr auf diese Weise besser sicherzustellen. Auf der anderen Seite beweist das eine gewisse Selbstsicherheit, sie halten es nicht für notwendig, ihre Kräfte zu massieren. Ich denke, wir sollten uns nun ihrer Organisation zuwenden: Es ist eine Sammlung von Kompanien oder Bataillonen, die jeweils unter der Führung von zwei oder drei Offizieren stehen und alle zusammen unter der Oberleitung des Generals.«

»Aahz ...«, versuchte ich wieder, ihm ins Wort zu fallen.

»Die Kommunikation scheint ihr schwächster Punkt zu sein«, fuhr er hartnäckig fort. »Wenn eine Armee dieser Größe ihre Truppenbewegungen nicht koordiniert, gerät sie ganz schön in die Klemme. Wenn sie tatsächlich Signaltürme und Läufer zur Nachrichtenübermittlung benutzen, sind wir vielleicht in der Lage, sie ein wenig durcheinander zu bringen.«

»Und was heißt das nun alles?«, unterbrach ich ihn endlich.

»Hm? Oh, das ist eine knappe Zusammenfassung dessen, wogegen wir kämpfen müssen«, antwortete Aahz unschuldig.

»Ich weiß, ich weiß«, seufzte ich. »Aber seit Tagen hast du gesagt, du würdest dir einen Plan ausdenken, sobald du gesehen hast, mit wem wir es zu tun haben. Nun hast du es gesehen. Wie lautet nun dein Plan? Wie können wir sie schlagen?«

»Gar nicht«, gab Aahz ernst zu. »Wenn ich eine Möglichkeit gesehen hätte, hätte ich es dir schon gesagt. Da dem aber nicht so ist, beobachte ich weiter.«

»Vielleicht gibt es überhaupt keine Möglichkeit«, meinte ich vorsichtig.

Aahz seufzte.

»Allmählich fange ich an zu glauben, dass du Recht hast. Wenn das stimmt, müssen wir etwas tun, das ich wirklich nicht gern mache.«

»Du meinst aufgeben?«, fragte ich aufrichtig erschrocken. »Nach der gewaltigen Rede von Verantwortungsgefühl, die du mir gehalten hast ...«

»Woau«, unterbrach mich Aahz. »Ich habe kein Wort von Aufgeben gesagt. Wir werden vielmehr ...«

»Gliep!«

Der unmissverständliche Laut erscholl hinter uns und tönte aus dem strauchbewachsenen Graben herauf, wo wir mein Haustier zurückgelassen hatten.

»Kind!«, stöhnte Aahz. »Würdest du bitte diesen dummen Drachen zum Schweigen bringen? Das fehlt uns gerade noch, dass er uns jetzt die Armee auf den Hals hetzt.«

»Richtig, Aahz!«, stimmte ich ihm zu und schob mich so schnell ich konnte rückwärts.

Sobald ich hinter dem Hügelkamm war, richtete ich mich geduckt auf und huschte in dieser Haltung den Hang hinab. Kriechen ist weder eine bequeme noch eine schnelle Fortbewegungsart.

Wie es uns inzwischen zur Gewohnheit geworden war, hatten wir Gliep an einen Baum gebunden ... einen großen Baum, nachdem er mehrere kleinere erfolgreich entwurzelt hatte. Es erübrigt sich zu erklären, dass er von der Idee keineswegs erbaut war, aber angesichts der delikaten Natur unserer gegenwärtigen Aufgabe war das unumgänglich.

»Gliep?«

Nun konnte ich ihn sehen, wie er heftig an dem Seilende zerrte. Überraschenderweise versuchte er jedoch nicht, auf mich zuzustürzen. Vielmehr tat er sein Möglichstes, um zu einem großen Gebüsch zu gelangen, das in der Nähe des Baumes stand ... oder zu etwas, das sich in dem Gebüsch versteckte.

Plötzlich trat mir kalter Schweiß auf die Stirn. Ich kam auf den Gedanken, dass Gliep vielleicht von einem der gegnerischen Späher entdeckt worden war. Das wäre schon schlimm genug, doch noch schrecklicher war die Möglichkeit, dass der Späher sich noch immer in der Nähe befand.

Ich trat eilends zur Seite in den Schatten eines Baumes und überdachte noch einmal die Lage. Bis jetzt hatte ich noch keinen Späher gesehen. In dem betreffenden Busch regte sich überhaupt nichts. Ich könnte mich hochschleichen und Aahz holen, aber wenn ich mich täuschte, wäre er nicht sehr erbaut davon, wegen eines blinden Alarms gestört worden zu sein. Ich konnte Gliep loslassen, damit er den Eindringling aufstöberte, aber das hieß, mich selbst zu gefährden.

Während ich so dastand und meinen nächsten Schritt überlegte, schlüpfte jemand hinter mich und legte mir seine Hände über die Augen.

»Wer ist es denn?«, ertönte eine sanfte Stimme hinter mir.

Kapitel 11

›WIEDERSEHEN MACHT FREUDE ...‹
GRAF VON MONTE CHRISTO

Ich machte einen Sprung in die Luft!

Vielleicht sollte ich das näher erklären. Wenn ich sage, ›in die Luft‹, so bin ich wirklich in die Luft gesprungen. Vor über einem Jahr hatte Aahz mir das Fliegen beigebracht, wobei es sich eigentlich um ein gesteuertes Schweben handelt, das durch die Umkehrung der Levation zustande kommt.

Was immer es war, ich tat es. Ich ging etwa drei Meter senkrecht in die Luft und blieb dort. Ich wusste nicht, wer sich hinter mir angeschlichen hatte und wollte es auch gar nicht wissen. Vielmehr wollte ich Hilfe haben. Ich brauchte Aahz!

Ich holte tief Luft, um diesem übermächtigen Bedürfnis Ausdruck zu verleihen.

»Bisschen nervös, was, Süßer?«

Das durchdrang sogar meine Panik.

Ich unterdrückte den Schrei, zu dem ich noch nicht einmal richtig angesetzt hatte und schaute auf meinen Angreifer hinab. Von meinem Blickwinkel aus erkannte ich ein prächtiges, oliv-goldenes Antlitz mit mandelförmigen Katzenaugen, das von einer herrlichen Mähne hellgrünen Haars umrahmt war. Außerdem sah ich einen ausladenden Busen.

»Tanda!«, rief ich begeistert und versuchte, meinen Blick wieder auf ihr Gesicht zu richten.

»Hättest du etwas dagegen, herunterzukommen?«, rief sie. »Ich kann so schlecht hoch.«

Ich erwog erst, theatralisch auf sie herabzuschweben, entschied mich jedoch dagegen.

Ich bin noch nicht so gut im Fliegen, und die ganze Wirkung wäre dahin gewesen, wäre ich ungeschickt auf sie gedonnert.

Stattdessen entschloss ich mich, mich langsam ein paar Schritte von ihr entfernt zu Boden zu lassen.

»Ei, Tanda, ich ... ächz!«

Letzteres wurde mit Gewalt aus mir herausgepresst, als Tanda mich umarmte, dass mir fast die Knochen krachten.

»He, es ist schön, dich zu sehen, Süßer«, murmelte sie glücklich. »Wie ist es dir denn so ergangen?«

»Mir *ging* es gut«, bemerkte ich, während ich mich kurz von ihr losmachte. »Was machst du denn hier?«

Als ich Tanda zum letzten Male gesehen hatte, gehörte sie der unglücklichen Gruppe an, welche Aahz und ich in unbekannte Dimensionen hatten aufbrechen sehen. Von dem ganzen Haufen war sie die Einzige gewesen, die ich nur ungern hatte gehen sehen.

»Ich warte auf dich, Dummerchen«, foppte sie mich und legte liebevoll den Arm um meine Taille.

»Wo steckt Aahz?«

»Er ist...« Ich wollte gerade zu dem Hügel empordeuten, als mir etwas auffiel. »Sag mal..., woher weißt du eigentlich, dass Aahz bei mir ist?«

»O! Nun spinn mal nicht rum«, schalt sie mich und schüttelte mich zum Scherz. »Das liegt doch auf der Hand. Nicht einmal Aahz würde dich allein gegen eine ganze Armee antreten lassen.«

»Aber woher...«

»Gliep!«

Mein Drache hatte entdeckt, dass seine Beute sich nicht mehr in dem Gebüsch versteckte. Deshalb zerrte er nun am Ende des Seiles, um sich zu uns zu gesellen. Der Baum, an welchen er gebunden war, schwankte gefährlich hin und her.

»Gliep!«, rief Tanda erfreut. »Wie geht's dir denn, mein Junge?«

Der Baum erreichte neue Tiefen, während der Drache vor Freude darüber zitterte, dass sie ihn erkannt hatte. Ich zitterte ja selbst ein bisschen. Tanda wirkte dergestalt auf männliche Wesen.

Ohne an ihre eigene Sicherheit zu denken, sprang Tanda nach vorn, um sich vor Gliep zu knien, seine Barthaare zu kraulen und zärtlich über seine Nase zu streicheln.

Gliep genoss es. Ich ebenfalls. Zu ihren üblichen, weichen, wadenhohen Stiefeln trug Tanda eine grüne Uniform, welche ihre üppigen Rundungen zusammenhielt und ihre Beine sehen ließ. Mehr noch, als sie niederkniete, rutschte ihr Rocksaum hoch, bis ...

»Was ist denn mit dem Drachen los?«, polterte Aahz los, der nun aus dem Gebüsch hinter mir trat.

Diesmal sprang ich nicht in die Luft ... nicht viel, zumindest.

»Ei, Aahz«, setzte ich an. »Es ist nämlich ...«

Ich hätte mich gar nicht erst um eine Erklärung bemühen brauchen. Tanda richtete sich auf und schoss an mir vorüber.

»Aahz!«, rief sie und warf sich in seine Arme.

Zur Abwechslung war mein Lehrer einmal ebenso fassungslos, wie ich es gewesen war. Einen Augenblick lang schwankte das Armegewirr am Rande des Zusammenbruchs, dann ging es zu Boden. Sie landeten mit einem laut schallenden Dröhnen, Aahz auf der Unterseite fing glücklicherweise den meisten Schwung auf.

»Immer noch ziemlich impulsiv, was?«, spöttelte Tanda.

»Uff ... ha ... ah ...«, antwortete Aahz liebenswürdig.

Tanda rollte sich auf die Füße und zog ihre Uniform zurecht.

»Wenigstens muss ich dich nicht fragen, ob du dich freust, mich wiederzusehen«, bemerkte sie.

»Tanda!«, keuchte Aahz schließlich.

»Du erinnerst dich?«, strahlte Tanda.

»Sie hat auf uns gewartet, Aahz«, ergänzte ich freudig.

»Das ist wahr!« Aahz blickte finster drein. »Grimble sagte, du hättest uns diesen Job auf den Hals geladen.«

Tanda zuckte zusammen.

»Das kann ich erklären«, sagte sie entschuldigend.

»Ich kann es kaum erwarten«, brummte Aahz.

»Darauf bin ich aber auch neugierig«, fügte ich hinzu.

»Hm ..., das könnte eine Weile in Anspruch nehmen, Jungs«, sagte sie nachdenklich. »Habt ihr vielleicht etwas zu trinken dabei?«

Das war zweifellos die gescheiteste Frage, die ich an diesem Tag gehört hatte. Wir zogen den Wein heraus, saßen in null Komma nichts im kleinen Kreis und stillten unseren Durst. Zum großen Unbehagen Aahz' hatte ich darauf bestanden, dass wir ganz in Glieps Nähe saßen, damit er sich nicht ausgeschlossen fühlte. Dies bedeutete natürlich, dass sein etwas strenger Atem unser Gespräch umnebelte, aber wie ich erklärte, war dies die einzige Möglichkeit, ihn ruhig zu halten, während wir sprachen.

»Was tat sich nach eurer Abreise?«, drängte ich sie. »Wo stecken Isstvan und Brockhurst und Higgens? Was ist aus Ganzfix geworden? Habt ihr Frumpel jemals wieder zum Leben erwecken können, oder ist er immer noch eine Statue?«

»Später, Kind«, unterbrach mich Aahz. »Die wichtigen

Dinge zuerst. Du wolltest gerade die Sache mit Grimble erklären.«

»Grimble«, antwortete Tanda und runzelte die Nase. »Hast du jemals festgestellt, dass, je unehrlicher einer ist, umso Besitz ergreifender er auch ist? Er ist der Hauptgrund, dass ich in Possiltum nicht länger auf euch gewartet habe.«

»Von vorne!«, ordnete Aahz an.

»Von vorne.« Tanda schürzte nachdenklich die Lippen. »Also, ich riss ihn in einer Single-Bar auf . . . er ist verheiratet, aber das erfuhr ich erst später.«

»Was ist eine Single-Bar?«, fiel ich ihr ins Wort.

»Halt den Mund, Kerlchen«, schnauzte Aahz mich an.

»Na ja, es war auch eigentlich keine Single-Bar«, verbesserte Tanda. »Eher eine Taverne. Ich hätte wissen sollen, dass er verheiratet war. Ich meine, kein Mann in so jungen Jahren kann so kahl sein, wenn er nicht eine Frau zu Hause hat.«

»Die Philosophie kannst du dir schenken«, stöhnte Aahz. »Erzähl uns schlicht und einfach die Geschichte, ja?«

Tanda hob eine Augenbraue in seine Richtung.

»Weißt du, Aahz«, beschuldigte sie ihn, »für einen, der so viele Schlenker macht wie du, wenn es ums Geschichtenerzählen geht, bist du verdammt ungeduldig, wenn es darum geht, jemand anders anzuhören.«

»Da hat sie ganz Recht«, kommentierte ich.

»Schluss jetzt!«, brüllte Aahz. »Die Geschichte!«

»Nun, eines der Dinge, die Grimble erwähnte, als er mir mit seinem hohen Posten imponieren wollte, war, dass er einen Hofzauberer suchte. Er sagte, er hätte den König überzeugt, einen anzustellen, aber jetzt konnte er keinen ausfindig machen und würde am Ende wie ein Idiot dastehen.«

»Und als er auf Idioten zu sprechen kam«, ergänzte ich, »fielen wir dir ein.«

»Nun fang bloß nicht so an«, schalt Tanda. »Ich hielt es für eine gute Möglichkeit, zwei Freunden weiterzuhelfen, ich wusste, dass ihr in dem Wald da rumhingt ... und schließlich weiß jeder, was für ein gemütlicher Job Hofzauberer ist.«

»Genau wie ich dir gesagt habe, Kerlchen«, betonte Aahz.

»Dann müssen wir von verschiedenen Jobs gesprochen haben«, gab ich zurück.

»He!«, unterbrach Tanda, indem sie zärtlich eine Hand auf meinen Arm legte. »Als ich ihm eure Namen angab, wusste ich nichts von der Invasionsarmee. Ehrlich!«

Unter ihrer Berührung schmolz mein Ärger dahin wie Eis. In diesem Augenblick hätte sie mir gestehen können, meinen Kopf als Galionsfigur verkauft zu haben, und ich hätte ihr noch verziehen.

»Nun ...«, hob ich an, doch sie fuhr zu meinem Glück fort.

»Sobald ich die ganze Geschichte erfahren hatte, wusste ich, dass ich euch in einen Engpass geführt hatte«, sagte sie leise und aufrichtig. »Wie ich schon sagte, hätte ich in Possiltum gewartet, doch ich hatte Angst, dass ihr mich mit euren Maskeraden erkennen würdet, ehe ich euch ausmachen könnte. Hättet ihr mich auf gewohnte Weise begrüßt, wäre das dem Geschäft sehr zuwider gelaufen. Grimble ist ein eifersüchtiger Narr, und wenn er uns für mehr als flüchtige Bekannte gehalten hätte, hätte er euch womöglich alle Unterstützung versagt, die er euch normalerweise gewährt hätte.«

»Ein tolles Geschäft«, knurrte Aahz, »fünf ganze Goldstücke.«

»So viel?« Tanda klang aufrichtig überrascht. »Wie habt ihr das denn geschafft?«

»Aahz holt bei jedem Handel das Bestmögliche heraus«, sagte ich stolz. »Zumindest in finanzieller Hinsicht.«

»Also«, schloss Tanda, »zumindest will ich nicht eure Kriegskasse belasten. Als ich den ganzen Schlamassel erfuhr, in den ich euch gebracht hatte, beschloss ich, mich diesmal umsonst zur Verfügung zu stellen. Da ich euch da hineingerissen habe, ist das mindeste, was ich tun kann, euch wieder herauszuhelfen.«

»Klasse!«, rief ich aus.

»Und wie das klasse ist!«, stimmte Aahz zu.

Irgendetwas an seiner Stimme störte mich.

»Ich meine, dass sie uns helfen will«, stieß ich hervor, »nicht dass sie es umsonst tut.«

»Das habe ich ja auch gemeint, Lehrling«, gab Aahz böse zurück. »Aber im Gegensatz zu einigen anderen weiß ich, wovon ich rede!«

»Jungs!?«, sagte Tanda und schob uns auseinander. »Wir stehen auf der gleichen Seite, wisst ihr noch?«

»Gliep!«, erklärte der Drache und schob sich neben Tanda. Wie ich schon sagte, ist der Atemhauch meines Drachen stark genug, um jedes Gespräch zu beenden, und es dauerte einige Minuten, bis die Luft wieder so frisch war, dass wir unsere Unterhaltung fortsetzen konnten.

»Ehe wir so rau unterbrochen wurden«, keuchte Tanda schließlich, »wolltest du etwas sagen, Aahz. Hast du dir einen Plan ausgedacht?«

»Inzwischen ja«, lächelte Aahz und fasste sie unters Kinn. »Und glaub mir, ohne dich wäre das ziemlich schwierig geworden.«

Das klang irgendwie besorgniserregend. Tandas Hauptgewerbe, zumindest das Einzige, das man in anständiger Gesellschaft erwähnen konnte, war das einer Mörderin.

»Nun komm schon, Aahz«, schalt ich. »Tanda ist gut, aber sie ist nicht so gut, dass sie es mit einer ganzen Armee aufnehmen könnte.«

»Sei dir da lieber nicht so sicher, Süßer«, meinte sie und zwinkerte mir zu.

Ich errötete, führte mein Argument jedoch weiter aus. »Ich behaupte nun einmal, dass die Sache für einen oder auch für drei einfach zu gewaltig ist«, erklärte ich hartnäckig.

»Da hast du Recht, Kerlchen«, sagte Aahz feierlich.

»Wir können einfach nicht ... Was sagtest du gerade, Aahz?«

»Ich sagte, dass du Recht hast«, wiederholte er.

»Dachte ich mir's doch«, meinte ich verwundert. »Ich wollte es nur noch mal hören.«

»Das könntest du öfter hören, wenn du öfter Recht hättest«, erläuterte Aahz.

»Nun komm schon, Aahz«, unterbrach ihn Tanda. »Wie lautet der Plan?«

»Wie das Bürschchen schon sagt«, meinte Aahz leichthin, »benötigen wir weitere Hilfe. Wir brauchen eine eigene Armee.«

»Aber Aahz«, erinnerte ich ihn, »Badaxe sagte doch ...«

»Wer redet denn von Badaxe?«, erwiderte Aahz in aller Unschuld. »Wir sollen diesen Krieg doch mit Hilfe der Magik gewinnen, nicht wahr? Na schön. Mit Tanda in unserem Team verfügen wir über ein paar weitere Tricks, vergiss das nicht.«

Ich vergaß es nicht. Ich hatte nicht vergessen, wie Aahz erklärt hatte, er mache sich keine Sorgen um Tanda, die mit Isstvan verschwunden war, denn sie könnte selbst durch die Dimensionen reisen, falls die Lage prekär würde.

»Du meinst ...«

»Genau das, Kerlchen«, lächelte Aahz. »Wir kehren zurück auf Tauf. Wir werden eine eigene kleine Invasionsarmee rekrutieren!«

Kapitel 12

›Das ist kein Spiel für alte Knacker!
Schickt die Knaben herein!‹
Caligula

Ich weiß nicht, wie Tanda uns von meiner Heimatdimension Klah nach Tauf gebracht hat. Wüsste ich es, so hätte ich sie nicht dazu gebraucht. Ich weiß nur, dass sie zu der entsprechenden Zeit zu singen begann und ihre Schultern wiegte (an sich schon ein faszinierender Vorgang), und schon waren wir da.

Mit ›da‹ meine ich in diesem Fall den Basar auf Tauf. Doch dieser Satz allein vermag keinen Eindruck der neuen Umgebung zu vermitteln, deren Anblick sich uns nun bot.

Vor langer Zeit erlitt die Dimension Tauf einen wirtschaftlichen Zusammenbruch. Um zu überleben, nutzten die Täufler (welche ich früher unter der Bezeichnung Teufel gekannt hatte) ihre Fähigkeit zum Dimensionen-Reisen und wurden Kaufleute. Durch einen Ausleseprozess waren nicht jene Täufler am stärksten, die am besten kämpfen konnten, sondern jene, die am geschicktesten handelten. Nach zahllosen Generationen, die diesen Prozess durchliefen, waren die Täufler als die besten Kaufleute aller Dimensionen bekannt. Außerdem waren sie als die verschlagensten, kältesten und profitgierigsten Betrüger berühmt, die die Welt jemals gesehen hat.

Der Basar auf Tauf war ihr Schaufenster. Es war ein Markt, der rund um die Uhr und das ganze Jahr über stattfand, und wo die Täufler miteinander um die Waren feilschten, welche sie aus den verschiedensten Dimensionen herbeigeschleppt hatten. Obwohl der Markt ursprünglich von den Täuflern eingerichtet und unterhalten wurde, war es keineswegs ungewöhnlich, Reisenden aus vielen Dimensionen zu begegnen, welche durch die endlosen Reihen von Auslagen und Buden schlenderten. Als Faustregel galt: ›Wenn man es überhaupt irgendwo findet, dann auf dem Basar von Tauf.‹

Ich war schon einmal mit Aahz hier gewesen. Damals suchten wir nach einer Überraschungswaffe zum Einsatz gegen Isstvan. Schließlich kehrten wir mit Gliep und Tanda zurück! ... Rund um den Markt gab es zahllose Unterhaltungsmöglichkeiten.

Ich erwähne dies, weil niemand, so ungewöhnlich unser Vierergespann auch erschienen sein mochte, uns auch nur die geringste Beachtung schenkte, während wir dastanden und das Kaleidoskop von Aktivitäten sich um uns drehen ließen.

Gliep drückte sich ängstlich an mich, da ihn der plötzliche Wechsel unserer Umgebung erschreckt hatte. Ich beachtete ihn nicht weiter. Mein erster Besuch hier war viel zu kurz gewesen, um meine Neugier befriedigt zu haben. Folglich verrenkte ich mir nun den Hals, um so schnell wie möglich so viel wie möglich mitzubekommen.

Tanda war da schon profihafter.

»Da wir nun hier sind«, meinte sie schleppend, »hast du eine Ahnung, wo wir hinmüssen, Aahz?«

»Nein«, gab Aahz zu. »Aber das werde ich auf der Stelle herausbekommen.«

Ohne weitere Vorwarnung streckte er die Hand aus und packte den Arm des nächstbesten Passanten, eines kurzgewachsenen, hässlichen Burschen mit Fangzähnen. Aahz wirbelte sein Opfer herum und beugte sich hinab, um ihm drohend ins Gesicht zu schauen.

»He, du!«, knurrte er. »Hast du Lust auf ein Kämpfchen?«

Einen Augenblick lang blieb mir das Herz stehen. Das fehlte uns gerade noch, in eine Schlägerei verstrickt zu werden.

Glücklicherweise zog der Keiler keine Waffe, sondern wich einen Schritt zurück und beäugte unsere Gruppe misstrauisch.

»Doch nicht mit einem Perversen mit einem Drachen zur Unterstützung. Ich nicht!«, gab er vorsichtig zurück.

»Gut!«, lächelte Aahz. »Und wenn du jemanden anheuern wolltest, der den Kampf für dich austrägt, wohin würdest du dann gehen?«

»Auf den Basar von Tauf.« Der Keiler zuckte die Schultern.

»Das weiß ich selbst!«, knurrte Aahz. »Aber wohin auf dem Basar?«

»Ach so!«, rief der Keiler, als er plötzlich verstand. »Etwa zwanzig Reihen weiter in dieser Richtung, dann circa dreißig Reihen nach rechts. Dort hängen die Söldner herum.«

»Zwanzig, dann dreißig nach rechts«, wiederholte Aahz aufmerksam. »Danke!«

»Ein Finderlohn wäre besser angebracht als Dank«, sagte der Keiler mit einem Lächeln und hielt uns die offene Handfläche entgegen.

»Da hast du wohl Recht!«, stimmte Aahz ihm zu und kehrte unserem Wohltäter den Rücken.

Der Keiler zögerte einen Moment, dann zuckte er mit den Schultern und ging seines Weges. Ich hätte ihm sagen können, dass Perfekter im Allgemeinen und Aahz im Besonderen nicht gerade für ihre Großzügigkeit berühmt sind. »Wir gehen zwanzig Reihen hier entlang, dann dreißig nach rechts«, informierte uns Aahz.

»Hm. Wir haben es gehört.« Tanda schnitt eine Grimasse. »Warum hast du ihn denn nicht direkt danach gefragt?«

»Meine Methode ist schneller«, erwiderte Aahz selbstgefällig.

»Tatsächlich?«, fragte ich skeptisch.

»Hör zu, Bürschchen«, schalt Aahz. »Möchtest du uns durch diese Menagerie führen?«

»Also ...« Ich trat den Rückzug an.

»Dann halt den Mund und lass mich machen, okay?«

In Wirklichkeit ließ ich mich nur allzu gern von Aahz leiten, wo immer er uns auch hinführen mochte. Zum einen war er dann damit beschäftigt, uns einen Weg durch die Menge zu bahnen. Zum anderen hatte ich dann so gut wie nichts zu tun und konnte den Anblick des Basars genießen, während ich ihm folgte.

Doch sosehr ich mich auch bemühte, es gab einfach zu vieles zu sehen für ein einziges Augenpaar.

In einer Bude debattierten zwei Täufler mit einem elefantenköpfigen Wesen über einen Schädel oder zumindest etwas, das ich für einen Schädel hielt. In einer anderen Bude bereitete ein Täufler eine Vorführung für ein bunt gemischtes Publikum vor und lockte Wolken aus grünen, schwebenden Bläschen aus einem Holzkasten.

Einmal wurde uns der Weg durch eine Bude versperrt, an der man Ringe verkaufte, die Lichtpfeile verschossen. Zwischen der Vorführung des Verkäufers und den Kunden, die ihre Erwerbung ausprobierten, war tatsächlich kein Durchkommen.

Aahz und Tanda verlangsamten ihren Schritt jedoch nicht, sondern gingen unbekümmert weiter zwischen den Blitzen hindurch. Wie durch ein Wunder blieben sie unversehrt.

Ich biss die Zähne zusammen, packte Gliep am Ohr und

folgte ihnen auf dem Fuße. Und wieder trafen uns die Energiestrahlen nicht. Offensichtlich würde ein Täufler niemals einen potentiellen Kunden verletzen oder zulassen, dass dergleichen an seinem Stand geschah. Es war gut, das zu wissen.

Doch die Blitzringe erinnerten mich an etwas anderes. Als wir das letzte Mal mit Tanda zusammen gewesen waren, hatte Aahz ihr einen Ring geschenkt, mit dem man ein manngroßes Objekt durch Hitzestrahlen auf der Stelle versengen konnte. Es stimmt . . ., ich sagte, er *schenkte* ihn ihr. Sie denken vielleicht, dass dies ein Ausdruck seiner tiefen Gefühle für sie war.

Meiner Auffassung nach war er einfach krank. Jedenfalls fiel mir der Ring nun wieder ein, und ich war neugierig, was aus ihm geworden war.

Als ich etwas schneller ging, um den Abstand zwischen mir und den beiden an der Spitze zu verringern, konnte ich lediglich feststellen, dass sie tief in ein Gespräch verwickelt waren. Das auf dem Basar herrschende Getöse vereitelte jeden Versuch, jemanden ernsthaft zu belauschen, doch es gelang mir, beim Gehen gelegentlich Brocken ihrer Unterhaltung aufzuschnappen.

». . . gehört . . . fürchterlich teuer, oder?«, hörte ich Tanda sagen.

». . . sind ihr Geld wert . . .«, erwiderte Aahz.

Ich schob mich ein bisschen näher heran, um besser zu hören.

». . . glaubst du eigentlich, dass hier jemand zu finden ist?«, erkundigte sich Tanda.

»Bei den vielen Kneipen?«, gab Aahz zurück. »Nach allem, was ich weiß, ist das eine ihrer Lieblings . . .«

Den Rest der Debatte bekam ich nicht mehr mit. Ein kniehohes, vielarmiges Scheusal huschte plötzlich über meine Füße und duckte sich unter einer Zeltklappe hindurch, dicht gefolgt von zwei äußerst frustriert wirkenden Täuflern.

Ich beachtete die Verfolgungsjagd und die folgenden Schreie nicht weiter, sondern beeilte mich, Aahz und Tanda einzuholen. Offensichtlich sprachen sie über Söldner, und ich wollte so viel wie möglich mitbekommen, sowohl für meine weitere Ausbildung als auch aus dem Grund, dass ich sie vielleicht in die Schlacht führen musste.

»... sie denn finden?«, fragte Tanda gerade. »Wir kennen ja nur die grobe Richtung.«

»... leicht«, erwiderte Aahz zuversichtlich. »Man muss nur dem Gesang nachgehen.«

»Dem Gesang?« Tanda war skeptisch.

»Das ist ihr Markenzeichen«, verkündete Aahz. »Das bringt sie auch in die meisten ...«

Ein Täufler trat vor mich und hielt mir stolz eine Hand voll Samen entgegen. Dann warf er sie mit Schwung zu Boden, und sogleich erwuchs ein schwarzer Dornbusch, der mir den Weg versperrte. Unwahrscheinlich! Normalerweise wäre ich fasziniert gewesen, doch im Augenblick hatte ich es zu eilig.

Ohne mich auch nur damit aufzuhalten, dem Täufler Vorwürfe zu machen, erhob ich mich in die Lüfte, wobei mein Unmut mir Flügel verlieh ... mein Unmut und ein bisschen Levitation. Ich überwand den Dornbusch ohne Schwierigkeiten und landete weich auf der anderen Seite, um beinahe von Gliep niedergetrampelt zu werden, als dieser durch das Hindernis gestapft kam.

»Gliep?«, sagte er und drehte neugierig den Kopf nach mir.

Ich rappelte mich aus dem Staub auf, wo sein Ungestüm mich hingeschleudert hatte und versetzte ihm eine Kopfnuss.

»Pass das nächste Mal auf, wo du hingehst!«, befahl ich wütend.

Seine Reaktion bestand darin, seine lange Zunge auszufahren und mir das Gesicht abzulecken. Sein Mundgeruch war verheerend, und seine Zunge hinterließ eine Schleimspur. Ganz offensichtlich hatte meine Ermahnung ihn in Furcht und Schrecken versetzt.

Mit einem tiefen Seufzer rannte ich hinter Aahz her, während Gliep neben mir herpolterte.

Ich hätte sie fast überholt, als Aahz plötzlich mitten im Wege stehen blieb und sich umdrehen wollte. Da ich bei meinem Tempo nicht mehr stehen bleiben konnte, prallte ich auf ihn und warf ihn zu Boden.

»Hast du's eilig, Süßer?«, erkundigte sich Tanda und blinzelte mich vielsagend an.

»Ei, Aahz«, stammelte ich über ihn gebeugt. »Ich wollte dich nicht . . .«

Aus einer halben Sitzstellung heraus, holte seine Hand zu einer Ohrfeige aus, die mich um mich selber wirbelte.

»Pass das nächste Mal auf, wo du hingehst«, schalt er.

»Gliep«, sagte der Drache und leckte mir übers Gesicht.

Entweder war mir schlimmer schwindelig, als ich geglaubt hatte, oder ich hatte diese Szene schon einmal erlebt.

»Nun hör mal auf herumzualbern, und pass auf, Kerlchen.«

Aahz war wieder auf den Beinen und ganz bei der Sache.

»Hier trennen wir uns erst einmal für eine Weile. Du wartest hier, während ich mit den Söldnern feilschen werde.«

»Ach, Aahz«, jammerte ich. »Darf ich nicht . . .«

»Nein, du darfst nicht!«, sagte er unumstößlich. »Der

Haufen, hinter dem ich her bin, ist eine wilde Horde. Das fehlte uns gerade noch, dass du mitten in den Verhandlungen eine dumme Bemerkung machst und die ihre Preise verdreifachen.«

»Aber ...«, setzte ich an.

»Du wartest hier!«, befahl Aahz. »Ich sage es noch einmal: *Warte!* Keine Schlägereien und kein Einkaufsbummel mit Drachenkauf. Du tust nichts außer zu warten!«

»Ich werde hier bei ihm bleiben, Aahz«, erklärte Tanda sich bereit.

»Gut.« Aahz nickte. »Sieh zu, dass er nicht in Schwierigkeiten gerät, ja?«

Mit diesen Worten drehte er sich um und verschwand in der Menge. Eigentlich war ich nicht allzu enttäuscht. Ich meine, ich hätte ihn schon gerne begleitet, aber noch lieber war es mir, einige Zeit alleine mit Tanda zu verbringen ... das heißt, soweit man es als Alleinsein mit jemandem bezeichnen kann, wenn man mitten im Basar auf Tauf steht.

»Na, Tanda«, sagte ich und setzte mein strahlendstes Lächeln auf.

»Später, Süßer«, antwortete sie spröde. »Im Augenblick habe ich noch einige Besorgungen zu machen.«

»Besorgungen?« Ich blinzelte.

»Hmm. Aahz ist großartig, was die Leistungskraft angeht, aber ich hätte gerne noch ein paar Tricks im Ärmel, für den Fall, dass es brenzlig wird«, erklärte sie. »Ich husche mal rüber zur Spezialeffekte-Abteilung und sehe mir an, was sie am Lager haben.«

»Einverstanden«, sagte ich. »Gehen wir!«

»Nein, du nicht.« Sie schüttelte den Kopf. »Ich glaube, es ist besser, wenn ich diesmal alleine gehe. Die Lokalitäten, an die ich denke, sind nichts für zivilisierte Gäste. Du wartest hier mit dem Drachen.«

»Aber du solltest doch dafür sorgen, dass ich nicht in Schwierigkeiten gerate!«, widersprach ich.

»... genau deshalb nehme ich dich ja auch nicht mit«, sagte sie mit einem Lächeln. »Na, was hast du überhaupt an Waffen dabei?«

»Nun ...«, sagte ich zögernd, »in Glieps Gepäck befindet sich eine Art Schwert.«

»Schön!«, sagte sie. »Hol es heraus und hänge es dir um. Es wird dir den Pöbel vom Hals halten. Dann ... hm ... wartest du da drinnen auf mich!«

Sie deutete auf ein zweifelhaft aussehendes Steingebäude mit einem abblätternden Schild an der Vorderseite.

»Was ist das denn?«, fragte ich und beäugte es misstrauisch.

»Das gehört zur Kette mit dem gelben Halbmond«, erklärte sie. »Eine Art Restaurant. Bestell dir was zu essen. Die Speisen sind nicht besonders appetitlich, aber genießbar.«

Ich besah mir das Haus eine Weile.

»Eigentlich«, entschied ich schließlich, »würde ich lieber ...«

Genau in diesem Augenblick bemerkte ich, dass ich mit mir selbst sprach. Tanda war spurlos verschwunden.

Zum zweiten Mal in meinem Leben stand ich nun alleine auf dem Basar von Tauf.

Kapitel 13

›Ran an die Buletten!‹
HEINRICH VIII.

So faszinierend der Basar auch ist, sich dort alleine wiederzufinden kann ziemlich erschreckend sein.

Folglich beschloss ich, Tandas Rat zu befolgen und betrat das Gasthaus.

Zuerst war ich jedoch vorsichtig genug, Gliep an einem der Pfosten des Gasthofs anzubinden und das Schwert herauszuziehen. Unglücklicherweise trug Aahz es gerade, so dass mir nur Garkins altes Schwert blieb, eine Waffe, die gleichermaßen zum Gespött von Dämonen und Dämonenjägern geworden war. Doch ihr Gewicht an meiner Hüfte wirkte beruhigend auf mich, obwohl es vielleicht noch beruhigender gewesen, hätte ich gewusst, wie man damit umgeht. Bedauerlicherweise hatte es jedoch bei meinem Unterricht bei Aahz bislang noch keine Stunden im Schwertkampf gegeben.

Ich konnte nur hoffen, dass dem zufälligen Beobachter nicht gleich in die Augen sprang, dass ich zum ersten Mal ein Schwert trug.

Ich blieb im Türrahmen stehen und besah mir das Innere des Gasthauses. So wenig vertraut ich mit gepflegten Speisen war, begriff ich doch sofort, dass hier nicht die Rede davon sein konnte.

Einer der wenigen Ratschläge, die mein bäuerlicher Vater mir erteilt hatte, ehe ich von zu Hause fortgelaufen war, lautete, dass man keinem Gasthaus oder Restaurant trauen sollte, das übertrieben sauber wirkte. Er behauptete, je sauberer ein Lokal war, umso zweifelhafter wären Qualität und Herkunft seiner Speisen. Wenn er nur annähernd Recht hatte, musste dieser Gasthof das Allerletzte sein. Er war nicht sauber, er blitzte nur so.

Ich meine das wörtlich. Grelle Deckenlampen spiegelten sich auf wahllos arrangierten, winzigen Tischen und unbequem aussehenden Stühlen aus glänzendem Metall und einem harten, weißen Material, das ich nicht kannte. An der entgegengesetzten Wand des Gasthauses erstreckte sich eine Theke, hinter der ein großer, steinerner Wasserspeier stand, das einzige dekorative Stück in diesem Raum. Hinter ihm befand sich eine Tür, die vermutlich zur Küche führte. Ein kleines Fenster in dieser Tür gab den Blick auf die Speisezubereitung frei. Diese Zubereitung bestand darin, kleine Fleischpasteten auf dem Herd zu garen, sie in Rollenform zu halbieren, eine Vielzahl bunter Pasten auf das Fleisch zu schmieren und die ganze Scheußlichkeit in Papier zu schlagen.

Die Beobachtung dieser Vorgänge erhärtete meine vorangegangenen Befürchtungen. Ich erledige die gesamte Kocherei für Aahz und mich, wie zuvor für Garkin und mich und früher für mich ganz allein. Während ich mir über das Niveau meiner Kochkünste keine Illusionen mache, so weiß ich doch, dass nach einem solchen Umgang mit dem Fleisch die Mahlzeit Beschaffenheit und Geschmack von verkohltem Handschuhleder haben muss.

Trotz der offenkundig geringen Qualität der Speisen war der Gasthof fast voll besetzt mit Gästen. Das beobachtete ich aus den Augenwinkeln. Und ich bemerkte ebenso, dass ein hoher Prozentsatz von ihnen mich anstarrte. Es kam mir in den Sinn, dass das vielleicht daran liegen mochte, dass ich so lange in der Tür stand, während ich Mut fasste, um einzutreten.

Ich war nun etwas verlegen, trat in den Raum und ließ die Tür hinter mir zuschwingen. Mit teuflischer Präzision schloss sie sich über meinem Schwert und klemmte es sogleich fest, dass ich beim Weitergehen tölpelhaft strauchelte. So viel zu meinem Auftreten als Schwertträger.

Peinlich berührt vermied ich es, den anderen Gästen in die Augen zu sehen und sputete mich zur Theke. Ich wusste nicht so recht, was ich dort anfangen wollte, da ich dem Essen nicht traute, aber vermutlich würden die Leute aufhören, mich anzustarren, wenn ich die Bestellprozedur hinter mich brachte.

Immer noch in dem Bemühen, ihren Blicken auszuweichen, betrachtete ich demonstrativ den Wasserspeier. Plötzlich ertönte ein knirschendes Geräusch, und die Statue drehte den Kopf, um mich anzusehen. Das war gar keine Statue! Sie hatten ein richtiges Scheusal, das an der Theke bediente.

Das Scheusal schien aus grobem, grauem Stein zu bestehen, und wenn es seine Flügel bewegte, rieselten kleine Stückchen zermalmten Gesteins zu Boden. Seine Hände waren krallenbewehrt, aus seinen Ellbogen wuchsen geschwungene Dornen. Der einzige versöhnliche Zug, den ich entdecken konnte, war sein Lächeln, das wiederum leicht entnervend war. Es beherrschte sein faltiges Gesicht und schien in sein Gesicht eingeätzt, erstreckte sich bis hinter die Ohren und entblößte eine Reihe spitzer Zähne, die noch länger als Aahzens waren.

»Ihre Bestellung, bitte?«, erkundigte sich das Scheusal höflich, ohne auch nur einmal sein Lächeln aufzugeben.

»Hm …«, sagte ich und trat einen Schritt zurück. »Ich muss erst darüber nachdenken. Die Auswahl ist so groß.«

In Wirklichkeit konnte ich die Speisekarte nicht lesen …, falls es sich überhaupt um diese handelte. Hinter dem Scheusal war etwas in einer Sprache in die Wand gemeißelt, die ich nicht entziffern konnte. Ich nahm an, dass es sich um die Speisekarte handelte, denn die Preise waren nicht in die Wand geritzt, sondern mit Kreide über viele ausradierte Stellen geschrieben.

Das Scheusal zuckte mit den Schultern.

»Wie Sie wollen«, sagte es gleichgültig. »Wenn Sie sich entschieden haben, rufen Sie einfach. Gus heiße ich.«

»Das werde ich tun ..., Gus«, sagte ich lächelnd und schob mich langsam wieder zur Tür.

Zwar war es meine Absicht, mich still hinauszuschieben und draußen mit Gliep zu warten, doch es sollte anders kommen. Noch ehe ich vier Schritte getan hatte, fiel mir schwer eine Hand auf meine Schulter.

»Skeeve, nicht wahr?«, erklang eine Stimme.

Ich wirbelte herum, beziehungsweise setzte dazu an. Der Versuch wurde vereitelt, als mein Schwert an ein Tischbein stieß. Doch mein Kopf drehte sich weiter, und ich sah mich einem Imp gegenüber.

»Brockhurst!«, rief ich aus, denn ich erkannte ihn sogleich.

»Ich dachte doch gleich, dass du das bist, als du ... *heh!«* Der Imp trat einen Schritt zurück und hob abwehrend die Hände. »Nun mal langsam! Ich will doch gar keinen Ärger machen.«

Meine Hand war unwillkürlich zu meinem Schwert gefahren, um es aus dem Tischbein zu ziehen. Offensichtlich hatte Brockhurst diese Bewegung als das Bemühen interpretiert, meine Waffe zu ziehen.

Das kam mir gelegen. Brockhurst war einer von Isstvans Helfershelfern gewesen, und wir waren nicht in bestem Einvernehmen auseinander gegangen.

»Ich hege keinen Groll mehr«, fuhr Brockhurst halsstarrig fort. »Das war nur mein Job. Und zurzeit warte ich auf einen neuen ... und zwar schon eine ganze Weile!«

Das Letzte sagte er mit einem bitteren Unterton, der meine Neugier anstachelte.

»Dann ist es dir nicht allzu gut ergangen?«, erkundigte ich mich vorsichtig.

Der Imp zog eine Grimasse.

»Das ist eine Untertreibung. Komm, setz dich. Ich spendier dir einen Milchshake und erzähle dir alles.«

Ich wusste nicht recht, was ein Milchshake war, war jedoch überzeugt, dass ich keinen wollte, wenn es hier verkauft wurde.

»Hm … vielen Dank jedenfalls, Brockhurst«, sagte ich und rang mir ein Lächeln ab. »Aber ich möchte lieber nichts.«

Der Imp hob eine Augenbraue.

»Immer noch ein bisschen misstrauisch, wie?«, murmelte er. »Na ja, ich kann es dir nicht verdenken. Aber ich werde dir sagen, was wir machen.«

Ehe ich ihn aufhalten konnte, schlenderte er zur Theke.

»He, Gus!«, rief er. »Ich hätte gern noch einen Becher.«

»Eigentlich …«, begann der Wasserspeier.

»Danke!«

Brockhurst war schon auf dem Rückweg und trug seine Erwerbung, eine Art dünnwandigen, durchschimmernden Becher. Er stellte ihn auf einen nahe gelegenen Tisch, nickte mir zu und wies mit der Hand auf den Stuhl gegenüber.

Die Höflichkeit ließ mir keine andere Wahl, als mich zu ihm zu setzen, obwohl mir später der Gedanke kam, dass ich keinerlei Verpflichtung zur Höflichkeit hatte. Mit vorsichtigen Bewegungen, um nicht wieder etwas mit meinem Schwert umzustoßen, bahnte ich mir meinen Weg zu dem bezeichneten Platz.

Offenbar hatte Brockhurst hier vorher schon gesessen, denn auf dem Tisch stand genauso ein Becher, wie er ihn eben an der Theke geholt hatte. Der einzige Unterschied bestand darin, dass der auf dem Tisch zu drei Vierteln mit einer merkwürdigen rosafarbenen Flüssigkeit gefüllt war.

Betont feierlich nahm der Imp den Becher vom Tisch und schüttelte die Hälfte daraus in das neue Behältnis. Die Flüssigkeit hatte die Konsistenz von flüssigem Dung.

»Hier!«, sagte er und schob mir einen der Becher über den Tisch zu. »Nun brauchst du dir über die komische Sache mit den Getränken keine Gedanken mehr zu machen. Jetzt trinken wir beide das Gleiche.«

Mit diesen Worten hob er seinen Becher zu einem ironischen Zuprosten und nahm einen kräftigen Schluck. Offensichtlich erwartete er, dass ich es ihm gleichtat. Doch eher hätte ich Blut gesaugt.

»Es ist schwer zu glauben, dass die Geschäfte bei dir nicht laufen«, sagte ich. »Du siehst ziemlich gut aus.«

Zur Abwechslung war ich einmal ganz ehrlich. Brockhurst sah gut aus ... sogar für einen Imp. Wie Aahz gesagt hatte, verstanden die Imps, sich flott zu kleiden, und Brockhurst bildete da keine Ausnahme. Er war mit einem rostfarbenen, goldgeschnürten Samtwams bekleidet, das seine rosa Hautfarbe und sein glattes, schwarzes Haar gut zur Geltung brachte. Falls er Hunger litt, sah man ihm das jedenfalls nicht an. Obwohl er immer noch ziemlich schlank war, war er so muskulös und durchtrainiert wie bei unserer früheren Begegnung.

»Lass dich nicht vom Anschein täuschen«, sagte Brockhurst nachdrücklich und schüttelte de Kopf. »Du hast vor dir einen Imp, der mit dem Rücken zur Wand steht. Ich musste alles verkaufen: Meine Armbrust, meinen Beutel mit Magiktricks, ich konnte nicht einmal meine Schulden bei der Mörderzunft bezahlen.«

»Ist es denn so schwierig, Arbeit zu finden?«, fragte ich mitleidsvoll.

»Ich sage dir, Skeeve«, flüsterte er vertraulich, »seit dem Fiasko mit Isstvan habe ich keine Arbeit mehr gehabt.«

Der Klang des Namens jagte mir immer noch einen Schauer über den Rücken.

»Wo ist Isstvan überhaupt?«, fragte ich beiläufig.

»Mach dir um den keine Gedanken«, antwortete Brockhurst finster. »Den haben wir mit einer Lotteriebude auf der Isle of Coney zwei Dimensionen von hier zurückgelassen.«

»Und was ist aus den anderen geworden?«

Ich war aufrichtig neugierig. Ich hatte noch keine große Gelegenheit gehabt, mich mit Tanda zu unterhalten, seit wir wieder zusammen waren.

»Frumpel sahen wir zuletzt unter einer Vogelschar in irgendeinem Park ... offenbar sah er als Statue besser aus als lebendig. Der Dämonenjäger und das Mädchen sind eines Nachts zu unbekannten Gefilden aufgebrochen, während wir schliefen. Mein Partner, Higgens, hat sich auf den Heimweg nach Imper gemacht. Er meinte, seine Karriere sei zu Ende, so dass er sich genauso gut irgendwo niederlassen könnte. Ich suche seither Arbeit und glaube allmählich, dass Higgens wirklich Recht gehabt hat.«

»Nun komm schon, Brockhurst«, schalt ich ihn. »Irgendetwas musst du doch tun können. Ich meine, wir sind hier doch schließlich auf dem Basar von Tauf!«

Der Imp stieß einen schweren Seufzer aus und nahm noch einen Schluck von seinem Getränk.

»Es ist nett, dass du das sagst, Skeeve.« Er lächelte mich an. »Aber ich muss mich mit den Tatsachen abfinden.

Jedenfalls besteht keine große Nachfrage nach Imps, und schon gar nicht nach einem Imp ohne Zauberkräfte.«

Ich verstand, was er meinte. Alle Dimensionsreisenden, die ich bislang kennen gelernt hatte – Aahz, Isstvan, Tanda und sogar der Täufler Frumpel –, schienen Imps für minderwertige Wesen zu halten. Die netteste Bemerkung, die ich noch über Imps gehört hatte, war, dass sie stillose Imitatoren der Täufler seien.

Er tat mir Leid. Zwar waren wir uns beim ersten Mal als Gegner gegenübergestanden, doch es war noch nicht allzu lange her, dass ich selbst jedermann ein Klotz am Bein gewesen war.

»Du musst es weiter versuchen«, ermutigte ich ihn. »Irgendwo gibt es schon jemanden, der dich einstellen möchte.«

»Das ist reichlich unwahrscheinlich.« Der Imp schnitt eine Grimasse. »In meinem jetzigen Zustand würde ich mich ja nicht einmal selbst einstellen. Du vielleicht?«

»Na, klar doch«, bestätigte ich. »Jederzeit.«

»Ach, ja«, seufzte er. »Ich sollte mich nicht so viel mit mir selbst beschäftigen. Wie ist es dir denn ergangen? Was führt dich denn auf den Basar?«

Nun war es an mir, eine Grimasse zu schneiden.

»Aahz und ich sitzen ganz schön in der Tinte«, erklärte ich. »Wir wollen hier versuchen, eine Truppe zu unserer Unterstützung anzuwerben.«

»Dann heuert ihr Leute an?« Brockhurst war plötzlich ganz bei der Sache.

»Hmm. Warum?«, erwiderte ich.

Zu spät begriff ich, was ich gesagt hatte.

»Dann hast du es ernst gemeint, als du sagtest, du würdest mich anstellen!« Brockhurst setzte sich freudestrahlend neben mich.

»Hm ...«, machte ich.

»Das ist ja großartig«, kicherte der Imp und rieb sich die Hände. »Glaub mir, Skeeve, du wirst es nicht bereuen.«

Ich bereute es jetzt schon.

»Nun warte mal eine Minute, Brockhurst«, unterbrach ich ihn verzweifelt. »Da gibt es einige Punkte, die du bei dem Job wissen solltest.«

»Zum Beispiel?«

»Äh ... einmal stehen unsere Chancen miserabel«, erklärte ich wohl überlegt. »Wir haben es mit einer ganzen Armee zu tun. Das ist eine ziemlich harte Sache angesichts der niedrigen Bezahlung.«

Ich dachte, dass ich mit dieser Bemerkung den Punkt träfe. Das tat ich auch.

»Wie niedrig *ist* die Bezahlung denn?«, fragte der Imp plump.

Nun saß ich in der Klemme. Ich hatte nicht die geringste Vorstellung, wie viel Söldner normalerweise bekamen.

»Wir ... äh ... wir könnten nicht mehr als ein Goldstück für den gesamten Auftrag anbieten.« Ich zuckte die Achseln.

»Einverstanden!«, rief Brockhurst aus. »Beim aktuellen Stand meiner Finanzen kann ich es mir gar nicht leisten, ein solches Angebot abzulehnen, wie gefährlich der Job auch sein mag.«

Mir fiel auf, dass ich mir gelegentlich von Aahz einmal die Wechselkurse erläutern lassen müsste.

»Hm ..., da ist noch ein anderes Problem«, murmelte ich nachdenklich.

»Und das wäre?«

»Nun, mein Partner, du erinnerst dich doch an Aahz?«

Der Imp nickte.

»Also, er ist gerade unterwegs, um eine Truppe anzuheuern, und er hat das Geld bei sich«, fuhr ich fort. »Es kann durchaus sein, dass wir nicht mehr genug Geld haben, dich anzustellen, wenn er Erfolg hat.«

Brockhurst schürzte die Lippen einen Augenblick lang, dann zuckte er mit den Schultern.

»Na«, sagte er. »Ich werde es riskieren, ich hatte ja ohnehin nichts anderes vor. Wie ich schon sagte, haben sie mir nicht gerade die Tür eingerannt mit Arbeitsangeboten.«

Nun fiel mir keine Ausrede mehr ein.

»Also ...«, sagte ich lahm, »wenn du dir darüber im Klaren bist ...«

»Vorsicht, Boss«, unterbrach mich das Gemurmel des Imps. »Wir haben Gesellschaft bekommen.«

Ich weiß nicht, was mich mehr ängstigte: Die Tatsache, dass Brockhurst mich ›Boss‹ nannte, oder die gespensterhafte Erscheinung, die an unseren Tisch getreten war.

Kapitel 14

›Wir können noch ein paar gute Leute gebrauchen‹

B. Cassidy

Einen Augenblick lang dachte ich, vor uns stände ein Skelett. Dann sah ich genauer hin und begriff, dass wirklich Haut über die Knochen gespannt war, obwohl ihre staubigweiße Tönung sie sehr tot aussehen ließ.

Die Blässe der Gestalt wirkte noch leichenhafter durch den blau-schwarzen Kapuzenumhang, in den sie gehüllt war.

Erst als ich das runzlige Gesicht mit einem struppigen, kurzen Bart bemerkte, begriff ich, dass es sich bei unserem Besucher um einen sehr, sehr alten Mann handelte.

Er sah so schwach aus, als würde er gleich zusammenbrechen und klammerte sich verzweifelt an einen knorrigen, schwarzen Wanderstab, der allein in der Lage schien, ihn aufrecht zu halten.

Doch seine Augen blickten noch ganz klar, und sein Lächeln strahlte Selbstvertrauen aus, während er dastand und uns ansah.

»Habe ich euch Jungs richtig verstanden?«, fragte er mit krächzender Stimme.

»Wie bitte?« Brockhurst schaute ihn finster an.

Der Greis schnaubte verächtlich und sprach lauter.

»Ich sagte ›Habe ich euch Jungs richtig verstanden?!‹«, brüllte er.

»Was ist los? Bist du taub?«

»Hm … verzeiht mir«, unterbrach ich hastig. »Ehe wir

Eure Frage beantworten können, müssen wir ja wissen, was Ihr zu verstehen glaubtet.«

Der alte Mann dachte einen Augenblick nach, dann hüpfte sein Kopf zu einem plötzlichen Nicken auf und nieder.

»Tatsächlich, da hast du Recht!«, kicherte er. »Ziemlich schlaues Kerlchen.«

Er begann, zur Seite zu schwanken, fing sich dann aber wieder.

»Ich glaube, gehört zu haben, wie du dem Rosenröschen hier sagtest, du suchst eine Truppe, die es mit einer ganzen Armee aufnimmt«, erklärte er und wies mit dem Daumen auf Brockhurst.

»Brockhurst ist mein Name, nicht Rosenröschen!«, knurrte der Imp.

»Na schön, Bockwurst«, nickte der alte Mann. »Kein Grund zur Aufregung.«

»Brockhurst heiße ich!«

»Ihr habt ganz recht gehört«, unterbrach ich wieder in der Hoffnung, der Alte würde abziehen, wenn seine Neugier befriedigt war.

»Gut!«, erklärte der Mann. »Auf mich könnt ihr zählen. Ich und Blackie haben schon lange keinen anständigen Kampf mehr mitgemacht.«

»Wie viel Jahrhunderte ist das denn her?«, spottete Brockhurst.

»Sieh dich vor, was du sagst, Bockwurst!«, warnte ihn der alte Mann. »Wir sind vielleicht alt, aber wir können dir immer noch ein paar Takte erzählen, wie man einen Krieg gewinnt.«

»Wer ist Blackie?«, fragte ich und kam damit Brockhursts Erwiderung zuvor.

Zur Antwort richtete der alte Mann sich auf ... bis er fast kerzengerade dastand und tätschelte seinen Stock.

»Das ist Blackie«, verkündete er stolz. »Der beste Bogen, der je von Archäa kam, und da kamen eine Menge guter Bogen her.«

Voller Schrecken wurde mir klar, dass der Stock ein ungespannter Bogen war, dessen Schnur nun locker um das Holz gewickelt war. Er ähnelte keinem Bogen, den ich jemals gesehen hatte, war schwerfällig und uneben, doch so glatt poliert, dass ihm in seinem Glanz ein eigenes Leben inne zu sein schien.

»Warte mal!« Brockhurst war plötzlich sehr interessiert. »Sagtet Ihr, Ihr kommt von Archäa?«

»Das sagte ich«, grinste der alte Mann. »Ajax ist mein Name, Kämpfen mein Beruf. Bis jetzt habe ich noch keinen Krieg erlebt, der den alten Ajax hätte niedermähen können, und ich habe eine ganze Menge davon miterlebt.«

»Hm ... würdet Ihr uns wohl einen Augenblick entschuldigen, Sir?« Brockhurst lächelte entschuldigend.

»Aber gewiss, mein Sohn.« Der Alte nickte. »Lasst euch Zeit.«

Ich konnte die plötzliche Verhaltensänderung des Imps nicht begreifen, doch er schien Feuer und Flamme zu sein, als er seinen Kopf zu mir drehte, also beugte ich mich nahe genug zu ihm, um zu hören, was er zu sagen hatte.

»Stell ihn ein, Boss!«, zischte er mir ins Ohr.

»Was?«, keuchte ich, da ich nicht glauben konnte, was ich gerade gehört hatte.

»Ich sagte, stell ihn ein!«, wiederholte der Imp. »Ich habe dir vielleicht nicht viel zu bieten, aber einen Rat kann ich dir geben. Und jetzt lautet mein Rat, stell ihn ein!«

»Aber er ist doch ...«

»Er stammt von Archäa!«, fiel Brockhurst mir ins Wort. »Boss, in dieser Dimension hat man das Bogenschießen *erfunden.* Man findet kaum noch Archäer in einem Alter, dass sie eingestellt werden könnten. Wenn ihr wirklich einen Krieg am Hals habt, dann stell ihn ein. Er könnte für uns das Zünglein an der Waage werden!«

»Wenn er so gut ist«, flüsterte ich zurück, »können wir ihn uns dann leisten?«

»Ein Goldstück wäre angemessen«, lächelte Ajax mit gefletschten Zähnen, wobei er seinen Kopf zu den unsrigen steckte. »Ich nehme euer Angebot an.«

»Großartig!« Brockhurst strahlte.

»Wartet einen Augenblick!«, schrie ich verzweifelt. »Ich habe einen Partner ...«

»Ich weiß, ich weiß«, seufzte Ajax und hob abwehrend die Hand. »Ich habe es gehört, als du mit Bockwurst hier verhandelt hast.«

»Brockhurst«, knurrte der Imp, jedoch immer noch mit einem Lächeln auf den Lippen.

»Wenn dein Partner keine Helfer findet, sind wir eingestellt!«, lachte der alte Mann und schüttelte den Kopf. »Es ist ein bisschen eigentümlich, aber wir haben nun einmal eigentümliche Zeiten.«

»Das kannst du laut sagen«, murmelte ich.

Allmählich kam ich zu der Auffassung, dass ich bei meiner Unterhaltung mit Brockhurst zu laut gesprochen hatte.

»Aber eines solltest du wissen, Bürschchen«, murmelte Ajax vertrauensvoll. »Ich werde verfolgt.«

»Von wem?«, wollte ich wissen.

»Ich weiß es nicht recht«, gab er zu. »Habe es noch nicht herausbekommen. Es ist der kleine, blaue Kerl in der Ecke hinter mir.«

Ich reckte meinen Hals, um in die angegebene Ecke zu schauen. Sie war leer.

»Was für ein Kerl?«

Ajax drehte seinen Kopf mit einer Geschwindigkeit, die sein gebrechliches Aussehen Lügen strafte.

»Verdammnis!«, fluchte er. »Nun hat er es schon wieder geschafft. Ich sage dir doch, Junge, deshalb bekomme ich ja auch nicht heraus, hinter was er her ist!«

»Aha … natürlich, Ajax«, antwortete ich besänftigend. »Das nächste Mal erwischst du ihn sicher.«

Großartig. Ein Imp ohne seine Kräfte und jetzt ein alter Bogenschütze, der phantasiert.

Ich wurde aus meinen Gedanken gerissen, als mir jemand sachte auf die Schulter tippte. Ich drehte mich um und sah den Wasserspeier über mich gebeugt.

»Ihre Bestellung ist fertig, Sir«, sagte er durch sein Dauerlächeln hindurch.

»Meine Bestellung?«

»Ja, wenn Sie bitte hier entlang mitkämen.«

»Da muss ein Irrtum vorliegen«, begann ich. »Ich habe gar nichts …«

Der Wasserspeier war schon wieder gegangen und humpelte zur Theke zurück. Ich überlegte, ob ich einfach nicht reagieren sollte. Dann bedachte ich seine Größe und seinen Gesichtsausdruck und kam zu dem Schluss, dass ich dieses Missverständnis auf höfliche Weise aus der Welt schaffen musste.

»Entschuldigt«, sagte ich zu meinen Schützlingen. »Ich bin gleich wieder zurück.«

»Mach dir keine Sorgen um uns, Boss«, winkte Brockhurst ab.

Ich war nicht sehr beruhigt.

Es gelang mir, ohne jemanden oder etwas mit meinem Schwert zu streifen, bis zur Theke zu gelangen, ein Erfolg, der meine Stimmung zum ersten Mal an diesem Nachmittag hob. Entsprechend ermutigt trat ich dem Scheusal gegenüber.

»Ich ... äh ... kann mich nicht erinnern, etwas bestellt zu haben«, stellt ich höflich fest.

»Das kann ich Ihnen auch nicht verdenken«, brummte der Wasserspeier durch sein Lächeln. »Es verblüfft mich ohnehin, wie irgendjemand oder irgendetwas den Mist essen kann, den die hier verkaufen.«

»Aber ...«

»Ich habe das nur gesagt, um Sie von den beiden loszueisen.« Das Scheusal zuckte mit den Schultern. »Verstehen Sie, ich bin etwas schüchtern.«

»In welcher Hinsicht denn?«

»Um Sie um einen Job zu bitten, natürlich!«

Ich beschloss, dass ich in Zukunft wirklich leiser sprechen musste. Mein gedämpftes Gespräch mit Brockhurst musste die Aufmerksamkeit des halben Basars erregt haben.

»Sehen Sie ..., äh ...«

»Gus«, ergänzte der Wasserspeier.

»Nun ja, Gus, ich stelle eigentlich keine Leute ein ...«

»Ich weiß. Ihr Partner macht das«, unterbrach mich Gus. »Aber Sie sind nun einmal hier und er nicht, deshalb dachte ich mir, ich haue Sie schon mal an, ehe die Ersatzmannschaft schon voll ist.«

»Aha!«, sagte ich, weil mir nichts Besseres einfiel.

»Ich bin der Ansicht«, fuhr der Wasserspeier fort, »dass wir Ihnen eine Menge nützen könnten. Sie sind Klahder, nicht wahr?«

»Ich stamme von Klah«, gab ich steif zu.

»Also, wenn mein Gedächtnis mich nicht trügt, ist die Kriegsführung in jener Dimension technologisch nicht allzu fortgeschritten.«

»Wir besitzen Armbrüste und Katapulte«, informierte ich ihn. »Zumindest die Gegenseite.«

»Das sagte ich ja«, stimmte Gus zu. »Praktisch ganz primitiv. Um dieses Heer aufzuhalten, braucht ihr nicht mehr als Luftunterstützung und etwas Feuerkraft. Wir können beides bieten, und wir arbeiten billig, beide zusammen für ein Goldstück.«

Nun war ich endgültig überzeugt, dass ich den Marktwert der Goldstücke unterschätzt hatte. Doch das Angebot war verlockend.

»Ich weiß nicht recht, Gus«, erwiderte ich gerissen. »Ajax dort hinten soll ein ziemlich guter Bogenschütze sein.«

»Bogenschütze!«, spottete das Scheusal. »Ich rede von *richtiger* Feuerkraft. So wie mein Partner sie zu liefern vermag.«

»Wer ist denn Ihr Partner?«, erkundigte ich mich. »Er ist nicht zufällig klein und blau, oder?«

»Nein«, entgegnete Gus und wies zur gegenüberliegenden Ecke. »Das ist der Gremliner. Der kam mit dem Bogenschützen herein.«

»Ein Gremliner?«, fragte ich und schaute seinem Finger nach.

Dort hockte tatsächlich auf einem Stuhl in der Ecke ein kleiner, koboldhafter Typ. Bösartige Augen blitzten aus seinem sanften, blauen Gesicht, als er mir schweigend zur Begrüßung zunickte. Unwillkürlich lächelte ich und nickte zurück. Offenbar war ich Ajax eine Entschuldigung schuldig.

»Ich dachte, Gremliner gäbe es gar nicht«, meinte ich leichthin zu Gus.

»Viele Leute glauben das«, bestätigte der Wasserspeier. »Aber Sie können ja mit eigenen Augen sehen, dass sie wirklich existieren.«

Ich war nicht überzeugt. In dem Sekundenbruchteil, da ich meinen Blick abwandte, um mit Gus zu sprechen, war er spurlos verschwunden. Ich war versucht, nach ihm zu suchen, doch Gus redete weiter.

»Nur einen Augenblick, dann stelle ich Ihnen meinen Partner vor«, sagte er. »Er muss hier irgendwo sein.«

Bei diesen Worten begann der Wasserspeier an seinem eigenen Körper herumzutasten, befühlte seine Armhöhlen und Hauttaschen.

Ich sah neugierig zu, bis eine kleine Echse meine Aufmerksamkeit auf sich zog, welche aus einer Flügelfalte des Wasserspeiers gekrochen war und mich nun von Gus' rechter Schulter aus wie gebannt anstarrte. Sie war nur etwa acht Zentimeter lang, schillerte jedoch in strahlendem Orange. Fleckige, rote Muster schienen über die Haut der Echse zu kriechen, als führten sie ein eigenes Leben. Die Gesamtwirkung war überwältigend schön.

»Ist das Ihre Echse?«, fragte ich.

»Da ist er ja!«, krähte Gus triumphierend, schnappte das Reptil von seiner Schulter und legte seine beiden Hände darum. »Darf ich Ihnen Berfert vorstellen. Er ist der Partner, von dem ich Ihnen erzählt habe.«

»Hallo, Berfert«, sagte ich mit einem Lächeln und streckte einen Finger aus, um ihn zu streicheln.

Der Wasserspeier zuckte heftig zurück und nahm die Echse aus meiner Reichweite.

»Vorsicht!«, warnte er mich. »Auf diese Weise werden Sie schnell einen Finger los.«

»Ich wollte ihm nichts tun«, erklärte ich.

»Nein, aber er Ihnen!«, entgegnete Gus. »Berfert ist ein Salamander, eine wandelnde Feuerbombe. Wir kommen miteinander zurecht, weil ich zu den wenigen Wesen gehöre, die bei seiner Berührung nicht zu Asche verbrennen.«

»Oh«, sagte ich, als ich plötzlich verstand. »Als sie von ›Feuerkraft‹ sprachen ...«

»Meinte ich auch *Feuerkraft*«, schloss Gus. »Berfert erledigt sie zu Boden, und ich stürze mich aus der Luft auf sie. Nun, was sagen Sie dazu? Kommen wir ins Geschäft?«

»Ich ... äh ... muss noch mit meinem Partner sprechen«, erwiderte ich.

»Schön«, strahlte Gus. »Ich gehe schon mal packen.«

Er war verschwunden, ehe ich ihn zurückhalten konnte.

Ich sackte gegen den Tresen und wünschte mir sehnlichst, Aahz würde zurückkehren. Als könnte er meine Gedanken lesen, polterte in diesem Augenblick mein Lehrer durch die Tür, dicht gefolgt von Tanda.

Meine Begrüßung blieb mir im Halse stecken, als ich seinen finsteren Blick sah. Aahz war keinesfalls guter Laune.

»Ich sagte dir doch, du solltest draußen warten«, schnauzte er mich an.

»Nun beruhige dich doch, Aahz«, wollte Tanda ihn besänftigen. »Ich dachte, es wäre bequemer für ihn, hier drinnen zu warten. Außerdem besteht schließlich kein Grund zur Aufregung. Wir sind da, und er ist da. Es ist nichts schief gegangen.«

»Du hast nicht mit irgendwelchen Täuflern gehandelt?«, erkundigte Aahz sich misstrauisch.

»Ich habe nicht einmal mit einem geredet«, versicherte ich.

»Gut!«, gab er etwas besänftigt zurück. »Dann besteht noch Hoffnung für dich, Kerlchen.«

»Ich sagte dir doch, dass er sich nicht in Schwierigkeiten bringen muss«, lächelte Tanda triumphierend. »Stimmt's, Süßer?«

Sosehr ich mich auch bemühte, ich brachte es nicht fertig, ihr zu antworten.

Kapitel 15

›DARÜBER WERDE ICH MIR MORGEN GEDANKEN MACHEN‹
GENERAL JACK D. RIPPER

»Hm ... warten die Söldner draußen?«, fragte ich schließlich.

»Du hast die Frage nicht beantwortet, Kerlchen«, bemerkte Aahz und sah mich erneut misstrauisch an.

»Verrenk dir nicht den Hals nach den Söldnern, Süßer«, riet mir Tanda. »Es sind keine da. Sieht ganz so aus, als sei unser großer Feilscher auf Ebenbürtige gestoßen.«

»Diese Gauner!«, explodierte Aahz. »Hast du eine Vorstellung, was es uns gekostet hätte, ihre Kneipenrechnung als Teil unsrer Vereinbarung zu bezahlen? Wenn das ein gemeinnütziger Verein ist, möchte ich bei denen mal eine Buchprüfung machen.«

Meine Hoffnung auf Rettung sank wie ein Stein im Wasser.

»Du hast sie nicht angeheuert?«, fragte ich ihn.

»Nein, habe ich nicht«, erklärte Aahz finster. »Und das wirft uns zurück auf den Nullpunkt. Nun müssen wir eine ganze Streitmacht auf einmal anwerben.«

»Hast du denn versucht ...«, begann ich.

»Hör zu, Kerlchen«, unterbrach mich Aahz mit einem Schnauben. »Ich tat mein Bestes und habe nichts erreicht. Ich möchte mal sehen, ob du es besser machst.«

»Das hat er schon!«, verkündete Brockhurst und erhob sich von seinem Platz. »Während du deine Zeit vergeudet hast, hat Skeeve hier selbst ein ganzes Kampfteam angeheuert.«

»Er hat was?«, brüllte Aahz und drehte sich zu seinem Kritiker um.

»Brockhurst! Was machst du denn hier?«

»Erwarte die Befehle für unseren bevorstehenden Feldzug«, entgegnete der Imp leichthin.

»Welchen Feldzug?«, fragte Aahz drohend.

»Den auf Klah natürlich«, blinzelte Brockhurst. »Hast du's ihm noch nicht erzählt, Boss?«

»Boss?«, grölte Aahz. »Boss?«

»Kein Grund zum Brüllen«, brummelte Ajax und wandte sich nun der Gesellschaft zu. »Wir hören dich sehr gut!«

»Ajax!«, rief Tanda begeistert.

»Tanda!«, kreischte der alte Mann seinerseits.

Mit einem Satz stand sie bei ihm, doch er schob schnell seinen Bogen zwischen sich und sie.

»Immer mit der Ruhe, Mädel«, lachte er. »Nur keine von deinen athletischen Begrüßungen. Ich bin nicht mehr so jung wie früher, weißt du!«

»Du alter Gauner!«, neckte sie ihn. »Du wirst uns noch alle überleben.«

Ajax zuckte theatralisch mit den Schultern.

»Das hängt davon ab, ein wie guter General das Bürschchen da ist«, meinte er.

»Kerlchen«, knurrte Aahz zwischen zusammengepressten Zähnen hervor. »Ich muss mal mit dir reden. *Auf der Stelle!*«

»Die Trompete kenne ich doch«, verkündete Gus, der gerade aus dem Hinterzimmer trat.

»Gus!«, entfuhr es Aahz.

»In Stein und Bein!«, bestätigte der Wasserspeier. »Bist du auch auf dieser Expedition dabei? Der Boss hat kein Wort davon erzählt, dass er mit Perfektern arbeitet.«

Anstatt zu antworten sank Aahz schwer auf einen Stuhl und schlug die Hände vors Gesicht.

»Tanda«, stöhnte er. »Erzähl mir doch noch mal, wie dieses Bürschchen sich aus allen Schwierigkeiten raushalten kann.«

»Hm ... Aahz«, begann ich vorsichtig. »Könnte ich dich mal einen Augenblick sprechen ... unter vier Augen?«

»Na, ich denke, das ist eine großartige Idee ..., Boss!«, sagte er.

Das Lächeln, das er mir schenkte, war nicht allzu freundlich.

»Kind!«, stöhnte Aahz, nachdem ich meine Erzählung beendet hatte. »Wie oft muss ich dir das noch sagen? Du bist hier auf dem Basar von Tauf! Hier musst du vorsichtig sein, was du sagst und wem, insbesondere, wenn dabei Geld im Spiel ist.«

»Aber ich habe ihnen doch erklärt, dass nichts definitiv ist, bis wir wissen, ob du jemand anders angeheuert hast«, protestierte ich.

»... Aber ich habe keinen angeheuert, somit ist der Handel perfekt«, seufzte Aahz.

»Können wir uns da nicht rausreden?«, erkundigte ich mich hoffnungsvoll.

»Auf Tauf aus einem Geschäft aussteigen?« Aahz schüttelte den Kopf. »Damit wären wir so schnell vom Markt ausgeschlossen, dass dir schwindlig würde. Vergiss nicht, auf dieser Dimension regiert die Kaufmannsgilde.«

»Na, du sagtest doch, du wolltest Hilfe von außerhalb«, erinnerte ich ihn.

»Aber doch nicht von so weit außerhalb«, feixte er. »Ein Imp, ein seniler Archäer und ein Wasserspeier!«

»... und ein Salamander«, ergänzte ich.

»Gus hängt immer noch mit Berfert zusammen?«, erkundigte sich Aahz, dessen Miene sich plötzlich erhellte. »Das ist ein Pluspunkt.«

»Der einzig unsichere Faktor«, sagte ich nachdenklich, »ist der Gremliner.«

»Wie kommst du darauf?«

»Er hat Ajax verfolgt. Die Frage ist, warum? Und verfolgt er uns weiter auf Klah?«

»Kind!«, sagte Aahz feierlich. »Ich habe es dir schon einmal erklärt: So etwas wie Gremliner gibt es nicht!«

»Aber Aahz! Ich habe ihn gesehen!«

»Lass dich nicht irremachen, Kind«, sagte Aahz mitfühlend. »Nach einem Tag, wie du ihn durchgemacht hast, würde ich mich nicht wundern, wenn du einen Tatzelwurm sähst.«

»Was ist denn ein …«

»Alles geklärt?«, erkundigte sich Tanda, die sich nun zu uns gesellte.

»Soweit es sich überhaupt klären lässt«, seufzte Aahz. »Aber wenn du meine ehrliche Meinung hören willst: Mit dem Team könnten wir eher einen Zoo aufmachen als Krieg führen.«

»Aahz steht der Auswahl meiner Rekruten etwas kritisch gegenüber«, erklärte ich ihr.

»Was hast du für Bauchschmerzen, Aahz?«, fragte sie und neigte den Kopf zur Seite. »Ich dachte, du und Gus, ihr wärt alte Kumpels.«

»Wegen Gus mache ich mir keine Gedanken«, versicherte Aahz eilends. »Wegen Berfert genauso wenig. Die kleine Echse ist Spitze, wenn sie feuert.«

»Nun, für Ajax kann ich mich verbürgen«, klärte Tanda ihn auf. »Lass dich nicht von seinem Alter täuschen. Ich möchte lieber von ihm Rückendeckung erhalten als von einer ganzen Kompanie Bogenschützen.«

»Kommt er wirklich von Archäa?«, fragte Aahz skeptisch.

»Das behauptet er zumindest, seit ich ihn kenne.« Tanda zuckte die Achseln. »Und nachdem ich ihn habe schießen sehen, habe ich keinen Anlass, daran zu zweifeln. Warum?«

»Ich habe noch nie einen richtigen Archäer kennen gelernt«, erklärte Aahz. »Eine Zeit lang glaubte ich schon fast, die ganze Dimension sei ein Märchen. Na, wenn er nur halb so gut schießt, wie die Archäer es angeblich vermögen, dann habe ich keine Bauchschmerzen, dass er dabei ist.«

Allmählich fühlte ich mich etwas wohler. Doch unglücklicherweise bemerkte Aahz mein Lächeln.

»Das mit dem Imp ist dagegen eine ganz andere Geschichte«, sagte er finster. »Ich bin nicht scharf darauf, mit einem Imp zusammenzuarbeiten, aber einen ohne seine Kräfte einzustellen, ist nackte Geldverschwendung.«

»Vergiss nicht, dass er ein Mörder ist«, erinnerte ihn Tanda. »Kräfte oder nicht, ich wette, wir finden schon eine Gelegenheit, ihn einzusetzen. Als wir uns gerade mit dem Gremliner unterhalten haben ...«

»Jetzt fang du bloß nicht auch noch damit an!«, schnaubte Aahz.

»Womit anfangen?« Tanda blinzelte verständnislos.

»Mit dem Gremliner-Quatsch«, schalt Aahz. »Jeder halbwegs Normale weiß, dass es so etwas wie Gremliner nicht gibt!«

»Willst du ihm das nicht selber sagen?« Tanda lächelte. »Ich rufe ihn mal an den Tisch und ... oh, verdammt! Nun ist er fort.«

»Wenn Ihr fertig seid«, brummte Aahz und erhob sich von seinem Stuhl, »dann sollten wir besser aufbrechen. Wir haben einen Krieg zu führen, wisst ihr.«

»Ach! Da fällt mir ein!«, rief Tanda und suchte in ihrem Mantel.

»Ich weiß, ich sollte das nicht fragen«, seufzte Aahz. »Aber was ...«

»Hier«, verkündete Tanda und warf ihm einen wohl bekannten Gegenstand zu.

Es war ein Metallstab von etwa zwanzig Zentimeter Länge und zwei Zentimeter Durchmesser mit einem Knopf am Ende.

»Ein D-Hüpfer!«, rief ich, da ich das Gerät sofort wiedererkannte.

»Es ist derselbe, den du Isstvan gegeben hast«, lächelte Tanda stolz.

»Ich habe ihn ihm abgenommen, als wir uns trennten. Aber du wirst besser erst wieder beheben, was du damals an den Kontrollmechanismen frisiert hast.«

»Wenn ich mich genau daran erinnere«, sagte Aahz mit finsterem Blick auf das Gerät.

»Ich dachte, es könnte vielleicht von Nutzen sein, falls wir bei diesem Job mal getrennt würden und ihr einen schnellen Abgang benötigt.« Tanda zuckte mit den Schultern.

»Ich weiß den Einfall ja auch zu schätzen«, lächelte Aahz und legte seinen Arm um sie.

»Heißt das, dass du jetzt in der Lage bist, mir beizubringen, wie man durch die Dimensionen reist?«, fragte ich hoffnungsvoll.

»Aber nicht jetzt!« Aahz zog eine Grimasse. »Wir haben einen Krieg auszufechten, erinnerst du dich noch?«

»Oh! Ja, natürlich.«

»Na, dann treib deine Soldaten zusammen und lass uns gehen«, befahl Aahz.

»Okay«, erklärte ich mich einverstanden und stand auf. »Ich hole Gliep und ... warte mal! Hast du eben gesagt *meine* Soldaten?«

»Du hast sie angeheuert, du führst sie auch«, grinste mein Lehrer.

»Aber du ...«

»Ich bin natürlich dein militärischer Berater«, fuhr Aahz leichthin fort. »Aber der Job des furchtlosen Führers liegt ganz bei dir. Du bist doch der Hofzauberer, weißt du noch?«

Ich schluckte schwer. Dies hatte mir nie so recht in den Kopf gewollt.

»Und was mache ich jetzt?«, fragte ich verzweifelt.

»Nun«, meinte Aahz schleppend. »Als Erstes würde ich dir raten, sie nach draußen zu bringen, dass wir zusammen nach Klah aufbrechen können ... das heißt, falls du nicht deinen Drachen hier lassen möchtest.«

Darauf erübrigte sich jede Antwort.

Ich drehte mich zu den Soldaten um, schenkte ihnen einen, wie ich hoffte, herrischen Blick, der sofort ihre Aufmerksamkeit auf mich lenken musste.

Es bemerkte gar keiner. Sie unterhielten sich alle gemütlich weiter.

Ich räusperte mich lautstark.

Nichts.

Ich erwog, zu ihrem Tisch zu gehen.

»Herhören!«, brüllte Aahz plötzlich, dass ich mich schier zu Tode erschreckte.

Die Unterhaltung verstummte abrupt, die Köpfe flogen herum, alle schauten mich an.

»Äh ...«, begann ich selbstsicher. »Wir können jetzt gehen. Alles nach draußen. Wartet beim Drachen auf mich.«

»In Ordnung, Boss«, rief Brockhurst und machte sich auf den Weg zur Tür.

»Bin gleich da, Junge«, krächzte Ajax und versuchte, sich aufzurappeln.

»Komm, Opi«, sagte Gus. »Lass dir helfen.«

»Ich heiße nicht Opi, sondern Ajax!«, schimpfte der Archäer.

»Ich wollte dir ja nur behilflich sein«, entschuldigte sich der Wasserspeier.

»Ich kann alleine aufstehen«, sagte Ajax starrsinnig. »Dass ich alt bin, heißt noch lange nicht, dass ich hilflos bin.«

Ich warf Aahz einen Hilfe suchenden Blick zu, doch er war mit Tanda schon auf dem Weg nach draußen. Als ich wieder zu Ajax schaute, glaubte ich eine kleine, blaue Gestalt wahrzunehmen, die vor uns durch die Tür schlüpfte. Falls es sich um den Gremliner gehandelt hatte, so war er jedenfalls nirgendwo zu sehen, als ich endlich auf der Straße war.

Kapitel 16

›Ein kleiner Funke für einen Menschen . . .‹
Berthold Schwarz

Glücklicherweise hatte die Armee sich nicht von der Stelle gerührt, seit wir nach Tauf aufgebrochen waren. Ich sage glücklicherweise, weil Aahz darauf hinwies, dass sie in unserer Abwesenheit vielleicht weiter vorgerückt war. In diesem Falle hätten wir uns hinter den feindlichen Linien, wenn nicht gar mitten in einem ihrer Feldlager, wiederfinden können.

Natürlich erklärte er mir das erst, nachdem wir wieder auf Klah gelandet waren. Aahz steckt voller nützlicher Informationen, aber der Zeitpunkt, wenn er sie preisgibt, lässt stets vieles zu wünschen übrig.

Ajax verlor bei unsrer Ankunft keine Zeit. Mit einer Behändigkeit, die seine Jahre Lügen strafte, spannte er seinen Bogen, stellte sich auf und spähte zu den entfernten Feldlagern.

»Nun, Junge«, fragte er, ohne ein Auge von den feindlichen Linien zu wenden, »welches sind meine ersten Ziele?«

Sein Eifer entsetzte mich ein wenig, doch Aahz sprang sauber für mich ein.

»Als Erstes«, sagte er beiläufig, »müssen wir eine endgültige Planungsberatung durchführen.«

»Wir hatten ja nicht damit gerechnet, dich in unseren Reihen zu haben, Ajax«, fügte Tanda hinzu. »Einen echten Archäer auf unserer Seite zu haben, erfordert natürlich einige grundlegende Änderungen unserer Schlachtpläne.«

»Mir soll's recht sein«, gab Ajax sich zufrieden. »Wollte euch nur wissen lassen, dass ich bereit bin, für mein Geld zu arbeiten. Lasst euch Zeit. Zu viele Kriege werden verpfuscht, weil keiner sich die Mühe gemacht hat, etwas zu planen! Wenn ihr nichts dagegen habt, werde ich wohl ein kleines Nickerchen machen. Ruft einfach, wenn ich schießen soll.«

»Ja ... mach nur, Ajax«, stimmte ich zu.

Ohne ein weiteres Wort ließ Ajax sich zu Boden fallen und zog seinen Umhang enger um sich. Innerhalb weniger Minuten schnarchte er leise, doch ich bemerkte, dass er seinen Bogen trotzdem fest umklammert hielt.

»Da seht ihr mal wirklich einen fronterfahrenen Soldaten«, erklärte Aahz. »Holt sich seinen Schlaf, wann und wo er kann.«

»Soll ich ein paar Erkundungsrunden drehen, Boss?«, fragte mich Gus.

»Hm ...« Ich zögerte und warf Aahz schnell einen Blick zu.

Aahz bemerkte das und nickte mir knapp zu.

»Klar, Gus«, antwortete ich schließlich. »Wir werden hier auf dich warten.«

»Ich könnte mal in die andere Richtung schleichen«, erbot sich Brockhurst.

»In Ordnung.« Ich nickte. »Aahz, kannst du ihm mal kurz seine Anweisungen geben?«

Ich versuchte, Aahz die Verantwortung aufzuladen, und er stieg so schnell in unser Gespräch ein, als hätten wir das vorher so geprobt.

»Über zwei Dinge könnten wir nähere Informationen brauchen«, erklärte er feierlich. »Zum einen benötigen wir ein Schlachtfeld, das regelmäßig mit Stellen zur Deckung durchsetzt ist. Danach siehst du dich um, Gus. Du weißt ja, was wir brauchen werden. Brockhurst, kümmere dich um weitere Informationen über die drei nächsten Feldlager.«

Beide Späher nickten knapp.

»Und lasst euch beide nicht sehen«, warnte Aahz. »Die Informationen nützen uns nichts, wenn ihr nicht zurückkommt.«

»Nun komm schon, Aahz«, mahnte Gus. »Über was verfügen die schon, das einem alten Felsklotz etwas anhaben könnte?«

Mit diesen Worten schlug er zur Demonstration seinen Unterarm gegen einen jungen Baum. Der Baum sank zu Boden, ohne offensichtlich den Arm des Wasserspeiers im Geringsten beschädigt zu haben.

»Ich weiß nicht«, gab Aahz zu. »Und ich will es auch noch gar nicht wissen. Du bist eine unserer Überraschungswaffen. Es wäre unsinnig, den Feind vorzuwarnen. Verstehst du, was ich meine?«

»Verstanden, Aahz«, nickte Gus und schwankte davon.

»Auf bald«, winkte uns Brockhurst zu und verschwand in der entgegengesetzten Richtung.

»Wo wir nun endlich mal eine Minute unter uns haben«, murmelte ich zu Aahz, während ich Brockhurst hinterdrein winkte, »würdest du mir vielleicht verraten, wie unser endgültiger Plan aussieht? Ich kenne ja nicht einmal die Pläne für die Vorbereitungen.«

»Das ist nicht schwer zu beantworten«, erwiderte Aahz. »Wir haben keinen ... noch nicht.«

»Na, und wann denken wir uns einen aus?« Ich zwang mich zur Geduld.

»Wahrscheinlich auf dem Schlachtfeld«, gähnte Aahz. »Vorher hat es keinen Sinn. Bis zu jenem Zeitpunkt bestehen zu viele Variablen.«

»Wäre es nicht klug, zumindest eine grobe Vorstellung zu haben, was wir unternehmen, *ehe* wir in die Schlacht ziehen?«, fragte ich hartnäckig. »Meinem Seelenfrieden käme das sehr zugute.«

»Ach, eine grobe Vorstellung, was wir unternehmen werden, habe ich schon«, gab Aahz zu.

»Ist er nicht ein Herzchen?« Tanda zog eine Grimasse. »Hättest du was dagegen, sie uns mitzuteilen? Wir sind nämlich auch darin verwickelt.«

»Also«, begann er träge. »Die entscheidende Parole heißt Verzögerung und Demoralisierung. So wie ich mir das denke, werden wir sie nicht kräftemäßig überwinden. Wir können nicht einmal genug ins Feld führen, um das überhaupt zu versuchen.«

Ich verkniff mir eine sarkastische Bemerkung und ließ ihn weitersprechen.

»Zu Verzögerung und Demoralisierung sollten wir allerdings in der Lage sein«, lächelte Aahz. »Wir haben von vornherein zwei starke Waffen, um diese Art von Kampf zu führen.«

»Ajax und Berfert«, ergänzte ich eifrig.

»Angst und Bürokratie«, verbesserte mich Aahz.

»Wie war das gleich?« Tanda runzelte die Stirn.

»Tanda, mein Schätzchen«, lächelte Aahz, »deine Herumtollerei durch die Dimensionen hat dich verdorben. Du weißt nicht mehr, wie der Mann von der Straße denkt. Der Durchschnittsbürger in allen Dimensionen hat nicht die geringste Vorstellung von Magik und schon gar nicht von ihren Grenzen. Wenn das Bürschchen ihnen erzählen würde, er könnte dafür sorgen, dass die Sonne nicht mehr aufgeht oder die Bäume von oben nach unten wachsen, so würden sie ihm glauben. Insbesondere wenn um ihn herum ein paar eigentümliche Typen herumhampeln zum Beweis seiner Macht, und ich denke, du wirst schon zugeben müssen, dass die Mannschaft, die er diesmal hinter sich hat, recht eigentümlich ist.«

»Was ist Bürokratie?«, fragte ich, als ich endlich zu Worte kam.

»Der Amtsschimmel ... das System«, klärte Aahz mich auf. Die Organisation, die für jene Dinge sorgt, welche veranlassen, dass andere Dinge unerledigt bleiben. In diesem Falle nennt sich das Befehlskette. Eine Armee von der Größe der, welche uns gegenübersteht, muss wie eine gut geölte Maschine funktionieren, sonst beginnt sie, über die eigenen Füße zu stolpern. Ich wette, wenn wir ein paar Hand voll Sand ins Getriebe werfen, werden sie mehr Zeit dazu aufwenden, sich untereinander zu bekämpfen, als uns zu jagen.«

Das war das erste Mal, dass Aahz eine seiner Äußerungen erläutert hatte. Ich wünschte, er hätte es bleiben lassen. Nun war ich nämlich noch mehr durcheinander als zuvor.

»Hm ... und wie wollen wir das alles schaffen?«, erkundigte ich mich.

»Das können wir besser entscheiden, nachdem du deinen ersten Kriegsrat abgehalten hast.« Aahz zuckte die Achseln.

»Halten wir denn den nicht im Augenblick ab?«

»Ich meine mit dem Feind«, meinte Aahz mit finsterem Blick. »Irgendwann in nächster Zeit wirst du dich mit einem ihrer Offiziere zusammensetzen müssen, damit ihr entscheidet, wie dieser Krieg geführt werden soll.«

»Ich?« Ich blinzelte nervös.

»Du *bist* nun mal der Führer der Verteidigungsstreitmacht, vergiss das nicht!« Aahz grinste mich an.

»Das gehört zu dem Job«, versicherte mir Tanda.

»Wartet mal eine Minute«, unterbrach ich. »Mir kam da gerade ein Gedanke. Ich glaube, ich habe eine bessere Idee.«

»Das muss ich hören«, feixte Aahz.

»Halt den Mund, Aahz«, herrschte Tanda ihn an und stieß ihn in die Rippen. »An was dachtest du denn, Süßer?«

»Wir haben auf unserer Seite doch zwei ausgebildete Mörder, nicht wahr?«, erklärte ich. »Warum lassen wir die nicht einfach an die Arbeit gehen? Wenn plötzlich genügend Offiziere tot wären, stünden die Chancen doch sicher gut, dass die ganze Armee auseinander fällt. Stimmt's?«

»Das klappt nicht, Junge«, verkündete Aahz freiheraus.

»Warum nicht?«

»Wir können Regeln zwar zu unseren Gunsten auslegen, aber wir können sie nicht brechen«, erklärte Aahz. »Kriege werden von Soldaten ausgefochten. Offiziere umzubringen, ohne ihre Soldaten in einen Kampf zu verwickeln, widerspricht der Tradition. Ich bezweifle, dass unsere eigene Streitmacht einen solchen Plan akzeptieren würde. Alte Soldaten wie Ajax würden bei einem derartigen Vorgehen nicht mitmachen.«

»Da hat er Recht«, bestätigte Tanda. »Mörder übernehmen Aufträge bei Einzelpersonen in individuellen Auseinandersetzungen, jedoch nicht gegen den Generalstab einer Armee.«

»Aber es wäre doch so leicht«, meinte ich starrköpfig.

»Betrachte es mal von dieser Warte«, gab Aahz zu bedenken. »Wenn du es könntest, könnten sie es auch. Doch so wie die Dinge stehen, hast du von Mördern nichts zu befürchten. Möchtest du das wirklich ändern?«

»Aber was soll ich bei einem Kriegsrat denn vorbringen?«

»Das werde ich dir zu gegebener Zeit schon erklären«, beruhigte mich Aahz. »Im Augenblick haben wir andere Dinge zu planen.«

»Wie, zum Beispiel?«

»Wie, zum Beispiel, was wir mit den Signaltürmen anstellen«, gab Aahz zurück und machte eine Kopfbewegung in Richtung eines der Gerüste in der Ferne.

»Wir werden vermutlich kaum die Zeit haben, ihren Kode zu entschlüsseln, also lautet die nächstbeste Lösung, ihre Signalkette zu durchbrechen. Nun, du sagtest doch, du hättest auf dem Basar ein paar Trickgeräte erworben. Hast du irgendetwas dabei, das wir gegen die Signaltürme anwenden könnten?«

»Ich weiß nicht so recht.« Tanda runzelte nachdenklich die Stirn. »Hättest du doch nur ein Wort gesagt, ehe ich meinen Einkaufsbummel unternahm.«

»Wie wäre es denn mit Ajax?«, schlug ich vor.

»Was soll mit ihm sein?«, fragte Aahz.

»Wie nahe müsste er denn an die Türme heran, um etwas kaputtzuschießen?«

»Ich weiß es nicht«, meinte Aahz mit einem Achselzucken. »Warum fragst du ihn nicht?

Begeistert, meinen eigenen Vorschlag weiterführen zu können, hockte ich mich zu dem alten Bogenschützen.

»He ... Ajax!«, rief ich leise.

»Worum geht's, Junge?«, fragte der alte Mann, der sofort hellwach war.

»Siehst du die Signaltürme dort?« Ich deutete auf die Gerüste in der Ferne.

Ajax erhob sich und blinzelte in die angegebene Richtung.

»Klar!« Er nickte.

»Wir ... äh ... ich habe überlegt«, erklärte ich. »Kannst du mit deinem Bogen ihre Signalflaggen herunterholen?«

Zur Antwort zog Ajax einen Pfeil unter seinem Umhang hervor, spannte und ließ ihn fliegen, ehe ich ihn davon abhalten konnte.

Der Pfeil verschwand in Richtung des nächststehenden Turmes. Das Herz wurde mir immer schwerer, während ich meine Augen anstrengte, um seine Spur weiterzuverfolgen.

Auf der Plattform des Turmes stand ein Mann, seine Standarte war gegen das Geländer zu seiner Seite gelehnt. Plötzlich kippte seine Standarte um, offensichtlich brach sie eine Handbreit unter der Querstange. Der Mann bückte sich, hob den unteren Teil der Stange auf und starrte das abgebrochene Ende sichtbar fassungslos an.

»Noch irgendwelche anderen Ziele?«, erkundigte sich Ajax.

Er lehnte sich gelassen auf seinen Bogen und hatte dem Turm den Rücken zugekehrt. Er hatte sich nicht einmal die Mühe gemacht hinzusehen, ob sein Geschoss sein Ziel getroffen hatte.

»Äh ... im Augenblick nicht, Ajax«, versicherte ich ihm. »Schlaf ruhig weiter.«

»Mir soll's recht sein, Jungchen«, lächelte Ajax und legte sich wieder hin. »Morgen werden wir noch genügend Ziele haben.«

»Wie kommst du denn darauf?«, fragte ich.

»Nach dem Signal, das ich abgeschossen habe«, grinste er, »bereitet die Armee sich für morgen zum Weitermarsch vor.«

»Du kannst die Signale lesen?«

»Klar«, nickte Ajax. »Es gibt nur etwa acht Kodes, welche von Armeen benutzt werden, und die kenne ich alle. Das gehört zu meinem Handwerk.«

»Und sie rücken morgen vor?«, drang ich nochmals in ihn.

»Das habe ich doch schon gesagt«, schalt der Bogenschütze. »Was ist los, hörst du schlecht?«

»Nein«, versicherte ich ihm eilends. »Es ändert nur vollkommen unsere Pläne. Geh wieder schlafen.«

Als ich zu unserem kleinen Gesprächskreis zurückkehrte, fand ich Tanda und Aahz im Gespräch mit Brockhurst.

»Schlechte Nachrichten, Kind«, informierte mich Aahz. »Brockhurst hier sagt, die Armee zieht morgen weiter.«

»Ich weiß«, sagte ich. »Ich habe es gerade durch Ajax erfahren. Kannst du auch Signalflaggen lesen, Brockhurst?«

»Nöö«, gab der Imp zu. »Aber der Gremliner.«

»Was für ein Gremliner?« Aahz fletschte die Zähne.

»Vor einer Minute war er noch da«, erklärte Brockhurst und sah sich finsteren Blickes um.

»Na schön, Süßer«, seufzte Tanda und schaute mich an. »Ich schätze, nun bleibt uns keine Zeit mehr zum Planen. Hol lieber deinen Drachen. Ich glaube, wir werden morgen alle Hilfe benötigen, die wir bekommen können.«

Gliep hatte sich kurz nach unserer Ankunft davongetrollt, wir konnten ihn nur gelegentlich hören, wenn er durchs Unterholz tappte.

»Den Drachen holst du«, befahl Aahz. »Obwohl ich nicht weiß, wie er uns behilflich sein könnte. Der ›Boss‹ hier und ich müssen mal seinen Kriegsrat für morgen absprechen.«

Alle Zuversicht, die in mir aufgekeimt war, als ich zuvor Aahz' großem Plan gelauscht hatte, verflog nun. Tanda hatte Recht. Wir hatten keine Zeit mehr.

Kapitel 17

›Diplomatie ist die feinfühlige Waffe
des zivilisierten Kriegers‹
unbekannter Hunne

Wir warten geduldig auf unseren Kriegsrat. Wir beide, Aahz und ich. Allein gegen eine Armee.

Das war natürlich Aahz' Idee. Wäre es nach meinen eigenen Vorstellungen gegangen, so hätte man mich nicht einmal tot in einer solchen Situation vorfinden können.

Ich versuchte, diese unglückliche Formulierung zu verdrängen, räusperte mich und sagte zu Aahz aus dem Mundwinkel: »Aahz?«

»Hm, Kerlchen?«

»Wie lange wollen wir eigentlich hier stehen bleiben?«

»Bis sie uns bemerken und etwas unternehmen.«

Großartig. Entweder konnten wir an Ort und Stelle verschimmeln, oder aber irgendjemand pumpte uns mit Pfeilen voll.

Wir standen etwa 20 Meter von einem der Feldlager entfernt, zwischen uns und ihnen lag nichts als flache Wiese. Wir sahen genau das geschäftige Treiben innerhalb des Lagers, und in der Theorie hinderte sie nichts daran, uns zu sehen. Deshalb standen wir an diesem Fleck und versuchten, ihre Aufmerksamkeit auf uns zu ziehen. Unglücklicherweise hatte es bislang keiner bemerkt.

Es war beschlossen worden, dass Aahz und ich bei diesem ersten Ausflug alleine arbeiten sollten, um unsere wahre Truppenstärke geheim zu halten. Mir kam der Gedanke, dass wir so auch unsere Truppenschwäche geheim hielten, aber ich hatte den Eindruck, dass eine entsprechende Äußerung taktlos gewesen wäre.

Zuerst hatte Brockhurst sich eingesetzt, an Aahz' Stelle mit mir zu kommen und hatte argumentiert, als Imp besäße er weit mehr Erfahrungen beim Verhandeln als ein Dämon. Aahz wies ihn ziemlich lautstark darauf hin, dass hier nicht um Glasperlen oder Blumenketten, sondern um einen Krieg verhandelt wurde ... und wenn der Imp Aahz beweisen wollte, dass er mehr vom Kämpfen verstand ...

Es erübrigt sich zu sagen, dass Brockhurst hier den Rückzug antrat. Das war gut so, denn es brachte mich aus der Verlegenheit, sein Angebot geradewegs abzulehnen. Ich meine, ich bin vielleicht nicht gerade der schnellste Lerner hier, aber ich konnte mich noch genau erinnern, wie Aahz das Bestmögliche aus Brockhurst herausholte, als die beiden sich beim letzten Mal zu Verhandlungen gegenübergestanden hatten.

Außerdem wollte ich meinen Lehrer in Reichweite wissen, damit er, falls diese Unterredung schief lief, die Folgen mit mir zusammen ausbadete.

Wir standen da, zeigten uns angeberisch dem Feind und hatten noch nicht einmal ein Schwert zu unserer Verteidigung. Das war ein weiterer von Aahz' Geistesblitzen. Er argumentierte, dass unsere Nichtbewaffnung drei Punkte erfüllte: Erstens zeigte sie, dass wir zum Verhandeln und nicht zum Kämpfen erschienen waren. Zweitens demonstrierte sie unser Vertrauen in meine magischen Fähigkeiten zu unserer Verteidigung. Drittens ermutigte sie unseren Feind, uns ebenfalls unbewaffnet gegenüberzutreten.

Aahz wies noch darauf hin, dass Ajax sich in der Baumreihe hinter uns mit gespanntem Bogen und eingelegtem Pfeil versteckt halten würde, und uns vermutlich besser verteidigen konnte als zwei Schwerter, falls etwas schief gehen sollte.

Er hatte natürlich Recht, aber das vermochte meine Nerven beim Warten kaum zu beruhigen.

»Es geht los, Kerlchen«, murmelte Aahz. »Wir bekommen Besuch.«

Tatsächlich marschierte ein ziemlich untersetzter Typ über die Wiese auf uns zu.

»Kind!«, zischte Aahz plötzlich. »Deine Tarnung!«

»Was ist damit?«, flüsterte ich zurück.

»Du hast sie nicht angelegt!«, kam die Antwort.

Er hatte Recht. Ich hatte sorgfältig seine ›Dubioser-Typ‹Erscheinung zurechtgemacht, jedoch völlig vergessen, meine eigene zu verändern. Die Tatsache, dass unsere bunt zusammengewürfelte Mannschaft mich in meiner normalen Erscheinung als Führer akzeptierte, hatte mich dazu verführt zu übersehen, dass Klahder schwerer als Dämonen zu beeindrucken sind.

»Soll ich?«, hob ich an.

»Zu spät!«, knurrte Aahz.

Der Soldat hatte uns nun fast erreicht und war so nahe, dass ich zusehen konnte, wie er seinen gelangweilten Gesichtsausdruck aufgab und sich zu einem Lächeln zwang.

»Tut mir Leid, Leute«, rief er mit wohl geübter Autorität. »Ihr werdet hier abziehen müssen. Wir rücken bald weiter, und ihr steht mitten im Weg.«

»Ruf deinen Dienst habenden Offizier!«, herrschte Aahz ihn an.

»Meinen was?« Der Soldat runzelte die Stirn.

»Deinen Dienst habenden Offizier, Kommandeur, oder wie immer ihr den nennt, der im Augenblick für euren Truppenteil verantwortlich ist«, erklärte Aahz. »Irgendeiner muss die Sache doch schließlich in der Hand haben, und wenn du ein Offizier bist, bin ich die Maikönigin.«

Ob der Soldat nun Aahz' Anspielung verstand oder nicht

(ich verstand sie nicht), jedenfalls bekam er den groben Sinn mit.

»Ja, wir haben schon einen Verantwortlichen«, knurrte er, und seine Miene verdüsterte sich etwas. »Aber der hat im Augenblick eine Menge zu tun, zu viel, um herumzustehen und sich mit Zivilisten zu unterhalten. Wir machen unsere Truppen zum Abmarsch bereit, Mister, also schnappt Euren Sohn und haut ab. Wenn Ihr den Soldaten zusehen wollt, müsst Ihr mitziehen und zusehen, wenn wir heute Abend das Lager aufschlagen.«

»Hast du die geringste Vorstellung, mit wem du sprichst?«, fragte ich mit überraschend sanfter Stimme.

»Es ist mir völlig egal, wer dein Vater ist, Jungchen«, gab der Soldat zurück. »Wir versuchen ...«

»Ich heiße nicht Jungchen sondern *Skeeve!«*, zischte ich und richtete mich auf. »Hofzauberer am Hofe von Possiltum, bestellt zur Verteidigung des Königreiches. Nun rate ich dir, deinen Offizier zu holen, oder willst du morgen in einem Lilienbusch aufwachen?«

Der Soldat trat einen Schritt zurück und musterte mich misstrauisch.

»Meint er das ernst?«, fragte er Aahz skeptisch.

»Was hältst du denn vom Fliegen?« Aahz lächelte.

»Sie meinen, er kann wirklich ...«

»Hör zu«, fiel Aazh ihm ins Wort. »Ich spiele ja nicht den Diener eines Halbwüchsigen, weil er so eine tolle Persönlichkeit ist, wenn du verstehst, was ich sagen will.«

»Ich verstehe ... hm ...« Der Soldat schob sich vorsichtig zum Lager zurück. »Ich ... äh ... werde meinen Offizier holen.«

»Wir warten hier«, versicherte ihm Aahz.

»Was stimmt denn nicht mit meiner Persönlichkeit?«, fragte ich platt heraus.

Aahz seufzte.

»Später, Kerlchen. Konzentriere dich im Augenblick nur darauf, distanziert und würdevoll auszusehen, okay?«

Okay oder nicht, es blieb mir nicht viel anderes zu tun, während wir warteten, dass der Offizier auftauchte.

Offensichtlich hatte sich die Nachricht von unserer Anwesenheit im Lager in Rekordzeit herumgesprochen, denn eine Menge Soldaten scharten sich am Rande des Lagers zusammen, lange ehe wir das geringste Zeichen des Offiziers zu sehen bekamen. Es sah so aus, als seien alle Aufbruchvorbereitungen zumindest für den Augenblick lahm gelegt, während die Soldaten sich aufstellten und die Hälse reckten, um uns zu begaffen.

Es war schon ein ganz nettes Gefühl, eine solche Sensation ausgelöst zu haben, bis ich bemerkte, dass einige Soldaten sich die Zeit nahmen, Waffen und Rüstungen anzulegen, bevor sie sich der Menge anschlossen.

»Aahz!«, flüsterte ich.

»Ja, Kerlchen?«

»Ich dachte, das soll eine friedliche Unterredung werden.«

»Wird es auch«, versicherte er mir.

»Aber sie bewaffnen sich!«, erklärte ich.

»Immer mit der Ruhe, Kind«, wisperte er zurück. »Vergiss nicht, dass Ajax uns Deckung gibt.«

Ich versuchte, mich auf diesen Gedanken zu konzentrieren. Dann sah ich einen, bei dem es sich vermutlich um den Offizier handelte, von zwei Soldaten flankiert auf uns zukommen, und mein Blick fiel auf die Schwerter, die sie alle trugen. »Aahz!«, zischte ich.

»Ganz ruhig, Kerlchen«, riet mir Aahz. »Denk an Ajax!«

Ich dachte an ihn. Und ich dachte auch daran, dass wir zahlenmäßig weit unterlegen waren.

»Wenn ich recht verstehe, sind die Herren die Botschafter von Possiltum?«, erkundigte sich der Offizier, als er vor uns stehen blieb.

Ich nickte steif, und hoffte, dass man meine abrupte Bewegung als Zeichen der Verärgerung und nicht der Angst interpretierte.

»Schön«, sagte der Offizier feixend. »Dann habe ich als erster Vertreter des Imperiums, der mit einem Vertreter von Possiltum sprechen kann, das Vergnügen, Eurem Königreich offiziell den Krieg zu erklären.«

»Wie heißt Ihr?«, fragte Aahz beiläufig.

»Claude«, antwortete der Offizier. »Warum fragt Ihr?«

»Historiker lieben Details«, erklärte Aahz mit einem Achselzucken. »Nun, Claude, als erster Vertreter von Possiltum, die in Kriegszeiten mit einem Vertreter Eures Imperiums sprechen können, haben wir das Vergnügen, Euch zur bedingungslosen Kapitulation aufzufordern.«

Das entlockte dem Offizier ein Lächeln.

»Kapitulation?«, kicherte er. »Vor einem Krüppel und einem Halbwüchsigen? Ihr müsst verrückt sein. Selbst wenn ich die Befugnis hätte, dergleichen zu tun, so käme mir das nicht in den Sinn.«

»Na schön.« Aahz schüttelte den Kopf wie zu spöttischer Selbstkritik. »Das hätten wir uns denken können. Einer der an der Spitze einer Nachschubeinheit steht, kann in einer solchen Armee nicht viel zu sagen haben, wie?«

Wir hatten diese besondere Soldatengruppe zur Annäherung ausgesucht, weil es sich dabei um eine Nachschubeinheit handelte. Das bedeutete, dass sie leicht bewaffnet und mit etwas Glück nicht gerade eine Elitekampftruppe waren.

Doch Aahz' Spitze traf ins Schwarze. Der Offizier lächelte nicht mehr, sondern fuhr mit der Hand zu seinem Schwertgriff. Mir fiel auf, dass ich schon wieder an Ajax' Deckung denken musste.

»Ich habe gerade genug Befugnis, um mit Euch beide vorzuknöpfen«, zischte er.

»Befugnis vielleicht«, gähnte ich. »Aber ich bezweifle ehrlich gesagt, dass Ihr die Stärke besitzt, uns Widerstand zu leisten.«

Ich fühlte mich keineswegs so sicher, wie ich auftrat. Die Leibwachen hatten es ihm gleichgetan, so dass nun alle drei Gegner bereitstanden, ihre Waffen zu ziehen.

»Na gut«, knurrte Claude, »Ihr seid gewarnt. Wir schaffen nun unsere Wagen hierher, und wenn Ihr dann immer noch da seid, habt Ihr die Folgen einzig und allein Euch selber zuzuschreiben.«

»Einverstanden!«, meinte Aahz gehässig. »Sagen wir morgen Mittag?«

»Morgen?«

Der Offizier runzelte die Stirn. »Warum denn nicht jetzt gleich?«

»Nun kommt aber, Claude«, mahnte ihn Aahz. »Wir reden hier vom ersten Gefecht einer neuen Schlacht. Gewiss wollt Ihr doch ein wenig Zeit, um Euch Eure Taktik zurechtzulegen.«

»Taktik?«, wiederholte Claude nachdenklich.

»... und um Euren Vorgesetzten zu melden, dass Ihr den Eröffnungszug macht«, meinte Aahz beiläufig.

»... und um Verstärkung anzufordern«, ergänzte ich. »Sofern Ihr natürlich nicht den ganzen Ruhm auf Euch häufen wollt.«

»Ruhm?«

Das war es. Claude stürzte sich auf das Wort wie ein Täufler auf ein Goldstück. Aahz hatte Recht gehabt, als er behauptete, dass Nachschuboffiziere das Schlachtfeld selten zu sehen bekamen.

»Ich ... äh ... glaube kaum, dass ich Verstärkung anfordern werde«, murmelte er.

»Seid Ihr da ganz sicher?«, spottete Aahz. »Die Chancen stehen nur hundert zu eins für Euch.«

»Aber er ist nun mal ein Zauberer«, lächelte Claude. »Ein guter Offizier kann nicht vorsichtig genug sein. Außerdem wäre es sinnlos, zu viele Offiziere … äh, Soldaten in ein kleineres Scharmützel zu verwickeln.«

»Claude«, erklärte Aahz voll missgünstiger Bewunderung. »Ich sehe, Ihr seid ein militärischer Geist ohnegleichen. Sieg oder Niederlage, jedenfalls freue ich mich darauf, Euch als Gegner zu haben.«

»Ich mich ebenfalls, Sir«, gab der Offizier mit gleicher Höflichkeit zurück. »Sagen wir also morgen Mittag?«

»Wir werden hier sein.« Aahz nickte.

Daraufhin drehte sich der Offizier um und marschierte schnell auf sein Lager zu, die beiden Leibwachen stapften pflichtbewusst neben ihm her.

Unsere Kameraden überschütteten uns mit Fragen, als wir wieder hinter die Baumreihe kamen.

»Alles klar, Boss?«, erkundigte sich Brockhurst.

»Irgendwelche Schwierigkeiten?«, drängte Tanda.

»Es war ein Klacks«, prahlte Aahz. »Stimmt's, Kerlchen?«

»Na ja«, begann ich bescheiden. »Ich war etwas besorgt, als sie zu ihren Schwertern greifen wollten. Ich hätte mich zu Tode geängstigt, wenn ich nicht gewusst hätte, dass Ajax … sagt mal, wo steckt eigentlich Ajax?«

»Der ist da oben in den Büschen«, informierte mich Gus und deutete mit seinem Daumen auf ein Dickicht am Rande der Baumgruppe. »Er sollte schon wieder hier sein.«

Als wir Ajax fanden, war er tief eingeschlafen um seinen Bogen gekuschelt. Wir mussten ihn mehrmals schütteln, ehe er wach wurde.

Kapitel 18

›Und eh ich in die Schlacht zog, Mama,
dachte ich an dich …‹
Conan

Eine lange, schleimige Zunge fuhr aus der Dunkelheit auf mich herab, begleitet von einer Fahne übelsten Mundgeruchs, wie sie nur einen Ursprung haben konnte.

»Gliep!«

Ich begann automatisch, den Drachen wegzuschubsen, doch dann überkam mich ein jäher Gesinnungsumschwung.

»Hallo, Burschi.« Ich lächelte und kraulte ihm das Ohr. »Fühlst du dich einsam?«

Zur Antwort warf sich mein Liebling mit einem Rums auf die Seite, dass der Boden erbebte. Sein schlangenartiger Hals war so lang, dass ihm dieses Manöver gelang, ohne seinen Kopf aus meiner Umarmung zu ziehen.

Seine treue Zuneigung ließ mich zum ersten Mal seit meiner einsamen Nachtwache lächeln.

Es war ein gutes Mittel gegen meine nervös bedingte Schlaflosigkeit.

Ich lehnte an einem Baumstamm und beobachtete die Lichtpünktchen, die die Lagerstellen des Feindes markierten. Obwohl ich nach den Ereignissen des Tages reichlich erschöpft war, kam mein Kopf angesichts der Ängste und Vorahnungen auf den morgigen Kampf nicht zur Ruhe. Da ich niemanden auf mein Unbehagen aufmerksam machen wollte, hatte ich mich fortgestohlen, um alleine zu sein.

So unbemerkt ich auch zu bleiben versucht hatte, hatte Gliep offenbar mitbekommen, wie ich mich weggeschlichen hatte und war nun gekommen, um mir Gesellschaft zu leisten.

»O Gliep«, flüsterte ich. »Was sollen wir nur tun?«

Als Antwort darauf kuschelte er sich noch dichter an mich und legte seinen Kopf in meinen Schoß, damit ich ihn weiterstreichelte. Sein Vertrauen in meine Fähigkeit, jede aufkommende Krise zu bewältigen, erschien unerschütterlich.

Ich wünschte von ganzem Herzen, ich könnte seine Zuversicht teilen.

»Skeeve?«, ertönte eine zarte Stimme zu meiner Rechten.

Ich drehte den Kopf zur Seite und sah Tanda ganz in meiner Nähe stehen. Das Beunruhigende daran, eine Mörderin zur Freundin zu haben, ist ihre Fähigkeit, sich so lautlos zu bewegen.

»Kann ich einen Augenblick mit dir sprechen?«

»Klar, Tanda«, sagte ich und tätschelte auf den Boden neben mir. »Komm, setz dich.«

Anstatt an der angebotenen Stelle Platz zu nehmen, ließ sie sich zu Boden sinken, wo sie gerade stand und schlug die Beine übereinander.

»Es geht um Ajax«, begann sie zögernd. »Ich behellige dich nur ungern damit, aber ich mache mir Sorgen um ihn.«

»Was ist denn los?«

»Na ja, die Mannschaft hat ihn aufgezogen, weil er heute eingeschlafen ist, als er euch Deckung geben sollte«, erklärte sie. »Er hat es ziemlich schwer genommen.«

»Ich fand es auch nicht besonders«, kommentierte ich bitter. »Es ist ein scheußliches Gefühl, wenn man bedenkt, dass wir ganz schutzlos da draußen standen. Wenn *tatsäch-*

lich etwas schief gegangen wäre, hätte man uns in aller Ruhe in Stücke gehauen, während wir auf das Einschreiten unseres Bogenexperten gewartet hätten!«

»Ich weiß.« Tanda sprach so leise, dass sie kaum zu hören war. »Und ich mache dir daraus keinen Vorwurf. In gewisser Weise mache ich mir selbst Vorwürfe.«

»Dir?« Ich blinzelte. »Warum?«

»Ich habe für ihn gebürgt, Skeeve«, flüsterte sie. »Weißt du denn nicht mehr?«

»Doch«, gab ich zu, »aber du konntest ja nicht wissen ...«

»Aber ich hätte es wissen sollen«, unterbrach sie mich bitter. »Ich hätte mir klar machen müssen, wie alt er ist. Er sollte nicht hier sein, Skeeve. Deshalb wollte ich mit dir reden, dass du etwas unternimmst.«

»Ich?«, fragte ich aufrichtig entsetzt. »Warum sollte ich etwas unternehmen?«

»Schick ihn zurück!«, drängte mich Tanda. »Es ist dir gegenüber nicht fair, wenn deine ganze Mission seinetwillen aufs Spiel gesetzt wird, und es ist Ajax gegenüber nicht fair, ihn in eine solche Angelegenheit zu verwickeln.«

»Das meinte ich nicht«, murmelte ich und schüttelte den Kopf. »Ich meinte, warum sagst du mir das alles? Aahz ist derjenige, den du überzeugen musst.«

»Da täuschst du dich aber, Skeeve«, widersprach sie mir. »Nicht Aahz führt die Gruppe an, sondern du.«

»Wegen seiner Äußerungen auf Tauf?« Ich lächelte. »Nun komm aber, Tanda. Du kennst doch Aahz. Er war nur ein bisschen sauer. Du hast doch selber gesehen, dass er bis jetzt alle Entscheidungen getroffen hat.«

Das Mondlicht schimmerte in Tandas Haar, als sie den Kopf schüttelte.

»Ich kenne Aahz, Skeeve. Besser als du«, sagte sie. »Er ist ein Pedant, was Befehlsketten angeht. Wenn er gesagt hat, dass du der Anführer bist, dann bist du es auch.«

»Aber …«

»… abgesehen davon«, fuhr sie mir über den Mund, »ist Aahz nur ein Mitglied der Mannschaft. Was zählt ist, dass alle anderen auch auf dich setzen. Auf dich, nicht auf Aahz. Du hast sie angeworben, und für sie bist du der Chef.«

Das Erschreckende war, dass sie Recht hatte. Ich hatte alles noch nicht zu Ende gedacht, aber sie sagte die Wahrheit. Ich war bisher zu sehr mit meinen eigenen Sorgen beschäftigt gewesen, um darüber nachzudenken. Nun, da ich mir über den vollen Umfang meiner Verantwortung klar wurde, überkam mich eine neue Welle des Zweifels. Ich war meiner ja noch nicht einmal als Zauberer sicher, und als Führer von Menschen …

»Ich werde darüber nachdenken müssen«, sagte ich ausweichend.

»Du hast nicht viel Zeit«, gab sie mir zu bedenken. »Morgen soll ein Krieg beginnen.«

Ein Krachen in dem Busch zu meiner Linken unterbrach unser Gespräch.

»Boss?«, ertönte Brockhursts leiser Ruf. »Bist du gerade beschäftigt?«

»Gewissermaßen«, rief ich zurück.

»Was ich zu sagen habe, dauert nur eine Minute.«

Ehe ich etwas erwidern konnte, lösten sich zwei Schatten von dem Gebüsch und kamen näher. Der eine war Brockhurst, der andere Gus. Ich hätte mir bei dem Lärm denken müssen, dass Brockhurst in Begleitung des Wasserspeiers war. Der Imp konnte sich wie Tanda so geräuschlos wie ein Gespenst anschleichen.

»Wir unterhielten uns gerade über Ajax«, erklärte mir Brockhurst und kauerte sich zu Boden, um unseren kleinen Gesprächskreis zu erweitern. Der Wasserspeier tat es ihm nach.

»Ja«, bestätigte Gus. »Wir drei wollten dir einen Vorschlag machen.«

»Stimmt«, nickte Brockhurst. »Gus, ich und der Gremliner.«

»Der Gremliner?«, fragte ich.

Der Imp reckte den Hals und schaute sich um.

»Er muss im Lager zurückgeblieben sein.« Er zuckte mit den Schultern.

»Zu Ajax!«, drängte Tanda.

»Wir meinen, dass du ihn aus dem Team nehmen solltest«, verkündete Gus. »Schick ihn auf Tauf zurück, raus aus der Schusslinie.«

»Es geht nicht um uns«, beeilte Brockhurst sich zu erklären. »Es geht um ihn. Er ist ein netter, alter Kerl, und wir fänden es schrecklich, wenn ihm etwas zustieße.«

»Er ist schon ziemlich alt«, murmelte ich.

»Alt!«, rief Gus aus. »Boss, der Gremliner sagt, er sei ihm seit zweihundert Jahren auf den Fersen ... zweihundert Jahre! Und nach seinen Aussagen war Ajax schon alt, als er ihm zum ersten Mal begegnet ist. Einen Krieg zu verpassen wird ihn nicht umbringen, doch ein Kampfeinsatz könnte ihn das Leben kosten.«

»Warum ist der Gremliner ihm überhaupt auf den Fersen?«, fragte ich.

»Kerlchen, ich habe dir doch schon einmal erklärt«, erdröhnte eine Stimme hinter mir, »Gremliner gibt es nicht!«

Mit dieser Erklärung ließ Aahz sich zwischen Tanda und mir zu Boden fallen. Während ich versuchte, mein Herzklopfen wieder zu beruhigen, fiel mir auf, dass ich eine Menge Leute kannte, die sich aufs lautlose Anschleichen verstehen.

»Hallo, Aahz«, sagte ich und rang mir ein Lächeln ab. »Wir sprachen gerade über ...«

»Ich weiß, ich habe es gehört«, unterbrach mich Aahz. »Und zur Abwechslung bin ich mal eurer Meinung.«

»Tatsächlich?« Ich blinzelte.

»Klar«, sagte er mit einem Gähnen. »Es ist ein eindeutiger Vertragsbruch. Er ließ sich als Bogenschütze anstellen, und bei dem ersten Auftrag, den du ihm erteilst, legt er die Arbeit sprichwörtlich nieder.«

Eigentlich war es ja sein zweiter Auftrag gewesen. Wie ein Blitz schoss mir das Bild durch den Kopf, wie Ajax zielte, in einer geschmeidigen, flüssigen Bewegung schoss und die Signalstandarte herunterholte, welche so weit entfernt war, dass man sie kaum sehen konnte.

»Mein Rat wäre, ihn zurückzuschicken«, sagte Aahz. »Wenn du dein Gewissen beruhigen willst, zahl ihm einen Teil seines Lohnes aus und gib ihm ein Empfehlungsschreiben, aber so wie er ist, nützt er keinem etwas.«

Vielleicht lag es an Tandas Rede, doch plötzlich fiel mir auf, dass Aahz seinen Vorschlag erklärtermaßen als ›Ratschlag‹ und nicht als Befehl erteilt hatte.

»Achtung Leute«, murmelte Brockhurst, »wir bekommen Gesellschaft.«

Als ich seinem Blick folgte, sah ich Ajax auf uns zustolpern, seine geisterhafte Blässe blitzte in der Dunkelheit wie ..., nun eben wie ein Gespenst. Mir kam in den Sinn, dass was als Augenblick der Stille und Einsamkeit begonnen hatte, allmählich zu einer Massenversammlung ausartete.

»'n Abend, Jungchen«, grüßte er. »Ich wollte nicht stören. Ich wusste nicht, dass ihr eine Versammlung abhaltet.«

»Wir ... äh ... haben uns nur ein wenig unterhalten«, erklärte ich und war nun reichlich verlegen.

»Ich kann mir auch schon denken worüber«, seufzte Ajax. »Tja, ich wollte das eigentlich mehr unter vier Augen abwickeln, aber ich schätze, ihr anderen könnt es ruhig mithören.«

»Was abwickeln, Ajax?«, fragte ich.

»Meinen Rücktritt«, sagte er. »Er scheint mir als der einzig anständige Ausweg, nach dem, was heute geschehen ist.«

»Das hätte doch jedem passieren können.« Ich zuckte die Achseln.

»Nett von dir, das zu sagen, Jungchen«, meinte Ajax mit einem Lächeln. »Aber ich kann die Schrift an der Wand deutlich erkennen. Ich bin zu alt, um jemandem noch nütze zu sein. War wohl Zeit, dass ich mir das selbst eingestand.«

Ich registrierte unwillkürlich, wie er die Schultern hängen ließ und von einer Mattigkeit befallen war, von der auf Tauf noch nichts zu spüren gewesen war.

»Lass dir keine grauen Haare über meine Bezahlung wachsen«, fuhr Ajax fort. »Ich habe nichts getan, folglich gehe ich davon aus, dass du mir auch nichts schuldest. Wenn mich nur jemand auf Tauf zurückbefördern würde. Ich werde euch nicht weiter stören und lasse euch euren Krieg führen, wie er geführt werden muss.«

»Ja, Ajax«, seufzte Aahz, stand auf und streckte ihm die Hand hin. »Wir werden dich vermissen.«

»Moment mal!«, hörte ich mich mit kalter Stimme sagen. »Willst du mir erzählen, dass du deinen Vertrag brichst?«

Ajax' Kopf flog ruckartig hoch.

»Von einem echten Archäer hätte ich Besseres erwartet«, schloss ich.

»Ich würde das nicht Vertragsbruch nennen, Jungchen«, begann der alte Bogenschütze vorsichtig, »eher eine Trennung in gegenseitigem Einvernehmen. Ich bin einfach zu alt...«

»Alt?«, fiel ich ihm ins Wort. »Ich wusste, dass du alt bist, als ich meine Strategie für morgen um deine Schießkunst herum angelegt habe. Ich wusste, dass du alt bist, Ajax, aber dass du ein Feigling bist, wusste ich nicht!«

Irgendjemand ganz in meiner Nähe holte tief Luft, doch ich konnte nicht feststellen, wer es war. Meine Aufmerksamkeit war auf Ajax gerichtet. Er war nicht mehr der niedergeschlagene, alte Mann, sondern ein stolzer, zornerfüllter Krieger, der drohend über mich gebeugt stand.

»Söhnchen«, knurrte er. »Ich weiß, dass ich alt bin, denn in meinen jüngeren Jahren hätte ich dich für diese Äußerung umgebracht. Nie in meinem Leben bin ich vor einem Kampf davongelaufen, und niemals habe ich einen Vertrag gebrochen. Wenn du morgen ein paar Schießaufträge hast, dann werde ich sie ausführen. Vielleicht siehst du dann, was es heißt, einen echten Archäer auf deiner Seite zu haben!«

Mit diesen Worten machte er auf dem Absatz kehrt und stapfte davon in die Dunkelheit.

Es war ein wohl erwogenes Risiko gewesen, doch ich musste feststellen, dass mir angesichts des Zorns des Alten immer noch der kalte Schweiß auf der Stirn stand. Ich bemerkte ebenfalls, dass die übrige Gruppe mich erwartungsvoll ansah.

»Wahrscheinlich wundert ihr euch alle, warum ich das getan habe«, sagte ich mit einem Lächeln.

Ich hatte auf eine Antwort gehofft, doch das Schweigen dauerte an.

»Ich weiß eure Ratschläge zu schätzen, und hoffe, dass ihr sie mir auch weiterhin zukommen lasst. Aber ich bin der Anführer dieser Truppe und habe damit die endgültige Entscheidung zu treffen.«

Aus den Augenwinkeln sah ich, wie Aahz eine Augenbraue hochzog, schenkte ihm aber keine weitere Beachtung.

»Alle einschließlich Aahz sagten, wenn ich ihn gehen ließe, nach Tauf zurückschickte, würde ihm kein Leid geschehen. Ich bin anderer Auffassung. Es hätte ihn um das eine beraubt, das die Jahre ihm belassen haben … seinen Stolz. Es hätte seine schlimmsten Befürchtungen bestätigt, dass er ein alter, nutzloser Mann geworden sei.«

Ich ließ meinen Blick über meine Zuhörer schweifen. Keiner konnte mir in die Augen sehen.

»Er kann ums Leben kommen. Na und? Dieses Risiko nahm er in jedem Krieg, den er ausgefochten hat, auf sich. Ich würde ihn eher in ein Gefecht schicken in dem Bewusstsein, dass dies seinen sicheren Tod bedeutet, als ihn zu dem tödlichen Leben eines abgewirtschafteten Kneipenherumhängers zu verdammen. Auf diese Art hat er eine Chance, und als sein Arbeitgeber fühle ich mich verpflichtet, ihm diese Chance zu geben.«

Ich machte eine Pause, um Luft zu holen. Nun schauten sie mich alle wieder an und lauerten auf meine folgenden Worte.

»Und noch eines«, knurrte ich. »Ich möchte kein Wort mehr davon hören, dass er nutzlos sei. Der alte Mann geht immer noch besser mit dem Bogen um als alle, die ich jemals gesehen habe. Wenn ich keine Möglichkeit finde, ihn sinnvoll einzusetzen, dann ist das meine Schuld, weil ich ein schlechter Stratege bin, aber nicht die seine. Ich habe meine Fehler, aber ich würde sie Ajax ebenso wenig wie euch jemals in die Schuhe schieben.«

Wieder herrschte Schweigen, aber es machte mir nichts aus. Ich hatte gesagt, was ich auf dem Herzen hatte, und empfand kein Bedürfnis, sinnlos weiterzulabern, nur um die Stille zu überwinden.

»Nun, Boss.« Brockhurst räusperte sich und stand auf. »Ich glaube, ich gehe mal wieder zurück.«

»Ich auch«, kam das Echo von Gus, der sich ebenfalls erhob.

»Nur eins noch.« Der Imp blieb stehen und sah mir direkt in die Augen. »Als kleiner Aktenvermerk: Es ist eine Freude, für dich zu arbeiten.«

Der Wasserspeier nickte zustimmend, und die beiden verschwanden im Gebüsch.

Dann bekam ich einen zarten Kuss auf die Wange, aber bis ich meinen Kopf gedreht hatte, war Tanda auch schon verschwunden.

»Weißt du, Kerlchen«, sagte Aahz, »eines Tages wirst du einen anständigen Anführer abgeben.«

»Danke, Aahz.« Ich blinzelte.

». . . falls du das noch erlebst«, beendete mein Lehrer seinen Satz.

Wir saßen noch eine Weile schweigend nebeneinander. Gliep war offensichtlich eingedöst, denn er schnarchte leise, als ich ihn weiter streichelte.

»Falls es nicht zu neugierig ist«, fragte Aahz schließlich, »wie sieht denn der meisterhafte Plan aus, den du dir für morgen mit Ajax ausgedacht hast?«

Ich seufzte und machte die Augen zu.

»Ich habe noch keinen«, gab ich zu. »Ich hoffte, du hättest ein paar Ideen.«

»Ich habe befürchtet, dass du das sagen würdest«, brummte Aahz.

Kapitel 19

›Was aber, wenn sie einen Krieg veranstalten,
und die eine Partei erscheint einfach nicht?‹

LUZIFER

»Wach auf, Kerlchen!«

Ich kam zu mir, als ich heftig zur Seite hin und über den Waldboden gekullert wurde, wobei der Zeh meines Lehrers eine ausschlaggebende Rolle spielte.

Nachdem ich endlich zum Stillliegen gekommen war, sammelte ich alle meine Kräfte und hob den Kopf.

»Aahz«, verkündete ich feierlich, »als Anführer der Gruppe bin ich zu einem weiteren Entschluss gekommen. In Zukunft möchte ich von Tanda geweckt werden.«

»Keine Chance«, spottete Aahz. »Sie erkundet unsere rechte Flanke. Entweder ich oder der Drache.«

Großartige Alternativen. Plötzlich fiel mir auf, wie hell es war.

»He!«, blinzelte ich. »Wie spät ist es?«

»Ich schätze, wir haben noch ungefähr eine Minute, ehe der Zauber losgeht«, sagte Aahz betont lässig.

»Wie lange?«, keuchte ich.

Aahz zog die Brauen zusammen, während er einen Moment über meine Frage nachdachte. Die Zeiteinheiten von Klah bereiteten ihm immer noch gewisse Schwierigkeiten.

»Eine Stunde!«, lächelte er triumphierend. »Das war's! Eine Stunde!«

»Das ist schon besser«, seufzte ich und ließ mich in die Horizontale zurücksinken.

»Auf die Beine, Kerlchen!«, befahl Aahz. »Wir haben dich so lange schlafen lassen, wie es ging, aber jetzt wirst du zur Truppenschau benötigt.«

»Hast du alle informiert?«, fragte ich gähnend und setzte mich auf.

»Ist der Plan klar?«

»So klar es in Anbetracht aller Umstände nur geht«, antwortete Aahz mit einem Schulterzucken.

»Okay«, antwortete ich und hockte mich auf die Füße. »Gehen wir. Unterwegs kannst du mich ja über die neueste Entwicklung aufklären.«

Aahz und ich hatten fast die ganze Nacht über dem Plan für heute zugebracht, und ich stellte fest, dass ich ganz heiß darauf war, ihn in die Tat umgesetzt zu sehen.

»Du solltest dankbar sein, dass du nicht auf der anderen Seite bist«, kicherte Aahz, während wir zu den anderen gingen. »Der alte Claude hat die Zeit, die wir ihm ließen, voll genutzt.«

»Hat sie auf Trab gehalten, wie?« Ich grinste.

»Seit Sonnenaufgang«, erzählte Aahz gehässig. »Drill, Schwerter schärfen, keine ruhige Minute bei der Armee des Imperiums, so viel ist sicher.«

Ich war mir nicht ganz sicher, ob ich Aahz' Begeisterung darüber, dass die Feinde lange Zeit ihre Schwerter geschärft hatten, teilen konnte. Glücklicherweise blieb mir eine unbehagliche Antwort erspart, als Gus auf uns zuhumpelte.

»Ihr habt gerade Brockhursts Report verpasst«, klärte er uns auf. »Auf der linken Flanke ist immer noch alles ruhig.«

»Können wir nicht aus ihren Signalen entnehmen, ob sie Nachschub angefordert haben?«, fragte ich.

»Wenn du ihren Signalen Glauben schenken kannst«,

entgegnete Aahz. »Es wäre nicht das erste Mal, dass eine Armee irreführende Nachrichten sendet.«

»Aha«, sagte ich intelligent.

»Aber wenn wir gerade von Signalen sprechen. Weißt du noch, was sie gestern übermittelt haben? Sie seien auf ›geringen Widerstand‹ gestoßen.«

»Ich weiß noch.« Ich nickte.

»Nun, es sieht so aus, als sei Claude zu dem Schluss gekommen, er müsste den Einsatz erhöhen, um aus dieser Sache eine Beförderung herausschlagen zu können.

Über Nacht wurden wir zur ›bewaffneten Gegenmacht, die mit Waffengewalt niedergeschlagen werden muss‹. Sauber, wie?«

Ich schluckte schwer.

»Heißt das, dass sie Verstärkung anfahren?«, erkundigte ich mich und versuchte, lässig zu klingen.

»Ach wo, Kerlchen!« Aahz zwinkerte mir zu. »Claude hatte alle Hilfsangebote, die von oben kamen, abgelehnt. Er besteht hartnäckig darauf, das mit seiner Kompanie abwickeln zu können.«

»Ich würde sagen, er hat seinen Kopf ein wenig zu weit vorgestreckt«, kommentierte Gus.

». . . und wir sind just diejenigen, die ihn ihm abschlagen werden«, nickte Aahz.

»Wo steckt Ajax?«, erkundigte ich mich, um das Thema zu wechseln.

»Drunten im Wald, sucht sich die günstigste Stelle zum Schießen aus«, erwiderte Gus. »Mach dir keine Sorgen, Boss. Er ist wach.«

In Wirklichkeit machte ich mir wegen Ajax diesbezüglich nicht die geringsten Sorgen. Vor meinem geistigen Auge sah ich immer noch, wie er sich zornig vor mir aufbaute, als ich ihn in der vergangenen Nacht einen Feigling geschimpft hatte.

»'n Morgen, Jungchen«, rief der Bogenschütze, der nun aus den Büschen auftauchte. »Glaube, habe den richtigen Platz gefunden, um sie alle aufs Korn zu nehmen.«

»Hallo, Ajax«, grüßte ich zurück. »Sag mal... hm ... wenn du mal eine Minute Zeit hast, würde ich gerne wegen gestern Abend mit dir reden.«

»Mach dir deswegen keine Gedanken mehr«, versicherte mir Ajax mit einem Grinsen. »Ich hab ohnehin schon alles vergessen.«

Ein Blitzen in seinen Augen strafte seine Worte Lügen, aber wenn er so tun wollte, als sei nichts geschehen, würde ich es vorläufig dabei belassen.

»Ich störe euch nicht gerne«, unterbrach uns Aahz. »Aber ich glaube, Freund Claude rüstet schon zum Aufbruch.«

Tatsächlich stellte man sich im Feldlager in der Ferne zu Gefechtsformation auf. Die Handkarren wurden beladen und in einer Reihe aufgestellt, während die Begleitmannschaft sich vorn und an den Seiten postierte. Der Signalturm war allem bisherigen Anschein zum Trotz ebenfalls beweglich und wurde von mehreren schwitzenden Soldaten hinter der Formation hergeschoben.

»Altmodischer Kram!«, höhnte Ajax. »Ich sage dir, Jungchen, Militärs sind in allen Dimensionen gleich!«

»Okay, Kerlchen«, sagte Aahz knapp. »Zieh deine Sache durch. Es ist allmählich Zeit, dass wir Aufstellung nehmen.« Mit ein paar geistigen Pinselstrichen verwandelte ich die Züge des Wasserspeiers, bis er mein Spiegelbild war.

»Recht ordentlich«, bemerkte Aahz und ließ seinen Blick kritisch zwischen Gus und mir hin- und herschweifen.

Ich ging nochmals ans Werk und verlieh Aahz seine ›Dubioser-Typ‹-Verkleidung.

»Also, es kann losgehen«, winkte Aahz. »Jetzt wollen wir den Gegner mal ein bisschen durcheinander bringen!«

Der heutige Plan erforderte, dass Gus mich ersetzte. Die dahinter stehende Logik besagt, dass sein steinerner Leib ihn nicht nur vor Schaden bewahrte, wenn irgendetwas schief ging, sondern Aahz gleichzeitig als Schutzschild diente.

Irgendwie kam es mir nicht recht vor, in relativer Sicherheit zu bleiben, während ich einen anderen nach vorne schickte, meine Risiken auf sich zu nehmen. Mir kam in den Sinn, dass ich vielleicht den falschen einen Feigling genannt hatte, als ich in der vergangenen Nacht mit Ajax sprach.

Doch der Bogenschütze schien die Vorkehrungen widerspruchslos hinzunehmen.

»Komm mit, Jungchen«, krächzte er. »Ich möchte keinen Augenblick versäumen!«

Mit diesen Worten drehte er sich um und tauchte in die Büsche, so dass ich kaum eine andere Wahl hatte, als ihm zu folgen.

Glücklicherweise war der von Ajax gewählte Aussichtspunkt nicht weit. Alt oder nicht, ich fand, dass er ein verdammtes Tempo draufhatte.

Er spannte seinen Bogen, kauerte sich nieder, wartete und kicherte voller Vorfreude. Während ich mich neben ihm niederließ, nahm ich mir einen Augenblick Zeit, um die Kräftelinien zu überprüfen, die Energieströme, von denen Zauberer ihre Kräfte beziehen. Ganz in der Nähe verliefen zwei Linien, eine in der Luft, die andere im Boden, und das war gut. Zwar hatte Aahz mir beigebracht, wie man Energien speichert, doch bei den vielen Aktionen, die für diesen Tag geplant waren, wollte ich so viel Kraft, wie ich nur bekommen konnte.

Wir konnten zusehen, wie Aahz und Gus sehr würdevoll

auf die ausgewählte Kampfstelle zuschritten. Die gegnerische Streitkraft beobachtete wie erstarrt, wie die beiden Aufstellung nahmen. Einen Augenblick lang stand alles reglos wie auf einem Gemälde.

Dann drehte Claude sich zu seiner Truppe um, bellte einen Befehl. Sogleich traten ein Halbdutzend Bogenschützen aus der Schlachtenreihe und verteilten sich zu beiden Seiten der Wagen. Langsam und bedächtig nahm jeder einen Pfeil und legte ihn an, dann hoben sie die Bögen in Richtung der beiden Gestalten, die die Kompanie am Weiterziehen hinderten.

Ich konzentrierte meine Energien.

Claude brüllte unseren Kameraden etwas zu. Sie verharrten reglos an Ort und Stelle.

Ich konzentrierte mich stärker.

Die Bogenschützen ließen ihre Geschosse davonfliegen. Gus hob theatralisch die Hand.

Die Pfeile blieben mitten in der Luft stehen und fielen dann zu Boden.

Die Bogenschützen blickten einander erstaunt an. Claude brüllte ihnen einen neuen Befehl zu. Zitternd legten sie an und schossen eine neue Salve ab.

Diese war weniger synchron als die Erste, doch es gelang mir, sie ebenfalls aufzuhalten.

»Gute Arbeit, Jungchen!«, stieß Ajax freudig hervor. »Das wird ihnen einheizen.«

Und tatsächlich lösten sich die säuberlichen Reihen der Soldaten in Wellen auf, als die Männer untereinander tuschelten. Claude bemerkte es ebenfalls und beorderte seine Schützen zurück in die Aufstellung.

Die erste Runde ging an uns.

Doch mein Hochgefühl war von kurzer Dauer. Nun zogen die Soldaten ihre Schwerter. Die beiden Gruppen, welche zum Schutz des Wagens abgestellt waren, traten nun vor und bildeten zwei Flügel, die sich um unsere Mannschaftsmitglieder schließen zu wollen schienen. Claude war so nervös, dass er die Soldaten, welche die Wagen ziehen sollten, nach vorne holte, um die Mitte der Schlachtreihe zu verstärken.

Darauf hatten wir nur gewartet.

»Jetzt, Ajax!«, zischte ich. »Setze sie hoch an.«

»Ich weiß, Jungchen«, grinste unser Schütze. »Ich bin so weit, wenn du bereit bist.«

Ich wartete, bis er seinen Bogen hob, dann konzentrierte ich einen intensiven Energiestrahl auf einen Punkt wenige Zentimeter vor seinem Bogen.

Es ähnelte der Kerzenübung und ging nun ebenso leicht, nachdem wir es letzte Nacht geübt hatten.

Sowie der Pfeil von Ajaxens Bogen flitzte, brach er in Flammen aus und flog weiter.

Immer und immer wieder schoss der Bogenschütze seine Geschosse pfeifend durch meinen Zündungspunkt. Es erforderte meine gesamte Konzentration, den notwendigen Energiestrom aufrechtzuerhalten und gelegentlich umzulenken, wenn er seine Zielrichtung änderte.

Schließlich ließ er seinen Bogen wieder neben sich sinken.

»Das müsste reichen, Jungchen«, grinste er. »Sieh dir das mal an!«

Das tat ich denn. Dort in der Ferne hinter den Reihen der Soldaten stiegen dünne Rauchfähnchen von den Wagen auf. Innerhalb weniger Augenblicke würde Claudes Nachschubeinheit ohne Nachschub dastehen.

Aber wir hatten ja nicht einmal wenige Augenblicke Zeit zu warten! Vor unseren Augen schritten die Männer auf Aahz und Gus zu, ihre Schwerter blitzten in der Sonne.

»Ich glaube, wir sollten besser etwas dagegen unternehmen«, murmelte Ajax und hob wieder seinen Bogen.

»Warte eine Sekunde, Ajax!«, befahl ich und spähte mit zusammengekniffenen Augen nach den beiden Gestalten in der Ferne.

Aahz und Gus hatten rasch einige Worte gewechselt, dann trat der Wasserspeier zurück und fuchtelte wild in Richtung seines Begleiters.

Ich brauchte einen Augenblick, aber dann begriff ich die Nachricht. Lächelnd schloss ich die Augen und hob Aahzens Tarnung auf.

Ein Höllenspektakel trat ein. Die Soldaten in der vorderen Reihe warfen einen Blick auf den Dämonen, der vor ihnen stand, dann rasten sie nach hinten und trampelten dabei die Männer hinter ihnen halb zu Boden. Als die Kunde sich in der Formation ausbreitete, wurde diese zur wilden Meute, obwohl ich bezweifle, dass die in den hinteren Reihen überhaupt wussten, warum sie auf und davonliefen.

»Jipih!«, schrie Ajax und sprang mir ins Kreuz. »Das hat geklappt. Sieh dir an, wie sie laufen. Man sollte glauben, die Kerle hätten noch nie im Leben einen Perfekter gesehen.«

»Haben sie vermutlich auch nicht«, kommentierte ich und versuchte, meine lädierte Schulter zu massieren.

»Weißt du«, erklärte der Bogenschütze schleppend mit einem Blick auf die Szenerie unter uns. »Ich habe da eine Idee. Die Burschen sind so schnell abgehauen, dass sie vergessen haben, jemandem Zeichen zu geben. Was meinst du, wenn wir das für sie erledigen?«

»Wie?«, fragte ich.

»Nun«, grinste er. »Ich kenne die Signale, und du bist ein Zauberer. Wenn ich dir sagen würde, welches Zeichen gesetzt werden muss, könntest du das dann schaffen? Ohne dass einer es halten muss?«

»Klar«, bestätigte ich. »Was brauchen wir für das Signal?«

»Lass mich nachdenken!« Er runzelte die Stirn. »Wir benötigen einen Schädel, zwei rote Tücher, eine schwarze Kugel und ...«

»Warte mal, Ajax«, sagte ich und hob die Hand. »Ich glaube, es gibt da ein einfacheres Signal, das sie verstehen werden. Pass auf.«

Ich jagte einen neuen Energiestoß fort, und sogleich stand der Signalturm in Flammen.

»Meinst du, diese Nachricht begreifen sie?« Ich lächelte.

Ajax starrte einen Augenblick zu dem brennenden Turm.

»Du machst das verdammt gut, Jungchen«, murmelte er schließlich. »Auf solche Entfernungen Feuer zu werfen.«

»Nun«, hob ich bescheiden an. »Wir Zauberer können ...«

»'türlich«, fuhr er fort. »Aber wenn du das kannst, hast du Blackie und mich für diesen Wagen doch eigentlich gar nicht gebraucht, oder?«

Zu spät bemerkte ich meinen Fehler.

»Ajax, ich ...«

»Schon ulkig, dass du diese ganze Mühe auf dich nimmst, nur um mich zu überzeugen, dass ich nicht nutzlos bin.«

»Du bist nicht nutzlos«, schnauzte ich ihn an. »Die Tatsache, dass du nicht immer gebraucht wirst, heißt nicht, dass du nutzlos bist. Ich bin vielleicht noch jung, aber alt genug, um das zu wissen.«

Ajax schaute mich einen Moment lang an, dann lächelte er plötzlich.

»Hoffen wir, dass du Recht hast, Jung ... Skeeve«, lachte er. »Wahrscheinlich wusste ich es und hatte es nur für eine Weile vergessen. Gehen wir zurück und holen uns eine Flasche Wein aus dem Gepäck auf deinem Drachen. Ich würde dir gern angemessen dafür danken, dass du mich daran erinnert hast.«

Gemeinsam machten wir uns auf den Rückweg zum Lager.

Kapitel 20

›Die Befehlskette ist das Rückgrat allen militärischen Aufbaus und ist strikt zu beachten‹
Schwejk, braver Soldat

Im Lager herrschte verständlicherweise Feierstimmung. Wenn ich Hoffnungen gehegt hatte, mich an den Festivitäten zu beteiligen, so verflogen diese rasch, als Aahz mich rief.

»Hierher, Kerlchen«, winkte er. »Wir haben einige Planungen vorzunehmen!«

»Das ist die Kehrseite des Daseins eines Generals, Jungchen«, murmelte Ajax mitfühlend. »Beschränkt sich nicht auf Ansprachen und Ruhm. Dann mach mal weiter. Ich trink derweilen einen mit den Jungs.«

Mit einer Kopfbewegung wies er auf Gus und Brockhurst, die sich schon den Wein zur Brust genommen hatten. Tanda wartete mit Aahz auf mich. Das machte mir die Wahl etwas leichter.

»Na gut, Ajax«, lächelte ich. »Ich geselle mich bald zu euch.«

»Herzlichen Glückwunsch, Süßer!« Tanda zwinkerte mir zu, als ich bei den beiden angelangt war. »Das war das beste Stückchen Arbeit, das ich seit langem gesehen habe.«

»Danke, Tanda.« Ich lief rot an.

»Wie ich sehe, sprechen Ajax und du wieder miteinander«, meinte Aahz und betrachtete mich mit hochgezogener Augenbraue. »Das ist auch kein schlechter Trick. Wie hast du es geschafft?«

»Wir … äh … haben ein langes Gespräch geführt«, antwortete ich vage. »Du sagtest, wir müssten einige Pläne erstellen?«

»Es geht eher um eine kurze Information. Tanda hier hat ein paar Spezialeffekt-Sachen dabei, über die du Bescheid wissen solltest.«

Tandas Besorgungen, um deretwillen sie mich auf dem Basar allein gelassen hatte, hatte ich völlig vergessen. Da man mich nun daran erinnert hatte, war meine Neugier angestachelt.

»Was hast du denn bekommen, Tanda?«, fragte ich beflissen.

»Nichts Umwerfendes«, meinte sie mit einem Achselzucken. »Da Aahz mit von der Partie ist, wusste ich ja schon, dass unser Budget ziemlich beschränkt sein würde, so dass ich mich auf ein paar grundlegende Dinge beschränkt habe.«

»Wie wär's denn, wenn du 's ihm einfach zeigst?«, knurrte Aahz. »Erspare uns deine Kommentare.«

Sie streckte ihm die Zunge raus und zog einen kleinen Beutel von ihrem Gürtel.

»Als Erstes«, begann sie, »dachte ich, dass wir ein wenig Blitzpulver brauchen könnten. Das verfehlt nie seine Wirkung auf die Bauerntölpel.«

»Blitzpulver«, wiederholte ich aufmerksam.

»Man steckt es an«, ergänzte Aahz. »Es brennt schnell und bringt eine Rauchwolke hervor.«

»Ich habe ungefähr ein Dutzend Päckchen davon besorgt«, fuhr Tanda fort und zeigte mir den Inhalt ihres Beutels. »In verschiedenen Farben und Größen.«

»Kann ich mal eines ausprobieren?«, fragte ich. »Ich habe mit diesem Zeug noch nie zuvor gearbeitet.«

»Klar.« Tanda grinste und hielt mir den Beutel hin. »Du kannst die benutzen, so wie du es für gut hältst.«

Ich nahm das Säckchen und suchte mir sorgfältig eines der Päckchen aus.

»Du streust es besser auf den Boden, Kerlchen«, fuhr Aahz fort. »Einige können es in ihrer Hand zünden, aber das bedarf einiger Übung. Wenn du das jetzt versuchen würdest, kostete dir das vermutlich eine Hand.«

Gehorsam warf ich den Beutel in einiger Entfernung auf die Erde. Dann schaute ich neugierig hin, was geschehen würde, wenn ich einen raschen Energiestrahl darauf richtete. Es gab einen hellen Blitz, gefolgt von einem leichten Puffen. Ich blinzelte und besah mir die Stelle, wo das Päckchen gelegen hatte. Eine kleine, grüne Rauchwolke hing in der Luft, die sich allmählich im leichten Wind auflöste.

»Das ist klasse!«, rief ich und griff nochmals in den Beutel.

»Lass es gut sein«, warnte Aahz. »Zu viel von dem Zeug haben wir auch nicht.«

»Ach, richtig, Aahz«, antwortete ich ein wenig dümmlich. »Was hast du denn sonst noch, Tanda?«

»Nun«, sagte sie mit einem Lächeln, »ich meine, das wäre eine gute Verteidigungswaffe.«

Bei diesen Worten schien sie etwas hinter ihrem Rücken hervorzuziehen. Ich sage ›schien‹, weil ich nichts erkennen konnte. Nach ihren Bewegungen zu urteilen, hielt sie einen Stab von etwa 75 cm Länge, doch ihre Hand war leer.

»Was ist das denn?«, fragte ich.

Zur Antwort grinste sie und hielt, was immer es war, vor sich. Dann öffnete sie die Hand und löste sich in Luft auf.

»Unsichtbarkeit!«, rief Aahz. »Einen Unsichtbarkeitsumhang!«

»Konnte ich mir nicht leisten«, ertönte Tandas Stimme irgendwo vor uns. »Ich musste mich hiermit begnügen.«

»Hiermit«, war, wie sich herausstellte, eine Unsichtbarkeitswand. Es war eine Wand aus festem Material in der Größe von 75 cm auf 1,80 m. Tanda hatte sie zur Röhre gerollt bei sich getragen, und ihr Verschwinden wurde verursacht, indem die Wand sich zu ihrer Normalform entrollte.

Aahz und sie schnatterten aufgeregt über ihre Neuerwerbung, währenddessen hatte ich Zeit, mein Wissen auf dem Gebiet der Unsichtbarkeit zu erweitern.

Unsichtbarkeitswände schienen ungefähr aus dem gleichen Material wie Unsichtbarkeitsumhänge zu bestehen. Da die Wände nicht auf dem Leib getragen wurden, bedurften sie nicht der Flexibilität und Weichheit, wie sie für einen Umhang erforderlich sind. Folglich waren sie auch erheblich billiger.

Die Wirkung war ähnlich wie bei einer Trickscheibe. Stand man auf der richtigen Seite der Unsichtbarkeitswand, konnte man ungehindert hindurchsehen und alles und jeden beobachten, der sich auf der anderen Seite befand. Derjenige jedoch konnte einen nicht sehen.

Sie unterhielten sich immer noch über die Einsatzmöglichkeiten des neuen Geräts, als Brockhurst auf uns zugerannt kam.

»He! Boss!«, rief er. »Wir haben Gesellschaft bekommen!«

»Wer? Wo?«, fragte ich ruhig.

»Drunten auf der Wiese«, antwortete der Imp und wies in die entsprechende Richtung. »Der Gremliner sagt, sie stellen dort eine Art Gruppe auf.«

»Was für ein Gremliner?«, knurrte Aahz.

»Komm, Aahz«, rief Tanda und machte sich auf den Weg. »Das schauen wir uns mal an.«

Tatsächlich stand eine kleine Gruppe auf der Wiese, lauter Soldaten des Imperiums. Das Verblüffende war, was sie machten, beziehungsweise, dass sie nichts machten. Sie schienen einfach dazustehen und auf etwas zu warten.

»Was machen die, Aahz?«, flüsterte ich, während wir die Gruppe aus dem Schutz der Bäume heraus musterten.

»Die stehen herum und warten«, klärte Aahz mich auf.

»Das sehe ich auch«, sagte ich und schnitt eine Grimasse. »Aber worauf warten sie?«

»Vermutlich auf uns«, erwiderte mein Lehrer.

»Auf uns?«, blinzelte ich. »Warum?«

»Um einen Kriegsrat abzuhalten.« Aahz grinste. »Schau dir das doch an, Kerlchen. Machen sie es nicht genauso wie wir, als wir mit ihnen sprechen wollten? Sie stehen sogar genau auf dem gleichen Fleck.«

Ich besah mir die Gruppe noch einmal unter diesem neuen Licht. Aahz hatte Recht! Der Feind wollte einen Kriegsrat einberufen.

»Meinst du, wir sollten da hin?«, erkundigte ich mich nervös.

»Klar«, erwiderte Aahz. »Aber nicht jetzt gleich. Lass sie ein bisschen schwitzen. Sie haben uns das erste Mal auch warten lassen, weißt du noch?«

Es war fast eine halbe Stunde später, als wir aus der Baumgruppe hervortraten und über die Wiese zu jener Stelle gingen, wo die Soldaten warteten. Ich hatte Aahz vorsichtigerweise als dubiosen Charakter aufgemacht. Ich selbst trug die Unsichtbarkeitswand vor mir her, so dass die Soldaten glauben mussten, Aahz sei alleine, obwohl ich neben ihm hermarschierte.

Es befanden sich mehr Soldaten an dem Treffpunkt als bei unserer ersten Zusammenkunft mit Claude. Selbst für mein ungeübtes Auge war erkennbar, dass sich zwischen den Wachen mindestens sechs Offiziere befanden.

»Ihr wünscht eine Zusammenkunft?«, fragte Aahz arrogant, als er vor der Gruppe stehen blieb.

Unter den Soldaten kam kurz Unruhe auf, während sie sich berieten. Schließlich trat einer von ihnen, offensichtlich der Anführer der Gruppe, vor.

»Wir möchten mit deinem Herrn sprechen!«, verkündete er förmlich.

»Der ist im Augenblick beschäftigt«, antwortete Aahz gelangweilt. »Kann ich irgendetwas für euch tun?«

Der Führer errötete ein wenig.

»Ich bin der Befehlshaber dieser Abteilung!«, brüllte er. »Ich wünsche Skeeve, den Kommandeur der Verteidigungsmacht, zu sprechen und nicht seinen Lakaien!«

Ich warf eines der Blitzpulverpäckchen vor mir auf die Erde.

»Wenn ihr darauf besteht, werde ich ihn holen«, knurrte Aahz. »Aber er wird nicht begeistert sein.«

»Ich bin auch nicht hier, um ihn zu begeistern«, schrie der Führer. »Nun spute dich.«

»Das wird nicht notwendig sein«, sagte Aahz mit boshaftem Seitenblick. »Er ist Zauberer. Er hört und sieht, was sein Diener hört und sieht. Er wird kommen.«

Das war mein Stichwort. Ich ließ die Unsichtbarkeitswand sinken und entzündete sofort das Pulverpäckchen.

Das Ergebnis war echt spektakulär.

Die Soldaten wichen mit Ausnahme ihres Kommandeurs mehrere Schritte zurück. Für sie sah es so aus, als hätte ich mich plötzlich aus der Luft heraus in einer roten Rauchwolke materialisiert.

Für mich war der Effekt weniger eindrucksvoll. Als der Beutel mit dem Pulver losging, wurde mir bewusst, dass es etwas ganz anderes war, eine Rauchwolke aus der Ferne zu beobachten oder genau am Zündungspunkt zu stehen.

Während ich so eingehüllt in rote Schwaden stand, waren meine Gefühle nicht von hochtrabendem Siegesgefühl, sondern von dem Bedürfnis zu husten und zu niesen, bestimmt.

Meine Bemühungen, diese Reaktionen zu unterdrücken, führten dazu, dass sich meine Züge derart verzerrten, dass ich Gus mehr als nur entfernt ähnelte.

»Ruhig, Meister!«, warnte Aahz.

»Aahz, ah!«, keuchte ich.

»Lasst Euch nicht von eurem Zorn überwältigen«, fuhr mein Lehrer hastig fort. »Sie sind sich der Kräfte nicht bewusst, die sie leichtfertig reizen.«

»Ich ... ich wollte doch nicht gestört werden«, konnte ich schließlich hervorstoßen, als der Rauch sich verzog und ich wieder zu Atem kam.

Der Kommandeur der Gruppe war tapfer an Ort und Stelle stehen geblieben, sah jedoch ein wenig bleicher aus und wirkte weniger selbstsicher als im Gespräch mit Aahz.

»Wir ... äh ... bitten um Entschuldigung, Euch gestört zu haben«, begann er unsicher. »Aber es liegen einige Angelegenheiten vor, die Eurer sofortigen Aufmerksamkeit bedürfen, insbesondere der Krieg, in welchen wir gerade verstrickt sind.«

Ich besah ihn mir aufmerksam. Er schien von anderem Schnitt, als Claude es gewesen war.

»Ich fürchte, ich befinde mich im Nachteil, Sir«, sagte ich. »Ihr scheint mich zu kennen, doch ich erinnere mich nicht, Euch schon einmal gesehen zu haben.«

»Das habt Ihr auch nicht«, erwiderte der Offizier finster. »Wäre dies der Fall, so könnt Ihr sicher sein, dass einer von uns beiden jetzt nicht hier stände. Ich kenne Euch von Berichten, insbesondere über Eure jüngsten Bemühungen, dem Vorrücken unserer Armee Widerstand zu leisten. Ich bin Antonio, Kommandeur des rechten Flügels der linken Flanke der Armee des Imperiums. Das sind meine Offiziere.«

Er wies mit einer vagen Handbewegung auf die Soldaten hinter sich. Darauf richteten die Männer sich gerade auf und reckten hochmütig ihr Kinn vor.

Ich begrüßte sie mit einem leichten Kopfnicken.

»Wo ist Claude?«, erkundigte ich mich beiläufig. »Ich hatte den Eindruck, er war der leitende Offizier dieses Bereichs.«

»Ihr habt ganz Recht«, feixte Antonio. »Er *war* es. Er ist im Augenblick bis zu seiner Verhandlung vor dem Kriegsgericht in Haft. Er ist angeklagt wegen Unfähigkeit!«

»Unfähigkeit?«, wiederholte ich. »Nun kommt aber, Sir. Ist das nicht ein bisschen hart? Claude mag seine Fähigkeiten überschätzt haben, doch ich würde nicht sagen, dass er unfähig ist. Ich meine, er hatte es schließlich mit übernatürlichen Kräften zu tun, falls Ihr versteht, was ich sagen will.«

Während ich sprach, richtete ich einen bebenden Finger auf Aahz und hob seine Tarnung auf.

Den wartenden Offizieren klappte das Kinn herunter, dass ihr hochmütiger Gesichtsausdruck dahin war. Dann grinste Aahz sie an, worauf sie die Münder wieder schlossen und hart schluckten.

Antonio zeigte sich unbeeindruckt.

»Ja, ja«, antwortete er spröde und winkte mit der Hand ab, als verjage er eine lästige Fliege. »Uns liegen Berichte, viele Berichte über Euer Verhältnis zu Dämonen vor. Claudes Unfähigkeit liegt in seiner verheerenden Unterschätzung der Kräfte, die ihm entgegenstanden. Seid versichert, dass mir nicht der gleiche Fehler unterlaufen wird.«

»Sei da nicht so sicher, Tony«, grinste Aahz bösartig. »Wir Dämonen können ein ganz verschlagener Haufen sein.«

Der Offizier beachtete ihn gar nicht.

»Doch wir sind nicht hier für müßige Scherze«, sagte er und warf mir einen strengen Blick zu. »Ich glaube, wir haben einen Streit zu klären über unser Recht, dieses bestimmte Gebiet zu passieren.«

»Wir haben einen Streit über Euer Recht, das Königreich Possiltum zu passieren«, berichtigte ich ihn.

»Ja, ja«, erklärte Antonio gelangweilt. »Wenn Ihr uns natürlich davon abhalten wollt, Possiltum zu erobern, so ist das der geeignete Platz.«

»Das war unser Gedanke«, stimmt Aahz ihm zu.

»Ich will ja nicht auf diesem Punkt herumhacken, Antonio«, lächelte ich. »Aber ich glaube, wir *haben* Euch davon abgehalten.«

»Zeitweilig«, lächelte der Offizier. »Ich rechne damit, dass sich dies in kürzester Zeit ändert ... sagen wir ein paar Stunden nach Sonnenaufgang? Morgen?«

»Wir werden hier sein.« Aahz nickte.

»Nur einen Augenblick«, warf ich ein. »Antonio, Ihr erscheint mir als fairer Mann. Hättet Ihr Interesse, unsere morgige Begegnung etwas interessanter zu gestalten? Sagen wir, durch eine kleine, zusätzliche Wette?«

»Wie, zum Beispiel?« Der Offizier warf mir einen finsteren Blick zu.

»Wenn Ihr morgen verliert«, begann ich vorsichtig, »werdet Ihr dann zugeben, dass Claudes Niederlage nichts mit Unfähigkeit zu tun hat, und die Anklage gegen ihn fallen lassen?«

Antonio dachte einen Augenblick nach, dann nickte er.

»Gemacht«, antwortete er. »Normalerweise würde ich mir über die Reaktion meiner Vorgesetzten Gedanken machen, doch ich bin mir meines Sieges sicher. Es gibt Dinge, denen nicht einmal ein Dämon standhalten kann.«

»Wie, zum Beispiel?«, erkundigte Aahz sich schleppend.

»Das werdet Ihr sehen«, lächelte der Offizier. »Morgen.«

Mit diesen Worten machte er auf dem Absatz kehrt und marschierte davon, seine Offiziere trotteten hinter ihm her.

»Was meinst du, Aahz?«, murmelte ich.

»Was ich meine?« Mein Lehrer schaute finster drein. »Ich meine, du wirst zu weich. Zuerst Ajax und nun Claude. Was soll diese ›Sei-nett-zu-den-Feinden‹-Tour, auf der du gerade reist?«

»Ich wollte wissen, was du zu morgen meinst«, erläuterte ich schnell.

»Ich weiß nicht, Kerlchen«, gab Aahz zu. »Er klang zu zuversichtlich, um sich keine Sorgen zu machen. Ich wünschte, ich wüsste, welchen Trumpf er gegen Dämonen noch im Ärmel hat.«

»Tja«, seufzte ich. »Ich schätze, das werden wir morgen sehen.«

Kapitel 21

›Einen Riesen zu bekämpfen bedarf es eines Reiches‹

H. Prym

Unsere Besorgnis verließ uns nicht bis zum nächsten Tag.

Unsere Rivalen bereiteten tatsächlich etwas vor, doch wir konnten nicht herausfinden, um was es sich handelte. Tanda und Brockhurst waren des Nachts zu einem Erkundungsgang aufgebrochen und hatten verwirrende Neuigkeiten mitgebracht. Die Soldaten hatten eine Art schweres Gerät angeschleppt, das in einer riesigen Kiste verborgen war. Alles, was unsere Späher mit Sicherheit über die Geheimwaffe sagen konnten, war, dass sie riesig und schwer war.

Gus erbot sich, einen Rundflug über der Kiste zu machen und hineinzuspähen, doch wir lehnten diese Idee ab. Da die Kiste sich ständig inmitten der Soldatenschar befand, bestand keinerlei Möglichkeit, dass der Wasserspeier diesen Auftrag unbeobachtet hätte ausführen können. Bislang hatten wir seine Zugehörigkeit zu unserem Team geheim gehalten, und dabei wollten wir es auch belassen. Selbst wenn wir ihn mit meiner oder Aahzens Gestalt getarnt hätten, wäre dadurch offenkundig geworden, dass einer von uns fliegen kann. Wie Aahz erklärte, würde diese Schlacht schwer genug werden, ohne dass wir den Gegner über den Umfang unserer Fähigkeiten vorwarnten.

Strategisch war das ganz richtig und klang unwiderlegbar logisch. Doch es beruhigte mich auch kein bisschen, während Aahz und ich standen und warteten, dass Antonio seinen Eröffnungszug machte.

»Ganz ruhig, Kerlchen«, murmelte Aahz. »Du siehst nervös aus.«

»Ich *bin* nervös«, gab ich zurück. »Wir stehen hier und warten auf den Kampf, ohne zu wissen, gegen wen und was wir zu kämpfen haben. Du wirst schon entschuldigen, wenn mich das ein wenig unsicher macht.«

Mir wurde bewusst, dass ich ungerechtfertigt grob zu meinem Lehrer war. Ajax und Gus standen parat, Brockhurst und Tanda hielten nach neuen Entwicklungen Ausschau. Der Einzige nicht eingesetzte Mannschaftsangehörige an diesem Morgen war der Gremliner, doch ich hielt es für am klügsten, dies Aahz gegenüber nicht zu erwähnen. Ich nahm an, dass unser schwer fassbarer, blauer Freund irgendwo mit Gliep unterwegs war, denn mein Haustier war ebenfalls nirgends zu sehen.

Alles was vorbereitend getan werden konnte, war geschehen. Und doch fühlte ich mich unwohl.

»Sieh es mal von der Seite«, versuchte Aahz erneut, mich aufzumuntern. »Zumindest wissen wir, womit wir es *nicht* zu tun haben.«

Soldaten wurden nämlich nicht gegen uns eingesetzt. Zwar wurde eine große Menge von ihnen in der Nähe zusammengeschart, doch offensichtlich unternahm man keinen Versuch, sie für eine Schlacht zu bewaffnen oder aufzustellen. Als die abgesprochene Zeit näher rückte, wurde klar, dass sie nur als Zuschauer für den bevorstehenden Kampf gedacht waren.

»Ich glaube, ich hätte es lieber mit Soldaten zu tun«, sagte ich mürrisch.

»Kopf hoch, Kind«, gab Aahz zurück und stieß mich mit dem Ellbogen an. »Was immer uns bevorsteht, jetzt kommt es.«

Ich wusste, was er meinte, und es gefiel mir nicht. Es blieb mir jedoch keine Zeit zum Nachdenken. Antonio war gerade aufgetaucht. Er bog um die eine Ecke der Mammutkiste und war mit einem verdächtig aussehenden Typen in Kapuzenumhang ins Gespräch vertieft. Er warf uns einen kurzen Blick zu, lächelte und winkte fröhlich.

Wir winkten nicht zurück.

»Das gefällt mir alles gar nicht, Kerlchen«, knurrte Aahz.

Mir auch nicht, aber uns blieb nicht viel anderes übrig als zu warten. Antonio beendete sein Gespräch mit dem Fremden und trat zurück, wobei er die Arme vor der Brust verschränkte. Der Fremde winkte ein paar der zuschauenden Soldaten beiseite, dann trat er ebenfalls zurück. Er richtete sich auf und begann, auf merkwürdige Weise mit den Händen zu wedeln. Dann trug der Wind mir die Geräusche zu, und ich begriff, dass er sang.

»Aahz«, keuchte ich. »Sie haben einen eigenen Zauberer aufgetrieben.«

»Ich weiß«, grinste Aahz zurück. »Aber nach allem, was ich hören kann, blufft er genauso wie du am Hof von Possiltum. Er verfügt vermutlich über ebenso wenig Kräfte wie ich.«

Kaum hatte mein Lehrer seine Bemerkung gemacht, als die uns zugerichtete Wand der riesigen Kiste sich langsam zu Boden senkte. Zu sehen war nun im Innern des kräftigen Behältnisses ein Drache.

Die Kiste war riesig gewesen, über drei Meter lang und sechs Meter hoch, doch so wie der Drache aussah, musste er ganz schön zusammengekauert gewesen sein.

Er war riesenhaft! Ich meine wirklich riesenhaft!

Ich habe mir niemals Illusionen über Glieps Größe gemacht. Wenn seine Länge von drei Metern hier auf Klah auch gewaltig erscheinen mag, so hatte ich auf Tauf Drachen gesehen, neben denen er klein aussah. Doch neben dem Drachen, den wir hier vor uns hatten, musste alles zwergenhaft erscheinen, was ich je gesehen hatte.

Er war über die ganze Länge blaugrün und weit schlangenähnlicher, als ich das bei Drachen gewöhnt war. Er hatte kräftige Schwingen, die er ausstreckte und einzog, während er sich seinen Weg aus der engen Kiste scharrte. Seine Augenhöhlen schimmerten silbern und hätten ihm ein maschinenhaftes Aussehen verliehen, hätten seine mächtigen Glieder sich nicht so geschmeidig bewegt.

Für einen Augenblick war ich fast überwältigt von dem herrlichen Anblick, den er bot, als er auf dem Schlachtfeld erschien. Dann warf er seinen Kopf zurück und brüllte, dass meine Bewunderung für ihn mir das Blut in den Adern gefrieren ließ.

Der große Kopf drehte sich, bis seine Augen direkt auf uns gerichtet waren. Dann begann er auf uns zuzulaufen.

»Jetzt ist es Zeit, auf andere Art tapfer zu sein«, flüsterte Aahz und zupfte mich am Ärmel. »Lass uns hier abhauen.«

»Warte eine Minute, Aahz!«, gab ich zurück. »Siehst du das, was der Wärter in der Hand hält?«

Ein goldenes Blitzen in der Sonne hatte mein Augenmerk auf sich gezogen. Der Drachenwärter hielt ein goldenes Amulett in der Faust, während er das Tier nach vorne trieb.

»So ein Amulett habe ich schon einmal gesehen!«, erklärte ich aufgeregt. »Damit behält man den Drachen in der Gewalt.«

Der Täufler, der den Drachenstall geführt hatte, bei welchem ich Gliep erwarb, hatte ein solches Amulett getragen. Man benutzte es, um Drachen zu bändigen ... nicht fixierte Drachen, heißt das. Fixierte Drachen können von ihren Besitzern ohne irgendwelche Hilfsmittel gelenkt werden. Ein Drache fixiert sich auf denjenigen, der ihn füttert. Auf diese Weise bin ich auch an Gliep gekommen. Ich habe ihn gewissermaßen gefüttert. Genauer gesagt, hat er sich selbst mit einem kräftigen Biss in meinen Ärmel bedient.

»Steh nicht einfach so herum, Kerlchen«, schalt Aahz und riss mich aus meinen Träumerei. »Schaff's herbei!«

Ich tastete mit meinen Gedanken umher und bekam das Amulett zu fassen. Doch der Wärter spürte, wie es ihm aus der Hand glitt, packte es fester und rang mit mir um seinen Besitz.

»Ich ... ich kann es nicht bekommen, Aahz«, schrie ich. »Er lässt es nicht los.«

»Dann hau ab hier, Kind«, befahl mein Lehrer. »Sag Ajax, er soll diesen Wärter einsacken. Oder besser noch, sag Gus, er soll für alle Fälle mit Berfert bereitstehen. Ich werde versuchen, den Drachen zu besänftigen.«

Ein Bild erstand vor meinem geistigen Auge. Da war ich, Skeeve, der Hofzauberer, der sich mit großen Sprüngen in Sicherheit brachte, während Aahz sich alleine dem Drachen entgegenstellte. Da rastete irgendetwas in meinem Kopf ein.

»Du gehst!«, fuhr ich ihn an.

»Kerlchen, bist du ...«

»Das ist mein Krieg und mein Job«, rief ich. »Und jetzt zieh Leine.«

Daraufhin drehte ich mich um, um dem Drachen entgegenzusehen, ohne zu wissen oder mir Gedanken zu machen, ob Aahz meine Befehle befolgte. Ich war Skeeve!

... Aber es war wirklich ein fürchterlich großer Drache!

Noch einmal versuchte ich, das Amulett zu fassen und hätte den Wärter durch meine Anstrengung fast vom Boden gerissen, doch der Mann hielt sein Eigentum fest umklammert und brüllte dabei dem Drachen Befehle zu.

Ich warf der wilden Bestie, die auf mich zuschoss, einen

nervösen Blick zu. Wenn ich versuchte, mich aus dem Weg zu levitieren, konnte sie nur . . .

»Vorsicht, Kind!«, ertönte Aahz' Stimme hinter mir.

Ich drehte mich zur Seite, dann holperte etwas an mir vorbei und stellte sich genau zwischen mich und die heranrückende Bedrohung.

Es war Gliep!

»Gliep!«, brüllte ich. »Zurück bei Fuß!«

Mein Liebling beachtete mich gar nicht. Sein Herrchen wurde bedroht, und da wollte er nicht tatenlos zusehen, egal was ich sagte.

Nun war er nicht mehr der gefügige, verspielte Gefährte, sondern pflanzte sich zwischen mich und das Ungeheuer, senkte den Kopf zu Boden und zischte wild, wobei eine zwei Meter lange Stichflamme aus seinem Maul schoss.

Die Wirkung auf den großen Drachen war erstaunlich. Er kam rutschend zum Stehen, setzte sich auf seine Hinterkeulen zurück und besah sich mit schräg geneigtem Kopf den Minidrachen, der ihm den Weg versperrte.

Gliep gab sich jedoch nicht damit zufrieden, seinen Gegner aufgehalten zu haben. Ungeachtet der Tatsache, dass der andere Drache etwa viermal so groß war wie er, begann er steif auf ihn zuzuschreiten und machte ihm das Revier streitig.

Der große Drache blinzelte und warf dann einen Blick hinter sich. Dann sah er wieder zu Gliep hinab und bog seinen Kopf zurück, bis sein langer Hals ein Fragezeichen bildete.

Gliep rückte weiter vor. Selbst wenn das Ungeheuer kein Feuer speien konnte, was zu bezweifeln war, so besaß es offensichtlich die rein körperliche Kraft, meinen Liebling mit minimaler Anstrengung zu zermalmen. Es unternahm immer noch nichts, sondern schaute ihn wieder fassungslos an, fast so, als wäre es ihm peinlich.

Ich beobachtete das Ganze, vor Entsetzen wie erstarrt. So konnte es nicht weitergehen. Gliep kam dem Riesen einfach zu nahe, um weiter ignoriert zu werden. Nun musste das Monster jeden Augenblick reagieren.

Und das tat es dann schließlich nach einem letzten Blick auf seinen rasenden Wärter. Mit einem Seufzer stieß der große Drache seine krallenbewehrte Vorderpfote zu einem Knuff nach vorn, der ein Loch in ein Haus hätte schlagen können. Er traf Gliep seitlich am Kopf, dass er zu Boden ging und alle viere von sich streckte.

Doch mein Liebling zeigte Schneid, rappelte sich mühsam auf und schüttelte seinen Kopf, als müsse er ihn wieder klar bekommen.

Doch bevor er seine aggressive Haltung wieder einnehmen konnte, streckte der große Drache seinen Hals, bis ihrer beider Köpfe sich auf gleicher Höhe befanden und begann, Gliep etwas ins Ohr zu murmeln und zu brummeln. Mein Drache legte seinen Kopf schief, als lausche er, dann wuffte er etwas zur Antwort.

Unter den fassungslosen Blicken der menschlichen und nicht menschlichen Wesen konferierten die beiden Drachen mitten auf dem Schlachtfeld und unterstrichen ihr Gemurmel durch gelegentliche Rauchwölkchen.

Ich versuchte, mich näher heranzuschieben, um mir eine genauere Vorstellung zu machen, was da vor sich ging, doch der große Drache warf mir einen verderblichen Blick zu und ließ einen Flammenstoß los, der mich auf respektvolle Distanz hielt. Nicht dass ich Angst gehabt hätte, was denken Sie! Gliep schien die Lage völlig in der Hand zu haben … oder in der Kralle, besser gesagt. Na, ich hatte Aahz ja schon immer gesagt, dass Gliep ein sehr begabter Bursche war.

Letztendlich richtete der große Drache sich auf, drehte sich um und verließ mit hoch erhobenem Kopf majestätisch das Feld, ohne noch einen Blick zurückzuwerfen. Ungeachtet des wütenden Geschreis der Soldaten marschierte er zurück in seine Kiste, setzte sich auf die Hinterbacken und kehrte den ganzen Geschehnissen den Rücken zu.

Die Raserei seines Wärters wurde nur noch durch den Tobsuchtsanfall Antonios übertroffen. Er brüllte mit hochrotem Gesicht und wütenden Gesten den Wärter an, bis dieser das Amulett von seinem Hals nahm, es dem Offizier aushändigte und von dannen zog. Antonio blinzelte den Anhänger an, schleuderte ihn zu Boden und stapfte dem Wärter hinterdrein.

Das war genau die Gelegenheit, die ich brauchte. Ich ließ meine Gedanken ausschweifen, und schon flog mir das Amulett in die Hand.

»Aahz!«, begann ich.

»Ich glaube es nicht«, murmelte mein Lehrer vor sich hin. »Ich habe es mit eigenen Augen gesehen, aber ich kann es immer noch nicht glauben.«

»Gliep!«

Mein Liebling kam an meine Seite galoppiert und war verständlicherweise sehr zufrieden mit sich selbst.

»He, Bürschchen!«, rief ich und schlang ungeachtet seines schlechten Atems meine Arme um seinen Hals. »Was war da draußen denn los?«

»Gliep!«, sagte mein Gefährte ausweichend und sah geflissentlich zu einem Wölkchen hinauf.

Falls ich mit einer Antwort gerechnet hatte, so war nun spätestens klar, dass ich keine bekommen sollte.

»Ich kann es noch nicht glauben!«, wiederholte Aahz.

»Schau, Aahz«, sagte ich und hielt das Amulett hoch. »Nun brauchen wir uns weder um diesen noch um irgendeinen anderen Drachen je wieder Gedanken zu machen. Da haben wir doch einen hübschen Gewinn gemacht!«

»Allerdings!«, meinte Aahz mit finsterem Blick. »Tu mir nur einen Gefallen, ja Kind?«

»Welcher wäre das, Aahz?«

»Wenn dieser Drache oder irgendein anderer in unser Lager spaziert, gib ihm nichts zu fressen! Wir haben schon einen, und mehr kann ich nervlich auch nicht aushalten. Okay?«

»Klar, Aahz«, antwortete ich mit einem Lächeln.

»Gliep!«, meinte mein Liebling und drückte sich an mich, damit ich ihn weiterstreichelte, was ich denn auch tat.

Kapitel 22

›DIE HÖLLE KENNT NICHTS ENTSETZLICHERES
ALS EINEN BRENNENDEN DÄMONEN‹
J. SINCLAIR

Gegen unseren nächsten Kriegsrat wirkten alle vorangegangenen lächerlich unbedeutend. Doch dies war zu erwarten gewesen, da wir nun mit dem Kommandeur der gesamten linken Flanke der Imperiumsarmee zu tun hatten.

Unsere Zusammenkunft fand in einem Zelt statt, das eigens zu diesem Zwecke errichtet worden war, und darin wimmelte es von Offizieren einschließlich Claude. Es schien, als habe Antonio sein Wort gehalten, obwohl er selbst augenblicklich nicht anwesend war.

Angesichts einer solchen Versammlung hatten wir uns entschlossen, etwas mehr Stärke zu demonstrieren. Zu diesem Zweck begleiteten uns Tanda und Brockhurst, während Gliep draußen herumschnüffelte. Gus und Ajax hielten wir weiter in Reserve, wohingegen der Gremliner seit der Konfrontation der beiden Drachen nicht mehr aufgetaucht war.

Mir gefiel der Offizier nicht, mit dem wir jetzt verhandelten. Er hatte mit seiner gewandten, öligen Art etwas an sich, das mir gegen den Strich ging. Ich nahm stark an, dass er seine jetzige Position dadurch erreicht hatte, dass er seine Konkurrenten vergiftete.

»Ihr möchtet also, dass wir kapitulieren«, sagte er nachdenklich und trommelte mit den Fingern auf den Tisch vor ihm.

»Oder den Rückzug antretet, oder abschwenkt«, berichtigte ich. »Ehrlich gesagt ist es völlig egal, was Ihr anfangt, solange Ihr nur Possiltum in Ruhe lasst.«

»Das haben wir gerade schon in Erwägung gezogen«, sagte der Kommandeur, lehnte sich zurück und schaute zur Decke des Zeltes.

»Habt Ihr deshalb so viele zusätzliche Soldaten den ganzen Tag lang hier zusammengezogen?«, fragte Brockhurst sarkastisch.

»Das ist eine rein interne Angelegenheit, wie ich Euch versichern kann«, schnurrte der Kommandeur. »Alle meine Offiziere sind hier versammelt, und sie fürchten, ihre Soldaten kämen auf dumme Gedanken, wenn man sie sich selbst überlässt.«

»Was mein Kollege sagen will«, warf Aahz ein, »ist, dass es uns schwer fällt zu glauben, dass Ihr auf unsere Bedingungen eingehen wollt.«

»Warum nicht?« Der Kommandeur zuckte die Achseln. »*Dafür* habt Ihr doch schließlich gekämpft, nicht wahr? Es kommt ein Augenblick, wo ein Kommandeur sich fragen muss, ob es ihn nicht teurer kommt, einen Kampf durchzufechten, als ihn sich zu schenken. Bislang hat Euer Widerstand mit Dämonen und Drachen uns gezeigt, dass diese Schlacht wirklich schwer werden kann.«

»Und wo die herkommen, gibt es noch mehr ihrer Art, wenn Not am Mann sein sollte«, warf ich ein.

»Das habt Ihr ja demonstriert«, lächelte der Kommandeur und machte eine lässige Handbewegung in Richtung Tanda und Brockhurst. »Hexen und Teufel stellen eine eindrucksvolle Ergänzung Eurer Streitkräfte dar.«

Ich hielt es für unklug, ihn darauf hinzuweisen, dass Brockhurst ein Imp und kein Täufler war.

»Dann erklärt Ihr Euch einverstanden, Possiltum zu schonen?«, fragte Aahz geradeheraus.

»Ich erkläre mich einverstanden, es mit meinen Offizieren zu diskutieren«, präzisierte der Kommandeur. »Ich verlange lediglich, dass Ihr einen Eurer ... äh ... Helfer zurücklasst.«

»Wozu?«, wollte ich wissen.

Mir gefiel die Art und Weise nicht, wie er Tanda musterte.

»Natürlich um Euch unsere Entscheidung mitzuteilen«, antwortete der Kommandeur mit einem Achselzucken. »Keiner meiner Männer würde wagen, Euer Lager zu betreten, auch wenn man die Immunität des Gesandten garantiert.«

Seine Stimme hatte einen spöttischen Unterton, der mir nicht gefiel.

»Ich werde bleiben, Skeeve«, erklärte Aahz sich bereit.

Ich überlegte schnell. Aahz hatte immer und immer wieder seine Fähigkeit bewiesen, auf sich selbst aufzupassen. Doch ich traute dem Kommandeur nicht recht.

»Nur wenn Ihr bereit seid, uns einen Eurer Offiziere dafür als Geisel mitzugeben«, entgegnete ich.

»Ich sagte doch schon, dass keiner meiner ...«, begann der Kommandeur.

»Er braucht unser Lager nicht zu betreten«, erklärte ich. »Er kann draußen am Waldrand stehen bleiben, wo Ihr ihn gut sehen könnt. Ich werde persönlich für seine Sicherheit garantieren.«

Der Kommandeur biss nachdenklich auf seiner Unterlippe herum.

»Nun gut«, sagte er. »Da Ihr Interesse an seiner Laufbahn gezeigt habt, werde ich Euch Claude als Geisel mitgeben.«

Der junge Offizier erblasste, sagte jedoch nichts.

»Einverstanden«, meinte ich. »Wir warten auf Eure Entscheidung.«

Ich nickte meinen Kameraden zu, worauf sie gehorsam einer nach dem anderen das Zelt verließen. Claude zögerte, dann schloss er sich der Prozession an.

Ich hätte Aahz gerne gesagt, vorsichtig zu sein, überlegte es mir jedoch anders. Es wäre unklug, die Verletzlichkeit meines Partners vor dem Kommandeur einzugestehen. Stattdessen nickte ich den Offizieren kurz zu und folgte meinen Kameraden.

Tanda und Brockhurst befanden sich schon auf dem Rückweg zur Baumreihe. Claude dagegen wartete auf mich, als ich aus dem Zelt trat und ging neben mir her.

»Da wir gerade einen ruhigen Augenblick haben«, sagte er steif, »würde ich Euch gerne danken, dass Ihr Euch bei meinen Vorgesetzten für mich eingesetzt habt.«

»Reden wir nicht davon«, murmelte ich abwesend.

»Nein wirklich«, fuhr er hartnäckig fort. »Ritterlichkeit gegenüber dem Feind ist heutzutage derartig selten, meine ich ...«

»Schaut, Claude«, knurrte ich. »Rechnet es meinem engagierten Gerechtigkeitssinn zugute. Ich mag Euch nicht, und mochte Euch nicht, als wir uns das erste Mal begegneten, aber deshalb seid Ihr noch lange nicht unfähig. Unsympathisch vielleicht, aber nicht unfähig.«

Ich war härter mit ihm, als ich beabsichtigt hatte, aber ich machte mir Sorgen um Aahz.

Derartig zurechtgewiesen fiel Claude in unbehagliches Schweigen, das fast andauerte, bis wir zu den Bäumen gelangten. Dann räusperte er sich und versuchte es erneut.

»Hm ... Skeeve?«

»Hä«, gab ich barsch zurück.

»Ich ... äh ... wollte sagen, dass ich dankbar bin und mich gerne in gewissem Rahmen ravanchieren würde, soweit es in meiner Macht steht.«

Trotz meiner Sorgen begriff ich sein Angebot als mögliche Gelegenheit.

»Fiele die Beantwortung einiger Fragen in die Rubrik in gewissem Rahmen?«, fragte ich beiläufig.

»Das hängt von den Fragen ab«, antwortete er vorsichtig. »Ich bin immer noch Soldat, und mein Verhaltenskodex schreibt klar vor ...«

»Ich werde Euch etwas sagen«, fiel ich ihm ins Wort. »Ich stelle die Fragen, und Ihr entscheidet, welche Ihr beantworten wollt. Ist das fair genug?«

»Das nehme ich wohl an«, gab er zu.

»In Ordnung. Erste Frage: Glaubt Ihr, dass der Kommandeur Possiltum tatsächlich schont?«

Der Offizier wich meinem Blick einen Augenblick lang aus, dann schüttelte er knapp den Kopf.

»Darauf dürfte ich nicht antworten«, meinte er und zog eine Grimasse. »Aber ich werde es tun. Ich habe nicht den Eindruck, dass der Kommandeur es überhaupt nur als ernst zu nehmende Möglichkeit in Betracht zieht, geschweige denn, einer der Offiziere in diesem Zelt. Er ist unter der Bezeichnung ›Das Scheusal‹ bekannt, selbst bei seinen treusten und kampfgewohntesten Soldaten. Ich kann euch versichern, dass er diesen Übernamen nicht erworben hat, indem er kapitulierte, solange seine Streitmacht noch unversehrt war.«

»Warum hat er denn dann bis jetzt die Zusammenkunft durchgezogen?«, erkundigte ich mich.

»Um Zeit zu gewinnen«, kam die promte Antwort. »Wie Euer Assistent bemerkte, nutzt er die Zeit, um Truppen zu massieren. Die einzige Parole, die für ihn gilt, heißt ›Sieg um jeden Preis‹. In diesem Fall scheint der Preis seine Ehre zu sein.«

Ich dachte einen Augenblick darüber nach, ehe ich meine nächste Frage stellte.

»Claude«, sagte ich vorsichtig. »Wir sind uns im Kampf gegenübergestanden, Ihr kennt Eure eigene Armee. Wenn Eure Voraussage zutrifft und das Scheusal angreift, wie sind dann Eurer Ansicht nach unsere Siegeschancen?«

»Null«, erwiderte der Offizier ruhig. »Ich weiß, es klingt wahrscheinlich wie Feindpropaganda, aber ich bitte Euch, an meine Aufrichtigkeit zu glauben. Selbst mit der Verstärkung, wie Ihr sie heute Abend vorgeführt habt, überrollt Euch das Scheusal einfach, wenn er seine Legionen in Bewegung setzt. An Eurer Stelle würde ich mir den Schutz der Dunkelheit heute Nacht zunutze machen, um mich davonzuschleichen, ohne das Stigma der Feigheit zu fürchten. Ihr steht der mächtigsten Armee gegenüber, die es jemals gegeben hat. Bei einer solchen Streitmacht gibt es keine Feigheit, nur Selbstschutz.«

Ich glaubte ihm. Die einzige Frage war, was ich mit seinem Ratschlag anfangen sollte.

»Ich danke Euch für Euren Rat«, sagte ich höflich. »Und ich werde mir Eure Worte genau durch den Kopf gehen lassen. Für den Augenblick bleibt Ihr bitte wie abgesprochen hier im Freien, während ich mich mit meinen Soldaten beraten muss.«

»Noch eines«, sagte Claude und legte mir die Hand auf den Arm, um mich zurückzuhalten. »Falls Eurem Assistenten, den Ihr bei der Zusammenkunft zurückgelassen habt, ein Leid geschieht, so bitte ich Euch, daran zu denken, dass ich hier war und nichts damit zu tun habe.«

»Ich werde daran denken.« Ich nickte und zog meinen Arm fort. »Aber wenn das Scheusal Hand an Aahz legt, so werde ich dafür sorgen, dass er wünscht, er hätte es nie getan.«

Während ich mich umdrehte, um meine Mannschaft aufzusuchen, wünschte ich mich so selbstsicher zu fühlen, wie ich mich gab.

Tanda kam eilends zu mir gelaufen, als ich sie ansah und ihr zunickte, die anderen stehen zu lassen.

»Was gibt es, Skeeve?«, fragte sie, während wir in den Schatten der Bäume schlenderten. »Machst du dir Sorgen um Aahz?«

Das machte ich, aber ich wollte es nicht gerade jetzt zugeben. Die Nacht war fast vorüber, ohne dass sich bei dem Zelt etwas geregt oder gerührt hätte. Doch ich hielt an meinem Glauben an Aahz fest. Gelang mir dies einmal nicht, dann wandte ich meine Gedanken anderen Aufgaben zu, um mich nicht sinnloser Sorge hinzugeben.

»Aahz kann für sich selber sorgen«, sagte ich schroff. »Ich wollte deine Meinung zu einer anderen Angelegenheit hören.«

»Und das wäre?«, fragte sie und neigte den Kopf zur Seite.

»Wie du weißt«, begann ich großsprecherisch, »kann ich den Verwandlungszauber, den ich selbst verhänge, nicht erkennen. Zwar wird jeder andere getäuscht, doch als Verursacher der Verzauberung sehe ich die Dinge noch in ihrer ursprünglichen Gestalt.«

»Das wusste ich nicht«, erklärte sie. »Aber sprich weiter.«

»Nun«, meinte ich. »Ich dachte, wenn wir tatsächlich eine ganze Armee zu bekämpfen haben, könnten wir weitere Soldaten gut gebrauchen. Ich habe da eine Idee, aber du musst mir erst sagen, ob es tatsächlich funktioniert.

»Okay«, nickte sie. »Was ist es denn?«

Ich wollte meine Rede beenden, doch dann fiel mir auf, dass ich nur Ausflüchte machte! Stattdessen schloss ich nun die Augen und richtete mein Denken auf eine kleine Baumgruppe vor uns.

»He!«, rief Tanda. »Das ist ja Spitze!«

Ich schlug die Augen auf und achtete vorsichtig darauf, den Zauber aufrechtzuerhalten.

»Was siehst du?«, fragte ich nervös.

»Eine ganze Meute Dämonen ... huch ... Perfekter, wollte ich sagen«, berichtete sie freudestrahlend. »Sie strotzen vor Schwertern und Speeren. Irre!«

Es funktionierte. Ich hatte Recht gehabt in meiner Annahme, dass mein Verwandlungszauber bei allen Lebewesen, nicht nur bei Menschen und Tieren funktionierte.

»So etwas habe ich noch nie gesehen«, wunderte sich Tanda. »Kannst du sie auch bewegen?«

»Ich weiß nicht«, gab ich zu. »Ich habe eben erst ...«

»Boss! He, Boss!«, rief Brockhurst und kam auf uns zugerannt. »Komm schnell! Das solltest du dir besser ansehen!«

Eine plötzliche Angst umklammerte mein Herz.

»Komm mit, Tanda«, knurrte ich und setzte mich in Bewegung.

Bis wir am Waldrand angelangten, stand dort schon das ganze Team versammelt und unterhielt sich aufgeregt.

Die Gruppe verstummte und wich meinem Blick aus. Brockhurst hob die Hand und deutete über die Wiese.

Dort hing vor dem Hintergrund eines gewaltigen Freudenfeuers Aahz an einem grob gezimmerten Galgen. Sein Körper war schlaff und leblos und pendelte langsam am Ende des Seils. Zu seinen Füßen hatte sich eine Gruppe Soldaten als Zuschauer des Spektakels versammelt.

Erleichterung durchflutete mich, und ich begann, hysterisch zu kichern. Erhängen! Wenn die wüssten!

Besorgnis machte sich auf den Gesichtern meiner Gruppenmitglieder breit, als sie in fassungslosem Schweigen meine Reaktion beobachteten.

»Macht euch keine Sorgen!«, keuchte ich. »Ihm geht es gut!«

Ziemlich früh während meiner Laufbahn bei Aahz hatte

ich erfahren, dass man Dämonen nicht durch Erhängen töten kann. Ihre Halsmuskeln sind zu kräftig. Sie können den ganzen Tag hängen, ohne dass es sie im Geringsten mitnimmt. Das hatte ich natürlich auch auf die unerquicklichste Art gelernt, als wir eines Tages ...

»Zumindest besitzen sie so viel Anstand, den Leichnam zu verbrennen«, murmelte Claude neben mir.

Mein Lachen blieb mir im Hals stecken.

»Was?«, schrie ich und wirbelte herum.

Tatsächlich hatten die Soldaten Aahz' »Leichnam« heruntergeschnitten und trugen ihn zu ihrem Freudenfeuer, ganz offensichtlich in der Absicht, ihn hineinzuwerfen.

Feuer! Feuer war eines der Dinge, die Aahz so endgültig umbringen konnten ...

»Ajax!«, brüllte ich. »Schnell! Halte sie davon ab ...«

Es war zu spät.

Mit einem Ruck der Soldaten wurde Aahz in die lodernden Flammen geschleudert. Sie flackerten kurz weiß auf, dann war alles vorüber.

Dahin! Aahz!

Ich stand da und starrte ungläubig in das Feuer. Das Entsetzen lähmte mich völlig, als mir allmählich das Ausmaß meines Verlustes bewusst wurde.

»Skeeve!«, sagte Tanda mir ins Ohr und legte mir ihre Hand auf die Schulter.

»Lass mich in Ruhe!«, krächzte ich.

»Aber die Armee ...«

Sie sprach nicht weiter, doch ihre Worte taten ihre Wirkung. Allmählich bemerkte ich, was rings um mich geschah.

Die Legionen, die uns ihre Antwort gegeben hatten, scharten sich für die Schlacht zusammen. Trommeln erklangen dröhnend und begrüßten die aufgehende Sonne, die sich in den auf Hochglanz polierten Waffen spiegelte, die zum Kampf gegen uns aufgereiht waren.

Die Armee! Sie hatte das getan!

Absichtlich langsam drehte ich mich zu Claude um. Er wich unter meinem Blick furchtsam zurück.

»Denkt daran!«, rief er verzweifelt. »Ich hatte nichts damit zu tun ...«

»Ich habe es nicht vergessen«, erwiderte ich kalt. »Und nur deshalb lasse ich Euch gehen. Ich würde Euch jedoch raten, einen anderen Weg einzuschlagen als den, der zu Eurem Heer zurückführt. Ich habe mich bemüht, freundlich mit ihnen umzugehen, aber wenn sie darauf bestehen, Krieg zu führen, so sollen sie ihn haben, so wahr ich Skeeve bin!«

Kapitel 23

›Was ist das denn, eine chinesische Feuerübung?‹

SUN TZU

Ich sah nicht, wohin Claude verschwand, nachdem ich mit ihm gesprochen hatte, und es interessierte mich auch nicht. Ich besah mir die gegnerische Armee unter neuen Gesichtspunkten. Bislang hatte ich als Verteidiger gedacht und meine Planungen mit dem Ziel des Überlebens angelegt. Nun dachte ich als Angreifer.

Die Legionen waren in dichten Kampfblöcken aufgestellt, es standen drei oder vier Blöcke nebeneinander über eine Breite von etwa fünfzehn Blöcken. In ihrer Gesamtheit erweckten sie den Eindruck einer Furcht erregenden Macht, einer unwiderstehlichen Kraft, die niemals zurückweichen würde.

Das kam mir gerade recht. Tatsächlich wollte ich sogar noch eine kleine Sicherheit, dass sie nicht zurückweichen konnten.

»Ajax!«, rief ich, ohne den Blick zu wenden.

Er trat an meine Seite.

»Na schön«, sagte ich finster. »Die gleiche Übung wie beim ersten Gefecht, nur dass du diesmal nicht auf die Wagen zielst. Ich möchte einen brennenden Halbkreis um ihre Nachhut.«

»Zu Befehl, Jungchen!«, erwiderte der Bogenschütze neben mir.

»Kann Blackie deine Pfeile über diese Aufstellung hinaustragen?«

»Ich schätze schon«, antwortete er schleppend.

Wie beim ersten Mal pfiff die Bogensehne, als der Schütze einen Pfeil nach dem anderen davonzujagen begann. Doch diesmal fingen sie noch eilfertiger Feuer.

»Langsam, Jungchen«, rief Ajax. »Sonst verbrennst du sie ja, noch ehe sie den Boden berühren.«

Er hatte Recht. Entweder stand ich direkt auf einer Kraftlinie, oder mein Zorn hatte meine Energien vervielfacht. Was immer der Grund gewesen sein mag, jedenfalls hatte ich eine Unmenge Kraft zu meiner Verfügung.

»Tut mir Leid, Ajax«, erklärte ich und nahm einen Teil meiner Konzentration von dem Zündungspunkt.

»Tanda!«, rief ich, »lauf zurück und hol Gliep!«

»In Ordnung, Skeeve!«, kam die Antwort.

Ich hatte so eine Vorahnung, als könnte uns mein Liebling gelegen kommen, ehe dieser Streit vorüber sein sollte.

Die erste Reihe der Gefechtsformation setzte sich zum rhythmischen Schlag der Trommeln in Bewegung. Ich beachtete sie gar nicht.

»Brockhurst!«

»Hier, Boss!«, antwortete der Imp und trat neben mich.

»Hast du den Kommandeur schon ausgemacht?«

»Noch nicht«, kam die verbitterte Antwort. »Er hat sich vermutlich irgendwo in der Mitte der Formation verschanzt.«

»Klettere auf einen Baum oder etwas Ähnliches und sieh zu, ob du ihn finden kannst«, befahl ich.

»In Ordnung, Boss! Soll ich mich an ihn heranmachen, wenn ich ihn sehe?«

»Nein«, lehnte ich finster ab. »Erstatte mir nur Bericht. Den will ich mir selbst vorknöpfen.«

Die erste Reihe rückte weiter vor. Ich kam zu dem Schluss, dass ich nun besser etwas dagegen unternahm. Mit einem Schwung meiner Gedanken setzte ich die Wiese vor der Mitte der Schlachtenreihe in Brand. Die Blöcke hinter dieser Barriere kamen zum Halten, während die rechten und linken Flügel weitermarschierten.

»Gliep«, ertönte eine wohl vertraute Stimme hinter mir, mit der ein noch vertrauterer übler Atemhauch einherging.

»Wir sind zurück!«, verkündete Tanda überflüssigerweise.

Ich beachtete sie nicht weiter und besah mir die Lage. Weiße Rauchfähnchen, die hinter der Formation des Imperiums aufstiegen, zeigten an, dass Ajax seine Aufgabe fast vollendet hatte. Bald befände die Armee sich von jeglicher Rückzugsmöglichkeit abgeschnitten. Nun war die Zeit gekommen, über unseren Angriff nachzudenken. Als Erstes benötigte ich genauere Informationen.

»Gus«, sagte ich nachdenklich. »Ich möchte, dass du zu einem kurzen Flug über ihre Formationen aufbrichst. Sieh zu, dass du Berfert an einer Stelle absetzen kannst, wo er echten Schaden anrichtet.«

»In Ordnung, Boss«, grunzte der Wasserspeier und humpelte nach vorn.

»Warte einen Augenblick«, meinte ich, als mir ein Gedanke kam. »Tanda, hast du die Unsichtbarkeitswand noch bei dir?«

»Zur Stelle«, grinste sie.

»Gut«, nickte ich. »Gus, nimm die Wand mit. Halte sie, so lange es geht, vor dich, während du sie auskundschaftest. Es wäre unsinnig, dich beschießen zu lassen, solange das nicht unumgänglich ist.«

Der Wasserspeier nahm die Wand mit einem Schulterzucken entgegen.

»Wenn du meinst, Boss«, murmelte er. »Aber sie können mir nicht viel anhaben.«

»Nimm sie trotzdem«, befahl ich. »Und jetzt los.«

Der Wasserspeier sprang schwer in die Luft und begann, mit ausholenden Flügelschlägen über die Wiese dahinzuschweben. Ich fand es kaum zu glauben, dass ein so schweres, aus Stein beschaffenes Wesen fliegen konnte, doch ich sah es mit eigenen Augen. Vielleicht benutzte er Levitation dazu.

»Alles geschafft, Jungchen«, kicherte Ajax und riss mich aus meinen Gedanken. »Kann ich im Augenblick sonst noch etwas tun?«

»Vorläufig nicht, Ajax«, erwiderte ich. »Aber halte dich bereit.«

Ich war froh, dass dieser Teil meiner Konzentration nun wieder zur Verfügung stand. Das nächste Kunststückchen, das ich vorhatte, würde alle Energie erfordern, die ich aufbringen konnte.

Ich konzentrierte meine Gedanken auf das Gras vor dem heranrückenden linken Flügel. Zum Beweis, dass meine Bemühungen nicht umsonst waren, blieb dieser Teil der Schlachtreihe auf der Stelle stehen.

»Sag mal!«, keuchte Tanda voll aufrichtiger Bewunderung. »Das ist ja klasse.«

Was ich hatte veranlassen wollen, war das Gras in eine Armee von Imps zu verwandeln, die aus dem Boden schossen, um sich den Soldaten des Imperiums entgegenzustellen. Ich wählte diesmal Imps anstelle von Dämonen, denn Imps sind kleiner als Dämonen und erfordern deshalb weniger Energie zur Aufrechterhaltung des Trugbildes.

Was immer meine Bemühungen vermocht hatten, es reichte aus, um eine entsprechende Reaktion der Soldaten hervorzurufen. Nachdem ihre Offiziere mehrere Befehle gebrüllt hatten, schleuderten die Soldaten eine Reihe Speere ins Gras vor ihnen. Doch die Waffen konnten ihren geisterhaften Gegnern natürlich nichts anhaben.

»Sag mal, Jungchen.« Ajax stieß mich leicht in die Seite. »Soll ich nichts gegen die Kerle unternehmen, die auf unseren Wasserspeier schießen?«

Ich drehte mich ein wenig, um Gus' Flugbahn zu prüfen. Die fliegende Gestalt hatte die Mitte der Frontsoldaten überflogen, welche mein Feuer bislang in Schach gehalten hatte. Diese konnten nun die Person hinter der Unsichtbarkeitswand erkennen und reagierten beneidenswert fachkundig.

Die Bogenschützen dieser Formation waren damit beschäftigt, ihre Pfeile für die eigentümliche Gestalt zu vergeuden, welche plötzlich über ihren Köpfen aufgetaucht war, während ihre Kameraden ihr Bestes taten, um den Wasserspeier mit Speerwürfen zu treffen.

All dies sah ich auf einen Blick. Und ich sah noch etwas anderes.

»Warte mal eine Minute, Ajax!«, befahl ich. »Schau dir das an!«

Die verschiedenen Geschosse, welche die Mittellinie abfeuerte, fielen mitten in die dicht gedrängten Formationen der hinteren Soldaten nieder, welche immer noch ihre Befehle erwarteten. Es erübrigt sich zu erwähnen, dass solches nicht gut aufgenommen wurde, insbesondere, da die Betroffenen das eigentliche Ziel der vorgerückten Truppe nicht erkennen konnten. Für sie musste es den Anschein haben, als hätten sich ihre Verbündeten durch Magik oder Besessenheit plötzlich gegen sie gewandt und das Feuer auf sie eröffnet.

Nun begannen ein paar Blöcke, das Feuer zu erwidern, indem sie ihre eigenen Bogenschützen in Aktion treten hießen. Andere reagierten, indem sie ihre Schilde hoben und mit gezückten Schwertern nach vorne liefen.

Die Folge war völliges Chaos, als schließlich die Soldaten aus den Mittelreihen begannen, sich gegen die Angriffe durch ihre eigene Verstärkung zu verteidigen.

Glauben Sie nicht, ich hätte mir das so ausgedacht, doch ich reagierte schnell genug, um aus der Situation Kapital zu schlagen. Wenn die Präsenz des Wasserspeiers ausreichte, einen solchen Tumult auszulösen, dann konnte es meiner Ansicht nach nur gut sein, den Einsatz ein wenig zu erhöhen.

Mit einem schnellen, geistigen Streich veränderte ich Gus' Erscheinung. Nun schwebte ein ausgewachsener Drache über ihnen. Die Wirkung war sehenswert.

Doch ich gestattete mir nicht den Luxus, dies alles ausführlicher zu bestaunen. Ich hatte in diesem kurzen Gefecht etwas gelernt und wollte es weiter ausprobieren.

Ich löste mein Imp-Heer auf und stellte es dann nicht vor den Soldaten, sondern mitten unter ihnen wieder auf!

Dies brachte die Formationen endgültig durcheinander. Als die Soldaten sich auf die Phantomgestalten stürzten, verletzten sie mehr als einmal ihre eigenen Kameraden.

Wenn dies so weiterging, wären sie zu beschäftigt, sich untereinander zu schlagen, als dass sie sich um uns kümmern könnten.

»Boss!«, rief Brockhurst und kam an meine Seite geschossen. »Ich habe den Kommandeur ausgemacht!«

»Wo?«, fragte ich finster und versuchte, meine Konzentration nicht von dem Kampf, der auf der Wiese tobte, zu nehmen.

Der Imp wies in die entsprechende Richtung.

Tatsächlich! Da war das Scheusal, schritt zornig von einer Formation zur anderen und versuchte, in seiner Streitmacht wieder Ordnung herzustellen.

Ich hörte das leise Geräusch eines Pfeils, der aus dem Köcher gezogen wurde.

»Ajax!«, schnauzte ich ihn an. »Lass das sein. Der gehört mir ... mir ganz allein!«

Bei diesen Worten löste ich alle Imps in der Umgebung des Scheusals auf und verwandelte stattdessen die Züge des Kommandeurs, bis er das Äußere von Aahz angenommen hatte.

Die verwirrten Soldaten sahen einen Dämonen in ihrer Mitte auftauchen, der ein Schwert schwang, und zwar einen, der, wie sie wussten, getötet werden konnte. Es bedurfte keines weiteren Anstoßes.

Ich sah noch kurz den fassungslosen Blick des Scheusals, ehe seine Soldaten ihn einkreisten, dann verschwand er hinter einer Mauer von Uniformen.

»Auftrag ausgeführt, Boss«, verkündete Gus, als er nun neben mir auftauchte. »Was jetzt?«

»Was ... hast du ...«, stammelte ich.

Ich hatte nicht mehr daran gedacht, dass die Unsichtbarkeitswand den Wasserspeier auf dem Rückflug vor unseren Blicken abschirmen würde. Sein plötzliches Auftauchen hatte mich erschreckt.

»Berfert kommt gleich, wenn er mit ihrer Belagerungsgerätschaft fertig ist«, fuhr Gus fort und machte eine Handbewegung in Richtung des Gegners.

Ich schaute über die Wiese. Er hatte Recht. Die schwere Ausrüstung, die hinter der Armee aufgestellt gewesen war, stand nun in Flammen.

Dann bemerkte ich etwas anderes.

Das Heer bekämpfte sich nicht mehr untereinander. Ich begriff voller Schrecken, dass ich über meiner Abrechnung mit dem Scheusal und Gus' Auftauchen versäumt hatte, die Imp-Armee aufrechtzuerhalten!

Ohne irgendeinen sichtbaren Gegner waren die Soldaten offensichtlich wieder zu Sinnen gekommen und liefen nun umher bei dem Versuch, wieder ihre Formation zu bilden.

Bald würden sie bereit sein, wieder anzugreifen.

»Was soll ich jetzt tun, Boss?«, erkundigte Brockhurst sich eifrig.

Das war eine gute Frage. Ich beschloss, sie zurückzustellen, bis ich mir eine Antwort ausgedacht hatte.

»Ich werde dir ein Diagramm ziehen«, erklärte ich zuversichtlich. »Gebe mir doch mal einer ein Schwert!«

»Hier, Bürschchen, nimm meines«, meinte Aahz und reichte mir seine Waffe.

»Danke«, sagte ich geistesabwesend. »Also, diese Linie hier ist ihre Hauptformation. Wenn wir nun ... *Aahz?*«

»Zur Stelle«, meinte mein Lehrer. »Tut mir Leid, dass ich mich etwas verspätet habe.«

Es war *tatsächlich* Aahz! Da stand er in aller Seelenruhe mit übereinander geschlagenen Armen, als sei er die ganze Zeit bei der Gruppe gewesen. Die Reaktion der anderen zeigte jedoch, dass sie über Aahz' Erscheinen ebenso überrascht waren wie ich.

»Aber du ...«, stammelte ich. »Das Feuer ...«

»Ach das«, Aahz zuckte mit den Schultern. »Als ich mir darüber klar wurde, was sie vorhatten, bin ich mit dem D-Hüpfer in eine andere Dimension entwischt. Die einzige Schwierigkeit war, dass ich die Kontrollgeräte noch nicht wieder in Ordnung gebracht hatte und eine Weile brauchte, bis ich auf Klah zurückfand.«

Erleichterung flutete über mich hinweg wie eine kühle Welle. Aahz lebte! Und was noch wichtiger war, er war da! Die Aussichten für die Schlacht waren plötzlich viel erfreulicher.

»Was machen wir jetzt?«, fragte ich Aahz beflissen.

»Ich weiß nicht, warum du mir diese Frage stellst«, blinzelte mein Lehrer unschuldig. »Es sieht ganz so aus, als wärst du bislang hervorragend allein zurechtgekommen.«

Großartig! Jetzt, wo ich einen Rat brauchte, bekam ich Komplimente.

»Schau, Aahz«, begann ich ernst. »Wir stehen vor einer Schlacht, die …«

»Boss!«, fiel Brockhurst mir ins Wort. »Da draußen tut sich irgendetwas!«

Mit sinkendem Mut drehte ich mich um und besah mir noch einmal die Lage. Eine neue Gestalt war aufgetaucht, allem Anschein nach ein Offizier. Er schritt direkt vor der Schlachtenreihe auf und ab und brüllte abwechselnd oder fuchtelte mit den Händen. In seinem Schlepptau befanden sich eine Schar Offiziere, die sich leise unterhielten und einander die Hände schüttelten.

»Was, in aller Welt, hat das zu bedeuten?«, murmelte ich mehr vor mich hin.

»Nimm dich zusammen, Kerlchen«, riet mir Aahz. »Wenn ich richtig höre, gibt es schlechte Neuigkeiten.«

»Nun komm schon, Aahz«, seufzte ich, »wie könnte die Lage denn noch schlimmer werden, als sie es ohnehin schon ist?«

»Ganz einfach«, gab Aahz zurück. »*Das* ist der Oberbefehlshaber der Imperiumsarmee. Er ist hier, um herauszufinden, was den Vormarsch seines linken Flügels aufhält.«

Kapitel 24

›... UND DANN SAGTE ICH MIR,
WARUM DIE SACHE ÜBERHAUPT TEILEN?‹

ADAM RIESE

Der Name des Oberbefehlshabers war Big Julie, und er war völlig anders, als ich ihn mir vorgestellt hätte.

Zum einen kam er zu uns, als er einen Kriegsrat abhalten wollte. In Begleitung all seiner Offiziere kam er den ganzen Weg über die Wiese und blieb kurz vor dem Waldrand stehen, und er kam unbewaffnet. Darüber hinaus trugen auch seine Offiziere keine Waffen, wahrscheinlich hatte er darauf bestanden. Ihm schien völlig alle Arroganz abzugehen, die bei allen Offizieren, mit denen wir bis dahin zu tun gehabt hatten, so augenfällig gewesen war. Als ich ihm die Mitglieder unseres Teams vorstellte, fiel mir auf, dass er ihnen mit großer Achtung entgegenkam, und er wirkte aufrichtig erfreut, jeden Einzelnen kennen zu lernen, sogar Gliep.

Unsere gesamte Mannschaft wohnte der Besprechung bei. Wir dachten, wenn je der Zeitpunkt gekommen war, unsere gesamte Stärke zu demonstrieren, so jetzt.

In einem ungewohnten Anfall von Gastfreundschaft holte Aahz den Wein heraus und bot der gesamten Versammlung an. Ich sah das mit gewissem Misstrauen. Aahz ist nicht derjenige, der Drinks verabreicht, um eine Schlacht zu gewinnen, doch als unsere Blicke sich begegneten und ich fragend eine Augenbraue hob, antwortete er mit einem leichten Kopfschütteln. Offensichtlich spielte er diese Runde ehrlich.

Dann kamen wir zur Sache.

›Big Julie‹ hörte uns mit ungeteilter Aufmerksamkeit an. Als wir zum Ende kamen, seufzte er und schüttelte den Kopf.

»Tut mir Leid«, erklärte er. »Aber das kann ich nicht machen. Wir müssen weiter auf dem Vormarsch bleiben, versteht Ihr? Das ist der Sinn einer Armee!«

»Könntet Ihr nicht für eine Weile in eine andere Richtung vorrücken?«, schlug ich hoffnungsvoll vor.

»Ach je!«, rief er und hob abwehrend die Hände. »Was glaubt Ihr, wen ich hier habe? Genies? Das sind Soldaten. Die rücken geradewegs vor, wenn Ihr versteht, was ich sagen will.«

»Aber müssen sie denn so heftig vorrücken?«, murmelte Aahz. »Hinter denen bleibt nicht viel stehen.«

»Was soll ich sagen?« Big Julie hob die Schultern. »Es sind gute Jungs, sie verrichten ihre Arbeit. Manchmal lassen sie sich ein wenig hinreißen ... so wie das Scheusal.«

Ich hatte gehofft, das Thema Scheusal umgehen zu können, aber da nun einmal die Rede davon war, beschloss ich, nicht lange um den heißen Brei zu reden.

»Sagt mal ... hm ... Julie«, begann ich.

»Big Julie!«, knurrte einer der Offiziere aus dem Mundwinkel.

»Big Julie«, verbesserte ich hastig. »Was das Scheusal angeht. Äh ... er war ... nun ... ich wollte ...«

»Reden wir nicht davon«, winkte Julie ab. »Wollt Ihr die Wahrheit hören? Ihr habt mir einen Gefallen getan.«

»Tatsächlich?« Ich blinzelte.

»Ich machte mir allmählich etwas Sorgen um das Scheusal, versteht Ihr, was ich meine?« Der Kommandeur hob die Augenbrauen. »Er wurde ein bisschen zu ehrgeizig.«

»Ja dann ...« Ich lächelte.

»Aber das ist ein schlimmes Ende. Von den eigenen Leuten in Stücke gehackt zu werden. Ich würde nicht wollen, dass mir das widerfährt.«

»Du hättest ihn dem Drachen zum Fraß vorwerfen sollen«, meinte Aahz freiheraus.

»Das Scheusal?« Julie runzelte die Stirn. »Dem Drachen vorwerfen? Weshalb?«

»Die Wirkung wäre die gleiche gewesen.«

Das sollte wohl lustig sein, denn Aahz brach in schallendes Gelächter aus, wie häufig bei seinen eigenen Scherzen. Tanda verdrehte verzweifelt die Augen.

Big Julie wirkte einigermaßen verwirrt. Er schaute mich an, und ich zuckte die Achseln, um ihm zu zeigen, dass ich auch nicht wusste, um was es ging.

»Er ist merkwürdig«, verkündete Julie und deutete mit anklagendem Finger auf Aahz. »Warum hängt so ein netter Bursche wie Ihr mit merkwürdigen Typen herum? Wie?«

»Das ist der Krieg«, sagte ich entschuldigend. »Ihr kennt ja den Spruch von den merkwürdigen Bettgenossen.«

»In dieser Hinsicht scheint Ihr ja keine Probleme zu haben!« Julie zwinkerte und grinste gehässig zu Tanda hinüber.

»Willst du, dass ich für seinen Abgang sorge, Boss?«, fragte Brockhurst finster und trat nach vorn.

»Da!«, explodierte Julie. »Genau das meine ich. So lernt man keine Kriegsführung. Ich werde Euch etwas sagen. Warum nehmt Ihr nicht bei mir einen Posten an? Was meint Ihr dazu?«

»Welche Soldstufe?«, wollte Aahz wissen.

»Aahz!«, schalt ich und drehte mich dann wieder zu Julie um. »Tut mir Leid, aber wir haben schon einen Posten ... die Verteidigung von Possiltum. Ich weiß Euer Angebot zu schätzen, aber ich lasse eine Aufgabe nicht gerne unerledigt.«

»Was habe ich Euch gesagt«, wandte Julie sich an seine Offiziere. »Das ganze gute Material ist schon verbraucht. Warum schafft ihr mir nicht solche Rekruten bei? Wie?«

Das war alles sehr schmeichelhaft, doch ich beharrte zäh auf dem Zweck unserer Zusammenkunft.

»Hm ... Jul ... ich meine, Big Julie«, unterbrach ich. »Was nun die Verteidigung von Possiltum angeht. Könntet Ihr nicht irgendein anderes Königreich finden, das sich angreifen lässt? Ich möchte nicht gezwungen sein, gegen Euch zu kämpfen.«

»*Ihr* wollt nicht kämpfen?«, platzte Julie sarkastisch heraus. »Glaubt Ihr, *ich* kämpfe gerne? Glaubt Ihr, es macht mir *Spaß,* auf diese Weise mein Geld zu verdienen? Meint Ihr, meinen Jungs macht es Freude, die ganze Zeit zu töten und zu erobern?«

»Nun ...«, begann ich taktvoll.

Big Julie hörte mir gar nicht zu. Er hatte seinen Platz verlassen, tigerte auf und ab und gestikulierte heftig, um seine Äußerungen zu unterstreichen.

»Welcher Spinner kämpft schon *gerne?«,* fragte er rhetorisch. »Sehe ich verrückt aus? Sehen meine Jungs verrückt aus? Jeder glaubt, irgendein teuflischer Trieb hielte uns in Gang. Sie glauben alle, wir wollten nichts anderes auf dieser Welt, als in schweißtreibenden Rüstungen herumlaufen und unsere Schwerter auf anderer Leute Helme wetzen. Das denkt Ihr doch auch, nicht wahr? Wie? Stimmt es etwa nicht?«

Diesen letzten Satz brüllte er mir direkt ins Gesicht. Doch inzwischen hatte ich es reichlich satt, angeschrien zu werden.

»Ja!«, brüllte ich zornig. »Genau das denke ich!«

»Nun«, Julie blickte finster drein. »Ihr täuscht Euch aber, denn ...«

»Und zu dieser Meinung bin ich gekommen, weil Ihr es

nicht tun würdet, wenn es Euch keinen Spaß machte!«, fuhr ich fort und sprang auf.

»Wenn das so einfach wäre!« Julie zog eine ironische Grimasse. »Einfach aufhören und weggehen.«

Er drehte sich um und wandte sich an seine Offiziere.

»Er meint, es wäre einfach! Habt Ihr *das* gehört? Jeder von Euch, der nicht kämpfen mag, soll einfach aufhören. Was? Wie? Einfach so ...«

Die versammelten Männer kicherten leise im Chor. Trotz meines vorangegangenen Wutausbruchs begann ich, ihm zu glauben. So unglaublich dies erscheinen mochte, Julie und seine Männer waren nicht gerne Soldaten!

»Glaubt Ihr, wir würden nicht den Dienst quittieren, wenn das möglich wäre?«, wandte Julie sich wieder an mich. »Ich wette, in meinem Heer befindet sich kein einziger Mann, der nicht gerne mal einen Spaziergang machen würde, wenn er damit weit käme.«

Wieder erklang zustimmendes Gemurmel von den Offizieren.

»Ich verstehe das nicht«, sagte ich und schüttelte den Kopf. »Wenn Ihr nicht kämpfen wollt und wir wollen nicht kämpfen, was haben wir dann hier zu suchen?«

»Habt Ihr schon einmal von Kredithaien gehört?«, fragte Julie. »Kennt Ihr Euch mit dem organisierten Verbrechen aus?«

»Organisiertes Verbrechen?« Ich blinzelte.

»Das ist wie eine Regierung, Kerlchen«, erläuterte Aahz. »Nur wirkungsvoller.«

»Und wie viel ›wirkungsvoller‹!«, nickte Julie. »Das haben wir hier zu tun! Ich und meine Jungs, wir haben eine unglaubliche Latte von Spielschulden. Wir arbeiten sie gewissermaßen ab, zahlen sie in Land zurück, wenn Ihr versteht, was ich meine?«

»Ihr habt meine Frage noch nicht beantwortet«, erinnerte ich ihn. »Warum quittiert Ihr nicht einfach?«

»Quittieren?« Julie schien aufrichtig erstaunt. »Ihr macht wohl Scherze. Wenn ich quittiere, bevor ich ausgelöst bin, brechen die mir die Knochen. Wisst Ihr?« Sein wölfisches Grinsen ließ keine Zweifel daran, dass die betreffenden Schurken weit Fataleres und Schmerzlicheres taten, als einem nur die Knochen zu brechen.

»Bei den Jungs hier ist es das Gleiche. Stimmt's, Jungs?« Er winkte in Richtung seiner Offiziere.

Heftiges Nicken war die Antwort.

»Und Ihr müsstet ihren Geldeintreiber sehen. Junge, Ihr seid gewiss ein anständiger Zauberer, dort, wo Ihr herkommt. Aber das«, er schüttelte sich, »glaubt mir, das würdet Ihr gewiss nicht mit ansehen wollen.«

Da ich wusste, wie zäh Big Julie war, glaubte ich ihm aufs Wort.

Mit einem herzlichen Lächeln legte er mir den Arm um die Schultern.

»Deshalb bricht es mir wirklich das Herz, Euch umzubringen. Versteht Ihr?«

»Nun«, begann ich, »Ihr müsst mich doch nicht ... UMBRINGEN?!«

»Doch.« Er nickte heftig. »Ich wusste, dass Ihr mich verstehen würdet. Arbeit ist nun einmal Arbeit, auch wenn sie einem noch sosehr zuwider ist.«

»Holla!«, unterbrach uns Aahz und legte eine flache Hand auf die Fingerspitzen der anderen, dass sie ein T bildeten. »Nun mal langsam. Überseht Ihr da nicht etwas, Jules?«

»Big Julie heißt das«, mahnte eine der Leibwachen.

»Von mir aus kann er sich Osterhäschen nennen«, spottete mein Lehrer. »Deshalb übersieht er doch etwas.«

»Und das wäre?«, fragte Julie.

»Uns.« Aahz lächelte und deutete auf das Team. »Abgesehen von dem unbedeutenderen Detail, dass Skeeve hier Zauberer und nicht so einfach umzubringen ist, hat er Freunde. Was glaubt Ihr, werden wir mit Euch anstellen, wenn Ihr versucht, Hand an unseren Anführer zu legen?«

Die ganze Mannschaft schob sich ein wenig nach vorn. Keiner von ihnen lächelte, nicht einmal Gus. Obwohl sie meine Freunde waren, die ich kannte und liebte, musste ich zugeben, dass sie Furcht erregend aussahen. Ich war plötzlich sehr froh, dass sie auf meiner Seite standen.

Big Julie dagegen schien nicht beeindruckt.

»Um ehrlich zu sein«, antwortete er lächelnd, »rechne ich damit, dass Ihr mit Eurem Anführer sterben werdet. Das heißt, falls Ihr nicht wirklich gut laufen könnt.«

»Vor was denn davonlaufen?«, knurrte Gus. »Ich glaube, Ihr überseht immer noch etwas. Nach meiner Rechnung sind wir mehr als Ihr. Selbst wenn Ihr bewaffnet wärt ...«

Der Oberbefehlshaber unterbrach ihn mit einem Lachen. Es war ein entspanntes, selbstsicheres Lachen, an dem niemand teilhatte. Dann verstummte sein Lachen, und er beugte sich mit grimmigem Blick nach vorn.

»Ich werde das nur einmal sagen, also hört gut zu. Big Julie kam nicht an die Position, die er heute innehat, indem er etwas übersah. Ihr glaubt, in der Überzahl zu sein? Dann solltet Ihr vielleicht besser noch einmal nachzählen.«

Ohne den Blick von uns zu wenden, gab er ein kurzes, unvermitteltes Handzeichen. Daraufhin zogen seine Wachen an einer Schnur, und die Seitenwände des Zeltes fielen herab.

Draußen standen Soldaten. Sie hatten sich nicht dort befunden, als wir das Zelt betreten hatten, doch nun waren sie da. Es waren Unmassen. Reihe um Reihe stand um das Zelt, die nächste keinen halben Meter entfernt. Die ersten drei Reihen bildeten Bogenschützen mit gespannter Bogenschnur und auf uns gerichteten Pfeilen.

Ich begriff mit plötzlicher, ruhiger Klarheit, dass ich nun sterben würde. Die ganze Unterredung war nur eine Falle gewesen, und zwar eine gute. Eine so gute, dass wir alle tot wären, so wie wir uns nur rührten. Ich machte mir nicht einmal vor, dass ich so viele Pfeile abhalten konnte, wenn sie alle gleichzeitig abgeschossen würden. Gus konnte die Salve vielleicht überstehen und die anderen konnten sich retten, indem sie in eine andere Dimension sprangen, doch ich stand von Aahz und dem D-Hüpfer zu weit entfernt.

»Ich ... äh ... dachte, Kriegsräte ständen außerhalb der Kampfhandlungen«, hob ich vorsichtig an.

»Und ich habe meine heutige Stellung auch nicht durch Fairness erworben«, meinte Big Julie mit einem Achselzucken.

»Wisst Ihr«, sagte Aahz langsam, »für einen Burschen, der nicht gerne kämpft, führt Ihr einen ziemlich widerlichen Krieg.«

»Was soll ich dazu sagen?«, fragte der Oberbefehlshaber und hob die Hände zu einer hilflosen Geste. »Es ist ein Job. Glaubt mir, wenn ich eine andere Möglichkeit hätte, ich würde sie wahrnehmen. Aber so ...«

Er verstummte und begann, den Arm zu heben. Ich begriff mit Entsetzen, dass mit seinem Arm für mich zugleich der Vorhang fallen würde.

»Wie viel Zeit haben wir, eine andere Möglichkeit zu finden?«, erkundigte ich mich verzweifelt.

»Keine.« Big Julie seufzte.

»UND WIR BRAUCHEN AUCH KEINE!«, brüllte Aahz plötzlich begeistert.

Aller Augen, einschließlich der meinen, wandten sich ihm zu. Er grinste breit, während er auf etwas lauschte, das der Gremliner ihm ins Ohr flüsterte.

»Was hat das zu bedeuten?«, wollte der Oberbefehlshaber wissen. »Und wo kommt der kleine, blaue Bursche her? Wie?«

Er schaute die ringsum stehenden Soldaten an, die einander peinlich verlegene Blicke zuwarfen.

»Das ist ein Gremliner«, klärte Aahz ihn auf, während er kameradschaftlich den Arm um die Schultern seines Vertrauten legte. »Und ich glaube, er hat die Antwort auf unser Problem gefunden. Auf *alle* unsere Probleme. Versteht Ihr, was ich meine?«

»Was meint er?« Julie blickte mich finster an. »Versteht Ihr, was er sagt?«

»Sag's ihm, Aahz«, befahl ich zuversichtlich, während ich mich die ganze Zeit über wunderte, welche mögliche Lösung mein Lehrer für dieses Schlamassel gefunden hatte.

»Big Julie«, meinte Aahz lächelnd, »was könnten diese Kredithaie machen, wenn Ihr und Eure Armee einfach verschwändet?«

Und so unglaublich es sein mochte, so endete die ganze Geschichte. Nicht mit Feuer, Explosion und Schlachtengetümmel. Sondern wie so vieles in meinem Leben auf ebenso verrückte und abwegige Art, wie es begonnen hatte.

Und als es vorüber war, wünschte ich fast, es wäre dies noch nicht.

Denn dann hieß es, sich von unserer Mannschaft zu verabschieden.

Und dieser Abschied fiel mir schwerer, als ich geglaubt hätte. Irgendwie hatte ich bei meinen Planungen nie die Möglichkeit ausgeschlossen, sieghaft aus diesem Krieg hervorzugehen.

Trotz meiner anfänglichen Bedenken in Bezug auf die Mannschaft stellte ich fest, dass mir jeder sehr ans Herz gewachsen war. Ich hätte sie gerne ein wenig länger um mich gehabt, aber das wäre unmöglich gewesen. Unsere nächste Station war die Hauptstadt, und es waren etwas zu viele, um sie einfach so fortzudebattieren.

Außerdem war es, wie Aahz erklärte, für die Moral der Soldaten schädlich, wenn sie herausfanden, wie hoch die Entlohnung ihres Kommandeurs war, insbesondere, wenn sie in so frappierendem Missverhältnis zu ihrem eigenen Sold stand.

Gemäß Aahz' Ratschlag bezahlte ich jeden einzeln. Doch als dies geschehen war, musste ich feststellen, dass mir merkwürdigerweise die Worte fehlten. Und wieder einmal kam mir die Mannschaft zu Hilfe.

»Tja, Boss«, seufzte Brockhurst. »Ich schätze, das war's dann wohl. Vielen Dank für alles.«

»Es war ein echtes Vergnügen, für dich zu arbeiten«, kam das Echo von Gus. »Das Geld ist ja ganz hübsch, aber irgendwie habe ich den Eindruck, dass Berfert und ich Dir noch etwas schuldig sind, dass du uns aus diesem Loch herausgeholt hast. Wenn du mal einen brauchst, der dir einen Gefallen tut, dann denk an uns.«

»Jungchen«, meinte Ajax und räusperte sich. »Ich bin viel unterwegs, so dass ich nicht leicht aufzuspüren bin. Solltest du dich jemals irgendwo befinden, wo du den Eindruck hast, du könntest mich brauchen, dann schicke dem Basar eine Mitteilung, und bald schon werde ich zur Stelle sein.«

»Ich dachte, du besuchst den Basar gar nicht so oft?«, fragte ich überrascht.

»Normalerweise nicht«, gab der Bogenschütze zu. »Aber in Zukunft schon ... für alle Fälle.«

Tanda warf ihre Münze in die Luft und fing sie mit geübter Leichtigkeit.

»Ich dürfte das eigentlich nicht annehmen«, seufzte sie. »Aber ein Mädchen muss ja auch etwas zu beißen haben.«

»Du hast es verdient«, sagte ich nachdrücklich.

»Tja, dann werde ich wohl gehen«, sagte sie und nickte den anderen zu.

»Pass auf dich auf, Süßer.«

»Kommst du wieder?«, erkundigte ich mich rasch.

Sie schnitt eine Grimasse.

»Ich glaube nicht. Wenn Grimble uns zusammen sähe ...«

»Ich meine überhaupt, irgendwann.«

Sogleich hellten sich ihre Züge auf.

»Klar.« Sie zwinkerte mir zu. »So leicht wirst du mich nicht los. Sag Aahz von mir auf Wiedersehen.«

»Sag ihm doch selbst auf Wiedersehen«, brummte Aahz, der aus der Dunkelheit trat.

»Da bist du ja!« Tanda grinste. »Wo steckt der Gremliner? Ich dachte, ihr beiden wärt gerade in ein Gespräch vertieft.«

»Waren wir auch«, bestätigte Aahz und schaute sich um. »Das verstehe ich nicht. Vor einer Minute war er noch da.«

»Man könnte meinen, es gäbe ihn gar nicht, wie, Aahz?«, meinte ich unschuldig.

»Nun hör mal zu, Kind«, begann mein Lehrer ärgerlich.

Die Mannschaft brach in Gelächter aus. Er wirbelte herum, um eine bissige Antwort zu geben, doch da flackerte ein Licht auf, und schon waren sie verschwunden.

Wir standen mehrere Augenblicke zusammen und starrten ins Leere. Dann legte Aahz seinen Arm um meine Schulter.

»Sie waren ein gutes Team, Kerlchen«, seufzte er. »Nun reiß dich zusammen. Siegreiche Generäle haben keine undichten Stellen rund um die Augen. Das schadet nur dem Image.«

Kapitel 25

›SIND ALLE GLÜCKLICH?‹
MACHIAVELLI

Aahz und ich zogen an der Spitze einer jubelnden Menge possiltuiner Einwohner in die Hauptstadt ein.

Wir wurden von den Massen, die uns vorwärts drängten, praktisch zum Palast getrieben. Der Jubel war unbeschreiblich. Blumen und andere weniger zu definierende Gegenstände wurden uns zugeworfen oder auf den Weg gestreut, so dass man kaum noch einen Fuß sicher vor den anderen setzen konnte und ich mehr als einmal befürchtete, zu fallen und niedergetrampelt zu werden. Die Leute schienen dagegen aufrichtig erfreut, uns zu sehen. Doch alles in allem war unser Triumphzug für Leib und Leben nicht weniger gefährlich, als es der Krieg gewesen war.

Ich genoss es.

Noch nie war ich Mittelpunkt einer so gewaltigen Menge gewesen. Es war köstlich.

»Haltung, Kerlchen«, murmelte Aahz und stieß mich in die Rippen. »Da kommt das Empfangskomitee.«

Tatsächlich tauchte aus den Toren des Palastes ein anderer Zug auf. Er war kleiner als der unsere, doch was ihm an Menge fehlte, machte er durch das Aussehen seiner Teilnehmer wett.

Der König bildete Vorhut und Mitte, dicht flankiert von Grimble und Badaxe. Der Kanzler strahlte vor unverhohlener Freude. Der General dagegen blickte eindeutig finster drein.

Als Badaxe seinen Blick über die Menge schweifen ließ, konnte er in unserer Nähe mehrere seiner Soldaten ausmachen. Seine düstere Miene verdunkelte sich noch mehr, was für jene Männer nichts Gutes ahnen ließ. Ich schätze, er war neugierig, warum es ihnen nicht gelungen war, unsere Rückkehr gemäß seinen Befehlen zu verhindern.

Was immer in ihm vorging, es musste warten. Der König hob die Arme, worauf die Versammlung gehorsam verstummte, um zuhören, was er zu sagen hatte.

»Herr Hofzauberer«, hob er an. »Wisset, dass die Jubelrufe der dankbaren Bürger von Possiltum nur ein Widerhall meiner eigenen Empfindungen in Bezug auf den Dienst darstellen, welchen Ihr uns erwiesen habt.«

Eine neue Woge von Beifall war die Antwort.

»Die Nachrichten von Eurem Sieg haben uns schneller erreicht als ihr selbst«, fuhr er fort. »Und die Historiker sind bereits damit befasst, die Einzelheiten Eures Triumphes aufzuzeichnen ... soweit diese bekannt sind, freilich.«

Ein anerkennendes Gelächter ging durch die Menge.

»Während wir uns nicht anmaßen, die Wirkungsweise Eurer Kräfte zu begreifen«, verkündete der König, »so sprechen doch die Ergebnisse für sich selbst. Eine mächtige Armee unbesiegbarer Krieger hat sich mit Waffen und allem anderen einfach in Luft aufgelöst. Lediglich die Rüstungen und Belagerungsgeräte, welche auf dem Schlachtfeld verstreut liegen, künden von ihrer früheren Präsenz. Der Krieg ist gewonnen! Die Gefahr für Possiltum ist für alle Zeiten vorüber!«

Bei diesen Worten war das Volk nicht mehr zu halten. Wieder erfüllten Blumen die Luft, und das Jubelgeschrei erschütterte selbst die Mauern des Palastes.

Der König wollte noch etwas rufen, doch es ging in dem Getöse unter. Schließlich zuckte er mit den Schultern und kehrte in den Palast zurück. Er blieb nur noch einmal stehen, um der Menge zum Abschied zuzuwinken.

Ich hielt es für eine ziemlich billige Masche, so zu tun, als gelte unser Jubel ihm, aber ich ließ es durchgehen. Wir hatten jetzt nämlich dickere Fische an der Angel!

Als Grimble und Badaxe mich ansahen, nickte ich ihnen zu, sich zu uns zu gesellen.

»Ich habe mit Euch zu reden!«, brüllte ich über das Getöse.

»Sollten wir nicht nach drinnen gehen, wo es ruhiger ist?«, brüllte Grimble zurück.

»Wir werden hier reden!«, erwiderte ich hartnäckig.

»Aber die Menge …«, versuchte der Kanzler mit einer Geste zu erklären.

Ich drehte mich um und nickte einer Gestalt in der ersten Reihe des Menschenauflaufs zu. Der Betreffende reagierte, indem er zum Zeichen seinen Arm hob. Daraufhin zogen die Männer in den vordersten Reihen der Menge ihre Waffen und bildeten einen Kreis um uns, wobei sie sich fast mit militärischer Präzision bewegten. Im Handumdrehen bildete sich Platz in der wimmelnden Bevölkerung, in deren Mitte nur Aahz, Gliep, ich, die Ratgeber und der Mann, der das Zeichen gegeben hatte, standen.

»Einen Augenblick mal«, knurrte Badaxe und beäugte misstrauisch den Kreis. »Was geht hier denn …«

»General!«

Ich strahlte ihn an und setzte mein breitestes Lächeln auf. »Ich möchte Euch den neuesten Bürger von Possiltum vorstellen.«

Immer noch mit einem Lächeln auf den Lippen winkte ich den Anführer der Meute heran.

»General Badaxe«, verkündete ich förmlich. »Darf ich Euch mit Big Julie bekannt machen. Big Julie, Hugh Badaxe!«

»Freut mich, Euch kennen zu lernen!«, lächelte Julie. »Der Junge hier hat mir von Euch erzählt!«

Der General erbleichte, als er den Oberkommandeur des Imperiums erkannte.

»Ihr!«, stammelte er. »Aber Ihr ... Ihr seid doch ...«

»Ich hoffe, Ihr habt nichts dagegen, General«, sagte ich freundlich. »Aber ich habe mir die Freiheit genommen, Big Julie einen Job anzutragen ... als Euer Militärberater.«

»Militärberater?«, wiederholte Badaxe misstrauisch.

»Was ist los?«, erkundigte sich Big Julie finster. »Meint Ihr, ich wäre dazu nicht imstande?«

»Das meine ich nicht«, erklärte der General hastig. »Es ist nur, weil ... nun ...«

»Eins vergaßen wir zu erwähnen, General«, unterbrach ihn Aahz. »Big Julie hier hat sich aus dem aktiven Dienst zurückgezogen. Er ist nur allzu bereit, Euch die Führung der Armee von Possiltum zu überlassen und erklärt sich bereit, Euch nur Ratschläge zu erteilen, wenn Ihr sie von ihm erbittet.«

»Das stimmt!«, strahlte Julie. »Ich will nur in der Sonne sitzen, ein Glas Wein trinken und ab und zu vielleicht mal einen Hintern tätscheln, wenn Ihr versteht, was ich meine ...«

»Aber der König«, stammelte Badaxe.

»... muss mit alldem überhaupt nicht behelligt werden«, schnurrte Aahz. »Außer natürlich, Ihr haltet es für unumgänglich, ihn darüber zu informieren, von wem Eure neuesten Schlachtpläne stammen.«

»Hmmm«, machte der General nachdenklich. »Seid Ihr sicher, dass Ihr auf diese Weise zufrieden sein werdet, Julie?«

»Ganz sicher!« Julie nickte energisch. »Ich will keinen Ruhm, keine Verantwortung und kein Ansehen. All das hatte ich überreichlich, als ich für das Imperium arbeitete. Die Jungs und ich haben diese Sache durchdiskutiert und sind zu dem Schluss gekommen ...«

»Die Jungs?«, unterbrach Badaxe und runzelte die Stirn.

»Hm ..., da ist noch etwas, das wir vergessen haben zu erwähnen, General«, lächelte ich. »Big Julie ist nicht der einzige Neuzugang in der Einwohnerschaft Possiltums.«

Ich machte eine Kopfbewegung zum Kreis der Männer, die die Menge zurückhielten.

Der General blinzelte sie an, dann fuhr sein Kopf herum, als er merkte, wie viel davon in der Menge standen. Er erblasste, als ihm sowohl klar wurde, wohin die Armee des Imperiums verschwunden war, wie auch, warum es seinen Männern nicht gelungen war, unsere Rückkehr zur Hauptstadt zu verhindern.

»Ihr wollt mir sagen ...«, begann Badaxe.

»Lauter glückliche Bürger von Possiltum, General!«, verkündete Aahz und senkte seine Stimme dann auf eine vertrauliche Lautstärke. »Ich glaube, Ihr werdet zu dem Schluss kommen, dass diese Bürger, falls Ihr jemals eine Armee aufstellen müsstet, weit schneller die Waffen ziehen als Eure durchschnittlichen Pflugschieber. Versteht Ihr, was ich sagen will?«

Offensichtlich verstand er es. Seine Augen blitzten bei dem Gedanken an die neue Streitmacht, die wir seinem Oberbefehl unterstellt hatten. Ich konnte förmlich sehen, wie er sich im Geiste die Lippen leckte vor Vorfreude auf den nächsten Krieg.

»Big Julie!«, erklärte er mit breitem Grinsen. »Ihr und Eure ... äh ... Jungs seid mehr als willkommen, Euch in Possiltum niederzulassen. Lasst mich einer der Ersten sein, der Euch zu Eurer neuen Staatsbürgerschaft gratuliert.«

Er streckte die Hand aus, doch diese stieß an ein Hindernis. Das Hindernis hieß J. R. Grimble.

»Nur einen kleinen Augenblick!«, stieß der Kanzler hervor. »Euer Plan hat einen kleinen Haken. Es ist meine Absicht, dem König zu raten, die Armee von Possiltum aufzulösen.«

»Was?«, brüllte Badaxe.

»Lasst mich das machen, General«, meinte Aahz besänftigend. »Grimble, weshalb wollt Ihr eine derartige Torheit begehen?«

»Nun, wegen des Zauberers natürlich«, blinzelte der Kanzler. »Ihr habt bewiesen, dass er durchaus in der Lage ist, das Königreich ohne die Unterstützung einer Armee zu verteidigen, folglich sehe ich nicht ein, warum wir länger die Kosten für deren Unterhalt aufbringen sollten.«

»Unfug!«, schalt Aahz. »Glaubt Ihr, der große Skeeve hat nichts anderes zu tun, als Eure Grenzen zu schützen? Wollt Ihr Euren hoch bezahlten Zauberer eine Arbeit verrichten lassen, die ein billiger Soldat besorgen kann?«

»Tja ...« Grimble runzelte die Stirn.

»Außerdem wird Skeeve viel unterwegs sein, um seine Studien fortzuführen ..., die selbstverständlich seinen Wert für Possiltum erhöhen. Wer wird in seiner Abwesenheit Euer Königreich schützen, wenn nicht die Armee?«

»Aber die Kosten sind ...«, winselte Grimble.

»Außerdem«, fuhr Aahz fort, ohne den Protest des Kanzlers zu beachten, »hätte ich gedacht, dass Ihr Eure Armee vergrößern wollt, nun, da sich Eure Grenzen ausgeweitet haben.«

»Was heißt das?«, fragte Grimble fassungslos. »Was ist mit unseren Grenzen?«

»Ich dachte, das wäre offensichtlich«, meinte Aahz unschuldig. »All diese neuen Bürger müssen sich irgendwo niederlassen ... und im Norden liegt eine Menge Land, wo man nun einfach zugreifen kann. Soweit ich das verstehe, ist es im Augenblick völlig ungeschützt. Possiltum wird nicht einmal darum kämpfen müssen, nur einmarschieren und es besiedeln. Das heißt, vorausgesetzt, Ihr verfügt über eine starke Armee, die es halten kann, wenn Ihr es erst einmal habt.«

»Hmm«, machte der Kanzler nachdenklich und streichelte sich das Kinn mit der Hand.

»Und dann sind da noch«, murmelte Aahz leise, »die ganzen zusätzlichen Steuergelder, welche die neuen Bürger und Ländereien für die Staatskasse bedeuten.«

»Big Julie!«, strahlte Grimble. »Ich möchte Euch und Eure Männer gerne in Possiltum willkommen heißen.«

»Ich hieß ihn zuerst willkommen«, knurrte Badaxe. »Er ist mein Berater.«

Bei diesen Worten führte der General die Hand zum Griff seiner Axt, eine Geste, die ihre Wirkung auf den Kanzler nicht verfehlte. »Natürlich, General«, stimmte Grimble zu und rang sich ein Lächeln ab. »Ich warte nur hier, bis Ihr so weit seid. Es gibt da ein paar Angelegenheiten, die ich mit unseren neuen Mitbürgern besprechen muss.«

»In der Zwischenzeit, Grimble«, meinte Aahz, »sind da auch noch ein paar Angelegenheiten, die wir mit Euch zu besprechen haben.«

»Beispielsweise?« Der Kanzler schaute finster drein.

»Beispielsweise der Lohn des Hofzauberers!«, gab mein Lehrer zurück.

»Natürlich!«, lachte Grimble. »Sobald wir hier fertig sind, kommt Ihr mit nach drinnen, und ich zahle ihm seinen ersten Monatslohn.«

Dem Kanzler verging das Lachen.

»Ihr meint, eine Sonderprämie, nicht wahr?«, fragte er hoffnungsvoll. »Ich bin überzeugt, wir finden da eine Lösung angesichts ...«

»Ich meine eine Lohnerhöhung!«, korrigierte Aahz unmissverständlich. »Nun kommt schon, Grimble. Das Reich ist nun größer. Die Bedeutung des Postens ist gewachsen und verdient eine bessere Bezahlung.«

»Ich glaube nicht, dass ich dem zustimmen kann«, erwiderte der Kanzler.

»Mit der Erhöhung Eurer Steuereinnahmen«, drängte Aahz, »könnt Ihr nach meiner Schätzung eine Summe von ...«

»Nun seien wir mal ein wenig vorsichtig«, entgegnete Grimble. »Unsere Regierungskosten sind mit dieser Erhöhung ebenfalls gestiegen. Ich wäre tatsächlich gar nicht überrascht ...«

»Komm, Gliep«, sagte ich zu meinem Haustier. »Sehen wir mal nach Butterblume.«

Ich hatte so eine Vorahnung, dass die Lohnverhandlungen eine Weile in Anspruch nehmen würden.

Kapitel 26

›ENDE GUT, ALLES GUT‹

E. A. POE

Ich verbrachte einen erholsamen Nachmittag und schlug die Zeit in meinem riesigen Zimmer im Palast tot.

Die Lohnverhandlungen zwischen Aahz und Grimble waren zu unseren Gunsten verlaufen. Ich hatte nicht nur eine beträchtliche Lohnerhöhung erhalten, sondern war nun auch in einem Raum untergebracht, der wenig kleiner als Grimbles war, der seinerseits der nächstgrößte nach dem des Königs war. Und was noch wichtiger war, er hatte ein großes Fenster, was mir sehr gefiel, auch wenn der Blick auf die Stallungen fiel.

Aahz hatte darauf bestanden mit dem versteckten Hinweis, dass ich des Nachts vielleicht geflügelte Besucher bekäme. Ich glaube, diese Vorstellung ängstigte mich mehr als Grimble, doch ich bekam mein Fenster.

Wenn ich wollte, konnte ich von meinem Sims aus Gliep und Butterblume in den Ställen beobachten. Und ich konnte ebenso ihren unglücklichen Stallburschen beobachten, der dazu abgestellt war, all ihre Bedürfnisse zu erfüllen. Auch das war Teil des Handels gewesen, obwohl ich hierauf weit härter gedrängt hatte als Aahz.

Aahz war im Nebenzimmer untergebracht, das hübsch, wenn auch etwas kleiner war als das meine. Die königlichen Architekten hatten den Auftrag, eine Verbindungstür in unsere gemeinsame Wand einzusetzen, und ich hatte so eine Ahnung, dass sich danach die Raumaufteilung drastisch ändern würde. Im Augenblick hatte ich zumindest ein bisschen ungewohnte Privatsphäre.

Doch augenblicklich galt meine Aufmerksamkeit nicht dem Raum. Meine Gedanken kreisten um Garkins alten Kessel. Den ganzen Nachmittag hatte ich versucht, ihm seine Geheimnisse zu entreißen, bislang ohne jeden Erfolg. Er stand fest mitten auf dem Boden, wo ich ihn hingestellt hatte, und widersetzte sich allen meinen Bemühungen.

Ich lehnte an meinem Fenstersims und musterte den Gegenstand verdrießlich. Es wäre eine Leichtigkeit, ihn zu levitieren, aber das war es nicht, was ich wollte. Ich wollte, dass er zu Leben erwachte und mir folgte, wie er Garkin gefolgt war.

Das brachte mich auf einen Gedanken. Er schien albern, aber bis jetzt hatte auch nichts anderes funktioniert.

Ich zog die Augenbrauen zusammen und konzentrierte mich auf den Kessel, ohne jedoch meine Energien darauf zu richten.

»Komm her!«, dachte ich.

Der Kessel schien einen Augenblick zu schwanken, dann trottete er an meine Seite, dass seine spillerigen Beine über den Fußboden klapperten.

Es funktionierte! Obwohl es vielleicht ein dummes, kleines Detail war, so vermittelte mir doch der Gehorsam des Kessels etwas mehr das Gefühl, ein Zauberer zu sein.

»Hallo, Kerlchen!«, rief Aahz und polterte ohne anzuklopfen herein. »Hast du vielleicht einen Korkenzieher?«

»Was ist ein Korkenziehen?«, fragte ich unwillkürlich.

»Na, egal«, seufzte mein Mentor. »Dann mache ich es halt selber.«

Mit diesen Worten nahm er die Weinflasche, die er bei sich hatte, in seine Linke und führte die Kralle seines rechten Zeigefingers in den Korken. Der Kork gab einen sanften Plop von sich, als er sich geschmeidig aus dem Flaschenhals löste, worauf Aahz ihn ganz selbstverständlich in eine Ecke schleuderte und einen tiefen Schluck nahm.

»Ah!«, keuchte er, um tief Luft zu holen. »Köstliches Bouquet!«

»Hm ... Aahz?«, fragte ich schüchtern, trat vom Fenster fort und an den Tisch.

»Ich muss dir etwas zeigen.«

»Könntest du mir vorher eine Frage beantworten?«, erkundigte sich mein Lehrer.

»Welche?« Ich runzelte die Stirn.

»Warum rennt der Kessel denn hinter dir her?«

Ich sah mich um und stellte erschreckt fest, dass er Recht hatte. Der Kessel war vom Fenster zum Tisch geflitzt, um an meiner Seite zu bleiben. Das Seltsame daran war, dass ich ihn gar nicht gerufen hatte.

»Hm ... das wollte ich dir eigentlich zeigen«, gab ich zu. »Ich habe herausgefunden, wie man den Kessel dazu bringt, dass er ganz von selbst zu mir kommt ... keine Levitation oder dergleichen.«

»Spitze!« Aahz schnitt eine Grimasse. »Kannst du nun auch dafür sorgen, dass er es wieder bleiben lässt?«

»Äh ... ich weiß nicht«, sagte ich und setzte mich schnell auf einen der Stühle.

Ich wollte es nicht zugeben, doch während wir uns unterhielten, hatte ich mehrere innere Kommandos ausprobiert, um den Kessel wieder wegzuschicken, doch ohne nennenswerten Erfolg. Ich musste das selbst herausfinden, sobald Aahz gegangen war.

»Sag mal, Aahz«, meinte ich beiläufig, während ich die Füße auf den Tisch schwenkte, »würdest du mir etwas Wein einschenken?«

Aahz zog eine Augenbraue hoch, dann durchquerte er langsam das Zimmer, bis er neben mir stand.

»Kind«, sagte er freundlich. »Nun sieh dich mal ganz genau um. Siehst du hier im Raum außer uns beiden noch jemanden?«

»Nein«, gab ich zu.

»Dann sind wir unter uns, und nicht in der Öffentlichkeit ... stimmt's?« Er lächelte.

»Stimmt«, pflichtete ich ihm bei.

»Dann besorg dir deinen eigenen Wein, Lehrling!«, grölte er und trat meinen Stuhl unter mir fort.

Tatsächlich war es nicht so schlimm, wie es sich anhört. Ich fasste mich, noch ehe ich am Boden landete und schwebte unbeschadet in der Luft. Von dieser Lage aus tastete ich mit meinen Gedanken umher, holte die Flasche aus Aahz' Händen und beförderte sie in meine eigenen.

»Wenn du darauf bestehst«, sagte ich lässig und nahm einen langen Zug aus der Flasche.

»Du hältst dich wohl für sehr gewitzt, wie?«, spottete Aahz, dann grinste er. »Ich schätze, das bist du auch. Du hast dich ganz gut geschlagen ... für einen Amateur.«

»Einen Profi«, korrigierte ich. »Einen bezahlten Profi.«

»Ich weiß«, grinste Aahz zurück. »Für einen Amateur bist du ziemlich clever. Für einen Profi hast du noch eine Menge zu lernen.«

»Nun komm aber, Aahz!«, protestierte ich.

»Aber das kann warten«, lenkte Aahz ein. »Du kannst dich ruhig entspannen und dich eine Weile amüsieren ... solange du kannst.«

»Was soll das heißen?« Ich runzelte die Stirn.

»Nichts!« Aahz zuckte mit Unschuldsmiene die Achseln. »Absolut gar nichts.«

»Warte mal, Aahz«, sagte ich bissig und sprang auf. »Ich bin jetzt Hofzauberer, nicht wahr?«

»Das ist richtig, Skeeve«, nickte mein Lehrer.

»Hofzauberer ist der Job, auf den du mich gehetzt hast, weil er so einfach ist, stimmt's?«, drängte ich ihn weiter.

»Stimmt ebenfalls, Kind«, er lächelte und nickte nun noch heftiger.

»Dann kann doch nichts schief gehen? Nichts Ernstes?«, erkundigte ich mich besorgt.

Aahz nahm seine Weinflasche wieder an sich und trank ausgiebig, ehe er antwortete.

»Denk immer daran«, grinste er. »Dann kannst du nachts besser schlafen.«

»Nun komm, Aahz!«, jammerte ich. »Du bist doch angeblich mein Lehrer. Wenn ich irgendetwas übersehe, dann musst du es mir sagen. Sonst lerne ich doch nichts dabei.«

»Nun gut, *Lehrling«,* lächelte Aahz und betonte das letzte Wort bösartig. »Du hast einiges übersehen.«

»Zum Beispiel?«, fragte ich und wand mich unter seinem Lächeln.

»Zum Beispiel Gus, Ajax und Brockhurst, die du ohne Anweisungen auf Tauf zurückgeschickt hast.«

»Anweisungen?« Ich blinzelte verständnislos.

»Um Tanda brauchen wir uns keine Sorgen zu machen, aber die anderen drei ...«

»Warte eine Minute, Aahz«, unterbrach ich ihn, ehe er zu weit vom Thema abkam. »Was für Anweisungen?«

»Anweisungen, nicht über unser kleines Scharmützel hier zu reden«, erläuterte Aahz geistesabwesend. »Tanda wird ihren Mund zu halten wissen, aber die anderen drei nicht.«

»Du meinst, sie reden?«

»Ist ein Froschhintern vielleicht wasserdicht?«

»Was ist ein Frosch?«, gab ich zurück.

»Mit Geld in der Tasche und frisch zurück von einem siegreichen Feldzug gegen eine überwältigende Überzahl ... natürlich werden sie reden!«, polterte Aahz. »Sie werden sich bei jedem, der es hören will, den Mund fusselig reden. Und mehr noch, sie werden die Geschichte mit jedem Mal weiter ausschmücken, bis es so klingt, als seien sie die größten Kämpfer, die sich jemals geschlagen haben und du der größte Stratege seit Gronk!«

»Was soll daran schlimm sein?«, erkundigte ich mich und freute mich im Stillen. Ich wusste nicht, wer Gronk war, aber Aahz' Darstellung klang hübsch.

»Gar nichts«, antwortete Aahz unschuldig. »Außer, dass alle Welt nun hinterher sein wird zu erfahren, wer du bist, wo du bist und was du bist ... auch dass du anzuheuern bist und selbst Leute verpflichtest. Wenn es irgendwo in allen Dimensionen einen Ort gibt, wo die Leute solche Informationen beachten, dann auf dem Basar von Tauf.«

Ungeachtet dessen, was mein Lehrer davon halten mag, so bin ich kein langsamer Denker. Ich begriff mit einem Schlag, was seine Äußerung alles zu bedeuten hatte .. begriff es und legte mir eine Antwort zurecht.

»Dann werden plötzlich unzählige Leute vorbeischauen, uns einen Job anbieten oder bei uns Arbeit suchen«, gab ich zu. »Na und? All das heißt nichts anderes, dass ich eine Menge Übung beim Ablehnen bekommen werde. Wer weiß, vielleicht verbessert es meine Stellung hier sogar etwas, wenn man erfährt, dass ich häufig von seltsamen Wesen anderer Welten aufgesucht werde.«

»Natürlich«, kommentierte Aahz finster. »Es besteht immer noch die Chance, dass einer auf dem Basar hört, dass sein Gegenpart daran denkt, dich anzuheuern, und beschließt, dich mit Gewalt von der Liste zu beseitigen. Entweder das, oder irgendein junger Hitzkopf will sich einen Namen machen, indem er einen unschlagbaren Zauberer angreift, von dem jedermann spricht.«

Ich versuchte, ihm nicht zu zeigen, wie sehr seine finsteren Prophezeiungen mich entnervt hatten. Dann wurde mir klar, dass er vermutlich weitermachen würde, bis er meinen Angstschweiß perlen sah. Folglich schwitzte ich ... sichtbar.

»Daran hatte ich nicht gedacht, Aahz«, gab ich zu. »Ich schätze, da habe ich wirklich etwas übersehen.«

»Und dann sind da noch Grimble und Badaxe«, fuhr Aahz fort, als hätte er mich gar nicht gehört.

»Was ist mit Grimble und Badaxe?«, fragte ich nervös.

»Meiner Einschätzung nach ist die einzige Möglichkeit, dass die beiden zusammenarbeiten«, gähnte Aahz, »die Zusammenarbeit gegen einen gemeinsamen Feind. Und nach meiner weiteren Einschätzung bist du der geeignetste Kandidat für diesen Posten.«

»Ich?«, fragte ich sehr leise.

»Denk mal nach, Kerlchen!« Mein Lehrer zuckte die Achseln. »Bis du die Szene betratst, fand ein Zweikampf statt, wem der König Gehör schenkte. Dann kamst du und hast nicht nur das Königreich gerettet, sondern auch neue Bevölkerung hinzugewonnen, die Grenzen erweitert und der Steuerkasse zugeführt. Das macht dich zum beliebtesten und deshalb einflussreichsten Mann am Königshof. Ich kann mich täuschen, aber ich glaube nicht, dass Grimble und Badaxe einfach die Zähne zusammenbeißen und es hinnehmen. Meiner Ansicht nach werden sie sich gegen dich verbünden und alles, was du sagst oder tust, militärisch oder finanziell boykottieren, und das wird ein harter Zwei-zu-eins-Kampf.«

»Okay, okay. Also habe ich zwei Sachen übersehen«, fiel ich ihm ins Wort. »Abgesehen davon ...«

»Und dann sind da natürlich noch die Leute, denen Big Julie und seine Männer Geld schulden«, kommentierte Aahz nachdenklich. »Ich frage mich, wie lange es dauern wird, bis sie hier herumschnüffeln und nach einer Erklärung suchen, was aus einer ganzen Armee geworden ist. Und noch wesentlicher, ich frage mich, an wen sie sich namentlich halten werden, damit er ihnen diese Erklärung liefert?«

»Aahz?«

»Ja, Kerlchen?«

»Hast du was dagegen, wenn ich mir noch etwas von dem Wein nehme?«

»Bedien dich, Bürschchen. Es sind Unmengen da.«

Ich hatte so eine Vorahnung, als wäre das die beste Nachricht, die ich für lange Zeit zu hören bekommen sollte.

ENDE

ROBERT ASPRIN

Ein Dämon auf Abwegen

Kapitel 1

›Drachen, Dämonen und Könige, oh ‹

Der feige Klahd

»Dieser Ort stinkt!«, knurrte mein schuppiger Mentor und blickte zornig durch das Fenster in den Regen hinaus.

»Ja, Aahz«, pflichtete ich ihm schüchtern bei.

»Was soll denn das schon wieder heißen?«, fauchte er und richtete seine goldgesprenkelten Dämonenaugen auf mich.

»Das soll heißen«, erwiderte ich hastig, »dass ich dir zustimme. Das Königreich Possiltum, und insbesondere der Palast, stinkt zum Himmel – und zwar wortwörtlich.«

»Undankbarkeit!« Aahz wandte den Kopf klagend zur Zimmerdecke. »Da verliere ich meine Kräfte an einen dämlichen Scherzbold, und anstatt alles daran zu setzen, sie wiederzugewinnen, nehme ich auch noch einen Schwachsinnigen als Lehrling an, der nach nichts Höherem strebt als danach, das Dasein eines Diebes zu führen. Ich gebe ihm eine anständige Ausbildung, bringe ihm Manieren bei und verschaffe ihm einen Arbeitsplatz, wo er mehr verdient, als er in zwei Leben ausgeben könnte, und was passiert? Er beschwert sich! Du glaubst wohl, allein wärst du besser zurechtgekommen, wie?«

Mir kam der Gedanke, dass ich es Aahz' Führung immerhin auch zu verdanken hatte, dass ich einmal gehenkt, in ein magisches Duell mit einem Meistermagiker hineingezogen worden war und erst kürzlich die alles andere als beneidenswerte Aufgabe hatte, mit einer Hand voll heruntergekommener Dämonen die größte Armee der Welt aufzuhalten. Allerdings kam mir gleichzeitig auch der Gedanke, dass es taktisch nicht gerade klug wäre, diese kleineren Unannehmlichkeiten und Vorkommnisse ausgerechnet jetzt zu erwähnen.

»Es tut mir Leid, Aahz«, jammerte ich. »Dieses Königreich Possiltum ist eigentlich doch ein ganz nettes Reich, für das es sich zu arbeiten lohnt.«

»Stinken tut es!«, verkündete er und richtete seinen Blick wieder aus dem Fenster.

Ich unterdrückte ein Seufzen. Das Los des Magikers ist kein sehr glückliches. Diese Weisheit habe ich aus einem Liedchen, das Aahz gelegentlich singt ... gelegentlich sogar in der richtigen Tonlage. Ich erkannte immer mehr, wie viel Wahrheit in diesem kleinen Song steckte. Als Hofmagiker meines Königs hatte ich schon sehr viel mehr durchmachen müssen, als ich jemals befürchtet hatte.

Genau genommen ist der König von Possiltum gar nicht *mein* König. Wenn es hochkommt, dann bin allenfalls ich *sein* Königlicher Magiker, gerade eben ein besserer Angestellter.

Und Aahz ist auch nicht *mein* Dämon. *Ich* bin *sein* Lehrling, der verzweifelt darum bemüht ist, genug Magik zu lernen, um sich des oben erwähnten Titels als halbwegs würdig zu erweisen.

Gliep ist allerdings ganz definitiv *mein* Drache. Da brauchen Sie bloß Aahz zu fragen. Oder, noch besser, Sie befragen irgendjemanden am Hof von Possiltum. Jedes Mal, wenn mein Maskottchen durch sein Umherstampfen jemanden zu Brei zerdrückt, bin ich es, der das ausbügeln muss und von dessen Gehalt Grimble, der Kanzler des Königs, die Regressforderungen abzieht.

Natürlich bringt so etwas Aahz aus der Fassung. Denn abgesehen davon, dass er über meine Magikerkarriere wacht, ist Aahz auch noch für unsere Finanzen zuständig. Na ja, das ist eigentlich eine ziemliche Untertreibung. Er blutet das Königreich atemlos aus, indem er jede nur mögliche Gelegenheit zur Aufbesserung dieser Finanzen beim Schopf packt, und das sind nicht wenige, und außerdem ein Auge auf unsere Ausgaben hat. Was das Ausgeben unseres sauer verdienten Reichtums angeht, so würde sich Aahz lieber von *meinem* Blut trennen als von unseren Ersparnissen. Wie Sie sich denken können, haben wir in diesem Punkt eine Menge Streit.

Gliep ist allerdings sehr verständnisvoll. Das ist auch einer der Gründe, weshalb ich ihn bei mir behalte. Für einen Babydrachen, dessen Vokabular gerade ein einziges Wort umfasst, ist er recht intelligent und verständnisvoll. Ich verbringe einen Haufen Zeit damit, ihm von meinen Sorgen zu berichten, und er hört mir jedes Mal aufmerksam zu, ohne mich zu unterbrechen oder mich anzuschreien, wie blöd ich sei. Das macht ihn für mich zu einem wesentlich angenehmeren Gefährten als Aahz.

Es sagt eine Menge über die eigene Lebensart aus, wenn die einzige Sympathie, die einem entgegengebracht wird, die eines Drachen ist ...

An diesem bewussten Tag war ich leider der Gesellschaft meines Haustiers beraubt. Es regnete, und wenn es in Possiltum regnet, dann ist das kein Kinderspiel. Gliep ist zu groß, um mit uns zusammen im Gebäude zu leben, und der Regen machte es mir unmöglich, den Hof zu überqueren, um zu den Stallungen zu gelangen, wo er untergebracht war. Darüber hinaus konnte ich es auch nicht riskieren, durch die Gänge des Schlosses zu wandeln, weil ich dann möglicherweise dem König begegnet wäre. Der hätte mich bestimmt gefragt, wann ich wohl die Güte hätte, etwas gegen das miserable Wetter zu unternehmen. Leider gehörte die Wetterbeeinflussung aber nicht zu meinen gegenwärtigen Spezialgebieten, und Aahz hatte mir strikt befohlen, das Thema um jeden Preis zu meiden. So saß ich also in meiner eigenen Unterkunft fest und konnte nur warten, bis der Regen wieder aufhörte. Doch selbst das wäre nur halb so schlimm gewesen, wenn ich diese Unterkunft nicht auch noch mit Aahz hätte teilen müssen.

Regenwetter machte Aahz immer ziemlich griesgrämig oder genauer, noch griesgrämiger als sonst. Lieber wäre ich mit einem wütenden Spinnenbär in einem engen Käfig zusammengepfercht, als mit Aahz, wenn er schlechte Laune hatte.

»Es muss doch irgendetwas geben, das man tun kann«, murrte Aahz unwirsch und unruhig. »Seit der Zweihundertjährigen Belagerung habe ich mich nicht mehr so gelangweilt.«

»Du könntest mir vielleicht das Dimensionsreisen beibringen«, schlug ich hoffnungsvoll vor.

Das war eines der Gebiete, in denen mich zu unterweisen Aahz sich bisher standhaft geweigert hatte. Wie ich bereits erwähnte, ist Aahz ein Dämon, was eine Kurzbezeichnung für ›Dimensionen-Reisender‹ ist. Heutzutage sind die meisten meiner engeren Freunde Dämonen, und ich war nur zu bereit, meiner äußerst bescheidenen Liste von Fähigkeiten das Dimensionsreisen hinzuzufügen.

»Bring mich nicht zum Lachen, Jungchen.« Aahz lachte rau. »Bei deinem Lerntempo würde ich mehr als zweihundert Jahre brauchen, um es dir beizubringen.«

»Oh«, sagte ich niedergeschlagen. »Na ja ... Vielleicht könntest du mir auch von der Zweihundertjährigen Belagerung erzählen.«

»Die Zweihundertjährige Belagerung«, murmelte Aahz

verträumt und lächelte leise vor sich hin. Es heißt, dass eine ganze Reihe von großen Gruppen schwer bewaffneter Männer bleich geworden sind und deutlich sichtbar zu zittern begonnen haben, als sie Aahz' Lächeln erblickten.

»Da gibt es nicht viel zu erzählen«, begann er, lehnte sich gegen einen Tisch und hob einen großen Weinkrug an. »Da war ich, und da war noch ein anderer Magiker, Diz-Ne. Das war ein rotziger kleiner Emporkömmling ... ein bisschen erinnerst du mich an ihn.«

»Was war denn damals los?«, fragte ich, bemüht das Gespräch von mir abzuwenden.

»Na ja, als er endlich feststellte, dass er mich nicht in Grund und Boden stampfen konnte, ging er in die Defensive«, erinnerte sich Aahz. »Magisch gesehen war er ein bloßes Nichts, aber vom Zauberbannen verstand er etwas. Hat mich volle zweihundert Jahre abwimmeln können, obwohl wir den größten Teil der magischen Energien dieser Dimension dabei aufgebraucht haben.«

»Wer hat denn gewonnen?«, drängte ich.

Aahz hob eine Augenbraue und blickte mich über den Rand seines Weinkrugs hinweg an.

»*Ich* erzähle hier die Geschichte, Junge«, wies er mich zurecht. »Rate mal.«

Das tat ich und schluckte schwer.

»Hast du ihn getötet?«

»Nichts derartig Angenehmes«, erwiderte Aahz lächelnd. »Was ich mit ihm angestellt habe, als ich seine Verteidigungsmauer schließlich durchbrach, hält wesentlich länger vor als zweihundert Jahre – aber ich kann dir garantieren, dass es ihm dabei bestimmt nicht langweilig wird.«

»Warum habt ihr überhaupt gegeneinander gekämpft?«, wollte ich wissen. Ich versuchte verzweifelt, den zahllosen Bildern zuvorzukommen, die meine Phantasie gerade hervorbrachte.

»Er hat eine Wettschuld nicht bezahlt«, erklärte mein Ausbilder achselzuckend und nahm einen weiteren Schluck aus dem Werkkrug.

»War das alles?«

»Das war mehr als genug«, entgegnete Aahz grimmig.

»Wetten ist eine ernste Angelegenheit – und zwar in jeder Dimension.«

»Äh ... Aahz?« Ich runzelte die Stirn. »Als wir Big Julie und seinen Leuten begegnet sind, waren die da nicht auch auf der Flucht vor ihren Spielschulden?«

Das ist die Armee, die ich vorhin erwähnt habe. Im Augenblick tarnten Big Julie und seine Männer sich als glückliche Bürger von Possiltum.

»Stimmt genau, Junge.« Aahz nickte.

»*Deshalb* hast du also gesagt, dass die Kredithaie wahrscheinlich kommen und nach ihnen suchen würden!«, rief ich triumphierend.

»Falsch«, antwortet Aahz entschieden.

»Falsch?« Ich blinzelte verstört.

»Ich habe nicht gesagt, dass sie ›wahrscheinlich‹ kommen würden, um sie zu suchen«, berichtigte er mich. »Ich habe gesagt, dass sie kommen *werden*. Darauf kannst du wetten. Da gibt es nur zwei Fragen. Wann kommen sie, und was wirst du deswegen unternehmen?«

»Über das ›Wann‹ weiß ich nichts«, bemerkte ich vorsichtig. »Aber darüber, was ich tun werde, habe ich gründlich nachgedacht.«

»Und wofür hast du dich entschieden?«, ermunterte Aahz mich fortzufahren.

»Unser Geld unter den Arm zu nehmen und so schnell wie möglich davonzulaufen!«, erklärte ich. »Deshalb will ich auch das Dimensionsreisen lernen. Ich vermute, dass es hier in dieser Dimension keinen einzigen Ort mehr gibt, wo wir uns verstecken könnten, und das bedeutet, dass wir

Klah verlassen müssen, um fettere und sicherere Weidegründe aufzusuchen.«

Aahz blieb ungerührt.

»Wenn es wirklich hart auf hart kommen sollte«, meinte er gähnend, »können wir immer noch den D-Hüpfer benutzen. Solange wir über mechanische Möglichkeiten der Dimensionsreise verfügen, besteht keinerlei Notwendigkeit, dir die magische Methode beizubringen.«

»Ach, komm schon, Aahz!«, explodierte ich. »Warum willst du es mir nicht beibringen? Weshalb soll denn das Dimensionsreisen so schwer zu erlernen sein?«

Aahz musterte mich einen Augenblick lang und stieß schließlich einen gewaltigen Seufzer aus. »Also gut, Skeeve«, sagte er, »wenn du aufmerksam zuhörst, will ich versuchen, es dir zu erklären.«

Ich hörte aufmerksam zu. Jede Faser meines Körpers war angespannt. Aahz nannte mich nicht oft bei meinem Namen, und wenn er es tat, war das eine ernste Sache.

»Das Problem besteht darin, dass man selbst dann, wenn man Pentagramme als Leitfaden, sozusagen als Tore benutzt, immer noch die gewünschte Zieldimension kennen muss ... und zwar beinahe ebenso gut wie die eigene Heimatdimension. Kennt man sie nämlich nicht, kann es passieren, dass man in irgendeine Dimension verschlagen wird, die man nicht einmal als solche erkennt – und prompt sitzt man in der Falle und kommt nicht wieder heraus.«

Er machte eine Pause, um erneut an seinem Weinkrug zu nippen. »Abgesehen von Klah warst du bisher nur in einer einzigen anderen Dimension«, fuhr er schließlich fort. »Das war Tauf, und da hast du bloß den Basar gesehen. Du kennst den Basar gut genug, um zu wissen, dass er sich ständig verändert und sich auf immer neue Art wieder zusammensetzt. Aber du kennst ihn *doch* nicht gut genug, um die wenigen Konstanten erkannt zu haben, an denen du dich bei einer erneuten Reise dorthin orientieren könntest. Und die anderen Dimensionen kennst du noch weniger, als dass du dir eines Zieles sicher sein könntest, wenn du versuchen solltest, mit Hilfe der Magik dorthin zu gelangen. Deshalb kannst du auch nicht ohne den D-Hüpfer durch die Dimensionen reisen! Ende der Vorlesung.«

Ich zuckte mit den Augenlidern.

»Soll das heißen, dass der einzige Grund, weshalb ich nicht mit Magik woanders hingelangen kann, der ist, dass ich die anderen Dimensionen nicht kenne?«, fragte ich.

»Das ist der *Hauptgrund«,* schränkte Aahz ein.

»Dann gehen wir doch!«, rief ich und sprang auf. »Ich hole den D-Hüpfer, und du zeigst mir ein paar neue Dimensionen, bis es aufhört zu regnen.«

»Nicht so hastig, Junge!«, unterbrach mich Aahz und hob abwehrend eine Hand. »Setz dich.«

»Was ist denn nun kaputt?«, fragte ich herausfordernd.

»Glaubst du wirklich, dass ich nicht schon von selbst auf diesen Gedanken gekommen bin?« Ein leiser gereizter Unterton schlich sich in seine Stimme.

Ich überlegte mir die Sache etwas genauer und nahm lieber wieder Platz. »Hältst du die Idee denn für schlecht?«, fragte ich in einem etwas demütigeren Ton.

»Es gibt da ein paar Dinge, die du in deiner Begeisterung übersehen hast«, bemerkte er trocken. »Zum einen solltest du beherzigen, dass du in anderen Dimensionen ein Dämon bist. Und bis auf Tauf, das nun vom interdimensionalen Handel lebt, neigen die meisten anderen Dimensionen nicht gerade dazu, Dämonen mit Blumenkränzen und roten Teppichen zu empfangen. Tatsächlich läuft jeder Dämon Gefahr, sobald man ihn erblickt, von jedermann angegriffen zu werden, und zwar mit allem, was gerade zur Hand ist.«

Er beugte sich vor, um seinen Worten Nachdruck zu verleihen. »Damit will ich sagen, dass es gefährlich ist! Nun stell dir mal vor, wir würden einen solchen Ausflug machen – womit sollten wir uns verteidigen? Ich habe meine Kräfte verloren, und deine sind so unterentwickelt, dass sie praktisch gar nicht existieren. Wer soll da die Eingeborenen in Schach halten?«

»Wie gefährlich ist es genau?«, fragte ich zögernd.

»Ich will es mal so ausdrücken«, meinte Aahz seufzend. »Du verbringst eine Menge Zeit damit, darüber zu jammern, dass ich dein Leben ständig aufs Spiel setze, weil ich Gefahren sträflich missachte. Stimmt das?«

»Stimmt!« Ich nickte.

»Schön, und jetzt sage ich, dass diese Reise, die du da vorschlägst, *gefährlich* ist. Genügt dir das vielleicht als kleiner Hinweis darauf, was dich dabei erwarten würde?«

Ich lehnte mich in meinem Sessel zurück und streckte mich, bemüht es möglichst lässig aussehen zu lassen.

»Wie wär's, wenn du mir einen Schluck von dem Wein abgeben würdest?«, fragte ich beiläufig.

Ausnahmsweise ignorierte Aahz meine Bitte nicht. Er warf den Krug in die Luft, während er sich erhob und wieder ans Fenster schritt.

Ich griff mit meinem Geist nach dem Gefäß, packte es sanft und ließ es in meine ausgestreckte Hand schweben, ohne auch nur einen Tropfen zu verschütten.

Wie ich schon sagte: Ich bin *tatsächlich* der Hofmagiker von Possiltum. Ich besitze durchaus Kräfte.

»Nimm's dir nicht sosehr zu Herzen, Jungchen«, rief mir Aahz vom Fenster aus zu. »Wenn du weiter übst, können wir diese Reise vielleicht eines Tages unter deinem Schutz durchführen. Aber bis dahin, bis du diese Stufe erreicht hast oder bis wir für dich einen magischen Leibwächter gefunden haben, bleibt uns nichts anderes übrig als zu warten.«

»Wahrscheinlich hast du Recht, Aahz«, lenkte ich ein. »Es ist nur, manchmal ...«

Mit einem leisen »BAMF!« wurde der Äther zerrissen, und ein Dämon erschien im Raum. Einfach so! In meinen Privatgemächern im Königlichen Palast von Possiltum!

Bevor ich mich von meiner Überraschung erholen, ja bevor Aahz sich auch nur vom Fleck bewegen konnte, um sich einzuschalten, ließ sich der Dämon auf meinen Schoß plumpsen und gab mir einen großen, warmen Kuss auf den Mund.

»Hallo, Süßer!«, schnurrte er. »Was machen die Tricks?«

Kapitel 2

›Wenn alte Freunde zusammenkommen,
verliert alles andere seine Bedeutung‹
Krieg, Hungersnot, Pestilenz und Tod

»Tanda!«, rief ich und erholte mich so weit von meinem Schrecken, dass ich die Arme um ihre Hüften legen und sie energisch an mich drücken konnte.

»Höchstpersönlich!« Sie zwinkerte mir zu und presste sich eng an mich.

Meine Temperatur stieg, aber vielleicht lag das ja auch am Zimmer. Tanda wirkt eben so auf mich – und Räume auch. Üppig gebaut, wie sie war, mit einer Mähne aus hellgrünem Haar, die ihre wunderschöne olivdunkle Hautfarbe und ihre Gesichtszüge betonte, konnte sie mit einem Lächeln und einem tiefen Seufzer sogar ein Handgemenge zwischen zwanzig Männern vorzeitig beenden.

»Er ist nicht der Einzige hier im Zimmer, weißt du«, meldete Aahz sich trocken.

»Hallo, Aahz!«, rief meine entzückende Gefährtin, löste sich von meinem Schoß und warf sich Aahz an den Hals.

Die Wucht von Tandas Zuneigung wird nur noch durch ihre Bereitschaft, diese mitzuteilen, übertroffen. Allerdings hegte ich insgeheim den Verdacht, dass Tanda mich lieber mochte als Aahz. Dieser Verdacht musste sich nun einer schweren Prüfung unterziehen, als sich ihre Begrüßung immer mehr in die Länge zog.

»Äh, was führt dich denn in diese Gegend?«, unterbrach ich die beiden schließlich.

Das trug mir einen finsteren Blick von Aahz ein. Tanda jedoch zuckte mit keiner Wimper.

»Na ja«, säuselte sie. »Ich könnte ja jetzt sagen, dass ich gerade in der Nähe war und mir dachte, ich schau mal eben vorbei, aber das stimmt nicht. Tatsache ist, dass ich euch um einen kleinen Gefallen bitten wollte.«

»Du brauchst ihn nur auszusprechen!«, riefen Aahz und ich wie aus einem Mund.

Aahz ist zwar ein fürchterlicher Geizhals, und ich bin ein Hasenfuß, aber wenn es um Tanda geht, kann sich niemand mehr darauf verlassen. Sie hatte uns früher einige Male aus der Patsche geholfen, und wir hatten beide das Gefühl, ihr noch etwas schuldig zu sein. Die Tatsache, dass sie uns allerdings mindestens ebenso oft in einige Patschen *hinein*geholfen hatte, kam uns dabei nie in den Sinn. Außerdem war es einfach *fürchterlich* nett, sie hier zu haben.

»Ist eigentlich nur eine Kleinigkeit«, seufzte sie. »Ich muss ein paar Besorgungen machen und hatte gehofft, dass einer von euch beiden mir vielleicht beim Tragen behilflich sein könnte.«

»Meinst du etwa heute?« Aahz furchte die Stirn.

»Genau genommen die nächsten paar Tage«, erklärte Tanda ihm. »Vielleicht dauert es sogar eine Woche.«

»Da kann ich nicht«, seufzte Aahz. »Ich muss morgen bei einer Begegnung zwischen Big Julie und General Badaxe den Schiedsrichter spielen. Kannst du es nicht auf nächste Woche verschieben?«

»Hmmm ... eigentlich hatte ich sowieso nicht an dich gedacht, Aahz«, sagte Tanda und mustere wie beiläufig die Zimmerdecke. »Ich hab mir gedacht, dass Skeeve und ich es schon schaffen.«

»Ich?«, entfuhr es mir.

Aahz schnitt eine Grimasse.

»Auf gar keinen Fall«, verkündete er. »Das Bürschchen

kann doch nicht für dich den Laufjungen spielen. Das ist unter seiner Würde.«

»Ist es nicht!«, rief ich. »Ich meine, wenn es nicht unter deiner Würde ist, warum sollte es dann unter meiner sein?«

»Ich bin schließlich nicht der Hofmagiker von Possiltum!«, wandte er ein.

»Ich kann mich ja tarnen!«, konterte ich. »Das ist einer meiner besten Zauber. Das hast du selbst gesagt.«

»Ich glaube, dein schuppiger grüner Mentor ist ein klitzekleines bisschen eifersüchtig«, bemerkte Tanda und zwinkerte mir insgeheim zu.

»Eifersüchtig?«, explodierte Aahz. »Ich? Eifersüchtig auf so ein winziges ...« Er brach ab und warf Tanda und mir abwechselnd Blicke zu, als er erkannte, dass wir ihn nur aufzogen.

»Na schön, vielleicht geht es ja doch«, grollte er schließlich. »Geh nur und nimm ihn mit – obwohl ich mir wirklich nicht vorstellen kann, was du ausgerechnet in dieser Hinterwäldlerdimension einkaufen willst.«

»Aber Aahz!« Tanda lachte. »Du bist wirklich ein Schlitzohr! In Klah einkaufen gehen? Ich bin ja wirklich manchmal ein bisschen ausgeflippt, aber verrückt bin ich nun doch nicht.«

»Soll das heißen, dass wir in andere Dimensionen reisen werden?«, fragte ich neugierig.

»Natürlich.« Sie nickte. »Wir haben eine ganz schöne Route vor uns. Als Erstes hüpfen wir rüber nach ...«

»Was ist denn eine Route?«, fragte ich.

»Halt!«, schrie Aahz und hob gebieterisch seine Hand.

»Aber ich wollte doch gerade ...«

»Halt.«

»Wir wollen ...«

Nachdem unsere Konversation derart wirkungsvoll beendet worden war, richteten wir unsere Aufmerksamkeit auf Aahz. Übertrieben langsam verschränkte er theatralisch die Arme vor der Brust.

»Nein«, sagte er.

»Nein?«, kreischte ich. »Aber Aahz …«

»Nichts da, ›aber Aahz‹!«, bellte er zurück. »Ich habe nein gesagt, und das meine ich auch.«

»Einen Augenblick mal«, warf Tanda ein und stellte sich zwischen uns. »Wo liegt denn das Problem, Aahz?«

»Wenn du dir einbildest, dass ich meinen Lehrling allein und schutzlos durch die Dimensionen bummeln lasse …«

»Aber ich bin doch gar nicht allein«, protestierte ich. »Tanda wird doch dabei sein!«

»… ein gefundenes Fressen für jeden Idioten, der gerne mal einen Dämon einsacken möchte«, fuhr Aahz fort, ohne meinen Einwand zu beachten, »nur damit du bei deinem Einkaufsbummel ein Lasttier hast, na, da hast du dich aber getäuscht.«

»Bist du fertig?«, fragte Tanda gereizt.

»Fürs Erste«, nickte Aahz, und sein Blick stand dem ihren in nichts nach.

»Zunächst einmal«, fing sie an, »hat Skeeve bereits darauf hingewiesen, wenn du dir nur die Mühe gemacht hättest, zuzuhören, dass er nicht allein sein wird. Ich werde bei ihm sein. Das bedeutet zweitens, dass er auch nicht ohne Schutz sein wird. Nur weil ich meine Mitgliedschaft in der Mördergilde nicht mehr verlängert habe, heißt das noch lange nicht, dass ich alles vergessen hätte.«

»Genau, Aahz«, warf ich ein.

»Halt die Klappe, Bürschchen!«, fauchte er.

»Und drittens«, fuhr Tanda fort, »solltest du dir endlich einmal abgewöhnen, Skeeve ständig wie ein Kind zu behandeln. Immerhin hat er Big Julies Armee aufgehalten, nicht wahr? Und außerdem ist er schließlich *dein* Lehrling. *Irgendwas* wirst du ihm doch in den letzten paar Jahren beigebracht haben, oder etwa nicht?«

Das traf Aahz an seinem zweitwundesten Punkt – seiner Eitelkeit. Sein wundester Punkt ist sein Geldbeutel.

»Na ja ...« Er wurde unsicher.

»Komm schon, Aahz!«, bat ich. »Was soll denn schief gehen?«

»Die Gehirnwindungen«, erwiderte er grimmig.

»Nun übertreib mal nicht, Aahz«, tadelte ihn Tanda.

»Übertreiben?« Wieder explodierte mein Mentor förmlich. »Das erste Mal, als ich unseren Herrn Wunderbar hier in eine andere Dimension mitgenommen habe, hat er einen Drachen zurückgebracht, den wir weder brauchen noch wollen, und wäre beinahe in einer Prügelei mit einem Haufen von Halsabschneidern umgebracht worden.«

»Die Prügelei hat er gewonnen, wenn ich mich richtig entsinne«, bemerkte Tanda.

»Das zweite Mal, als wir hinausgezogen sind«, fuhr Aahz ungerührt fort, »habe ich ihn in einem Schnellimbiss zurückgelassen, wo er prompt die halbe Pennerschaft des Basars als Kampftruppe mobilisiert hat.«

»Die haben immerhin den Krieg gewonnen!«, wandte ich ein.

»Darum geht es nicht«, knurrte Aahz. »Es geht vielmehr darum, dass das Jüngelchen jedes Mal, wenn es in eine andere Dimension kommt, in Schwierigkeiten gerät. Der Kerl zieht sie an wie ein Magnet.«

»Diesmal bin ich ja da, um ein Auge auf ihn zu werfen«, beruhigte ihn Tanda.

»Das warst du die beiden ersten Male auch«, entgegnete Aahz grimmig.

»Du etwa nicht?«, konterte sie.

»Doch, doch«, stimmte Aahz zu. »Und nicht einmal wir

beide zusammen haben ihn aus den Schwierigkeiten heraushalten können. Verstehst du jetzt, weshalb ich ihn hier auf Klah behalten will?«

»Hmmm«, sagte Tanda nachdenklich. »Ich verstehe, was du meinst, Aahz.«

Das Herz sank mir in die Hose.

»Ich bin einfach nur nicht damit einverstanden«, schloss sie.

»Verdammt noch mal, Tanda …«, hob Aahz an, doch sie bedeutete ihm mit einem Wink, zu schweigen.

»Ich will dir eine Geschichte erzählen«, sagte sie lächelnd. »Es gab einmal ein Ehepaar, das hatte ein Kind, das es unheimlich lieb hatte. Sie hatten es sogar so lieb, dass sie es nach seiner Geburt in einem besonderen Zimmer einschlossen. Nur damit dem Kleinen auch ja nichts passierte, haben sie alles, aber auch alles durchleuchtet, was in dieses Zimmer kam: Möbel, Bücher, Spielzeug, *alles*. Sogar die Luft haben sie gefiltert, damit er sich bloß keine Krankheit zuzog.«

»Na und?«, fragte Aahz misstrauisch.

»Na ja, an seinem achtzehnten Geburtstag haben sie dann die Tür aufgemacht und ihn rausgelassen«, erklärte Tanda. »Der Junge hat zwei Schritte gemacht, dann ist er vor lauter Aufregung gestorben.«

»Ist das wahr?«, fragte ich entsetzt.

»Es ist ein bisschen übertrieben«, gab sie zu, »aber ich glaube, Aahz versteht schon, worauf ich hinauswill.«

»Ich habe ihn nicht in ein Zimmer eingesperrt«, murmelte Aahz. »Wir hatten schon einige verdammt heikle Situationen zu meistern, wie du weißt. Schließlich warst du bei einigen selbst dabei.«

»Aber du hast ihn doch wirklich ein wenig zu sehr bemuttert, nicht wahr, Aahz?«, drängte Tanda ihn sanft.

Aahz schwieg mehrere Sekunden lang und wich unseren

Blicken aus. »Also gut«, seufzte er schließlich. »Geh nur, Kerlchen. Aber komm bloß nicht weinend zurück, nur weil sie dich umgebracht haben.«

»Wie soll das denn gehen?«, fragte ich stirnrunzelnd.

Tanda knuffte mich in die Rippen, und ich nahm mir den Hinweis zu Herzen.

»Es gibt allerdings ein paar Dinge, die ich erledigt wissen will, bevor du gehst«, erklärte Aahz barsch. Langsam fand er wieder zu seiner normalen Laune zurück.

Er schritt im Zimmer hin und her und suchte einige unserer Habseligkeiten zusammen.

»Zum einen«, verkündete er, »ist hier etwas von deinem Geld, für die Reise. Du wirst es zwar wahrscheinlich nicht brauchen, aber man fühlt sich immer etwas sicherer, wenn man ein wenig Geld in der Tasche hat.«

Mit diesen Worten zählte er mir zwanzig Goldstücke in die Hand. Wenn man bedachte, dass ich ein ganzes Team von Dämonen mit nur fünf Goldstücken angeheuert hatte, um in einen Krieg zu ziehen, war das ein richtiges Vermögen!

»He, Aahz...«, fing ich an, doch er beeilte sich fortzufahren.

»Zweitens hast du hier den D-Hüpfer.« Er steckte den kleinen Metallzylinder in meinen Gürtel. »Ich habe ihn so eingestellt, dass er dich wieder hierher zurückbringt. Wenn du in Schwierigkeiten geraten solltest, ja wenn du auch nur *glaubst,* dass du in Schwierigkeiten geraten könntest, drückst du auf den Knopf und kommst *auf der Stelle* zurück. Keine Heldenallüren und keine Prunkreden, einfach nur draufdrücken und zurück, ist das klar?«

»Ja, Aahz«, versprach ich pflichtschuldig.

»Und schließlich«, erklärte er und richtete sich zu seiner vollen Größe auf, »bleibt der Drache hier. Du wirst dein dämliches Haustier nicht mitschleppen, und das ist mein letztes Wort. Ich weiß, dass du ihn gerne dabeihättest, aber er würde dir nur Ärger machen.«

»Na gut, Aahz«, entgegnete ich achselzuckend.

Tatsächlich hatte ich ohnehin vorgehabt, Gliep zurückzulassen, aber es wäre nicht sehr taktvoll gewesen, ihn eigens darauf hinzuweisen.

»Na ja«, seufzte mein Mentor und musterte uns mit einem harten Blick.

»Das war's dann wohl. Tut mir Leid, dass ich keine Zeit mehr habe, um euch zu verabschieden, aber ich habe Dringenderes zu tun.«

Dann machte er auf dem Absatz kehrt und schloss die Tür mit größerer Wucht hinter sich, als eigentlich nötig gewesen wäre.

»Das ist aber komisch«, sagte ich, während ich hinter ihm herstarrte. »Ich dachte, er hätte überhaupt nichts zu tun. Kurz bevor du aufgetaucht bist, hat er sich sogar darüber beschwert, dass er sich langweile.«

»Weißt du, Skeeve«, sagte Tanda sanft und warf mir einen seltsamen Blick zu, »Aahz hat dich in Wirklichkeit sehr gern.«

»Was?« Ich runzelte die Stirn. »Wie kommst du denn darauf?«

»Einfach nur so«, lächelte sie. »War nur so ein Gedanke. Na gut, bist du reisefertig?«

»So fertig, wie noch nie«, erklärte ich voller Zuversicht. »Wo wollen wir denn zuerst hin? Zum Basar von Tauf?«

»Um Gottes willen, nein!«, erwiderte sie naserümpfend. »Wir suchen nach etwas wirklich Einmaligem, nicht nach diesem Mist, den sie im Basar anbieten. Ich schätze, wir müssen in irgendeine wirklich völlig abgelegene Dimension, je abgelegener, desto besser.«

Trotz meiner Zuversicht begannen angesichts dieser

Nachricht plötzlich Alarmglocken in meinem Hinterkopf zu läuten.

»Wonach suchen wir denn eigentlich?«, fragte ich in möglichst lässigem Ton.

Tanda warf schnell einen Blick auf die Tür, dann neigte sie sich vor, um mir die Antwort ins Ohr zu flüstern.

»Vorhin konnte ich es dir nicht verraten«, flüsterte sie verschwörerisch, »aber wir suchen nach einem Geburtstagsgeschenk. Nach einem Geburtstagsgeschenk für Aahz!«

Kapitel 3

›Komisch, ich habe nie Probleme mit der Bedienung, wenn ich mal einkaufen gehe‹

K. Kong

Seit er mich als Lehrling angenommen hat, beschwert Aahz sich darüber, dass ich nicht genug üben würde. Er hätte mich mal auf unserer Einkaufsreise sehen sollen! Die ersten drei Tage nach unserer Abreise habe ich mehr Magik anwenden müssen als im ganzen Jahr davor.

Tanda war so weitsichtig gewesen, zwei Dolmetschanhänger mitzubringen, was die Verständigung mit den Einwohnern der Dimensionen ermöglichte, die wir aufzusuchen gedachten. Das war zwar ganz prima, aber es löste nicht das Problem unserer äußeren Erscheinung. Tarnungen waren meine Angelegenheit.

Neben dem Fliegen hatte Aahz mir noch einen anderen Zauber beigebracht, der mir das Überleben in zweifelhaften Situationen erheblich erleichterte: die Fähigkeit, mein eigenes Äußeres und das eines jeden anderen beliebig zu verändern. Als Tandas Begleiter wurde diese Fertigkeit reichlich strapaziert.

Der Vorgang selbst war eigentlich ganz einfach: Wir trafen an irgendeinem abgelegenen Ort ein und schlichen uns an eine Stelle, von der aus ich ein paar Exemplare der ansässigen Bevölkerung beobachten konnte. Hatte ich erst einmal einen Blick auf sie geworfen, konnte ich ihre körperlichen Merkmale imitieren und uns so die nötige Tarnung verschaffen, die es uns ermöglichte, uns unter die Menge zu mischen. Natürlich musste ich auch meine Nerven beruhigen, um nicht jedes Mal vor Schreck aus den Latschen zu kippen, sobald jemand, der neben mir stand, mir einen flüchtigen Blick zuwarf.

Wenn Sie daraus jetzt den Schluss ziehen sollten, dass die Dimensionen, die wir besuchten, von Wesen bewohnt waren, die ein wenig seltsam aussahen, dann täuschen Sie sich. Die Dimensionen, die wir besuchten, wurden nämlich von Wesen bewohnt, die *äußerst* seltsam aussahen!

Wenn Tanda sich auf eine Tour durch abgelegene Dimensionen macht, dann aber richtig. Keiner der Orte, die wir aufsuchten, sah für meine unerfahrenen Augen sonderlich normal aus, doch einige von ihnen sind mir als extrem merkwürdig im Gedächtnis geblieben.

Trotz Tandas Witzen über Mietwagenagenturen stellte sich heraus, dass Avis von vogelähnlichen Wesen mit Flügeln und Federn bewohnt war. In dieser Dimension musste ich nicht nur unsere Merkmale aufrechterhalten, ich musste uns auch von Stange zu Stange fliegen, weil dies nun einmal die ortsübliche Art der Fortbewegung war. Anstatt uns jedoch dem Marktzentrum zu widmen, wie ich es erwartet hatte, verbrachten wir eine beträchtliche Zeit damit, die nationalen Reichtümer und Schätze zu begutachten. Diese Schätze bestanden, wie sich herausstellte, aus bunten Glasscherben und glänzenden Metallstücken, die mir völlig wertlos erschienen – doch Tanda studierte sie lange und intensiv.

Um unsere Tarnung aufrechtzuerhalten, mussten wir essen und trinken, ohne unsere Hände zu gebrauchen – was wesentlich schwieriger war, als es sich anhören mag. Da das Essen aus lebenden Maden und Würmern bestand, ließ ich möglichst jede Gelegenheit ungenutzt verstreichen, mich mit der einheimischen Küche vertraut zu machen. Tanda dagegen stürzte sich förmlich – nicht vergessen: Keine Hände benutzen! – auf die Schüsseln. Ob sie sich hinterher die Lippen leckte, weil sie das Essen so ungewöhnlich gut fand, oder weil sie versuchte, ein paar von den zappelnden Happen wieder einzufangen, die ihrem Schicksal durch Flucht zu entkommen suchten, war eigentlich ziemlich unerheblich. Mir jedenfalls drehte sich in diesem Augenblick der Magen um. Um sie nicht anschauen zu müssen, versuchte ich stattdessen den einheimischen Wein.

Die ungewöhnliche Trinkmethode führte dazu, dass ich größere Schlucke zu mir nahm, als ich es normalerweise getan hätte, aber das war schon in Ordnung, weil der Wein sehr leicht und würzig schmeckte. Leider war er aber tatsächlich viel stärker als alles, was ich jemals probiert hatte, und nachdem ich uns beinahe im Flug gegen einen ziemlich großen Baum geknallt hätte, entschied Tanda, dass es an der Zeit sei, sich auf den Weg in eine andere Dimension zu machen.

Ganz nebenbei hatte der Wein auch noch zwei weitere Nebenwirkungen: Erstens bekam ich ganz kolossale Kopfschmerzen, und zweitens wurde mir fürchterlich übel. Letzteres lag daran, dass Tanda mir freudig erklärte, wie man auf Avis Wein herstellt. Bis heute kann ich den Namen Avis nicht hören, ohne Visionen vom Fliegen zu haben und unter einem leisen Anflug von Höhenangst zu leiden. Wenn man die Dimensionen auf einer Bewertungsskala anordnet, die von eins bis zehn reicht, so steht Avis für mich jedenfalls immer und ewig auf Platz zwei.

Eine weitere ziemlich zweifelhafte Dimension, in der wir eine beträchtliche Zeit verbrachten, war Gastropo. Die Länge unseres Aufenthalts hatte allerdings nichts mit unserem Anliegen zu tun. Nach relativ wenigen Stopps entschied Tanda, dass diese Dimension nichts anzubieten hatte, was von der Qualität her als Geburtstagsgeschenk für Aahz geeignet gewesen wäre. Was uns vielmehr aufhielt, das waren unsere Tarnungen.

Bevor meine, zugegebenermaßen beschränkten Fähigkeiten nun auch noch zusätzlich mit Schmähungen bedacht werden, möchte ich voranschicken, dass die rein körperliche Tarnung recht leicht zu bewerkstelligen war. Wie ich schon sagte, werde ich langsam aber sicher immer besser in Sachen Tarnungszauber. Als Bremsklotz erwies sich allerdings die in Gastropo übliche Fortbewegungsart. Nachdem ich in Avis von einem Baum zum anderen geflogen war, hatte ich geglaubt, dass ich wohl jederzeit auf jede nur denkbare Art von A nach B kommen würde. Aber Aahz hatte mich ja gewarnt: Die Dimensionen stecken voller Überraschungen.

Die Gastropoden waren Schnecken, große Schnecken zwar, aber dennoch ganz zweifelsfrei Schnecken, komplett mit Spiralhaus, Stielaugen und so weiter. Damit kam ich durchaus klar. Woran ich mich allerdings nicht gewöhnen konnte, das war, mit dem Rest der einheimischen Fußgänger – Verzeihung, Fuß*kriecher*! – Zoll um Zoll dahinzuschleichen.

»Tanda«, knurrte ich halblaut, »wie lange werden wir noch in dieser gottverdammten Dimension bleiben müssen?«

»Entspann dich, Süßer«, mahnte sie und kroch wieder einen Zoll voran. »Genieß die schöne Landschaft.«

»Ich habe diesen Landschaftsabschnitt jetzt schon einen halben Tag lang genossen«, klagte ich. »Ich habe ihn so sehr genossen, dass ich ihn bereits in- und auswendig kenne.«

»Nun übertreib mal nicht«, tadelte mich meine Reiseführerin. »Heute Morgen waren wir schließlich noch auf der anderen Seite des Baumes dort.«

Ich schloss die Augen und verkniff mir eine Erwiderung auf diese Richtigstellung. »Wie lange noch?«, wiederholte ich.

»Ich schätze, wir können uns aus dem Staub machen, wenn wir dort hinten um die Ecke gekrochen sind.«

»Aber bis zur Ecke da sind es noch schlappe fünfundzwanzig Fuß!«, meuterte ich.

»Stimmt«, pflichtete sie mir bei. »Ich schätze, gegen Sonnenuntergang werden wir wohl dort ankommen.«

»Können wir denn nicht einfach in ganz normalem Tempo dort hinübergehen?«

»Auf gar keinen Fall, man würde uns bemerken.«

»Wer denn?«

»Na, deine Bewunderin, zum Beispiel.«

»Meine was?« Ich traute meinen Ohren nicht.

Tatsächlich: Da war uns eine Gastropodin mit heldenhafter Ausdauer auf den Fersen. Als sie merkte, dass ich sie ansah, wedelte sie langsam, aber enthusiastisch mit ihren Stielaugen.

»Sie ist schon seit etwa einer Stunde hinter dir her«, vertraute Tanda mir an. »Deshalb beeile ich mich auch so.«

»Jetzt reicht's!«, erklärte ich und machte mich in normalem Tempo auf den Weg. »Komm schon, Tanda, wir hauen ab.«

Die Gastropoden stießen schrille Rufe der Beunruhigung aus, als ich um die Ecke schoss, dicht gefolgt von meiner Führerin.

»Was ist denn mit dir los?«, fragte sie. »Wir hätten ...«

»Bring uns hier raus – und zwar sofort!«, schrie ich.

»Aber ...«

»Erinnerst du dich noch, wie ich an meinen Drachen geraten bin?«, bellte ich. »Wenn ich jetzt auch noch eine verliebte Schnecke mit nach Hause bringe, wird mich Aahz als Lehrling glatt enterben. Also – bringst du uns jetzt hier raus, oder muss ich den D-Hüpfer aktivieren und allein nach Hause zurückkehren?«

»Nun reg dich doch nicht gleich so auf«, sagte sie beruhigend und machte sich an ihr Dimensionsreiseritual. »Du hättest dir gar keine Sorgen zu machen brauchen, schließlich suchen wir nach Cargo und nicht nach Escargots, haha!«

Noch bevor ich sie fragen konnte, weshalb sie so kicherte, befanden wir uns auch schon in einer anderen Dimension. Und so ging es immer weiter, von einer Dimension in die andere, bis ich schließlich den Versuch aufgab, das Unvorhersehbare vorhersehen zu wollen, um mich stattdessen lieber mit den Tatsachen auseinander zu setzen. Doch selbst das erwies sich als üble Plackerei. So hatte ich beispielsweise einige unerwartete Probleme mit Tanda. Es war mir vorher noch nie aufgefallen, aber sie ist wirklich ziemlich eitel. Sie wollte nicht einfach nur aussehen wie eine Einheimische, nein, es musste schon eine *attraktive* Einheimische sein.

Wer sich einbildet, dass Schönheit ein objektiver Begriff ist, sollte mal einige der Orte besuchen, die wir bereist haben. Egal welche bizarren Formen ich imitieren musste, stets wartete Tanda mit einigen höflichen Bitten um Verschönerung ihres Äußeren auf. Nachdem ich einige Tage lang ihr ständiges »Vielleicht sollte mein Haar etwas verfilzter sein, meinst du nicht auch?« oder »Findest du nicht, dass meine Augen noch blutunterlaufener aussehen sollten« oder »Ein bisschen mehr Schleim in die Achselhöhlen, bitte« hörte, war ich irgendwann kurz davor durchzudrehen. Wahrscheinlich wäre es nur halb so schlimm gewesen, wenn sich ihre Besessenheit wenigstens ein kleines bisschen auch auf *mein* Aussehen gerichtet hätte. Aber alles, was ich an Kommentaren erntete, war: »Du? Du siehst prima aus.« Daher weiß ich auch, dass sie eitel ist; ihr eigenes Aussehen war ihr viel wichtiger als meins.

Das war allerdings nicht das einzige Verwunderliche an Tandas Verhalten. Obwohl sie doch behauptete, dass wir uns auf einer Einkaufsreise befänden, mied sie beharrlich alle Verkaufsstellen der Dimensionen, in denen wir uns rumtrieben. Basare, Bauernmärkte, Flohmärkte und alles andere wurde stets mit der gleichen gerümpften Nase (sofern es gerade so etwas wie eine Nase gab) quittiert, sowie mit einem »*Da* wollen wir doch wohl nicht hin!« Stattdessen gab sie sich mit einem Touristendasein zufrieden. Stets führten uns ihre Erkundigungen zu den Sehenswürdigkeiten und Nationalheiligtümern oder zu den öffentlichen Ausstellungen der königlichen Schätze. Nachdem wir einige davon besichtigt hatten, zogen wir uns an einen unbeobachteten Fleck zurück und machten uns auf die Reise in die nächste Dimension.

In gewisser Weise war mir das sogar sehr lieb. Nicht nur, dass ich durch die Dimensionen schreiten, fliegen und kriechen konnte, ich war außerdem mit Tanda zusammen. Tanda kennt die Sitten und Gebräuche von über hundert Dimensionen und hält sich auch daran. Ich lernte schnell, dass nicht nur die Schönheitsideale sondern auch die Moralvorstellungen von Dimension zu Dimension wechselten. Die Methoden, seiner Zuneigung Ausdruck zu verleihen, die wir in einigen Dimensionen antrafen, lassen sich unmöglich öffentlich beschreiben, treiben mir jedoch immer noch die Schamröte ins Gesicht, sobald ich nur daran denke. Es bedarf wohl keiner besonderen Erwähnung, dass ich nach drei Tagen derartiger Betätigung ernsthaft darum bemüht war, die Ebene rein flüchtiger Freundschaft mit meiner wohlgestalten Führerin möglichst bald hinter mir zu lassen. Ich meine, Tandas Interpretation flüchtiger Freundschaft stellte sowieso schon eine Gefahr für das reibungslose Funktionieren meines Herzens dar – ganz zu schweigen von anderen Organen.

Jedoch hatte ich noch einige dringendere Probleme. Nach dreitägigem Besuch fremder Welten war ich so hungrig, dass ich mir am liebsten ein Stück Fleisch aus dem Arm gebissen hätte. Es heißt, wenn man hungrig sei, würde man alles runterkriegen. Glauben Sie das bloß nicht! Die Sachen, die man mir als Nahrung vorsetzte, waren trotz meines großen Hungers einfach ungenießbar. Ich weiß es genau, denn ich habe gelegentlich aus reiner Verzweiflung das eine oder andere probiert, mit dem Erfolg, dass ich auch noch die Letzten in meinem Magen befindlichen Essensreste zusammen mit dem neuesten Angebot einbüßte. Und es war auch nicht gerade eine große Hilfe, dass Tanda mir gegenüber saß und mit Genuss auf Tentakeln herumkaute, die ihr aus dem Mund troffen und mit den Armen zappelten.

Schließlich erzählte ich Tanda von meiner Pein und meinem Verlangen.

»Ich habe mich schon gewundert, warum du nur so wenig isst«, bemerkte sie stirnrunzelnd. »Aber ich dachte, du würdest vielleicht gerade eine Diät machen oder so was. Ich wünschte, du hättest dich schon früher beschwert.«

»Ich wollte dir nicht zur Last fallen«, erklärte ich.

»Darum geht es gar nicht«, winkte sie ab. »Es ist nur: Hätte ich schon vor zwei Dimensionen davon gewusst, dann hätten wir ein halbes Dutzend humanoider Dimensionen aufsuchen können, die ganz in der Nähe waren. Im Augenblick gibt es leider nur eine Einzige, die man dazu zählen kann und die sich erreichen lässt, ohne dass wir erst in mindestens zwei anderen Dimensionen Zwischenstation machen müssen.«

»Dann nehmen wir doch die«, drängte ich. »Je früher ich was zu essen kriege, desto besser für uns beide.« Das war nicht einmal übertrieben. Mein Magen knurrte nämlich langsam schon so laut, dass er unsere Tarnung zu gefährden drohte.

»Wie du meinst«, erwiderte sie achselzuckend und zerrte mich hinter eine Reihe von Hecken, die in dem Lüftchen wie Musik läuteten. »Allerdings ist das keine Dimension, in der ich normalerweise Halt mache.«

Wieder klingelte die Alarmglocke in meinem Hinterkopf, trotz meines Hungers. »Warum nicht?«, fragte ich argwöhnisch.

»Weil die dort ziemlich merkwürdig sind ... ich meine, *wirklich* merkwürdig«, vertraute sie mir an.

Vor meinem geistigen Auge blitzten die Bilder der Wesen auf, denen wir bereits begegnet waren. »Noch merkwürdiger als die Eingeborenen, die wir imitiert haben?« Ich schluckte schwer. »Ich denke, du hast gesagt, es wären Humanoide?«

»Nicht körperlich merkwürdig«, berichtigte Tanda und nahm mich bei der Hand. »Geistig. Du wirst schon sehen.«

»Wie heißt diese Dimension denn?«, rief ich verzweifelt, als sie die Augen schloss, um unsere Reise fortzusetzen. Um uns herum verblasste die Landschaft, Dunkelheit hüllte uns ein, und plötzlich erschien in grellem Licht und mit gewaltigem Getöse eine neue Szenerie.

»Jahk«, antwortete sie und öffnete die Augen, weil wir am Ziel waren.

Kapitel 4

›Merkwürdig ist doch ein relativer,
kein absoluter Begriff‹
Die Frau ohne Unterleib

Erinnern Sie sich noch an meine Schilderung unserer üblichen Vorgehensweise bei der Ankunft in einer neuen Dimension? Wie wir unauffällig dort einzutreffen pflegten, um uns erst zu tarnen, bevor wir uns unter die Einheimischen wagten? Na ja, egal wie einsam und abgelegen Tandas Landepunkt in Jahk normalerweise auch sein mochte, als wir diesmal dort eintrafen, war er es jedenfalls nicht.

Als die Dimension langsam Form annahm, wurde es auch offensichtlich, dass wir uns in einem kleinen Park befanden, der von dichtem Baum- und Strauchgewächs überwuchert war. Doch es war nicht der Ort, der meine Aufmerksamkeit erregte, sondern die Menge. Was für eine Menge? möchten Sie jetzt vielleicht wissen. Ist doch klar: Natürlich die Menge, die uns mit brennenden Fackeln umringte. Ach so, *diese* Menge!

Na ja, um ganz ehrlich zu sein, haben sie uns eigentlich nicht wirklich umringt. Sie umringten vielmehr den Apparat, auf dem wir plötzlich standen. Ich hatte nie wirklich begriffen, was ein Apparat ist, wenn Aahz das Wort im Gespräch fallen ließ, und weil Aahz eben Aahz war, hatte er sich auch stets geweigert, es zu erklären, wenn ich ihn danach fragte. Hier und jetzt jedoch erkannte ich den Apparat sofort. Das Ding, auf dem wir da standen, musste einfach ein Apparat sein.

Es war eine Art Wagen – ich meine, es war groß und besaß

vier Räder. Viel mehr konnte ich nicht feststellen, da das Ding völlig mit bunten Papierbüscheln bedeckt war. Sie haben richtig gelesen, Papier. Leichtes, flauschiges Zeug, das sehr angenehm gewesen wäre, wenn man eine erkältete, triefende Nase gehabt hätte. Aber dieses Papier war hauptsächlich gelb und blau. Über uns ragte eine Art monströser Strohpuppenkrieger mit einem Helm in die Höhe, der ebenfalls mit blauen und gelben Papierfetzen bedeckt war.

Bei allem, was mir eingefallen war, als Tanda mich gewarnt hatte, dass die Jahks merkwürdig seien, war mir nie der Gedanke gekommen, dass sie Verrückte sein könnten, die auf blaues und gelbes Papier standen.

»Runter vom Floß!«

Dieser Ruf aus der Menge war an uns gerichtet.

»Wie bitte?«, brüllte ich zurück.

»Vom Floß! Runter vom Floß!«

»Komm schon, Süßer«, zischelte Tanda und hakte sich bei mir unter.

Gemeinsam sprangen wir auf den Boden hinab, wie sich herausstellte, keinen Augenblick zu früh. Denn mit einem blutrünstigen Heulen stürzte sich die Menge nun nach vorn und schleuderte ihre Fackeln auf den Apparat, den wir kurz zuvor verlassen hatten. Jetzt stand er lichterloh in Flammen, was der ohnehin schon recht hitzigen Menge das Herz noch mehr wärmte: Sie tanzte und lachte und ignorierte in ihrer Freude völlig die Vernichtung des Apparats.

Als ich von der Szenerie zurückwich, erkannte ich plötzlich entsetzt, dass sich überall im Park das Gleiche abspielte. Wo ich auch hinblickte, traf mein Auge auf brennende Apparate und jubelnde Massen.

»Ich glaube, wir sind zur falschen Zeit angekommen«, bemerkte ich.

»Woher willst du das wissen?«, fragte Tanda.

»Ach, nur so ein paar Kleinigkeiten«, erklärte ich. »Zum Beispiel, dass die gerade im Begriff sind, die ganze Stadt abzufackeln.«

»Das glaube ich nicht«, erwiderte meine Gefährtin achselzuckend. »Wenn man eine Stadt abfackelt, dann fängt man doch wohl kaum mit den Parkanlagen an.«

»Na schön, dann verrat du mir doch, was die da gerade machen.«

»Soweit ich das erkennen kann, feiern sie.«

»Und was feiern sie?«

»Irgendeine Art Sieg. Soweit ich das verstehe, brüllen sie alle ›Wir haben gewonnen! Wir haben gewonnen!‹«

Ich musterte erneut die Feuer. »Da wüsste ich gerne mal, was die erst machen würden, wenn sie verloren hätten.«

In diesem Augenblick kam ein gequält wirkendes Individuum auf uns zu. Die Ich-dulde-keinen-Unsinn-Haltung des Mannes wirkte wie ein Eiland der Vernunft mitten in einem Meer des Wahnsinns. Das gefiel mir nicht. Nicht dass ich etwas gegen Vernunft hätte, nein. Aber bisher hatte man uns weitgehend ignoriert, und ich befürchtete, dass sich das nun ändern könnte.

»Hier ist euer Lohn«, sagte der Mann barsch und reichte jedem von uns einen Beutel. »Gebt eure Kostüme im Trophäenhaus ab.« Dann war er auch schon wieder verschwunden, während wir ihm mit heruntergeklappten Kinnladen hinterherstarrten und die Beutel festhielten.

»Was war denn das?«, brachte ich immerhin hervor.

»Keine Ahnung«, gab Tanda zu. »Die haben mich schon perplex gemacht, als sie diesen Apparat ein Floß genannt haben.«

»Dann habe ich also Recht! Es ist tatsächlich ein Apparat!«, rief ich beglückt. »Ich wusste doch, dass sie Unrecht hatten. Ein Floß ist schließlich wasserdicht und sinkt nicht.«

»Riesige Kostüme, wirklich riesig!«, riefen uns einige Leute zu, während sie vorbeitaumelten.

»Wird wohl langsam Zeit, etwas wegen unserer Tarnung zu unternehmen«, murmelte Tanda, während sie einem der Betrunkenen zuwinkte.

»Gut.« Ich nickte, froh, dass wir uns wenigstens in einem Punkt einig waren.

Nach all der Erfahrung, die ich erst kürzlich in den anderen Dimensionen hatte sammeln können, hätte die Tarnung eigentlich ein Leichtes sein müssen. Ich meine, schließlich waren die Jahks ja Humanoide, und außerdem hatte ich jede Menge bereitwilliger Modelle vor mir, nach denen ich arbeiten konnte. Doch leider gab es dabei Probleme.

Das erste war der Stolz. Trotz der wimmelnden Massen, die uns umgaben, konnte ich mich einfach nicht für zwei Individuen entscheiden, die ich gerne nachgeahmt hätte. Ich habe mich nie für besonders eitel gehalten; ich habe mir nie eingebildet, körperlich ein Muster an Schönheit zu sein – jedenfalls nicht *vor* unserer Ankunft in Jahk.

Jedes der Wesen, das ich erkennen konnte, war gewichtsmäßig völlig daneben: entweder über oder unter der Norm. Wenn einer von denen nicht gerade so dürr war, dass ihm die Rippen förmlich aus der Haut hervorstachen und er so aussah, als würde er gleich auseinander brechen, dann plagten ihn mit Sicherheit riesige Fettwulste, die sich an seiner Hüfte, seinem Kinn und an allen vier Backen hervorwölbten. So sehr ich mich auch anstrengte, ich brachte es einfach nicht über mich, Tanda oder mich selbst so zu verändern, dass wir aussahen wie eines dieser erbärmlichen Geschöpfe.

Mein zweites Problem bestand darin, dass ich mich ohnehin nicht richtig konzentrieren konnte. Wie jede Magik verlangen auch Tarnungszauber eine gewisse Konzentration.

In der Vergangenheit hatte ich selbst im Schlachtgewühl oder angesichts äußerst peinlicher Situationen noch meine Zauber verhängen können, doch diesmal weigerte sich mein Geist, sich zu konzentrieren.

Da war nämlich dieses Lied, müssen Sie wissen ... na ja, wenigstens glaube ich, dass es ein Lied war. Jedenfalls benahm sich die Menge so, als würde sie einen rhythmischen Gesang herunterleiern, einen unglaublichen Ohrwurm. Schon in der kurzen Zeit, die wir bisher dort verbracht hatten, hatte ich den Text auswendig gelernt – was weniger ein Beweis für meine Fähigkeit des Auswendiglernens war, als für die ansteckende Melodie des Liedes. Jedes Mal, wenn ich versuchte, mich auf unsere Tarnung zu konzentrieren, ertappte ich mich dabei, wie ich stattdessen mitsang. Unglaublich!

»Ich bin bereit, Süßer.«

»Hä? Was, Tanda?«

»Die Tarnung«, erinnerte sie mich und blickte nervös um sich. »Der Zauber funktioniert besser, wenn du dabei nicht dauernd summst.«

»Ich ... äh ... öh ... ich finde einfach keine zwei guten Modelle«, redete ich mich lahm heraus.

»Hast du plötzlich Schwierigkeiten, bis zwei zu zählen?«, fragte sie und schnitt dabei eine verärgerte Grimasse. »Nach meiner Hochrechnung stehen dir hier ganze Parks voller Modelle zur Verfügung.«

»Aber keine, die ich für mein Äußeres gerne zum Maßstab machen möchte ... für *unser* Äußeres«, fügte ich hastig hinzu.

»Lass mich das mal genauer durchgehen«, sagte Tanda und schürzte die Lippen. »Vor zwei Tagen hast du uns als schleimige Schnecken getarnt, stimmt's?«

»Ja, aber ...«

»Und davor als achtbeinige Hunde?«

»Ja, ja, schon, aber...«

»Und dabei hast du dich nie über deine Tarnung beschwert, nicht?«

»Das war doch etwas anderes!«, protestierte ich.

»Wieso?«, fragte sie herausfordernd.

»Das waren ... na ja, Dinge eben! Aber das hier sind Humanoide, und wie Humanoide eigentlich aussehen müssten, das weiß ich nun mal.«

»Wie sie aussehen *sollten* ist völlig unwichtig«, widersprach meine Führerin. »Es geht doch darum, wie sie *tatsächlich* aussehen. Wir müssen uns unter die Menge mischen, und zwar je früher desto besser.«

»Aber...«, fing ich an.

»... denn wenn wir das nicht tun«, fuhr sie in strengem Ton fort, »werden wir noch auf irgendjemanden stoßen, der weder betrunken noch abgelenkt ist. Und dann haben wir die Wahl, ob wir als Ehrengäste beim nächsten Freudenfeuer dabei sein wollen, das sie dann unter uns entzünden werden, oder ob wir lieber schleunigst diese Dimension verlassen, bevor du etwas zu essen bekommen hast.«

»Ich versuch's noch mal«, seufzte ich und musterte die Menge erneut.

Bei dem verzweifelten Versuch, Tandas Anweisung zu befolgen, musterte ich die beiden erstbesten Wesen, auf die mein Blick traf, und konzentrierte mich darauf, ihr Äußeres zu imitieren, ohne mir Gedanken darüber zu machen, wie sie eigentlich aussahen.

»Nicht schlecht«, bemerkte Tanda trocken, während sie ihren neuen Körper betrachtete. »Allerdings dachte ich immer, dass ich als Frau vorteilhafter aussehe.«

»Du hast eine Tarnung gewollt, jetzt hast du eine«, grollte ich.

»He, Süßer!«, hauchte meine ehemals kurvenreiche Gefährtin und legte mir eine sanfte, aber stark behaarte

Hand auf den Arm. »Entspann dich, wir kämpfen schließlich auf derselben Seite. Hast du das vergessen?«

Unter ihrer Berührung schmolz mein Zorn dahin – wie immer. Vielleicht werde ich eines Tages eine Immunität gegen Tandas Zauber entwickeln. Bis dahin werde ich sie einfach nur genießen. »Tut mir Leid, Tanda«, entschuldigte ich mich. »Ich wollte dich nicht anraunzen – schieb's dem Hunger in die Schuhe.«

»Stimmt«, rief sie und schnippte mit den Fingern, »wir wollten dir ja etwas zu essen besorgen. Das ist mir bei diesem ganzen Getöse hier völlig entfallen. Komm, wir wollen mal sehen, was der Küchenchef persönlich heute empfiehlt.«

Es war schwieriger als erwartet, etwas zu essen aufzutreiben. Die meisten Restaurants, die wir fanden, waren entweder geschlossen, oder sie servierten nur Getränke. Ich befürchtete schon, dass Tanda den Vorschlag machen würde, das Essen lieber in flüssiger Form zu uns zu nehmen, doch glücklicherweise wurde diese Möglichkeit nicht erwähnt.

Endlich entdeckten wir ein kleines Straßencafé in einer schmalen Gasse und bahnten uns mit Ellenbogen den Weg zu einem kleinen Tisch, ohne auf die wütenden Blicke der anderen Gäste zu achten. Die Bedienung war ziemlich langsam, doch beschleunigte meine Gefährtin das Ganze ein wenig dadurch, dass sie den Inhalt eines unserer Beutel auf der Tischplatte ausleerte, was die Aufmerksamkeit des Kellners erregte. Kurz darauf servierte man uns zwei dampfende Schüsseln voller Ich-weiß-nicht-was. Ich machte nicht einmal den Versuch, die verschiedenen Klumpen und Knorpel genauer zu identifizieren. Es roch recht gut und schmeckte noch besser, und nach mehrtägigem zwangsweisen Fasten war das alles, was mir noch wichtig war. Ich stopfte mich ordentlich voll und war schon mit einer zweiten Schüssel weit fortgeschritten, als Tanda gerade ihre erste geleert hatte. Sie schob ihren Teller beiseite und begann mit zunehmendem Interesse die Massen auf den Straßen zu mustern.

»Hast du dir inzwischen überlegt, was hier eigentlich los ist?«, fragte sie.

»Mmörppg!?«, erwiderte ich mit prallvollem Mund.

»Hmm?« Sie furchte die Stirn.

»Ich weiß es nicht genau«, sagte ich kauend und schluckte angestrengt. »Die sind alle glücklich, weil sie irgendetwas gewonnen haben, aber was das ist, weiß der Teufel.«

»Na ja«, meinte Tanda, »ich hab dir ja gesagt, dass sie komisch sind.«

In diesem Augenblick erreichte der Lärm auf der Straße einen neuen Höhepunkt und machte jedes private Gespräch unmöglich. Als wir die Hälse reckten, um die Ursache dieser Störung ausfindig zu machen, nahmen wir etwas sehr Seltsames wahr: Ein Mob von Leuten marschierte in voller Breite die Straße entlang, im Chor einen Singsang herunterleiernd und alle kleineren Gruppen, denen er begegnete, mit sich reißend oder niedertrampelnd. Doch anstatt sich über dieses Eindringen zu entrüsten, sprangen die uns umgebenden Leute jubelnd auf und ab und umarmten einander mit Tränen der reinsten Freude in den Augen. Alle Blicke schienen sich auf die Bahre zu richten, die von kräftigen Trägern an der Spitze der Menge emporgehalten wurde. Ich hatte das Glück, einen Blick darauf werfen zu können, als sie vorübergetragen wurde. Glück insofern, als ich sehen konnte, ohne mich bewegen zu müssen. Denn die Menge stand so dicht gedrängt, dass ich mich ohnehin nicht hätte rühren können, selbst wenn ich gewollt hätte, und so war es ganz gut, dass die Bahre so nah an uns vorbeigetragen wurde.

Es wäre eine Untertreibung, wenn ich lediglich sagte, dass sie eine Statue vor sich hertrugen. Genau genommen war es das absolut *hässlichste* Ding, das ich jemals in meinem Leben gesehen hatte, und zwar alles eingeschlossen, dem ich auf dieser Reise mit Tanda begegnet war. Es war klein, ungefähr zweimal so groß wie mein Kopf, und stellte eine große, vierbeinige Kröte dar, die einen riesigen Augapfel im Mund hielt. Auf ihrem Rücken befanden sich anstelle von Warzen die Torsi, Köpfe und Arme winziger Jahks, die in einer wahrhaft bizarren erotischen Darstellung ineinander verschlungen waren. Diese Figuren waren mit den warzigen Ausbuchtungen übersät, die man eigentlich auf der Kröte selbst erwartet hätte. Als Krönung des Ganzen war das Ding in einem fleckigen Goldton gehalten, so dass es aussah, als würden Schmierflecken auf der Oberfläche hin und her kriechen.

Die Statue ekelte mich ungeheuer an, aber es bestand kein Zweifel, dass die mich umgebende Menge meine diesbezüglichen Gefühle nicht teilte. Wie eine gewaltige Welle schwappte sie nach vorn und stimmte in den Singsang ein, der immer noch zu hören war, nachdem die Prozession schon lange verschwunden war. Schließlich fanden wir uns in einer verhältnismäßig ruhigen Straße wieder, die völlig verlassen war, wenn man von den verstreuten Körpern jener absah, die nicht schnell genug gewesen waren, um sich dem Mob anzuschließen oder ihm aus dem Weg zu gehen.

»Hm«, sagte ich beiläufig und räusperte mich dabei. »Jetzt wissen wir wohl, was sie gewonnen haben, oder?«

Ich erhielt jedoch keine Antwort. Daraufhin warf ich meiner Gefährtin einen scharfen Blick zu und stellte fest, dass sie die Straße entlang hinter der Prozession hersah.

»Tanda«, wiederholte ich leise ein wenig beunruhigt.

»Das ist es«, sagte sie mit einem plötzlichen teuflischen Grinsen.

»Was ist was?«, fragte ich verständnislos.

»Das Geburtstagsgeschenk für Aahz«, erklärte sie.

Ich spähte die Straße entlang und fragte mich, was sie wohl dort sehen mochte. »Was denn?«, wollte ich wissen.

»Die Statue«, erwiderte sie mit entschlossener Stimme.

»*Die* Statue?«, wiederholte ich, unfähig, mein Entsetzen zu verbergen.

»Natürlich«, nickte sie. »Sie ist einfach vollkommen. Aahz hat bestimmt noch nie eine solche Statue gesehen und schon gar nicht besessen.«

»Wie kommst du denn darauf?«, drang ich in sie.

»Es ist ganz offensichtlich ein Einzelstück«, erklärte sie. »Ich meine, wer könnte so was schon zweimal herstellen?«

Da hatte sie mich zwar kalt erwischt, doch war ich noch nicht bereit, den Kampf aufzugeben. »Da gibt es allerdings ein kleines Problem. Ich bin zwar kein Experte in Sachen Psychologie, aber wenn dieser Haufen da, den wir gerade gesehen haben, auch nur einigermaßen repräsentativ sein sollte, glaube ich kaum, dass die Jungs hier allzu erpicht darauf sein werden, uns ihre niedliche kleine Statue zu verkaufen.«

»Natürlich nicht, du Dummchen«, lachte sie und machte sich wieder über ihr Essen her. »Das macht sie ja gerade so unschätzbar. Ich hatte nie vor, Aahz' Geschenk zu *kaufen.*«

»Aber wenn es nicht verkäuflich ist, wie sollen wir es denn dann bekommen?«, fragte ich stirnrunzelnd – die Antwort fürchtend.

Tanda verschluckte sich plötzlich an ihrem Essen. Ich brauchte eine Weile, bis mir klar wurde, dass sie lachte. »Ach, Skeeve«, keuchte sie schließlich, »du bist mir wirklich ein Scherzbold!«

»Bin ich?«, fragte ich verständnislos.

»Klar«, meinte sie und sah mir tief in die Augen. »Was glaubst du wohl, weshalb es mir so wichtig war, dass du mich auf dieser Reise begleitest? Ich meine, du hast doch immer gesagt, dass du eigentlich Dieb werden wolltest.«

Kapitel 5

›NICHTS IST UNMÖGLICH.
BEI DER RICHTIGEN VORBEREITUNG UND
PLANUNG LÄSST SICH ALLES ERREICHEN.‹
J. RAMBO

Es war ungefähr zwölf Stunden später. Ein neuer Tag war angebrochen. Wir waren immer noch in Jahk. Und ich protestierte immer noch. Wenn mir eins klar war, dann die Tatsache, dass dieses jüngste Wahnsinnsunternehmen sich definitiv *nicht* mit Aahz' Instruktionen deckte, Schwierigkeiten aus dem Weg zu gehen.

Tanda jedoch wandte ihrerseits ein, dass es überhaupt keine Schwierigkeiten geben werde – oder dass es zumindest *möglicherweise* keine geben werde. Das würden wir aber sowieso erst wissen, wenn wir uns davon überzeugt hatten, welche Sicherheitsvorkehrungen die Einheimischen zum Schutz ihrer Statue getroffen hatten. Und bis wir das wussten – warum denn nur mit dem Schlimmsten rechnen?

Ich beherzigte ihren Rat: Ich rechnete mit dem Besten. Ich rechnete damit, dass sich der Schutz als undurchdringbar erweisen und wir den ganzen Plan als hoffnungsloses Unterfangen verwerfen würden.

Und so machten wir uns mit höchst unterschiedlichen Hoffnungen auf die Suche nach der Statue.

Die Stadt lag totenstill im Licht des frühen Morgens. Anscheinend schliefen sich alle nach den nächtlichen Festivitäten aus – was bei näherer Überlegung ja auch durchaus vernünftig war.

Immerhin fanden wir ein geöffnetes Restaurant. Der Besitzer schaufelte gerade müde und abgespannt den

Schutt fort, den die feiernden Massen zurückgelassen hatten. Missmutig willigte er ein, uns ein Frühstück zu servieren.

Ich hatte darauf bestanden, dies vor unserem Ausflug einzunehmen. Ich meine, ob man sich nun Sorgen macht oder nicht, um eine derartige Fastenkur wieder auszugleichen, ist es schließlich nicht mit einer Mahlzeit allein getan.

»Also«, sagte ich, als wir an einem Tisch Platz genommen hatten. »Wie sollen wir die Statue nun finden?«

»Das ist ein Kinderspiel.« Tanda zwinkerte mir zu. »Ich werde unserem Wirt mal ein paar subtile Fragen stellen, wenn er das Essen serviert.«

Als hätte er nur auf ihr Stichwort gewartet, erschien der Besitzer mit zwei dampfenden Tellern, die er uns mit einem höchst unfeierlichen *Klonk* auf den Tisch knallte.

»Danke«, sagte ich und nickte, was mir ein unwilliges Grunzen als Antwort eintrug ...

»Sag mal, könnten wir dir vielleicht ein paar Fragen stellen?«, schnurrte Tanda.

»Zum Beispiel?«, erwiderte der Mann teilnahmslos.

»Zum Beispiel, wo man die Statue aufbewahrt?«, fragte sie ohne weitere Umschweife.

Fast wäre ich an meinem Essen erstickt. Tandas Vorstellungen vom Ausfragen sind ungefähr so subtil wie die Prügelstrafe. Ich vergesse doch immer wieder, dass sie eine langjährige Saufkumpanin von Aahz ist.

»Die Statue?« Unser Wirt runzelte die Stirn.

»Die, die man gestern die Straßen entlanggetragen hat«, erklärte Tanda ihm ohne zu zögern.

»Ach so! Du meinst die Trophäe«, lachte der Mann. »Die Statue! Hehe, gar nicht schlecht! Ihr beiden seid wohl neu in der Stadt.«

»Das kann man wohl sagen«, stimmte ich ihm trocken zu.

Ich konnte es noch nie leiden, ausgelacht zu werden – und schon gar nicht am frühen Morgen.

»Statue, Trophäe, was macht das schon für einen Unterschied?« Tanda zuckte mit den Schultern. »Wo bewahrt man sie denn auf?«

»Natürlich öffentlich, im Trophäenhaus«, teilte uns der Besitzer mit. »Wenn ihr sie sehen wollt, solltet ihr euch besser früh genug auf die Socken machen. Nach fünf Jahren wird jeder in der Stadt dort auftauchen, um mal ein Auge darauf zu werfen.«

»Habt ihr ein ganzes Gebäude nur für Trophäen?«, fragte ich mit erzwungener Lässigkeit. »Wie viele Trophäen habt ihr denn?«

»Nur die eine«, erklärte der Wirt. »Wir haben dafür eigens ein Gebäude errichtet. Ihr beide müsst aber wirklich *sehr* neu hier sein, dass ihr das nicht wisst.«

»Sind erst gestern hier angekommen«, bestätigte ich. »Und damit du es ganz genau weißt, wie neu wir sind: Wir wissen nicht einmal, wofür die Trophäe ist.«

»Wofür?« Der Mann starrte mich fassungslos an. »Natürlich für den Sieg im Großen Spiel!«

»Was für ein großes Spiel?«

Die Frage rutschte mir heraus, bevor ich darüber nachdenken konnte. Wie eine Bombe unterbrach sie das Gespräch, und unser Wirt wich vor Erstaunen sogar einen ganzen Schritt zurück. Tanda berührte meinen Fuß warnend unter dem Tisch, doch ich hatte bereits begriffen, dass ich mir einen Patzer geleistet hatte.

»Ich sehe schon, dass wir noch sehr viel über deine Stadt lernen müssen, Freund«, gestand ich aalglatt. »Wenn du Zeit hättest, würden wir uns freuen, wenn du uns bei einem Glas Wein Gesellschaft leisten würdest. Ich würde nämlich gerne mehr über dieses so genannte Große Spiel erfahren.«

»He, das ist aber nett von euch«, meinte der Wirt, dessen Miene sich merklich aufhellte. »Wartet hier, ich hole nur eben den Wein.«

»Was sollte denn das?«, zischte Tanda, sobald er außer Hörweite war.

»Ich bin hinter Informationen her«, entgegnete ich. »Vor allem über die Trophäe.«

»Das weiß ich auch«, fauchte sie. »Aber ich will wissen, warum!«

»Als Dieb«, erklärte ich mit einer gewissen Herablassung, »muss ich so viel wie möglich über den Gegenstand in Erfahrung bringen, den ich stehlen will.«

»Wer hat dir denn diesen Blödsinn erzählt?«, fragte Tanda stirnrunzelnd. »Das Einzige, was du als Dieb über dein Zielobjekt wissen musst, ist seine Größe, sein Gewicht und sein Preis. Danach untersuchst du dann seine Sicherungsanlagen. Über den Gegenstand noch mehr zu erfahren ist ein Hindernis, aber kein Vorteil!«

»Was soll das heißen?«, fragte ich, wider Willen neugierig geworden.

Meine Gefährtin rollte verzweifelt die Augen.

»Weil dir das sonst bloß Schuldgefühle macht«, erklärte sie. »Wenn du feststellst, wie sehr der gegenwärtige Besitzer an dem Objekt hängt, oder dass er bankrott geht, wenn er es nicht mehr hat, oder dass man ihn umbringen wird, wenn er es sich stehlen lässt, dann wirst du zögern, es zu klauen. Wenn du dich dann tatsächlich daran machst, kann das Schuldgefühl dich noch mehr zögern lassen, und zögernde Diebe enden entweder im Knast oder als Tote.«

Ich wollte das Thema gerade weiter vertiefen, als unser Wirt wieder in den Raum trat. Er balancierte eine Flasche und drei Gläser in den Händen und zog mit dem Fuß einen dritten Stuhl an unseren Tisch.

»Dann mal los«, sagte er und stellte seine Last vor uns ab.

»Der beste Wein des Hauses – oder wenigstens der beste, der nach der Feier übrig geblieben ist. Ihr wisst ja, wie das ist. Man kann noch so viel auf Lager haben, es reicht nie.«

»Nein, das wissen wir nicht«, wandte ich ein. »Ich hatte gehofft, dass du uns darüber aufklären könntest.«

»Das stimmt.« Er nickte und füllte die Gläser. »Wisst ihr, ich kann immer noch kaum glauben, wie wenig ihr von Politik wisst.«

»Von Politik?« Ich blickte ihn fragend an. »Was hat denn das Große Spiel mit Politik zu tun?«

»Alles, absolut alles«, erklärte unser Wirt gewichtig. »Das ist es ja gerade. Versteht ihr denn nicht?«

»Nein«, gab ich freimütig zu.

Der Mann seufzte.

»Hört mal zu«, sagte er. »Dieses Land hat zwei potentielle Hauptstädte. Die eine ist Veygus und diese hier ist, wie ihr ja wisst, Ta-hoe.«

Das hatte ich zwar auch nicht gewusst, aber es schien mir unklug, dies zuzugeben. Ich bin zwar ein bisschen langsam, aber nicht blöd.

»Da es immer nur eine Hauptstadt auf einmal geben kann«, fuhr er fort, »stehen die beiden Städte jedes Jahr aufs Neue im Wettstreit um diese Ehre. Die Stadt, die gewonnen hat, wird Hauptstadt und Regierungssitz für das jeweilige Jahr. Die Trophäe ist das Symbol dieser Macht, und Veygus hat sie die letzten fünf Jahre gehalten. Gestern haben wir sie endlich wieder zurückgewonnen.«

»Soll das heißen, dass das Große Spiel darüber entscheidet, wer das Land regieren soll?«, fragte ich, als ich endlich begriff, worum es ging. »Entschuldige bitte die Frage, aber ist das nicht etwas albern?«

»Nicht alberner als andere Formen der Regierungswahl auch«, konterte der Mann und zuckte seine knochigen Schultern. »Jedenfalls besser, als Krieg zu führen. Glaubst du etwa, es wäre ein Zufall, dass wir das Spiel schon fünfhundert Jahre lang spielen und in der ganzen Zeit nicht einen Bürgerkrieg gehabt haben?«

»Aber wenn das Große Spiel den Bürgerkrieg nur ersetzt hat, was ist dann...«, fing ich an, doch Tanda fiel mir ins Wort.

»Entschuldigt die Unterbrechung«, sagte sie, »aber wenn wir vor den Massen da sein wollen, sollten wir uns lieber jetzt auf den Weg machen. Wo, hast du gesagt, steht das Trophäenhaus?«

»Einen Block geradeaus und dann sechs Blocks nach links«, erwiderte unser Wirt. »Ihr werdet es schon an den Massen erkennen. Ich stelle den Rest der Flasche beiseite, dann können wir sie ja austrinken, nachdem ihr die Trophäe gesehen habt.«

»Das wäre sehr nett«, lächelte Tanda und bezahlte unsere Mahlzeit.

Anscheinend hatte sie die richtige Währung ausgesucht, denn der Besitzer nahm sie ohne mit der Wimper zu zucken an und winkte uns noch herzlich zum Abschied hinterher.

»Ich hatte gehofft, mehr über dieses Große Spiel rauszukriegen«, brummte ich, als wir außer Hörweite waren.

»Nein, hast du nicht«, berichtigte mich meine Führerin.

»Habe ich nicht?« Ich furchte die Stirn.

»Nein, du hast dich umgarnen lassen«, meinte sie. »Wir sind hier, um ein Geburtstagsgeschenk zu beschaffen und nicht, um uns in die Lokalpolitik einzumischen.«

»Ich habe mich nicht eingemischt!«, widersprach ich. »Ich wollte lediglich ein paar kleine Informationen einholen.«

Tanda seufzte laut.

»Pass mal auf, Skeeve«, sagte sie. »Hör auf den Rat einer

erfahrenen Dimensionsreisenden: Zu viel Information ist Gift. Jede Dimension hat ihre Probleme, und wenn du die grausigen Einzelheiten erfährst, fällt dir plötzlich ein, wie leicht es doch wäre, hier und dort ein bisschen zu helfen. Wenn du erst einmal ein Problem erkennst und dazu noch seine Lösung siehst, dann fühlst du dich geradezu verpflichtet, dich einzumischen. Das gibt aber immer Schwierigkeiten, und Schwierigkeiten sollen wir auf dieser Reise aus dem Weg gehen, weißt du noch?«

Beinahe hätte ich sie darauf hingewiesen, wie widersinnig ihr Rat doch war, Schwierigkeiten aus dem Weg zu gehen, wenn man gerade unterwegs war, um einen Diebstahl zu organisieren. Doch dann dachte ich mir, dass ich ihren Rat vielleicht besser befolgen sollte, wenn ihr der Diebstahl selbst nichts ausmachte, die Lokalpolitik aber wohl. Wie ich schon sagte: Ich bin zwar etwas langsam, aber nicht blöd.

Wie der Wirt uns prophezeit hatte, war das Trophäenhaus trotz der frühen Stunde bereits von ganzen Heerscharen erfüllt. Als wir näher kamen, staunte ich erneut über den Körperbau der Eingeborenen – oder genauer, über die Mängel desselben.

Tanda schien von den Eingeborenen weitaus weniger fasziniert zu sein als ich und bahnte sich einen Weg durch die Massen, so dass mir nichts anderes übrig blieb, als ihr zu folgen. Es gab keine organisierte Warteschlange, und als wir endlich durch eine der zahlreichen Türen schlüpften, war die Menge dicht genug, um uns spürbar zu behindern. Tanda arbeitete sich weiter zur Trophäe vor, ich jedoch blieb direkt neben der Tür stehen. Meine Größe ermöglichte es mir, von dieser Stelle aus einen Blick auf die Statue zu werfen.

Von nahem wirkte sie noch hässlicher als von weitem, sofern das überhaupt möglich war.

»Ist sie nicht wundervoll?«, fragte eine Frau neben mir.

Es dauerte eine Weile, bis ich begriff, dass sie mit mir sprach. Meine Tarnung ließ mich kürzer erscheinen, und sie sprach gerade mit meinem Brustkorb.

»So etwas habe ich noch nie gesehen«, stimmte ich ihr lahm zu.

»Natürlich nicht!« Sie legte die Stirn in Falten. »Das ist ja auch die letzte Arbeit des großen Bildhauers Watgit, bevor er wahnsinnig wurde.«

Es kam mir in den Sinn, dass die Statue vielleicht erst geschaffen wurde, *nachdem* er verrückt geworden war. Doch dann erwog ich die Möglichkeit, dass es vielleicht die Statue gewesen war, die ihn in den Wahnsinn getrieben hatte – vor allem, falls er mit einem lebenden Modell gearbeitet haben sollte. Ich wurde so stark von diesem grässlichen Gedanken gefangen genommen, dass ich erschrocken zusammenfuhr, als Tanda wieder an meiner Seite auftauchte und meinen Arm berührte.

»Gehen wir, Süßer«, murmelte sie. »Ich habe genug gesehen.«

Die Kürze ihrer Inspektion ließ mich hoffen.

»Es hat also keinen Zweck, was?« Ich seufzte theatralisch. »Tja, das ist hart. Schade, ich hatte mich schon darauf gefreut, mein Können unter Beweis zu stellen.«

»Das ist gut«, schnurrte sie und nahm mich beim Arm. »Ich glaube nämlich, dass wir die Chose schon hinkriegen.«

Ich wusste zwar nicht genau, was eine Chose war, war mir aber sicher, dass sie mir bestimmt nicht gefallen würde, wenn ich es herausbekäme. Und ich hatte Recht.

Kapitel 6

›Mal siehst du mich, mal wieder nicht‹
Der Schattenkanzler

»Bist du ganz sicher, dass die Tür kein Schloss hat?«, fragte ich bereits zum dreiundzwanzigsten Mal.

»Nicht so laut!!!«, zischte Tanda und legte mir eine weiche Hand auf den Mund, jedoch nicht allzu sanft. »Willst du etwa alles aufwecken?«

Da hatte sie Recht. Wir kauerten in einer Seitengasse gegenüber dem Trophäenhaus, und unser ganzes Warten hatte schließlich nur den einen Zweck: sicherzugehen, dass alles schlief. Trotzdem waren da auch die Fragen, auf die ich eine Antwort haben wollte.

»Bist du sicher?«, fragte ich also wieder, diesmal flüsternd.

»Ja, ich bin sicher.« Tanda seufzte. »Du hättest es auch selbst sehen können, wenn du dir die Mühe gemacht hättest, hinzuschauen.«

»Ich war damit beschäftigt, die Statue zu betrachten«, gestand ich.

»Na klar!«, schnaubte meine Partnerin. »Weißt du noch, was ich dir gesagt habe, wohin es führt, wenn man sich zu sehr auf sein Zielobjekt einlässt? Du solltest eigentlich die Alarmanlagen überprüfen, und nicht den Kunstkenner spielen.«

»Jedenfalls gefällt mir die Sache nicht«, brummte ich misstrauisch, nur zu bereit, das Gespräch von meinen eigenen Unzulänglichkeiten abzulenken. »Es ist alles viel zu einfach. Ich kann mir nicht vorstellen, dass die einen Gegenstand, der ihnen so viel wert ist wie diese Trophäe, in einem unverschlossenen, unbewachten Gebäude aufbewahren.«

»Du hast ein paar Kleinigkeiten übersehen«, wies mich Tanda zurecht. »Erstens ist diese Statue ein Einzelstück. Das bedeutet, dass jeder, der sie stiehlt, Schwierigkeiten hätte, sie wieder loszuschlagen. Selbst wenn er sie irgendjemandem hier in Ta-hoe zeigte, würde der ihm wahrscheinlich gleich den Arm dafür abreißen.«

»Er könnte immerhin Lösegeld dafür verlangen«, wandte ich ein.

»He, das ist gar nicht übel!«, rief meine Führerin leise und knuffte mich in die Rippen. »Wir werden wirklich noch einen Dieb aus dir machen! Aber das führt uns zu der zweiten Kleinigkeit, die du übersehen hast.«

»Und die wäre?«

»Die Statue ist gar nicht unbewacht«, lächelte sie.

»Aber du hast doch gesagt ...«, hub ich an.

»Psst!«, warnte sie. »Ich habe gesagt, dass innerhalb des Gebäudes keine Wächter bei der Trophäe stehen.«

Ich schloss die Augen und gewann die Kontrolle über meine Nerven wieder, vornehmlich über jene, die sich leicht von blinder Panik erfassen lassen.

»Tanda«, sagte ich sanft. »Meinst du nicht, dass es langsam Zeit wäre, mir auch mal die Einzelheiten deines Meisterplans mitzuteilen?«

»Klar doch, Süßer«, erwiderte sie und legte einen Arm um meine Hüfte. »Ich dachte bloß, es würde dich nicht interessieren.«

Ich unterdrückte den Impuls, sie auf der Stelle zu erwürgen.

»Erzähl's mir einfach«, drängte ich. »Zunächst mal: Wie wird die Trophäe denn nun tatsächlich bewacht?«

»Na ja«, sagte sie und strich sich mit einem Finger übers Kinn, »wie ich schon sagte: Im Gebäude selbst sind zwar keine Wachen. Aber es gibt einen stummen Alarm, der Wächter herbeirufen kann. Er wird von dem Zwitscherboden ausgelöst.«

»Von *was?«*, unterbrach ich sie.

»Von dem Zwitscherboden«, wiederholte sie. »Dieser Trick ist in allen Dimensionen ziemlich weit verbreitet. Der Holzfußboden um die Trophäe ist voller absichtlich gelockerter Bretter, die knarren, sobald man auf sie tritt. Die hier knarren aber nicht nur, sie lösen eine Alarmanlage aus.«

»Na, das ist ja wunderbar!« Ich verzog das Gesicht. »Also können wir den Raum, aus dem wir das Ding klauen sollen, nicht betreten. Noch was?«

Es war eigentlich sarkastisch gemeint, aber Tanda nahm es ganz wörtlich.

»Nur die magischen Barrieren um die Statue selbst«, meinte sie achselzuckend.

»Magische Barrieren?« Ich schluckte. »Soll das heißen, dass es in dieser Dimension Magik gibt?«

»Aber natürlich.« Tanda lächelte. »Du bist doch da.«

»Ich habe aber keine magischen Barrieren gelegt!«, rief ich.

»Das habe ich nicht gemeint!«, schalt Tanda mich. »Hör zu, du hast die magischen Kraftlinien angezapft, um uns zu tarnen. Das bedeutet, dass es hier Magik gibt, die jedermann benutzen kann, der dafür ausgebildet ist, also nicht nur wir allein. Selbst wenn keiner der Einheimischen über magisches Können verfügen sollte, hindert das niemanden daran, aus einer anderen Dimension hierher zu kommen und zu nutzen, was hier vorhanden ist.«

»Schön, schön«, seufzte ich. »Ich hab wohl nicht gründlich genug nachgedacht. Die nächste Frage dürfte also sein:

Wie überwinden wir den komischen Boden und die Barrieren?«

»Eine Kleinigkeit.« Sie grinste. »Die Barrieren sind schlampig konstruiert. Da hat jemand beim Verhängen des Zaubers einen magischen Zaun anstelle einer Kuppel aufgebaut. Du brauchst die Trophäe lediglich über die Barrieren zu levitieren und sie durch den Raum schweben zu lassen, wo wir sie mit offenen Armen in Empfang nehmen werden. Wir brauchen den Raum nicht einmal zu betreten.«

»Langsam, langsam!«, warnte ich und hob eine Hand. »Da gibt es leider ein Problem: Das kann ich nämlich nicht.«

»Kannst du nicht?« Sie blinzelte. »Ich dachte, Levitation wäre einer deiner stärksten Zauber?«

»Ist es auch«, gab ich zu. »Aber diese Statue ist sehr schwer. Ich kann sie nicht bei einer solchen Entfernung levitieren. Es hat mit etwas zu tun, das Aahz immer Hebelkraft nennt. Ich müsste ganz nahe dran sein, praktisch auf dem Ding stehen.«

»Gut«, sagte sie schließlich, »dann müssen wir eben auf Plan B umschwenken.«

»Du hast noch einen Plan B?«, fragte ich, wirklich beeindruckt.

»Klar«, grinste sie. »Ich habe ihn gerade eben entworfen. Du fliegst uns beide über den Boden hinweg durch den Raum und über die Barrieren. Dann packen wir die Trophäe und hüpfen von dort aus, also noch innerhalb der Barrieren, nach Klah zurück.«

»Ich weiß ja nicht«, meinte ich stirnrunzelnd.

»Was ist denn nun schon wieder verkehrt?«, knurrte meine Führerin.

»Na ja, fliegen ist doch auch eine Form der Levitation«, erklärte ich. »Ich habe noch nie versucht, mich selbst und jemand anderen längere Zeit durch die Luft zu befördern, und selbst wenn das gelingen sollte, würden wir beide zusammen genauso stark gegen den Fußboden drücken, als würden wir auf ihm gehen. Das könnte die Alarmanlage auslösen.«

»Wenn ich das Fliegen richtig begreife«, grübelte Tanda, »dann würde unser Gewicht sich zwar weiträumiger verteilen als beim Gehen, aber du hast Recht. Es hat keinen Zweck, das zusätzliche Risiko einzugehen, uns beide über den Fußboden zu fliegen.«

Plötzlich schnippte sie mit den Fingern.

»Gut, wir machen Folgendes«, erklärte sie und beugte sich vor. »Du fliegst allein zu der Trophäe hinüber, während ich an der Tür warte. Dann, wenn du an Ort und Stelle bist kannst du den D-Hüpfer aktivieren, um dich selbst und die Trophäe zurück nach Klah zu bringen, während ich magisch zurückschlüpfe.«

Aus irgendeinem Grund war mir der Gedanke, mitten in einem Diebstahl unsere gemeinsamen Kräfte zu teilen, alles andere als geheuer.

»Sag mal ... äh ... Tanda«, sagte ich, »mir fällt ein, selbst wenn wir die Alarmanlage auslösen sollten, wird es doch wohl noch eine ganze Weile dauern, bis die Wachen hier eintreffen. Ich meine, wenn die seit fünfhundert Jahren keinen Krieg mehr gehabt haben, sind sie doch bestimmt ziemlich schlampig geworden und kommen nicht so schnell, oder?«

»Nein«, widersprach Tanda entschlossen, »wenn es eine Möglichkeit gibt, die Wachen nicht zu alarmieren, dann werden wir sie auch wahrnehmen. Ich habe Aahz versprochen, dich nicht in Schwierigkeiten zu bringen, und das bedeutet ...«

Plötzlich brach sie ab und starrte über die Straße.

»Was ist los?«, zischte ich und reckte den Hals, um mehr sehen zu können.

Als Antwort zeigte sie stumm auf das dunkle Trophäenhaus.

Ein Dutzend vermummter Gestalten war aus den Schatten neben dem Gebäude hervorgetreten. Sie warfen einen kurzen Blick nach links und rechts auf die Straße, um dann im Haus zu verschwinden.

»Ich dachte, du hättest gesagt, dass es im Gebäude keine Wachen gibt!«, flüsterte ich entsetzt.

»Das verstehe ich nicht«, murmelte Tanda, mehr zu sich selbst als zu mir. »Es ist überhaupt nicht für eine Wachmannschaft geeignet.«

»Aber wenn die Wachen da sind, können wir nicht...«, fing ich an, doch Tanda brachte mich zum Schweigen, indem sie mir eine Hand auf den Mund legte.

Die Gruppe war wieder aus dem Gebäude getreten. Diesmal bewegten sie sich etwas langsamer als zuvor. Sie schlichen sich in die Schatten und verschwanden aus unserer Sichtweite.

»Puh, das ist aber eine Erleichterung«, erklärte meine Führerin und atmete hörbar auf. »Nur ein Haufen Betrunkener, die sich nachts heimlich zu der Trophäe hineingeschlichen haben.«

»Die haben sich aber nicht wie Betrunkene benommen«, bemerkte ich zweifelnd.

»Komm schon, Süßer«, sagte Tanda und schlug mir mit der Hand auf die Schulter. »Wird Zeit, dass wir uns endlich ans Werk machen. Mir nach.«

Es bedarf wohl keiner gesonderten Erwähnung, dass ich nicht mitkommen wollte, bloß noch unangenehmer wäre es mir gewesen, zurückzubleiben. So blieb mir nichts anderes übrig als hinter Tanda herzugehen, als sie die Straße überquerte. Allerdings war ich so vorsichtig, dabei meinen D-Hüpfer hervorzunehmen. Mir gefiel die ganze Sache nicht, und ich wollte sichergehen, dass meiner Flucht nichts im Wege stand, wenn es Ärger geben sollte.

»Rein mit dir!«, befahl Tanda und hielt die Tür für mich auf. »Und gib sofort Bescheid, sobald du in Stellung gegangen bist. Ich möchte nämlich dabei sein und sein Gesicht sehen, wenn du Aahz die Trophäe überreichst.«

»Ich kann doch gar nichts erkennen!«, protestierte ich, während ich in das finstere Gebäudeinnere hineinspähte.

»Natürlich nicht!«, fauchte Tanda. »Es ist ja auch dunkel! Aber schließlich weißt du ja, wo die Trophäe steht, also los, an die Arbeit!«

Weil sie so drängte, ließ ich meinen Geist ausfahren und drückte sanft gegen den Boden. Wie schon hundert Mal zuvor beim Üben löste ich mich und begann auf den geschätzten Standort der Statue zuzuschweben.

Während des Schwebens fiel mir plötzlich ein, dass ich versäumt hatte, Tanda zu fragen, wie hoch die magischen Barrieren genau waren. Ich dachte daran, umzukehren und sie danach zu fragen, entschied mich dann aber dagegen. Jedes Geräusch konnte gefährlich werden, und die Zeit war kostbar. Ich wollte die Sache so schnell wie möglich hinter mich bringen. Also befreite ich einen Teil meines Geistes von der Aufgabe des Fliegens und richtete ihn vor mich, um die verräterische Aura der magischen Barrieren auszumachen. Doch es war keine wahrzunehmen.

»Tanda!«, zischte ich, ohne nachzudenken. »Die Barrieren sind fort!«

»Unmöglich«, ertönte ihre Antwort von der Tür. »Du musst an der falschen Stelle sein. Überprüf's noch mal.«

Ich versuchte es aufs Neue und tastete den ganzen Raum ab. Nichts. Langsam gewöhnten sich meine Augen an die Dunkelheit.

»Hier sind keine Barrieren«, rief ich Tanda leise zu. »Ich bin direkt am Podest, und da sind keine.«

Irgendetwas zerrte an meinem Bewusstsein. Etwas, was ich gesehen hatte, war ganz fürchterlich verkehrt, aber meine Aufmerksamkeit war von der Suche nach den Barrieren in Anspruch genommen.

»Wenn du über dem Podest bist«, rief Tanda, »dann geh runter und hol die Trophäe. Und beeil dich! Ich glaube, da kommt jemand.«

Ich ließ mich auf den Boden sinken, ganz vorsichtig, weil mir die knarrenden Bretter wieder einfielen, und wandte mich dem Podest zu. Dann bemerkte ich, was hier verkehrt war.

»Sie ist verschwunden!«, rief ich.

»Was?«, keuchte Tanda, und ihr Umriss erschien in der Türöffnung.

»Die Trophäe! Sie ist weg!«, schrie ich und fuhr mit den Händen über das leere Podest.

»Raus hier, Skeeve!«, erwiderte Tanda plötzlich mit voller Lautstärke.

Ich setzte mich in Richtung Tür in Bewegung, doch ihre Stimme ließ mich erstarren.

»Nein! Benutz den D-Hüpfer. Sofort!«

Mein Daumen fuhr zu dem Auslöseknopf auf dem Gerät, das ich die ganze Zeit fest umklammert gehalten hatte. Doch ich zögerte noch immer.

»Und du?«, fragte ich. »Kommst du nicht mit?«

»Wenn du fort bist!«, drängte sie. »Jetzt hau endlich ...«

Da flog etwas durch die Finsternis und traf ihre Silhouette. Tanda stürzte schlaff zu Boden.

»Tanda!«, schrie ich und sprang vor.

Plötzlich füllte sich die Türöffnung mit kleinen Schatten, die sich über Tandas reglose Gestalt beugten.

Einen Augenblick verharrte ich zögernd.

»Drinnen ist noch einer!«, rief jemand.

So weit zum Thema Zögern. Ich drückte den Knopf.

Die vertraute Dunkelheit, die mich plötzlich umflutete ... da war ich auch schon wieder in meiner Unterkunft in Klah.

Aahz saß an einem Tisch und kehrte mir den Rücken zu, doch er musste das Geräusch meines Eintreffens vernommen haben.

»Wird aber auch langsam Zeit!«, knurrte er. »Habt ihr Spaß gehabt auf eurer kleinen ...«

Er brach ab, als er sich umgedreht hatte und meinen Gesichtsausdruck bemerkte.

»Aahz!«, schrie ich und taumelte vor. »Es gibt Ärger!«

Seine Faust donnerte krachend nieder und ließ die Tischplatte zerbersten.

»Ich hab's doch gewusst!«, brüllte er.

Kapitel 7

›Ein Freund in Not ist schlimmer als die Pest‹
FAFHIRD

»Also gehen wir die Sache noch mal durch, ob ich auch alles richtig verstanden habe«, knurrte Aahz, während er im Zimmer auf und ab schritt. »Du bist also völlig unversehrt davongekommen, während es Tanda erwischt hat. Stimmt's?«

»Ich konnte nicht anders!«, jammerte ich kopfschüttelnd. »Sie hatten sie völlig umringt, und du hattest doch gesagt …«

»Ich weiß, ich weiß.« Mein Mentor winkte ab. »Du hast richtig gehandelt. Ich versuche nur, mir ein klares Bild zu verschaffen. Bist du sicher, dass das in Jahk war? Diese komische Dimension mit den kurzen, bleichen Typen? Die alle entweder zu mager oder zu dick sind?«

»Genau«, bestätigte ich. »Kennst du sie?«

»Ich habe von ihr gehört.« Aahz zuckte mit den Schultern. »Aber ich bin nie hingekommen. In Spielerkreisen spricht man gelegentlich davon.«

»Wahrscheinlich wegen des Großen Spiels«, wendete ich ein und kam mir besonders klug vor.

»Was ich nicht begreife«, überlegte Aahz, ohne meinen Einwurf zu beachten, »das ist, was ihr da überhaupt zu suchen hattet.«

»Äh … das lag in gewissem Sinne an mir«, gab ich kleinlaut zu.

»An dir?« Aahz blinzelte fragend und blieb stehen,

um mich anzustarren. »Wer hat dir denn von Jahk erzählt?«

»Niemand«, erklärte ich hastig. »Ich habe nicht ausdrücklich darum gebeten, nach Jahk zu gehen. Ich hatte Hunger, und Tanda meinte, dass Jahk die nächstgelegene Dimension wäre, wo ich was zu essen kriegen könnte.«

»Das kenne ich.« Mein Ausbilder schnitt eine Grimasse. »Das Essen ist immer ein Problem, wenn man durch die Dimensionen reist – sogar in den humanoiden.«

»Es ist sogar noch schlimmer, wenn man nicht mal die humanoiden Dimensionen bereist«, ergänzte ich.

»Ach ja, tatsächlich?«, murmelte Aahz und beäugte mich argwöhnisch. »In welchen Dimensionen wart ihr überhaupt?«

»Äh ... ich kann mich nicht mehr an alle Namen erinnern«, wich ich aus. »Tanda ... äh ... sie war der Meinung, dass wir in einigen der abgelegeneren Dimensionen weniger Schwierigkeiten haben würden.«

»Wie sahen die Einheimischen aus?« Aahz ließ nicht locker.

»Schweifen wir jetzt nicht vom Thema ab?«, fragte ich verzweifelt. »Es geht doch eigentlich um Tanda.«

Erstaunlicherweise war mein Ablenkungsmanöver sogar erfolgreich.

»Du hast Recht, Kind«, seufzte Aahz. »Na schön. Ich will, dass du mal angestrengt nachdenkst. Bist du ganz sicher, dass du nicht weißt, wer sie angefallen hat und weshalb?«

Meine Gesprächstaktik entpuppte sich als Eigentor. Diese Frage brachte mich wirklich in die Klemme. Auf der einen Seite konnte ich von Aahz kaum erwarten, einen Rettungsplan zu schmieden, wenn er nicht über die ganze Situation im Bilde war. Aber auf der anderen Seite war ich auch nicht gerade sehr erpicht darauf zuzugeben, was wir eigentlich getan hätten, wenn Tanda nicht in Gefangenschaft geraten wäre.

»Äh …«, begann ich und wich dabei seinem Blick aus. »Ich glaube, ich kann mich doch an einige Einzelheiten dieser Dimension erinnern. Da war eine, in der …«

»Einen Augenblick mal«, unterbrach mich Aahz. »Du warst es doch, der gerade meinte, wir sollten uns lieber auf Tandas Problem konzentrieren. Jetzt schweif nicht ab …«

Er brach mitten im Satz ab und musterte mich eindringlich. »Du verschweigst mir irgendetwas, Jungchen«, erklärte er mit kalter Stimme, die keinerlei Widerspruch duldete. »Und jetzt raus damit! Was hast du mir bisher verheimlicht?«

Erwartungsvoll blieben seine Worte in der Luft schweben, und ich begriff, dass ich nicht länger drum herumreden konnte.

»Na ja …«, fing ich an und räusperte mich, »ich bin mir nicht sicher, aber ich glaube, dass Tanda von Stadtwachen gefangen genommen wurde.«

»Von Stadtwachen?«, wiederholte Aahz stirnrunzelnd. »Warum sollten die Tanda denn festnehmen? Ihr habt doch wahrscheinlich nichts anderes getan als einen Happen gegessen und vielleicht ein bisschen eingekauft.«

Ich antwortete nicht und interessierte mich stattdessen plötzlich brennend für das Wunderwerk meiner Füße.

»Mehr habt ihr doch nicht getan, nicht wahr?«

Ich wollte etwas sagen, fand aber keine Worte.

»Was habt ihr getan?«, knurrte Aahz. »Komm schon, raus damit! Ich hätte mir doch denken können, dass es nicht einfach nur … He! Ihr habt doch wohl nicht irgendjemanden umgebracht, oder?«

Kräftige Hände packten meine Schultern, und mein

Kopf wurde durch ein nicht allzu sanftes Rütteln hin und her geworfen.

»Wir haben niemanden umgebracht!«, schrie ich, was allerdings ein ziemlich schwieriges Unterfangen war, weil mein Unterkiefer sich gerade in eine ganz andere Richtung bewegte als meine Zunge. »Wir waren nur gerade dabei, etwas zu stehlen ...«

»Zu stehlen!?!«

Die Hände auf meiner Schulter lösten ihren Griff so schnell, dass ich zu Boden stürzte. Zum Glück war ich so geistesgegenwärtig, den Sturz mit meinem Rumpf abzufangen.

»Ich kann's einfach nicht glauben! Stehlen!« Aahz rief es flehend zur Decke gewandt. »Und das alles, weil ihr versucht habt, zu stehlen!«

Mein Hintern tat mir weh, aber im Augenblick hatte ich dringendere Probleme. Ich versuchte gerade verzweifelt, meine Erklärung richtig zu formulieren, als ich plötzlich begriff, dass Aahz lachte.

»Stehlen!«, wiederholte er. »Weißt du, einen Augenblick lang habe ich mir wirklich Sorgen gemacht, Kind! Ich dachte, es wäre etwas Ernstes!«

»Soll das heißen, dass du gar nicht wütend bist?«, fragte ich ungläubig.

»Wütend? Nö!«, erklärte er. »Wie das alte Sprichwort schon sagt: ›Einem Jungen das Dieben auszutreiben ...‹ Herrje! Die meisten Dämonen sind doch Diebe. Anders bekommt man doch gar nichts, wenn man nicht gerade über einheimische Währung verfügt.«

»Ich dachte, du würdest wirklich wütend werden«, stammelte ich und wagte es immer noch nicht, an mein Glück zu glauben.

»Versteh mich bloß nicht falsch, Junge«, berichtigte sich mein Mentor streng. »Ich bin von deinem Diebesabenteuer alles andere als begeistert. Du sollst schließlich die Magik erlernen, und zwar die, die dir als Hofmagiker eine Gehaltserhöhung einbringt, und nicht die, bei der du am Schluss durch eine dunkle Seitenstraße davonrennen musst. Aber alles in allem hättest du auf deiner ersten Soloreise durch die Dimensionen wesentlich größere Dummheiten anstellen können.«

»He, danke schön, Aahz«, strahlte ich.

»Na schön, dann zeig's mal her«, sagte er lächelnd und streckte die Hand vor.

»Was soll ich zeigen?«, fragte ich verwundert.

»Was du gestohlen hast«, sagte er beharrlich. »Wenn du direkt vom Ort des Verbrechens hierher gekommen bist, wirst du es doch wohl dabeihaben, nehme ich an.«

»Äh ... eigentlich ...« Ich schluckte und wich erneut seinem Blick aus. »Ich ... äh ... nein, *wir* haben es nicht gekriegt. Es ist immer noch irgendwo in Jahk.«

»Soll das heißen, du hast dich in diese Klemme reinmanövriert, hast Tanda gefangen nehmen lassen und bist mit eingekniffenem Schwanz wieder hierher geeilt – ohne dir die Mühe zu machen, das Ding mitzunehmen, das du klauen wolltest?«

Auf Aahz' Gesicht erschienen erneut Gewitterwolken. Ich begriff, dass ich wieder einmal dicht vor dem Abgrund stand.

»Aber du hast doch gesagt ...«, protestierte ich.

»Ich weiß selbst, dass du kein Dieb werden sollst!«, brüllte mein Ausbilder. »Aber wenn du es schon versuchst, dann erwarte ich von dir, dass du wenigstens ein erfolgreicher Dieb bist! Wenn ich mir vorstelle, dass einer meiner Lehrlinge es nicht einmal fertig bringt, einen durchführbaren Plan auf die Beine zu stellen ...«

»Es war Tandas Plan«, bemühte ich mich, ihn aufzuklären.

»Ach ja?« Aahz wirkte etwas besänftigt. »Na, dann hättest du ihn wenigstens selbst nach Schwachstellen abklopfen müssen, bevor du dich darauf eingelassen hast.«

»Das habe ich doch!«, protestierte ich. »Und er hätte eigentlich auch funktionieren müssen!«

»Ach, tatsächlich?«, lautete seine sarkastische Antwort. »Schön. Dann erzähl mir doch mal alles über diesen Plan, der nicht hingehauen hat, nachdem du ihm doch deine Zustimmung gegeben hast.«

Er zerrte einen Stuhl heran und setzte sich vor mich, so dass mir gar nichts anderes übrig blieb, als die ganze Geschichte zu erzählen. Ich erzählte ihm alles; von dem Plan, von dem Zwitscherboden, den magischen Barrieren, alles – nur nicht, was wir stehlen wollten und warum. Als ich damit fertig war, war sein höhnisches Lächeln einer nachdenklich gefurchten Stirn gewichen.

»Du hast Recht, Kind«, gab er schließlich zu. »Es hätte eigentlich klappen müssen. Ich kann es mir nur so erklären, dass sie dein Zielobjekt woanders hingeschafft haben, um es sicherzustellen – aber das ergibt keinen Sinn. Ich meine, wozu erst diese ganzen Alarmanlagen und Schutzmaßnahmen, wenn man das Ding dann doch woanders aufbewahren will? Und diese Gruppe, die da in dem Gebäude war, bevor ihr hineingegangen seid, die scheint auch ein bisschen verdächtig zu sein.«

Er dachte einige Augenblicke nach, dann seufzte er und zuckte die Schultern. »Na ja«, sagte er schließlich, »man kann eben nicht immer gewinnen. Es hat nicht geklappt, und das war's dann. Komm schon, Junge, gehen wir schlafen.«

»Schlafen?«, keuchte ich. »Und Tanda?«

»Was ist mit ihr?« Aahz blickte mich fragend an.

»Sie ist auf Jahk gefangen!«, rief ich. »Wollen wir sie etwa nicht befreien?«

»Ach so, das!«, lachte mein Mentor. »Darüber mach dir mal keine Sorgen. Die kommt schon bald von allein wieder.«

»Aber sie halten sie doch gefangen!«, beharrte ich.

»Glaubst du wirklich?« Aahz grinste. »Denk doch mal einen Augenblick nach, Junge. Wie sollten sie sie denn festhalten? Vergiss nicht, dass sie jederzeit von einer Dimension in die andere springen kann. Der einzige Grund, weshalb sie nicht zur gleichen Zeit zurückgekommen ist wie du, ist der, dass sie das Bewusstsein verloren hat. Sobald sie wieder aufwacht, kommt sie schon. Darauf kannst du dich verlassen.«

Irgendetwas daran hörte sich mächtig falsch an, aber ich konnte es nicht richtig festmachen.

»Was, wenn sie sie hinrichten, bevor sie aufwacht?«, fragte ich.

»Sie hinrichten?« Aahz legte die Stirn in Falten. »Weshalb denn? Der Raubzug hat nicht geklappt, also haben sie ihr Dingsda immer noch. Ich kann mir kaum vorstellen, dass sich irgendjemand so darüber aufregt, dass er sie hinrichten lässt.«

»Ich weiß nicht so recht, Aahz«, entgegnete ich. »Die ganze Stadt schien sich ziemlich über die Trophäe zu ereifern, und ...«

»Trophäe?«, unterbrach mich Aahz. »Meinst du etwa die Trophäe vom Großen Spiel? Was hat die denn damit zu tun?«

»Die ... äh ... das war es doch, was wir stehlen wollten«, erklärte ich.

»Die Trophäe?«, rief Aahz verblüfft aus. »Ihr beide seid aber wirklich aufs Ganze gegangen, was? Was wolltet ihr denn bloß damit – nein, wenn ich so darüber nachdenke, will ich es lieber nicht hören. Die Logik dieser Frau erzeugt bei mir jedes Mal wieder Kopfschmerzen.«

»Aber jetzt weißt du wenigstens, warum ich befürchte, dass sie sie hinrichten könnten«, drängte ich ihn, insgeheim heilfroh, dass ich nicht den Grund für unseren Diebeszug preiszugeben brauchte.

»Das ist zwar denkbar«, räumte Aahz ein, »aber ich glaube trotzdem, dass sie sie erst mal aufwachen lassen. Schauprozesse sind meistens ziemlich theatralisch, vor allem wenn sie versucht hat, einen so wichtigen Gegenstand wie die Trophäe des Großen Spiels zu stehlen. Tanda ist sogar Sportsmännin genug, um bis zum Prozess dazubleiben, bevor sie wieder hierher zurückkehrt.«

»Glaubst du wirklich?«, drang ich in ihn.

»Da bin ich mir ganz sicher«, erklärte Aahz voller Zuversicht. »Und jetzt wollen wir ein wenig schlafen. Nach allem, was du so erzählst, hast du einen langen Tag hinter dir.«

Widerwillig begab ich mich ins Bett, schlief aber nicht sofort ein. Da war noch immer irgendetwas, das beharrlich dem Zugriff meines Geists entwich – etwas sehr Wichtiges. Wie ich so dalag, ging ich im Geiste noch einmal meine Reise durch ... die optischen Eindrücke, die Gerüche, die fremdartigen Wesen ...

»Aahz!«, schrie ich plötzlich und schoss senkrecht in die Höhe. »Aahz! Wach auf!«

»Was ist?«, knurrte mein Mentor schläfrig und richtete sich mühsam auf.

»Gerade ist es mir wieder eingefallen! Ich habe auf der ganzen Reise immer für unsere Tarnung gesorgt.«

»Na und?«, grollte Aahz. »Das ist zwar eine gute Übung für dich, aber ...«

»Verstehst du denn nicht?«, beharrte ich. »Wenn ich hier bin und Tanda bewusstlos auf Jahk ist, dann besitzt sie keine Tarnung mehr! Dann können sie aber auch erkennen, dass sie keine von ihnen ist – dass sie eine Dämonin ist!«

Einen Augenblick herrschte eisiges Schweigen, dann war Aahz auch schon auf den Beinen und baute sich vor mir auf.

»Sitz da nicht so tatenlos rum, Junge!«, bellte er. »Hol den D-Hüpfer! Wir reisen nach Jahk!«

Kapitel 8

›Und wieder eine Bresche geschlagen ...‹
ZARNA, DIE MENSCHLICHE KANONENKUGEL

Zum Glück gab es auf unserem D-Hüpfer eine Einstellung für Jahk, auch wenn Aahz erst ein bisschen suchen musste, bis er sie gefunden hatte.

Ich wollte mich eigentlich bis an die Zähne bewaffnen, aber mein Ausbilder legte Widerspruch ein. Beim anschließenden Kreuzverhör musste ich zugeben, dass ich außer den Stadtwachen niemanden in dieser Dimension bemerkt hatte, der offen irgendwelche Waffen getragen hatte. Wenn es um Metallgegenstände ging, hatte ich bei der magischen Tarnung so meine liebe Mühe und Not, und Schwerter und Dolche hätten uns äußerst auffällig aussehen lassen, wenn wir mit ihnen die Straßen entlanggegangen wären. Wie Aahz zu Recht erklärte, darf man Waffen vor allem dann nicht tragen, wenn sie einen eher in Schwierigkeiten bringen als einen daraus befreien würden.

Ich hasse es, wenn Aahz Recht hat.

Na ja, von solch kleineren Zänkereien einmal abgesehen verlief unsere Abreise von Klah und unsere Ankunft auf Jahk reibungs- und ereignislos. Jetzt im Nachhinein stelle ich fest, dass das für eine ganze Weile aber auch das Einzige war, was halbwegs klappte.

»So, Junge«, rief Aahz und blickte mich tatendurstig an. »Und wohin jetzt?«

»Das weiß ich nicht«, gab ich zu und suchte den Horizont ab.

Aahz runzelte die Stirn. »Dann gehen wir die Sache mal *ganz* langsam durch«, seufzte er. »Du bist schon mal hier gewesen, und ich nicht. Selbst dein bescheidener Grips sollte ausreichen, um zu begreifen, dass das logischerweise *dich* zu unserem Führer macht! Kapiert?«

»Aber *ich* bin doch auch noch nie hier gewesen!«, protestierte ich. »Nicht *hier!* Als Tanda und ich ankamen, befanden wir uns in einem Park in Ta-hoe!«

Im Augenblick standen Aahz und ich an einem Felsen, der von sanft ansteigenden Weiden und einigen vereinzelten Bäumen umrahmt wurde, die äußerst seltsam aussahen. Es war nicht einmal eine Feldhütte in Sicht, ganz zu schweigen von der vor Leben wimmelnden Metropole, die ich besucht hatte.

»Sag's mir nicht, ich werde es erraten«, flüsterte Aahz und schloss die Augen als litte er unter Schmerzen. »Beim ersten Mal hat Tanda auf der Reise für euren Transport gesorgt, stimmt's?«

»Stimmt«, nickte ich. »Du hast mich ja schwören lassen, dass ich den D-Hüpfer auf Klah eingestellt lasse, und ...«

»Ich weiß, ich weiß«, winkte mein Mentor ungeduldig ab. »Aber ich muss schon sagen, du suchst dir immer die dämlichsten Gelegenheiten aus, um gehorsam zu sein. Also gut! Der D-Hüpfer ist also auf eine andere Austrittszone eingestellt als Tandas. Dann müssen wir uns eben einen einheimischen Führer angeln, um uns zu orientieren.«

»Ist ja prima!« Ich schnitt eine Grimasse. »Und wo sollen wir den auftreiben?«

»Wie wär's denn mit dem da drüben?« Aahz zeigte verschmitzt grinsend mit der Hand nach vorne.

Mein Blick folgte der angewiesenen Richtung und tatsächlich, keinen Steinwurf entfernt war ein kleiner Teich, der im Schatten eines mittelgroßen Baumes ruhte. Ein junger Eingeborener lehnte mit dem Rücken gegen den Baum. Das Einzige, was mich erstaunte, war die Tatsache, dass er einen kurzen Stock in die Höhe hielt, von dessen freiem Ende eine Schnur herabhing, die im Teich endete.

»Was macht der da?«, fragte ich misstrauisch.

»Bei dem, was ich sehen kann, würde ich sagen, dass er gerade fischt«, erklärte Aahz.

»Fischt? *So?«* Ich furchte die Stirn. »Warum holt er denn nicht einfach ...«

»Das erklär ich dir später«, unterbrach mich mein Lehrer. »Zunächst wollen wir mal erfahren, wie wir nach Ta-hoe kommen, nicht wahr?«

»Stimmt!« Ich nickte. »Gehen wir.«

Ich wollte einen Schritt nach vorn machen, als mich plötzlich Aahz' Kralle auf meiner Schulter bremste.

»Junge«, sagte er seufzend, »hast du nicht was vergessen?«

»Was denn?« Ich blinzelte.

»Unsere Tarnung, du Blödmann«, raunte er. »Dein alter Lehrer ist so faul, dass er dem Burschen da lieber seine Fragen stellen möchte, ohne dass er danach durch die ganze Landschaft hinter ihm herhetzen muss, um die Antworten zu erfahren.«

»Ach so. Na schön, Aahz.«

Mein Versehen war mir peinlich, und so zog ich hastig meine Tarnungsnummer ab. Dann näherten wir uns gemeinsam dem dösenden Eingeborenen.

»Verzeihung, mein Herr«, begann ich räuspernd, »könntet Ihr uns vielleicht sagen, wie wir nach Ta-hoe kommen?«

»Was habt ihr hier zu suchen?«, wollte der Jüngling wissen, ohne dabei die Augen zu öffnen. »Wisst ihr nicht, dass das Gebiet zwischen Veygus und Ta-hoe Niemandsland ist, bis der Krieg vorbei ist?«

»Was hat er gesagt?«, fragte Aahz verständnislos.

»Was war das?«, fragte der Jüngling und riss die Augen auf.

Zur Abwechslung begriff ich einmal die Situation auf Anhieb. Ich trug von meiner Reise mit Tanda noch immer meinen Dolmetscheranhänger. Deshalb konnte ich alles verstehen, was Aahz und der Eingeborene sagten, und sie konnten mich ihrerseits ebenfalls verstehen, während jedoch keiner von ihnen den anderen verstehen konnte. Unsere Tarnung lief gerade Gefahr, gleich vom allerersten Eingeborenen, dem wir auf unserer Rettungsmission begegnet waren, entlarvt zu werden. Wirklich Maßarbeit!

»Äh, hm. Entschuldigt mich einen Augenblick, mein Herr«, stammelte ich.

Mein Gehirn arbeitete auf Hochtouren, als ich den Anhänger vom Hals nahm und ihn mir über den Arm schlang. Aahz begriff sofort, worauf ich hinauswollte und schob seinen Arm durch den Anhänger, wobei er meinen Unterarm mit eisernem Griff packte. Auf diese Weise konnten wir beide den Anhänger benutzen.

Leider hatte der Eingeborene dieses Zwischenspiel auch bemerkt. Seine Augen, die sich beim Klang von Aahz' Stimme geöffnet hatten, weiteten sich nun, bis sie ihm fast aus dem Kopf fielen, als er seinen Blick von einem zum anderen schweifen ließ.

»Eine Verbrüderungszeremonie«, erklärte Aahz ihm verschwörerisch zwinkernd.

»Eine was?« Ich gaffte ihn an.

»Später, Junge«, murmelte mein Mentor angespannt. »Bring jetzt das Gespräch in Gang.«

»Äh, ja. Hmmm ... was hast du da gerade von einem Krieg erzählt?«

»Ich habe gesagt, dass ihr nicht hier sein dürftet«, erwiderte der Jüngling und gewann etwas von seiner alten Frechheit zurück, obwohl er den Anhänger nach wie vor argwöhnisch im Auge behielt. »Beide Parteien haben dieses Gelände für Zivilisten zum Sperrbezirk erklärt, bis der Krieg vorbei ist.«

»Wann hat dieser Krieg denn begonnen?«, fragte ich.

»Och, er wird erst in einer Woche anfangen oder so«, meinte der Eingeborene achselzuckend. »Wir haben schon fünfhundert Jahre keinen Krieg mehr gehabt, da sind alle ziemlich aus der Übung. Sie werden eine Weile brauchen, um sich darauf vorzubereiten, aber trotzdem habt ihr hier nichts zu suchen.«

»Na, und was machst du hier?«, fragte ihn Aahz herausfordernd. »Du siehst mir auch nicht gerade nach einem Soldaten aus.«

»Mein Paps ist Offizier«, gähnte der Jüngling. »Wenn eine Patrouille aus Ta-hoe mich hier aufstöbern sollte, erzähle ich ihnen bloß, wer mein Vater ist, da halten sie schon die Klappe.«

»Und wenn dich eine Patrouille aus Veygus hier findet?«, fragte ich neugierig.

»Die Veyganer?«, lachte er ungläubig. »Die sind doch noch unvorbereiteter als Ta-hoe. Die haben bisher noch nicht mal ihre Uniformen entworfen, ganz zu schweigen von der Organisation der Patrouillen.«

»Na, jedenfalls vielen Dank für die Information«, erklärte Aahz. »Und wenn du uns nun noch den Weg nach Ta-hoe verraten würdest, verlassen wir auch sofort dein Schlachtfeld.«

»Den Weg nach Ta-hoe?« Der Jüngling runzelte die Stirn. »Ihr kennt den Weg nach Ta-hoe nicht? Das ist aber seltsam.«

»Was ist denn daran seltsam?«, fragte mein Ausbilder

ihn wieder herausfordernd. »Schön, wir sind neu in der Gegend, na und?«

Der Jüngling musterte ihn reglos.

»Es ist seltsam«, bemerkte er ruhig, »weil dieser Weg da nur von Veygus nach Ta-hoe führt und umgekehrt. Vielleicht könntet ihr mir mal erklären, wieso ihr einen Weg entlang wandert, ohne zu wissen, wo ihr herkommt und wo ihr hingeht?«

Einen Augenblick herrschte betroffenes Schweigen, dann zog ich meinen Arm aus der Anhängerschlinge.

»Na, Aahz«, fragte ich seufzend, »wie reden wir uns denn jetzt raus?«

»Steck den Arm wieder in die Schlinge«, zischte Aahz. »Er wird langsam misstrauisch.«

»Er ist misstrauisch«, erwiderte ich. »Die Frage ist nur, was wir jetzt tun sollen.«

»Keine Bange.« Mein Ausbilder zwinkerte mir zu. »Pass mal auf, wie ich die Sache angehe.«

Trotz meiner Sorge merkte ich, wie ich voller Vorfreude zu lächeln begann. Niemand kann solche Lügenmärchen erzählen wie Aahz, wenn er erst einmal in Fahrt ist.

»Die Erklärung ist eigentlich recht einfach«, fing Aahz an und wandte sich lächelnd dem Jüngling zu. »Weißt du, wir sind Magiker, die gerade aus einer anderen Welt hierher gekommen sind. Und weil wir eben erst eingetroffen sind, haben wir natürlich auch noch keine Orientierung.«

»Junge, was für ein raffiniertes Alibi!«, bemerkte ich trocken.

Aahz gönnte mir einen seiner schmutzigsten Blicke.

»Wie ich schon sagte«, fuhr er fort, »sind wir gekommen, um der ruhmreichen Stadt Ta-hoe im kommenden Krieg unsere Dienste anzubieten.«

Mir fiel auf, dass diese Behauptung doch auf ziemlich wackligen Beinen stand. Ich meine, zu Beginn des Gesprächs hatten wir schließlich ganz eindeutig nichts von einem Krieg gewusst. Zum Glück bemerkte der Jüngling diese Feinheiten nicht.

»Magiker?«, erwiderte er mit skeptischem Blick. »Für mich seht ihr eigentlich nicht nach Magikern aus.«

»Zeig's ihm, Junge«, wies mich Aahz an.

»Was zeigen?«, fragte ich verständnislos.

»Genau«, nickte er aufmunternd. »Heb unsere Tarnung auf, aber immer nur eine auf einmal.«

Achselzuckend steckte ich meinen Arm wieder in die Schlaufe des Anhängers und ließ meine Tarnung verschwinden.

»Ich bin Skeeve«, verkündete ich, »und das hier ...« Ich hob Aahz' Verkleidung auf. »... ist mein Freund und Magikerkollege Aahz.«

Wenn wir ihm ein Feuer unter dem Hintern entzündet hätten, hätte die Wirkung auf den Jüngling nicht größer sein können. Er ließ seine Stange fallen, sprang auf die Beine und wich immer weiter zurück, dass ich schon befürchtete, er würde in den See fallen. Seine Augen waren vor Angst geweitet, und sein Mund öffnete und schloss sich ununterbrochen, ohne dass er jedoch auch nur einen einzigen Ton hervorbrachte.

»Das genügt, Kind.« Aahz zwinkerte mich an. »Jetzt haben wir ihn überzeugt.«

Hastig erneuerte ich unsere Tarnung, aber das beruhigte den Jüngling nur wenig.

»Keine schlechte Illusion, was, Sportsmann?«, fragte mein Mentor hechelnd und mit falschem Lächeln.

»Ich ... ich ...«, stammelte der Jüngling. Dann hielt er inne und presste die Lippen kurz aufeinander. »Nach Tahoe geht's in die Richtung dort.«

»Danke«, erwiderte ich lächelnd. »Dann machen wir uns jetzt auf den Weg.«

»Nicht so schnell, Junge«, winkte Aahz ab. »Wie heißt du eigentlich, mein Sohn?«

»Griffin ...«, erwiderte der Jüngling unsicher.

»Nun, Griffin«, fuhr Aahz lächelnd fort. »Wie wär's denn, wenn du uns den Weg zeigtest?«

»Warum?«, fragte ich plump.

»Wach doch endlich auf, Junge!«, tadelte mich mein Ausbilder. »Wir können ihn nicht einfach hier zurücklassen. Er weiß, wer und was wir sind.«

»Klar«, bemerkte ich pikiert. »Weil du es ihm gesagt hast.«

»... und außerdem«, sprach er weiter, als hätte ich nichts gesagt, »ist er unser Passierschein, falls wir auf irgendwelche Militärpatrouillen stoßen sollten.«

»Eigentlich würde ich lieber nicht ...«, fing Griffin an.

»Natürlich gibt es noch eine andere Möglichkeit«, unterbrach ihn Aahz. »Wir könnten ihn auch gleich an Ort und Stelle töten.«

»Ich *bestehe* darauf, euch zu begleiten!«, verkündete der Jüngling in diesem Moment.

»Willkommen, Genosse!«, sagte ich freundlich lächelnd.

»Siehst du, Junge?«, lächelte auch mein Mentor und schlug mir auf die Schulter. »Ich habe dir doch gleich gesagt, dass du auch ohne meine Hilfe zurechtkommst.«

»Äh ... hmmm ... Da ist allerdings ein Problem«, bemerkte Griffin zögernd.

»Und das wäre?«, ermunterte ihn Aahz.

»Ich hoffe, ihr gebt nicht mir die Schuld, falls man eure Dienste abschlagen sollte«, meinte der Jüngling mit besorgtem Gesichtsausdruck.

»Zweifelst du etwa an unseren Fähigkeiten?«, knurrte mein Ausbilder mit seiner finstersten Miene.

»Oh, nein, darum geht es nicht«, beeilte sich Griffin zu versichern. »Es ist nur … wisst ihr … na ja, wir haben bereits einen Magiker.«

»Ist das alles?« Aahz lachte. »Den überlass mal uns.«

Wenn Aahz in Sachen Magik von ›uns‹ spricht, meint er immer mich. Aber inzwischen war bereits alles so schlimm gekommen, dass ich den beunruhigenden Verdacht nicht loswurde, dass es wahrscheinlich noch schlimmer kommen würde.

Kapitel 9

›Der Krieg mag zwar eine schreckliche Sache sein ...
aber wenigstens ist er gut fürs Geschäft!‹
Die Berufsgenossenschaft der Händler,
Fabrikanten und Beerdigungsunternehmer

Ta-hoe war der reinste Bienenstock, als wir dort eintrafen. Die Vorbereitungen für den kommenden Krieg waren in vollem Gange, und jeder war damit beschäftigt, irgendetwas zu tun. Überraschenderweise waren die meisten Vorbereitungen nicht militärischer Art.

»Was hat das alles zu bedeuten?«, fragte ich unseren einheimischen Führer.

»Das habe ich euch doch schon gesagt«, erklärte er, »wir bereiten uns auf einen Krieg mit Veygus vor.«

»*Das* da sollen Kriegsvorbereitungen sein?«, sagte ich und blickte mich ungläubig um.

»Klar«, nickte Griffin. »Souvenirs entstehen schließlich nicht von alleine.«

Weit und breit war nicht ein einziger Speer, nicht eine Uniform in Sicht. Stattdessen waren die Bürger emsig damit beschäftigt, Abzeichen, Poster und T-Shirts mit dem Aufdruck ›Gewinnt den Krieg!‹ herzustellen.

»Das ist die größte Sache, die Ta-hoe passiert ist, seit ich denken kann«, vertraute unser Führer uns an. »Ich meine, Souvenirs vom Großen Spiel sind doch Standardware Wenn man sie richtig entwirft, kann man etwaige Lagerreste immer noch im Jahr danach losschlagen. Diese Kriegsgeschichte hat alle überrascht. Es gibt eine Menge Leute, die sich darüber beschwerten, dass man ihnen nicht genug Zeit gegeben hat, um auf ihre Kosten zu kommen. Gerade ist der Ratsversammlung ein Antrag vorgelegt worden, die Feindseligkeiten um einen weiteren Monat zu verschieben. Vor allem die Leute, die mit Strickhüten und Stadiondecken handeln, sind im Hintertreffen. Sie beklagen sich, dass sich eine derartig kurzfristige Kriegserklärung geschäftsschädigend für sie auswirken wird, während die Kaufleute, die mit schnell produzierbaren Waren wie Aufklebern und Postern handeln, bevorteilt würden.«

Ich selbst verstand zwar herzlich wenig von dem, was er da erzählte, aber Aahz wirkte fasziniert.

»Diese Leute hier verstehen wirklich was vom Krieg!«, erklärte er mit unverhohlener Begeisterung. »Die meisten Dimensionen machen ihre Kriegsgewinne mit Munition und Waffenlieferungen. Ich sag's dir, Jungchen, wenn wir nicht so in Eile wären, würde ich mir glatt Notizen machen.«

Es ist ziemlich selten, dass Aahz für irgendjemanden Bewunderung hegt, erst recht bei einer ganzen Dimension, und ich hatte noch nie gehört, dass er zugegeben hätte, in Sachen Geldverdienen noch etwas dazulernen zu können. Ich fand dieses Phänomen entnervend.

»Da wir gerade von Eile reden«, warf ich ein. »Hättest du vielleicht die Güte, mir zu verraten, *weshalb* wir eigentlich unterwegs zu einem Gespräch mit dem Magiker von Ta-hoe sind.«

»Ganz einfach«, entgegnete mein Ausbilder lächelnd. »In der Regel halten alle Magiker zusammen. Es gibt so etwas wie eine Standesloyalität, die alle nationalen oder dimensionalen Grenzen sprengt. Mit etwas Glück können wir uns seiner Hilfe bei der Befreiung Tandas versichern.«

»Das ist aber seltsam«, entgegnete ich trocken. »Die Magiker, die ich bisher kennen gelernt habe, gingen sich eigentlich in der Regel eher gegenseitig an die Kehle. Ich hab den nachhaltigen Eindruck gewonnen, dass sie nichts lieber hätten, als konkurrierende Magiker, und uns ganz besonders, auf der Stelle tot umfallen zu sehen.«

»Das gibt es allerdings auch«, räumte Aahz ein, »aber betrachte es mal lieber von dieser Seite: Wenn er uns nicht helfen sollte, ist er wahrscheinlich stattdessen unser wichtigster Gegner, und deshalb müssen wir uns davon überzeugen, was er kann und was nicht, bevor wir Pläne schmieden können. So oder so müssen wir so schnell wie möglich mit ihm zusammenkommen.«

Vielleicht ist es Ihnen aufgefallen, dass Aahz' Lagebeurteilungen meistens alles andere als beruhigend sind. Vielleicht gewöhne ich mich ja eines Tages noch daran, aber in der Zwischenzeit lerne ich, in einem Zustand ständiger Panik zu operieren.

Einen Augenblick lang versperrte uns ein Auflauf von Einheimischen den Weg, die einem Anheizer lauschten, der von einer improvisierten Plattform herab zu ihnen sprach. Soweit ich die Sache verstand, beschwerten sie sich gerade über den Krieg.

»Ich sag's euch – der Rat enthält uns Informationen vor!«

Ein Grollen erhob sich unter den Versammelten.

»Als Bürger von Ta-hoe haben wir ein Recht darauf, die Tatsachen über diesen Krieg zu erfahren!«

Diesmal war die Reaktion etwas lauter und hitziger.

»Wie sollen wir die Quoten für diesen Krieg festsetzen oder überhaupt intelligente Wetten abschließen, wenn wir nicht alle Einzelheiten kennen?«

Als wir endlich an der Menge vorbeigeschlichen waren, hatte sich diese bereits einem Zustand wilder Hysterie genähert.

»Wer sind diese Leute?«, fragte ich.

»Buchmacher«, meinte Griffin achselzuckend. »Der Rat sollte lieber vorsichtig sein. Das ist eine der einflussreichsten Lobbys in Ta-hoe.«

»Ich sag's ja, es ist geradezu ehrfurchtgebietend!«, murmelte Aahz verträumt.

»Wir müssen für unsere Rechte kämpfen! Wir wollen alles wissen!«, schrie der Anheizer. »Wir müssen die Frontlinien erfahren, die Schlachtpläne, die ...«

»Die sind alle auf dem Holzweg«, bemerkte Griffin. »Sie haben diese Informationen nur deshalb noch nicht erhalten, weil das Militär noch gar keinen Plan entwickelt hat.«

»Warum sagst du es ihnen denn nicht?«, schlug ich vor.

Unser Führer hob eine Augenbraue, als er mich ansah. »Ich dachte, ihr hättet es eilig, den Magiker zu treffen«, erwiderte er.

»Ach so, stimmt ja«, gab ich – peinlich berührt – zu.

»Sag mal, Griffin«, rief Aahz ihm zu »Das wollte ich dich schon die ganze Zeit fragen: Was hat den Krieg überhaupt ausgelöst?«

Zum ersten Mal, seit wir ihm begegnet waren, trug unser Führer ein anderes Gefühl als Langeweile oder Furcht zur Schau.

»Diese Bastarde von Veygus haben unsere Trophäe gestohlen«, fauchte er wütend. »Und jetzt werden wir sie uns zurückholen oder wenigstens feststellen, warum sie das getan haben.«

Ausnahmsweise bedurfte es diesmal keines Rippenstoßes von Aahz, damit ich den Mund hielt. Aber ich bekam trotzdem einen ab.

»Eure Trophäe gestohlen, eh?«, bemerkte mein Ausbilder unschuldig. »Weißt du, wie?«

»Eine Bande von denen hat am Tag nach dem Großen Spiel einen Blitzüberfall gestartet«, erklärte Griffin verbittert. »Sie haben kurz nach Sonnenuntergang zugeschlagen und konnten entkommen, bevor die Wachleute auf den Alarm reagieren konnten.«

Vor meinem geistigen Auge blitzte die Erinnerung an die Gruppe von Leuten auf, die das Trophäenhaus betreten und wieder verlassen hatten, während Tanda und ich auf eine günstige Gelegenheit gewartet hatten. Das beantwortete eine Menge Fragen, die mir Sorgen gemacht hatten. Fragen wie: »Wohin ist die Statue verschwunden?« und »Wieso sind die Wachen so schnell gekommen?« Wir hatten den Alarm gar nicht ausgelöst! Das hatte die Gruppe von Veyganern getan – und hatte uns damit nichts ahnend den Wachen ausgeliefert!

»Ich hätte gedacht, dass ihr besser auf eure Trophäe aufpassen würdet, wenn sie euch so wichtig ist«, meinte Aahz.

Griffin wirbelte zu ihm herum, und einen Augenblick lang dachte ich schon, dass er zuschlagen würde. Doch im letzten Moment fiel ihm wieder ein, dass Aahz ein Magiker war, und so senkte er die bereits erhobenen Arme. Ich seufzte erleichtert auf. Ich meine, Aahz ist wirklich stark! Schon in meiner eigenen Dimension Klah hat er mich mit seiner Kraft beeindruckt, und hier in Jahk sah sogar ich im Vergleich zu den Einheimischen kräftig aus. Wenn Griffin wirklich zugeschlagen hätte, hätte Aahz ihn auseinander genommen, und zwar im wortwörtlichen Sinne!

»Unsere Sicherheitsvorkehrungen zum Schutz der Trophäe waren mehr als ausreichend«, verkündete unser Führer ruhig, »zumindest unter gewöhnlichen Umständen. Die Diebe hatten magische Unterstützung.«

»Magische Unterstützung?«, fragte ich und gab mein Schweigen endlich auf.

»Genau.« Griffin nickte nachdrücklich. »Wie hätten sie denn sonst eine so schwere Statue noch vor Eintreffen der Wachen fortschaffen können?«

»Das wäre auch ohne Magik gegangen«, meinte Aahz. »Zum Beispiel, wenn sie einen Haufen kräftiger Männer eingesetzt hätten.«

»Normalerweise würde ich dir ja zustimmen«, räumte unser Führer ein, »aber in diesem Fall haben wir sogar den Dämon gefangen genommen, der ihnen geholfen hat.«

Einen Augenblick lang herrschte Stille. Weder Aahz noch ich verspürten große Lust, die nächste Frage zu stellen – aus Furcht vor der Antwort. Endlich ergriff Aahz das Wort. »Ein Dämon, sagst du?«, fragte er mit seinem breitesten Lächeln. »Was ist denn mit ihm passiert?«

Seine Worte klangen leicht und beiläufig, aber in seinen Augen war ein Glitzern, das mir gar nicht gefiel. Plötzlich fand ich mich in einer ziemlich eigenartigen Situation wieder, mir wegen des Schicksals einer ganzen Dimension Sorgen zu machen.

»Mit dem Dämon?« Griffin furchte die Stirn. »Oh, den hält der Magiker gefangen. Vielleicht zeigt er ihn euch, wenn ihr mit ihm sprecht.«

»Der Magiker? Der, den wir gerade aufsuchen?«, hakte Aahz nach. »Der hat den Dämon?«

»Genau«, erwiderte unser Führer. »Warum fragst du?«

»Ist sie immer noch bewusstlos?«, platzte es aus mir heraus.

Diesmal ließ mich Aahz' Ellbogen beinahe zusammenbrechen, doch es war schon zu spät. Griffin war wie angewurzelt stehen geblieben und musterte mich mit ungewohnter Intensität.

»Woher weißt du, dass der Dämon bewusstlos war?«, fragte er misstrauisch. »Und warum nennst du ihn ›sie‹?«

»Ich weiß nicht«, überspielte ich meinen Patzer. »Muss wohl an irgendetwas gelegen haben, was du gesagt hast.«

»Ich habe gesagt, dass wir einen Dämon gefangen

haben«, wandte er ein, »aber nicht, in welchem Zustand er war, und was sein Geschlecht angeht...«

»Hör mal«, unterbrach ihn Aahz barsch, »sollen wir hier etwa den ganzen Tag rumstehen und uns in die Haare kriegen, oder bringst du uns jetzt gefälligst zu dem Magiker?«

Griffin starrte uns einen Augenblick fest an, dann zuckte er die Schultern.

»Wir sind da«, verkündete er und zeigte auf eine Tür. »Hier wohnt der Magiker.«

»Nun steh da nicht so tatenlos rum, Sohn!«, brüllte Aahz. »Klopf an die Tür und melde uns an.«

Unser Führer seufzte angewidert, schritt aber gehorsam zur Tür hinüber und klopfte.

»Aahz!«, zischelte ich. »Was sollen wir ihm sagen?«

»Das überlass ruhig mir, Kind«, erwiderte er murmelnd. »Ich werde versuchen, ihn ein bisschen abzuklopfen, der Rest ist dann ein Kinderspiel.«

»Was sollen wir spielen?«, fragte ich stirnrunzelnd.

Aahz rollte die Augen. »Kind...«, fing er an.

In diesem Augenblick ging die Tür auf und gab den Blick frei auf einen ergrauten alten Mann, der gegen die Sonne anblinzelte.

»Griffin!«, rief er aus. »Was führt dich denn hierher?«

»Na ja, Herr«, stammelte unser Führer, »ich ... das heißt, hier sind zwei Herren, die mit Euch sprechen wollen. Sie sagen ... na ja, es sind Magiker.«

Bei diesem Wort zuckte der Alte zusammen und warf uns einen scharfen Blick zu, bevor er seine Reaktion mit einem freundlichen Lächeln vertuschte.

»Magiker, sagst du! Na, dann kommt herein, meine Herren. Junge, ich glaube es ist besser, wenn du hier draußen wartest. Wegen des Berufsgeheimnisses und so, du verstehst schon.«

»Äh ... eigentlich wollte ich mich jetzt lieber wieder auf den Weg machen«, murmelte Griffin unruhig.

»Du wartest hier!« Jetzt schwang eiskalte Härte in der Stimme des Alten mit.

»Äh, jawohl, mein Herr«, schluckte unser Führer und fuhr sich mit der Zunge über die Lippen.

Ich versuchte meine Nervosität zu verbergen, als wir dem Magiker in seine Behausung folgten. Ich meine, ganz abgesehen davon, dass wir nicht die geringste Ahnung hatten, über welche Kräfte er verfügte, und auch ganz abgesehen davon, dass wir nicht die leiseste Garantie dafür besaßen, dass wir diesen Ort jemals lebend wieder verlassen würden, hatte ich eigentlich keine Sorgen. Nicht wahr?

»Aahz«, flüsterte ich. »Hast du diesen Burschen schon abgeklopft?«

»Dafür ist es noch ein bisschen zu früh«, erwiderte mein Ausbilder sarkastisch. »In der Zwischenzeit habe ich einen kleinen Auftrag für dich.«

»Und der lautet?«, wollte ich wissen.

»Zum Beispiel, seine Aura abzutasten. Und zwar sofort.«

Eines der ersten Dinge, die mir Aahz beigebracht hatte, war das Überprüfen der Aura, des magischen Kraftfeldes, das Leute und Dinge umgab. Es kam mir zwar etwas komisch vor, das ausgerechnet jetzt zu tun, aber ich gehorchte und musterte unseren Gastgeber mit ›unscharfen‹ Augen.

»Aahz!«, keuchte ich los. »Der hat vielleicht eine Aura! Dieser Mann strahlt die Magik nur so aus! Gegen jemanden mit solcher Macht bin ich hilflos.«

»Möglicherweise gibt es noch eine andere Erklärung, Junge«, murmelte Aahz. »Vielleicht trägt er einen Tarnungszauber wie wir.«

»Meinst du wirklich?«, fragte ich hoffnungsvoll.

»Na ja«, antwortete mein Mentor mit gedehnter Stimme, »er trägt immerhin einen Dolmetschanhänger, genau wie wir. Da ist es sehr wahrscheinlich, dass er auch nicht aus dieser Dimension ist. Abgesehen davon kommt mir seine Stimme irgendwie bekannt vor.«

»Wenn ihr Platz nehmen wollt, meine Herren«, sagte unser Gastgeber und zeigte auf die Stühle. »Vielleicht hättet ihr die Güte, mir mitzuteilen, weshalb ihr mich zu sprechen wünscht.«

»Nicht so schnell«, mahnte Aahz und hob abwehrend eine Hand. »Wir sind es gewohnt, zu wissen, mit wem wir es zu tun haben. Könntet Ihr uns wohl den Gefallen tun, Eure Tarnung abzulegen, bevor wir anfangen?«

Der Magiker wandte den Blick ab und zappelte nervös umher. »Dann habt ihr es also gemerkt, wie?«, murrte er. »Das passt. Wie ihr wahrscheinlich bereits erraten habt, bin ich noch ziemlich neu in diesem Beruf. Ganz und gar nicht von eurem Niveau, wenn ihr wisst, was ich meine.«

Eine Woge der Erleichterung durchflutete mich, aber Aahz blieb ungerührt.

»Nehmt doch einfach die Tarnung ab, hm?«, drängte er.

»Oh, na schön«, seufzte unser Gastgeber und fummelte in seiner Tasche herum.

Wir warteten geduldig, bis er gefunden hatte, was er suchte. Dann begannen seine Konturen zu verschwimmen ... sein Körper wurde größer und fülliger ... bis wir schließlich sahen ...

»Hab ich's mir doch gedacht!«, rief Aahz triumphierend.

»Ganzfix!«, keuchte ich.

»Das ist mir aber *wirklich* peinlich«, grollte der ehemalige Dämonenjäger und plumpste auf seinen Stuhl.

Kapitel 10

›Alte Helden sterben nie –
sonst gäb's ja keine Fortsetzungen‹
J. Cotton

Rein äußerlich hatte sich Ganzfix seit unserer ersten Begegnung nicht verändert. Noch immer war er hochgewachsen, mit langen Gliedmaßen und sehr muskulös, noch immer sah er so aus, als würde er sich Schwert schwingend in einem Panzer wohler fühlen als hier in seiner Magikerrobe Wein nippend. Aber nun waren wir schon mal hier zu einer Konferenz versammelt, die nur wenig mit der förmlichen Befragung gemein hatte, auf die ich mich ursprünglich eingestellt hatte.

»Ich hatte schon befürchtet, dass ihr beide kommen würdet, als mir klar wurde, dass es Tanda war, die die Wachen gefangen genommen hatten«, knurrte der ehemalige Dämonenjäger.

»Befürchtet?« Ich furchte ehrlich verwirrt die Stirn. »Warum solltest du dich denn vor uns fürchten?«

»Ach, komm schon, Junge.« Ganzfix lächelte bitter. »Ich weiß es ja zu schätzen, dass du meine Gefühle schonen willst, aber die Wahrheit ist doch wirklich zu offensichtlich. Gegen eure magischen Fähigkeiten sind meine keinen Pfifferling wert. Ich weiß ganz genau, dass ihr mir jetzt, da ihr hier seid, meinen Posten mühelos wegnehmen könnt. Entweder so, oder ihr macht mich vor meinen Arbeitgebern lächerlich, so dass sie mich auf der Stelle feuern.«

»Aber das ist doch albern!«, rief ich ziemlich empört. »Hör mal Ganzfix, ich verspreche dir, dass wir dir weder deine Stellung wegnehmen noch dich lächerlich machen werden, solange wir hier sind.«

»Wirklich?«, fragte Ganzfix, und seine Miene hellte sich merklich auf.

»Bist du nicht ein bisschen voreilig mit deinen Versprechungen, Kind?«, unterbrach mich Aahz warnend.

»Ach, komm schon, Aahz!« Ich schnitt eine Grimasse. »Du weißt doch ganz genau, dass wir nicht deswegen hier sind.«

»Aber Kind ...«

Ich ignorierte ihn und wandte mich an Ganzfix.

»Ich verspreche es dir, Ganzfix. Wir klauen dir keinen Job und werden nichts tun, was deine Stellung gefährden könnte. Um die Wahrheit zu sagen, ich habe nämlich bereits eine Anstellung als Magiker. Es wundert mich, dass Tanda dir das nicht erzählt hat.«

Merkwürdigerweise entspannte sich Ganzfix nicht, sondern wirkte noch beunruhigter und wich meinem Blick aus.

»Weißt du, Junge«, murmelte er unbehaglich, »Tanda hat überhaupt nichts mehr gesagt, seit man sie in meine Obhut gegeben hat.«

»Sie hat nichts gesagt?«, fragte ich verwundert. »Das ist aber komisch! Normalerweise besteht das Problem doch eher darin, sie am Reden zu *hindern.*«

»Ganz genau.« Ganzfix lachte freudlos. »Nur dass sie diesmal ... na ja, sie ist nicht wieder zu sich gekommen.«

»Soll das heißen, dass sie immer noch bewusstlos ist?«, rief Aahz und sprang plötzlich auf. »Warum hast du das nicht gleich gesagt? Komm schon, Ganzfix, roll sie her. Das könnte etwas Ernstes sein.«

»Nein, nein, das versteht ihr falsch«, winkte Ganzfix ab. »Sie ist nicht wieder zu sich gekommen, weil ich einen Schlafzauber über sie verhängt habe.«

»Einen Schlafzauber?«, fragte ich besorgt.

»Ja, genau.« Ganzfix nickte. »Sie hat ihn mir selbst beigebracht. Das war übrigens der allererste Zauber, den ich gelernt habe. Ist eigentlich ziemlich einfach. Soweit ich weiß, müssen alle Mitglieder der Mörderzunft ihn erlernen.«

»Wozu?«, unterbrach ihn Aahz.

»Darüber habe ich eigentlich noch nie so genau nachgedacht.« Ganzfix blinzelte. »Ich vermute, weil es ihnen bei der Arbeit hilft. Ich meine, wenn man auf ein schlafendes Opfer trifft, kann man mit dem Zauber verhindern, dass es aufwacht, bevor man seinen Auftrag erledigt hat. Irgendetwas in der Art.«

»Das habe ich nicht gemeint!«, stöhnte Aahz. »Ich weiß wohl besser als du, wie Mörder vorgehen. Ich wollte wissen, wozu du einen Schlafzauber über Tanda verhängt hast.«

»Um ihr Aufwachen zu verhindern natürlich«, erwiderte Ganzfix achselzuckend.

»Brillant!«, brummte ich. »Wieso sind wir nur nicht von selbst darauf gekommen?«

»Halt's Maul, Kind!«, raunzte mein Ausbilder mich an. »Also schön, Ganzfix, versuchen wir es noch mal von vorne. Warum willst du nicht, dass sie aufwacht? Ich dachte, ihr beide wärt ganz gut miteinander ausgekommen, als ihr euch das letzte Mal gesehen habt?«

»Sind wir auch«, gestand Ganzfix und errötete. »Aber inzwischen bin ich ein professioneller Magiker. Wenn ich sie aufwachen lasse … na ja, über meine Fähigkeiten mache ich mir jedenfalls keine Illusionen. Dann hätte ich nicht die geringste Möglichkeit mehr, sie an der Flucht zu hindern.«

»Du willst nicht, dass sie flieht?«, blinzelte ich.

»Natürlich nicht. Das würde mich schließlich meine Stellung kosten«, lächelte Ganzfix. »Deshalb bin ich auch so froh, dass du versprochen hast, nichts zu unternehmen, was sie gefährden könnte.«

Mir rutschte das Herz in die Hosentasche.

»Raffinierter Schachzug, Junge«, bemerkte Aahz trocken. »Vielleicht hörst du ja das nächste Mal zu, wenn ich versuche, dir einen Rat zu geben.«

Ich wollte etwas zu meiner Verteidigung sagen, doch es fiel mir nichts ein, also hielt ich lieber den Mund und nutzte die Zeit dazu, mich mies zu fühlen.

»Nun, meine Herren«, strahlte Ganzfix und rieb seine Hände, »da die Sache ja jetzt geklärt ist, wollt ihr euch wahrscheinlich wieder auf den Weg machen, nehme ich an.«

»Nicht so schnell, Ganzfix«, winkte Aahz ab und lehnte sich in seinem Stuhl zurück. Er legte die Füße auf den Tisch. »Das Mindeste, was du uns schuldest, ist ja wohl eine Erklärung. Das letzte Mal, als wir dir begegnet sind, warst du noch ein Dämonenjäger, der mit Tanda durch die Dimensionen zog, um Magik zu lernen. Nun habe ich immer geglaubt, dass du das nur wolltest, um in deinem alten Beruf weiterzukommen. Was hat dich denn auf die andere Seite des Zauns getrieben?«

Ganzfix überlegte einen Moment, dann zuckte er die Schultern und lehnte sich ebenfalls in seinem Stuhl zurück.

»Also gut«, sagte er. »Den Gefallen kann ich euch tun, schließlich waren wir ja mal Waffenkameraden.«

Bevor er fortfuhr, nippte er noch einmal an seinem Wein.

»Tanda und ich haben uns von den anderen getrennt, kurz nachdem wir euren kleinen Schabernack bemerkt hatten. Wir fanden ihn ganz amüsant, vor allem Tanda, aber die anderen waren ziemlich böse, vor allem Isstvan, deswegen sind wir unserer eigenen Wege gegangen.«

Die Augen des Dämonenjägers wirkten etwas verträumt,

als er sich in seine Erinnerungen vertiefte. »Eine ganze Weile sind wir durch die Dimensionen gereist. War übrigens eine recht angenehme Zeit, wenn ich das hinzufügen darf. Ich habe eine Menge über Dämonen gelernt und auch ein bisschen über Magik, und das hat mich über meinen Beruf als Dämonenjäger nachdenken lassen. Ich meine, eigentlich sind Dämonen gar keine so üblen Burschen, wenn man sie mal näher kennen gelernt hat, und Magik bringt auch viel mehr ein als die Schwertschwingerei.«

»Ich hoffe, du hörst gut zu, Junge.« Aahz piekte mich grinsend in die Schulter.

Ich nickte, widmete meine Aufmerksamkeit aber weiterhin Ganzfix.

»Dann«, fuhr der ehemalige Dämonenjäger fort, »wollten es die Umstände, dass Tanda mich ohne Geld und ohne die Möglichkeit einer Rückkehr in meiner eigenen Dimension sitzen ließ.«

»Moment mal«, unterbrach ihn Aahz. »Das klingt aber gar nicht nach Tanda. Was waren das für so genannte ›Umstände‹?«

»Genau genommen handelte es sich dabei um ein Missverständnis«, erklärte Ganzfix und errötete wieder eine Spur. »Ohne hier auf pikante Einzelheiten eingehen zu wollen, will ich es so formulieren: Es hat dazu geführt, dass ich eine Nacht mit einer anderen Dame als Tanda verbracht habe.«

»Das würde wohl erklären, weshalb sie ohne dich weitergezogen ist«, meinte Aahz nachdenklich. »Aber nicht, wieso sie auch noch dein Geld genommen hat.«

»Na ja, eigentlich war es ja auch die junge Dame, mit der ich zusammen war, die mir mein Geld entwendet hat«, gestand der Dämonenjäger und errötete immer heftiger.

»Aha, jetzt kapier ich.« Aahz nickte. »Hört sich ganz so

an, als wenn du nicht nur über Dämonen und Magik noch viel zu lernen hättest, sondern auch über Frauen.«

»Egal«, fuhr Ganzfix hastig fort, »jedenfalls saß ich nun mittellos und allein in der Fremde, und so blieb mir nicht viel anderes übrig, als zu einer Arbeitsvermittlung zu gehen.«

»Zu einer Arbeitsvermittlung?«, fragte Aahz verwundert. »Wo genau warst du denn gestrandet?«

»Na, im Basar von Tauf natürlich«, erwiderte der Dämonenjäger. »Hab ich das nicht schon gesagt?«

»Der Basar von Tauf«, seufzte mein Ausbilder. »Das hätte ich mir denken können. Na schön, sprich weiter.«

»Es gibt eigentlich nicht viel mehr zu erzählen«, meinte Ganzfix achselzuckend. »Für Dämonenjäger war nichts frei, aber es gelang mir, diesen Posten hier in Jahk zu ergattern, indem ich von meinen magischen Fähigkeiten geflunkert habe. Seitdem habe ich ein ziemlich ruhiges Leben geführt – das heißt, bis die Wachen mit Tanda an meiner Tür erschienen sind.«

Ich begann mich zu fragen, ob es überhaupt einen einzigen Hofmagiker gab, der für seine Stellung wirklich qualifiziert war.

»Und nun wirst du Tanda nicht freilassen, stimmt's?«, schloss Aahz.

»Versteht mich nicht falsch«, bat Ganzfix und nagte an seiner Unterlipppe. »Ich würde Tanda *gerne* ziehen lassen. Schon um das Missverständnis wieder auszubügeln, das zwischen ihr und mir herrscht. Aber leider sehe ich dazu keine Möglichkeit, ohne gleichzeitig meine Stellung wegen Unfähigkeit zu verlieren.«

»He, vielleicht könnten wir dir ja einen Job in Possiltum besorgen!«, schlug ich freudig vor.

»Kind«, lächelte Aahz, »wirst du langsam mal von allein deine Zunge zügeln, oder muss ich sie dir erst mit Stumpf und Stiel ausreißen?«

Ich nahm mir seinen Wink zu Herzen und verstummte.

»Danke, Junge«, sagte Ganzfix, »aber das ginge nicht. Im Gegensatz zu dir bin ich immer noch dabei, mir als Magiker einen Ruf aufzubauen. Wie würde das denn aussehen, wenn ich gleich meine erste Stellung geschlagen aufgeben müsste, mit eingekniffenem Schwanz?«

»Du hast doch überhaupt keinen Schwanz«, bemerkte Aahz.

»Eine Redensart.« Ganzfix zuckte die Schultern.

»Ach so.« Mein Ausbilder nickte. »Na, wenn du glaubst, dass es ungewöhnlich wäre, sich hastig aus seiner ersten Stellung zurückzuziehen, mein Freund, dann musst du wirklich noch eine Menge über den Beruf eines Magikers lernen.«

»Das habe ich doch schon gesagt, oder nicht?«, fragte Ganzfix stirnrunzelnd.

Ich hörte der Auseinandersetzung nur mit halbem Ohr zu. Meine restliche Aufmerksamkeit benötigte ich zur Beschäftigung mit dem unausgesprochenen Kompliment, das Ganzfix mir gemacht hatte. Ich werde langsam geschickt darin, indirekte Komplimente zu bemerken. Die direkten dagegen sind sowieso ziemlich selten.

Wenn ich mal genauer darüber nachdenke, wuchs mein Ruf als Magiker tatsächlich. Niemand konnte leugnen, dass wir Isstvan auf seinem Heimfeld geschlagen hatten – und ich es gewesen war, der den Trupp rekrutiert und befehligt hatte, der Big Julies Armee aufgehalten hatte. He, in manchen Kreisen musste mein Name ja geradezu …

»Mist!«, brüllte Aahz und knallte die Hand mit einer solchen Wucht auf den Tisch, dass die Stühle einen Satz machten. »Ich sage dir doch: Sie hat die verdammte Trophäe nicht gestohlen!«

Ich beruhigte meine erschütterten Nerven wieder und konzentrierte mich auf das Gespräch.

»Ach, komm schon, Aahz«, meinte Ganzfix mit einer Grimasse. »Ich bin lange genug mit Tanda unterwegs gewesen, um zu wissen, dass sie nicht darüber erhaben ist, etwas zu stehlen, was ihr gefällt – und das seid ihr beiden vermutlich auch nicht, kann ich mir vorstellen.«

»Das stimmt schon«, pflichtete Aahz ihm bei, »aber du kannst deine letzte Länderspielkarte darauf verwetten, wenn einer von uns hinter eurer Trophäe her wäre, dass er sich bestimmt nicht hinterher erwischen lassen würde.«

»Meine letzte was?«, fragte Ganzfix stirnrunzelnd. »Ach, ist ja auch egal. Hör mal, selbst wenn ich dir glauben würde, könnte ich nichts unternehmen. Wichtig ist nur, dass die *Ratsversammlung* glaubt, dass Tanda daran beteiligt war, und die würden nicht einmal im Traum daran denken, sie freizulassen, ohne vorher ihre Trophäe zurückzubekommen.«

»Ach ja?«, lächelte Aahz und zeigte sämtliche Zähne. »Wie viele Ratsmitglieder gibt es denn? Und wie werden sie bewacht?«

»Aahz!«, mahnte Ganzfix streng. »Wenn dem Rat irgendetwas zustoßen sollte, muss ich das leider als Bedrohung meiner Stellung und folglich als direkten Bruch des Versprechens werten, das Meister Skeeve mir gegeben hat.«

Mein Ausbilder lehnte sich in seinem Stuhl zurück und blickte zur Decke empor. Der schwere, metallene Weinkrug in seiner Hand zerknautschte plötzlich, doch davon abgesehen ließ er sich seine Gefühle äußerlich nicht anmerken.

»Äh ... Ganzfix?«, versuchte ich es vorsichtig. Vor meinem geistigen Auge sah ich immer noch äußerst lebhaft das Bild von meiner Zunge, die sich anstelle des Weinkrugs in Aahz' Griff befand.

»Na, Junge?«, fragte Ganzfix und hob eine Augenbraue.

»Was, hast du gesagt, würde geschehen, wenn die Trophäe wieder zurückgebracht würde?«

Aahz wandte mir langsam den Kopf zu, bis sich unsere Blicke trafen, doch inzwischen wirkten seine goldgesprenkelten Augen nachdenklich.

»Na ja, gesagt habe ich eigentlich überhaupt nichts«, grummelte Ganzfix, »aber das würde jedenfalls alles verändern. Wenn die Trophäe wieder da wäre, wäre die Ratsversammlung außer sich vor Freude und wäre Tanda mit Sicherheit gewogener ... Ja, wenn die Trophäe zurückkehrte, könnte ich bestimmt einen Vorwand finden, um sie freizulassen.«

»Ist das ein Versprechen?«

Ich mag ja ziemlich unwissend sein, aber lernen tue ich schnell.

Ganzfix musterte mich eine ganze Weile, bevor er antwortete. »Na gut«, sagte er schließlich. »Aber warum fragst du?«

Ich warf Aahz einen Blick zu. Eines seiner Augenlider schloss sich kurz zu einem Zwinkern, dann machte er sich wieder daran, die Decke zu studieren.

»Weil«, erklärte ich, und Erleichterung durchflutete mich, »weil ich glaube, dass wir eine Möglichkeit finden werden, Tanda zu befreien, deine Stellung nicht zu gefährden und den Krieg zu beenden, und zwar alles auf einen Streich.«

Kapitel 11

›Was soll das heissen,
du hast einen kleinen Job für mich?‹
Herkules

»Die Trophäe aus Veygus klauen und einfach herbringen. Einfach so«, rumpelte Aahz schon zum hundertsten Mal.

»Wir sind verloren«, prophezeite Griffin grimmig.

»Halt's Maul, Griffin!«, schnauzte ich.

Mir fiel auf, dass ich mir in letzter Zeit eine Menge von Aahz' schlechten Angewohnheiten zu Eigen gemacht hatte.

»Aber ich sag's euch doch ständig und immer wieder: Ich kenne Veygus nicht«, protestierte der Jüngling. »Ich kann euch überhaupt nicht helfen. Bitte, darf ich nicht wieder zurück nach Ta-hoe?«

»Komm schon«, seufzte ich.

»Find dich damit ab, Sohn«, lächelte Aahz und legte unserem Führer lässig einen Arm auf die Schulter. »Wir werden dich nicht aus den Augen lassen, bis wir diesen Job erledigt haben. Je früher wir in Veygus sind, desto früher bist du uns auch wieder los.«

»Aber warum denn nur?«, wimmerte Griffin.

»Das haben wir doch alles schon einmal durchgekaut«, stöhnte mein Ausbilder. »Diese Kaperaktion wird so schon schlimm genug, auch ohne dass die Veyganer vorher Wind davon kriegen. Und die einzige Möglichkeit, sicherzugehen, dass du niemandem etwas davon erzählst, besteht darin, dich bei uns zu halten. Und außerdem bist du unser wandelnder Passierschein, wenn wir unterwegs auf Militärstreifen aus Ta-hoe treffen sollten.«

»Den Streifen kann man ganz einfach aus dem Weg gehen«, beharrte der Jüngling. »Und ich werde auch niemandem etwas von eurem Vorhaben verraten, Ehrenwort. Kann ich euch denn nicht irgendwie anders davon überzeugen, mir zu vertrauen?«

»*Na ja«,* Aahz wurde nachdenklich. »Ich schätze, *eine* andere Möglichlichkeit gäbe es schon noch.«

»Wirklich?«, fragte unser Führer hoffnungsfroh.

»Was meinst du, Skeeve?«, rief mir mein Ausbilder zu. »Hast du Lust, unseren Freund hier lieber in einen Stein oder in einen Baum oder etwas Ähnliches zu verwandeln, bis wir die Sache hinter uns gebracht haben?«

»Stein? Baum?«, stammelte der Jüngling, und die Augen drohten ihm dabei aus dem Kopf zu fallen.

»Klar«, meinte Aahz achselzuckend. »Ich selbst hätte es ja auch lieber nicht vorgeschlagen. Hinterher hat man immer das Problem, den richtigen Stein oder Baum wiederzufinden, um ihn zurückzuverwandeln. Manchmal dauert die Suche Jahre. Manchmal gibt der Magiker allerdings auch einfach auf.«

»Könnt ihr Burschen eigentlich nicht mal einen Zahn zulegen?«, trieb Griffin uns plötzlich an und beschleunigte sein Tempo. »Wenn wir so weiterschleichen, kommen wir nie in Veygus an.«

»Damit wäre die Angelegenheit wohl erledigt«, lächelte ich und zwinkerte Aahz zu, um ihm zu bedeuten, dass ich seinen Bluff gut fand.

»Die Trophäe aus Veygus stehlen«, nahm mein Mentor seine geistreiche Litanei wieder auf. »Einfach so!«

So viel zum Thema Themawechsel.

»Komm schon, Aahz, gib mir eine Chance«, verteidigte ich mich zungenfertig. »Schließlich hast du der

Sache schon zugestimmt, bevor ich sie überhaupt vorschlug.«

»Ich hab gar nichts gesagt«, widersprach er.

»Du hast gezwinkert«, entgegnete ich stur.

»Woher willst du wissen, dass ich nicht was im Auge hatte?«, konterte er.

»Keine Ahnung«, gab ich zu. »Hattest du denn was im Auge?«

»Nein«, seufzte er. »Ich habe tatsächlich gezwinkert. Aber nur, weil es mir der einzige Ausweg aus dieser Situation zu sein schien, in die *du* uns gebracht hast.«

Da hatte er mich wieder am Kragen.

»Wie wir in diese Situation geraten sind, ist nicht das Thema«, entschied ich. »Die wirkliche Frage lautet, wie wir die Trophäe stehlen sollen.«

»Verstehe«, grunzte Aahz. »Wenn *du* uns in Schwierigkeiten bringst, ist das also kein Thema.«

»Die Trophäe«, gab ich ihm das Stichwort wieder.

»Na ja…«, begann mein Ausbilder schleppend und nahm den Köder an. »Richtige Pläne können wir erst machen, wenn wir alles gesehen und die Wachen eingeschätzt haben. Was meinst du, Griffin? Womit müssen wir rechnen? Wie gut sind diese Veyganer?«

»Die Veyganer?« Unser Führer schnitt eine Grimasse. »Über die würde ich mir an eurer Stelle keine Sorgen machen. Die könnten ja nicht mal 'ne Erbse bewachen, wenn sie sie verschluckt hätten.«

»Echte Stümper, was?«, murmelte Aahz und hob eine Augenbraue.

»Stümper? Ein Witz sind die«, lachte Griffin. »Es gibt nicht einen Veyganer, der das Wort Strategie schreiben, geschweige denn gebrauchen könnte.«

»Ich dachte, du wüsstest gar nichts über Veygus«, warf ich misstrauisch ein.

»Na ja ... weiß ich auch eigentlich nicht«, gab der Jüngling zu. »Aber ich hab ihre Mannschaft beim Großen Spiel erlebt, und wenn das das Beste ist, was sie aufbringen können, dann ...«

»Soll das heißen, dass alles, was du gesagt hast, nur eine Spekulation war, die auf der Spielweise ihrer Mannschaft beruht?«, unterbrach ihn Aahz.

»Stimmt«, nickte Griffin.

»Dieselbe Mannschaft, die Ta-hoe die letzten fünf Jahre das Fell über die Ohren gezogen hat?«

Der Kopf unseres Führers ruckte hoch, als hätte er eine Ohrfeige bekommen. »Dieses Jahr haben *wir* gewonnen!«, erklärte er heftig.

»... woraufhin sie kehrtgemacht und euch die Trophäe vor der Nase weggeklaut haben«, wies mein Ausbilder ihn zurecht. »Das hört sich eigentlich nicht so an, als wären das wirklich solche Stümper, wie du gerne glauben würdest.«

»Ja, manchmal haben sie eben auch Glück«, murmelte Griffin finster.

»Vielleicht *solltest* du doch mal intensiver darüber nachdenken«, riet ich. »Ich meine, willst du wirklich in der Gegend rumlaufen und behaupten, dass eure Mannschaft von einem schwachen Gegner geschlagen wurde? Wenn Tahoe so gut und Veygus so schwach ist, wie erklärst du dir dann fünf verlorene Spiele hintereinander? Das kann ja wohl kaum nur allein am Glück liegen.«

»Wir sind zu zuversichtlich geworden«, vertraute sich unser Führer uns an. »Das ist immer die Gefahr, wenn man so gut ist wie wir.«

»Ich weiß, was du meinst«, nickte Aahz. »Mein Partner und ich haben dasselbe Problem.«

Nun, Bescheidenheit war noch nie Aahz' Stärke gewesen. Trotzdem war es nett mit anzuhören, wie er mich in diese prahlerische Behauptung mit einbezog. Das gab mir wenigstens das Gefühl, dass meine Lehre endlich Früchte zu tragen begann, dass ich Fortschritte machte.

»Womit werden wir, vom Militär einmal abgesehen, zu tun haben?«, fragte mein Ausbilder. »Wie ist es mit der Magik, die du ständig erwähnst? Haben sie einen Magiker?«

»Und ob.« Griffin nickte nachdrücklich. »Eine Magikerin. Sie heißt Massha. Wenn ihr überhaupt irgendwelchen Ärger kriegen solltet, dann mit ihr. Sie ist ziemlich fies.«

»Soll das heißen ›fies‹ in der Wahl ihrer Mittel, oder in Bezug auf ihren Charakter?«, verhörte Aahz ihn.

»Beides«, versicherte unser Führer entschieden. »Wisst ihr, ich bin ja nie der Meinung gewesen, dass unser Magiker so gut ist, wie er behauptet, aber Massha ist eine echte Schau. Ich könnte nicht mal einen Bruchteil der phantastischen Sachen aufzählen, die ich sie habe vollbringen sehen.«

»Äh ... wieso meinst du denn, dass sie auch einen fiesen Charakter hat?«, fragte ich beiläufig und versuchte, meine schwindende Zuversicht zu verbergen.

»Ich will es mal so ausdrücken«, erklärte Griffin. »Wenn es darum geht, einen miesen Job zu erledigen und dir drei fiese Möglichkeiten einfallen, wie man das bewältigen kann, dann würde ihr mit Sicherheit noch eine vierte einfallen, die so widerlich ist wie die anderen drei zusammen. Sie ist ein richtiges Genie, was das Unangenehmsein anbelangt.«

»Wunderbar!« Ich schnitt eine Grimasse.

»Was? Wie?«, fragte unser Führer erstaunt.

»Ja, Skeeve mag eben Herausforderungen!«, erklärte Aahz hastig und legte mir freundschaftlich einen Arm um die Schulter.

Ich hätte die Warnung selbst dann begriffen, wenn er mir nicht seine Klauen so tief in die Haut gebohrt hätte, dass es beinahe blutete. Aber er tat es dennoch, so dass mir das Lächeln reichlich schwer fiel.

»Das stimmt.« Ich lachte laut, um ein Keuchen zu vermeiden. »Wir haben schon öfter mit Schwergewichten zu tun gehabt.«

Das stimmte sogar. Ich versäumte allerdings zu erwähnen und versuchte angestrengt, nicht darüber nachzudenken, dass wir diese Begegnungen stets nur mit unglaublich viel Glück und frechen Täuschungen überlebt hatten.

»Gut«, strahlte Griffin. »Selbst wenn ihr die Trophäe nicht stehlen könnt, kann Ta-hoe den Krieg mühelos gewinnen, wenn es euch gelingt, Massha auszuschalten.«

»Weißt du, Griffin«, bemerkte Aahz mit hochgezogener Augenbraue, »für jemanden, der Veygus gar nicht kennt, weißt du aber fürchterlich viel über seine Magikerin.«

»Allerdings weiß ich das!«, lachte unser Führer bitter. »Schließlich war sie ja auch die Magikerin von Ta-hoe, bis Veygus sie abgeworben hat. Ich habe für sie Botengänge erledigt und ...« Mitten im Satz brach er ab und blieb stehen. »He! Stimmt ja!«, rief er. »Ich kann ja gar nicht mit euch gehen, wenn ihr Massha aufsuchen wollt. Die kennt mich nämlich! Wenn die Veyganer rauskriegen, dass ich aus Ta-hoe bin, werden sie mich für einen Kundschafter halten. Dann reißen sie mich in Stücke.«

»Keine Bange«, beruhigte ich ihn. »Wir werden einen weiten Bogen um Massha machen.«

»Oh, nein, werden wir nicht!«, berichtigte mich Aahz.

»Werden wir nicht?«, wiederholte ich.

»Kind, muss ich es dir denn schon wieder erklären? Wir müssen das magische Lokaltalent erst abklopfen, genau wie in Ta-hoe.«

»Man sieht ja, wo uns das hingeführt hat«, brummte ich düster.

»Wer hat *wen* wohingeführt?«, fragte Aahz mit einer

Unschuldsmiene. »Ich habe dich nicht richtig verstanden.«

»Schon gut, schon gut!« Ich gab auf. »Also werden wir Massha aufsuchen. Dann werde ich wohl eine Tarnung für Griffin fabrizieren müssen, damit ihn keiner erkennt.«

»Sie wird sich aber an meine Stimme erinnern!«, protestierte unser Führer.

»Red nicht!«, befahl ich, ohne genauer darauf einzugehen, ob diese Instruktion für die Zukunft oder für die Gegenwart gedacht war.

»Diesmal hat er Recht, glaube ich«, unterbrach Aahz uns nachdenklich. »Es wäre wahrscheinlich wirklich das Klügste, Griffin zurückzulassen.«

»Wäre es?«, blinzelte ich.

»He, einen Augenblick mal!«, fiel Griffin uns nervös ins Wort. »Ich will aber kein Stein oder Baum werden!«

»Oh, sicherlich fällt uns noch etwas weniger Drastisches ein«, lächelte mein Ausbilder ihn beruhigend an. »Entschuldige uns einen Augenblick, wir wollen uns miteinander beraten.«

Ich glaubte, Aahz würde mich beiseite nehmen, um sich privat mit mir zu unterhalten, doch stattdessen nahm er lediglich seinen Dolmetschanhänger ab. Nach einigen wüsten Drohungen meinerseits hatte Ganzfix noch einen zweiten herausgerückt, so dass wir nun jeder über einen verfügten. Wenn wir sie abnahmen, konnten wir sicher sein, dass niemand unsere Unterhaltung verstehen würde, während wir gleichzeitig Griffin im Auge behielten. Ich folgte Aahz' Beispiel.

»Was ist los? Aahz?«, fragte ich, sobald ich den Anhänger abgenommen hatte. »Weshalb diese Änderung des Plans?«

»Die Sache wird langsam ein bisschen zu kompliziert«, erklärte er. »Es wird Zeit, dass wir mal unsere Variablen reduzieren.«

»Unsere *was?«*, fragte ich verwundert.

»Hör zu!«, sagte Aahz mit angespanntem Kiefer. »Wir werden alle Hände voll damit zu tun haben, dem Militär und dieser Massha-Biene aus dem Weg zu gehen, da können wir uns nicht auch noch ständig um Griffin kümmern. Er kann uns sowieso keine große Hilfe sein, und wenn er uns keine Hilfe ist, ist er automatisch ein Hemmschuh.«

»So viel Schwierigkeiten wird er uns schon nicht machen«, wandte ich ein.

»Jede Schwierigkeit ist eine Schwierigkeit zu viel«, widersprach mein Ausbilder. »Bisher war er ja nur ein unschuldiger Dritter, den wir in die Sache hineingezogen haben. Das bedeutet, dass wir sicher sein müssen, ihn aus Veygus wieder herausholen zu können. Bist du dir da etwa wirklich sicher? Oder gefällt dir der Gedanke, ihn in einer fremden Stadt allein zurückzulassen?«

Aahz argumentiert ja selten human, aber wenn er es tut, hat er immer Recht.

»Na schön«, seufzte ich. »Aber was wollen wir mit ihm machen? Du weißt doch selbst, dass ich ihn nicht in einen Stein oder einen Baum verwandeln kann. Nicht dass ich es tun würde, selbst wenn ich es könnte.«

»Das ist doch nicht schwer«, meinte Aahz achselzuckend. »Du legst einen Schlafzauber über ihn. Das sollte ihn von Ärger fern halten, bis wir zurück sind.«

»Aahz«, sagte ich sanft und schloss dabei die Augen. »Ich weiß nicht, wie man einen Schlafzauber verhängt. Weißt du das nicht mehr?«

»Kein Problem.« Mein Ausbilder zwinkerte. »Ich bring's dir bei.«

»Jetzt sofort?«, fragte ich ungläubig.

»Na klar. Hast du nicht zugehört, was Ganzfix gesagt hat? Es ist ganz leicht«, erklärte Aahz zuversichtlich. »Natürlich weißt du ja, dass es gar kein echter ›Schlaf‹zauber ist. Es ist mehr eine Art Winterschlaf.«

»Ein was?«, blinzelte ich.

»Es ist ein magisches Drosseln des Stoffwechsels im Körper«, erklärte er hilfreich. »Wenn es ein Schlaf wäre, wie du ihn kennst, hätte man Probleme mit dem Flüssigkeitsverlust und den neurophysiologischen Funktionen der ...«

»Aahz!«, unterbrach ich ihn mit erhobener Hand. »Ist der Zauber leichter zu begreifen als die Erklärung?«

»Eigentlich ja«, gab er zu. »Ich dachte nur, du würdest es gerne wissen.«

»Dann bring mir doch einfach den Zauber bei, ja?«

Kapitel 12

›Raus aus der Pfanne, rein in das Feuer‹
DIE FLAMBIERTE FRAU

Zum Glück war der Schlafzauber tatsächlich so leicht zu erlernen, wie Aahz es versprochen hatte, und so ließen wir Griffin friedlich schlummernd in einem Unkrautfeld am Wegrand zurück.

Aus Vorsicht umgingen wir Veygus, um nicht aus Richtung Ta-hoe in der Stadt einzutreffen. Doch das erwies sich als überflüssig. Die Bewohner von Veygus waren viel zu sehr mit ihren eigenen Dingen beschäftigt, um uns überhaupt zu bemerken, von der Richtung, aus der wir kamen, ganz zu schweigen.

»Das ist wirklich großartig!«, gluckste Aahz, der sich beim Gehen eifrig in den Straßen umblickte. »Ich könnte diese Dimension richtig lieb gewinnen!«

Die Kriegsvorbereitungen in Veygus waren die gleichen wie in Ta-hoe, nur dass die Andenken hier nicht in Blau und Gold, sondern in Rot und Weiß hergestellt wurden. Langsam fing ich an, mir Gedanken darüber zu machen, ob dieser Krieg wohl jemals wirklich ausgefochten werden würde, oder ob er ausfallen musste, weil alle viel zu sehr damit beschäftigt waren, Geld zu verdienen.

»Schau dir das mal an, Aahz!«, rief ich.

Eine kleine Menge hatte sich versammelt, um einem lärmenden Redner zuzuhören. Bei dem, was ich davon mitbekam, gewann ich den Eindruck, dass ihre Klagen dieselben waren wie die der Ta-hoer: dass die Informationssperre der Regierung das Wetten beeinträchtigte.

»Na und?«, fragte mein Ausbilder achselzuckend.

»Ob das auch Buchmacher sind?«, überlegte ich.

»Es gibt eine Möglichkeit, das herauszubekommen«, meinte Aahz.

Bevor ich noch etwas entgegnen konnte, war er auch schon zu ein paar Leuten in der hintersten Reihe der Menge hinübergeschritten und verwickelte sie in ein angeregtes Gespräch. Mir blieb nichts anderes übrig als abzuwarten ... und mir Sorgen zu machen.

»Gute Nachricht, Junge«, verkündete Aahz, als er schließlich zurückkehrte.

»Sag's schon«, drängte ich. »Im Augenblick kann ich gute Nachrichten gebrauchen.«

»Sie bieten drei zu eins gegen Ta-hoe.«

Es dauerte einen Moment, bis ich begriff, was das zu bedeuten hatte. »Das ist alles?«, fragte ich stirnrunzelnd. »Das ist deine gute Nachricht? Das klingt mir eher danach, als hätten wir die militärische Stärke der Veyganer ganz böse unterschätzt.«

»Beruhige dich, Kind«, tröstete Aahz. »Das sind die gleichen Chancen, die in Ta-hoe auch geboten werden. Die heimischen Buchmacher müssen die Chancen immer zugunsten der eigenen Mannschaft festsetzen, sonst wettet niemand dagegen.«

Verwundert schüttelte ich den Kopf. »Na schön, dann stehen die Chancen also gleich«, meinte ich achselzuckend. »Aber ich begreife immer noch nicht, wieso das eine gute Nachricht sein soll.«

»Das begreifst du nicht?«, fragte mein Ausbilder. »Es bedeutet, dass die Buchmacher beider Städte unabhängig voneinander arbeiten, also ohne Absprache. Wenn wir unser Blatt geschickt ausspielen, können wir einen Haufen Geld mit diesem Durcheinander verdienen.«

Obwohl es mich ärgerte, dass Aahz selbst in einer solchen Situation noch ans Geld dachte, faszinierte mich seine Logik. Ich meine, schließlich hat er mich ja *tatsächlich* geschult.

»Indem wir wetten?«, fragte ich erstaunt. »Woher sollen wir denn wissen, auf welche Seite wir setzen müssen?«

»Nicht ›auf welche Seite‹ sondern ›gegen welche Seite‹«, erklärte Aahz. »Und dabei würden wir gleiche Summen gegen beide Seiten setzen.«

Darüber dachte ich eine Weile nach und nickte dabei, als hätte ich alles verstanden, bis ich schließlich doch aufgab. »Das kapier ich nicht«, gestand ich. »Wenn wir die gleiche Summe auf ... entschuldige, gegen beide Seiten setzen, dann können wir doch nicht gewinnen.«

Aahz rollte verzweifelt die Augen. »Denk doch mal nach, Kind«, mahnte er. »Bei einer Chance von drei zu eins können wir gar nicht verlieren. Angenommen, wir setzen tausend gegen jede Mannschaft. Gewinnt Ta-hoe, dann müssen wir in Ta-hoe tausend bezahlen, bekommen aber dreitausend in Veygus, so dass wir zweitausend netto Gewinn haben. Gewinnt dagegen Veygus, läuft es umgekehrt, und wir gewinnen immer noch zweitausend.«

»Kein schlechter Plan«, äußerte ich vorsichtig, »aber die Sache hat drei Haken. Erstens haben wir keine tausend, die wir setzen können ...«

»Wir könnten nach Klah zurückhüpfen und sie holen«, konterte Aahz.

»... und zweitens haben wir dafür keine Zeit ...«

»So lange dauert das auch wieder nicht«, widersprach mein Mentor.

»... und drittens wird es, wenn unsere Mission Erfolg haben sollte, überhaupt keinen Krieg geben.«

Aahz sperrte den Mund auf, um etwas zu erwidern – und ließ ihn aufgesperrt, während er angenehm lautlos über meinen Einwand nachdachte.

»Da habe ich dich kalt erwischt, was, Aahz?«, meinte ich grinsend.

»Ich frage mich, wie die Chancen gegen ein Stattfinden des Krieges stehen«, meinte er nachdenklich und musterte dabei wehmütig die Buchmacher.

»Komm schon, Aahz«, seufzte ich und zupfte ihn tapfer am Arm, »wir müssen einen Diebeszug auskundschaften.«

»Zuerst«, berichtigte er mich entschieden, »müssen wir diese Massha abklopfen.«

Ich hatte gehofft, dass er das schon wieder vergessen hätte, aber schließlich war dieses Abenteuer ja ohnehin nicht durch herausragende Glückssträhnen gekennzeichnet.

Wir machten uns auf den Weg durch Veygus, indem wir gelegentlich stehen blieben, um die Einheimischen nach dem Weg zu fragen, bis wir schließlich vor dem Haus der Stadtmagikerin ankamen. Es war kein sehr eindrucksvolles Gebäude, so eben am äußersten östlichen Stadtrand gelegen, aber es strahlte eine faszinierende Vielfalt von Düften aus.

»Nicht gerade eine passende Residenz für eine mächtige Magikerin, was, Aahz?«, meinte ich und versuchte, meinen schwindenden Mut wieder ein wenig aufzupäppeln.

»Erinnerst du dich noch, wo du gelebt hast, als wir uns zum ersten Mal begegnet sind?«, konterte mein Ausbilder, ohne den Blick von dem Gebäude abzuwenden.

Ich musste ihm Recht geben. Gegen den Einzimmerschuppen, in dem ich bei Garkin Magik studiert hatte, war dieses Gebäude der reinste Palast.

»Was ich nicht begreife ist, weshalb sich Massha mit dieser Bude abgibt«, fuhr Aahz fort, wobei er mehr zu sich selbst als zu mir sprach. »Wenn es stimmt, was Griffin erzählt, hätte sie sich doch jedes Haus in der Stadt als Arbeitsplatz aussuchen können. Ich will dir was sagen, Kind. Halt doch mal Ausschau nach Kraftlinien, ja?«

Ich gehorchte und schloss die Augen, um meinen Geist auszudehnen und nach den unsichtbaren Strömen magischer Kraft zu suchen, welche wir in unserem Beruf anzuzapfen pflegen. Ich brauchte nicht lange zu suchen.

»Aahz!«, keuchte ich. »Hier kreuzen sich vier ... nein, fünf Kraftlinien auf einmal! Drei davon in der Luft und zwei im Boden.«

»Das habe ich mir gedacht«, bestätigte mein Ausbilder grimmig. »Sie hat sich diese Stelle nicht zufällig ausgesucht. Hier hat sie eine Menge Kraft, sofern sie sie anzuwenden weiß.«

»Aber was können wir denn gegen sie ausrichten, wenn sie derartig mächtig ist?«, stöhnte ich.

»Immer mit der Ruhe, Junge«, lächelte Aahz. »Denk daran, diese Kraft kann jeder von uns anwenden. Du kannst sie genauso leicht anzapfen wie sie.«

»Das stimmt«, sagte ich und entspannte mich, allerdings nicht sehr. »Also schön, und welchen Plan verfolgen wir jetzt?«

»Das weiß ich auch nicht so recht«, gestand er und schritt auf die Tür zu. »Wir müssen eben nach Gefühl improvisieren.«

Das erinnerte mich an etwas. »Äh ... Aahz ... äh«, stammelte ich. »Wenn ich daran denke, wie es in Ta-hoe gelaufen ist, wäre es mir lieber, wenn diesmal du nach *deinem* Gefühl improvisieren würdest.«

»Du nimmst mir das Wort aus dem Mund«, grinste Aahz. »Vergiss nur nicht, ihre Aura zu überprüfen, sobald wir drinnen sind. So können wir erfahren, ob sie von hier ist, oder ob wir es mit einer importierten Hilfskraft zu tun haben.«

Indem er dies sagte, hob er auch schon die Hand und begann an die Tür zu klopfen. Ich sage »begann«, weil die Tür zwischen dem zweiten und dritten Schlag plötzlich mit beunruhigender Schnelligkeit aufsprang.

»Was glaubt ihr ... oh, hal-lo, Jungs!«

»Äh ... öh ... bist du Massha, die Magikerin?«, stammelte Aahz und wich erschrocken einen Schritt zurück.

»Kennst du sonst noch jemanden, auf den meine Beschreibung passt?«, lautete die kichernde Antwort.

Sie hatte Recht. Ich hatte noch nie jemanden in Jahk – ach, was sage ich, in den zahlreichen Dimensionen gesehen, der auch nur im Entferntesten so ausgesehen hätte wie diese Gestalt, die nun vor uns im Türrahmen stand. Massha war riesig – sowohl ihre Körpergröße als auch ihr Leibesumfang. Sie füllte den Türrahmen bis zum Bersten aus, und dabei war es keineswegs eine schmale Tür. Aber Größe allein macht's noch nicht. Man hätte Massha durchaus in einer Menge großer Frauen übersehen können, wäre da nicht auch noch ihre Kleidung gewesen.

Auf ihrem zeltähnlichen Kleid trugen Purpur und Grün eine erbitterte Fehde miteinander aus, und das grell orangerote Haar, das ihr in schmutzigen Strähnen über die eine Schulter hing, ließ in absehbarer Zeit keinen Waffenstillstand erwarten. Und erst der Schmuck! Massha war so üppig mit allen möglichen Ohrringen, Halsbändern, Fußketten behangen, dass sie damit ohne Mühe ein eigenes Geschäft hätte aufmachen können. Sie trug nicht etwa ein Musterköfferchen, sie trug ein ganzes Ladeninventar!

Ihr Gesicht war für eine Beschreibung nicht gerade geeignet – es sei denn, man hat eine Vorliebe für deprimierende Nachrichten. Schlechte Zähne, die von fleischigen, rissigen Lippen eingerahmt wurden, und Schweinsäugelein, die aus dem Gebirge ihrer zahllosen Lachfalten hervorlugten und sich kaum von ihren anderen Hautunreinheiten unterscheiden ließen.

Im Laufe meiner Reisen habe ich eine Menge Frauen von ungewöhnlichem Aussehen beobachten können, aber in diesem Punkt schoss Massha ganz eindeutig den Vogel ab.

»Seid ihr Jungs nur vorbeigekommen, um mich anzustarren?«, fragte die Erscheinung. »Oder kann ich etwas für euch tun?«

»Wir ... äh ... brauchen Hilfe«, brachte Aahz heraus.

Ich war mir nicht sicher, ob er damit unsere Mission oder unsere gegenwärtige Lage meinte, doch so oder so war ich bereit, ihm aus vollem Herzen zuzustimmen.

»Na, da seid ihr bei mir an der richtigen Stelle«, erwiderte Massha hechelnd. »Kommt herein in mein Wohnzimmer, dann können wir besprechen, was ihr haben wollt – und umgekehrt.«

Aahz folgte ihr ins Haus, so dass mir nichts anderes übrig blieb, als hinter ihm herzuzotteln. Allerdings überraschte er mich damit, dass er ein Stück zurückblieb, um meinen Rat einzuholen.

»Sag an, Kind!«, zischte er.

»Wie wär's mit der Ansage ›widerlich‹?«, schlug ich vor.

Das trug mir einen weiteren Rippenstoß zu.

»Ich meine ihre Aura. Was ist los, hast du das etwa vergessen?«

Das hatte ich tatsächlich vergessen. Doch nun, da ich derart heftig wieder daran erinnert wurde, hielt ich hastig Ausschau nach magischer Ausstrahlung.

»Sie hat ... nein, warte mal«, berichtigte ich mich, »das ist nicht sie, das ist ihr Schmuck. Der ist magisch, sie selbst nicht.«

»Das habe ich mir gedacht«, sagte Aahz und nickte. »Gut, jetzt wissen wir, mit wem wir es zu tun haben.«

»Tun wir das?«, fragte ich.

»Sie ist eine Mechanikerin«, erklärte mein Ausbilder hastig. »Vollführt reine Trickmagik mit ihrem Schmuck. Ist was ganz anderes als das Zeug, das ich dir beigebracht habe.«

»Meinst du damit, dass ich sie in einem fairen Kampf besiegen kann?«

»Das habe ich nicht gesagt«, stellte er richtig. »Es hängt davon ab, was für Schmuck sie besitzt. Und nach allem, was wir bisher gesehen haben, hat sie eine ganze Menge davon.«

»Oh.« Ich sackte innerlich wieder zusammen. »Was werden wir jetzt tun?«

»Mach dir keine Sorgen, Junge«, zwinkerte Aahz. »Faire Kämpfe waren noch nie meine Sache. Solange sie nicht weiß, dass du ein Magiker bist, haben wir einen Riesenvorteil.«

Alle weiteren Fragen, die ich hätte stellen können, waren vergessen, als wir unser Ziel erreichten. Nachdem ich gerade erst Ganzfixens Behausung verlassen hatte, war ich auf das, was Massha als Arbeitsraum benutzte, nicht gefasst.

Es als Schlafzimmer zu bezeichnen, wäre eine Untertreibung gewesen. Es war die bunteste Sammlung von Troddeln, Kissen und erotischen Statuen, die ich auf dieser Seite jenseits des Basars von Tauf jemals gesehen hatte. Die Farben schrien sich gegenseitig an und hackten aufeinander ein, so dass ich mich fragte, ob Massha vielleicht farbenblind war. Doch ich verwarf den Gedanken auf der Stelle. Niemand hätte rein zufällig derart viele einander beißende Farben zusammentragen können.

»Setzt euch, Jungs«, sagte Massha lächelnd und ließ sich auf ihr exerzierplatzgroßes Bett plumpsen. »Zieht euch aus, dann fangen wir an.«

Wie ein Film rollte mein Leben vor meinem inneren

Auge ab. Obwohl ich heimlich von einer Karriere als Frauenheld geträumt hatte, hatte ich mir allerdings nie vorgestellt, dass ich sie auf diese Weise beginnen würde! Sonst wäre ich wohl lieber Mönch geworden.

Selbst Aahz schien trotz seiner gewaltigen Erfahrung mit seinem Latein am Ende zu sein. »Hm, eigentlich«, protestierte er, »haben wir nicht viel Zeit und ...«

»Ihr habt mich falsch verstanden«, winkte Massha und wedelte mit ihrer massigen Hand durch die Luft. »Ich meinte, legt eure Tarnung ab.«

»Unsere Tarnung?«, platzte ich heraus und schluckte schwer.

Zur Antwort hielt sie die linke Hand empor und reckte den Zeigefinger, damit wir hinschauten. Der dritte, nein, der vierte Ring blitzte in hellem Purpur.

»Dieses kleine Spielzeug hier sagt mir, dass ihr nicht nur Magiker seid, sondern auch, dass ihr eine Tarnung tragt«, grinste sie. »Nun bin ich zwar wirklich eine sehr umgängliche Person, aber dennoch ziehe ich es vor, zu wissen, mit wem ich meine Geschäfte mache. Ich bestehe sogar darauf.«

Während sie sprach, schlug die Tür hinter uns zu und verriegelte sich mit hörbarem Klicken selbsttätig.

So weit zu unserem Riesenvorteil.

Kapitel 13

›Wenn du sie nicht durch Geschicklichkeit
beeindrucken kannst,
dann verblüffe sie mit Blödsinn‹
J. Lewis

Einen Augenblick lang herrschte eisiges Schweigen. Dann wandte sich Aahz mit übertriebenem Achselzucken an mich.

»Nun«, seufzte er, »ich schätze, sie hat uns voll durchschaut. Gegen Technologie gibt es keine Argumente, weißt du. Die irrt sich niemals.«

Beinahe hätte ich sein Augenzwinkern übersehen, doch selbst als ich es wahrnahm, kapierte ich nicht sofort, was er genau vorhatte.

»Mit Eurer gütigen Erlaubnis, teure Dame ...« Er verneigte sich halb in Richtung Masshas und vollführte eine Reihe anmutiger Bewegungen mit der Hand in der Luft.

Das war ziemlich verwirrend. Aahz hatte doch seine sämtlichen magischen Kräfte eingebüßt, als ... Da begriff ich endlich. Massha hielt uns *beide* für Magiker! Aahz versuchte, diese Illusion aufrechtzuerhalten, und das würde ihm auch gelingen – sofern ich mich an die Arbeit machte und ihn darin unterstützte.

So unauffällig wie möglich schloss ich meine Augen und begann, seine Tarnung abzuschälen.

»Ein Perverser!« Massha krähte zur Belohnung meiner Anstrengung laut auf. »Wer hätte das gedacht! Mir ist ja gleich aufgefallen, dass du für einen Jahk einen ziemlich komischen Gang hast.«

»Genau genommen«, berichtigte Aahz sie geschmeidig, »ziehe ich es als Eingeborener von Perv vor, ›Perfekter‹ genannt zu werden.«

»Das ist mir egal, wie du selbst dich *nennst«*, meinte sie und zwinkerte anzüglich. »Mich interessiert viel mehr, was du *bist.«*

Ich begann gerade, das Unbehagen meines Ausbilders zu genießen, als Massha ihre Aufmerksamkeit mir zuwandte.

»Was ist denn mit dir, Sportsfreund?«, drängte sie. »Viel sagen tust du ja nicht gerade. Dann zeig mal her, was du da versteckst.«

Ich widerstand einem Impuls, wild an meinen Kleidern zu zerren, und machte mich stattdessen daran, mein gewöhnliches Aussehen wiederherzustellen.

»Ein Klahd – und ein junger noch dazu!«, rief Massha und legte den Kopf schräg, während sie mich begutachtete. »Na, das macht nichts. Bis die alte Massha mit dir fertig ist, bist du ... he!«

Plötzlich weiteten sich ihre Augen, und sie warf erst Aahz und dann wieder mir einen Blick zu.

»Ein Klahd, der zusammen mit einem Perversen reist ... du heißt doch nicht zufällig Skeeve, wie?«

»Du hast schon von mir gehört?«, blinzelte ich, erschrocken und geschmeichelt zugleich.

»Ob ich schon von dir gehört habe?«, lachte sie. »Das letzte Mal, als ich im Basar vorbeigeschaut habe, warst du dort das Gesprächsthema Nummer eins.«

»Ach ja? Was hat man sich denn über mich erzählt?«, drang ich in sie.

»Na ja, es heißt, dass du einen Trupp von sechs Leuten zusammengestellt und mit ihnen eine ganze Armee aufgehalten hast. Das war der effektivste Einsatz manueller Kraft seit Jahrhunderten.«

»Genau genommen waren es acht, wenn man Gliep und Berfert mitzählt«, gab ich bescheiden zurück.

»Wen?«, fragte sie stirnrunzelnd.

»Einen Drachen und einen Salamander«, erklärte ich. »Es war ein derart erfolgreiches Unterfangen, dass es mir lieb wäre, wenn alle Beteiligten gebührend Erwähnung fänden.«

»Das ist sehr anständig von dir«, meinte Massha und nickte anerkennend. »Die meisten Leute im Geschäft, die ich kenne, versuchen immer, den ganzen Ruhm alleine einzuheimsen, wenn die Sache klappt. Helfer erwähnen sie immer nur, wenn sie einen Sündenbock brauchen, dem sie die ganze Schuld in die Schuhe schieben können, wenn es schief gegangen ist.«

»Wenn du Skeeve kennst«, lächelte Aahz und drängte sich in das Gespräch, »dann weißt du sicherlich auch, wer ich bin.«

»Nein, weiß ich nicht«, erwiderte Massha achselzuckend. »Ich hab zwar gehört, dass er einen großmäuligen Perversen dabei hat, aber niemand hat mir erzählt, wie er heißt.«

»Ach, wirklich?«, fragte Aahz und ließ eine beunruhigende Anzahl von Zähnen zum Vorschein kommen. »Ein großmäuliger Perverser, wie? Und wer genau hat dir das erzählt?«

»Äh ... in diesem Fall«, unterbrach ich hastig, »möchte ich dir meinen Freund und Kollegen Aahz vorstellen.«

»Aahz?«, wiederholte Massha mit hochgezogener Augenbraue? »Aahz wie ...«

»Keine Verwandtschaft«, versicherte Aahz ihr.

»Aha«, nickte sie.

»Hast du was dagegen, wenn ich einen Schluck Wein trinke?«, fragte mein Ausbilder und zeigte mit großspuriger Gebärde auf den Weinkrug, der auf einem Tisch in der Nähe stand. »Es war eine lange trockene Reise.«

Diesmal war ich darauf gefasst und levitierte den Krug heimlich in seine ausgestreckte Hand. Der Gedanke, ihn in Verlegenheit zu bringen, indem ich den Wein stehen ließ, wo er war, kam mir nicht in den Sinn. Wir waren immer noch in der Klemme, und alles, womit wir Massha ablenken konnten, war ein guter Schachzug.

»Was machen denn zwei von eurem Kaliber hier in Jahk?«, fragte Massha und lehnte sich in ihre Seidenkissen zurück. »Ihr Jungs seid doch wohl nicht etwa hinter meinem Job her, oder?«

Mir fiel auf, dass sämtliche angestellte Magiker, denen ich so begegnete, von einem Verfolgungswahn heimgesucht zu werden schienen, was den möglichen Verlust ihrer Stellung betraf.

»Ich kann dir versichern«, warf Aahz schnell ein, »dass uns nichts ferner liegt als das. Und selbst wenn wir wollten, würden wir schon körperlich nicht mitkommen.«

Beinahe hätte ich gefragt, was er mit ›körperlich mitkommen‹ meinte, aber ich beherrschte mich. Wortspiele waren Aahz' Stärke, und im Augenblick bestand meine Aufgabe lediglich darin, ihm ausreichenden Handlungsspielraum zu verschaffen.

»Mit Schmeichelei kommst du überall durch«, gluckste Massha anerkennend, »nur an meiner direkten Frage kommst du damit nicht vorbei – und meine hast du noch nicht beantwortet. Wenn ihr keine Arbeit sucht, was wollt ihr dann hier?«

Das war eine gute Frage, aber zum Glück hatte Aahz die Antwort bereits parat.

»Wir machen gerade einen kleinen Urlaub«, log er, »und haben mal in Jahk vorbeigeschaut, um beim Wetten unsere Reisekasse aufzubessern.«

»Beim Wetten?« Massha legte die Stirn in Falten. »Aber das Große Spiel ist doch schon vorbei.«

»Das Große Spiel!«, schnaubte Aahz. »Ich will dir reinen Wein einschenken. Wir verstehen nicht genug vom Publikumssport, um dabei zu wetten, aber von Kriegen verstehen wir was – und wir haben gehört, dass sich hier einer zusammenbraut. Ich schätze, wenn wir beide nicht wenigstens ein bisschen intelligenter setzen können als ein Haufen von Bauerntölpeln, die seit fünfhundert Jahren keinen Krieg mehr zu sehen bekommen haben, dann haben wir es verdient, unser Geld zu verlieren.«

»Das erklärt, weshalb ihr in Jahk seid«, meinte Massha nachdenklich nickend. »Aber nicht, was ihr hier zu suchen habt – in meinem Arbeitsraum. Was kann ich für euch tun, was ihr nicht selbst für euch tun könntet?«

»Darauf könnte ich dir ein paar wirklich hübsche Antworten geben«, meinte Aahz anzüglich und feixte dabei, »aber die Wahrheit ist, dass wir Informationen brauchen. Soweit wir die gegenwärtige Lage beurteilen können, kann sich das Blatt in diesem Krieg durch Magik jederzeit wenden. Wir hätten gerne ein paar Insiderinformationen darüber, wie viel Einfluss du auf den Verlauf des Krieges nehmen wirst und ob du mit Schwierigkeiten von Seiten der Gegenpartei rechnest.«

»Von Seiten der Gegenpartei? Meinst du etwa den Magiker von Ta-hoe?«

Sie legte den Kopf zurück und lachte schallend. »Eins kann ich euch garantieren, Jungs, diesen ... wie heißt er noch gleich ... Ganzfix putze ich mit der linken Hand weg. Vorausgesetzt allerdings, dass diese Linke mit einigen meiner Spielzeuge bewaffnet ist.«

Sie zappelte mit den Fingern, um ihre Worte zu unterstreichen, und die Farben der Ringe glitzerten und tanzten umher wie ein bösartiger Regenbogen.

»Das ist gut, was den Krieg angeht«, nickte Aahz. »Aber wie steht es hier in der Stadt? Was sollte die Leute aus

Ta-hoe daran hindern, die Trophäe vor Kriegsausbruch zurückzustehlen?«

»Oh, ich habe einige Leckerchen drüben am Trophäenhaus angebracht, die jeden rösten werden, der versucht, sie zu klauen – vor allem dann, wenn er es mit Magik versuchen sollte. Natürlich sind die Dinger einzeln durchaus unzureichend, aber ich habe sie so miteinander gekoppelt, dass die Entschärfung des einen das andere auslöst. Die Trophäe wird keiner entwenden, bevor ich sie freigebe.«

»Klingt gut«, kommentierte mein Ausbilder mit einem Lächeln, das mir doch ein wenig gezwungen vorkam. »Solange du die völlige Kontrolle über die Trophäe hast, wird also wohl kaum etwas schief gehen.«

»Ich habe keine völlige Kontrolle darüber«, stellte Massha richtig. »Während der Parade ist die Armee dafür verantwortlich.«

»Parade?«, blubberte ich. »Was für eine Parade?«

»Ich weiß ja, dass es dämlich ist.« Sie schnitt eine Grimasse. »Deshalb habe ich ja auch jede Verantwortung dafür abgelehnt. Das habe ich sogar in den Vertrag hineinschreiben lassen. Ich mache keine Vorführungen und halte keine Paraden ab.«

»Was für eine Parade?«, wiederholte Aahz.

»Ach, sie tragen einmal am Tag die Trophäe durch die Straßen, um die Einwohner anzuheizen. Man sollte eigentlich meinen, dass sie es irgendwann leid wären, aber nein, jedes Mal, wenn das Ding auftaucht, drehen alle wieder durch, als wäre es das erste Mal.«

»Ich nehme doch an, dass die Trophäe unter militärischem Begleitschutz steht«, bemerkte Aahz.

»Du machst wohl Witze? Die halbe Armee ist dabei, wenn sie herumgetragen wird. Die verwenden mehr Zeit darauf, die Trophäe zu begleiten, als sich auf den Krieg vorzubereiten.«

»Ich verstehe«, murmelte mein Ausbilder. »Na, dann wissen wir ja jetzt, was wir wissen wollten. Wir sollten uns wieder auf den Weg machen.«

Bevor er sich bewegen konnte, war Massha ans Bettende geschossen und grabschte nach seinem Bein. »Wozu die Eile?«, schnurrte sie. »Kriegt die liebe Massha denn keine Belohnung dafür, dass sie euch so viel erzählt hat?«

»Genau genommen«, sagte Aahz und versuchte, sein Bein loszureißen, »gibt es da etwas, das für dich wirklich wertvoll sein könnte.«

»Das weiß ich doch«, lächelte Massha und schmiegte sich enger an ihn.

»Hast du gewusst, dass Ganzfix einen Dämon herbeibeschworen hat, damit er ihm hilft?«

»*Was* hat er?«

Massha ließ Aahz' Bein los und setzte sich mit einem Ruck kerzengerade auf.

»Ja, so ist es«, bestätigte Aahz nickend und brachte sich geschmeidig außer Reichweite. »Man hat uns erzählt, dass er ihn in seiner Werkstatt gefangen hält. Ich kann mir keinen anderen Grund dafür vorstellen, als dass er ihn im Krieg einsetzen will.«

»Einen Dämon, eh?«, murmelte Massha leise und starrte gedankenverloren die gegenüberliegende Wand an. »Hm, hm, wer hätte das gedacht! Das hätte ich Ganzfix gar nicht zugetraut. Ihr habt nicht vielleicht zufällig auch etwas über seine Fähigkeiten gehört?«

»Nichts Genaues«, gab Aahz zu, »aber ich glaube kaum, dass er jemanden herbeiruft, der schwächer ist als er selbst.«

»Das leuchtet mir ein«, stimmte Massha ihm zu. »Na, mit den beiden müsste ich eigentlich fertig werden.«

Ich kannte den Tonfall. Es war der gleiche, den ich zu benutzen pflegte, wenn ich versuche, mich selbst davon zu überzeugen, dass ich mit einem von Aahz' Plänen fertig werden kann.

»Sal mal, Massha«, warf mein Ausbilder ein, als sei ihm plötzlich ein neuer Gedanke gekommen. »Eigentlich machen wir ja gerade Urlaub, aber vielleicht können wir dir hier und da ein wenig aushelfen.«

»Würdet ihr das tun?«, fragte sie begierig.

»Na ja, es liegt schließlich in unserem eigenen Interesse, wenn wir beim Wetten Geld auf den Krieg setzen«, lächelte er. »Sonst würden wir uns gar nicht einmischen. Aber so, wie die Dinge stehen, könnten wir den Dämon aus Ganzfixens Gewalt bringen oder ihn zumindest neutralisieren, so dass er ihm überhaupt keine Hilfe mehr ist.«

»Das würdet ihr für mich tun? Als Gefallen?« Massha blinzelte.

»Na klar«, winkte Aahz beiläufig ab. »Wunder dich nur nicht über unsere Aktionen. Und egal, was du tust, versuch bloß nicht, uns irgendwie Steine in den Weg zu legen. Ich kann es zwar nicht mit völliger Sicherheit garantieren, aber ich glaube, wir könnten es schaffen. Und sollte es uns gelingen, dann vergiss nicht, dass du uns irgendwann auch mal einen Gefallen schuldig bist.«

Jeder, der Aahz kannte, wäre sofort misstrauisch geworden, wenn er sich erboten hätte, etwas umsonst zu tun. Zum Glück kannte Massha Aahz jedoch nicht, und so wirkte sie gleichzeitig fürsorglich und dankbar, als sie sich an der Haustür winkend von uns verabschiedete.

»So, Junge«, grinste Aahz und schlug mir auf den Rücken. »Nicht schlecht für einen Nachmittag Arbeit, auch wenn ich es bin, der das sagt. Wir haben den Gegner nicht nur ausgekundschaftet, wir haben ihn sogar ausgeschaltet. Die große böse Massha wird keinen Finger gegen uns rühren, egal was wir tun, weil sie fürchtet, sonst unser Vorgehen gegen Ganzfix zu stören.«

Da ich unsere Tarnung wiederhergestellt hatte, bevor wir auf die Straße hinausgetreten waren, traf mich Aahz' Hieb leider nicht auf der Schulter, sondern ganz woanders, und zwar mit größerer Kraft, als er sicherlich beabsichtigt hatte. Jedenfalls war das nicht dazu angetan, meine ohnehin schon düstere Stimmung zu heben.

»Klar, Aahz«, knurrte ich. »Bis auf eine Kleinigkeit.«

»Welche?«

»Wir können Tanda nicht so einfach klauen, weil Ganzfix sonst seinen Posten verliert und wir ihm versprochen haben, nichts zu tun, was seiner Stellung schaden könnte. Weißt du noch?«

»Skeeve, Skeeve«, kicherte mein Ausbilder kopfschüttelnd. »Ich hab schon nichts übersehen. *Du* bist es, der die Sache nicht zu Ende gedacht hat.«

»Na schön«, schnauzte ich, »dann bin ich eben begriffsstutzig! Erklär es mir!«

»Na, zunächst einmal brauchen wir uns, wie ich schon sagte, wegen Massha eine Weile lang keine Sorgen mehr zu machen.«

»Aber ...«, fing ich an, doch er schnitt mir das Wort ab.

»Zweitens«, fuhr er unbeirrt fort, »habe ich gesagt ›befreien‹ oder ›neutralisieren‹. Nun wissen wir aber bereits, dass Ganzfix Tanda nicht in dem Krieg einsetzen wird, also schuldet uns Massha einen Gefallen, ob wir nun etwas unternehmen oder nicht.«

»Aber wir wollen Tanda doch befreien«, protestierte ich. »Und das heißt, dass wir die Trophäe stehlen müssen.«

»Richtig!«, sagte Aahz strahlend. »Es freut mich, dass du es endlich begriffen hast.«

»Häh?«, fragte ich besonders intelligent.

»Du hast es also immer noch nicht begriffen«, seufzte mein Ausbilder. »Schau mal, Kind. Unser Vorhaben ist noch nicht erledigt. Wir werden die Trophäe stehlen.«

»Aber ich kann Masshas Fallen im Trophäenhaus doch nicht umgehen!«

»Natürlich nicht«, pflichtete Aahz mir bei. »Deshalb stehlen wir sie ja auch während der Parade.«

»Während der Parade?«, fragte ich fassungslos. »Bei hellichtem Tag, während die halbe Armee und die ganze Stadt zusieht?«

»Natürlich«, meinte Aahz achselzuckend. »Das ist doch die beste Gelegenheit, die wir uns wünschen können.«

Mir kam in den Sinn, dass entweder mit meiner Vorstellung von besten Gelegenheiten etwas nicht stimmte, oder dass mein Ausbilder nun endgültig den Verstand verloren hatte.

Kapitel 14

›Jeder Magier kann es bestätigen
Das Geheimnis des Erfolgs ist die Irreführung‹
B. S. Rajneesh

»Verstehst du denn nicht, Junge? Der Grund, weshalb das die beste Gelegenheit ist, ist der, dass alle so sicher sind, dass sie nicht gestohlen werden kann!«

Jedes Mal, wenn ich ihn gefragt hatte, immerhin zum zehnten Mal, hatte Aahz mir die gleiche Antwort gegeben, also verpasste ich ihm jetzt auch wieder die gleiche Abfuhr.

»Der Grund, weshalb alle so sicher sind, ist der, dass sie eben *nicht* gestohlen werden kann. Die halbe Bevölkerung von Veygus wird zusehen, mindestens, Aahz, und zwar werden sie genau auf jene Trophäe starren, die wir klauen wollen! Das *muss* doch jemand merken!«

»Nicht, wenn du dich an deine Instruktionen hältst, dann nicht«, erwiderte mein Ausbilder augenzwinkernd. »Vertrau mir ruhig.«

Das beruhigte mich keineswegs. Nicht, dass ich etwa kein Vertrauen in Aahz gehabt hätte, oh nein. Sein Geschick, mich in Schwierigkeiten zu bringen, wurde nur noch von seiner Fähigkeit übertrumpft, mich da auch wieder herauszuhauen. Ich hatte nur das dumme Gefühl, dass diese Fähigkeiten diesmal bis an die Grenzen ihrer Leistungskraft gefordert werden würden.

Das wollte ich Aahz gerade mitteilen, als aus der uns umgebenden Menge ein Aufschrei ertönte, der jedes weitere Gespräch unmöglich machte. Die Trophäe kam soeben in Sichtweite.

Wir hatten unseren Standort sorgfältig gewählt. Dies war der Punkt, an dem die Prozession am dichtesten an der Nordmauer von Veygus vorbeikam . . . und folglich auch die Stelle, an der die Trophäe dem Tor, das auf dem Weg nach Ta-hoe führte, am nächsten sein würde.

Aahz' Plan folgend, wedelten wir mit unseren Fäusten durch die Luft und sprangen auf und ab, als die Trophäe zusammen mit ihrer Militäreskorte vorbeizog. Es hatte allerdings keinen Sinn, zu schreien. Die Menge machte auch so bereits einen solchen Lärm, dass zwei Stimmen mehr oder weniger nicht weiter auffielen, und wir mussten unsere Puste für unser eigentliches Vorhaben aufsparen. Es war auch kein Problem, in die hinteren Reihen des Mobs zu gelangen. Wir brauchten lediglich keinen Widerstand zu leisten, während alles nach vorne drängte, und so gelangten wir bald an die gewünschte Stelle.

»So weit, so gut«, murmelte Aahz und musterte die Rücken der vor uns Stehenden, um sicherzugehen, dass wir unbeobachtet waren.

»Vielleicht sollten wir es aufgeben, solange wir noch können«, schlug ich voller Hoffnung vor.

»Halt's Maul und mach dich an die Arbeit«, bellte er in einem Ton, der keinen Widerspruch duldete.

Mit einem tiefen Seufzer schloss ich die Augen und begann, kleinere Veränderungen an unserer Tarnung durchzuführen.

Als ich den Tarnungszauber erlernte, geschah dies zunächst mit dem Ziel, die Gesichts- und Körpermerkmale eines Lebewesens so zu verändern, dass es einem anderen glich. Später, nach beträchtlicher Übung, lernte ich dann, wie man das äußere Erscheinungsbild toter Gegenstände verändern konnte, vorausgesetzt, sie waren früher einmal lebendig gewesen. Aahz hatte sich auf diese

Variante gestützt, um ihr eine neue Richtung zu geben. Jetzt ging es darum, das Aussehen unserer Kleidung zu variieren. Als ich fertig war, sahen wir nicht nur aus wie Jahks, wir trugen auch noch die Uniformen veyganischer Soldaten.

»Das genügt, Junge«, knurrte Aahz und klopfte mir anerkennend auf die Schulter. »Los jetzt!«

Damit stürzte er sich auch schon in die Menge und bahnte uns einen Weg zur Straße hinter der Trophäenprozession. Sich durch bewegliche Objekte wie Leute einen Weg zu bahnen, ist eine der Sachen, die Aahz am besten beherrscht.

»Gebt den Weg frei!«, schnauzte er. »Beiseite! Gebt den Weg frei!«

Dicht hinter ihm, trug auch ich meinen Teil zum allgemeinen Getöse bei.

»Ta-hoer!«, schrie ich. »An der Südmauer! Ta-hoer!«

Das ist eine der Sachen, die ich am besten kann – panisch schreien.

Einen Augenblick lang schien uns niemand zu hören. Dann drehten sich ein paar Köpfe zu uns um. Einige Stimmen nahmen meinen Ruf auf.

»Ta-hoer!«, schrien sie. »Wir werden angegriffen!«

Wie ein Lauffeuer sprach es sich in der Menge vor uns herum, und als wir schließlich den Schwanz der Prozession erreicht hatten, war diese bereits zum Stillstand gekommen. Die Soldaten scharten sich umeinander und verhedderten ihre Waffen und Leiber, als sie versuchten, gleichzeitig die Menge, die Dächer und den Himmel mit ihren Blicken abzusuchen.

»Ta-hoer!«, rief ich und drang zwischen sie.

»Wo?«

»An der Südmauer!«

»Wo?«

»An der Südmauer!«

»Wo?«

»Ta-hoer!«

»Wo?«

Dieser Unsinn hätte noch stundenlang so weitergehen können, wäre nicht plötzlich ein Offizier auf der Bildfläche erschienen. Er war ganz offensichtlich etwas intelligenter als die ihn umgebenden Soldaten – was bedeutet, dass er in einem Streitgespräch mit einer Steckrübe möglicherweise nicht den Kürzeren gezogen hätte.

»Was geht hier vor?«, fragte er, und seine befehlsgewohnte Stimme brachte die Mannschaftsdienstgrade zum Schweigen.

»Ta-hoer!«, keuchte ich, durch meine Aktion immer noch ein wenig aus der Puste. »Sie greifen die Südmauer an.«

»Südmauer?« Der Mann legte die Stirn in Falten. »Aber Ta-hoe liegt doch nördlich von hier!«

»Wahrscheinlich haben sie die Stadt umrundet!«, meinte ich hastig. »Sie greifen an der Südmauer an.«

»Aber Ta-hoe liegt doch nördlich von hier«, beharrte der Mann. »Warum sollten sie denn dann an der Südmauer angreifen?«

Seine Begriffsstutzigkeit war nervtötend. Darüber hinaus drohte sie auch unseren Plan zunichte zu machen, der schließlich auf unserem Tempovorteil fußte.

»Willst du hier vielleicht die ganze Zeit rumstehen und diskutieren, während diese gelbblauen Idioten die Stadt einnehmen?«, fragte Aahz und drängte sich an mir vorbei. »Wenn wegen deiner Unentschlossenheit alles niedergemacht wird, wird dich die Ratsversammlung degradieren und dir einen Mannschaftsdienstgrad verpassen.«

Das war nicht sonderlich logisch, weshalb der Narr es

sich auch zu Herzen nahm. Er zog seinen Degen und drehte sich zu seinen Männern um.

»Zur Südmauer!«, befahl er. »Mir nach!«

»Zur Südmauer!«

Der Schrei vervielfachte sich, als die Soldaten herumwirbelten und die Straße zurückstürzten, die sie gekommen waren.

»Zur Südmauer!«, schrie auch ich und wollte hinter ihnen herlaufen.

Plötzlich packte eine kräftige Hand meine Schulter und rammte mich mit einer Wucht gegen die Mauer, dass mir die Luft wegblieb.

»Zur Südmauer!«

Es war Aahz, der sich zurücklehnte, um mich in der Zange zu behalten, während er die Soldaten weiterdirigierte.

Schließlich drehte er den Kopf ein kleines Stück in meine Richtung.

»Wo willst du denn hin?«, fragte er neugierig.

»Zur Südmauer«, erwiderte ich kleinlaut.

»Warum?«

»Weil die Ta-hoer ... oh!«

Jetzt kam ich mir wirklich äußerst dämlich vor. Außerdem gewann ich immer mehr den Eindruck zermalmt zu werden. Aahz ist nicht gerade ein Fliegengewicht.

»Ich kann besser denken, wenn ich auch atmen kann«, erklärte ich ihm.

Der Boden kam auf mich zu, und ich knallte hin, als Aahz sein Gewicht nach vorne verlagerte.

»Hör auf, hier rumzualbern, Kind!«, raunzte er und riss mich wieder auf die Beine. »Wir müssen arbeiten.«

Wie ich schon mal erwähnte, besitzt Aahz die beneidenswerte Fähigkeit, das Offensichtliche zu erfassen. Ein Dutzend Soldaten scharte sich noch immer um die Trophäe, deren Tragbahre inzwischen auf dem Boden ruhte. Abgesehen davon war da nur noch die Kleinigkeit, dass die Menge der Schaulustigen herumlungerte und über die jüngsten Ereignisse debattierte.

»Was sollen wir tun, Aahz?«, zischte ich.

»Überlass das alles nur mir«, erwiderte er zuversichtlich.

»In Ordnung«, nickte ich.

»Ich will, dass du Folgendes tust...«

»Ich dachte, ich sollte das alles dir überlassen?«, meckerte ich.

»Halt den Mund und hör gefälligst zu«, befahl er. »Ich will, dass du mein Gesicht und meine Uniform an den Offizier angleichst, mit dem wir gerade gesprochen haben.«

»Aber...«

»Tu es einfach!«

Einen Augenblick später waren die erforderlichen Veränderungen erledigt, und Aahz stapfte wütend auf die verbliebenen Soldaten zu.

»Was macht ihr denn noch hier?«, krakeelte er. »Ab an die Südmauer zu den anderen, aber marsch, marsch!«

»Aber ... wir ... wir haben Befehl, die Trophäe zu bewachen!«, stammelte der ihm am nächsten stehende Soldat verwirrt.

»Bewacht sie, indem ihr die Ta-hoer aus der Stadt raushaltet!«, brüllte Aahz. »Und jetzt ab an die Südmauer! Wer versuchen sollte, hier zu bleiben, den bringe ich persönlich wegen Feigheit vor dem Feind vors Standgericht, und das bin ich. Wisst ihr, welche Strafe darauf steht?«

Anscheinend wussten sie es, im Gegensatz zu mir. Aahz erhielt keine Antwort mehr auf seine Frage, weil die Soldaten augenblicklich die Straße hinunter zur Südmauer sprinteten.

So weit also zu der Militäreskorte der Trophäe. Allerdings fragte ich mich, was mein Ausbilder gegen die Menge unternehmen wollte.

»Bürger von Veygus!«, dröhnte Aahz wie als Antwort auf meine stumme Frage. »Unsere schöne Stadt wird soeben vom Feind angegriffen. Nun weiß ich selbst, dass ihr euch alle freiwillig melden wollt, um der Armee in dieser Schlacht beizustehen, aber damit das auch Sinn hat, müsst ihr euch diszipliniert und ordentlich verhalten. Deshalb will ich, dass alle Freiwilligen sich hier vorne in einer Reihe aufstellen, um ihre Instruktionen zu empfangen. Jeder, der für den Dienst untauglich ist, begibt sich sofort nach Hause, um die Miliz nicht zu behindern. Also gut jetzt, Freiwillige – sammeln!«

Sekunden später standen Aahz und ich allein auf der Straße. Die Menge potentieller Freiwilliger war verdampft wie Wassertropfen, die man auf ein erhitztes Gitter gespritzt hatte.

»So viel zum Thema ›Zeugen‹«, grinste mein Ausbilder und zwinkerte mir zu.

»Wo sind sie denn alle hin?«, fragte ich und reckte den Hals, um mich besser umsehen zu können.

»Nach Hause natürlich«, feixte Aahz. »Wehrdienst mag niemand – vor allem dann nicht, wenn es ihn persönlich erwischt.« Dann schnauzte er: »Los jetzt, steh hier nicht so rum! Wir greifen uns jetzt die Trophäe, ist das klar? Dieser ›Südmauertrick‹ wird die Armee auch nicht ewig in die Irre führen, und ich für meinen Teil möchte höchst ungern hier sein, wenn sie zurückkommen.«

Ausnahmsweise waren wir beide mal völlig einer Meinung.

»Na gut, Aahz«, sagte ich nickend. »Wie kriegen wir sie aus der Stadt?«

»Das ist kein Problem«, winkte er ab. »Vergiss nicht, dass ich nicht gerade ein Schwächling bin.«

Mit diesen Worten schritt er zur Trophäe hinüber, nahm sie einfach unter den Arm und stemmte lässig seine Hüfte dagegen, damit sie im Gleichgewicht blieb.

»Aber Aahz ...«, fing ich an.

»Ich weiß, was du sagen willst«, wehrte er mit erhobener Hand ab, »und du hast sogar Recht. Es wäre einfacher, einen Wagen zu stehlen. Du übersiehst aber, dass ein Wagen persönlicher Besitz ist, während die Trophäe der ganzen Stadt gehört.«

»Aber Aahz ...«

»Das bedeutet«, fuhr er hastig fort, »dass jeder glauben wird, irgendjemand anders würde schon auf die Trophäe aufpassen, so dass wir mit ihr ungehindert abhauen können. Wenn wir dagegen einen Wagen stehlen, wird sein Besitzer das sofort merken und Alarm schlagen. Und nachdem wir die Trophäe erfolgreich befreit haben, wäre es ja wohl reichlich dämlich, wegen eines Wagendiebstahls festgenommen zu werden, nicht wahr?«

»Ich meinte nicht, wie wir sie transportieren werden!«, platzte ich heraus. »Ich meinte, wie kriegen wir sie an den Wachen am Nordtor vorbei?«

»Wie?« Aahz runzelte die Stirn.

»Die werden uns wohl kaum mit dem Ding an ihnen vorbeispazieren lassen, und tarnen kann ich sie nicht. Sie ist aus Metall!«

»Hmmm ... da hast du Recht, Kind«, gab mein Ausbilder zu und nickte nachdenklich. »Hm, vielleicht können wir ... o wie schön!«

»Was ist denn?«, fragte ich verängstigt.

»Die Soldaten kommen zurück«, verkündete er mit schräg liegendem Kopf. Aahz besitzt ein ungewöhnlich gutes Gehör. »Na gut, dann müssen wir es eben auf die schnelle Tour machen. Hol den D-Hüpfer raus.«

»Den was?« Ich blinzelte.

»Den D-Hüpfer!«, wiederholte er. »Wir nehmen das Ding einfach mit zurück nach Klah.«

Hastig nestelte ich den D-Hüpfer aus meiner Tasche und gab ihn Aahz, damit er ihn einstellte.

»Was ist mit Tanda?«

»Wir bringen die Trophäe später mit diesem Ding zurück und holen sie raus«, murmelte Aahz. »Ich war nicht darauf eingestellt, ihn ausgerechnet jetzt zu benutzen. Schließlich besteht immer die Möglichkeit, dass ... ach, egal. Halt dich fest, Junge. Los geht's.«

Ich presste mich eng an ihn und wartete, während er den Knopf des Hüpfers betätigte.

Nichts geschah.

Kapitel 15

›... ODER MUSS ICH ZUERST DEN SAFE ÖFFNEN
UND DANN ZUR OBERFLÄCHE EMPORSCHWIMMEN?‹

H. HOUDINI

»Nichts passiert.«

»Das merke ich auch«, stöhnte Aahz und musterte den D-Hüpfer wütend. »Das ist der Haken, wenn man auf Maschinen vertraut. Sobald man sich wirklich auf sie verlässt, lassen sie einen prompt im Stich.«

»Was ist denn los?«, drängte ich.

»Das verdammte Ding muss erst wieder aufgeladen werden.« Aahz spie die Worte förmlich aus. »Und das kriegen wir nicht hin, bevor die Soldaten zurückkommen.«

»Dann müssen wir uns verstecken, bis ...«

»Verstecken? Wo denn?«, fauchte mein Lehrer. »Willst du vielleicht einen der Einwohner darum bitten, uns zu verbergen? Der würde uns einige Fragen zu stellen wissen über die Trophäe, die wir da mitschleppen.«

»Na schön, dann schlag *du* doch was vor!«, knurrte ich.

»Ich denke gerade darüber nach«, grollte Aahz und blickte um sich. »Wir brauchen ... da!«

Bevor ich fragen konnte, was er da tat, schritt er auch schon in einen nahe gelegenen Laden, zerrte ein Tierfell von der Wand und machte sich daran, die Trophäe darin einzuwickeln.

»Klasse!«, kommentierte ich trocken. »Jetzt haben wir wenigstens eine pelzige Trophäe. Ich glaube kaum, dass das die Wachen täuschen wird.«

»O doch, wenn du es tarnst«, grinste Aahz.

»Ich hab dir doch schon gesagt, dass ich das nicht kann«, verkündete ich starrsinnig. »Sie ist doch aus Metall!«

»Nicht die Trophäe, du Blödian!«, raunzte er. »Das Fell. An die Arbeit! Verwandle es in irgendwas ... nein, mach einen verwundeten Soldaten daraus!«

Ich war zwar nicht überzeugt, dass es funktionieren würde, schloss aber die Augen und versuchte es immerhin. Ein verwundeter Soldat – komplett mit zerrissener, blutbefleckter Uniform und herabbaumelnden Beinen.

»Nicht schlecht, Kind.« Aahz nickte und nahm das Bündel unter den Arm.

Wie üblich konnte ich auch diesmal das Ergebnis meiner Arbeit selbst nicht erkennen. Als ich hinsah, erblickte ich keinen Wachoffizier, der einen verwundeten Kameraden unterm Arm trug, sondern Aahz, der ein verdächtig klumpiges Paket umklammert hielt.

»Bist du sicher, dass es in Ordnung ist?«, fragte ich zweifelnd.

»Klar«, nickte Aahz. »Nur ... oh! Da kommen sie. Überlass alles mir.«

Das klang mir verdammt vertraut, aber im Augenblick hatte ich ohnehin keine vernünftige Alternative. Die Soldaten kamen inzwischen in Sicht und stürmten mit grimmigen Mienen auf uns zu.

»Da lang! Schnell! Sie entkommen!«

Aahz' Brüllen schmiss mich beinahe aus den Latschen, aber ich hielt die Stellung. Ich habe mich schon fast an seine unvorhersehbaren Schachzüge gewöhnt – fast.

»Ihnen nach!«, wiederholte Aahz. »Charlie hat es erwischt!«

»Wer ist Charlie?«, fragte ich stirnrunzelnd.

»Halt's Maul, Kind!«, zischte mein Ausbilder und gönnte mir einen vernichtenden Blick, bevor er sich wieder auf die Soldaten konzentrierte.

Sie hatten ihr Tempo ein wenig gebremst und warfen beim Näherkommen Blicke in die Seitenstraßen, änderten ihre Laufrichtung jedoch nicht. Es war bloß ein Glück, dass der Offizier, den Aahz gerade imitierte, nirgendwo zu sehen war.

»Begreift ihr denn nicht?«, schrie Aahz. »Sie haben die Trophäe! Dort entlang!«

Das entschied die Sache. Mit einem tierischen Wutgebrüll wirbelten die Soldaten herum und schossen in die Richtung davon, die Aahz ihnen angezeigt hatte.

»Junge, Junge«, murmelte ich bewundernd. »Ich möchte nicht in der Haut des Trophäendiebs stecken, wenn die ihn erwischen.«

»Das könnte reichlich unangenehm werden«, stimmte Aahz zu. »Und wenn du nichts dagegen hast, machen wir uns deshalb auch sofort auf den Weg, hm?«

»Ach so, ja! Klar doch, Aahz.«

Er hatte sich bereits in Bewegung gesetzt und legte mit seinen eiligen Riesenschritten große Entfernungen zurück. Während ich mich beeilte, um ihn einzuholen, beschloss ich, ihn lieber nicht zu fragen, wie er an den Wachen am Nordtor vorbeikommen wollte. Meine ständige Fragerei ärgerte ihn nur, ganz abgesehen davon, dass seine Antworten mich nur aus der Fassung brachten.

Doch als wir uns dem Tor immer mehr näherten, wuchs meine Unruhe und meine Entschlossenheit geriet ins Wanken.

»Ähhhh ... soll ich die Tarnung der Trophäe ändern?«, fragte ich vorsichtig.

»Nein«, lautete die brüske Antwort, »aber du könntest uns ein bisschen verschmieren.«

»Uns verschmieren?« Ich blinzelte.

»Ein bisschen Schmutz und Blut auf die Uniformen«,

erklärte Aahz. »Gerade genug, damit es so aussieht, als hätten wir an Kampfhandlungen teilgenommen.«

Ich wusste zwar nicht, welche Karte er damit aus dem Ärmel ziehen wollte, beeilte mich aber, unsere Tarnung zu modifizieren. Das ist übrigens gar nicht so leicht, wie es sich anhört. Versuchen Sie mal, die Augen zu schließen und sich in allen Einzelheiten schmutzige Uniformen vorzustellen, während Sie im Laufschritt die Straße entlangrennen. Zum Glück war ich durch das Zusammenleben mit Aahz darin geübt, unter hoffnungslosen Bedingungen arbeiten zu müssen, deshalb schaffte ich es, wenn auch knapp, bis das Tor in Sichtweite kam.

Als Belohnung für diese Leistung machte sich der Posten gar nicht erst die Mühe, uns direkt anzusprechen. Er starrte uns lediglich einen Augenblick lang an, dann schrie er nach dem wachhabenden Offizier. Bis der erschienen war, waren wir bereits so nahe herangekommen, dass wir seine Zähne zählen konnten, als sein Unterkiefer herunterklappte.

»Was ist hier los?«, fragte er schließlich, nachdem er seine Fassung zurückgewonnen hatte.

»Straßenkämpfe«, keuchte Aahz in sehr realisticher Imitation eines müden Kriegers. »Sie brauchen eure Unterstützung. Wir sind die Ablösung.«

»Unsere Ablösung?« Der Offizier runzelte die Stirn. »Aber dieser Mann da ist doch bewusstlos, und ihr beide seht auch nicht gerade ... Straßenkämpfe, sagst du?«

»Für den Wachdienst am Tor sind wir noch kräftig genug«, beharrte Aahz und richtete sich matt auf. »Hauptsache, wir können ein paar kampffähige Männer mehr einsetzen.«

»Was sind das für Kämpfe?«, schrie der Offizier und unterdrückte mit Mühe den Impuls, Aahz wachzurütteln.

»Ein Aufstand«, erklärte mein Ausbilder mit klimpernden Wimpern. »Die Buchmacher haben die Wettquoten für den Krieg geändert und wollen die vorher getätigten Wetten nicht mehr einlösen. Es ist grauenhaft.«

Der Offizier erbleichte und wich zurück, als hätte ihn jemand ins Gesicht geschlagen. »Aber das heißt ja ... ich habe meine gesamten Ersparnisse auf den Kriegsausgang verwettet. Das können die doch nicht machen!«

»Du solltest dich beeilen«, ermahnte Aahz ihn. »Wenn der Mob die Buchmacher bei lebendigem Leibe zerreißt, bekommt niemand mehr sein Geld zurück.«

»Mir nach! Alle Mann!«, schrie der Offizier, obwohl das gar nicht mehr nötig war. Die Wachen waren bereits unterwegs. Anscheinend war der Offizier nicht der Einzige, der den Buchmachern sein Geld anvertraut hatte.

Der Offizier eilte ihnen nach, blieb dann aber plötzlich stehen, um uns mit einem anerkennenden Blick zu mustern.

»Ich weiß nicht, ob du dafür eine Auszeichnung bekommen wirst«, verkündete er grimmig, »aber ich werde es dir nicht vergessen. Mein persönlicher Dank ist dir gewiss.«

»Keine Ursache, Dämlack«, murmelte Aahz, als der Mann davonjagte.

»Weißt du, ich würde jede Wette darauf eingehen, dass er das wirklich nicht vergisst – niemals!«, sagte ich lächelnd.

»Jetzt bist du reichlich selbstzufrieden, was, Junge?«, bemerkte Aahz und musterte mich kritisch mit hochgezogener Augenbraue.

»Ja«, bestätigte ich bescheiden.

»Na, das solltest du auch!«, lachte er und schlug mir auf die Schulter. »Ich glaube aber, dass es ratsam wäre, lieber in einiger Entfernung von hier zu feiern.«

»Ganz genau«, stimmte ich ihm zu und wies mit grandioser Gebärde auf das offene Tor.

»Nein, nein, nach Ihnen!«, konterte er und imitierte meine Geste.

Da wir keine Zeit mit Diskutieren verlieren wollten, schritten wir Seite an Seite durch das nun unbewachte Nordtor von Veygus, unsere Beute triumphierend im Arm.

Das hätte es eigentlich sein müssen. Nachdem es uns gelungen war, die Trophäe zurückzuerobern, hätte es eine Kleinigkeit sein müssen, nach Ta-hoe zurückzukehren, die Trophäe gegen Tanda einzutauschen und uns in Klah bei einer Feier zu erholen. Aber ich hätte es besser wissen müssen.

Jedes Mal, wenn alles ruhig und ungefährlich zu sein scheint, geschieht irgendetwas, das alles wieder durcheinander bringt. Wenn es keine unvorhergesehenen Ereignisse sind, dann explodiert entweder Aahz' Temperament, oder ich mache mein großes Maul auf. Diesmal gab es keine äußeren Komplikationen, aber damit war unser Glück auch schon vorbei. Keiner von uns war allein schuld daran – vielmehr waren wir es beide. Aahz wegen seines Temperaments und ich wegen meiner großen Klappe.

Wir hatten schon fast die Stelle erreicht, an der er Griffin versteckt hatte, als Aahz plötzlich etwas Unerwartetes verlangte.

»Sag mal, Junge«, sagte er. »Wie wär's, wenn wir für eine Weile die Tarnung ablegten.«

»Warum?«, fragte ich logischerweise.

»Aus keinem bestimmten Grund«, meinte er achselzuckend. »Ich möchte mir einfach nur mal diese Trophäe angucken, die allen Beteiligten so viel Ärger gemacht hat.«

»Hast du sie denn in Veygus nicht schon gesehen?«, fragte ich stirnrunzelnd.

»Nicht richtig«, gestand mein Mentor. »Erst war ich damit beschäftigt, die Soldaten und Zivilisten zu verscheuchen, und danach war sie nur ein großer, schwerer Gegenstand, den es zu tragen galt. Ich habe mir nie richtig die Zeit genommen, sie mal genauer zu betrachten.«

Es dauerte nur wenige Sekunden, die Tarnung aufzuheben. Das geht wesentlich leichter, als sie aufzubauen, weil ich ja mit bloßen Augen das gewünschte Endresultat erkennen kann.

»Bedien dich«, erklärte ich.

»Danke, Junge.« Aahz grinste und stellte die Trophäe ab, um sie hastig auszuwickeln.

Die Trophäe war so hässlich wie eh und je; nicht dass ich erwartet hätte, dass sie sich verändern würde. Wenn man sie aus der Nähe betrachtete, wie Aahz es gerade tat, wirkte sie allenfalls noch hässlicher. Er ging einen Schritt zurück und musterte sie erneut. Dann schritt er um das Monstrum herum und studierte es aus allen Blickwinkeln.

Aus irgendeinem Grund machte mich seine stumme Musterung nervös.

»Na, was meinst du?«, fragte ich, bemüht das Gespräch wieder in Gang zu bringen.

Er drehte sich langsam zu mir, und ich bemerkte, dass seine Schuppen deutlich dunkler waren als gewöhnlich.

»Das ist sie?«, fragte er herausfordernd und deutete mit einem Daumen über die Schulter auf die Statue. »Das ist die Trophäe? Und wegen eines derart erbärmlichen Stücks Bildhauerei hast du Tanda in Gefangenschaft geraten lassen und uns diese ganze Plackerei aufgehalst?«

Leise klickte etwas in meinem Hirn und entzündete einen kleinen Funken Zorn. Ich meine, ich hatte ja nie behauptet, dass ich die Trophäe bewundernswert fand, schließlich war es *Tandas* Wahl gewesen.

»Ja, Aahz«, sagte ich vorsichtig, »das ist sie.«

»Von allen hirnrissigen Nummern, die du bisher abgezogen hast, schießt diese hier wirklich den Vogel ab!«, tobte mein Ausbilder. »Du vernachlässigst dein Studium, kostest uns ein Vermögen, ganz zu schweigen davon, dass du uns alle fast an den Galgen bringst – und wofür?«

»Ja, Aahz«, brachte ich mit Mühe heraus.

»Und Tanda! Ich wusste ja, dass sie ein bisschen verrückt ist, aber das hier! Ich hätte nicht übel Lust, sie da zu lassen, wo sie ist.«

Ich versuchte etwas zu sagen, doch die Stimme versagte mir.

»Ich will nur eins von dir wissen, Lehrling – *warum?*«

Jetzt stand er drohend vor mir.

»Selbst Matschbirnen brauchen ein Motiv. Was hättet ihr beide mit diesem Schrotthaufen anfangen wollen, nachdem ihr ihn gestohlen hättet? Sag es mir!«

»Es sollte dein Geburtstagsgeschenk werden!«, schrie ich – endlich brach der Damm.

Aahz erstarrte wie vom Schlag gerührt, und langsam schlich sich ein Ausdruck des Erstaunens auf sein Gesicht.

»Mein ... mein Geburtstagsgeschenk?«, fragte er kleinlaut.

»Allerdings«, knurrte ich. »Es sollte eine Überraschung werden. Wir wollten dir etwas ganz Besonderes besorgen. Etwas, was niemand sonst besitzt, egal, wie viel Mühe es uns machen würde. Aber das war wirklich dämlich von uns, nicht wahr?«

»Mein Geburtstagsgeschenk«, murmelte Aahz und drehte sich um, um die Trophäe erneut anzustarren.

»Na, jetzt ist jedenfalls alles vorbei«, fauchte ich heftig. »Wir Matschbirnen haben uns eben übernommen, und du musstest uns raushauen. Holen wir Tanda und springen wir zurück. Vielleicht können wir die ganze Sache dann vergessen – sofern du uns lässt.«

Aahz kehrte mir regungslos den Rücken zu. Nun, da ich meiner Wut ungehindert freien Lauf gelassen hatte, tat es mir plötzlich Leid, dass es so schonungslos geschehen war.

»Aahz?«, fragte ich und trat näher. »He. Komm schon, wir müssen das Ding zurückgeben und Tanda holen.«

Langsam drehte er den Kopf, bis sich unsere Blicke trafen. In seinen Augen war ein fernes Glimmen zu erkennen, das ich noch nie gesehen hatte.

»Es zurückgeben?«, sagte er leise. »Was soll das heißen, ›es zurückgeben‹? Das ist schließlich mein Geburtstagsgeschenk!«

Kapitel 16

›... UND DANN FING DER SPASS AN‹

N. BONAPARTE

Ich hatte früher bereits an Kriegsratssitzungen teilgenommen. Schon damals war ich nicht gerade wild darauf gewesen, meine Zeit damit zu verbringen, aber ich hatte es eben getan. Doch damals war unsere Seite auch die Einzige gewesen, die wenigstens über minimale Kenntnisse der Magik verfügte. Diesmal würden jedoch alle drei Seiten über Magiker verfügen. Meine Freude hatte ihre Grenzen; genau genommen wollte ich am liebsten gar nicht da sein.

»Vielleicht kommen sie überhaupt nicht«, meinte ich hoffnungsvoll.

»Obwohl ihre kostbare Trophäe auf dem Spiel steht?« Aahz grinste. »Niemals. Sie werden kommen.«

»Sofern sie die Nachricht überhaupt erhalten haben«, berichtigte ich. »Vielleicht hat Griffin ja auch einfach nur das Weite gesucht.«

Mein Ausbilder musterte mich mit hochgezogener Augenbraue. »Denk doch mal zurück an die Zeit, als du noch kein Lehrling warst, Junge«, meinte er. »Wenn dir damals ein Magiker eine Nachricht hätte zukommen lassen mit dem Auftrag, sie jemandem zu überbringen, hättest du da versucht, abzuhauen?«

»Na ja ...«, gestand ich ihm.

»Sie werden kommen«, schloss er entschieden. »Ich hoffe nur, dass Ganzfix als Erster eintrifft.«

Nachdem nun meine letzte Hoffnung derart schnöde zunichte gemacht war, fand ich mich mit den Tatsachen ab und widmete meine Aufmerksamkeit unserer unmittelbaren Umgebung.

»Kannst du mir wenigstens mal verraten, warum wir uns ausgerechnet hier treffen?«, fragte ich. »Warum nicht im Wald, wo wir wenigstens ein paar Bäume zur Verfügung hätten, hinter denen wir in Deckung gehen könnten, falls es haarig werden sollte? Was ist denn an diesem Stadadium so besonders?«

»Das ist ein Stadion, Junge«, berichtigte mich mein Ausbilder augenrollend. »Und es gibt drei gute Gründe, die Begegnung hier stattfinden zu lassen. Erstens wissen beide, Veyganer und Ta-hoer, wo es ist. Zweitens erkennen sie es beide als neutralen Ort an.«

»Und drittens?«, wollte ich wissen.

»Du hast es selbst schon gesagt«, meinte Aahz achselzuckend. »Es gibt hier keine Deckung. Man kann sich nirgendwo verstecken.«

»Und das ist gut?«

»Denk doch mal nach, Kind«, seufzte mein Mentor. »Wenn wir uns hinter einem Baum verstecken könnten, könnten das andere auch. Im Gegensatz zu uns haben sie aber mehr Leute, die sich verstecken könnten.«

»Du meinst, dass sie versuchen könnten, uns aus dem Hinterhalt zu überfallen.« Ich blinzelte.

»Das wäre immerhin eine Möglichkeit. Ich hoffe nur, dass das Treffen hier draußen sie unwahrscheinlicher gemacht hat.«

Eins musste ich Aahz lassen. Jedes Mal, wenn ich beunruhigt bin, kann ich mich darauf verlassen, dass er genau das Richtige sagt, um meine Beunruhigung in hysterische Panik zu verwandeln.

»Äh . . . Aahz«, fing ich vorsichtig an. »Wäre es nicht langsam an der Zeit, mich in deinen Meisterplan einzuweihen?«

»Klar doch«, grinste mein Ausbilder. »Wir treffen uns mit Abgesandten von Veygus und Ta-hoe.«

»Aber was willst du ihnen denn sagen?«, drang ich in ihn.

»Du übersiehst das Wesentliche, Junge. Der Grund, weshalb ich mich mit beiden Parteien zugleich treffen will, ist der, dass ich mich nicht wiederholen will. Aber wenn ich dir jetzt alles erkläre, muss ich es bei der Begegnung noch mal tun. Kapiert?«

»Nein«, verkündete ich ohne Umschweife. »Nicht kapiert. Ich soll doch angeblich dein Lehrling sein, nicht? Na, wie soll ich dir helfen können, wenn ich gar nicht weiß, was gespielt wird?«

»Das Argument ist nicht schlecht«, räumte Aahz ein. »Ich wünschte, du hättest es schon früher vorgebracht. Denn jetzt ist es zu spät – unsere Gäste kommen bereits.«

Ich drehte mich in die Richtung, in die er zeigte, und stellte fest, dass er Recht hatte. In einem der Eingänge, die sich auf halber Höhe der Stadionmauern befanden, war eine kleine Gruppe erschienen und kam nun im Gänsemarsch die Treppen zum Spielfeld hinunter, auf dem wir warteten. Wie ich sie so herabsteigen sah, wurde mir bewusst, wie riesig das Stadion eigentlich war. Als wir hier eingetroffen waren und ich die Sitzreihen, die das Spielfeld umgaben, erblickt hatte, war es mir schon sehr groß erschienen; doch nun, da ich sah, wie winzig die Gruppe in dieser Umgebung wirkte, bekam ich erst einen richtigen Eindruck davon, wie groß es wirklich war. Während wir sie erwarteten, versuchte ich mir vorzustellen, wie die Reihen mit Tausenden und Abertausenden von Leuten gefüllt waren, die alle auf das Spielfeld hinabstarrten, und schon der bloße Gedanke daran machte mich nervös.

Zum Glück standen meine Chancen, das wirklich einmal erleben zu müssen, sehr schlecht.

Inzwischen war die Gruppe nahe genug heran, dass wir ihre einzelnen Mitglieder unterscheiden konnten. Doch das nützte uns nicht viel, weil wir die einzelnen Mitglieder ja sowieso nicht kannten. Endlich entdeckte ich Griffin, woraus ich schloss, dass wir es mit der Delegation aus Tahoe zu tun hatten. Als mir das klar wurde, gelang es mir auch, Ganzfix auszumachen, der die Nachhut bildete. Ich hätte ihn normalerweise auch früher erkannt, doch war er als Jahk getarnt, was mich zunächst etwas aus dem Konzept brachte. Aber eigentlich war es nur logisch. Ich meine, schließlich waren Aahz und ich ja im Augenblick ebenfalls als Jahks getarnt und es war einleuchtend, dass auch Ganzfix seinen fremddimensionalen Ursprung verbergen wollte. Manchmal bekümmert es mich, dass ich anscheinend ständig das Offensichtliche übersehe.

»Das ist nah genug!«, dröhnte Aahz.

Gehorsam blieb die Gruppe einen Steinwurf entfernt stehen. Mir kam zwar der Gedanke, dass es besser gewesen wäre, wenn sie ein *kleines* bisschen weiter als einen Steinwurf entfernt stehen geblieben wären, aber ich hielt den Mund.

»Wir sind bereit, über die Rückgabe der Trophäe zu verhandeln«, rief einer der Delegierten und trat vor.

»Wir nicht«, erwiderte mein Ausbilder.

Diese Äußerung führte zu einem kleineren Aufruhr innerhalb der Gruppe, und die Delegierten begannen, finster miteinander zu murmeln.

»Aahz!«, mahnte ich.

»Was ich sagen wollte«, ergänzte Aahz hastig, »ist, dass das, was wir zu sagen haben, warten muss, bis die andere Delegation eingetroffen ist. In der Zwischenzeit wünsche ich euren Meistermagiker zu sprechen.« Ein kurzes Durcheinander, dann trat Ganzfix vor, um zu uns zu kommen. Selbst auf die Entfernung konnte ich erkennen, dass er in Rage war.

»Hallo, Ganzfix«, grinste Aahz. »Was machen die Tricks?«

»Ich hoffe inständig, dass du eine Erklärung für das hier hast«, fauchte der ehemalige Dämonenjäger und ignorierte die herzliche Begrüßung.

»Erklärung? Wofür denn?«, fragte mein Ausbilder mit Unschuldsmiene.

»Du hast versprochen ... nein, genau genommen hat Meister Skeeve es getan, dass ihr beide nichts unternehmen würdet, was meine Stellung gefährden könnte ...«

»Und das haben wir auch nicht«, beendete Aahz den Satz für ihn.

»Doch, habt ihr wohl!«, erwiderte Ganzfix unbeirrt. »Die Ratsversammlung erwartet von mir, dass ich meine Magik einsetze, um euch die Trophäe bei diesem Treffen zu entreißen. Wenn ich das nicht tue, kann ich meinem Posten gleich den Abschiedskuss geben.«

»Keine Sorge«, besänftigte ihn mein Lehrer. »Das haben wir schon berücksichtigt.«

»Haben wir?«, murmelte ich erstaunt.

Aahz schoss einen wütenden Blick in meine Richtung und fuhr fort.

»Ich garantiere dir, dass die Ratsversammlung von dir keine Magik mehr erwarten wird, wenn dieses Treffen zu Ende ist.«

»Soll das heißen, dass du die Trophäe freiwillig wieder hergibst?«, fragte Ganzfix, und seine Miene hellte sich merklich auf. »Ich muss schon sagen, das ist wirklich anständig von dir!«

»Nein, ist es nicht«, widersprach Aahz. »Und wir werden sie auch nicht wieder rausrücken. Ich habe lediglich gesagt, dass sie von dir nicht mehr erwarten werden, dass du sie mit Hilfe der Magik zurückholst.«

»Aber ...«

»Der Grund, weshalb ich dich sprechen wollte«, unterbrach ihn Aahz, »ist der, dass ich eine Kleinigkeit klarstellen wollte, die bei unserem letzten Gespräch eine Rolle gespielt hat.«

»Welche denn?«, fragte Ganzfix stirnrunzelnd.

»Nun, du hast versprochen, Tanda freizulassen, wenn die Trophäe zurückgebracht würde. Und jetzt frage ich dich: Wenn Ta-hoe die Möglichkeit erhält, die Trophäe zurückzubekommen, sie aber nicht nutzt – gilt unsere Vereinbarung dann noch? Wirst du sie dann freilassen?«

»Ich ... ich glaube, schon«, willigte der ehemalige Dämonenjäger ein, wobei er an seiner Unterlippe nagte. »Aber ich kann mir nicht vorstellen, dass sie sie nicht haben wollen.«

»Etwas haben zu wollen und es nehmen zu können, das sind zwei verschiedene Paar Schuhe«, grinste Aahz.

»Aber sie erwarten von mir, dass ich ihnen mit meiner Magik helfe!«

»Nein, das wirst du nicht tun, diesmal nicht, o nein!«, stellte mein Ausbilder richtig. »Ich habe dir schon gesagt, dass ...«

»Ist das ein Privatgespräch, Jungs, oder darf man stören?«

Wir drehten uns alle um und erblickten Massha, die mit ihren Fleischmassen auf uns zugewatschelt kam.

Der Rest der Delegation aus Veygus wartete hinter ihr. Offenbar waren sie eingetroffen, während wir mit Ganzfix gesprochen hatten.

»Meine Güte! Was ist denn das?«, keuchte Ganzfix und starrte Masshas herannahende Massen an.

»Das ist Massha«, erbot ich mich lässig, sie ihm vorzustellen. »Du weißt doch, die Magikerin von Veygus.«

»Das ist Massha?«, wiederholte er und erstickte dabei fast.

»Wenn du uns einen Augenblick entschuldigen würdest«, warf Aahz ein, »aber wir müssen vor der Begegnung noch ein paar Dinge mit ihr besprechen.«

»Aber gewiss doch, natürlich.«

Der ehemalige Dämonenjäger zog sich hastig zurück, augenscheinlich sehr erleichtert, dass er seiner Rivalin nicht Auge in Auge gegenübertreten musste.

»Der Rat da hat gesagt, dass das Ganzfix war, mit dem ihr gerade gesprochen habt«, verkündete Massha und folgte dem fliehenden Ganzfix mit den Augen. »Stimmt das?«

»Äh ... ja«, gab ich zu.

»Ihr Jungs habt doch wohl nicht etwa vor, die alte Massha aufs Kreuz zu legen, wie?« Ihr Ton klang zwar durchaus wohlwollend, aber ihre Augen verengten sich misstrauisch.

»Aber gnädige Frau!«, rief Aahz entsetzt. »Ihr verletzt mich! Haben wir denn nicht versprochen, Ganzfixens Dämon für Euch auszuschalten?«

»Allerdings.«

»Und das lässt sich wohl schwerlich bewerkstelligen, ohne mit Ganzfix wenigstens zu sprechen. Nicht wahr?«

»Hm ... ja.«

»Und kaum fangen wir damit an, schon bezichtigst du uns des Verrats! Eigentlich sollten wir auf der Stelle fortgehen und euch eure Probleme selbst überlassen.«

Ich musste ein Lächeln unterdrücken. Wenn Aahz rechtschaffen empört aussehen will, ist das wirklich reichlich komisch. Massha jedoch ging ihm voll auf den Leim und blieb daran kleben.

»Na, nun reagier doch nicht gleich so empfindlich«, lenkte sie ein. »Ich wollte dir doch gar nicht auf den Schlips treten. Und außerdem – kannst du es mir wirklich verübeln, wenn ich eine Spur misstrauisch bin, nachdem ihr mit der Trophäe abgehauen seid?«

Aahz seufzte theatralisch. »Haben wir dir denn nicht gesagt, du solltest dich über nichts wundern, was wir tun? Herrje! Aber das bleibt ja wohl nicht aus, wenn man sich mit jemandem einlässt, der nicht imstande ist die Feinheiten unserer Pläne zu begreifen.«

»Soll das heißen, dass das Klauen der Trophäe Teil eures Plans ist, den Dämon zu neutralisieren?«, fragte Massha mit vor Ehrfurcht geweiteten Augen.

»Natürlich!« Aahz wedelte abfällig mit der Hand. »Das war es jedenfalls. Verstehst du, Ganzfix hat den Dämon geholt, um Veygus die Trophäe wieder abzunehmen. Aber wenn Veygus die Trophäe nicht hat, braucht er auch keinen Dämon, klar?«

»Klingt mir ein bisschen weit hergeholt«, warf die Zauberin stirnrunzelnd ein.

»Da hast du Recht«, stimmte Aahz ihr zu. »Deshalb war ich auch so froh, als das Ki ... äh, ich meine Meister Skeeve mit einem neuen Plan ankam.«

»Kam ich?«

Aahz umarmte meine Schulter mit einem derart eisernen Griff, dass mir jeder weitere Gedanke an Widerspruch von allein verging.

»Er ist wirklich *so* bescheiden!«, erklärte mein Ausbilder. »Du weißt doch, was für ein genialer Taktiker er ist, nicht wahr? Nun, er hat einen Weg gefunden, wie der Dämon neutralisiert werden kann ... *und* Veygus eine gute Chance erhält, die Trophäe zurückzubekommen.«

»Ich sterbe fast vor Neugier, den Plan zu hören«, erwiderte Massha begierig.

»Ich auch«, murmelte ich. Aahz' Griff verstärkte sich bedrohlich.

»Dann können wir wohl anfangen«, verkündete er. »Du solltest lieber wieder zu deiner Delegation zurückkehren. Es würde keinen guten Eindruck machen, wenn es den Anschein hätte, als wären wir einander zu sehr gewogen. Und vergiss nicht – stimm allem zu, was wir sagen. Wir sind auf deiner Seite.«

»Ist gut!« Sie zwinkerte uns zu und machte sich auf den Weg.

»Äh, sag mal, Aahz«, brachte ich schließlich hervor.

»Ja, Kind?«

»Wenn du auf Ganzfixens *und* Masshas Seite bist, wer ist denn dann auf meiner?«

»Ich, natürlich!«

Ich hatte befürchtet, dass er irgendetwas in dieser Art sagen würde. Es wurde immer klarer, dass Aahz aus dieser Sache gut herauskommen würde, egal wie sie enden mochte. Allerdings hatte ich nicht mehr viel Zeit, diesem Gedanken nachzugeben.

Denn nun bedeutete Aahz den Delegationen, vorzutreten, um das Treffen zu eröffnen.

Kapitel 17

›Ich bin sicher, dass wir die Sache wie zivilisierte Menschen besprechen können‹

J. Wayne

»Ich nehme an, dass ihr euch alle fragt, weshalb ich euch hier zusammengerufen habe«, begann mein Ausbilder die Besprechung und grinste.

Ich glaube, es sollte ein Witz sein. Ich habe mich inzwischen schon an sein ›Ich-warte-auf-einen-Lacher‹-Grinsen gewöhnt, so dass ich es erkenne. Leider versuchte er es diesmal beim falschen Haufen. Die Jahks sind nicht gerade für ihren ausgeprägten Sinn für Humor bekannt.

»Ich vermute, wir sollen über die Trophäe verhandeln«, bemerkte ein vornehm wirkendes Mitglied der Delegation aus Ta-hoe trocken. »Wenn nicht, so vergeuden wir nur unsere Zeit.«

»Oh, es geht schon um die Trophäe«, versicherte Aahz ihm hastig.

»Die du uns gestohlen hast!«, sagte einer der Veyganer giftig.

»... nachdem ihr sie *uns* gestohlen habt!«, schoss der Tahoer zurück.

»Aber erst, nachdem ihr uns beim Großen Spiel darum betrogen habt!«

»Die Ansage war völlig rechtmäßig! Die Regeln besagen ganz eindeutig ...«

»Auf *diese* Regel hat sich schon seit dreihundert Jahren niemand mehr berufen. Es gibt vier dokumentierte Entscheidungen, die im klaren Gegensatz dazu ...«

»Meine Herren, ich bitte Sie!«, rief Aahz und hob Ordnung gebietend die Hände. »Das ist doch alles Schnee von gestern und ganz nebenbei völlig unwichtig. Vergessen Sie nicht, dass keiner von Ihnen im Augenblick die Trophäe besitzt. Die Trophäe haben wir.«

Einen Moment herrschte gespannte Stille, als beide Seiten diese Bemerkung überdachten. Schließlich trat der Sprecher der Delegierten aus Ta-hoe vor.

»Also gut«, sagte er mit fester Stimme. »Nennen Sie Ihren Preis für die Rückgabe. Die Ratsversammlung von Ta-hoe ist bereit, Ihnen ein Angebot von ...«

»Veygus wird jedes Angebot aus Ta-hoe überbieten.«

»Und Ta-hoe wird jedes Angebot aus Veygus verdoppeln«, schoss der Sprecher zurück.

Das hörte sich für meine Ohren inzwischen ganz gut an. Vielleicht lag es ja daran, dass ich schon zu lange mit Aahz zusammen war, aber die möglichen finanziellen Erträge aus dieser Situation schienen mir außergewöhnlich gut zu sein. Die einzige vorhersehbare Schwierigkeit bestand darin, dass Aahz mit Sicherheit darauf bestehen würde, sein Geburtstagsgeschenk selbst zu behalten.

»... wenn ihr irgendetwas Krummes versuchen solltet, wird unsere Magikerin ...«

»Eure Magikerin! Pah! Die haben wir doch damals gefeuert! Wenn die irgendetwas versuchen sollte, dann wird *unser* Magiker ...«

Die heftige Debatte drängte sich wieder in mein Bewusstsein. Die letzten Bemerkungen klangen so, als könnte die Sache sehr schnell ziemlich haarig werden. Ich warf Aahz einen sorgenvollen Blick zu, doch mein Lehrer war mir mal wieder um einige Schritte voraus.

»Meine Herren! Meine Herren!«, mahnte er mit erhobenen Händen zur Ruhe.

»Wen nennen Sie da einen Herren?«

»... und Damen!«, berichtigte sich mein Ausbilder und blickte die Inhaberin der letzten Stimme mit zusammengekniffenen Augen an. »Es sieht so aus«, fuhr er fort, »als hätte man unsere Motive völlig falsch beurteilt. Wir haben die Trophäe nicht entwendet, um dafür ein Lösegeld zu erpressen. Ganz im Gegenteil. Es war immer unsere Absicht, sie ihren rechtmäßigen Besitzern zukommen zu lassen.«

Hässliches Knurren der Delegation aus Veygus.

»Ausgezeichnet!«, strahlte der Sprecher aus Ta-hoe. »Wenn ihr schon keine Belohnung haben wollt, dann werdet ihr uns doch wenigstens als unsere Gäste in unsere Stadt zurückbegleiten. Dort wird es dann eine Feier und ...«

»Ich habe vom ›rechtmäßigen Besitzer‹ gesprochen«, lächelte Aahz und schnitt ihm das Wort ab.

Der Sprecher hielt inne und sein Lächeln verwandelte sich in eine gefährlich grimmige Miene. »Soll das heißen, dass wir nicht die rechtmäßigen Besitzer sind?«, knurrte er. »Wenn Sie der Meinung sind, dass die Trophäe eigentlich nach Veygus gehört, warum haben Sie sie dann überhaupt erst gestohlen?«

»Ich will es Ihnen noch einmal erklären«, seufzte mein Ausbilder. »Die Trophäe geht an ihren *rechtmäßigen* Besitzer. Das schließt Veygus ebenfalls aus.«

Das verblüffte den Sprecher. Ich konnte es ihm nicht verübeln. Schließlich war ich durch Aahz' Logik selbst ein wenig verwirrt ... und ich war immerhin auf seiner Seite!

»Wenn ich die Sache richtig verstanden habe«, fuhr Aahz großspurig fort, »so geht die Trophäe an diejenigen, die das Große Spiel gewinnen, als Auszeichnung für die Mannschaft des Jahres, nicht wahr?«

»Natürlich«, nickte der Sprecher.

»Warum glaubt ihr eigentlich, dass die Mannschaft, die

im Großen Spiel gewinnt, die beste ist?«, fragte Aahz unschuldig.

»Weil es nur zwei Mannschaften gibt. Daraus ergibt sich logischerweise ...«

»Und genau da irrt ihr euch«, unterbrach ihn mein Ausbilder. »Es gibt nämlich sehr wohl noch eine weitere Mannschaft.«

»Noch eine Mannschaft?« Der Sprecher blinzelte.

»Ganz genau. Eine Mannschaft, gegen die keines eurer Teams bisher gespielt hat – ganz zu schweigen davon, dass niemand von euch sie besiegt hat. Nun sind wir der Auffassung, dass weder Ta-hoe noch Veygus das Recht hat, das eigene Team zur Mannschaft des Jahres zu erklären!«

Mein Magen vollführte einen mittelschweren Salto. Langsam wurde mir die Sache mulmig.

»Das ist doch lächerlich!«, rief der Sprecher von Veygus. »Wir haben noch nie von einer anderen Mannschaft gehört. Wessen Team soll das denn überhaupt sein?«

»Unseres«, lächelte Aahz. »Wir fordern Ihre beiden Mannschaften zu einem Spiel heraus, einem Dreierspiel, hier an diesem Ort, in dreißig Tagen. Der Sieger gewinnt alles.«

Meine böse Vorahnung hatte mich nicht getrogen. Einen Augenblick dachte ich daran, meine Tarnung zu verändern und zusammen mit einer der Delegationen heimlich aus dem Stadion zu entschlüpfen. Doch dann musste ich erkennen, dass mir diese Möglichkeit versperrt war. Denn beide Gruppen hatten sich außer Hörweite zurückgezogen, um Aahz' Vorschlag zu beraten. Somit war es mir leider unmöglich, mich unbemerkt zu ihnen zu schleichen. Da ich nun nichts anderes zu tun hatte, wandte ich mich an Aahz.

»Ist das dein Plan?«, fragte ich herausfordernd. »Dass wir ein Spiel spielen sollen, von dem wir nicht die geringste

Ahnung haben, und zwar nicht etwa gegen eine, nein, gleich gegen zwei Mannschaften, die das schon seit fünfhundert Jahren spielen? Das ist doch kein Plan, das ist eine Katastrophe!«

»Ich meine, es ist die beste Möglichkeit, Tanda zu befreien *und* die Trophäe zu behalten«, entgegnete mein Lehrer achselzuckend.

»Das ist höchstens eine Möglichkeit, uns die Köpfe einschlagen zu lassen«, korrigierte ich. »Es muss doch einen einfacheren Weg geben.«

»Den gab es auch«, stimmte Aahz mir zu. »Aber den hast du leider versperrt, als du versprochen hast, nichts zu unternehmen, was Ganzfixens Posten gefährden könnte.«

Ich hasse es, wenn Aahz Recht hat. Ich hasse es fast so sehr, wie bei meinen eigenen dummen Patzern erwischt zu werden. Leider trifft beides meistens zugleich ein.

»Warum hast du mir vorher nichts von diesem Plan erzählt?«, fragte ich, um meine Verlegenheit zu überspielen.

»Hättest du vielleicht mitgemacht, wenn ich das getan hätte?«

»Nein.«

»Deshalb.«

»Was passiert, wenn wir auf Ihre Herausforderung nicht eingehen«, rief der Sprecher von Ta-hoe zu uns herüber.

»Dann betrachten wir uns wegen Nichterscheinen der Gegenseite als Sieger«, erwiderte Aahz.

»Na, Veygus wird jedenfalls dabei sein«, verkündete die andere Gruppe.

»Ta-hoe auch!«, lautete die sofortige Entgegnung.

»Eine Frage hätte ich allerdings«, meldete sich der Delegationssprecher aus Ta-hoe. »Warum haben Sie einen Termin festgelegt, der noch dreißig Tage entfernt liegt?«

»Sie werden einige Zeit brauchen, um ein dreieckiges

Feld anzulegen«, erwiderte mein Ausbilder achselzuckend. »Und außerdem habe ich mir gedacht, dass ihre Händler wohl mehr als nur eine Woche brauchen, um ihre Andenken vorzubereiten.«

Beide Gruppen nickten.

»Sie sind also einverstanden?«, fragte Aahz.

»Einverstanden!«, brüllte Veygus.

»Einverstanden!«, wiederholte Ta-hoe.

»Da wir gerade bei der Vermarktung sind«, bemerkte der Sprecher aus Ta-hoe, »wie heißt denn Ihre Mannschaft eigentlich? Das müssen wir schließlich wissen, um unsere Souvenirproduktion entsprechend auszurichten.«

»Wir heißen ›Die Dämonen‹«, antwortete Aahz und zwinkerte mir zu. Blitzartig begriff ich, worauf er hinauswollte. »Möchten Sie auch gerne wissen, weshalb?«

»Na ja ... wahrscheinlich, weil Sie wie die Dämonen spielen«, stotterte der Sprecher von Ta-hoe.

»Nicht ›wie‹ die Dämonen«, grinste mein Ausbilder. »Sollen wir es ihnen mal zeigen, Partner?«

»Warum nicht?«, sagte ich lächelnd und schloss die Augen.

Einen Augenblick später war unsere Tarnung aufgehoben, und zum ersten Mal sahen die Delegierten, mit wem sie es zu tun hatten.

»Wie ich schon sagte«, verkündete Aahz und zeigte sämtliche Zähne, »nicht ›wie‹ Dämonen.«

Das war ein geschickter Schachzug, und er hätte auch funktionieren müssen. Jedes vernünftig denkende Wesen wäre bei der Vorstellung, es mit einer Mannschaft von Dämonen aufnehmen zu müssen, erzittert. Kein Opfer konnte zu groß sein, um diese Konfrontation zu vermeiden. Allerdings hatten wir dabei dummerweise eine Kleinigkeit übersehen. Jahks sind nämlich keine vernünftig denkenden Wesen.

»Ausgezeichnet«, äußerte der Sprecher von Ta-hoe.

»Was?« Aahz blinzelte, und sein Lächeln verblasste.

»Damit sind die Chancen gerecht verteilt«, fuhr der Sprecher fort. »Darüber haben wir nämlich auch diskutiert, ob ihr eine Mannschaft auf die Beine stellen könnt, die gut genug ist. Aber jetzt ... na, *diesen* Kampf wird wohl jeder sehen wollen.«

»Ihr ... habt gar keine Angst davor, gegen ... Dämonen zu spielen?«, fragte mein Ausbilder schleppend.

Nun war es an dem Sprecher zu lächeln.

»Guter Mann«, gluckste er, »wenn Sie *unsere* Mannschaften jemals hätten spielen sehen, würden Sie das bestimmt nicht fragen.«

Mit diesen Worten kehrte er zu seiner Delegation zurück, und die beiden Gruppen machten sich daran, in ihre Städte zurückzukehren.

»Hast du ihre Gespräche belauscht?«, zischte ich.

»Falls du dich noch daran erinnern solltest«, knurrte Aahz, »war ich damit beschäftigt, mit dir Konversation zu machen.«

»Dann stecken wir in der Klemme«, jammerte ich.

»Vielleicht auch nicht«, widersprach er. »Ganzfix! Könnten wir mal ein paar Worte mir dir wechseln?«

Der ehemalige Dämonenjäger beeilte sich, zu uns zu gelangen.

»Ich muss schon sagen«, gluckste er, »da habt ihr mir aber wirklich fabelhaft aus der Patsche geholfen! Jetzt ist es für sie natürlich Ehrensache, die Trophäe auf dem Spielfeld zurückzugewinnen.«

»Wunderbar«, knurrte Aahz. »Wie steht's denn jetzt mit deinem Part der Abmachung? Ta-hoe hat seine Chance, also besteht kein Grund mehr für dich, Tanda weiterhin gefangen zu halten.«

»Hmmmm ... ja und nein«, widersprach Ganzfix. »Mir

fällt ein, dass ihr, wenn ich sie jetzt freilasse, beides habt, die Trophäe *und* Tanda. Somit hättet ihr auch keinen Grund mehr, überhaupt zum Spiel zu erscheinen. Um euer Versprechen einzulösen, Ta-hoe eine Chance zu geben, die Trophäe zurückzubekommen, muss das Spiel aber auch tatsächlich stattfinden. *Danach* werde ich Tanda dann freilassen.«

»Vielen Dank!«, fauchte mein Ausbilder.

»Keine Ursache«, erwiderte der ehemalige Dämonenjäger und verabschiedete sich winkend, um sich wieder zu seiner Gruppe zu gesellen.

»Und was machen wir jetzt?«, fragte ich.

»Wir stellen eine Mannschaft zusammen.« Aahz zuckte mit den Schultern. »He, Griffin!«

»Was ist denn?«, murrte der Jüngling.

»Wir haben noch einen Job für dich«, säuselte mein Lehrer lächelnd. »Du brauchst uns nur dabei zu helfen, unsere Mannschaft zu trainieren. Es sind ... es gibt da ein paar Feinheiten des Spiels, die uns nicht so ganz klar sind.«

»Nein«, erwiderte Griffin entschieden.

»Hör mal zu, Kurzer ...«

»Einen Augenblick, Aahz«, unterbrach ich ihn. »Griffin, diesmal drohen wir dir nicht. Ich biete dir eine Stellung mit einem guten Gehalt an, wenn du uns hilfst.«

»Was!?«, kreischte Aahz.

»Halt den Mund, Aahz!«

»Ihr versteht mich nicht«, unterbrach uns Griffin. »Ihr könnt mich weder mit Drohungen noch mit Geld dazu bringen, meine Meinung zu ändern. Ich habe euch zwar geholfen, Veygus die Trophäe zu stehlen, aber gegen meine eigene Mannschaft werde ich euch niemals helfen. Lieber würde ich sterben.«

»Es gibt noch Schlimmeres als zu sterben«, bemerkte Aahz düster.

»Gib’s auf, Aahz«, sagte ich entschieden. »Trotzdem vielen Dank, Griffin. Du hast uns sehr geholfen, als wir dich brauchten, deshalb will ich dir auch nicht böse sein, wenn du uns jetzt nicht unterstützt. Beeil dich, die anderen warten schon.«

Wir sahen ihm nach, wie er zu seiner Delegation zurückging.

»Weißt du, Kind«, seufzte Aahz schließlich, »irgendwann müssen wir uns wohl mal gründlich über deine hehren Ideale unterhalten.«

»Klar doch, Aahz«, nickte ich. »Und was unternehmen wir in der Zwischenzeit wegen dieses Spiels?«

»Was sollen wir schon unternehmen?«, erwiderte mein Ausbilder achselzuckend. »Wir stellen eine Mannschaft auf.«

»Einfach so!« Ich schnitt eine Grimasse. »Und wo sollen wir die Spieler hernehmen? Ganz zu schweigen von jemandem, der uns die Regeln dieses Spiels erklärt?«

»Wo wohl?«, grinste Aahz und stellte den D-Hüpfer ein. »Auf dem Basar von Tauf!«

Kapitel 18

›AUF WELCHEN BUSCH SOLL ICH KLOPFEN?‹

BARBARA B., PRÄSIDENTENGATTIN

Im Laufe dieser Erzählung habe ich mehrmals den Basar von Tauf erwähnt. Vielleicht fragen Sie sich, was das eigentlich ist. Das geht mir genauso – und dabei bin ich schon da gewesen!

Tauf ist die Heimatdimension der Täufler, die allgemein als die besten Händler bekannt sind, die es weit und breit gibt. In Ihren eigenen Überlieferungen werden Sie Hinweise darauf finden. Handel mit Täuflern sind in der Regel unglaublich und enden häufig katastrophal. Ich habe nur mit zwei Täuflern persönlich zu tun gehabt. Der eine ließ mich hängen (nein, er hat mich nicht nur im Stich gelassen, sondern er ließ mich vielmehr aufhängen!), und der andere hat mir meinen Drachen Gliep verkauft. Ich bilde mir gern ein, dass ich deshalb mit ihnen quitt bin, aber Aahz behauptet starrsinnig, dass es ein Unentschieden wäre – was immer das bedeuten mag.

Jedenfalls gibt es in dieser Dimension einen Basar, der das ganze Jahr über rund um die Uhr geöffnet hat und wo sich die Täufler treffen, um miteinander Handel zu treiben. Dort gibt es alles, was unvorstellbar ist und auch das, was nicht zu haben ist. Man braucht nur mit den Täuflern zu feilschen. Zum Glück ist der Basar so groß, dass vieles mehrfach angeboten wird, so dass man einen Händler gegen den anderen ausspielen kann.

Ich bin zwei Mal dort gewesen, jedes Mal mit Aahz. Diesmal war es jedoch das erste Mal, dass es regnete.

»Es regnet«, bemerkte ich und musterte finster die schweren, tief hängenden Wolken. Sie waren dunkelorange, was zwar recht malerisch aussah, die Aussicht durchnässt zu werden aber auch nicht angenehmer machte.

»Ich weiß selbst, dass es regnet«, erwiderte Aahz. »Komm schon. Gehen wir hier rein, bis ich mich orientiert habe.«

Mit ›hier‹ war diesmal eine Art unsichtbarer Blase gemeint, die einen Stand umhüllte und den Regen anscheinend vorzüglich abhielt. Ich habe schon öfter magische Schutzwälle und Barrieren eingesetzt, um unwillkommene Besucher abzuhalten, aber es war mir nie eingefallen, sie auch gegen die Naturelemente einzusetzen.

»Wollen Sie etwas kaufen oder sich nur ein wenig umschauen, meine Herren?«, fragte der Besitzer und kam auf uns zugewatschelt.

Ich warf Aahz einen Blick zu, doch der stand auf den Zehenspitzen und versuchte, die Umgebung zu mustern.

»Äh ... umschauen, glaube ich.«

»Dann stellen Sie sich gefälligst raus in den Regen!«, fauchte der Händler. »Kraftfelder kosten nämlich Geld, müssen Sie wissen. Das hier ist eine Verkaufsausstellung und kein öffentlicher Dienstleistungsbetrieb.«

»Was ist ein Kraftfeld?«, versuchte ich, Zeit zu gewinnen.

»Raus!«

»Komm, Kind«, sagte Aahz. »Ich weiß jetzt, wo wir sind.«

»Wo denn?«, fragte ich misstrauisch.

»Am Stand des unhöflichsten Händlers des Basars«, erklärte mein Ausbilder mit erhobener Stimme. »Ich hätte es wirklich nicht geglaubt, wenn ich es nicht mit eigenen Ohren gehört hätte.«

»Wie, was?«, grollte der Besitzer.

»Sind Sie Garbelton?«, fragte Aahz und widmete seine Aufmerksamkeit dem Besitzer.

»Äh . . . ja.«

»Ihr Ruf eilt Ihnen voraus, Sir«, verkündete mein Lehrer herablassend, »und er passt haargenau. Kommt, Meister Skeeve, wir machen unsere Geschäfte woanders.«

»Aber meine Herren!«, rief Garbelton verzweifelt. »Überlegen Sie es sich doch noch einmal . . .«

Den Rest des Satzes hörten wir nicht mehr, da Aahz mich packte und mit mir in den Regen hinausging.

»Was sollte denn das?«, wollte ich wissen und sprang beiseite, um einer Pfütze auszuweichen. Aahz dagegen trat mitten hinein und bespritzte mich von oben bis unten mit rotbraunem Schlamm. Klasse!

»Das? Och, nur ein kleines Manöver, um unser Gesicht zu wahren. Es ist nicht gut für den Ruf, wenn man irgendwo rausgeworfen wird . . . vor allem nicht wegen mangelnder Kaufbereitschaft.«

»Soll das heißen, dass du vorher noch nie von ihm gehört hast? Woher kanntest du dann seinen Namen?«

»Der stand direkt vor mir auf dem Ladenschild«, grinste Aahz. »Hat ihm aber einen ordentlichen Schrecken eingejagt, nicht? Es gibt nichts, was ein Täufler mehr hasst, als einen potentiellen Kunden zu verlieren . . . außer, Ware wieder einlösen zu müssen.«

Sosehr ich Aahz auch mag und seine Anleitung schätze, dreht sich mir doch gelegentlich der Magen um, wenn er anfängt, hämisch zu werden.

»Wir sind immer noch draußen im Regen«, bemerkte ich.

»Schon, aber jetzt wissen wir wenigstens, wohin wir gehen!«

»Wissen wir das?«

Aahz stöhnte auf und machte einen Schlenker, um einer kleinen alten Dame auszuweichen, die kichernd mitten auf der Straße vor einem Kessel kauerte. Als wir vorbeikamen, schoss eine große haarige Pranke aus den Tiefen des Kessels hervor, aber die Alte schlug mit ihrem Kochlöffel danach, worauf sie sich wieder zurückzog. Aahz ignorierte den ganzen Vorgang.

»Pass auf, Junge«, erklärte er. »Wir suchen hier nach zweierlei. Erstens müssen wir ein paar Spieler für unsere Mannschaft auftreiben.«

»Wie können wir denn eine Mannschaft zusammenstellen, wenn wir nicht einmal die Grundregeln des Spiels kennen?«, unterbrach ich ihn.

»Zweitens«, fuhr mein Ausbilder mit beherrschter Stimme fort, »müssen wir jemanden finden, der uns über die Einzelheiten des Spiels informiert.«

»Oh.«

Entsprechend beruhigt, trottete ich eine Weile schweigend neben ihm her und warf den Auslagen, an denen wir vorbeikamen, heimliche Blicke zu. Dann fiel mir plötzlich etwas ein.

»Sag mal ... ähhh, Aahz?«

»Ja, Kind?«

»Du hast meine Frage gar nicht beantwortet. Wo gehen wir denn hin?«

»Ins Gasthaus zum Gelben Halbmond.«

»Ins Gasthaus zum Gelben Halbmond?«, wiederholte ich, und meine Stimmung hob sich ein wenig. »Wollen wir uns mit Gus treffen?«

»Genau«, grinste Aahz. »Gus wettet aus Passion, und das nicht zu knapp. Der sollte uns eigentlich einen zuverlässigen Buchmacher vermitteln können. Außerdem schuldet er uns noch einen Gefallen. Vielleicht können wir ihn für die Mannschaft aufstellen.«

»Gut«, sagte ich, und meinte das auch so.

Gus ist ein Wasserspeier. Er gehörte zu der Mannschaft, mit der wir Big Julies Armee abgewehrt haben, und ich vertraue ihm ebenso sehr wie Aahz ... vielleicht sogar ein bisschen mehr. Jeder, der schon mal den Ausdruck ›Herz aus Stein‹ benutzt hat, um Gefühllosigkeit zu beschreiben, ist niemals mit Gus zusammengekommen. Ich nehme zwar an, dass sein Herz wahrscheinlich ebenso aus Stein ist wie der Rest seines Körpers, aber er ist eines der warmherzigsten, mitfühlendsten Wesen, die mir je begegnet sind. Außerdem ist er ganz zweifellos das stabilste Wesen, das ich je getroffen habe. Wenn Gus sich unserer Mannschaft anschließen sollte, würde ich mir schon viel weniger Sorgen machen ... na ja, *etwas* weniger Sorgen. Andererseits war er vielleicht auch viel zu vernünftig, um sich auf dieses hirnrissige Unternehmen einzulassen. Was die Buchmacher anging ...

»He, Aahz!« Ich blinzelte. »Wozu brauchen wir denn einen Buchmacher?«

»Damit er uns über das Spiel aufklärt natürlich.«

»Ein Buchmacher von Tauf soll uns erklären, wie wir das Spiel in Jahk spielen sollen?«

»Was Besseres kriegen wir nicht«, meinte Aahz achselzuckend. »Du hast Griffin doch gehört. Niemand in Jahk wird uns auch nur sagen, wie spät es ist, geschweige denn, uns helfen, eine Mannschaft zusammenzustellen oder uns die Regeln erklären. Aber lass nicht gleich den Kopf hängen. Buchmacher wissen sehr viel über Publikumssport, und die hier in Tauf sind die allerbesten.«

Darüber dachte ich eine Weile nach, dann beschloss ich, endlich die Frage zu stellen, die mir schon seit dem Treffen keine Ruhe mehr ließ.

»Aahz? Als du die Herausforderung ausgesprochen hast, hast du da wirklich damit gerechnet, das Spiel auch spielen zu müssen?«

Mein Ausbilder blieb wie angewurzelt stehen und wirbelte zu mir herum.

»Glaubst du etwa, dass ich so eine Herausforderung ausspräche, ohne dass ich vorhätte, auch zu kämpfen?«, herrschte er mich an. »Hältst du mich etwa für ein Großmaul, das sich lieber durch einen Bluff aus der Affäre zieht, anstatt zu kämpfen?«

»Daran habe ich gelegentlich schon gedacht«, gestand ich.

»Na, jedenfalls hast du Recht«, grinste er und schritt weiter. »Du lernst ziemlich schnell dazu – für einen Klahd. Nein, ich dachte wirklich, sie würden einen Rückzieher machen, als wir unsere Tarnung aufgehoben haben. Und ich hätte auch nicht gedacht, dass Ganzfix unsere Finte durchschaut und kontert!«

»Der lernt auch schnell dazu«, bemerkte ich. »Ich fürchte, er könnte sich noch zu einem Problem auswachsen.«

»Keine Chance!«, schnaubte mein Lehrer. »Den steckst du magisch doch mit der linken Hand in die Tasche.«

»Nur dass ich versprochen habe, nichts gegen ihn zu unternehmen«, bemerkte ich düster.

»Lass dir davon nicht die Laune verderben«, beharrte Aahz und legte einen Arm um meine Schulter. »Wir haben diesmal beide ein paar dämliche Ansagen gemacht. Jetzt bleibt uns nichts anderes übrig, als das Blatt, das wir ausgeteilt haben, richtig auszureizen.«

»Immer mit dem Kopf durch die Wand, was?« Ich schnitt eine Grimasse.

»Genau. He, Junge, du lernst aber wirklich schnell!«

Ich wusste zwar immer noch nicht, welche Wand damit gemeint war, aber langsam gewöhnte ich mir einige von Aahz' Redensarten an. Inzwischen konnte ich wenigstens den Anschein von Intelligenz erwecken.

Nun war das Gasthaus zum Gelben Halbmond bereits zu sehen. Ich hatte erwartet, dass Aahz seine Schritte beschleunigen würde ... Ich meine, schließlich *regnete* es ja. Stattdessen verlangsamte mein Ausbilder sein Tempo geringfügig und musterte eine Gruppe unterschiedlicher Wesen, die sich unter einer Zeltplane zusammenkauerten.

»Hal-löchen!«, rief er. »Was haben wir denn da?«

»Sieht aus wie eine Gruppe unterschiedlicher Wesen, die sich unter einer Zeltplane zusammenkauern«, bemerkte ich trocken oder zumindest so trocken, wie ich es mir in meinem pitschnassen Zustand eben vorstellen konnte.

»Das ist ein Chicago-Spiel«, verkündete Aahz. »Ich kann die Würfel deutlich hören.«

Darauf war Verlass, dass ein Perfekter das Geräusch von Würfeln auf Matsch auf hundert Schritte ausmachen konnte!

»Na und?«, drängte ich.

»Ich denke, dann haben wir auch unseren Buchmacher. Der große Typ da – in der hintersten Reihe der Menge. Mit dem habe ich schon mal zu tun gehabt.«

»Sprechen wir gleich mit ihm?«, wollte ich eilfertig wissen.

»*Wir* nicht«, berichtigte Aahz, »sondern ich. Du gerätst schon unter ehrlichen Leuten oft genug in Schwierigkeiten, da werde ich dich nicht auch noch zu einem Chicago-Spiel mitnehmen. Du wartest im Gasthaus auf mich. Gus müsste dich wohl im Auge behalten können.«

»Och. Na gut.«

Ich war zwar enttäuscht, aber gleichzeitig erfreut, endlich aus dem Regen zu kommen.

»Und bleib unterwegs nirgendwo stehen und sprich mit niemanden, hörst du?«

»Jawohl, Aahz.« Ich nickte und machte mich im Trab auf den Weg.

»Und egal, was du tun solltest – nimm bloß nichts von dem Essen da zu dir!«

»Du machst wohl Witze?«, lachte ich. »Ich bin schließlich schon mal da gewesen!«

Das Essen im Gelben Halbmond ist, gelinde gesagt, äußerst zweifelhaft. Selbst nach meinen Dimensionssprüngen mit Tanda, bei denen ich mitbekommen hatte, was man anderswo alles als Nahrung ausgab, würde ich niemals freiwillig etwas aus diesem Hause zu mir nehmen.

Als ich näher kam, konnte ich durch die Tür erkennen, dass das Wirtshaus leer war. Das überraschte mich doch etwas. Denn bei meinem ersten Besuch war es ziemlich voll gewesen, und ich hätte erwartet, dass der Regen noch weitere Herumlungernde hineingetrieben hätte.

Gus war auch nirgendwo zu sehen. Aber die Tür stand offen, und so schob ich mich hinein, erleichtert, endlich wieder im Trockenen zu sein. Aber ich hätte lieber nicht dort sein sollen.

»Kleine Person!«, verkündete eine dröhnende Stimme. »Mampf mag kleine Person. Mampf mag kleine Personen lieber als Big Macs. Wie schmeckst du denn, kleine Person?«

Mit diesen Worten wurde ich umgedreht, so dass ich nun kopfüber vor dem Angesicht meines Angreifers hing. In diesem Fall möchte ich den Begriff ›Angesicht‹ allerdings recht großzügig verstanden wissen. Es hatte sich so angefühlt, als wäre ich von einer riesigen Hand emporgehoben worden. Am anderen Ende dieser Hand befand sich der erste und einzige Troll, dem zu begegnen ich das Unglück hatte ... und er sah hungrig aus.

Kapitel 19

›Warum sollte ich einen Zoll bezahlen,
nur weil ich einen Deich überqueren will?‹
H. Haien

Obwohl ich noch nie einen Troll gesehen hatte, wusste ich doch, dass es einer war. Ich meine, er entsprach schließlich ganz der Beschreibung: hochstehende, zottige Haarbüschel, lange, gummiartige Gliedmaßen, ein missgestaltetes Gesicht mit wässrigen feuchten Augen von unterschiedlicher Größe. Wenn das kein Troll war, würde er zumindest ausreichen, bis etwas Besseres – oder Schlimmeres – vorbeikäme.

Eigentlich hätte ich verängstigt sein müssen, merkwürdigerweise war ich das ganz und gar nicht. Ich habe bislang schon eine ganze Weile damit zugebracht, mich bei dem Versuch, Schwierigkeiten aus dem Weg zu gehen, aus kniffligen Situationen herauszuschleichen. Jetzt wollte der Große Hässliche hier mich ärgern. Aber diesmal biss ich nicht an.

»Warum antwortet kleine Person Mampf nicht?«, wollte der Troll wissen und schüttelte mich etwas durch.

»Eine Antwort willst du?«, fauchte ich. »Dann versuch's doch mal damit!«

Die Levitation ist, wie Sie wissen, einer meiner ältesten Zauber, und jetzt benutzte ich ihn. Mit meinem Geist griff ich nach einem Stuhl und rammte ihn dem Troll ins Gesicht.

Er zuckte nicht einmal mit der Wimper.

Da bekam ich Angst.

»Was geht da draußen vor?«, brüllte plötzlich eine Stimme, und Gus kam aus der Küche gestürmt. »Wenn sich hier jemand prügeln sollte, dann werde ich ihm ... Skeeve!«

»Sag deinem Kunden hier, er soll mich wieder absetzen, bevor ich ihm den Arm abreiße und an ihn verfüttere!«, rief ich. Beim Eintreffen der Verstärkung wuchs auch meine Zuversicht wieder.

Ich hätte gar nichts zu sagen brauchen. Die Wirkung von Gus' Worten grenzte ans Wunderbare.

»Skeeve?«, keuchte mein Angreifer und stellte mich behutsam wieder auf die Beine. »Na so was! Ist aber 'ne Wolke, dich kennen zu lernen. Hab schon viel von dir gehört Chumly.«

Die Hand, die noch vor kurzem meinen Schädel festhielt, ergriff nun die meine und drückte sie bei jedem Adjektiv.

»Ähhhh ... das Vergnügen ist ganz meinerseits«, stammelte ich und versuchte vergeblich, meine Hand zu befreien. »Sag mal, hast du gerade nicht etwas anders gesprochen?«

»Ach, du meinst Mampf?« Chumly lachte. »Mieser Bursche. Aber er erfüllt seinen Zweck. Hält das Gesocks auf Distanz, verstehst du?«

»Damit will er sagen«, erklärte Gus, »dass das nur eine Nummer von ihm ist, die er abzieht, um die Leute zu erschrecken. Ist zwar lausig für's Geschäft, wenn er mal reinschaut, aber dafür können wir uns wenigstens ungestört unterhalten. Und anders kann man mit Chumly kaum reden. Er ist nämlich fürchterlich schüchtern.«

»Ach, Quatsch!«, winkte der Troll ab und bohrte einen Zeh in den Boden. »Ich gebe dem Publikum lediglich, was es haben will. Für vegetarische Trolle gibt es keinen besonders großen Arbeitsmarkt, weißt du.«

»Ein vegetarischer Troll?«, fragte ich ungläubig. »Hast du nicht gerade eben noch versucht, mich aufzufressen?«

»Grässlicher Gedanke!«, schauderte Chumly. »Ich hätte dir gleich schon gestattet, rumzuzappeln und davonzulaufen ... aber das hättest du natürlich nicht getan. Ist ein ziemlich tapferer Bursche, nicht?«

»Ach, das kannst du dir gar nicht vorstellen«, schwärmte der Wasserspeier mit seinem Dauerlächeln. »Ach, als wir es damals mit Big Julies Armee aufnahmen ...«

»Chumly!«, rief Aahz und stürmte durch die Tür.

»Aahz«, antwortete der Troll. »He, das ist aber wirklich klasse. Was führt dich her ...«

Plötzlich brach er ab und musterte den Täufler, der Aahz in den Raum gefolgt war.

»Macht euch nichts aus dem Giek hier«, winkte mein Ausbilder ab. »Der hilft uns bei einem kleinen Problem, das wir zu lösen haben.«

»Der Giek?«, fragte ich stirnrunzelnd.

»Das ist ein Spitzname«, meinte der Täufler achselzuckend.

»Ich wusste es doch!«, erklärte Gus und ließ sich auf einen Stuhl sinken. »Oder ich hätte es eigentlich wissen müssen, als ich Skeeve sah. Ihr kommt doch immer nur vorbei, wenn es Ärger gibt.«

»Wenn ihr hier einen Kriegsrat abhalten wollt, dann verziehe ich mich wohl besser«, schlug Chumly vor.

»Bleib ruhig da«, riet ihm Aahz. »Es geht nämlich um Tanda.«

»Um Tanda?«, der Troll legte die Stirn in Falten. »Was hat dieses Flusenhirn denn schon wieder angestellt?«

»Du kennst Tanda?«, fragte ich.

»Das will ich meinen«, lächelte Chumly. »Sie ist meine kleine Schwester.«

»Deine Schwester?«, keuchte ich.

»Fast. Hast du die Ähnlichkeit denn nicht bemerkt?«

»Ich ... äh ...«, stotterte ich.

»Lass dich nicht von ihm an der Nase rumführen, Junge«, grinste mein Ausbilder. »Tanda und Chumly stammen von Trollia, wo die Männer Trolle und die Frauen Trollerinnen sind. Bei solchen Männern zu Hause kannst du jetzt bestimmt verstehen, warum Tanda so viel Zeit wie möglich damit verbringt, durch die Dimensionen zu hüpfen.«

»Das genügt!«, mahnte Chumly streng. »Ich will wissen, was der kleinen Schwester zugestoßen ist.«

»Gleich«, winkte Aahz ab. »Erst einmal will ich sehen, was uns der Giek hier für Informationen zu bieten hat.«

»Ich kann's immer noch nicht glauben, dass ich mich aus einer heißen Partie Chicago habe reißen lassen, um mich mit diesem Zoo hier zu treffen«, murmelte der Täufler.

»Zoo?«, wiederholte Gus. Er lächelte noch immer, aber das tat er ja stets. Mir persönlich gefiel der Klang seiner Stimme nicht so besonders.

Anscheinend ging es Aahz nicht anders, denn er versuchte, das Gespräch schnell in Gang zu bringen.

»Du solltest mir dankbar dafür sein, dass ich dich da rausgeholt habe«, bemerkte er, »bevor die anderen gemerkt haben, dass du den Würfel ausgetauscht hast.«

»Das hast du bemerkt?«, fragte der Giek sichtbar beeindruckt. »Dann ist es wohl besser, dass ich aufgehört habe. Wenn schon ein Perverser mitkriegt, dass ich ...«

»*Perfekter*, heißt das!«, berichtigte ihn Aahz und entblößte sämtliche Zähne.

»Oh! Ja ... natürlich«, versicherte der Täufler und lief rosa an.

Ich hoffte um seinetwillen, dass er brauchbare Informationen für uns hatte. Er hatte es in bemerkenswert kurzer

Zeit geschafft, sich völlig unbeliebt zu machen. Aber schließlich waren die Täufler ja noch nie für ihre gepflegten Umgangsformen berühmt gewesen.

»Was kannst du uns also über das Spiel in Jahk erzählen?«, wollte ich ihn zum Sprechen bringen.

»Wie viel zahlt ihr?«, gähnte der Giek.

»So viel, wie die Information wert ist«, erwiderte Aahz grimmig. »Wahrscheinlich mehr.«

Der Täufler musterte ihn einen Augenblick, dann zuckte er die Schultern.

»Fair genug«, meinte er. »Du hast deine Schulden immer beglichen, Aahz, da kann ich dir wahrscheinlich auch diesmal vertrauen.«

»Also, was kannst du uns erzählen?«, beharrte ich.

Nun war ich an der Reihe, durchdringend gemustert zu werden, doch der Blick, der sich da auf mich richtete, war merklich kälter als jener, den Aahz hatte ertragen müssen. Mit einer trägen Bewegung griff der Giek nach unten und zog einen Dolch aus seinem Stiefel, den er mit einem Wirbel in die Luft warf. Er fing ihn mit der anderen Hand auf, warf ihn erneut empor und erzeugte so einen glitzernden Lichtbogen, ohne jedoch dabei den Blick von mir zu wenden.

»Für einen Klahdpenner hast du ein ganz schön großes Maul«, bemerkte er. »Schreist du immer noch so lauthals, auch wenn du keine Bande von Totschlägern um dich hast, die dir Rückendeckung geben?«

»Meistens«, gab ich zu. »Und das sind auch keine Totschläger, sondern meine Freunde.«

Bei diesen Worten griff ich mit meinem Geist zu, packte das Messer, vollführte mit ihm einen Extralooping und hielt es mitten in der Luft an, so dass die Spitze schließlich nur wenige Zoll vor dem Hals des Täuflers schwebte. Wie ich schon sagte, ich war die Leute langsam Leid, die ständig den großen Mann mimten.

Der Giek rührte keinen Muskel, aber nun beobachtete er mich nicht mehr, sondern den Dolch.

»Falls du beim ersten Mal nicht dabei gewesen bist«, fügte Gus immer noch lächelnd hinzu, »dieser so genannte Pennerklahd ist Skeeve. *Der* Skeeve.«

Der Täufler lief wieder rosa an. Langsam begann ich es zu genießen, dass ich einen Ruf hatte.

»Warum setzt du dich nicht, Giek«, schlug Aahz vor, »und erzählst dem Je ... äh, Skeeve mal, was er gerne wissen möchte?«

Der Täufler gehorchte, offensichtlich begierig, von dem Dolch fortzukommen. Weil dem so war, ließ ich ihm das Messer natürlich folgen.

Als er endlich Platz genommen hatte, ließ ich den Dolch noch einmal in der Luft wirbeln, dann legte ich ihn behutsam vor ihm auf den Tisch. Das beruhigte ihn ein wenig, jedoch war sein Blick während des Sprechens nervös auf den Dolch gerichtet.

»Ich ... äh ... so viel Informationen habe ich auch nicht zu bieten«, begann er unbehaglich. »Das Spiel findet immer nur einmal im Jahr statt, und die Wettchancen stehen meistens eins zu eins.«

»Wie wird das Spiel gespielt?«, erkundigte sich Aahz drängend.

»Ich hab es nie selbst gesehen«, meinte der Giek achselzuckend. »Es ist eines von diesen Netzballspielen. Ich bin eigentlich vertrauter mit der Spielaufstellung als mit dem Spiel selbst.«

»Wie sieht denn die Spielaufstellung aus?«, fragte ich.

»Es ist eine fünfköpfige Mannschaft«, erklärte der Täufler. »Zwei Stürmer oder Bolzer, die nach Schnelligkeit und Beweglichkeit ausgesucht werden; ein Verteidiger oder Eingreifer für den Spielschub; ein Torwächter oder Turm, der meistens der stärkste Mann des Teams ist; und ein

Reiter, ein berittener Spieler, der sowohl beim Angriff als auch bei der Verteidigung eingesetzt wird.«

»Klingt eigentlich ziemlich einfach«, kommentierte mein Ausbilder.

»Kannst du uns nicht noch mehr über das Spiel erzählen?«, drängte ich den Giek.

»Na ja, bei der Spieltaktik weiß ich nicht so Bescheid«, erwiderte er stirnrunzelnd. »Aber ich kenne den ungefähren Spielverlauf. Das Team, das den Ball hat, bekommt vier Möglichkeiten, ein Tor zu erzielen. Sie können den Ball durch laufen, kicken oder werfen bewegen. Ist der Ball durchgekommen, endet auch der Versuch und sie stellen sich für den nächsten auf. Natürlich will die gegnerische Verteidigung sie aufhalten.«

»Laufen, kicken oder werfen«, murmelte Aahz. »Hmmm ... klingt so, als könnte die Verteidigung schwierig werden. Welche Regeln gelten für das Spielverhalten?«

»Die Spieler dürfen keine scharfkantigen Waffen benutzen«, leierte der Täufler herunter. »Jeder Zuwiderhandelnde wird auf der Stelle erschossen.«

»Eine vernünftige Regel«, äußerte ich und schluckte schwer. »Was noch?«

»Das war's«, meinte der Giek achselzuckend.

»Das war's?«, rief Aahz. »Keine scharfkantigen Waffen? Sonst nichts?«

»Sowohl was die Regeln, als auch was meine Kenntnisse bezüglich das Spiels betrifft«, bestätigte der Täufler. »Wenn wir nun abrechnen könnten, dann mache ich mich wieder auf den Weg.«

Ich wollte ihn eigentlich ins Kreuzverhör nehmen, doch Aahz schüttelte den Kopf, als ich ihn anblickte.

»Wärst du mit einem guten Wett-Tipp einverstanden?«, fragte Aahz.

»Nur, wenn es ein *wirklich* guter Tipp ist«, meinte der Giek säuerlich.

»Hast du schon von dem neuen Spiel in Jahk gehört? Von der Dreierkeilerei, die da demnächst stattfindet?«

»Natürlich«, sagte der Täufler achselzuckend.

»Hast du?«, blinzelte ich. Ich meine, schließlich hatten wir die Sache ja gerade erst vom Zaun gebrochen!

»Mein Beruf verlangt, dass ich auf dem Laufenden bleibe.«

»H-hm!«, bemerkte mein Ausbilder weise. »Wie stehen denn die Quoten?«

»Ta-hoe und Veygus liegen gleich. Aber diese neue Mannschaft bringt alles aus dem Tritt. Weil niemand etwas über sie weiß, rangiert sie stark als Verlierer.«

»Wenn wir dir ein paar Insider-Informationen über dieses Außenseiterteam geben könnten«, sagte Aahz, den Blick zur Decke gewandt, »wären wir dann quitt?«

»Ihr wisst etwas über die Dämonen?«, fragte der Giek begierig. »Wenn dem so ist, dann sind wir quitt. Mit Insider-Informationen wäre ich möglicherweise der Einzige im Basar, der die Gewinn-Chancen wirklich einschätzen könnte.«

»Gemacht!«, erklärte mein Ausbilder. »Wir sind die Dämonen.«

Das saß. Der Giek sackte auf seinem Stuhl zusammen und ließ den Unterkiefer herunterklappen. Dann sah er uns mit schräg gelegtem Kopf an.

»Du meinst, ihr finanziert das Team?«

»Wir *sind* das Team ... jedenfalls ein Teil des Teams. Wir stellen die Mannschaft gerade auf.«

Der Täufler wollte etwas erwidern, doch dann besann er sich eines Besseren. Schweigend stand er auf und ging auf die Tür zu, wo er zögernd die Hand auf den Knauf legte und kurz stehen blieb, um dann ohne ein weiteres Wort hinauszugehen.

Irgendwie erschien mir seine Reaktion äußerst unheilverkündend.

»Wie findest du das Junge?«, gluckste Aahz. »Ich habe genaue Informationen bekommen ohne einen Pfennig dafür zu bezahlen.«

»Mir gefällt nicht, wie er reagierte«, erklärte ich, noch immer zur Tür hinüberstarrend.

»Komm schon, gib's ruhig zu! Ich habe gerade ein verdammt gutes Geschäft für uns gemacht.«

»Aahz?«, fragte ich schleppend. »Was hast du mir immer über Geschäfte mit Täuflern erzählt?«

»Hmmmm? Ach so, du meinst: ›Wenn du glaubst, mit einem Täufler ein gutes Geschäft gemacht zu haben ...!‹«

Er brach ab und seine Hochstimmung legte sich.

»... ›dann zähl erst mal deine Finger, dann deine Glieder und dann deine Verwandten!‹«, beendete ich den Satz für ihn. »Bist du dir wirklich ganz *sicher,* dass du ein gutes Geschäft gemacht hast?«

Unsere Blicke trafen sich, und keiner von uns lächelte.

Kapitel 20

›Wofür sind Freunde denn schliesslich da?‹
J. Möllemann

Wir dachten noch immer über unsere missliche Lage nach, als Chumly uns unterbrach.

»Ihr Jungs scheint ja wirklich ziemliche Schwierigkeiten zu haben«, sagte er und nahm uns beide in den Arm, »aber wenn es euch nicht zu viel Mühe macht, könntet ihr mir vielleicht mal verraten, was das alles mit Tanda zu tun hat?«

Üblicherweise hätte man eine solche Äußerung als ganz normale Bitte aufgefasst. Wenn man allerdings einmal innehielt und bedachte, dass diese ganz normale Bitte aus dem Munde eines Trolls kam, der sogar uns noch um die Hälfte überragte und noch dazu imstande war, unsere Köpfe gegeneinander zu Brei zu schlagen, so wie gewöhnliche Leute Trauben zerquetschten, dann gewann diese Bitte plötzlich sehr an Dringlichkeit, so höflich sie auch formuliert gewesen sein mochte.

»Tja, weißt du, dieses Spiel, von dem wir da gesprochen haben ...«, fing Aahz unbehaglich an.

»... Tanda ist der Preis«, beendete ich lahm seinen Satz.

Chumly schwieg. Dann verstärkte sich sein Griff um meine Schulter eine Spur.

»Verzeiht mir«, lächelte er. »Einen Augenblick lang habe ich doch glatt geglaubt, dass meine kleine Schwester der Preis in irgendeinem primitiven Schaukampf wäre.«

»Eigentlich«, erklärte Aahz hastig und versuchte, zurückzuweichen, »war der Junge hier dabei, als sie in Gefangenschaft geriet.«

»... aber Aahz hier hat sie in das Spiel hineingezogen«, konterte ich und wollte in die entgegengesetzte Richtung entschlüpfen.

»Ihr beiden Burschen habt sie da hineingezogen?«, fragte der Troll leise und hielt uns mit seinem Griff fest an Ort und Stelle. »Ich dachte, ihr wolltet sie retten.«

»Holla! Immer mit der Ruhe, alle Mann!«, befahl Gus und fuhr zwischen das sich anbahnende Handgemenge. »Diesen Schuppen schlägt niemand zu Kleinholz außer mir. Chumly, wir setzen uns jetzt alle hin und hören uns die Geschichte in Ruhe von vorne an.«

Ich selbst war eigentlich schon ziemlich ruhig ... jedenfalls war ich nicht darauf aus, eine Prügelei anzufangen. Dennoch stellte Gus' Anregung einen willkommenen Themenwechsel dar.

Diesmal bedurfte ich keiner gesonderten Aufforderung, um das Erzählen der Geschichte Aahz zu überlassen. Auch wenn er gelegentlich ein paar Dinge übersieht – wenn man ihm freie Hand lässt, dann kann er einen aus einigen scheinbar hoffnungslosen Situationen herausreden. Das hatte er bereits des Öfteren bewiesen, und auch heute bildete er da keine Ausnahme. Obwohl er mich damit überraschte, dass er sich an die Wahrheit hielt, hatten sich Chumlys eisig erstarrte Gesichtszüge gegen Ende der Erzählung entspannt. Sein Gesicht hatte jetzt einen nachdenklichen Ausdruck.

»Ich muss schon sagen«, meinte der Troll schließlich, »sieht so aus, als hätte die kleine Schwester den Bogen diesmal überspannt. Ihr habt anscheinend alles versucht, was ihr konntet, um sie freizubekommen.«

»Wir könnten immer noch die Trophäe zurückgeben«, schlug ich vor.

Unter dem Tisch verpasste mir Aahz einen Tritt.

»Kommt gar nicht in Frage«, schnaubte Chumly. »Das ist Aahz' Geschenk, daran ist nicht zu rütteln. Wenn Tanda Ärger bei dem Versuch bekommen hat, es zu beschaffen, dann ist das verdammt noch mal ihr eigenes Problem. Da kannst du nicht von Aahz erwarten, dass er sich dafür verantwortlich fühlt.«

»Kann ich wohl!«, widersprach ich.

»Nein«, entschied der Troll. »Die einzig annehmbare Lösung ist die, diesen Blödmännern bei ihrem eigenen Spiel ordentlich das Fell über die Ohren zu ziehen. Ich hoffe doch, dass ihr mir einen Platz in eurer Mannschaft zugesteht?«

»Wir hatten darauf gehofft«, grinste mein Ausbilder.

»Auf mich kannst du auch zählen«, erklärte Gus und streckte seine steinernen Flügel. »Kann euch doch nicht ohne meine Unterstützung in eine solche Keilerei ziehen lassen.«

»Siehst du, Kerlchen?«, grinste Aahz. »Gleich sehen die Dinge schon viel besser aus.«

»Sag mal, Aahz«, warf ich vorsichtig ein, »mir fällt ein ... dieser Reiter, weißt du? Na, ich finde, wir hätten einen großen psychologischen Vorteil, wenn unser Reiter auf einem Drachen säße.«

»Da hast du Recht.«

»Ach, komm schon, Aahz! Nur weil Gliep ein bisschen ... Hast du gerade gesagt ›Du hast Recht‹?«

»Richtig. Genau. Korrekt«, nickte mein Lehrer. »Manchmal hast du tatsächlich ein paar ganz gute Ideen.«

»He, Aahz ...!«

»... aber nicht auf deinem dämlichen kleinen Drachen«, beharrte er. »Wir benutzen das Monster, das wir zusammen mit Big Julies Armee bekommen haben.«

»Aber Aahz ...«

»Nichts da, ›aber Aahz‹! Komm schon, Gus. Mach den Laden dicht. Wir müssen nach Klah, um einen Drachen abzuholen!«

Nun ist Klah zwar meine Heimatdimension, und egal, was meine Mitreisenden denken mögen, mir gefällt sie recht gut; aber nachdem ich ausgedehnte Reisen in einige andere Dimensionen gemacht habe, erscheinen mir die angenehmen vertrauten Sehenswürdigkeiten von Klah doch ein wenig schäbig.

Aahz überraschte mich damit, dass er uns sehr weit nördlich von Possiltum absetzte und nicht in unseren Gemächern im königlichen Palast. Ich fragte ihn danach, und ausnahmsweise gab mir mein Mentor sogar eine unverblümte Antwort.

»Es hängt nur davon ab, wie man den D-Hüpfer einstellt«, erklärte er. »Man hat acht Skalen, mit denen man spielen kann, und mit denen kannst du sowohl die Dimension, in die du reisen willst, als auch deinen genauen Ankunftsort bestimmen.«

»Soll das heißen, dass man auch in ein und derselben Dimension von einem Ort zum anderen reisen kann?«

»Hmmm«, meinte Aahz stirnrunzelnd, »das weiß ich wirklich nicht. Ich bin noch nie auf die Idee gekommen, es mal zu versuchen. Das müssen wir wirklich irgendwann mal überprüfen.«

»Na gut. Und warum hast du dir diesen Zielort ausgesucht?«

»Das ist ganz einfach«, grinste mein Ausbilder und zeigte auf unsere Kollegen. »Ich war mir nicht sicher, wie man uns im Palast empfangen hätte, wenn wir mit einem Troll und einem Wasserspeier dort aufgekreuzt wären.«

Da hatte er mich. Im Basar von Tauf war keine Tarnung

erforderlich gewesen, und so war mir überhaupt nicht in den Sinn gekommen, dass unsere Gruppe für den Durchschnittsklahd doch einen ziemlich merkwürdigen Anblick darstellen würde.

»Tut mir Leid, Aahz«, entschuldigte ich mich errötend, »das hatte ich völlig vergessen.«

»Macht ja nichts«, winkte mein Ausbilder ab. »Wenn es wirklich wichtig gewesen wäre, hätte ich dich vor unserer Abreise schon noch daran erinnert. Ich wollte dich nur ein bisschen aufrütteln, damit du mehr auf Einzelheiten achtest. Der wirkliche Grund, weshalb wir hier und nicht im Palast sind, ist der, dass ich Big Julie aufsuchen will; und ich bin zu faul, um den Weg zu gehen, wenn wir das auch mit dem D-Hüpfer erledigen können.«

Trotz seiner Besänftigung machte ich mich daran, mein Versehen zu korrigieren. Um mich zu rehabilitieren, beschloss ich, Aahz zu zeigen, dass ich während meines Ausflugs mit Tanda geübt hatte. Also schloss ich die Augen und konzentrierte mich darauf, Gus und Chumly gleichzeitig zu tarnen.

»Nicht schlecht, Kerlchen«, bemerkte Aahz. »Sehen zwar ein bisschen verwegen aus, aber durchaus annehmbar.«

»Ich dachte, es würde uns helfen, Schwierigkeiten zu vermeiden, wenn sie ein bisschen bösartig aussehen«, erklärte ich bescheiden.

»Nicht schlecht?«, schnaubte Chumly. »Ich seh ja aus wie ein Klahd!«

»Ich finde, als Klahd siehst du sehr süß aus«, stichelte Gus.

»Süß? Süß?«, knurrte Chumly. »Hat irgendjemand schon mal was von einem süßen Troll gehört? Aahz, ist das denn wirklich nötig?«

»Ich fürchte, leider ja«, erwiderte mein Ausbilder, und sein Grinsen strafte sein zur Schau getragenes Mitgefühl

Lügen. »Denk daran, dass du im Augenblick gar kein Troll sein sollst. Nur ein bescheidener Bürger dieser mehr als bescheidenen Dimension.«

»Warum bist du denn nicht getarnt?«, fragte der Troll misstrauisch, ganz offensichtlich noch immer nicht überzeugt.

»Ich bin hier bereits als Lehrling des Hofzauberers bekannt«, versetzte Aahz unschuldig. »Die Leute hier sind es gewohnt, mich so zu sehen.«

»Na«, rumpelte Chumly, »wenn irgendjemand, der mich kennt, mich so sehen sollte, ist aber die Hölle los!«

»Wenn irgendjemand, der dich kennt, dich so sieht, erkennt er dich gar nicht«, warf ich vorsichtig ein.

Darüber dachte der Troll einen Augenblick nach, um schließlich langsam den Kopf zu senken.

»Hast wohl Recht«, gestand er mir endlich zu. »Dann gehen wir, um diesen Big Julie aufzusuchen, hmmm? Je kürzer ich so rumlaufen muss, umso besser!«

»Da mach dir mal nicht zu viel Hoffnungen«, warnte ihn Aahz. »Wir werden in dieser Dimension trainieren, da solltest du dich lieber gleich daran gewöhnen, ein Klahd zu sein.«

»Verdammte Scheiße!«, war die einzige Antwort.

Seinen Träumen vom Pensionärsdasein getreu, lag Big Julie entspannt auf einer Wiese vor seiner Landhütte und trank Wein, als wir eintrafen. Für einen nicht eingeweihten Beobachter sah er vielleicht aus wie ein spindeldürrer alter Mann, der sich in der Sonne aalte. Doch dieser nicht eingeweihte Beobachter hatte ihn auch noch nicht erkannt, als er die mächtigste Armee befehligte, die jemals unsere Dimension geziert hat. Das war wahrscheinlich auch besser so. Julie verbarg sich immer noch vor einem ganz besonders üblen Haufen von Kredithaien, die sehr neugierig darauf waren, herauszubekommen, warum er und seine Männer das Soldatendasein aufgegeben hatten … und damit auch die Möglichkeit, ihre alten Spielschulden begleichen zu können.

»Hallo, Jungs!«, dröhnte er und winkte uns erfreut und begeistert zu. »Lange nicht mehr gesehen, wie? Da, holt euch 'n Stuhl und trinkt ein bisschen Wein mit mir. Was führt euch denn hierher?«

»Ein kleines bisschen Vergnügen und ein großes bisschen Geschäft«, erklärte Aahz und nahm sich wie beiläufig den einzigen Weinkrug zur Brust, der weit und breit zu sehen war.

»Hast du noch mehr Wein?«, fragte ich hastig.

Lange Jahre der Erfahrung hatten mich gelehrt, nicht damit zu rechnen, dass Aahz einen Krug Wein mit anderen teilen würde. Einer reichte ihm kaum.

»Klar. Jede Menge. Badaxe ist gerade hineingegangen, um welchen zu holen.«

»Badaxe?«, fragte Aahz stirnrunzelnd. »Was macht er denn hier?«

»Im Augenblick fragt er sich, was *ihr* hier macht«, antwortete eine dröhnende Stimme.

Wir blickten uns um und sahen die zottige, riesengroße Gestalt des Generals von Possiltum im Türrahmen der Hütte stehen, in jeder Hand einen Krug Wein balancierend. Hugh Badaxe war mir schon immer eher wie ein Tier als wie ein Mensch erschienen, obwohl ich zugeben will, dass sein krauses dunkles Haar und sein Bart, wenn man sie zusammen mit seinem Lieblingspelzumhang betrachtete, einiges zu diesem Bild beitrugen. Immer baumelte eine massive Doppelaxt von seinem Gürtel herab, sein Lieblingswerkzeug in Angelegenheiten der Diplomatie.

»Wir sind nur mal vorbeigekommen, um ein bisschen

mit Big Julie zu plaudern«, erwiderte mein Ausbilder unschuldig.

»Worüber?«, wollte der General wissen. »Ich dachte, wir hätten uns darauf geeinigt, dass alle militärischen Fragen erst mir vorgelegt werden, bevor ich Big Julies Rat einhole! Schließlich bin *ich* der Oberbefehlshaber der Armee von Possiltum, nicht wahr?«

»Na, na, Hugh«, besänftigte ihn Big Julie, »die Jungs wollten mich nur um einen kleinen Gefallen bitten, das ist alles. Wenn es um die Armee gegangen wäre, dann wären sie selbstverständlich zu Euch gekommen, nicht wahr, Jungs?«

Aahz und ich nickten heftig. Gus und Chumly blickten verständnislos drein. Wir hatten versäumt, sie vorher über General Badaxe und seine Eifersucht, Machtpositionen betreffend, zu informieren.

»Alles klar?«, fuhr Big Julie fort. »Dann nehmt Platz und trinkt etwas Wein, während ich mit den Jungs hier plaudere. Also, Aahz, was für einen Gefallen kann ich euch tun?«

»Nichts Großartiges«, antwortete mein Ausbilder achselzuckend. »Wir wollten nur wissen, ob wir vielleicht Euren Drachen für eine Weile ausborgen könnten.«

»Meinen Drachen? Wofür braucht ihr denn meinen Drachen? Ihr habt doch schon einen Drachen.«

»Wir brauchen einen *großen* Drachen«, meinte Aahz ausweichend.

»Einen großen Drachen?«, wiederholte Julie stirnrunzelnd. »Klingt danach, als hättet ihr Jungs was Gefährliches vor.«

»Keine Sorge«, mischte ich mich Zuversicht heuchelnd ein, »ich werde den Drachen nur in einem Spiel reiten, also kein Grund zu ...«

»Spiel?«, brüllte Badaxe. »Hab ich's doch gewusst! Ihr

nehmt an einem Kriegsspiel teil, ohne mich überhaupt zu fragen!«

»Das ist kein Kriegsspiel«, widersprach ich.

»Ist es doch«, berichtigte Aahz.

»Ist es doch?«, fragte ich blinzelnd.

»Denk doch mal darüber nach, Kind«, erwiderte mein Ausbilder. »Jeder Mannschaftssport mit Zuschauern ist eine Art Kriegsspiel!«

»Warum bin ich dann nicht informiert worden?«, polterte Badaxe. »Als Oberbefehlshaber der Streitkräfte von Positum fallen sämtliche Kriegsspiele unter meine Befehlsgewalt.«

»General«, seufzte Aahz. »Dieses Spiel findet nicht in diesem Königreich statt.«

»Jedwede militärische ... oh!« Badaxe hielt inne, von dieser Wendung des Gesprächs verblüfft. »Nun, sollten Mitglieder der Armee daran beteiligt sein ...«

»Sind sie nicht«, unterbrach mein Ausbilder ihn. »Diese Übung betrifft nur eine fünfköpfige Mannschaft, und die haben wir bereits aufgestellt, ohne die Reserven der Armee angreifen zu müssen.«

In meinem Kopf klingelte eine Alarmglocke. Ich führte eine rasche Überprüfung durch, die meine Befürchtungen nur bestätigte.

»Äh ... Aahz«, begann ich.

»Nicht jetzt, Kind«, knurrte er. »Ihr seht, General, alle Eure Ängste waren völlig ...«

»Aahz!«, wiederholte ich stur.

»Was ist denn?«, fauchte mein Ausbilder und fuhr zu mir herum.

»Wir haben nicht fünf Spieler, sondern nur vier.«

Kapitel 21

›Wir haben eine unschlagbare Mannschaft!‹
Sauron

»Vier?«, wiederholte Aahz verständnislos.

»Ich kann durchaus bis fünf zählen«, teilte ich ihm von oben herab mit. »Aber du, ich, Gus und Chumly ergeben zusammen nur vier. Klar? Eins, zwei, drei ...«

»Schon gut, schon gut, ich hab's verstanden«, unterbrach mich mein Ausbilder und blickte unsere beiden Kameraden finster an. »Sag mal, Gus! Ich nehme nicht an, dass Berfert bei uns ist, was?«

»Komm schon, Aahz«, tadelte ich ihn, »wir könnten ja wohl schlecht einen Salamander als Mannschaftsmitglied ausgeben.«

»Halt die Klappe, Junge. Na, wie sieht's aus, Gus?«

»Diesmal nicht«, erwiderte der Wasserspeier achselzuckend. »Er hat eine Freundin getroffen, und die beiden sind in den Urlaub gefahren.«

»Eine Freundin?«, fragte Aahz und hob eine Augenbraue.

»Genau«, sagte Gus nickend. »Man könnte sagen, eine alte Flamme.«

»Eine alte Flamme!«, grinste der Troll. »He, das ist ja richtig gut!«

Ausnahmsweise verstand auch ich diesmal den Witz und stimmte in Gus' und Chumlys herzliches Lachen mit ein, während Badaxe und Big Julie verwundert dreinsahen.

Aahz rollte verzweifelt die Augen.

»Das hat mir gerade noch gefehlt«, stöhnte er. »Einen zu wenig in der Mannschaft, und die, die ich habe, sind auch noch Halbirre! Wenn ihr fertig seid, stehe ich gerne für Anregungen zur Verfügung, wo wir ein fünftes Mannschaftsmitglied herbekommen sollen.«

»Ich werde mitmachen«, erklärte Badaxe ruhig.

»Ihr?«, keuchte ich, und das Lachen verging mir augenblicklich.

»Selbstverständlich«, nickte der General. »Das ist schließlich meine Pflicht.«

»Vielleicht habe ich mich nicht deutlich genug ausgedrückt«, unterbrach ihn Aahz. »Possiltum hat damit überhaupt nichts zu tun.«

»Aber sein Zauberer und dessen Lehrling«, wandte Badaxe spitz ein. »Ihr seid beide Bürger von Possiltum, und zwar ziemlich prominente Bürger. Ob es euch nun gefällt oder nicht, es ist meine Pflicht, euch mit allen mir zur Verfügung stehenden Mitteln zu beschützen – und das heißt in diesem Fall, mit mir selbst.«

Daran hatte ich noch gar nicht gedacht. In gewisser Weise war es sogar richtig nett von ihm. Trotzdem war ich nicht gerade wild darauf, dass der General sich unseretwegen in Gefahr brachte.

»Hmmm ... Ich weiß Eure Bemühungen ja zu schätzen, General«, fing ich vorsichtig an, »aber das Spiel findet sehr weit weg von hier statt.«

»Wenn Ihr die Reise überstehen könnt, kann ich das auch«, erwiderte Badaxe entschlossen.

»Aber ihr versteht nicht ...!«

»Kind«, unterbrach Aahz mich nachdenklich, »warum stellst du ihm nicht mal seine Mannschaftskameraden vor?«

»Was? Oh, tut mir Leid. General Badaxe, das ist Gus und das ist Chumly.

»Nein«, lächelte mein Lehrer. »Ich meinte, *vorstellen.*«

»Oh!«, sagte ich. »General, darf ich Euch den Rest der Mannschaft vorstellen?«

Während ich sprach, hob ich den Tarnungszauber auf und offenbarte den Wasserspeier und den Troll in ihrer wahren Gestalt.

»Gus!«, brüllte Big Julie. »Dacht ich's mir doch, dass ich deine Stimme kenne!«

»Hallo, Julie!«, winkte der Wasserspeier. »Was macht der Ruhestand?«

»Danke.«

Gus trat vor und nahm dem General die beiden Weinkrüge aus den gefühllosen Händen, wobei er einen Chumly reichte. Mir fiel auf, dass ich anscheinend das einzige Mannschaftsmitglied war, das bei dieser Sache nicht wenigstens einen Drink rauszuschinden wusste.

Der General stand wie angewurzelt da, und sein Blick huschte zwischen dem Wasserspeier und dem Troll hin und her. Er war zwar etwas blasser geworden, doch musste man zu seiner Ehre eingestehen, dass er keinen einzigen Zoll zurückgewichen war.

»Na, Badaxe?«, grinste Aahz. »Wollt ihr immer noch in die Mannschaft?«

Der General fuhr sich nervös mit der Zunge über die Lippen, dann riss er den Blick von Gus und Chumly los.

»Gewiss doch«, erklärte er. »Ich wäre stolz darauf, an der Seite von solchen ... von solch wackeren Verbündeten kämpfen zu dürfen. Das heißt, sofern sie mich dabeihaben wollen.«

Damit hatte er uns den schwarzen Peter wieder zugeschoben.

»Was meinst du, Skeeve?«, fragte Aahz. »Du bist der Boss.«

Berichtigung: Damit hatte er *mir* den schwarzen Peter

wieder zugeschoben. Aahz hatte die ärgerliche Angewohnheit, mir immer dann die Führung zu überlassen, wenn es brenzlig wurde. Langsam keimte in mir der Verdacht auf, dass das nicht immer Zufall war.

»Nun, Hofzauberer?«, rumpelte Badaxe. »Nehmt Ihr meine Dienste bei dieser Expedition an?«

Nun saß ich in der Klemme. Niemand konnte leugnen, dass Badaxe als Kämpfer sehr wertvoll war, aber ich hatte mich noch nie für ihn als Person erwärmen können. Und als Mannschaftskamerad …

»Gliep!«

Die Warnung kam zu spät! Bevor ich mich dagegen stemmen konnte, wurde ich mit gewaltiger Wucht von hinten getroffen und stürzte mit dem Gesicht nach unten zu Boden. Die schleimige Zunge, die meinen Hinterkopf malträtierte, und der Schwall unglaublich üblen Mundgeruchs konnten nur von einem stammen.

»Gliep!«, verkündete mein Haustier stolz und hielt kurz in seinem Versuch inne, mein Gesicht zu erwischen.

»Wer hat denn diesen blöden Drachen hierher gebracht?«, polterte Aahz, von unserer gefühlsbeladenen Wiedervereinigung alles andere als bewegt.

»Fragt Badaxe«, grinste Big Julie. »Er hat ihn mitgebracht.«

»Er war es?«, fragte mein Ausbilder blinzelnd und war für eine Weile so fassungslos, dass er darüber sogar seinen Zorn vergaß.

Ich war selbst ein wenig überrascht. Ich schob Gliep beiseite und warf dem General einen fragenden Blick zu.

Zum ersten Mal seit unserer ersten Begegnung wirkte Hugh Badaxe, als sei ihm unbehaglich zumute. Der wilde Krieger, der weder ganze Armeen, Magiker oder Dämonen fürchtete, konnte uns nicht in die Augen sehen.

»Es war … na ja, weil ihr beiden ja weg wart, hat er so

herumgehangen«, murmelte der General. »Niemand hat sich in seine Nähe getraut, und da dachte ich ... na ja, es ... erschien mir doch nur logisch ...«

»Er hat ihn mitgebracht, damit er mit meinem Drachen spielen kann«, erklärte Julie schadenfroh. »Sieht so aus als hätte unser finsterer General ein Herz für Tiere.«

Badaxes Kopf ruckte hoch. »Der Drache hat sich beim letzten Feldzug um das Königreich sehr verdient gemacht«, erklärte er hitzig. »Da ist es ja wohl nur gerecht, wenn sich jemand um ihn kümmert ... als Veteran.«

Sein Gepolter überzeugte niemanden. Es gab keinen Grund, weshalb er sich für meinen Drachen hätte verantwortlich fühlen müssen. Und selbst wenn er das getan hätte, wäre es für ihn leichter gewesen, einigen seiner Soldaten zu befehlen, sich um mein Maskottchen zu kümmern, anstatt die Sache selbst in die Hand zu nehmen. Die nackte Wahrheit war, dass er Gliep mochte.

Wie um unseren Verdacht zu bestätigen, begann mein Haustier um ihn herumzutoben und Kopf und Schwanz auf eine Art und Weise zu bewegen, die, das wusste ich genau, nur für Spielkameraden vorbehalten war. Der General ignorierte ihn stur ... was kein sehr leichtes Unterfangen war.

»Äh ... General?«, begann ich vorsichtig.

»Ja?«

Er bedachte mich mit einem frostigen Blick, der mir zu sagen schien, dass ich es nur nicht wagen sollte, eine Bemerkung über das Verhalten des Drachen zu machen.

»Was unser Gespräch von gerade betrifft«, erklärte ich hastig, »so bin ich sicher, dass ich im Namen aller Mitglieder spreche, wenn ich sage, dass wir entzückt sind und wir uns geehrt fühlen, Euch bei dem kommenden Kriegsspiel auf unserer Seite zu wissen.«

»Danke, Hofzauberer.« Er machte eine steife Verbeugung. »Ich glaube, dass ich das Vertrauen, das Ihr in mich setzt, nicht enttäuschen werde.«

»Da diese Sache nun geklärt ist«, kicherte Aahz händereibend. »Wo ist denn der große Drache? Wir müssen uns ans Training machen.«

»Der schläft«, meinte Big Julie achselzuckend.

»Der schläft?«, wiederholte Aahz.

»Ja. Er ist in den Stall gegangen und hat den halben Viehbestand weggefuttert. Jetzt schläft er wie ein Stein, versteht Ihr? Wird wohl frühestens in einigen Monaten wieder aufwachen.«

»In einigen Monaten!«, stöhnte mein Ausbilder. »Was sollen wir denn jetzt machen? Der Junge muss doch auf etwas reiten bei dem Spiel.«

»Gliep!«, ertönte mein Haustier und wälzte sich zu meinen Füßen auf den Boden.

Aahz funkelte mich böse an.

»Das war er, nicht ich«, erklärte ich unschuldig.

»Ich glaube, wir haben nicht viel Auswahl, Aahz«, bemerkte Gus.

»Wenn man mit Drachen nicht vertraut ist, dann sieht *jeder* von ihnen Furcht erregend aus«, warf Chumly ein.

»Na schön, na schön!« Aahz schnitt eine Grimasse und warf kapitulierend die Arme empor. »Wenn ihr es riskieren wollt, mache ich mit. Solange er mich nicht in den Wahnsinn treibt mit seinem ständigen ...«

»Gliep?«, fragte mein Maskottchen und drehte den Kopf herum, um herauszukriegen, worüber Aahz sich so ereiferte.

»Dann können wir also mit dem Training anfangen?«, fuhr ich hastig dazwischen.

»Schätze, schon«, grollte Aahz und blickte den Drachen finster an.

»Ich weiß ja, dass es nicht mein Krieg ist«, warf Big Julie

ein, »aber ich wüsste ganz gerne, was für eine Strategie ihr Jungs habt.«

»Bisher noch gar keine«, gab mein Mentor zu. »Aber wir denken uns schon noch was aus.«

»Vielleicht kann ich euch helfen. Ich war mal ziemlich gut in der Kampftaktik kleiner Operationsgruppen. Wenn ihr wisst, was ich meine?«

Die nächsten Wochen waren interessant. Bemerken Sie, dass ich nicht ›lehrreich‹ sondern ›interessant‹ gesagt habe. Abgesehen davon, dass wir lernten, als Team zusammenzuarbeiten, entwickelten sich die Mitglieder unserer Gruppe nur wenig weiter.

Man könnte einwenden, dass bei den Wesen, aus denen unser Team bestand, eben keine Entwicklung mehr nötig war. Das jedenfalls war auch ihre Meinung. Es war auch nicht gerade leicht, mit ihnen darüber zu diskutieren. Von mir selbst abgesehen, war ihre körperliche Kondition beachtlich, ja nahezu unglaublich. Und was noch wichtiger war, sie waren alle alte Veteranen, die schon an zahllosen Feldzügen und Schlachten teilgenommen hatten. Nach allem, was wir von den Jahks gesehen hatten, konnte es jedes einzelne unserer Mannschaftsmitglieder mühelos mit fünf Gegnern aufnehmen, und erst als Gruppe ...

Vielleicht war es das, was mich störte: die ständige Versicherung aller, dass wir mühelos gewinnen würden. Ich weiß jedenfalls, dass es Big Julie Sorgen machte.

»Ihr Jungs seid zu zuversichtlich«, pflegte er zu schimpfen und schüttelte empört den Kopf. »Zum Kämpfen gehört mehr als bloß Kraft und Stärke, wenn ihr versteht, was ich meine.«

»Wir haben durchaus noch mehr zu bieten als Kraft und Stärke«, gähnte Aahz. »Wir verfügen über Schnelligkeit,

Beweglichkeit und Kondition, und mit Gus verfügen wir sogar über Unterstützung aus der Luft. Und außerdem hat Skeeve als Magiker auch noch ein paar Karten im Ärmel.«

»Was ihr dabei vergessen habt, ist der Faktor ›Erfahrung‹«, konterte Julie. »Wie lang spielen diese anderen Burschen das Spiel schon? Fünfhundert Jahre? Da haben sie wahrscheinlich inzwischen auch den einen oder anderen Trick auf Lager.«

Mit diesem sturen Argument, neben Drohungen und Versprechungen, pflegte uns Big Julie zum Training zu zwingen. Leider konzentrierte sich der größte Teil der Übungen auf mich.

Es war schon hart genug, zu versuchen, auf Glieps Rücken nicht den Halt zu verlieren. Dabei auch noch einen Ball zu werfen oder zu fangen, erwies sich als beinahe unmöglich. Gliep war auch keine besonders große Hilfe. Er zog es vor, selbst hinter dem Ball herzujagen oder stocksteif stehen zu bleiben und sich mit einem Hinterbein zu kratzen, anstatt meinen Befehlen Folge zu leisten. Schließlich musste ich ein bisschen schummeln und Magik einsetzen, um nicht von meinem Reittier zu stürzen. Ein bisschen Levitation, ein bisschen Fliegen, und schon verbesserten sich meine Reitkünste um das Hundertfache. Wenn Aahz Verdacht geschöpft hatte, dass ich mehr einsetzte als nur meinen Gleichgewichtssinn, so ließ er es sich zumindest nicht anmerken.

Das Problem des Ballfangens und -werfens wurde dadurch gelöst, dass ich noch einen Stock dazubekam. Chumly riss einen kräftigen jungen Baum samt Wurzeln aus dem Boden, und der General entfernte mit seiner immer präsenten Doppelaxt die Äste und Wurzeln. So erhielt ich einen elf Fuß langen Stock, mit dem ich den Ball entweder am Boden fortschießen oder ihn aus der Luft schlagen konnte, wenn ihn jemand warf oder ihn mit einem Tritt in die Höhe befördert hatte. Der Stock war zwar ein wenig schwerer, als mir lieb war, doch dafür wurde der Ball auch bei jedem Treffer weiter geschlagen. Natürlich benutzte ich auch dabei ein bisschen Magik, um den Ball zu lenken, und so verfehlte ich mein Ziel nur selten, und er gelangte meistens auch tatsächlich dorthin, wo ich ihn hinhaben wollte.

Gliep dagegen lief nur dorthin, wo er hinwollte. Zwar half meine Keule gelegentlich, ihn in Bewegung zu bringen und auch geringfügige Richtungsänderungen zu bewirken, aber bis zum Tag unserer Abreise hatte ich immer noch nicht die volle Gewalt über ihn.

Wir fünf, Gliep eingeschlossen waren wir natürlich sechs, versammelten uns mitten auf unserer Trainingswiese, um uns von Big Julie zu verabschieden.

»Es tut mir Leid, dass ich euch nicht begleiten kann, Jungs«, erklärte er traurig, »aber ich bin auch nicht mehr so jung wie früher, müsst ihr wissen.«

»Keine Bange«, winkte Aahz ab, »wir sind bald wieder da. Dann könnt Ihr zu unserer Siegesfeier kommen.«

»Jetzt fangt Ihr schon wieder an«, knurrte Julie. »Ich warne euch – feiert bloß nicht, bevor ihr die Schlacht nicht gewonnen habt! Nach fünfhundert Jahren ...«

»Schon recht, Julie«, unterbrach Aahz ihn hastig. »Das habt Ihr uns schon mal gesagt. Wir sollten uns jetzt besser auf den Weg machen, sonst kommen wir noch zu spät zum Spiel. Ich möchte ungern wegen Nichterscheinen zum Verlierer erklärt werden.«

Mit diesen Worten überprüfte er, ob wir alle an Ort und Stelle und an den D-Hüpfer angeschlossen waren.

Einen Augenblick später waren wir wieder in Jahk.

Kapitel 22

›Egal, welches Spiel, egal welche Regeln –
für beide Seiten gilt dasselbe!‹
Hoyles Gesetz

Seit Aahz und ich das letzte Mal dort gewesen waren, hatte das Stadion vor allem zwei große Verwandlungen durchgemacht.

Erstens hatte man das Feld selbst verändert. Anstelle eines Rechtecks markierten die Kreidelinien nun ein Dreieck, in dessen Ecken sich jeweils ein Tornetz befand. Ich nahm an, dass damit dem Drei-Mannschaften-Spiel Rechnung getragen wurde.

Die zweite Veränderung waren die Leute. Erinnern Sie sich noch daran, wie ich bemerkte, dass ich mir nicht einmal im Traum vorzustellen wagte, wie das Stadion erst voller Leute aussehen würde? Nun, die Wirklichkeit stellte alles in den Schatten, was meine Vorstellungskraft hätte hervorbringen können. Wo ich mir ordentliche Reihen voll mit Leuten vorgestellt hatte, die sich im Einklang mit der militärisch präzisen Anordnung der Sitze befanden, waren die Ränge in Wirklichkeit mit einem gewaltigen Chaos aus Farben und Bewegung überflutet. Ich weiß überhaupt nicht, warum man sich die Mühe gemacht hatte, Sitzplätze zur Verfügung zu stellen. Soweit ich das erkennen konnte, schien alles zu stehen.

Als wir erschienen waren, hatte ein verblüfftes Schweigen die Menge verstummen lassen. Das war auch kein Wunder. Denn schließlich erscheinen Lebewesen in der Regel nicht plötzlich aus heiterem Himmel, wie wir es getan hatten.

Auf Aahz' Anweisung hin hatte ich unserer Mannschaft keinerlei Tarnung zugelegt, um durch unsere wirkliche Erscheinung einen entsprechenden psychologischen Vorteil zu erzielen. Das gelang uns auch.

Die Menge gaffte uns an, während wir unsererseits die Menge angafften. Dann gewann sie die Fassung zurück und aus tausend Kehlen klang ein einziges Brüllen. Das Getöse war ohrenbetäubend.

»Besonders eingeschüchtert wirken die nicht gerade«, bemerkte ich trocken.

Ich hatte nicht erwartet, bei dem Lärm gehört zu werden, aber dabei nicht mit Aahz' scharfem Gehör gerechnet.

»*Ave Caesar. Moriture te salutant.* Was, Junge?«, grinste er.

Ich hatte nicht die leiseste Ahnung, wovon er da sprach, erwiderte aber sein Grinsen. Ich war es leid, ihn jedes Mal verständnislos anzustarren, wenn er einen Witz von sich gab.

»He, Boss, wir bekommen Gesellschaft«, rief Gus und zeigte mit dem Kopf in eine Richtung des Stadions.

»Zwei Gesellschaften, um genau zu sein«, informierte mich Chumly und starrte in die gegenüberliegende Richtung.

Ich wirbelte mit dem Kopf herum und stellte fest, dass sie beide recht hatten. Massha kam gerade von einer Seite aus auf uns zu, während von der anderen Seite der alte Graubart herangewatschelt kam. Anscheinend wollten sowohl Veygus als auch Ta-hoe ein Wort mit uns wechseln.

»Hal-löchen, Jungs!«, sagte Massha, die als Erste bei uns angelangte, gedehnt. »Wollte euch lediglich Glück wünschen bei eurem ... Unternehmen.«

Aus dem Mund einer Anhängerin der Gegenpartei hätte das normalerweise ziemlich seltsam geklungen. So erschien es mir jedenfalls. Doch dann fiel mir wieder ein, dass Massha ja glaubte, wir hätten es darauf abgesehen, Ganzfixens ›Dämon‹ zu neutralisieren. Was in gewissem Sinne ja auch stimmte.

Aahz war mir wie immer ein paar Nasenlängen voraus.

»Keine Sorge, Massha«, grinste er. »Wir haben alles unter Kontrolle.«

Er verblüffte mich immer wieder durch die Leichtigkeit, mit der er zu lügen versteht.

»Achte bloß darauf, dass du dich da raushältst«, fuhr er aalglatt fort. »Es ist ein recht spitzfindiger Plan, und jeder unvorhergesehene Eingriff könnte alles durcheinander bringen.«

»Darüber zerbrich dir mal nicht deinen kleinen grünen Kopf«, entgegnete sie augenzwinkernd. »Ich weiß selbst, wann ich mir überlegenen Partnern gegenüberstehe. Ich hatte eigentlich nur gehofft, ihr würdet mich eurer Mannschaft vorstellen.«

Plötzlich bemerkte ich, dass sie den Blick die ganze Zeit auf unsere Mannschaftskameraden gerichtet hatte. Genau genommen schien es ihr Hugh Badaxe angetan zu haben. Das änderte sich auch nicht, als Aahz alle einander vorstellte.

»Massha, das ist Gus.«

»Sehr erfreut, Madame«, wisperte der Wasserspeier.

»... und Chum ... äh ... Mampf.«

»Wann kämpfen? Mampf mag kämpfen«, erklärte Chumly und zog wieder seine Trollnummer ab.

Massha zuckte mit keiner Wimper. Sie war damit beschäftigt, den General von oben bis unten zu mustern.

»Und das ist Hugh Badaxe.«

Und mit einer schlangenartigen Bewegung war Massha an der Seite des Generals.

»Freut mit, dich kennen zu lernen, Hugh ... du hast doch nichts dagegen, dass ich dich Hugh nenne, oder?«

»Hrrmmmph … ich … äh …«, stammelte Badaxe, dem ganz offensichtlich ungemütlich zumute war.

Ich konnte es ihm nachempfinden. Wenn Massha ihre Aufmerksamkeit auf einen richtete, so war das, vorsichtig ausgedrückt, beunruhigend. Zum Glück traf in diesem Augenblick Hilfe in Gestalt des Abgesandten aus Ta-hoe ein.

»Einen wunderschönen guten Nachmittag, meine Herren«, kicherte er und rieb sich freudig die Hände. »Hallo Massha!«

»Eigentlich«, erwiderte sie eisig, »wollte ich gerade gehen.«

Sie beugte sich vor und murmelte dem General etwas ins Ohr, bevor sie sich wieder auf den Weg zu ihrem Sitzplatz in den Rängen machte. Was immer es gewesen sein mochte, Badaxe lief jedenfalls knallrot an und wich unseren Blicken aus.

»Wir hatten schon befürchtet, dass Ihr zu spät kommen würdet«, fuhr Graubart fort und ignorierte Masshas Abgang. »Wir wollen die Fans doch nicht enttäuschen, indem wir gar nicht erscheinen, nicht wahr? Wann erwartet Ihr den Rest Eurer Mannschaft?«

»Den Rest unserer Mannschaft?«, fragte ich stirnrunzelnd. »Ich dachte, die Regeln besagen, dass jede Mannschaft bloß fünf Spieler und ein Reittier haben darf?«

»Das stimmt«, bestätigte Graubart, »aber … na ja, ich bewundere Euer Selbstvertrauen. Ihr seid also nur zu fünft, eh? Soso. Na, das ändert die Chancen natürlich ein wenig.«

»Wieso?«, fragte ich argwöhnisch.

»Sind die Kanten von diesem Ding da scharf?«, fragte der Sprecher, als er die Axt des Generals erspähte.

»Wie ein Rasiermesser«, erwiderte Badaxe herablassend.

»Aber er wird es gegen niemanden einsetzen«, warf ich hastig ein, als mir wieder die Regel ›keine scharfkantigen Waffen‹ einfiel. Ich war mir nicht so sicher, wie der General reagieren würde, falls jemand versuchen sollte, ihm seine geliebte Axt abzunehmen.

»Oh, da mache ich mir keine Sorgen«, erwiderte Graubart leichthin. »Wie bei allen Spielern werden die Armbrustschützen ziemlich schnell jeden Spieler eliminieren, der die Regeln verletzt.«

Er wies zerstreut zu den Seitenlinien hinüber. Wir blickten in die angegebene Richtung und sahen zum ersten Mal, dass das Feld von Armbrustschützen umzingelt war, die abwechselnd die blaugelbe Farbe von Ta-hoe und die rotweiße von Veygus trugen. Das war eine Kleinigkeit, die der Giek leider vergessen hatte zu erwähnen. Er hatte uns zwar über die Regel aufgeklärt, aber nicht darüber, wie man ihnen Geltung verschaffte.

Gleichzeitig bemerkte ich zwei weitere Dinge, die mir beim ersten Überfliegen der Menge nicht aufgefallen waren.

Erstens saß Ganzfix in vorderster Reihe mitten zwischen den Ta-hoern. Wichtiger allerdings war, dass er Tanda dabeihatte. Sie schlief immer noch und schwebte waagerecht vor ihm in der Luft. Anscheinend wollte er seinerseits das Spiel nicht verpassen, traute uns aber andererseits nicht genug über den Weg, um sie unbewacht in seiner Werkstatt zurückzulassen.

Er bemerkte, dass ich zu ihm hinüberblickte und winkte. Ich erwiderte seinen Gruß jedoch nicht. Stattdessen wollte ich Aahz gerade auf meine Entdeckung aufmerksam machen, als mir die zweite Sache auffiel.

Griffin stand nämlich am Rand des Feldes und hüpfte aufgeregt auf und ab, während er hektisch mit den Armen wedelte, um meine Aufmerksamkeit auf sich zu lenken. Als er sah, dass ich ihn erblickt hatte, bedeutete er mir mit heftigen Bewegungen, zu ihm zu kommen.

Da Aahz in das Gespräch mit dem Graubart aus Ta-hoe vertieft war, schlenderte ich hinüber, um festzustellen, was Griffin von mir wollte.

»Hallo, Griffin«, lächelte ich. »Wie ist es dir denn ergangen?«

»Ich wollte dir nur sagen«, keuchte er, »dass ich die Seiten gewechselt habe. Wenn ich euch irgendwie helfen kann, dann sag es mir nur.«

»Tatsächlich?«, fragte ich gedehnt und hob eine Augenbraue. »Und weshalb dieser plötzliche Gesinnungswandel, ganz abgesehen von der Verletzung deiner Treuepflicht?«

»Sagen wir mal, es ist mein angeborenes Gefühl für Fairness«, erklärte er mir und schnitt eine Grimasse. »Ich mag nicht, was die mit euch vorhaben. Auch wenn meine alte Mannschaft dabei ist, gefällt es mir nicht.«

»Was haben die denn mit uns vor?«, fragte ich, plötzlich aufmerksam geworden.

»Genau davor wollte ich euch warnen«, erklärte er. »Die beiden Mannschaften haben sich in der Sache geeinigt und eine Abmachung getroffen – so sehr sie sich gegenseitig auch hassen, will doch keiner, dass die Trophäe an einen Haufen von Außenseitern geht.«

»Das ist nur zu natürlich«, nickte ich. »Aber was ...«

»Verstehst du denn nicht?«, unterbrach der Jüngling mich hastig. »Sie werden euch in die Zange nehmen! Sie haben untereinander einen Waffenstillstand geschlossen, der so lange gilt, bis sie euch vom Spielfeld gepustet haben. Wenn das Spiel beginnt, müsst ihr allein gleich gegen zwei Mannschaften auf einmal spielen.«

»Kind! Komm zurück!«

Aahz' Brüllen erinnerte mich daran, dass gleichzeitig auch noch eine zweite Konferenz stattfand.

»Ich muss gehen, Griffin«, erklärte ich. »Danke für die Warnung.«

»Viel Glück!«, rief er mir nach. »Ihr werdet es brauchen!«

Ich trabte auf das Spielfeld zurück, auf dem mich die Versammlung mit gespannten Mienen erwartete.

»Sie wollen die Trophäe sehen«, teilte Aahz mir augenzwinkernd mit.

»Gemäß unserer Abmachung«, fügte der Sprecher aus Ta-hoe steif hinzu, »sollte sie anwesend sein, damit die siegreiche Mannschaft sie erhält.«

»Sie ist hier«, erklärte ich mit fester Stimme.

»Wie bitte?«, fragte Graubart blinzelnd und warf einen Blick in die Runde.

Zeig's ihm, Kerlchen, grinste mein Ausbilder.

»Also gut«, nickte ich. »Alles zurücktreten.«

In mancherlei Hinsicht war es wesentlich schwieriger, die Statue mit Hilfe der Magik herbeizuschaffen als durch rein körperliche Anstrengung. Ich war allerdings mit Aahz einer Meinung, dass diese Methode viel dramatischer wirkte.

Meine Levitationsfähigkeiten aufs Äußerste angestrengt, machte ich mich ans Werk. Ein großer Brocken grasbedeckter Erde hob sich aus der Spielfeldmitte und legte sich beiseite. Dann wurde das freigelegte Erdreich abgetragen, und die Trophäe schwebte schließlich aus der Versenkung empor. Ich ließ sie frei schweben, während ich Erde und Gras wieder an Ort und Stelle bewegte, um die Statue schließlich in all ihrer Hässlichkeit mit einer majestätischen Bewegung abzusetzen.

Die Menge grölte zustimmend, doch war ich mir nicht sicher, ob ihr Applaus meiner Magik oder der Trophäe selbst galt.

»Nicht schlecht«, rief Aahz und schlug mir sanft auf den Rücken.

»Gliep!«, rief mein Haustier und gesellte seine schleimige Zunge zu den Gratulationen.

»Sehr raffiniert«, gab Graubart zu. »Wir sind gar nicht auf den Gedanken gekommen, an dieser Stelle zu suchen. Ist allerdings nicht gerade gut für das Spielfeld, meint Ihr nicht?«

»Das Feld wird heute Nachmittag sowieso aufgerissen werden«, tat mein Lehrer den Einwand ab. »Wann beginnt das Spiel eigentlich?«

Wie als Antwort auf seine Frage explodierten die Ränge nun förmlich vor Getöse. Ich hatte nicht geglaubt, dass es im Stadion noch lauter werden könnte, aber nun schien uns eine Mauer aus Lärm von allen Seiten regelrecht zu erdrücken.

Die blaugelben Jacken der einen Reihe standen im Kontrast zu den rotweißen Jacken der anderen, und dienten wirksam dazu, sie als unsere Gegner auszuweisen. Allerdings war das keineswegs ihr hervorstechendstes Merkmal.

Die Mannschaft aus Ta-hoe trug Helme mit langen, scharfen Spitzen, während an den Helmen ihrer Kollegen aus Veygus lange, gekrümmte Hörner zu beiden Seiten hervorragten, was ihnen ein tierähnliches Aussehen verlieh. Noch bemerkenswerter war die Tatsache, dass alle Spieler sehr groß waren. Größer als alle Jahks, denen ich bis dahin begegnet bin. Bestimmt so groß wie Chumly, aber muskulöser als er, mit Hälsen, die so kurz waren, dass ihre Köpfe direkt zwischen ihren Schultern hervorzuwachsen schienen.

Wie ich schon sagte, bis fünf kann ich wirklich gut zählen, und diese Mannschaften besaßen jede weitaus mehr als nur fünf Spieler.

Kapitel 23

›Das Leben ist voller kleiner Überraschungen‹

PANDORA

Wie ich es öfter in Krisenzeiten zu tun pflegte, wandte ich mich auch jetzt an meinen Ausbilder um Anleitung. Aahz wiederum reagierte mit der gelassenen Kaltblütigkeit, die ich von ihm inzwischen gewohnt war.

Er packte den Sprecher von Ta-hoe am Vorderteil seines Kittels und hob ihn in die Höhe, bis seine Füße frei in der Luft umherbaumelten.

»Was ist denn das hier!«, fuhr er ihn an.

»... glaah ... krckchzks ...«, erwiderte der Bursche.

»Äh ... Aahz?«, mischte ich mich ein. »Wenn er auch atmen könnte, könnte er sich vielleicht eine Spur verständlicher ausdrücken.«

»Ach so, klar«, bestätigte mein Ausbilder und stellte den Sprecher wieder auf die Beine. »Also gut. Erklärt Euch!«

»... äh ... was soll ich denn erklären?«, stammelte der Graubart ziemlich verwirrt. »Das sind die beiden Mannschaften unserer beiden Städte. Ihr könnt sie an ihren Helmen unterscheiden und an ...«

»Mir könnt Ihr damit nicht kommen!«, donnerte Aahz. »Das da sind keine Jahks. Jahks sind entweder spindeldürr oder übergewichtig!«

»Ach so, ich verstehe«, sagte der Sprecher, dem langsam ein Licht aufging. »Ich fürchte, da habt Ihr Euch getäuscht. Nicht alle Jahks sind gleich. Manche sind Fans, manche Spieler – Athleten. Die Fans sind ... ein wenig unförmig, aber das ist ja auch nicht weiter verwunderlich. Sie sind die Arbeiter, die die Städte und Gehöfte versorgen und funktionstüchtig erhalten. Die Spieler – das ist eine ganz andere Sache. Die tun nichts anderes als trainieren und so. Im Laufe der Generationen sind sie deutlich größer geworden als der Durchschnitt der Bevölkerung, der Fans.«

»Allgemein größer?« Aahz machte eine finstere Miene und starrte das Spielfeld entlang. »Die sehen doch aus wie eine völlig andere Rasse!«

»Das habe ich in anderen Dimensionen auch schon gesehen«, bemerkte Gus. »Aber nie in solchem Ausmaß.«

»Na ja, Big Julie hat uns ja davor gewarnt, zu zuversichtlich zu sein«, seufzte Chumly.

»Was war das?«, blinzelte Graubart.

»Will kämpfen«, erklärte Chumly und schlüpfte wieder in seine Rolle. »Mampf mag Kampf.«

»Ach so«, sagte der Sprecher stirnrunzelnd. »Na gut. Wenn das alles ist, werde ich jetzt mal ...«

»Nicht so schnell!«, unterbrach ich ihn. »Ich will erst noch wissen, warum es so viele Spieler sind. Das Spiel wird doch von fünfköpfigen Mannschaften ausgetragen, oder nicht?«

»Das stimmt«, nickte Graubart. »Die zusätzlichen Mitglieder sind Ersatzspieler ... Ihr wisst schon, für die Spieler, die im Laufe des Spiels verwundet oder getötet werden!«

»Getötet?« Ich schluckte.

»Wie ich schon sagte«, rief der Sprecher und machte sich auf den Rückweg, »ich bewundere Eure Zuversicht, nur fünf Spieler mitzubringen.«

»Getötet?«, wiederholte ich, voller Verzweiflung an Aahz gewandt.

»Nun gerat mal nicht gleich in Panik, Kind«, knurrte mein Lehrer und musterte die Gegenparteien. »Das ist zwar ein leichter Nachteil, aber wir können unsere Taktik durchaus noch darauf einstellen.«

»Wie wär's denn mit der guten alten ›Teile-und-herrsche‹-Strategie?«, schlug Badaxe Aahz vor.

»Genau«, nickte Gus. »Die sind keine Dreierspiele gewöhnt. Vielleicht können wir sie gegeneinander ausspielen.«

»Das funktioniert nicht, weil sie nicht gegeneinander spielen werden, sondern nur ... gegen uns.«

Schnell berichtete ich ihnen von meinem Gespräch mit Griffin. Als ich geendet hatte, herrschte plötzlich beunruhigendes Schweigen unter unseren Kameraden.

»Na«, sagte Aahz schließlich, »es hätte immerhin noch schlimmer kommen können.«

»Wie denn?«, fragte ich grob.

»Gliep?«

Mein Drache hatte gerade etwas ausgemacht, was wir anderen bisher noch nicht bemerkt hatten: Die beiden Mannschaften führten soeben ihre Reittiere aufs Feld. Im Gegensatz zu den Spielern waren die Tiere nicht durch Uniformen gekennzeichnet ... aber das war auch nicht nötig. Man hätte sie unmöglich verwechseln können.

Das Tier von Veygus war ein katzenähnliches Wesen mit einer bösartig fliehenden Stirn. Es war fast so lang wie Gliep und kroch mit einer flüssig wirkenden Anmut über den Boden, die nur durch die klobigen, asymmetrischen Bewegungen seiner überdimensionalen Hinterbeine geschmälert wurde. Wenngleich es im Augenblick mit trägen, ja fast faulen Bewegungen dahinkroch, sah es doch aus, als könnte es jederzeit mit blitzartiger Geschwindigkeit dahinschießen, wenn es wollte. Es sah auch sehr, sehr geschmeidig aus, und ich war sicher, dass das Ding Haken schlagen konnte wie ... na, wie eine Katze eben.

Das Reittier aus Ta-hoe war ebenso unverwechselbar, ließ sich aber sehr viel schwieriger beschreiben. Es sah aus wie ein kleiner gepanzerter Hügel, dessen Gipfel acht Fuß vom Boden aus emporragte. Ich hätte es für ein überdimensionales Insekt gehalten, aber es besaß mehr als sechs Beine. Um genau zu sein, besaß es Hunderte von Beinen, die wir erkennen konnten, als es sich bewegte, was ihm in jede Richtung mühelos zu gelingen schien. Als es stehen blieb, senkte sich seine Rüstung zu Boden, wodurch sie die winzigen Beine gleichzeitig verbarg und schützte. Ich konnte nicht ausmachen, wo sich die Augen befanden, aber ich bemerkte auch nichts, gegen das es gelaufen wäre ... zumindest nicht unabsichtlich.

»Gliep?«

Mein Liebling hatte den Kopf herumgedreht, um mich anzublicken. Wenn er auf eine Erklärung oder auf Anweisungen hoffte, so hatte er leider Pech. Ich hatte nicht die leiseste Vorstellung, wie man mit solch merkwürdigen Kreaturen verfahren musste. Stattdessen streichelte ich seinen Schnurrbart, und hoffte, dadurch Zuversicht auszustrahlen. Auch wenn ich es meinen Mannschaftskameraden gegenüber nicht zugeben mochte, sank meine Zuversicht, unsere Chancen in diesem Spiel betreffend, immer weiter in die Tiefe ... und dabei war ich schon von Anfang an nicht gerade ein Ausbund an Zuversicht gewesen.

»Schau mal einer an«, murmelte Gus, »ich habe Tanda entdeckt.«

»Wo?«, wollte Chumly wissen und reckte den Hals in die Richtung, die Gus ihm zeigte.

Natürlich hatte ich Tanda schon viel früher ausgemacht, aber vergessen, die anderen darauf hinzuweisen. Ich kam mir ein bisschen dämlich vor, aber das war ja nichts Neues. Um meine Verlegenheit zu überspielen, gesellte ich mich zu ihnen, um zu Tandas schwebender Gestalt hinüberzuschauen.

Ganzfix bemerkte unsere Blicke und begann, nervös hin und her zu zappeln. Anscheinend war er sich seiner neu gewonnenen Kräfte nicht sicher genug, um unsere überdeutliche Aufmerksamkeit auf die leichte Schulter zu nehmen. Seine Verlegenheit beeinflusste seine Magik ... jedenfalls die Levitation. Tandas Körper kippte ab und wankte, so dass ich schon zu fürchten begann, er würde sie auf den Kopf stürzen lassen.

»Wenn dieser Zauberer der Einzige ist, der sich uns in den Weg stellt«, bemerkte Gus, »dann scheint es mir angebrachter, wenn wir einfach zu ihm rübergehen und sie holen.«

»Geht nicht«, fauchte Aahz kopfschüttelnd, »das Kind hier hat versprochen, nichts zu unternehmen, was diesen Magiker in ein schlechtes Licht rücken könnte.«

»Für euch beide ist das ja schön und gut«, entgegnete der Wasserspeier, »aber Chumly und ich haben nichts versprochen.«

»Nein, Gus«, unterbrach Chumly ihn, »wir können nicht entgegen Skeeves Versprechen handeln. Das wäre einfach unsportlich.«

»Da hast du wahrscheinlich Recht«, grollte Gus. »Mir fiel nur gerade ein, dass das wahrscheinlich leichter wäre, als sich bei diesem dämlichen Spiel die Rübe einschlagen zu lassen.«

In diesem Punkt war ich völlig seiner Meinung. Ich war tatsächlich froh, überhaupt etwas zu finden, dem ich zustimmen konnte.

»Mir fällt ein, Hofzauberer«, rumpelte Badaxe, »dass das Versprechen, welches Ihr da gegeben habt, nicht gerade die weiseste aller Verpflichtungen gewesen ist.«

»Ach jaaa?«, bellte Aahz und fuhr ihn an. »Natürlich

sprecht Ihr wahrscheinlich aus Eurer langen Erfahrung im Umgang mit Dämonen, General, wie?«

»Na ja ... eigentlich nicht ...«

»Dann würde ich Euch doch dringend raten, Eure Lippen zu verschließen, bevor Ihr Euch anschickt, die Klugheit *und* die Fähigkeiten von Meister Skeeve zu kritisieren! Vergesst doch bitte nicht, dass er Eure Rückfahrkarte ist. Ohne ihn ist es ein verdammt langer Fußmarsch nach Hause.«

Derart zurechtgestutzt, trat der General einen Rückzug auf der ganzen Linie an. Er hielt den Mund und wich ein paar Schritte zurück.

»He, danke, Aahz!«

»Halt's Maul, Kind!«, knurrte mein Ausbilder mich an. »Er hat Recht, es war wirklich verdammt dämlich.«

»Aber du hast doch gesagt ...«

»Nenn's Reflex«, winkte Aahz ab. »Wenn jemand sich anmaßt, *meinen* Lehrling zu kritisieren, dann muss er sich erst mal dafür qualifizieren, und dieses Prachtexemplar klahdischer Militärkunst hat das bisher noch nicht getan.«

»Na ja ... trotzdem danke«, endete ich lahm.

»Keine Ursache.«

»He, Aahz!«, rief Chumly. »Schaffen wir diese ... Trophäe vom Mittelfeld weg und deponieren wir sie irgendwo, wo sie in Sicherheit ist.«

»Wo denn, zum Beispiel?«, konterte mein Lehrer. »In diesem Stadion sind wir die Einzigen, denen ich traue.«

»Wie wär's denn mit unserem Tor?«, schlug Gus vor und zeigte auf das Netz in unserer Ecke des Dreiecks.

»Klingt gut«, meinte Aahz. »Bin gleich wieder da, Junge.«

Ich hatte mich schon so an das Getöse im Stadion gewöhnt, dass ich es kaum noch wahrnahm. Als meine Kameraden allerdings damit begannen, die Trophäe davonzutragen, drohte der Chor aus Buhrufen und Katzengeschrei, der daraufhin anhob, mich fast zu betäuben. Meine Kollegen reagierten mit der angemessenen Frechheit, indem sie ihren Beschimpfern geballte Fäuste zeigten und ihnen Grimassen schnitten. Die Menge war entzückt. Wenn es sie noch mehr entzücken sollte, würde sie gleich auf das Spielfeld stürmen und uns allesamt auf der Stelle lynchen.

Ich wollte meinen Kameraden schon vorschlagen, die Menge nicht weiter aufzustacheln, als General Badaxe mich zu einer Besprechung zu sich winkte.

»Herr Hofzauberer«, begann er vorsichtig, »ich hoffe, Ihr wisst, dass ich mit meiner Bemerkung vorhin nicht beabsichtigte, Euch zu beleidigen. Ich stelle fest, dass ich ein wenig gereizt bin. Ich habe noch nie einen Krieg vor Publikum geführt.«

»Vergesst es, Hugh«, winkte ich ab. »Ihr hattet Recht. Im Nachhinein betrachtet, war es wirklich ein sehr unkluges Versprechen. Übrigens ... nennt mich Skeeve. Wenn wir schon zusammen in der Scheiße sitzen, sind Förmlichkeiten wohl kaum angebracht.«

»Danke ... Skeeve«, nickte der General. »Eigentlich wollte ich Euch ja in einer privaten Angelegenheit sprechen.«

»Klar doch«, meinte ich achselzuckend. »Worum geht es denn?«

»Könnt Ihr mir vielleicht etwas über dieses *hinreißende* Geschöpf erzählen, dem ich vorhin vorgestellt wurde?«

»Hinreißendes Geschöpf?« Ich blinzelte. »Welches hinreißende Geschöpf?«

»Ihr wisst schon ... Massha.«

»Massha?« Ich lachte schallend. Dann bemerkte ich, dass die Gesichtszüge des Generals sich versteinerten. »Ich meine, ach so, ja, *dieses* hinreißende Geschöpf! Was wollt Ihr über sie wissen?«

»Ist sie verheiratet?«

»Wie, *Massha*? Ich meine ... nein, ich denke nicht.«

Der General atmete erleichtert auf. »Besteht die Möglichkeit, dass sie uns in Possiltum mal besuchen wird?«

»Das bezweifle ich«, entgegnete ich. »Aber wenn Ihr wollt, könntet Ihr sie ja darum bitten.«

»Großartig«, strahlte der General und donnerte mir mit knochenzertrümmernder Wucht seinen Freundschaftsbeweis in Form eines Schulterschlags aufs Fahrgestell. »Ich werde es als Versprechen betrachten.«

»Als was?«, blinzelte ich. Irgendwie kamen mir diese Worte bekannt vor.

»Ich weiß, dass Ihr Eure Versprechen zu halten pflegt«, fuhr Badaxe fort. »Haltet Ihr auch dieses, so habt Ihr in mir, das werdet Ihr feststellen, einen Freund fürs Leben ... genau wie ich auch ein sehr ernst zu nehmender Feind sein kann, wenn man mir in die Quere kommt. Wir verstehen uns?«

»Aber ich ...«

»He, Junge!«, rief Aahz. »Beeil dich und schwing dich endlich auf diesen blöden Drachen! Das Spiel fängt an!«

Ich war so sehr in das Gespräch mit Badaxe vertieft gewesen, dass alles andere um mich herum völlig aus meinem Bewusstsein verschwunden war.

Auf der Feldmitte, wo die Trophäe gestanden hatte, befand sich ein Jahk in einem schwarzweiß gestreiften Kittel und hielt einen Ball in den Händen. Ich benutze hier das Wort ›Ball‹ in ziemlich weitläufigem Sinn. Der Gegenstand, den er hielt, war ein Würfel aus einer, wie es schien, schwarzen, schwammigen Substanz. Ein eckiger Ball! Eine weitere Kleinigkeit, die der Giek ebenfalls nicht erwähnt hatte.

Ohne mich noch umständlich von dem General zu verabschieden, machte ich kehrt und sprintete auf Gliep zu. Was immer jetzt geschehen mochte – ich wollte ihm auf keinen Fall zu Fuß gegenübertreten müssen.

Kapitel 24

›DIESER WETTKAMPF SCHEINT SO ZIEMLICH DAS BLÖDESTE
ZU SEIN, WAS ICH JE GESEHEN HABE‹
A. GUINNESS

Ich saß kaum auf Gliep, als der Jahk in der Feldmitte seinen ›Ball‹ auch schon absetzte und zu einer der Seitenlinien davonrannte.

»He, Aahz!«, rief ich. »Wer ist denn der Typ mit dem gestreiften Kittel?«

»Den lass in Frieden«, schrie mein Ausbilder, »das ist ein Unparteiischer.«

Ich hatte gar nicht vorgehabt, ihn anzugreifen, aber es war schön zu wissen, dass er nicht zur Gegenpartei gehörte.

Ich war der letzte unserer Mannschaft, der sich in Position begab. Aahz und Chumly flankierten mich als Bolzer, Gus war hinter mir und wartete darauf, als Eingreifer seine außergewöhnliche Beweglichkeit ins Spiel zu bringen, während Badaxe als Turm in unserem Tor stand.

»He, Junge!«, rief Aahz. »Wo ist denn dein Schlagstock?«

Ich war so sehr in meine eigenen Gedanken vertieft, dass seine Worte eine Minute brauchten, um in mein Bewusstsein einzudringen. Dann geriet ich in Panik. Einen Augenblick lang glaubte ich, meinen Stock in Klah zurückgelassen zu haben. Doch dann entdeckte ich ihn: Er lag dort, wo wir angekommen waren im Gras. Mit einem Schnippen ließ ich ihn in meine Hand sausen.

»Hab ihn, Aahz!« Ich winkte.

»Na, dann halt dich daran fest und vergiss nicht...«

Ein greller Trillerpfeifton unterbrach unser gar-nicht-so-intimes Gespräch und lenkte unsere Aufmerksamkeit auf das untere Feld. Die Katze und der Käfer rasten jeder mit Höchstgeschwindigkeit auf den Ball zu, während die anderen Mannschaftskameraden hinter ihnen herhetzten.

Das Spiel hatte angefangen, und wir standen einfach nur mit aufgesperrten Mäulern rum.

Wie meistens, war Aahz auch diesmal der Erste, der sich wieder fing.

»Steh da nicht einfach so blöd rum!«, schrie er. »Los, hol den Ball!«

»Aber ich...«

»GLIEP!«

Ich hatte Aahz darauf hinweisen wollen, dass die Katze den Ball bereits fast erreicht hatte. Und da ich erkannte, dass ich ihn unmöglich vor ihr erreichen konnte, wollte ich vorschlagen, lieber ein Stück zurückzuweichen und unsere Verteidigung zu stärken. Mein Haustier jedoch hatte etwas ganz anderes vor.

Ob Gliep nun auf Aahz' Befehl, den Ball zu holen, reagierte (was ziemlich unwahrscheinlich war), oder ob er nur darauf erpicht war, ein paar neue Spielkameraden kennen zu lernen (was dagegen äußerst wahrscheinlich war), auf jeden Fall war das Ergebnis dasselbe: Er schoss vor und schnitt mir das Wort mitten im Satz ab, um uns stattdessen auf Kollisionskurs mit der Katze zu bringen.

Die Menge genoss es.

Ich für meinen Teil jedoch war weitaus weniger begeistert. Der Reiter der Katze hatte inzwischen den Ball, doch hielt er zusammen mit seinem Reittier die Position in der Feldmitte, ohne sofort auf unser Tor loszustürmen. Wahrscheinlich wartete er auf seine Mannschaftskameraden, um ihrer Deckung sicher zu sein. Das würde bedeuten, dass er sich nicht allein in unsere Reihen wagte.

Mir schien das eine hochintelligente Taktik zu sein. Ich wünschte nur, ich selbst hätte sie ebenfalls anwenden können. Glieps Begeisterung brachte mich in eine Situation, die ich um jeden Preis hatte verhindern wollen: mich ohne die Unterstützung auch nur eines meiner Teamgefährten der geballten Übermacht beider Gegenparteien entgegenstellen zu müssen. Zum ersten Mal, seit unsere Gegner aufs Feld gekommen waren, hörte ich damit auf, mir Sorgen darüber zu machen, wie ich das Spiel überleben könnte. Jetzt machte ich mir nur noch Sorgen, wie ich überhaupt die erste Runde überstehen sollte!

Als ich feststellte, dass wir die Katze und ihren Reiter weit vor ihren Kameraden erreichen würden, wuchs meine Hoffnung einen Augenblick. Doch sie schrumpfte schleunigst wieder zusammen, als mein Gegner seine Waffe entrollte.

Wo ich einen Stock trug, hielt er eine Peitsche ... eine lange Peitsche. Das Ding war mindestens zwanzig Fuß lang und keinen Zoll kürzer. Nein, ich übertreibe wirklich nicht. Ich konnte ihre volle Länge ausmachen, als der Reiter sie wie eine Schlange durch die Luft in Richtung meines Kopfes schießen ließ.

Der Hieb verfehlte mich um gut einen Fuß, doch erschien mir der Abstand während des Ereignisses viel kürzer. Allerdings hatte das scharfe Knallen eine unerwartete Wirkung: Gliep blieb plötzlich stehen, als wäre er vor eine Wand gelaufen, und schleuderte mich nach vorn auf seinen Nacken, wo ich mich abstrampeln musste, um mein Gleichgewicht zu halten. Einen Augenblick später sprang die Katze auch schon vor, mit gebleckten Zähnen und flach angelegten Ohren, während eine ihrer Vorderpfoten vorschoss, um meinem Drachen eins auf die Nase zu geben.

Obwohl er noch nie für seine überragende Wendigkeit bekannt gewesen war, versuchte Gliep daraufhin gleichzeitig zurückzuspringen und zu wenden. Wie erfolgreich er dabei war, weiß ich nicht so genau, denn mitten in dieses Manöver fiel auch der Augenblick, in dem wir vorerst voneinander Abschied nahmen.

Normalerweise hätte mich so etwas nicht aus der Fassung gebracht. Als Gliep mich beim Training abgeworfen hatte, war ich einfach davongeflogen, um in einiger Entfernung sanft auf dem Boden zu landen. Diesmal jedoch war ich bereits aus dem Gleichgewicht geraten, durch den Sturz verlor ich völlig die Orientierung. Als ich schließlich merkte, dass ich in der Luft war, versuchte ich zu fliegen ... und plumpste mit der Anmut eines Müllsacks auf den Rasen. Das half mir nicht gerade, meine Orientierungslosigkeit zu überwinden.

Wie ich so dalag, überlegte ich ganz ruhig, welches meiner Körperteile ich wohl einbüßen würde, falls ich mich bewegen sollte. Irgendwo in der Ferne vernahm ich ein Brüllen und unter mir schien der Boden zu beben. Weit, weit entfernt hörte ich, wie Aahz etwas schrie. Ja, es schien mir eine ausgezeichnete Idee, einfach hier liegen zu bleiben.

»... hoch, Kind!«, ertönte die Stimme meines Ausbilders. »Lauf!«

Lauf? Der machte wohl Witze! Mein Verstand wurde zwar langsam wieder klarer, aber der Boden zitterte noch immer. Ich wälzte mich herum und öffnete ein Auge, um mich zurechtzufinden, bereute dies aber sofort.

Das war gar nicht mein Kopf! Der Boden bebte tatsächlich! Der Käfer kam gerade in vollem Tempo auf mich zu, anscheinend in der Absicht, mich mit seinen zahllosen winzigen Füßen zu Tode zu trampeln. Mir kam nicht einmal der Gedanke, dass dies ein reichlich lächerlicher Abgang gewesen wäre. Alles, was ich begriff war, dass es ein Abgang wäre, und irgendwie sagte mir dieser Gedanke nicht sonderlich zu.

Ich sprang auf die Beine und stürzte prompt wieder zu Boden. Anscheinend hatte ich mich von dem Sturz doch noch nicht erholt. Ich versuchte es noch einmal und gelangte immerhin auf meine Knie und Hände. Aus dieser Perspektive erschien das herandonnernde Unheil noch um einiges fürchterlicher, und ich konnte gar nichts dagegen unternehmen!

Dann kam Aahz. Er musste mitten im Schritt über mich hinweggesprungen sein, um in Position zu kommen, aber er war da, auf halber Strecke zwischen dem angreifenden Käfer und mir. Mit gespreizten, in den Boden gestemmten Beinen, die Knie leicht gekrümmt, stellte er sich ohne mit der Wimper zu zucken dem Angreifer entgegen. Ohne mit der Wimper zu zucken? Er spreizte einladend die Arme und fletschte herausfordernd die Zähne.

»Kämpfen willst du?«, brüllte er. »Dann versuch's doch mal mit mir!«

Der Käfer mochte seine Worte vielleicht nicht verstehen, aber die Körpersprache sagte ihm genug, um zu erkennen, dass er in Schwierigkeiten war. Nur wenige Tiere oder Lebewesen sämtlicher Dimensionen sind so tapfer oder dumm, sich einem Perfekten in den Weg zu stellen, der gerade voll auf Touren ist. Und Aahz war voll auf Touren! Er hatte die Schuppen gespreizt, bis er doppelt so breit aussah, und darunter zuckten seine angespannten Muskeln gefährlich. Sogar seine Farbe hatte einen dunkleren Grünton als sonst und pulsierte zornig, als mein Ausbilder seinen Gefühlen Ausdruck verlieh.

Welcher Intelligenzstufe der Käfer auch angehören mochte, ein Narr war er jedenfalls nicht. Irgendwie gelang es ihm, eine Vollbremsung gerade noch außerhalb von

Aahz' Reichweite zu vollführen. Nicht einmal die hektischen Befehle und Ermahnungen seines Reiters mit dem hakenförmigen Lenkstab konnten ihn dazu bewegen, seinen Angriff fortzusetzen. Stattdessen versuchte er, vorsichtig zur Seite auszuweichen, um Aahz ganz zu umgehen.

»Kämpfen willst du?«, dröhnte mein Lehrer mit Furcht erregender Stimme und trat auf das Tier zu. »Dann komm schon! Ich bin bereit!«

Das gab den Ausschlag! Der Käfer legte den Rückwärtsgang ein und schlitterte voller Panik rückwärts davon, trotz aller stürmischen Anfeuerungen durch Reiter und Zuschauer.

»He, ihr Jungs scheint die Dinge hier ja im Griff zu haben.«

Eine mächtige Hand packte mich an der Schulter und hob mich hoch. Sie hob mich so lange hoch bis meine Beine frei in der Luft baumelten.

»Äh ... ich kann jetzt wieder gehen, Chumly«, schlug ich vor.

»Oh, das tut mir schrecklich Leid«, entschuldigte sich der Troll und setzte mich sanft auf dem Boden ab. »War nur ein bisschen abgelenkt, das ist alles.«

»Gliep?«

Ein vertrauter Kopf schlängelte sich um Chumly's Hüfte und sah mich fragend an.

»Du warst mir wirklich eine große Hilfe!«, knurrte ich, froh, Gelegenheit zu haben, meine angestaute Nervosität loszuwerden.

»Gliep«, erwiderte mein Haustier und ließ den Kopf hängen.

»Na, na!«, schimpfte der Troll. »Nun lass das nicht gleich an deinem Kumpel aus! Er hat sich überrumpeln lassen, das ist alles. Kann man ihm doch keinen Strick draus drehen, dass er unter feindlichem Beschuss mal die Nerven verloren hat, oder?«

»Aber wenn er nicht...«, fing ich an.

»Bist du endlich bereit, deinen Hintern wieder auf diesen dämlichen Drachen zu setzen?«, wollte Aahz wissen, der sich soeben wieder zu uns gesellte.

»Nun lass das bloß nicht an Gliep aus!«, fauchte ich. »Er ist bloß ein bisschen unter Beschuss geraten, das ist alles!«

»Wie war das?«, blinzelte mein Ausbilder.

»Gliep!«, verkündete mein Haustier und teilte mit seiner Zunge einen seiner aromatischen, schleimigen Küsse aus. Diesmal war, zu meiner Erleichterung, Aahz der Empfänger.

»Glaaah!!«, schrie mein Lehrer und wischte sich mit dem Handrücken über das Gesicht. »Gleich kotze ich!«

»Das Tier will dich lediglich seiner Wertschätzung versichern, da du seinen Herrn gerettet hast«, lachte Chumly.

»Das stimmt«, bestätigte ich. »Wenn du nicht...«

»Vergiss es«, erwiderte Aahz mit wegwerfender Geste. »Kein Flüchtling, der bei einem Winzerfest ausgerissen ist, wird auf meinem Lehrling herumtrampeln, solange ich noch da bin.«

Endlich einmal wusste ich, wovon er sprach. »›Ein Flüchtling, der bei einem Winzerfest ausgerissen ist‹, das war wirklich gut, Aahz«, grinste ich.

»Nein, das war es nicht«, knurrte mein Ausbilder. »Genau genommen war an diesem Nachmittag bisher überhaupt nichts gut! Warum stehen wir hier rum und quasseln?«

»Weil die erste Runde vorbei ist«, klärte Chumly ihn auf. »Und, wenn ich das hinzufügen darf, das erste Tor.«

Wir blickten über das Spielfeld zu unserem Tor hinüber. Das Feld war übersät mit Körpern, zum Glück mit jenen der anderen. Was immer geschehen sein mochte, wir hatten uns jedenfalls wacker geschlagen. Sanitäter und Krankenbahren und Trainer kümmerten sich um die Gefallenen und Verwundeten mit routinemäßiger Sicherheit. Die Spieler, die noch immer auf den Beinen waren, sowohl jene auf dem Spielfeld als auch jene hinter der Markierung, umtanzten einander und reckten die Zeigefinger empor was mir eine Art religiöse Geste an die Götter zu sein schien. Badaxe lehnt zusammengesackt an einem unserer vier Torpfosten, während Gus ihm mit seinen Schwingen Luft zufächelte.

»Der Spielstand«, fuhr der Troll beiläufig fort, »ist null zu null zu eins ... gegen uns. Nicht gerade ein berauschender Anfang, wie?«

Einen Augenblick lang glaubte ich, wir hätten einen Punkt gewonnen. Doch dann fiel mir ein, dass in diesem Spiel die Punkte *gegen* eine Mannschaft zählten. Deshalb bedeutete ›null zu null zu eins‹, dass wir einen Punkt zurücklagen.

»Keine Sorge«, knurrte Aahz. »Den Punkt holen wir uns mit Zins und Zinseszins zurück! Wenn die gerne hart spielen wollen, können wir das auch. Richtig?«

»Völlig richtig«, grinste Chumly.

»Dann mal etwas mehr Dampf, wenn ich bitten darf!«, fuhr mein Ausbilder fort. »Chumly, du holst Gus und Badaxe zu einer Lagebesprechung hierher. Kind, du steigst wieder auf den Drachen – und diesmal versuchst du, oben zu bleiben, ist das klar?«

Ich schickte mich an, zu gehorchen, wandte mich aber noch einmal zu ihm um. »Äääh hh ... Aahz?«

»Ja, Junge?«

»Ich habe es vorhin vielleicht nicht so geschickt ausgedrückt, aber danke, dass du mich gerettet hast.«

»Ich habe gesagt, vergiss es.«

»Nein, das werde ich nicht tun!«, erwiderte ich stur. »Du hättest dabei umkommen können, als du mich rausgehauen hast, und ich wollte dir nur sagen, dass ich es dir eines Tages vergelten werde. Ich bin vielleicht nicht besonders tapfer, wenn es um mich selbst geht, aber vor allem anderen verdanke ich dir mein Leben, und es soll dir gehören, wann immer du es brauchst!«

»Einen Augenblick mal, Bürschchen«, berichtigte mich mein Ausbilder. »Die Risiken, die ich eingehe, sind meine Sache, ist das klar? Auch jene, die ich eingehe, wenn ich ab und zu mal deinen Arsch aus dem Feuer hole. Bring bloß nicht mein ganzes Leben durcheinander, indem du mich plötzlich gleich für zwei verantwortlich machst.«

»Aber Aahz ...«

»Wenn ich in Schwierigkeiten geraten sollte, und du bist gerade frei, dann haust du ab, kapiert? Besonders in diesem Spiel hier. Genau genommen ...« Er nestelte an seiner Gürteltasche und holte ein wohl bekanntes Gerät hervor.

»Hier ist der D-Hüpfer. Er ist so eingestellt, dass er dich nach Hause bringt. Behalte ihn und benutze ihn auch, wenn es sein muss. Wenn du eine Möglichkeit siehst, Tanda zu ergreifen und hier rauszukommen, dann tu es! Mach dir um mich keine Sorgen.«

»Aber ...«

»Das war ein Befehl, Herr Lehrling! Wenn du ihn anfechten willst, dann warte gefälligst, bis wir wieder in Klah sind. In der Zwischenzeit tust du einfach, was ich dir sage! Entweder willigst du jetzt ein, oder ich schicke dich auf der Stelle nach Hause!«

Unsere Blicke rangen miteinander, doch ich gab als Erster nach.

»Also gut, Aahz«, seufzte ich. »Aber darüber reden wir noch, wenn wir wieder zu Hause sind.«

»Prima!«, grinste er und schlug mir auf die Schulter. »Aber vorläufig kletterst du erst mal auf deinen blöden Drachen und versuchst, ihn mit der Schnauze in die richtige Richtung aufzustellen. Wir müssen noch ein paar Punkte machen!«

Kapitel 25

›WENN IHR NICHT AUF FAIRE WEISE GEWINNEN KÖNNT, DANN GEWINNT EINFACH.‹
U. S. GRANT

Wir mussten noch ein paar Punkte machen, und dazu brauchten wir den Ball.

Dieser Gedanke beherrschte alles andere, als wir uns wieder aufstellten. Irgendwie würden wir uns diesen Ball schon holen. Als das Spiel wieder angepfiffen wurde, war ich vorbereitet. Ich griff mit meinem Geist zu und holte den Ball in meine Reichweite. Doch bevor sich unsere Mannschaft um mich scharen konnte, ertönte ein neuer Pfiff und der Jahk in dem gestreiften Kittel kam mit wedelnden Armen auf uns zugelaufen.

»Was ist denn jetzt schon wieder los!«, knurrte Aahz. Dann rief er laut: »Was ist los, Schiedsrichter?«

»Ein Protest«, erklärte dieser. »Eure Gegner sagen, ihr würdet Magik anwenden.«

»Na und?«, konterte mein Ausbilder. »Das ist schließlich nicht verboten.«

»Nein, offiziell zwar nicht«, gab der Schiedsrichter zu, »aber es gibt da schon eine ganze Weile ein *Gentleman's Agreement*...«

»Wir sind aber keine Gentlemen«, grinste Aahz. »Also geh aus dem Weg und lass uns spielen.«

»Aber wenn ihr Magik einsetzt, können eure Gegner das auch«, wandte der Steifkittel ein.

»Sollen sie doch«, bellte Aahz. »Und jetzt pfeif das Spiel wieder an.«

Da hatte ich einen Geistesblitz. »Warte mal, Aahz«, rief ich. Und an den Schiedsrichter gewandt: »Wir sind bereit, den Gebrauch von Magik gegen *uns* zuzulassen, allerdings unter der einen Bedingung, dass die Magiker es vom Spielfeld aus tun.«

»Wie?«, blinzelte der Schiedsrichter.

»Du hast doch gehört«, krähte Aahz. »Wenn eure Magiker in die Mannschaften eintreten und ihre Haut genauso zu Markte tragen wie es unser Magiker tut, dann können sie gerne alle ihre Fähigkeiten auf dem Spielfeld einsetzen. Wenn nicht, dann sollen sie zusammen mit den Zuschauern auf den Rängen sitzen bleiben und ihre Magik für sich behalten.«

»Das klingt durchaus fair«, nickte der Jahk. »Ich werde die anderen Mannschaften darüber informieren.«

»He«, bemerkte Chumly, als der Schiedsrichter wieder davonlief, »das war aber wirklich raffiniert gedacht!«

»Taktisch hervorragend«, nickte Badaxe.

»Das ist eben der Stratege, der sogar Big Julies Armee geschlagen hat«, warf Gus stolz ein.

Ich winkte bescheiden ab, aber in meinem Inneren war ich wie beschwipst von all dem Lob.

»Sparen wir uns die Glückwünsche lieber bis nach dem Spiel auf, ja?«, schlug Aahz frostig vor.

Das war eine unangenehme realistische Sicht. Zwischen uns und dem Spielende lag noch eine lange Schlacht, und die anderen Mannschaften stellten sich bereits wieder auf, um unseren unbeholfenen Anstrengungen ihr Bestes entgegenzusetzen. Mit grimmigem Schweigen machten wir uns wieder an die Arbeit.

Ich will gar nicht erst versuchen, den Verlauf dieses Nachmittags Runde für Runde zu beschreiben. Vieles versuche ich zu vergessen, obwohl ich manchmal immer noch schweißgebadet aus dem tiefsten Schlaf hochfahre, wenn sich die Erinnerung daran wieder meldet. Die Jahks waren zäh und verstanden ihr Geschäft. Das Einzige, was sie wirklich in Schach hielt, waren die nackte Kraft und Wildheit meiner Kameraden und einige ganz raffinierte Magiktricks meinerseits.

Allerdings wäre es sträflich, manche der Ereignisse zu unterschlagen, die vor dem eigentlichen Höhepunkt des Spiels stattfanden.

An jenem Nachmittag ist Gliep erwachsen geworden. Ich weiß ja nicht, wie lange Drachen normalerweise bis zur Reife brauchen, meiner jedenfalls war nach der ersten Spielrunde den Kinderschuhen entwachsen. Verschwunden war die Verspieltheit, die dazu geführt hatte, dass ich so schnell aus dem Sattel geschossen war. Irgendwo in seinem wirren Hirn musste Gliep die Sache durchdacht haben und zu dem Schluss gekommen sein, dass es hier um etwas Ernstes ging.

Davon wusste ich natürlich nichts. Als ich den Ball plötzlich in den Händen hielt, zählte ich auf den Schutz meiner Mannschaftskameraden. Leider hatten unsere Gegner damit gerechnet und sich darauf eingestellt. Auf Aahz und Chumly stürzten sich sofort jeweils drei gegnerische Spieler und nahmen entsetzliche Prügel in Kauf, um sie daran zu hindern, zu meiner Unterstützung zu eilen. Die beiden Reiter dagegen nahmen mich aufs Korn.

Ich sah sie herannahen und geriet auch prompt in Panik. Ich meine, die Katze war schließlich schneller als wir, und dem Käfer schien überhaupt nichts etwas anhaben zu können. Hektisch suchte ich nach einer Fluchtmöglichkeit. Doch da hätte ich mir keine Sorgen zu machen brauchen.

Anstatt davonzujagen, blieb Gliep stehen und senkte drohend den Kopf. Als die Katze sich zum Sprung duckte, pustete mein Haustier ihr einen Flammenstrahl mitten ins Gesicht, was ihr die Barthaare versengte und sie auf die Hinterläufe zurückwarf.

Ich war so erstaunt, dass ich darüber vergaß, auf den Käfer zu achten, der sich von der Seite näherte. Gliep jedoch vergaß ihn nicht. Sein Schwanz peitschte nach der gepanzerten Bedrohung. Plötzlich war ein Geräusch, ähnlich dem Läuten einer großen Kirchenglocke, zu vernehmen, dann bremste der Käfer ab und begann ziellos im Kreis umherzulaufen.

»Klasse, Junge!«, jubelte ich und balancierte den Ball einen Augenblick lang auf seinem Rücken, damit ich ihm die Seite klopfen konnte.

Das war ein Fehler. Kaum hatte ich meinen Griff gelockert, als auch schon einer der Jahks emporsprang, um den Ball herunterzureißen. Ich hieb mit dem Stock nach ihm, doch er schlug einen Haken, und ich verfehlte mein Ziel. Traurig für ihn, dass er sich damit unmittelbar in Chumlys Reichweite begab.

Der Troll ließ einen seiner langen Arme wie eine Schlange über der Schulter eines Blockademannes hervorschießen, packte den Ballträger am Kopf und schleuderte ihn heftig zu Boden.

»Großer Mampf hat gefangen!«, rief er und zwinkerte mir zu.

Der Ballträger lag reglos da, und wieder kam eine Sanitätsmannschaft mit einer Tragbahre aufs Spielfeld getrabt. Die Reihen der Reservespieler am Feldrand hatten sich schon merklich gelichtet, seit das Spiel begonnen hatte. Falls es Ihnen noch nicht aufgefallen sein sollte: Auf dem Spielfeld ging es ziemlich hart zu.

»Sag mir, dass das nicht wahr ist«, forderte Aahz, als er an meine Seite taumelte.

»Äh, was denn ... Chumlys Aktion oder Gliep, wie er

die beiden Reiter aufgehalten hat?«, fragte ich unschuldig.

»Ich rede von dem Ball, den du wieder abgegeben hast«, berichtigte mich mein Ausbilder barsch. »Jetzt, wo der Drache endlich anfängt zu begreifen, was Sache ist, musst du ausgerechnet …«

»Meinst du wirklich, dass er gute Arbeit leistet?«, unterbrach ich ihn begierig. »Ich habe ja immer gesagt, dass in Gliep ein Mordskerl steckt.«

»Lenk nicht ab«, knurrte Aahz. »Du …«

»Kommt schon, ihr beiden!«, rief Gus. »Das Spiel geht weiter.«

»Ich muss weg«, winkte ich ab und lenkte mein Haustier von meinem tobenden Lehrer fort. »Wir können uns gerne nach dem Spiel unterhalten.«

Endlich stabilisierte sich unsere Verteidigung, und jeder Jahk, der so töricht war, mit dem Ball in den Armen unser Tor anzusteuern, musste dafür einen furchtbaren Preis zahlen. Es gelang uns sogar, einige Punkte zu machen, auch wenn ich dem ein wenig mit Magik nachhelfen musste.

Der erste Punkt, den wir machten, war gegen die Veyganer. Dabei handelte es sich um eine Variante von Aahz' ursprünglichem ›Teile-und-herrsche‹-Plan. Die Veyganer hatten den Ball und brachten ihn gerade über das Feld, als wir in der Mitte auf sie donnerten. Meinen Instruktionen folgend, wartete ich, bis das Handgemenge ordentlich im Gange war, dann verwandelte ich Gus mit Hilfe des Tarnzaubers in einen Ta-hoe, komplett mit Pickelhaube. Da er vorgewarnt war, überraschte ihn die Verwandlung diesmal nicht. Im Gegenteil, sofort hüpfte er auf und ab und wedelte hektisch mit beiden Armen.

»Hierher!«, schrie er. »Ich bin ungedeckt! Hierher!«

Der Ballträger rannte gerade im Zickzack von Aahz davon, der ihm dicht auf den Fersen war. Er erblickte einen

Verbündeten, der die Möglichkeit hatte, ein Tor zu schießen, und schleuderte ihm den Ball noch im Laufen zu. Gus fing den Ball auf und setzte sich in Richtung des veyganischen Tors in Bewegung.

»Verrat!«

Der erste Ruf stammte von Chumly, aber die Veyganer nahmen ihn schnell und begierig auf. Voller Zorn stürzten sie sich auf die Spieler aus Ta-hoe, die einen Augenblick zuvor noch ihre Verbündeten gewesen waren. Die Ta-hoer waren verständlicherweise ziemlich überrascht, reagierten aber schnell und verteidigten sich gegen ihre Angreifer, während sie zugleich Gus erfolgreich von den anderen abschirmten.

Der Turm der Veyganer hatte sich zu Beginn des Spiels in der vorderen Feldpartie befunden, aber der Torwart rüstete sich innerlich gegen den anstürmenden Gus. Der einzige nennenswerte nahe Verfolger war Chumly, der wild entschlossen schien, den Ballträger von hinten zu Fall zu bringen. Im entscheidenden Augenblick raste er jedoch an dem Wasserspeier vorbei und rannte den Torwart um. So konnte Gus ungehindert ein Tor werfen.

»Jetzt steht es null zu eins zu eins!«, krähte ich.

»Bevor du dich ins Feiern versteigst«, riet mir Aahz, »solltest du mal lieber etwas gegen *das da* unternehmen.«

Ich folgte seinem Finger mit dem Blick und stellte fest, dass sich der Kampf inzwischen auch auf die Ränge ausgedehnt hatte: Anscheinend mochten es die Fans genauso wenig wie die Spieler, verraten zu werden.

Um größeres Blutvergießen zu vermeiden, entfernte ich Gus' Tarnung, als er wieder aufs Mittelfeld kam. Binnen Sekunden begriffen die Fans und die streitenden Mannschaften, dass sie an der Nase herumgeführt worden waren. Sofort endeten die Kampfhandlungen. Stattdessen konzentrierten sich nun alle wieder auf uns. Klasse!

Der Trick mit der Tarnung war zwar erfolgreich gewesen, aber angesichts der neu erwachten Aufmerksamkeit unserer Gegner bezweifelte ich, dass er ein zweites Mal funktionieren würde.

Auf unser zweites Tor bin ich ganz besonders stolz, denn ich habe die Sache von Anfang bis Ende geplant und auch ohne die Hilfe oder den Rat meiner Mannschaftskameraden durchgeführt. Natürlich brachte auch das wieder Ärger mit sich . . . doch ich greife vor.

Die Idee kam mir kurz nachdem mein Stock zerbrach. Ich holte damit gerade zu einem Schlag gegen den Ball aus, als einer der Ta-hoer plötzlich seinen Kopf in den Weg schob. Der Hieb brachte ihn zwar hinter die Feldmarkierung, aber nun stand ich da mit zwei Teilen einer ehemals recht brauchbaren Keule. Während wir darauf warteten, dass das Spiel fortgesetzt wurde, ertappte ich mich dabei, wie ich die Körpergröße unserer Gegner bestaunte und mir wünschte, wir hätten größere Spieler auf unserer Seite. Mir fiel ein – natürlich zu spät –, dass ich schon bei unserem ersten Erscheinen mit Hilfe des Tarnzaubers unsere ganze Mannschaft größer hätte erscheinen lassen können. Doch nun wussten unsere Gegner bereits, wie groß oder, um genau zu sein, wie *klein* wir waren, so dass dieser Trick nicht mehr funktionieren würde.

Schon wollte ich mich selbst wegen dieser Unterlassung verwünschen, als ich die Idee hatte. Wenn ein Tarnzauber uns als größer erscheinen lassen konnte, dann konnte er uns auch scheinbar verkleinern. Das war beinahe eine gute Idee, aber nur beinahe. Wenn einer oder gar alle von uns plötzlich ›verschwanden‹, würden unsere Gegner das sofort bemerken. Wir brauchen also eine Ablenkung.

Ich merkte, wie ich auf die beiden Stücke meines Schlagstocks starrte. Da war eine Nummer, die ich mal abgezogen hatte, als wir gegen Big Julie gekämpft hatten. Damals war es eine Verzweiflungstat gewesen. Andererseits waren wir hier auch nicht gerade zum Kaffeekränzchen eingeladen.

»Holt mir den Ball!«, rief ich meinen Kameraden zu. »Ich habe eine Idee!«

»Was für eine Idee?«, fragte Aahz.

»Holt mir einfach nur den Ball!«, fauchte ich.

Ich wollte ihn eigentlich nicht so abkanzeln, aber wenn dieser Plan funktionieren sollte, würde ich meine ganze Konzentration brauchen, und Aahz' Hohn war da nicht gerade eine Hilfe.

Ich schloss die Augen und sammelte Kraft, die ich konzentrierte. Gleichzeitig begann ich damit, die nötigen Bilder in meinem Geist aufzubauen.

»Kopf hoch, Junge!«, schrie Aahz plötzlich drängend.

Ich riss die Augen auf – da war auch schon der Ball! Ich war zwar noch nicht ganz so weit mit meinen Vorbereitungen, wie ich es mir gewünscht hätte, aber nun hatte die Stunde geschlagen, und ich musste handeln.

Ich werde das, was nun folgte, genauestens beschreiben, damit Sie meine gewaltige Leistung auch entsprechend zu würdigen wissen. Tatsächlich lief jedoch alles in Sekundenbruchteilen ab.

Ich ließ die beiden Stockhälften fallen und ergriff den Ball mit den Händen. Dann verhängte ich zwei Zauber gleichzeitig. (Eigentlich waren es sogar vier, aber ich prahle nicht gern.)

Als Erstes ließ ich Gliep und mich scheinbar auf wenige Zoll Körpergröße zusammenschrumpfen. Dann verwandelte ich das Aussehen der beiden Stockhälften, bis sie wie eine lebensgroße Abbildung meiner selbst und meines Haustiers aussahen.

Als ich damit fertig war, verwendete ich den Rest der mir verbliebenen Energie darauf, Gliep und mich zum Tor der Ta-hoer zu fliegen. Ja, Sie haben richtig gelesen, ich habe

›fliegen‹ geschrieben. Denn selbst in unserer verkleinerten Form war mir sehr daran gelegen, mich oberhalb der Augenlinie unserer Gegner aufzuhalten.

Gliep und mich zu fliegen, kostete mich sehr viel Kraft. So viel sogar, dass ich nicht mehr fähig war, die Visionen, die wir hinter uns zurückgelassen hatten, aufrechtzuerhalten. Das war mir schon vorher klar gewesen, doch ich hatte darauf gesetzt, dass unsere plötzlich reglos gewordenen Gestalten genügen würden, um von unserem wirklichen Angriff abzulenken.

Es schien zu klappen. Niemand stellte sich uns in den Weg, bis wir ans Tor der Ta-hoer kamen. Dann stach mich mal wieder der Hafer. Eine Armlänge von dem gegnerischen Torwart entfernt hob ich plötzlich unsere Tarnung auf.

»Buh!«, rief ich.

Für den erschrockenen Spieler sah es so aus, als seien wir plötzlich aus heiterem Himmel vor ihm aufgetaucht. In einer Sekunde vergaß er sein ganzes lebenslanges Training und kippte ohnmächtig um.

Mit einem passenden theatralischen Schwenker warf ich den Ball ins Tor.

Eins zu eins zu eins für uns! Gleichstand!

Als Gliep und ich triumphierend auf unsere Seite des Spielfelds zurückkehrten, war unsere Mannschaft merkwürdig still.

»Was zieht ihr so lange Gesichter?«, fragte ich lachend. »Jetzt schlagen wir sie in die Flucht!«

»Du hättest uns sagen sollen, dass du einen bestimmten Schachzug geplant hattest«, erwiderte Gus vorsichtig.

»Dafür war keine Zeit mehr«, erklärte ich. »Außerdem ist ja auch keiner zu Schaden gekommen.«

»Das stimmt nicht ganz«, berichtigte mich Chumly und zeigte auf das Feld.

Dort, wo ich die beiden Stockhälften zurückgelassen hatte, lag ein Berg von Jahks. Die Sanitäter waren damit beschäftigt, die Leiber zu entwirren und fortzutragen.

»Er wollte dich schützen ... oder das, was er für dich hielt«, bemerkte Badaxe scharf.

»Was ...«

Dann sah ich selbst, wovon sie sprachen: Unter dem Berg von Leibern lag Aahz. Er rührte sich nicht.

Kapitel 26

›DER SIEG IST NICHT DAS WICHTIGSTE, ER IST DAS EINZIGE‹

G. J. CAESAR

»Er wird's überleben«, erklärte Gus und blickte nach der Untersuchung unseres bewusstlosen Teamkameraden auf. »Er hat nur das Bewusstsein verloren.«

Wir hatten uns um Aahz' reglose Gestalt geschart und besorgt auf die Diagnose des Wasserspeiers gewartet. Es bedarf wohl keiner besonderen Erwähnung, dass ich erleichtert war zu erfahren, dass mein Lehrer nicht ernsthaft verletzt war. General Badaxe jedoch war nicht so leicht zufrieden zu stellen.

»Na, dann weck ihn doch auf!«, verlangte er. »Und zwar schnell!«

»Zurück, General!«, fauchte ich, durch sein mangelndes Feingefühl erzürnt. »Seht Ihr denn nicht, dass er verwundet ist?«

»Ihr versteht mich falsch«, widersprach Badaxe kopfschüttelnd. »Um fortzufahren benötigen wir fünf Spieler. Wenn Aahz nicht wieder zu sich kommt ...«

»Wach auf, Aahz!«, brüllte ich und ergriff ihn, um ihn zu schütteln.

Es war schon schlimm, dass mein eigenwilliges Vorgehen dazu geführt hatte, dass es Aahz erwischte. Wenn es uns auch noch das Spiel kosten sollte ...

»Spar dir das, Skeeve«, seufzte Gus. »Selbst wenn er aufwachen sollte, könnte er nicht mehr weiterspielen. Die haben ihn ziemlich bös durchgewalkt. Ich meine, ich *glaube* zwar nicht, dass es etwas Ernstes ist, aber wenn er in seinem jetzigen Zustand an einen Gegner geraten sollte ...«

»Ich verstehe«, schnitt ich ihm das Wort ab. »Und wenn wir ihn aufwecken, ist Aahz stur genug, um darauf zu bestehen, weiterzuspielen.«

»Genau«, nickte der Wasserspeier. »Du musst dir schon etwas anderes einfallen lassen.«

Ich versuchte es, ich versuchte es wirklich. Das Team machte sich immer noch an Aahz zu schaffen, um Zeit zu schinden, doch ich hatte auch nicht den Anflug eines Plans. Schließlich kam der Schiedsrichter auf unser Durcheinander zugelaufen.

»Wie geht's eurem Spieler?«, fragte er.

»Och ... er macht nur gerade 'ne Verschnaufpause«, meinte Badaxe lächelnd und versuchte, Aahz vor dem Schiedsrichter mit seinem eigenen Körper abzuschirmen.

»Erzählt mir nicht so einen Mist!«, knurrte der Jahk in dem gestreiften Kittel. »Ich hab schließlich Augen im Kopf. Er ist bewusstlos, nicht?«

»Na ja, ein bisschen«, gab Gus zu.

»Ein bisschen!«, schnaubte der Schiedsrichter. »Wenn er spielunfähig ist und ihr keinen Ersatz für ihn habt, dann verliert ihr das Spiel.«

»Wir sind bereit, auch mit einer geschrumpften Mannschaft weiterzuspielen«, schlug der Wasserspeier hastig vor.

»Die Regeln verlangen, dass ihr fünf Spieler auf dem Feld haltet. Nicht mehr und auch nicht weniger«, erklärte der Aufsichtsbeamte kopfschüttelnd.

»Na schön«, nickte Badaxe. »Dann behalten wir ihn bei uns auf dem Feld. Wir legen ihn an die Seite, wo ihm nichts zustoßen kann, und dann spielen *wir* als vierköpfige Mannschaft.«

»Tut mir Leid«, sagte der Schiedsrichter entschuldigend,

»aber in diesem Zustand kann ich ihn nicht auf dem Feld lassen. Das hier ist zwar ein hartes Spiel, aber wir haben auch eine gewisse Fürsorgepflicht gegenüber den Spielern.«

»Klar, vor allem dann, wenn ihr sie dazu einsetzen könnt, um uns aus dem Spiel zu drängen!«, bellte Gus.

Ich hatte erwartet, dass diese Beschimpfung den Schiedsrichter wütend machen würde, doch der schüttelte nur traurig den Kopf.

»Ihr versteht mich nicht«, widersprach er. »Ich *will* eure Mannschaft doch gar nicht disqualifizieren. Ihr habt ein hartes Spiel gespielt und habt verdient, es zu Ende zu führen. Ich hasse es, ein Spiel wegen Regelverstoß abzubrechen ... erst recht bei einem Gleichstand. Trotzdem, Regeln sind eben Regeln, und wenn ihr keine volle Spielmannschaft aufbieten könnt, dann war es das wohl. Ich wünschte nur, ihr hättet irgendeinen Ersatz.«

»Wir haben auch einen!«, platzte ich heraus.

»Haben wir?«, fragte Gus blinzelnd.

»Wo denn?«, wollte der Schiedsrichter stirnrunzelnd wissen.

»Dort drüben!«, erklärte ich und zeigte auf die Ränge.

Tanda schwebte noch immer gut sichtbar vor Ganzfix.

»Der gefangene Dämon?«, fragte der Beamte keuchend.

»Für was hältst du uns eigentlich? Für Muppets?«, schnaubte Gus, der sich von seinem Erstaunen schnell erholte.

»Muppets? Was sind denn ... ich glaube nicht ...«, stammelte der Schiedsrichter.

»Brauchst du auch nicht«, lächelte ich. »Bring nur den Magiker von Ta-hoe her, dann bin ich sicher, dass wir zu einem Ergebnis kommen.«

»Aber ... na gut.«

Der Beamte trabte zu den Rängen, während der Rest der Mannschaft sich um mich scharte.

»Du willst eine Frau in die Mannschaft aufnehmen?«, wollte Badaxe fordernd wissen.

»Lass es mich erklären«, versuchte ich ihn zu beschwichtigen. »Erstens einmal ist Tanda keine ...«

»Sie ist eigentlich keine Frau«, sprang Chumly für mich ein. »Sie ist meine Schwester. Und wenn es um Keilereien geht, dann steckt sie selbst mich noch in die Tasche.«

»Ist sie nicht? Ich meine, ist sie?«, stammelte Badaxe nervös. »Ich meine, das tut sie?«

»Darauf kannst du deine süße Axt verwetten«, grinste Gus.

»Gliep«, sagte mein Drachen, entschlossen, ebenfalls seinen Senf dazuzugeben.

»Wenn ihr alle fertig seid«, sagte ich gereizt, »dann würde ich gerne meine Erklärung beenden. Was ich sagen wollte war, dass Tanda gar nicht mitspielen wird.«

Verblüfftes Schweigen, während die Mannschaft versuchte, meine Worte zu verdauen.

»Das verstehe ich nicht«, sagte Gus schließlich. »Wenn sie nicht mitspielen soll, was soll dann ...«

»Wenn sie erst einmal wieder aufgewacht und hier ist, schnappen wir sie und die Trophäe und hauen ab nach Klah«, erklärte ich. »Der Schiedsrichter beschert uns den großen Preis ja sogar auf dem Präsentierteller.«

»Aber was ist denn dann mit dem Spiel?«, fragte Badaxe mit gefurchter Stirn.

Ich schloss die Augen und begriff plötzlich für einen Moment, wie sich Aahz fühlen muss, wenn er mit mir zu tun hat.

»Ich will es ganz langsam erklären«, sagte ich vorsichtig. »Der Grund, weshalb wir überhaupt an diesem Spiel teilnehmen, ist der, dass wir Tanda befreien und die Trophäe an uns bringen wollen. In ein paar Minuten haben wir beides, also gibt es für uns auch keinen Grund mehr, uns die Schädel einschlagen zu lassen. Verstanden?«

»Mir gefällt es aber gar nicht, das Feld zu verlassen, bevor die Schlacht zu Ende ist«, grollte der General.

»Das ist doch nicht zu fassen!«, explodierte ich. »Das hier ist schließlich ein Spiel und kein Krieg!«

»Reden wir eigentlich über dasselbe?«, erkundigte sich Chumly unschuldig.

Zum Glück blieb es mir erspart, eine Antwort darauf geben zu müssen, denn just in diesem Augenblick beliebte Ganzfix einzutreffen. Tanda schwebte hinter ihm her.

»Was erzählt dieser Schiedsrichter hier über Tanda, die am Spiel teilnehmen soll?«, wollte er wissen.

»Stimmt«, log ich. »Wir brauchen sie, um das Spiel zu Ende zu führen. Wenn du die Güte hättest, sie jetzt aufzuwecken, dann werden wir gleich …«

»Aber sie ist doch meine Geisel!«, protestierte der Magiker.

»Ach, komm schon Ganzfix«, drängte ich ihn. »Wir entführen sie ja schließlich nicht. Sie wird hier auf dem Feld bleiben, vor aller Augen.«

»Ja, und ihr könnt jederzeit in eine andere Dimension verschwinden, wenn ihr wollt«, wandte Ganzfix ein. »Nein, so haben wir nicht gewettet.«

Damit kam er der Wahrheit ungemütlich nahe, aber wenn ich eins von Aahz gelernt hatte, so die Fertigkeit, mit steinerner Miene zu bluffen.

»Jetzt hör mal gut zu, Ganzfix«, knurrte ich. »Ich versuche ja durchaus, fair zu bleiben, aber ich finde, dass du mein Versprechen langsam ausnutzt.«

»Natürlich«, nickte der Magiker. »Aber ich will euch etwas sagen. Um kein Spielverderber zu sein, könnt ihr Tanda von mir aus haben.«

»Na, wunderbar«, grinste ich.

»... sofern, und ich wiederhole: *Sofern* ihr mir dafür Aahz überlasst.«

»Was?«, schrie ich. »Ich meine, klar, bedien dich Bewusstlos ist er ja schon.«

»Na gut«, nickte Ganzfix. »Es dauert nur ein paar Sekunden.«

»Was bedeutet das für unsere Pläne?«, fragte Gus, der mich beiseite gezogen hatte.

»Nichts«, teilte ich ihm mit zusammengebissenen Zähnen mit. »Wir hauen ab, sobald die Sache klar ist.«

»Was?«, fragte der Wasserspeier fassungslos. »Und Aahz?«

»Es war sein eigner Befehl!«, bellte ich. »Vor dem Spiel hat er mir das Versprechen abgerungen, für den Fall, dass ihm etwas zustoßen sollte, weder mich noch die Mannschaft dadurch zu gefährden, dass ich weitermache.«

»Und jetzt willst du ihn einfach zurücklassen, wie?«, fragte Gus angewidert. »Nach allem, was er für dich getan hat.«

»Nun hack du nicht auch noch auf mir rum, Gus!« Ich schnitt eine Grimasse. »Ich will nicht ...«

»Hallo, Süßer!«, zirpte Tanda und gesellte sich zu uns. »Wenn es euch nicht zu viel Mühe macht, könntet ihr mir dann vielleicht mal verraten, weshalb diese erlauchte Versammlung sich hier eingefunden hat, warum wir mitten auf einer Wiese stehen und weshalb diese ganzen Leute dort uns anstarren? Und wohin will Ganzfix gerade mit Aahz?«

»Dafür haben wir jetzt keine Zeit«, erklärte ich. »Wir müssen los.«

»Los? Wohin denn?«, fragte sie erstaunt.

»Zurück nach Klah«, grollte Gus. »Skeeve ist gerade dabei, Aahz im Stich zu lassen.«

»*Was* tut er?«, keuchte Tanda.

»Gus ...«, warnte ich.

»Spar dir die Puste, Süßer. Ich rühre mich nicht vom Fleck bis mir jemand erklärt hat, was hier los ist. Also solltest du lieber gleich anfangen.«

Es dauerte erstaunlicherweise gar nicht lange, sie aufzuklären, nachdem ich erst einmal begonnen hatte. Ich ließ bewusst so viele Einzelheiten aus, wie nur möglich, um Tanda nicht auch noch zu reizen. Ich hatte auch so schon genügend Probleme und wollte nicht auch noch gegen sie kämpfen! Es schien zu klappen, denn sie hörte geduldig zu, ohne mir ins Wort zu fallen oder die Stirn zu runzeln.

»... und deshalb müssen wir noch vor Spielschluss von hier verschwinden«, schloss ich meinen Bericht.

»Blödsinn«, sagte sie entschieden.

»Ich bin froh, dass du ... wie war das?«, stotterte ich.

»Ich sagte ›Blödsinn‹«, wiederholte sie ruhig. »Da habt ihr Jungs euch meinetwegen herumschubsen und zu Schaden schlagen lassen, und jetzt sollen wir einfach aufgeben? Ohne mich! Ich sage, wir bleiben hier und erteilen diesen Rüpeln eine Lektion.«

»Aber ...«

»Ich weiß nicht, ob dein D-Hüpfer überhaupt die ganze Mannschaft befördern kann«, fuhr sie fort, »aber ich gehe jede Wette ein, dass er es nicht schafft, wenn wir nicht mitmachen.«

»So ist's richtig, gib's ihm!«, kicherte Gus.

»... also fällt der Rückzug aus. Wenn du Angst hast, dir wehzutun, dann halt dich abseits. Wir verschwinden jedenfalls nicht, bevor wir zu Ende gebracht haben, was du und Aahz angefangen habt.«

»Gut gesprochen«, lobte Badaxe.

»Ich bin dabei«, warf der Wasserspeier ein.

»Schwesterchen, du bist noch mal mein Tod«, seufzte Chumly.

Es gelang mir, Glieps Nase zu packen, bevor er auch noch seine Zustimmung geben konnte.

»Eigentlich«, sagte ich schleppend, »hat Aahz mich immer davor gewarnt, wie gefährlich es ist, allein durch die Dimensionen zu springen. Und wenn ich schon hier bleiben muss, dann bin ich wohl bei meinen Mannschaftskameraden am besten aufgehoben.«

»So ist's recht, Skeeve«, grinste Gus und schlug mir auf die Schulter.

»Dann ist es also beschlossene Sache«, bestätigte Tanda. »Na schön, Süßer, wie sieht unser Plan aus?«

Irgendwie hatte ich geahnt, dass sie das fragen würde.

»Gebt mir eine Minute Zeit«, bat ich. »Vor einer Sekunde war unser Plan schließlich noch, abzuhauen, erinnert ihr euch? Diese Pläne fallen schließlich nicht vom Himmel, müsst ihr wissen.«

Ich vertiefte mich in Gedanken, überlegte und verwarf die Ideen, wie sie kamen. Das dauerte nicht lange. Ich hatte nämlich nicht besonders viele Ideen.

Ich merkte, wie ich Chumly anstarrte. Der reckte den Hals, um zu den Rängen hinüberzuspähen.

»Was machst du denn da?«, fragte ich. Mich irritierte es, dass ihn unsere Lage gar nicht weiter zu beschäftigen schien.

»Hmmm? Oh, Verzeihung, alter Knabe«, entschuldigte sich der Troll. »Ich war nur neugierig, wie viel Täufler in der Menge sind. Es ist ein ganzer Haufen.«

»Wirklich?« Ich blinzelte umher und musterte die Zuschauermenge. »Ich kann aber keine erkennen.«

»Ach, sie sind natürlich getarnt«, meinte Chumly achselzuckend. »Aber du kannst ihre Aura sehen, wenn du darauf achtest. Bei den Wettchancen, die man uns in diesem verdammten Spiel gegeben hat, war es natürlich klar, dass sie kommen würden.«

Er hatte Recht. Ich war so sehr mit dem Spiel beschäftigt gewesen, dass ich mir gar nicht erst die Mühe gemacht hatte, die Tribünen einer Prüfung zu unterziehen. Nun, da ich genauer hinsah, erkannte ich die Auras der anderen Dämonen, die sich unter die Menge gemischt hatten.

»Schade, dass wir Ihre Tarnungen nicht aufheben können«, murmelte ich vor mich hin.

»Och, das wäre ganz leicht«, erwiderte der Troll.

»Tatsächlich?«

»Na klar. Täufler benutzen immer die billigsten und einfachsten Tarnungen, die es gibt. Ich kenne einen Zauber, der ihr wirkliches Aussehen sehr schnell wiederherstellen könnte.«

»Den kennst du?«, drang ich in ihn. »Könntest du damit das Stadion abdecken?«

»Na ja, nicht besonders lange«, meinte Chumly, »aber ein, zwei Minuten würde er schon halten. Warum fragst du?«

»Ich glaube, ich habe eine Idee«, erklärte ich. »Bin gleich zurück.«

»Wo willst du denn hin?«, rief mir der Troll nach, als ich auf die Seitenlinien zulief.

»Mit Griffin reden«, erwiderte ich. Es war mir gleichgültig, dass ihm diese Erklärung nicht viel sagen würde.

Kapitel 27

›Frag nicht, wem die Stunde schlägt ...‹
M. Ali

Der Ballträger lag irgendwo unter Gliep, als die Pfeife ertönte. Das wäre nicht so schlimm gewesen, wenn Chumly ihn nicht bereits zu Boden geworfen hätte und auf ihn gesprungen wäre, just bevor mein Haustier sich in das Getümmel geworfen hatte. Wie ich schon sagte, Gliep hatte sich inzwischen *wirklich* für das Spiel erwärmt.

»He!«, rief der Troll schmerzerfüllt. »Hättest du vielleicht die Güte?«

»Entschuldigung«, sagte ich und lenkte den Drachen auf etwas festeren Boden.

»Sag mal, Skeeve«, murmelte Gus und glitt neben mich. »Wie lange dauerte es denn noch, bis wir das ›Große Spiel‹ wagen?«

»Das müsste jetzt gleich irgendwann stattfinden«, teilte ich ihm mit. »Warum fragst du?«

»Er fürchtet sich vor den Verlusten, die du und der Drache der Mannschaft noch zufügen werdet, solange wir hier Zeit schinden«, meldete sich Badaxe sarkastisch zu Wort.

»Gliep!«, kommentierte mein Haustier und fuhr dem General mit der Zunge über das Gesicht.

»Die Harter-Bursche-Nummer kannst du getrost vergessen, Hugh«, bemerkte der Wasserspeier. »Der Drache hat dich schon als Softi abgestempelt.«

»Ach ja?«, konterte Badaxe, der unter Glieps Atemgeruch mühsam keuchte. »Na, dann möchte ich doch kurz vor Beginn des Meisterplans nur eben darauf hinweisen, dass wir den Ball gar nicht haben!«

»Den beschafft uns Skeeve schon, wenn es so weit ist!«, protestierte Tanda und nahm mich in Schutz. »Er kommt immer gerade noch rechtzeitig, wenn wir ihn brauchen. Du bist einfach nur noch nie mit ihm in eine Schlacht gezogen.«

»Ich kann mich jedenfalls getrost dafür verbürgen, meine ich«, knurrte Chumly und kam humpelnd auf uns zu, »dass es sicherer ist, ihm zu folgen, als sich vor ihm aufzuhalten.«

»Es tut mir Leid, Chumly«, warf ich reumütig ein. »Es ist doch nur, dass Gliep ...«

»Ich weiß, ich weiß«, unterbrach mich der Troll. »›Unter Beschuss die Nerven verloren‹ ... vergiss nicht, dass *ich* dir ursprünglich diese Entschuldigung verschafft habe. Er scheint sich jedenfalls wunderbar davon erholt zu haben.«

»Ich störe euch ja höchst ungern«, unterbrach uns Gus, »aber war das nicht unser Signal?«

Ich folgte seinem Blick zur Feldmarkierung. Dort wedelte Griffin gerade heftig mit den Armen. Als er feststellte, dass ich ihn bemerkt hatte, kreuzte er die Finger beider Hände, und die Unterarme vor dem Kopf. Das war das Signal.

»Also gut«, verkündete ich. »Jetzt ist Schluss mit dem Vergnügen. Die Nachrichten sind überbracht worden. Weiß jeder noch, was er zu tun hat?«

Geschlossen nickte das Team, ein begieriges Grinsen auf den Gesichtern. Ich weiß nicht, weshalb sie so fröhlich waren. Wenn auch nur eine Etappe unseres Plans fehlschlagen sollte, wären einige von uns, wenn nicht gar alle, im Eimer.

»Tanda und Chumly sind eine Mannschaft. Badaxe, du bleibst bei Gus. Der ist deine Rückfahrkarte«, wiederholte ich unnötigerweise.

»Wir wissen, was wir zu tun haben«, nickte der General.

»Dann tut es auch!«, schrie ich und wirbelte Gliep in Position.

Diesmal stürzten wir uns nicht auf den Ballträger, als der Ball in Sicht kam. Stattdessen jagte unsere gesamte Mannschaft zu unserer Toröffnung, wo sie sich zusammenballte.

Unsere Gegner zögerten und blickten sich an. Wir hatten mehr als drei Viertel ihrer Reserve ausgeschaltet, was sie Vorsicht gelehrt hatte, und nun trug diese Lektion erste Früchte. Niemand schien erpicht darauf zu sein, den Ball in unsere Formation tragen zu müssen. Sie wussten nicht genau, was wir vorhatten, aber auf jeden Fall wollten sie nichts damit zu tun haben.

Schließlich drehte sich der Ballträger, ein Ta-hoer um und warf den Ball seinem Reiter zu, weil er sich anscheinend dachte, dass der Käfer wohl noch die besten Chancen hätte, bis an die Torlinie vorzustoßen. Darauf hatte ich gewartet.

Mit meinem Geist holte ich den Ball heran, doch nicht zu mir, sondern zu Badaxe. Der löste mit einer geschmeidigen Bewegung die Axt von seinem Gürtel und schlug auf das Geschoss ein. Ich hatte Bedaxe noch nie zuvor seine Axt benutzen sehen, und ich muss sagen, ich war beeindruckt. Waffe und Ball trafen aufeinander, und die Waffe siegte. Der Ball fiel in zwei Hälften zu Boden, während die Axt zu ihrem Ruheplatz am Gürtel des Generals zurückkehrte.

Die Menge war aufgesprungen und schrie unverständliches Zeug. Wenn ihnen das schon nicht gefiel, so regten sie sich über unseren nächsten Schritt jedenfalls nicht weiter auf.

»Alles aufsitzen!«, schrie ich.

Auf dieses Stichwort hin sprang Tanda auf Chumlys Rücken, während Badaxe dasselbe bei Gus tat. Ich levitierte die Ballhälften zu den beiden Zweiergespannen und verhängte einen schnellen Tarnungszauber.

Nun sahen unsere Gegner drei Abbilder von mir, der ich auf drei Abbildern von Gliep saß. Jedes meiner Abbilder war stolzer Besitzer einer Ballhälfte.

Nun werden mathematisch denkende Leser möglicherweise darauf kommen, dass dies als Gesamtsumme drei Hälften ergab. Sehr schön. Zu unserem Glück waren die Jahks in Mathe nicht eben große Leuchten. Bleibt allerdings die Frage, woher die dritte Hälfte stammt.

Sie werden doch wohl nicht glauben, dass ich die ganze Zeit untätig daneben gestanden und zugesehen hätte, oder? Während meine Kameraden aufsaßen, nutzte ich die allgemeine Verwirrung, um einen weiteren Levitations-und-Tarnungs-Zauber durchzuführen. Das Ergebnis war, dass die Trophäe nun vor mir auf Glieps Rücken ruhte, als Ballhälfte getarnt. Es war die gleiche Nummer, die ich bereits in Veygus abzogen hatte, nur dass ich diesmal mein Hemd um die Statue legte.

»Chumly!«, rief ich. »Fang mit deinem Zauber an!«

»Erledigt!«, rief er mir winkend zu.

»Wir treffen uns in Klah wieder!«, rief ich.

»Und jetzt ran an die Buletten!«

Meine Kameraden machten sich in entgegengesetzte Richtungen auf den Weg und steuerten gleichzeitig beide gegnerischen Tore an. Ich wartete einige Schläge ab, bis sie die Gegner hinreichend abgelenkt hatten, dann steuerte ich *mein* Ziel an: Gliep und ich wollten zu Aahz.

Bei aller Bescheidenheit: Mein Plan funktionierte brillant. Das plötzliche Erscheinen der Täufler inmitten der Menge versetzte die Jahks in einen Zustand der Panik. Die

Armbrustmänner waren viel zu sehr damit beschäftigt, auf diese neuen Eindringlinge zu zielen, um sich um mich zu kümmern. Na ja ... wenigstens die meisten von ihnen. Ein oder zwei Bolzen zischten an mir vorbei, aber die waren schlecht gezielt. Aus irgendeinem Grund schienen die Geschöpfe, die da auf mich schossen, ein wenig durcheinander zu sein.

Ich entdeckte Ganzfix, der auf seinem Sitzplatz stand und mit den Armen wedelte. Beeindruckende Sätze wie »Fort mit dir Satanas« und »Ich banne euch, böse Geister«, perlten von seinen Lippen, während er seine übliche Nummer abzog.

Das überraschte mich nicht. Nicht, dass ich etwa der Meinung gewesen wäre, Ganzfix würde in Krisensituationen besonders fix reagieren, nein. Es hatte vielmehr mit den Nachrichten zu tun, die ich ihm und Massha vor Beginn dieser Spielstunde hatte zukommen lassen.

Die Nachrichten waren sehr einfach gewesen:

STELL DICH DARAUF EIN, EINE DÄMONENINVASION ABZUWEHREN!
P. S. MACH DIE ÜBLICHEN GESTEN. ICH KÜMMERE MICH SCHON UM DEN REST!

SKEEVE

Mein Blick traf den seinen, und ich zwinkerte ihm zu. Als Antwort wurde einer seiner ›dämonabwehrenden‹ Schlenker etwas schief, als er leise nickte und mir Lebewohl sagte. Wer würde es ihm schon nachtragen, wenn ihm einige Dämonen, die eigentlich an Ort und Stelle hätten bleiben sollen, während einer solchen Dämoneninvasion und ihrer Abwehr abhanden kamen?

Aahz' bewusstloser Leib schwebte als Antwort auf meinen geistigen Ruf herbei. Gliep streckte seinen langen Hals vor und packte den Kittel meines Ausbilders, als dieser so eben vorbeischwebte.

So hatte ich das zwar nicht eingeplant, aber im Augenblick konnte ich nicht wählerisch sein. Ich schloss die Beine enger um Glieps Leibesmitte, drückte auf den Knopf des D-Hüpfers und ...

Nach dem feindseligen Stadion erschienen mir die vier Wände meines Zimmers eine willkommene Abwechslung.

»Wir haben es geschafft!«, rief ich, doch dann erschreckte mich die Lautstärke meiner eigenen Stimme. Nach dem Getöse im Stadion erschien mir mein Zimmer unglaublich still.

»Junge«, ertönte eine vertraute Stimme, »würdest du deinem dämlichen Drachen mal sagen, dass er mich absetzen soll, bevor ich an seinem Mundgeruch ersticke?«

»Gliep?«, fragte mein Haustier und ließ meinen Ausbilder als recht würdelosen Haufen zu Boden fallen.

»Aahz?«, blinzelte ich. »Ich dachte, du wärst ...«

»Ohnmächtig? Nicht die Spur! Hattest du einen besseren Plan auf Lager, um Tanda vom Feld zu schaffen? Einen Augenblick hatte ich schon befürchtet, dass du es falsch verstehen und nicht nach Ersatz rufen würdest.«

»Soll das heißen, dass du die ganze Zeit nur geschauspielert hast?«, wollte ich wissen. »Ich habe mich zu Tode erschreckt! Du hättest mich eigentlich vorher warnen können, weißt du?«

»Vielleicht so, wie du mich vor deiner Unsichtbarkeitsnummer gewarnt hast?«, schoss er zurück. »Und was ist aus meinem Befehl geworden, sofort abzuhauen, sobald Tanda frei ist?«

»Dein Befehl?«, stammelte ich. »Na ja ...«

Ein sanftes *BAMPF!* dann erschienen auch Gus und Badaxe im Raum. Gus hielt den General wie ein Kleinkind im Arm, doch schienen beide bester Laune zu sein.

»Wunderschön!«, kicherte Hugh und umarmte den Hals des Wasserspeiers. »Wenn du jemals wieder einen Etappenmann brauchen solltest...«

»Und wenn du jemals wieder einen Partner brauchst«, Gus erwiderte die Umarmung. »Du und ich, wir könnten...«

BAMPF!

Chumly und Tanda erschienen auf dem Bett völlig ineinander verknäult. Sie blutete aus beiden Nasenlöchern, lachte aber schallend. Chumly japste nach Luft und wischte sich die Lachtränen aus den großen Vollmondaugen.

»He«, keuchte er, »*der* Teil war aber wirklich ein Spaß! Seit dem letzten Familientreffen haben wir nicht mehr Huckepack gespielt, als Tante Tizzie sich Tiddley geschnappt hat und...«

»Was ist geschehen?«, brüllte ich.

»Wir haben gewonnen!«, jubelte Gus. »Eineinhalb zu eineinhalb zu eins! Die haben nicht mal mitgekriegt, was ihnen da entgegengeflogen kam!«

»Das ist was fürs Buch der Rekorde«, meinte auch Tanda und befühlte ihre Nase.

»Fürs Buch der Rekorde?«, fragte Gus. »Dieses Spiel füllt schon allein ein ganzes Buch!«

»Aahz, alte Bohne«, rief Chumly, »hast du nicht etwas Wein da? Die Versammlung scheint bereit zu einer Siegesfeier.«

»Ich weiß, wo er ist«, winkte Badaxe und stapfte auf die Fässer zu, die wir unter dem Arbeitstisch versteckt hatten.

»Aufhören!«, brüllte Aahz. »Halt, stopp, innehalten. ENDE!!«

»Ich glaube, er will, dass wir ihm zuhören«, wandte sich Tanda der Gruppe zu.

»Wenn ihr alle *richtig* fertig seid«, fuhr mein Lehrer fort und warf ihr einen bitterbösen Blick zu, »dann würde ich gerne eine Frage stellen.«

»Welche denn?«, fragte Tanda mit ihrer Kleinmädchenstimme.

»Hör auf, auf dem Bett rumzubluten«, fuhr Aahz sie an. »Das ist schlechter Stil. Was ich wissen möchte ist, ob irgendeiner von euch Superstars daran gedacht hat, die Trophäe mitzunehmen? Das war nämlich der ganze Sinn dieses Unternehmens, müsst ihr wissen.«

Mit übertriebener Gebärde deutete die Mannschaft auf mich. Ich grinste und enttarnte die Trophäe.

»Tä-tääă!«, trötete ich. »Herzlichen Glückwunsch zum Geburtstag, Aahz!«

»Herzlichen Glückwunsch!!«, rief das Team im Chor.

Aahz musterte ihr Grinsen, dann die Trophäe, dann wieder ihr Grinsen.

»Na schön«, seufzte er. »Zapft den Wein an.«

Das Beifallsgebrüll, mit welchem diese Rede quittiert wurde, während die Mannschaft sich wie ein Schwarm hungrig summender Bienen auf die Weinfässer stürzte, übertraf alles, was wir am Nachmittag auf den Tribünen des Stadions zu hören bekommen hatten.

»Na, Aahz«, meinte ich grinsend und levitierte die Trophäe auf den Boden, während ich selbst von Glieps Rücken rutschte. »Ich schätze, damit wäre die Sache wohl erledigt.«

Ich wollte schon zu den Weinfässern gehen, als sich plötzlich eine schwere Hand auf meine Schulter legte.

»Ein *paar* Kleinigkeiten sind allerdings doch noch zu erledigen«, meinte mein Ausbilder gedehnt.

»Was denn, zum Beispiel?«, fragte ich erschrocken.

»Zum Beispiel die Einladung, die du Massha gegenüber ausgesprochen hast, mal vorbeizugucken.«

»Einladung?«, wiederholte ich kleinlaut.

»Badaxe hat mir davon erzählt«, grinste Aahz. »Und dann ist da noch eine Stippvisite in Tauf fällig.«

»In Tauf?« Ich blinzelte. »Weshalb denn? Ich meine, das ist ja sehr schön, aber ...«

»Ich muss unsere Gewinne abholen«, informierte mich mein Mentor. »Ich habe die Zeit genutzt, um ein paar kleinere Wetten auf den Ausgang des Spiels zu machen, als wir dort waren. Profite fallen einem schließlich nicht in den Schoß, musst du wissen.«

»Wann starten wir denn?«, fragte ich begierig.

»*Wir* überhaupt nicht«, sagte Aahz entschieden. »Diesmal gehe ich alleine. Irgendwie scheinen der Basar und du nicht besonders gut zusammenzupassen.«

»Aber Aahz ...«

»... und außerdem«, fuhr er breit grinsend fort, »ist da noch eine weitere unerledigte Sache, die dich beschäftigen wird. Eine, die nur du allein erledigen kannst.«

»Wirklich?«, fragte ich stolz. »Welche denn?«

»Nun«, sagte mein Ausbilder und schritt auf den Wein zu, »du kannst dir schon mal Gedanken darüber machen, wie wir deinen blöden Drachen wieder aus unserer Bude herauskriegen. Er passt nämlich weder durch die Tür noch durchs Fenster.«

»Gliep!«, sagte mein Liebling und fuhr mir mit der Zunge über das Gesicht.

ENDE

»Hier ist ein verrücktes Genie am Werk!«
THE OBSERVER

Rankins neuster Roman bietet wieder einmal alles: Im 'Necronet' werden nämlich ALLE Wünsche wahr (ja, alle), man muss nur wie einst Faust seine Seele verkaufen. An wen? Barry den Zeitkohl? Lazlo Woodbine, den genialen Detektiv? Oder an die mysteriöse Voodoo-Handtasche, die sich von alten Omas ernährt? Lesen Sie selbst ...

Für alle Freunde humorvoller Fantastik und noch verrückter als Terry Pratchett.

3-404-24307-2

BASTEI LÜBBE

Sprich »Freund« und tritt ein!

Die Erfindung von Sprachen ist die Grundlage von J. R. R. Tolkiens Werk. *Der Herr der Ringe* spielt vor dem Hintergrund der Geschichte der unsterblichen Elben und ihrer Sprachen, die eine Zeit von mehr als zehntausend Jahren umfasst.

Lernen Sie die Sprachen der Elben des Dritten Zeitalters kennen, das feierliche Quenya und das anmutige Sindarin. Schreiben Sie in der Schrift der Elben, in Tengwa-Buchstaben und Certhas-Runen. Verstehen Sie, was sich hinter den Namen der Wesen, Orte und Dinge verbirgt.

Die Sprachen von Mittelerde sind der Schlüssel zum Buch des Jahrhunderts.

3-404-20476-X

BASTEI
LÜBBE